Les démons de la cour de Rohan

René-Victor Pilhes

Les démons de la cour de Rohan

ROMAN

Albin Michel

IL A ÉTÉ TIRÉ DE CET OUVRAGE

trente-cinq exemplaires sur vergé blanc chiffon, filigrané,
des Papeteries Royales Van Gelder Zonen, de Hollande,
dont trente exemplaires numérotés de 1 à 30,
et cinq exemplaires, hors commerce, numérotés de I à V

CONSTITUANT L'ÉDITION ORIGINALE

22, rue Huyghens, 75014 Paris

ISBN 2-226-03108-1

Toute ressemblance avec des personnes existant ou ayant existé ne peut être que fortuite.

Je remercie les experts et spécialistes divers dont les conseils et les avis m'ont permis de résoudre des problèmes délicats soulevés par quelques personnages et certaines actions de ce roman.

En particulier, le docteur Bourbon, professeur à la faculté de pharmacie de Toulouse.

Prologue

Je raconte ici les convulsions inconnues qui, entre 1972 et 1978, peu avant la création en France du groupe dit Action directe, secouèrent les coulisses, attaquèrent le ventre du terrorisme français naissant, tandis que Brigades rouges italiennes, Fraction armée rouge allemande, E.T.A. militaire basque, I.R.A. provisoire d'Irlande, Front populaire de libération de la Palestine défrayaient la chronique de la violence politique en Europe.

Moi, Henri Rouquet, j'y fus mêlé par hasard puis entraîné, pour une grande part, malgré moi. Un journaliste atrabilaire, dans le cadre d'un article consacré à la mort inouïe de la comtesse Marthe de Tonombres, me décrivit un jour sous les traits injustes et forcés que voici : « Un spécimen achevé de la France profonde, fils d'un aubergiste inculte et haricotier, élève d'une école commerciale de province, pêcheur, chasseur, rugbyman, prototype du cadre moyen d'un parti fasciste... »

J'avoue cependant que je n'étais guère préparé à comprendre ces événements où s'affrontèrent pêle-mêle anciens et nouveaux pétainistes, puissants et narquois, héros de la Résistance, désabusés et assoupis sur leurs médailles, juifs « pactisant avec le diable », pour reprendre l'une des *fulminations* de l'écrivain antifasciste U.G., « précipités dans les bras des ultras d'Occident, antisémites et bouffeurs d'Arabes, par leur soutien inconditionnel à l'État d'Israël rongé par sa guerre d'occupation en Cisjordanie ».

Jeunes gens désorientés enfin, révoltés, toujours selon U.G., contre « un monde réduit à un seul et immense marché, soumis à des médias audiovisuels aspirant chaque jour plus bas des millions d'êtres, une société sapée par la xénophobie, le chômage, la licence et la vénalité, offerte à tous les pénis autoritaires, Marie-couche-toi-là de luxe, putréfiée sous ses guêpières, masquant sa décomposition derrière la greffe du cœur ou la conquête de l'espace, géante pute blanche exhibée à la concupiscence et à la haine de milliards de misérables... ».

Jeunes gens retournés par la déferlante nihiliste de cette fin de siècle, happés par l'engrenage de la violence, démons fascinés par la mort, donnée ou reçue.

Tout en laissant à l'écrivain antifasciste U.G. la responsabilité de sa virulence et de ses emportements, il faut reconnaître que ces convulsions traduisaient une confusion formidable des idées et des valeurs, une décadence culturelle vertigineuse, et donc un péril mortel pour les démocraties industrielles.

Plus instruit que cultivé, plus rusé qu'intelligent, comment aurais-je maîtrisé pareille machine ? C'est pourquoi, témoin, souvent acteur de ces événements, je me suis contenté de les décrire avec minutie et le maximum d'objectivité. Aux passages ardus, quand les situations m'ont dépassé, j'ai demandé de l'aide aux deux personnalités amies qui m'ont encouragé à entreprendre cette narration, ont éclairé ma lanterne de « Français profond » et guidé mes pas : le journaliste-résistant Mauny et l'écrivain antifasciste U.G., mort par suicide de n'avoir pas supporté l'accusation ignoble, insensée, d'antisémitisme, que lui valurent ses admonestations d'une partie de la communauté juive internationale, à ses yeux coupable de promouvoir « la funeste et dévastatrice équation antisionisme = antisémitisme », de répudier ses véritables amis républicains, d'ainsi détruire « les défenses, les globules blancs de la liberté, de l'égalité, de la fraternité », d'ouvrir elle-même la voie à une nouvelle et violente explosion d'antisémitisme.

D'avoir écrit cela, U.G. était tombé sous les coups de la fraction activiste de l'intelligentsia juive qui mit ses derniers romans à l'index, et de quelques-uns de ses amis juifs vieux de vingt ou trente ans qui cessèrent de se manifester pour le punir d'avoir tancé le général Ariel Sharon. Ne fut-ce point pitié ?

Les convulsions et démences qui se propagèrent de 1972 à 1978, naquirent en 1971 à Tonombres, village français de la Haute-Ariège, tout près de la frontière espagnole, blotti au pied de la sierra d'Angouls dominée par le Loum, pic phallique pointant dru vers l'azur, village où mes parents tenaient alors une fameuse auberge.

Les seigneurs de Tonombres possédaient un château au sommet d'un massif forestier du nom de Mirabat dont une faible part, le domaine de la Garde, appartenait aux Vial, leurs voisins. Ces terres et ces demeures étaient situées sur la rive droite du Salat, rivière qui divisait en deux le village. Rive gauche, le mamelon boisé des Lannes faisait face au massif du Mirabat. Au pied de ce mamelon, au lieu-dit Saindieu, se dressait une bâtisse blanche où s'était retiré le colonel retraité Massip, âgé de soixante-trois ans, fondateur et chef, en 1941, des maquis du Gers, du Tarn-et-Garonne, du Lot, du Lot-et-Garonne et de la Dordogne, Compagnon de la Libération. Il avait occupé jusqu'en 1968 la fonction de commandant adjoint des Services spéciaux. Le colonel vivait à Saindieu en compagnie de Cavalié, son planton-ordonnance et son confident depuis la guerre, et de sa famille.

La douairière pétainiste Irène de Tonombres, âgée de quatre-vingt-onze ans en 1971, régentait le château du Mirabat. Avant la guerre, elle avait, disait-on, été aimée du maréchal Pétain. Sous l'occupation allemande, elle avait obligeamment cédé ses écuries à la Gestapo toulousaine. Nombre de patriotes et républicains espagnols exilés y avaient été torturés puis fusillés contre les remparts. Son fils, le comte Raoul, s'était engagé dans la Légion des Volontaires Français contre le bolchevisme, aux côtés de la Wehrmacht, sur le front russe. Grièvement blessé, défiguré par une bombe incendiaire à la bataille de Berlin en 1945, on l'avait ramené en ambulance au château où il vivait, racontait-on, dans un état végétatif, entre sa mère et une infirmière. Son fils le comte Henri, âgé de quarante-huit ans, intimement lié aux milieux internationaux du « libéralisme dur », avait épousé Josiane de Voringe, fille d'un magnat des produits pharmaceutiques. De ce mariage étaient nés Gisèle et Louis.

Marthe de Tonombres, née du Vial, avait choisi une voie opposée à celle de sa belle-famille. Excédée par le fanatisme de son mari Raoul en garnison à Metz en 1937, craignant qu'il ne l'inoculât à leur fils Henri, elle résolut un beau matin de se replier à Tonombres avec l'enfant et s'installa à la Garde. Mais son fils passa le plus clair de son temps au Mirabat, dans les jupons de sa grand-mère.

En 1971, éclata à Tonombres l'une des affaires criminelles les moins banales de toute l'histoire de la police, qui mit en scène les personnages que je viens de présenter brièvement, plus quelques autres qui apparaîtront en leur temps.

Il faut retenir que, pour minuscule qu'il soit sur la carte du monde, ce coin des Pyrénées centrales figurait à l'épicentre d'une nébuleuse politique agitée. Le Pays basque à l'ouest, la Catalogne à l'est, Madrid et le général Franco au sud, Toulouse, capitale des anarchistes et des républicains espagnols en exil au nord. Un terroir favorable à l'éclosion des passions, à la pérennité des ressentiments, qui fut particulièrement sensible aux révoltes étudiantes et aux mouvements sociaux qui les accompagnèrent en 1968. Entre les Basques et les Catalans qui sautaient à la gorge du franquisme et les gauchistes toulousains, il y eut osmose naturelle. C'est ainsi que les étudiants originaires de Tonombres, plus perméables que d'autres aux idées d'action violente en raison de la proximité espagnole, certains d'entre eux fils et filles de républicains établis en France, formèrent le groupuscule gauchiste des « tonombristes », à la tête duquel se retrouva la propre fille du comte Henri de Tonombres. Dès son adolescence, Gisèle avait choisi sa grand-mère Marthe née du Vial, l'héroïne gaulliste, contre sa famille Tonombres pétainiste, au grand dam de ladite famille.

Le mardi 12 octobre 1971, on enterra Irène de Tonombres. Des personnalités éminentes assistèrent à ces funérailles, notamment M. Sanaris, un magnat de la presse qui avait regroupé ses activités à bord d'un paquebot, la Médiatrice, ancré en mer du Nord, M. Broume, jadis responsable de la question juive en France, M. Reverini, un ancien pétainiste condamné puis gracié par le président Auriol, éminence grise, en 1971, des milieux politiques conservateurs, « cerveau » de la lutte anticommuniste, le cardinal Roseri, l'avocat Pétroul, le banquier suisse Asnoud, le couple toulousain Larre, pharmaciens de Toulouse, M. Clar, secrétaire d'État à l'Information, d'autres encore que je m'excuse de ne pas citer ici.

Depuis quatre ou cinq jours, rôdaient à Tonombres trois jeunes gens, le cameraman Pierre-André Bernard, son assistante Sylvaine Gros, le photographe scientifique Didier Giraud, prétendument envoyés chez nous par le Centre de recherche et d'observation de Midi-Pyrénées, en réalité dépêchés à Tonombres par un organisme spécialisé dans la chasse aux criminels de guerre nazis avec mission de recueillir d'éventuelles informations intéressantes et de filmer tous les ultras sortis du trou pour enterrer leur vieille égérie. Leurs vrais noms : Freddy Bloch, un maoïste qui finirait dans une Yeshiva ; Korucko, futur inventeur de la « critique publicitaire », initiateur des « pages médias » dans les « supports » et Rita Cohen. D'ailleurs, c'est sur un bien triste chapitre, dont Korucko sera l'un des héros, que nous ouvrirons *Les Démons de la cour de Rohan*.

Il me faut maintenant rappeler les événements stupéfiants qui survinrent ce matin-là dans l'église de Tonombres, lors des obsèques de madame Irène. Marthe de Tonombres, la belle-fille gaulliste de la pétainiste défunte, conduisait néanmoins le deuil des femmes, comme il convenait que ce fût. A ses côtés, Gisèle, Josiane de Tonombres née Voringe, sa mère, puis d'autres membres de la parentèle femelle. Le comte Henri menait le deuil des hommes devant son fils Louis, son beau-père, et des amis de toujours de l'ancienne maîtresse du maréchal. Le doyen d'Oust officiait. L'abbé Oviac, ravalé au rôle d'assistant, dirigeait les enfants de chœur, le bedeau et Gaston du Tuc, le paysan-chanteur attitré de la paroisse. Au-dehors, une foule de curieux venus en masse pour ne pas manquer une si belle cérémonie s'entassait derrière des barrières métalliques, contenue à grand-peine par des C.R.S. A l'intérieur régnait une atmosphère ambiguë. La plupart des fidèles n'étaient pas loin de penser que l'appétissante comtesse Marthe fricotait avec l'abbé, que là résidait le motif des châtelains de lui ôter la célébration de l'office. Un parfum de scandale pimenté de sensualité flottait donc sur cette messe de funérailles. Vint l'instant de la communion. Ceux qui souhaitaient recevoir le Christ se levèrent et se dirigèrent vers la Sainte-Table, les femmes en tête. C'est ainsi que la comtesse Marthe se présenta la première à l'abbé d'Oviac qui, au choix, remettait les hosties aux fidèles ou les déposait sur leur langue, à la manière ancienne.

Après quelques secondes de recueillement, la comtesse Marthe se releva, se retourna lentement, les mains jointes sur la bouche, et entreprit de regagner sa place. Elle passa devant le catafalque et, tout à coup, elle vacilla, porta les mains à sa poitrine et s'effondra en renversant des chaises. Les hommes les plus proches se précipitèrent : le comte Henri, le pharmacien Larre, Louis de Tonombres, moi-même. Et nous l'évacuâmes. La comtesse avait la respiration courte, la mâchoire crispée. Nous l'étendîmes à même le sol, sur le parvis. Je la soutenais sous les épaules. Le policier parisien à la retraite Banane, ainsi surnommé par les enfants en raison de ses jambes enflées par la goutte, observait la scène de son balcon. Surmontant son infirmité, il descendit et apporta une couverture. Autour de madame Marthe, on s'affairait. Le valet-chambellan Frédéric, le comte Henri réclamaient un médecin, de l'eau, de l'alcool, du vinaigre, des sels. Le cafetier Calès y pourvut. Sa femme, la mère Calès, pressa un torchon imbibé d'eau fraîche sur le front de madame Marthe qui murmura à l'intention de son fils Henri : *A la maison, mon fils...* Et là, selon les uns, elle précisa : *A la Garde*, et selon les autres : *Au Mirabat*, poursuivant : *Va, mon fils, reprends ta place, fais ton devoir, Ganzadi va me ramener.* La mère Calès lui fit respirer du vinaigre, le valet Frédéric passa un verre de kirsch au cafetier qui lui en versa quelques gouttes entre les dents, tandis que Gisèle s'était emparée du torchon, se substituant à la mère Calès. Mais nous comprîmes que l'état de madame Marthe s'aggravait à vue d'œil. *Ça brûle,* exhalait-elle, *Ça brûle, à boire...* Frédéric passa un grand verre d'eau. La comtesse de Tonombres était devenue toute blanche, ses lèvres s'étaient décolorées. Elle se mit à trembler. Elle avait froid. Enfin arrivèrent en même temps Pouech, le médecin d'Oust Dégeilh, le médecin de Tonombres. Tous deux se penchèrent sur madame Marthe et l'examinèrent longuement. Dégeilh se releva, et s'adressant au comte Henri, il prononça : *Monsieur le comte, madame votre mère est morte.* Ainsi expira madame Marthe : sous mes yeux, dans mes bras, sur le parvis de notre église. Les médecins refusèrent le permis d'inhumer. Ils conclurent, à première vue, que Marthe de Tonombres avait probablement succombé à un empoisonnement. Alors le comte suggéra qu'on saisît le ciboire.

Les résultats de l'autopsie confirmèrent que madame Marthe avait ingéré une hostie empoisonnée au cyanure. Dans le ciboire on en découvrit une deuxième, *un vrai petit bijou*, s'extasièrent les enquêteurs, *confectionné habilement par la juxtaposition préalable des deux faces d'un cachet de pain azyme ; les deux faces recollées puis incorporées à leur tour dans une nouvelle pâte azyme, ensuite aplatie au maximum, avaient constitué une hostie aux dimensions un peu plus importantes que les autres, légèrement renflée en son centre, mais dont les anomalies ne présentaient rien de rédhibitoire pouvant conduire un prêtre ou un quidam à l'éliminer avant une cérémonie et une eucharistie. Les experts,* précisa le brigadier Petitvisier, chef de la gendarmerie de Tonombres, *ne marchandaient pas leur admiration à l'assassin. Une hostie ainsi fabriquée et empoisonnée comportait l'avantage d'éviter le dégagement de l'odeur forte et caractéristique du cyanure. Par ailleurs, la question de savoir pourquoi la comtesse n'avait pas été foudroyée sur place par l'effet de ce cyanure trouvait là sa réponse : la pâte azyme, qui emprisonnait le poison sous et entre deux doubles couches, avait très notablement retardé le délitement dans l'estomac et la libération du cyanure. Enfin, la causticité légendaire de ce poison avait été annihilée et masquée par cette même pâte. Ce qui expliquait que madame Marthe ait d'abord éprouvé un malaise et que les symptômes de la gravité de son état fussent allés croissant à mesure que passait le temps.*

L'abbé Oviac disparut dès la fin des obsèques. On le rechercha en vain. Marthe de Tonombres fut inhumée le 14 octobre 1971. Dans la nuit du 13 au 14, quelques-uns de ses vieux camarades de combat s'étaient retrouvés à la veillée funèbre au château de la Garde. Une veillée qui ne fut pas exempte de tensions. Ainsi, Denise Mazer née Horinter, qui s'était déplacée pour rendre hommage à son amie d'avant la guerre qui l'avait arrachée aux griffes de la Gestapo, eut à subir de pénibles épreuves, en particulier de la part du comte Henri qui voyait en Mme Mazer la juive qui, autrefois, avait détourné sa mère de son père et de ses devoirs en lui instillant dans le cerveau des idées communistes et une mentalité cosmopolite.

Le 15 octobre 1971, une lettre d'Oviac parvint à la gendarmerie, chargée de révélations incroyables. L'abbé avouait avoir empoisonné la comtesse, fabriqué une deuxième hostie pour lui-même, mais, à la seconde ultime, reculé devant le suicide. Pourquoi ? Eh bien parce que, amant de la comtesse, il avait appris d'elle, dans la nuit du 9 au 10, qu'elle était en outre sa propre mère ! Qu'elle l'avait mis au monde pendant la guerre, puis rapproché d'elle à Tonombres grâce aux appuis de l'archevêché. Rendu fou par cette situation, il avait conçu pour eux deux un châtiment exemplaire et grandiose : la mort par la communion. Au tout dernier moment, il n'avait pas eu le courage de s'empoisonner dans l'église, la maison de Dieu. En fuite, il réglerait quelques affaires, ensuite, cette fois, il se tuerait pour de bon.

Une lettre qui résolvait l'énigme. Sans doute ramasserait-on un jour le cadavre de l'abbé, ce qui refermerait à jamais le dossier.

Seulement voilà : nombreux furent ceux que ce dénouement laissa sceptiques. Parmi eux, le colonel Massip, Cavalié, les vrais amis de Marthe, un certain docteur Permont, retraité raffiné, esprit agile et curieux, originaire de Tonombres, et qui vit là une occasion d'employer heureusement son temps, le brigadier Petitvisier lui-même, et l'ambitieux journaliste Dan Petto. Voilà le lecteur nanti et lesté d'informations élémentaires mais suffisantes. Bonne chance à lui. Passons maintenant aux démons.

Première partie

LES DELENDISTES

Dans la nuit du 31 décembre 1971 au 1er janvier 1972, Tonombres perdit la douce, jolie, sérieuse Françoise Cavalié, fille de l'aide de camp du colonel Massip et infirmière de son métier.

Soucieux de n'éveiller aucun soupçon sur les véritables raisons qui les avaient conduits à Tonombres au moment même où l'on enterrait madame Irène, les trois jeunes juifs, pseudo-collaborateurs du Centre de recherche et d'observation de Midi-Pyrénées, s'étaient attardés une bonne semaine, sous leurs faux noms, aux alentours du village, feignant d'étudier la faune et la flore, objets officiels de leur intérêt.

C'est durant cette période que Korucko alias Giraud fit la connaissance de Françoise Cavalié. Beau garçon, beau parleur, intelligent, artiste, jouissant d'une réputation déjà solide, au demeurant justifiée, de photographe spécialisé (ce fut le premier métier de Korucko jeune et il y excella), Giraud séduisit cette jeune fille réservée. Il dut quitter Tonombres avec ses deux amis à la fin de leur mission. Néanmoins, il promit à Françoise d'y revenir très vite, si possible aux fêtes de fin d'année. A Saindieu, tout le monde semblait heureux de l'idylle. Et donc Giraud revint. Il descendit cette fois, à ses frais, à l'hôtel Cascaret, à Soueix, un village voisin de Tonombres. Il loua une voiture. Il sillonna les petites routes de montagne, Françoise, heureuse, épanouie, à ses côtés.

Ils réveillonnèrent à l'abbaye d'Angouls, abbaye sur laquelle nous reviendrons à diverses reprises, occupée par des bénédictins espagnols, et dont tout le monde ignorait dans la région qu'ils acceptaient d'ouvrir leur porte et leur table à des « touristes ». Qui avait indiqué à Korucko alias Giraud cette abbaye perdue sur la frontière espagnole ? L'idée était-elle venue au chef maoïste de proposer à sa conquête un réveillon original ? Que ne l'avait-il invitée dans une gargote de Saint-Girons !

Le 1er janvier 1972, entre 2 heures et 3 heures du matin, la porte de notre auberge, où la fête battait son plein, s'ouvrit grande et brusquement la vision qui s'offrit à nous brisa l'ambiance.

Giraud, hébété, couvert de sang, trempé jusqu'aux os, nous regardait sans nous voir. Puis il vacilla et s'écroula sans qu'on ait eu la présence d'esprit d'intervenir.

Il était à la fois blessé, profondément coupé au cuir chevelu, d'où coulait le sang, et ivre. Mais nous fûmes glacés d'angoisse quand nous l'entendîmes répéter, la voix pâteuse, dans son cauchemar d'ivrogne choqué : « Françoise... L'accident... Françoise... L'accident...

— Quoi Françoise ? lâcha quelqu'un. Où est-elle nom de Dieu ?

— Au Salat », gémit-il.

Cette fois, nous fûmes prompts à réagir : cet imbécile avait bu et s'était flanqué dans la rivière. Mais où ? Nous nous ruâmes à l'extérieur où nous tombâmes nez à nez sur l'Irbat et le Carrérat tout essoufflés qui me dirent à l'oreille : « Au Segnadet. » Nous courûmes sur la route d'Espagne jusqu'au Raourès, un gouffre situé au-dessous de la croix du Segnadet qui rappelait, disait-on, *la mémoire de ceux qui, jadis, quand il n'y avait pas de route mais un sentier étroit, glissant et escarpé, avaient affronté à cheval ce passage périlleux, dérapé, et dévalé pour s'abîmer dans le torrent.*

Et là, nous distinguâmes une voiture couchée sur le

toit et dont le côté passager, incliné vers le gouffre, baignait dans l'eau.

Françoise était morte, noyée dans sa prison de tôle. Giraud, lui, était parvenu à s'extraire du véhicule, à se traîner sur huit cents mètres pour donner l'alerte. L'accident avait eu pour témoins les deux lascars qui posaient leurs filets dans ces eaux vertes et profondes où gîtaient quelques-unes des plus belles truites de la région, à cette heure bénie de la nuit où les gardes réveillonnaient ! L'Irbat et le Carrérat, à l'œuvre sur la rive opposée, avaient assisté, impuissants, à ce drame. Abandonnant leurs filets, ils avaient couru à perdre haleine sur le petit sentier de terre qui longe la rive gauche du Salat et étaient arrivés, le souffle coupé, à l'instant où nous sortions de l'auberge. N'ayant aucune raison honnête de se trouver en pleine nature à cette heure, d'autant que leur réputation n'était plus à faire, que les amendes des Eaux et Forêts atteignaient depuis peu des sommets prohibitifs, ils se confièrent à moi, le fils Rouquet, si souvent naguère troisième larron de leurs expéditions nocturnes. Je tiens d'eux ce qui se passa réellement cette nuit-là : la voiture renversée sur le toit, déjà dans la position où on la découvrit, les roues tournant encore, ils entendirent des cris de douleur auxquels se substituèrent très vite des supplications qui allèrent s'affaiblissant, se firent deux ou trois minutes gémissements puis s'étouffèrent.

Françoise, blessée, n'était donc pas morte sur le coup. Elle avait appelé à l'aide. Elle avait senti avec terreur l'eau entrer dans la voiture, celle-ci s'enfoncer lentement de son côté tandis que Giraud, saoul et traumatisé, tentait de l'extirper de là, puis, dérisoirement, de basculer la voiture du côté des rochers, avant de remonter, à quatre pattes, sur la route. Lucide, aurait-il fait mieux ? En tout cas, probablement, il n'aurait pas quitté la route.

Nous allons maintenant parcourir une période qui commence le lundi 3 janvier 1972, jour de l'enterrement de Françoise Cavalié et qui finit le 10 juin, date de la réunion des « démons » à Paris, cour de Rohan. Ce parcours est intitulé *Les delendistes* parce que le dominent les activités politiques violentes d'un groupe clandestin qui sévit à cette époque dans la région pyrénéenne, groupe formé des tonombristes évoqués dans notre prologue et de militants anarchistes espagnols et toulousains que nous ne connaissons pas encore. Ces « gauchistes révolutionnaires » spécialement orientés vers l'action antifranquiste prirent l'habitude de signer et de revendiquer leurs exactions et leurs crimes sous le nom de Delenda. D'où l'appellation « delendistes » qui leur fut attribuée par la police. Évidemment, les « exploits » de ces delendistes furieusement mais sincèrement montés contre le Caudillo attireraient plus tard l'attention de gros requins du terrorisme international friands de troupes fraîches et « motivées ». L'histoire de cette mainmise, ses terribles conséquences, seront décrites dans *Les démons de la cour de Rohan*.

Moi qui fus si illogiquement mêlé à la vie de ces « démons » et qui, contrairement aux insinuations malveillantes, n'en ai retiré que brisures et affliction, il ne me reste, pour me rendre utile, que l'application de l'aphorisme : à toute chose malheur est bon. Que ma narration serve de leçon aux générations futures, qu'elle préserve notre jeunesse de l'ivresse de la destruction, de la tentation du meurtre au nom de révoltes de pacotille. Ah oui ! J'entends qu'on daubera sur mon côté Joseph Prudhomme ! Mais c'est Dieu qui a voulu qu'un homme aussi simple que le fils Rouquet soit aussi le seul à même de restituer une aventure psychologique et politique aussi complexe. D'ailleurs, est-ce nouveau ? Les voix humbles chantent l'épopée souvent plus juste.

Mais si les delendistes, leurs turbulences, leurs folies dominent cette période, ils ne l'écrasent pas. La mort inouïe de madame Marthe ne cessait, en ce début d'année, de tracasser, voire de hanter certains cerveaux. Oviac avait-il vraiment donné une hostie empoisonnée à la comtesse pour la raison que, longtemps son présumé amant, il venait de découvrir qu'il était son fils adultérin ? Bien que l'affaire fût officiellement classée à la suite des aveux de l'abbé, deux mois après ces incroyables événements, le nombre des sceptiques s'était notablement accru. Du coup, niant cette version des faits, ils épaississaient le mystère. La culpabilité de l'abbé Oviac avait le mérite de résoudre l'énigme. Ne pas l'accepter revenait à rouvrir le dossier criminel, à reposer le problème : comment un assassin peut-il être sûr de tuer sa victime en déposant subrepticement une hostie dans un ciboire le jour d'une communion ? S'il ne bénéficie pas de la complicité de l'abbé qui officie, comment s'assure-t-il que c'est bien ladite hostie et non une autre qui sera présentée à sa victime ? Si Oviac, lors de la communion, n'avait pas choisi une hostie empoisonnée dans le ciboire pour la déposer, en connaissance de cause, sur la langue de madame Marthe, alors, en dehors de lui, qui avait manigancé ce crime absolument diabolique ? Surgissait l'hypothèse d'un fou tuant au hasard dans l'église.

Les convulsions delendistes, la mort inouïe de la comtesse Marthe formeront les deux branches maîtresses de mon récit. Auparavant, je dois m'attarder sur mon sort, à moi Rouquet, mon pauvre sort, y sensibiliser le lecteur. J'avais reçu un coup de massue en apprenant de mes parents que mon grand-père Rouquet, pâtre-braconnier gaillard et un peu canaille, avait fauté dans la montagne avec madame Irène en 1907 ! J'étais donc le petit-fils de feu la douairière du Mirabat, par voie de conséquence, le cousin au quatrième degré du comte Henri, et au huitième degré de sa fille Gisèle dont la figure m'obsédait, que je ne supportais plus loin de moi, dans les bras d'autres que moi. Et mon père était le demi-frère du comte Raoul, l'ancien commandant de la L.V.F. confiné dans une tour du château, sans forces et sans visage. Cette révélation tardive de mes parents avait ébranlé mon équilibre psychologique, bouleversé mon existence. Deux sentiments tyranniques s'étaient alors emparés de moi, avaient eu raison de moi, deux sentiments qui mueraient bientôt en passions antagoniques : je voulais Gisèle, et je brûlais de haine, de jalousie, pour ces gauchistes qui l'entouraient à Tonombres et à Toulouse, en particulier Rambouillat, son amant du moment, fils d'un chiffonnier de Tonombres, professeur agrégé de lettres, qui avait poussé Gisèle sur les chemins de la « Révolution communiste combattante ». Non seulement par nature, par éducation, je ne supportais pas ces intellectuels ou pseudo-intellectuels, mais par surcroît je les rendais responsables de l'embrigadement de mes amis d'enfance tonombrais qu'ils manipulaient honteusement, tels l'Irbat, le Carrérat, Amilhat, et de l'éloignement de Gisèle, de sa soudaine indifférence à mon égard.

Dès cette nuit du 12 au 13 octobre 1971 où mes parents me remirent une enveloppe jaune emplie de photos de grand-père Rouquet et de sa Lady Chatterley du Mirabat, un projet avait germé en moi : je ne me sentais plus capable de vivre sans Gisèle de Tonombres, ma petite cousine et amante, par moi forcée à Toulouse un soir que j'étais saoul. Je l'arracherais à ces gauchistes snobs, à ces révolutionnaires d'amphithéâtre, je serais son chevalier, je la sauverais du désastre.

J'étais à l'époque, et depuis peu, chargé de mission auprès de M. Sanaris, ce puissant patron de presse qui venait de créer un formidable complexe médiatique basé sur un paquebot ancré en mer du Nord au large du petit port de Masergaël. Deux ans plus tôt, M. Sanaris, invité par sa vieille amie Irène de Tonombres, déjeunait dans notre auberge. Tout en savourant notre cuisine, il exposait son projet hors du commun : regrouper tous ses journaux et sa radio à bord d'un superbe paquebot qui était à vendre. Mais il ne savait comment l'appeler. Mû par une inspiration curieuse, j'avais lancé à tout hasard : pourquoi ne pas l'appeler la Médiatrice ? Ce qui avait non seulement séduit mais transporté le magnat qui m'avait engagé sur-le-champ au grand dam de mon père qui rêvait de me voir lui succéder.

Mais, en cet automne 1971, si je voulais prendre en main le destin de Gisèle, il me fallait abandonner toute ambition de carrière et quitter Masergaël.

Le 28 octobre, je téléphonai au secrétariat de M. Sanaris et j'insistai pour que le président me reçût d'urgence. Fait inhabituel, il me rappela lui-même :

« Quelque chose de grave, Rouquet ?

— Oui monsieur, répondis-je sans hésitation, et, pour forcer le passage : Quelque chose de très grave, je ne puis en parler au téléphone.

— Eh bien arrivez, venez me voir dès que vous serez là. »

Le lendemain, à midi, j'étais à Masergaël. Je fus reçu le jour même par le président de la Médiatrice.

Ce qui va suivre permettra, je l'espère, d'expliquer et de prouver que je ne fus pas cet individu dissimulé et pervers, ce Iago au petit pied que les apparences ont engendré, mais un homme pris au piège de sa passion. Serai-je convaincant ? Ma capacité de tolérance, mes dons de conciliation, loin de faciliter ma vie, de servir ma réputation, m'ont au contraire pétrifié dans des rôles d'indicateur, d'ami félon. Dieu m'est témoin que je n'ai péché que par maladresse, excès de zèle, de confiance, ou sous l'empire d'un embrasement incontrôlable. Pas la moindre intention malsaine, délibérée, de nuire, moins encore de trahir un être aimé pour qui on est prêt à mourir. Par ailleurs, comment trahir une cause politique qui n'est pas, n'a jamais été la vôtre ? J'ai seulement disputé chèrement mes chances de bonheur, un cœur à des adversaires qui, eux, par leur duplicité, leur absence de scrupules, m'ont obligé à me battre avec leurs armes.

Mes retrouvailles avec le petit port de Masergaël furent mornes et brèves. Les événements de Tonombres avaient détruit en quelques jours ma fascination pour ce milieu des médias, mon éblouissement devant la carrière imprévue, l'avenir superbe qui s'ouvraient sous mes pas. Je ne pensais plus, désormais, qu'à m'intégrer, d'une manière ou d'une autre, dans l'entourage de Gisèle afin de l'arracher de haute lutte à ces intellectuels fumeux, à son fils de chiffonnier agrégé. Je me voyais et m'entendais leur proclamer : Ah, vous prenez le fils Rouquet pour un âne, un brave type, un petit paysan qui poursuit une chimère ? Eh bien, sachez, bande d'idiots, d'avortons, et de velléitaires, que Gisèle et moi, nous sommes du même sang, de la même race ! Et que je suis, moi, un produit unique, que sont en moi rassemblées les vertus de notre aristocratie et celles de nos montagnes ! Qui dit mieux ? Qui a encore envie de rire ? Que pèsent devant pareil sujet des morveux qui prennent Guevara pour Buffalo Bill ?

Je ne fis aucun effort pour revoir des connaissances. Je rassemblai mes affaires, bouclai ma malle et deux valises. A 16 h 40, j'appelai un taxi. A 17 heures, j'étais dans le bureau du président. Il m'accueillit aimablement, m'indiqua un siège devant son bureau, et lui-même regagna son fauteuil présidentiel. Il me considéra en souriant. Quelque chose me dit que derrière cet accueil attentionné, cette attitude affable, se cachait une certaine anxiété. M. Sanaris pensait peut-être que ce que j'avais à lui dire de vive voix et d'urgence se rapportait à ses affaires ou à lui : son humble collaborateur avait-il découvert quelques-uns des secrets qui dormaient à Tonombres et qui l'intéressaient au plus haut point ? C'est donc conscient qu'il serait déçu que je pris la parole :

« Monsieur le président, je suis venu vous remettre ma démission pour des raisons personnelles et même intimes. »

M. Sanaris se méprit :

« La mission que je vous ai confiée vous a déplu ? Des gens qui me haïssent vous ont-ils persuadé de ne plus collaborer avec moi ? »

Cette réaction, au demeurant significative de la crainte permanente du président de se voir décrié, accusé, déconsidéré par ses ennemis auprès de ses employés, me persuada du malentendu. Je le dissipai sur-le-champ :

« Il ne s'agit pas de vous, monsieur, mais de moi... Je suis, au contraire, très fier de vous avoir servi, si près, mais il s'est passé quelque chose de terrible dans ma vie, et je ne suis plus en état de travailler sérieusement. »

M. Sanaris fronça les sourcils.

« Je ne veux pas me montrer indiscret, Rouquet, mais puisque vous êtes venu jusqu'à moi, autant que je sache pourquoi. »

Je devais aller vite, ne pas m'empêtrer dans des circonvolutions.

« Monsieur, dans la nuit du premier au 15 octobre, mes parents m'ont révélé que j'étais tout simplement, par mon père, le petit-fils de madame la comtesse Irène. »

Rarement effet fut plus réussi, objectif mieux atteint. J'en baissai la tête de confusion. M. Sanaris, les avant-bras posés sur son bureau, me contemplait comme une apparition. En vérité, je n'étais pas loin, en cet instant, du fantôme. Voilà un secrétaire-planton qui subissait une drôle de métamorphose : le fils de l'aubergiste de Tonombres, matois et servile, s'effaçait dans la meilleure tradition des contes de Perrault, et surgissait à sa place le petit-fils d'une douairière défunte, riche, puissante, fasciste, ancienne amie de Philippe Pétain ! Il ne manquait plus qu'une confidence du genre : et mon grand-père était le maréchal lui-même ! Irène de Tonombres suffisait à la surprise du président. Je devinai avec satisfaction qu'il n'était plus question de me donner congé trop vite. M. Sanaris admit sans peine qu'un jeune homme avait là de quoi être bouleversé jusqu'au tréfonds de lui-même.

« Pour Mme de Tonombres, je ne savais pas, murmura-t-il, les yeux arrondis, un sourire discret aux lèvres, je ne l'ai connue qu'en 1943, en 1907, année de l'idylle avec votre grand-père, je n'étais pas né... Je comprends que vous soyez bouleversé, mais qu'allez-vous faire ?

— Je suis un peu désorienté, monsieur, mais j'ai dans l'idée de me fixer peut-être à Toulouse, tous ces tonombristes et ces gauchistes ont leurs quartiers dans cette ville, c'est là que j'ai le plus de chances de renouer, peu à peu, avec Gisèle puis de revenir dans son entourage, de la protéger contre elle-même, aussi contre ces blancs-becs, et de Rambouillat, son âme damnée, qui la manipule et finira par la détruire. »

M. Sanaris me regarda longuement, songeur. Puis il dit :

« Tous ces gauchistes, vous ne les aimez pas beaucoup, j'ai l'impression.

— Non, dis-je, avant d'ajouter à voix plus basse : Je les déteste, je n'ai pas d'estime pour eux, surtout pour ces intellectuels, ces enfants gâtés de nos universités qui gâchent tout, à Toulouse ou ailleurs, les seuls que j'excuse, ce sont les fils de paysans, ou certains enfants et petits-enfants de républicains espagnols exilés, mais pas ces intellectuels marxistes ou maoïstes qui jouent aux petits soldats, bourrent le crâne de jeunes plus simples, moins doués qu'eux puis qui tournent le dos et se reclassent quand le vent tourne mal, c'est toujours comme ça que finit ce genre d'aventure... »

M. Sanaris hocha plusieurs fois la tête en signe d'approbation. En même temps, il paraissait réfléchir, comme si, en m'écoutant, une idée lui était venue. Je ne me trompais pas. Mais je n'aurais pas imaginé le projet qui naquit alors dans le cerveau du patron de la Médiatrice.

« Vous allez devoir gagner votre vie, monsieur Rouquet, que ce soit à Toulouse ou ailleurs, d'une manière ou d'une autre, y avez-vous réfléchi ?

— Oui monsieur, je sais à peu près ce que je veux faire... Mes parents ont toujours rêvé voir leur fils créer un restaurant à Toulouse, c'est la plus grande joie que je peux leur faire, j'insisterai seulement pour qu'au début, ce soit, pour m'habituer, un petit, un tout petit établissement, par exemple un bar avec quelques tables, des vins, des alcools, des pâtés, des sandwichs, des spécialités de la Haute-Ariège, ouvert très tard la nuit, je suis sûr que mes parents seront d'accord... »

Le visage de M. Sanaris s'éclaira. Manifestement, cette entrevue prenait une tournure qui l'enchantait. Il se leva, contourna son bureau, vint à moi, et dit :

« Rouquet, en vous écoutant, une petite idée me trottait

dans la tête... Je peux vous aider, en échange vous aurez l'occasion de servir à la fois vos intérêts et ceux de la Nation... Non, non, le mot n'est pas trop fort, vous verrez... Vous allez donc vous installer à Toulouse, vous rapprocher de Gisèle de Tonombres, et pour cela, vous faire une place parmi ses amis gauchistes... Tout cela tombe à pic car je suis informé que Gisèle de Tonombres, peut-être à son insu, est plutôt mal partie, qu'elle s'expose non seulement à des déconvenues mais à de graves dangers, et pour une bonne raison : ces braves tonombristes sont ou vont être incessamment infiltrés par des maoïstes parisiens qui disposent à Toulouse même de leurs propres complices qui ne sont ni Gisèle de Tonombres ni ses petits amis ; ces maoïstes, eux, sont des intellectuels de haut niveau qui ont formé le groupe Peuple et Résistance, tout un programme, en liaison avec l'Allemand Baader, des Japonais et des Italiens, et tout ce que l'Europe compte de mouvements armés, de l'Irlande du Nord au Pays basque en passant par la Catalogne, et du gauchisme dur on va verser dans le terrorisme pur et simple, vos montagnes pittoresques de Haute-Ariège vont devenir des espaces privilégiés pour la subversion internationale... Je suis sûr que vous voudrez éviter à Gisèle de Tonombres de glisser sur cette pente, l'arracher à ces groupes extrémistes organisés, et c'est là que votre intérêt rejoint celui du gouvernement qui, lui aussi, vous le pensez bien, a ces zèbres dans le collimateur, ce qu'il faut, c'est mettre hors d'état de nuire les meneurs, les vrais, pas les seconds couteaux évidemment, pas ces jeunes qui sont naïvement, sincèrement persuadés de lutter pour la liberté et la justice, mais les chefs, mieux, les chefs de leurs chefs qui, eux, savent à quoi s'en tenir et poursuivent des objectifs élaborés à Moscou et à La Havane, et c'est ainsi que du même coup vous sauverez Gisèle de Tonombres, au début fût-ce malgré elle, de cet engrenage, et vous participerez au premier rang à la défense de notre démocratie, comprenez-vous, Rouquet, ce que je veux dire ? »

Je comprenais. Le président de la Médiatrice n'y allait pas de main morte. Je devais m'introduire dans le milieu gauchiste toulousain, le pénétrer, débusquer ses chefs, transmettre mes informations aux services spécialisés de la police, avec en prime le salut de Gisèle de Tonombres. M. Sanaris ne me laissa pas trop de temps pour réfléchir à cette situation confuse, en peser les avantages et les inconvénients.

« Rouquet, cette idée n'est peut-être bonne qu'en apparence, elle vient juste de me venir, laissons-la mûrir dans votre tête et dans la mienne ce soir et cette nuit, nous en reparlerons demain à déjeuner et nous verrons alors ce qu'on peut en faire... Je vous donne rendez-vous demain matin à 10 heures sur mon aérodrome, je vous emmènerai dans mon avion, nous déjeunerons à mon domicile parisien avec quelqu'un qui, lui, est l'homme qu'il faut pour estimer cette idée à sa juste valeur. » Comme il me voyait dérouté, il ajouta, paternel : « Allons Rouquet, réveillez-vous, pour réussir de bonnes affaires, il faut être aux aguets, à l'affût des idées qui passent sur vos têtes à la vitesse des rapaces, en ajuster une ou deux, les tirer et les enfouir dans sa gibecière... Il y faut du coup d'œil, un bon fusil et un bon chien. » Il me poussa gentiment vers la porte. « A demain 10 heures, profitez de votre soirée pour vous détendre, je vous connais assez pour savoir que vous saurez sur ce sujet rester muet comme une carpe. »

Et il cligna de l'œil. Avait-il donné des instructions pour qu'on respectât le caractère « très personnel » de l'audience ? Le fait est qu'en dehors des domestiques habituels, je ne rencontrai aucun importun, pas même Durat qui dirigeait, au château, le cabinet du président. Une voiture me ramena chez moi. Je me retrouvai seul dans le deux pièces tout neuf que l'on m'avait attribué à mon arrivée ici. Qui aurait pensé que je l'occuperais si peu de temps ? Je m'approchai de la fenêtre et regardai, au large, le paquebot reconverti. Tout à coup, je me sentis triste et bête d'abandonner cette expérience, ce milieu rutilant, alors que, guidé par ma bonne étoile, je m'y étais faufilé hardiment, brûlant les étapes. Un doute m'effleura : mes parents avaient-ils été vraiment bien inspirés de me révéler la vérité de notre filiation, à papa et à moi ? Et le moment bien choisi ?

On frappa à ma porte. Je pestais intérieurement : cela m'aurait étonné que je réussisse à passer complètement inaperçu. Je n'aspirais qu'à la solitude, je n'avais pas du tout envie de me mettre en frais pour la soirée. J'avais calculé qu'à la nuit tombée, je me glisserais au-dehors, mangerais un morceau dans quelque estaminet du quartier des autochtones que les journalistes de la Médiatrice ne fréquentaient pas ou tout au moins pas encore. J'ouvris. Et ma contrariété s'atténua. Grâce au ciel, la seule personne de Masergaël susceptible de ne pas trop me déranger se tenait sur le seuil, un bon et franc sourire aux lèvres : Dan Petto, mon voisin de palier, le spécialiste de politique intérieure de *la Misaine*.

« J'ai hésité à me manifester, dit-il, j'ai su que vous étiez là par le gardien... Si vous êtes libre et si ma tête vous revient encore un peu, ça me ferait plaisir de vous inviter à dîner. »

Sacré Dan Petto ! Si sympathique et spontané ! Je n'eus pas la force de lui faire de la peine. J'acceptai son invitation tout en l'engageant à entrer.

« Je n'étais pas d'humeur à supporter ce soir une compagnie, lui avouai-je sans ambages, mais la vôtre n'est pas la pire, et avant d'aller dîner il faut que je vous livre au moins une information, asseyez-vous.

— Il faudra que je fasse une étude sur la mystérieuse psychologie des Tonombrais, plaisanta Dan Petto en s'installant à califourchon sur une chaise. J'écoute le scoop : La comtesse a-t-elle ressuscité ? Si oui, laquelle ? La gaulliste ou la pétainiste ? J'ai là de quoi, moi aussi, fabriquer un jour mon petit bouquin de journaliste : *Les démons de la Haute-Ariège — Damnés rouges et démons noirs*. J'encaisserai quelques dizaines de millions de centimes et je vous donnerai une commission, mais il faut que j'attende de monter dans l'organigramme sinon mes honorables confrères ne me prendront pas dans leurs émissions, je n'aurai pas de pub, et par conséquent je ne trouverai pas d'éditeur. »

Je l'avais écouté en souriant dégoiser ses impertinences. C'était assurément un joyeux compagnon. « Dan Petto, j'ai démissionné. » Voilà qui lui coupa souffle et caquet. « Ça alors, vous m'en bouchez un coin », fut tout ce qui sortit de cette tête d'où fusaient, habituellement, des canonnades de bons mots et de reparties. Puis, l'humour reprit quelque droit : « Je croyais avoir assez bien compris votre personnage, surtout après vous avoir vu à l'œuvre sur votre terrain, dans votre village, et je m'étais dit : il y a du Pompidou chez ce Rouquet, il ira loin, il sait attirer l'œil des maîtres, il a de la chance, et le travail fera le reste... Comment un Tonombrais peut-il renoncer à la porte d'un ascenseur qui peut le monter si haut ? Je n'en reviens pas, et ça prouve que je n'ai rien compris aux Ariégeois de la montagne. »

Alors me vint l'idée de roder mon explication officielle :

« A cause de mes parents, ils ont craqué : je suis leur fils unique, ils avaient pour moi des ambitions, un grand restaurant à Toulouse pour lequel ils ont économisé, finalement j'ai cédé : je serai aubergiste, restaurateur comme mon père, c'est sans doute sage et de toute façon, il est trop tard pour revenir sur ma décision, je viens d'en avertir le président cet après-midi, c'est pour ça que je suis mélancolique. »

Dan Petto m'avait écouté avec attention. Là résidait sa force : il passait sans transition du cabotinage à la concentration. Son expression se transformait : le loup expulsait le chansonnier.

« Je comprends, dit-il... Vous repartez quand ? Et comment ? » Question banale, tout à fait usuelle dans ce type de circonstances. Je ne sus dissimuler qu'elle m'embarrassait en l'occurrence. « Demain, par le train, j'expédierai la malle par fret. » Dan Petto plissa les yeux, scruta mon visage comme pour y déceler la confirmation d'une anomalie, un signe que Rouquet cachait quelque chose, que son histoire de succession paternelle, réglée depuis beau temps, n'était qu'une fable, que sa vraisemblance même en faisait un leurre de premier ordre capable d'égarer les plus malins, d'abuser les plus redoutables inquisiteurs, bref qu'une anguille se tapissait sous la roche. « Je comprends, répéta-t-il. Chaque fois que je le pourrai je reviendrai vous voir dans votre beau village... En attendant, si nous allions dîner ?

— D'accord, dis-je. Allons dîner. »

Délicat, il s'enquit :

« Vous n'avez pas envie de voir trop de monde de la Médiatrice, alors je vous propose une petite balade à l'intérieur des terres, j'y ai découvert un excellent hôtel-restaurant, il faut toujours visiter l'arrière-pays quand on débarque au bord de la mer.

— Très bien, approuvai-je, comme ça on aura la paix. »

Quelque temps plus tard, dans la voiture, je me détendis :

« Vous avez bien fait de frapper à ma porte, ça me fait du bien de passer avec vous ma dernière soirée à Masergaël.

— Qui vous dit, protesta-t-il de son ton gouailleur retrouvé, que vous n'y reviendrez plus ?

— Au fond c'est vrai, j'y reviendrai peut-être pour y revoir quelques amis.

— Ou quelques ennemis, pouffa-t-il, incorrigible.

— Je n'ai pas eu le temps de m'en faire beaucoup.

— Vous savez, pouffa-t-il derechef, en cinq minutes on peut s'en faire cinquante !

— Nous y voilà », enchaîna-t-il.

Quatre ou cinq maisons de part et d'autre de la route, un hameau du Nord, parmi elles un hôtel de trois étages. Une lanterne ancienne éclairait la porte. Dan Petto tira sur un cordon et une clochette tinta. Un quinquagénaire nous ouvrit, obligeant et amène : « Bonsoir monsieur Dan Petto, bonsoir monsieur, donnez-vous la peine d'entrer. » Voilà une formule que ni mes parents ni moi n'avions utilisée en recevant nos clients : nous avions des leçons de politesse à prendre des gens du Nord.

« Nous nous sommes décidés au dernier moment, expliqua Dan Petto et nous n'avons pas réservé.

— Ça ne fait rien monsieur Dan Petto, il y a de la place ce soir. »

Nous pénétrâmes dans une belle salle à manger où les dîneurs étaient peu nombreux. Deux hommes, en qui mon œil exercé diagnostiqua des représentants de commerce, deux couples entre deux âges qui mangeaient en silence. Dan Petto me conseilla le menu : champignons de mousse crus, émincés, à la vinaigrette, pot-au-feu de canette, bière « maison ». Dan Petto n'avait pas semblé convaincu par ma démission et son explication, il affectait une décontraction, qui sentait l'artifice à plein nez. Ce genre de comédie ne correspondait nullement à sa nature profonde, vivace et spontanée. Aussi cessa-t-il de la jouer dès que nous eûmes passé commande.

« Rouquet, dit-il, j'ai l'impression que nous avons éprouvé une sympathie mutuelle dès notre première rencontre et j'ai envie que cette sympathie devienne amitié... Il y a chez vous quelque chose d'attachant, de bizarre aussi, de drôle même, un mélange de paysan madré, de maquignon et de personnage de tragédie, et par respect pour vous et pour moi, je ne veux pas faire semblant de tout gober comme un boy-scout... Je préfère vous le dire tout de suite et en face : votre projet de quitter cette place auprès d'un type aussi puissant que Sanaris pour ouvrir un restaurant à Toulouse, je n'y crois pas une seconde, ce serait trop simple, trop logique, poli comme un œuf : le retour du fils prodigue !... Mais ça ne me regarde pas, je ne veux rien savoir ni rien demander, je garderai mes doutes pour moi tout seul, tout ce que je veux, c'est que vous m'appreniez un jour à chasser l'isard. »

Nous attaquâmes nos champignons en silence. Ils étaient bons. Mais que l'on me pardonne, ceux de ma mère étaient meilleurs, pour la raison que voici : elle les laissait macérer deux jours et une nuit dans un cuvier de vinaigre de vin espagnol salé légèrement, puis elle les servait sur un lit de cresson frais rendu moelleux par ce qu'elle appelait comiquement un « shampooing » d'huile d'olive. Que devais-je faire ? Protester ? Renforcer le motif officiel de ma démission en l'éclairant sous une ou deux faces supplémentaires ? Ou alors adopter la conduite de Dan Petto : franchise et pudeur. Après tout, des gens qui sympathisent ne sont pas obligés de tout se raconter.

« Vous voyez, Rouquet, reprit-il, et pour en finir avec votre démission, le motif invoqué est apparemment aussi logique que la conclusion policière de cette affaire d'hostie empoisonnée... On se disait : qui, en dehors de cet abbé, pouvait, à coup sûr, empoisonner cette femme ? Réponse : personne. Et voici que par miracle, l'abbé avoue : ne vous cassez donc pas la tête, ne cherchez pas midi à quatorze heures, j'ai, en effet, empoisonné l'hostie, je l'ai déposée sur la langue de la comtesse de Tonombres et voici pourquoi : figurez-vous que je couchais avec elle sans savoir qu'elle était ma mère ! Et le tour est joué ! L'affaire est entendue. Tant pis pour les amateurs de romans policiers, ils seront déçus les pauvres par cette version où l'on mélange Sophocle, *Nous deux* et *La Veillée des chaumières*, eh bien, vous voyez, Rouquet, après mon retour de Tonombres, j'ai réfléchi à cette affaire bizarre, il faut reconnaître qu'elle sort de l'ordinaire, qu'elle excite l'imagination, et plus j'y pense plus je suis perplexe. »

Je sus gré à Dan Petto de cette digression qui me permettait, avec sa complicité, d'éluder mon propre cas. C'est donc avec soulagement mais aussi une curiosité aiguisée que je bifurquai vers la mort inouïe de la comtesse Marthe.

« Oviac a avoué, rappelai-je. Il a avoué par écrit.

— Je sais bien, répliqua Dan Petto, mais j'ai pris la peine de me renseigner, je ne dis pas ça pour vous qui connaissez comme pas un l'histoire de ce village, le passé de ses habitants, mais pour tous les autres, les policiers, les autorités, les amis et relations des Tonombres... Les anciens résistants qui ont connu la comtesse Marthe dans les années

1943-1945, même ceux qui l'ont seulement côtoyée, sont unanimes : que la comtesse gaulliste fût enceinte n'était qu'un secret de polichinelle dans ce réseau, et je tiens de source on ne peut plus sûre que cet Oviac, en arrivant à Tonombres, savait parfaitement que cette femme était sa mère... C'est même cela qui expliquait leurs relations, on les croyait amants, ils étaient mère et fils. Dès lors on comprend qu'ils aient eu envie de se voir le plus souvent possible. »

Ce fut l'instant de la soirée où mon cas personnel, ma démission de la Médiatrice basculèrent au second plan. Devant moi, Dan Petto, de toute évidence passionné, habité par cette affaire, me regardait les yeux brillants. J'avais au moins trois raisons d'être embêté. Premièrement, pour la première fois depuis le 15 octobre, j'entendais mettre en cause la culpabilité de l'abbé, ce qui me prenait au dépourvu. Deuxièmement, tout ce qui, désormais, touchait aux Tonombres me touchait aussi à moi le petit-fils de la douairière pétainiste, provoquait en moi un trouble de type nouveau auquel je n'étais pas accoutumé et que je surmontais mal. Troisièmement, moi, Rouquet de Tonombres, n'étais-je pas censé en savoir incomparablement plus qu'un étranger, même futé, sur cette question ? Or, à ma confusion, je n'avais jusqu'alors jamais entendu dire ni à Tonombres ni ailleurs que l'abbé fût au courant de sa situation familiale réelle. Je l'apprenais ce soir-là de la bouche d'un jeune journaliste entreprenant et doué. C'était un peu fort. Il est vrai qu'il ne m'apportait aucune preuve de ce qu'il avançait. En détenait-il ? Afin de ne point passer pour un idiot intégral, je me cantonnai dans l'attitude équivoque de celui qui en sait long mais qui, avant d'abattre ses cartes, éprouve la franchise de son interlocuteur, mesure la véritable étendue de ses informations.

« Et alors ? dis-je.

— Et alors, reprit Dan Petto en plissant les yeux de contentement, si Oviac savait depuis beau temps que la comtesse était sa mère, pourquoi écrit-il qu'il le découvrit avec une stupeur douloureuse dans la nuit du 9 au 10 octobre ? Et pourquoi cette “ découverte ” l’aurait-elle bouleversé au point de lui ôter provisoirement la raison, d’imaginer pour sa mère et lui une mort expiatoire au moyen de deux hosties empoisonnées ?

— Êtes-vous absolument sûr de vos sources », interrogeai-je d’un air entendu et sur un ton sentencieux.

Dan Petto hésita une fraction de seconde puis se décida :

« J’ai eu l’idée toute simple de questionner des gens du village d’Oviac, dans les Corbières, où l’abbé, né à Toulouse, fut élevé par une dame Rose Mir... Le nom d’Oviac fut inscrit à l’état civil grâce à la bienveillance du maire de l’époque, M. Soulza, car le bébé ne fut reconnu par personne ! Normalement, il aurait dû échouer sous un porche de Toulouse ou, au mieux, à l’Assistance Publique, pas du tout, il arriva sans nom, sans origine officiellement connue, dans ce village et dans les bras de Mme Mir, une femme d’Oviac placée à Toulouse, et le maire lui colla sans barguigner le nom du village comme une étiquette sur une bouteille ! On était expéditif à cette époque dans les Corbières et pas chicaneur pour deux sous ! Eh bien, je vais vous dire : cette Rose Mir existe toujours, et cette histoire de Tonombres qu’elle a lue dans les journaux lui est tombée dessus comme la foudre ! C’est elle qui proteste : l’enfant qu’elle a élevé est parfaitement incapable de faire une chose pareille, d’empoisonner quelqu’un avec une hostie ! Et sa propre mère en plus ! Ça fait longtemps, assure-t-elle, que le petit connaît l’identité de ses parents ! Aussi bien sa mère que son père ! Et voyez-vous, ce qui m’intrigue le plus, c’est que cette petite enquête était à la portée du policier le plus bête de France. »

Le patron nous apporta le pot-au-feu de canette. Dan Petto me considérait avec attention. Il était intelligent, le bougre, il comprenait soudain que j’ignorais tout de ce qu’il me racontait là alors que j’étais censé posséder une connaissance encyclopédique des affaires du village. Cependant, il me mit à l'aise, et je lui saurai gré toute ma vie de cette délicatesse. Il me dit doucement :

« Il y a en moi du journaliste et du flic alors qu'il n'y a chez vous que l'enfant du pays peu soucieux de fouiller et fouiner... C'est donc normal que sur un tout petit point facile à élucider, j'en sache momentanément plus que vous, mais si je m'avise de vouloir progresser, alors les difficultés commenceront... Rouquet, poursuivit-il en changeant brusquement de ton et en délaissant couteau et fourchette, cette histoire est vraiment folle, je ne crois pas une seconde à cette version officielle qui semble arranger tout le monde, ce curé a dû écrire la lettre contraint et forcé, mais où et pourquoi ? Je n'en ai pas la moindre idée mais si, malgré votre démission, vous avez conservé de bonnes relations avec Sanaris, vous pourriez me faire un cadeau extraordinaire qui aurait une influence capitale sur ma carrière : me faire confier une enquête-reportage sur ce crime, croyez-vous que ce soit possible ? »

Pris de vitesse par toutes ces paroles et ces idées qui s'amoncelaient, je hochai la tête, dubitatif. Emporté par son excitation, il revint à la charge, m'assenant une nouvelle information :

« Rouquet, cette Rose Mir, savez-vous où elle était employée pendant la guerre ?

— Non, répondis-je.

— Je vous le donne en mille, dit-il goulûment.

— Je n'ai pas d'idée, balbutiai-je.

— Elle était bonne chez le docteur Busoch, le père du journaliste Busoch, membre du réseau Massip, qui fut arrêté par la Gestapo en décembre 1943, déporté à Dachau où il mourut, et savez-vous qui a accouché Marthe de Tonombres six mois plus tôt, le 1er juillet ? Ce même docteur Busoch. Et savez-vous qui conduisit la voiture qui transporta à Oviac Rose Mir et le bébé ? Le fils Busoch, qui avait alors vingt-quatre ans et appartenait à ce même réseau Massip, comme son père, comme Marthe, comme votre ami Mauny... »

Je m'appliquais à mon pot-au-feu. Il sourit et dit :

« Rassurez-vous, Rouquet, à partir de là, je ne sais plus rien, mais j'aimerais bien en savoir davantage, et je ne peux avancer que si on me paie pour ça, c'est une enquête qui demande du temps.

— Je réfléchirai », promis-je.

Et je continuai à manger. Les uns après les autres, les clients quittèrent les lieux. Aux pâtisseries, nous restâmes seuls. J'eus envie d'un cognac. Dan Petto commanda pour lui une mirabelle. Il était environ 22 h 45, et malgré l'heure tardive le patron prépara à la hâte une table de huit couverts.

« Vous remettez ça à cette heure? s'étonna Dan Petto.

— On m'a téléphoné de votre Médiatrice, M. Areigne a des gens importants à traiter, je ne peux pas l'envoyer au diable. »

« Partons quand il est temps, soufflai-je, j'ai assez parlé de mes problèmes et je n'ai pas envie de remettre ça avec Areigne.

— Tant pis pour les pâtisseries », s'affligea mon compagnon.

Nous nous levâmes et il marcha vers la caisse pour payer l'addition. Comme nous saluions le patron, nous entendîmes tinter la sonnette. « Trop tard, chuchota Dan Petto, ce n'était pas la peine de sacrifier le gâteau de noix, mais après tout, vous n'êtes pas obligé de raconter votre vie, ils apprendront toujours assez tôt votre démission. »

Les soupeurs firent leur entrée, conduits par Areigne, le haut responsable des questions commerciales de la Médiatrice. Je reconnus les invités, aperçus à diverses occasions avant et pendant la fête inaugurale, à l'exception d'un seul, toutefois, un jeune homme grand, brun, mince dont les yeux étincelaient autant que ceux de Gomulfe, le directeur du journal télévisé, célèbre pour ses pupilles ardentes et son visage sous tension perpétuelle, et qui, justement, faisait partie, ce soir-là, de la compagnie avec le sondeur Lenoyer, l'étoile montante des émissions de variétés Damasio, qui officiait à Radio-Bâbord tout au long de la matinée et dont on disait que les mères de famille françaises le désiraient pour gendre, et deux dames de la radio, la Garulka, petite, rondelette, extrêmement introduite auprès des politiciens de tous bords, et la Bagatelli, féline, longiligne, sulfureuse, maîtresse de M. Scatton, magnat du pétrole. L'apparition du huitième convive me fit sursauter : L'écrivain antifasciste U.G. alors collaborateur de M. Cyrus-Varois, président d'Impera Publicité. U.G. que les Tonombrais, et donc moi-même, n'avaient pas vu depuis l'hiver 1962 où s'éteignit sa grand-mère dans sa maison des Iles. En octobre 1971, U.G. avait trente-sept ans, c'est-à-dire douze ans de plus que moi. Je me souvenais de lui quand il avait dix-huit ou vingt ans et qu'il passait sur le pont, voûté, englouti dans de mystérieuses méditations, revêtu de la vieille cape noire de son grand-père dénichée au grenier. Je me souvenais aussi de sa brutale métamorphose quand il apparut au village à sa première permission lors de la guerre d'Algérie, en uniforme de sous-lieutenant de chasseurs. Je me souvenais enfin de lui à l'enterrement de sa grand-mère. Je l'avais revu trois ou quatre fois à la télévision. Et voici que je tombais sur lui dans cet hôtel isolé à l'intérieur des terres du Nord. Si je le reconnaissais sans peine, lui, forcément, ne pouvait identifier en moi l'enfant, le garçonnet tonombrais des années 50 qui courait entre les jambes des clients de l'auberge du Mirabat où il affectionnait de prendre l'apéritif avec ses vieux copains et amis du village. « Rouquet ! s'exclama Areigne, quelle surprise de vous voir là ! Je vous croyais encore en mission à Tonombres ! Bonjour Dan Petto ! »

Areigne présenta tout le monde dans un désordre apparent car, de toute évidence, les invités de choix, ceux en l'honneur de qui le grand manitou des affaires commerciales de la Médiatrice s'était mis en frais étaient les deux collaborateurs de M. Cyrus-Varois, U.G. et un certain Espir qui venait d'entrer à Impera. Les dames incandescentes de la radio, les deux espoirs des médias français Gomulfe et Damasio n'étaient là que pour flatter la vanité des deux publicitaires. Tous traitaient U.G. avec beaucoup d'égards. Ce soir-là, le hasard me permit de vérifier combien n'était pas surfaite la réputation de mon compatriote. Les dames Bagatelli et Garulka le léchaient des yeux comme les flammes d'un feu une bûche de chêne. Le jeune Espir le suivait tel un caniche. Areigne et Lenoyer l'entouraient d'une déférence ostentatoire. Certes, ce n'était pas l'écrivain que ce beau monde honorait, mais, au-delà de lui, son maître puissant M. Cyrus-Varois. Il n'empêche : les places étaient si chères aux entours de l'empereur de la publicité que seules s'y hissaient ou s'y infiltraient des personnalités d'exception. Quand Areigne eut dit : « M. Rouquet, le nouveau et brillant collaborateur personnel de notre président, un enfant de la montagne ariégeoise », U.G. me regarda avec surprise et sympathie.

« Vous êtes Ariégeois ?

— Je suis le fils des Rouquet de Tonombres, quand j'étais petit, j'étais souvent dans vos jambes à l'auberge. »

U.G. eut un sourire ému.

« Ça alors ! Le petit Rouquet ! Auprès de M. Sanaris ! Mais je ne savais pas ça ! Bien sûr que je me souviens de vous ! J'ai la mémoire des exilés, vous savez. » Il eut une moue nostalgique. « Mais je reviendrai un jour, reprit-il. Que faites-vous exactement ? »

Je fus bien embêté. Je ne pouvais quand même pas, devant Areigne qui l'ignorait, répondre que je venais de démissionner.

« Je suis secrétaire particulier de M. Sanaris.

— Alors vous passez à Paris de temps en temps, n'oubliez pas de me téléphoner, on parlera du pays.

— C'est vrai que vous êtes aussi Ariégeois monsieur U.G. ! triompha Areigne. C'est dommage que vous ayez déjà dîné, on vous aurait invités avec plaisir, ce sera pour une autre fois, à votre prochain passage à Masergaël, on fera signe à Rouquet. »

Nous prîmes congé.

« Je suppose, dit Dan Petto, que vous n'êtes pas chaud pour une virée au port.

— Non, répondis-je, merci, je suis fatigué et je dois mettre de l'ordre dans mes idées. »

Seul dans mon appartement, j'éprouvai que ce n'étaient point là propos en l'air. Curieusement, le rendez-vous majeur qui m'attendait le lendemain ne fut pas ce qui nourrit le plus ma réflexion cette nuit-là, mais bien plutôt les informations inédites reçues de Dan Petto, un étranger, sur Oviac, Mir, Soulza, Busoch père et fils, et d'autre part ma rencontre imprévue avec U.G. D'avoir surpris U.G., fût-ce un court moment, dans sa vie d'homme qui a réussi, de l'avoir vu respecté, courtisé, craint par des gens eux-mêmes très en vue dans leurs professions respectives, me donnait la mesure de l'ascension sociale de mon compatriote tonombrais, du personnage ténébreux et théâtral qui avait occupé mon enfance. J'en demeurai ébloui. Par contre, Dan Petto m'avait accablé sans le vouloir. En quelques jours, sans trop se fatiguer, il avait récolté des informations qui me laissaient aussi perplexe que penaud et qui confirmaient, s'il en était besoin, la complexité de l'affaire tonombraise. Le nombre impressionnant de fils invisibles qui tramaient le passé au présent et les acteurs entre eux. Avant de m'endormir, une question qui, franchement, ne m'avait jamais hanté, se reposa néanmoins : qui était le père de l'abbé Oviac ?

Le 30 octobre 1971 à 10 h 15 précises, l'avion privé de M. Sanaris décolla de l'aérodrome du château fort de Masergaël avec à son bord le président et moi-même. A 11 h 30, nous montâmes dans la voiture qui nous attendait à l'aéroport du Bourget. A 12 h 30, nous étions dans le somptueux appartement parisien du patron de la Médiatrice, au dernier étage d'un immeuble sis quai d'Orléans, dans l'île Saint-Louis. Pendant deux heures, j'avais partagé la vie inimaginable des puissants : un souvenir inoubliable.

Dans l'avion, M. Sanaris m'avait dit : « Nous n'allons pas parler de notre affaire ici, une seule question : vous n'avez pas changé d'avis depuis hier soir ?

— Non monsieur.

— Parfait, alors nous reprendrons cette conversation chez moi, à Paris... » D'excellente humeur, il avait poursuivi : « Je crois que Durat a percé notre secret, il a découvert que vous étiez ce matin mon passager, il doit se demander si vous n'allez pas prendre sa place un de ces quatre matins ? Ou la mienne ! Qu'avez-vous fait hier soir ? » Je le lui dis. « Cet U.G., commenta M. Sanaris, est très fort, il ira loin, je ne veux pas mettre Cyrus-Varois en colère sinon je l'aurais bien débauché... » Puis il ajouta, comme pour lui-même, en se tournant vers le hublot, une phrase que je ne comprendrais qu'une vingtaine d'années plus tard : « Le problème, c'est qu'il écrit... En politique, surtout dans les affaires, quand les choses deviennent sérieuses, à un niveau élevé, on peut écrire tout ce qu'on veut mais pas certains romans. »

Je saisis l'occasion de ce voyage pour aider Dan Petto, tâter le terrain sur l'éventualité d'une enquête à Tonombres.

« Le journaliste de la *Misaine* Dan Petto, dis-je, est persuadé que l'affaire du crime de Tonombres a été bâclée, qu'un bon journaliste pourrait la tirer au clair pour le plus grand profit de son journal. » Le visage du président se ferma. Un instant, je crus qu'il se livrerait à quelques commentaires. « Respectons la vie privée des gens, gardons-nous de faire du zèle dans ce domaine », fut la seule réflexion que lui inspira l'idée de Dan Petto. « Mon compagnon, pensai-je, ne ferait jamais l'enquête de sa vie, en tout cas pas pour un journal du Groupe. »

Quai d'Orléans, M. Sanaris me laissa une bonne demi-heure dans le salon donnant sur la Seine, environné de tableaux de maître et de sculptures sans doute fort précieuses. Peu après 13 heures, le président reparut avec le « troisième homme » dont il m'avait parlé, le général Redan, le chef du S.D.I.E., Service de Documentation Intérieure d'Espionnage, chargé des réseaux subversifs en tous genres et de toutes origines à l'œuvre dans le ventre de la République, et tout comme Massip, Compagnon de la Libération.

« Monsieur Rouquet, dit-il en me tendant la main, le visage épanoui, je ne puis prononcer votre nom sans penser aux divines écrevisses de votre mère, comment allez-vous ? »

Le président répondit à ma place : « Comme je vous l'ai dit, mon cher, notre jeune ami a eu récemment des problèmes qui le conduisent à revenir au pays, voulez-vous répéter au général ce que vous m'avez dit hier ? »

Le temps que je parlai, le général ne détacha pas de moi ses yeux bleus et perçants. A la fin, il dit à mon patron : « J'ai une faim de loup, si nous continuions à table. » Nous passâmes à la salle à manger. Le général reprit alors la parole :

« M. Sanaris m'avait prévenu au téléphone que vous vous trouviez dans un état d'esprit intéressant pour le vieux soldat que je suis, mais vous allez au-delà de mes espérances, monsieur Rouquet, il est rare, très rare, de rencontrer un citoyen à ce point désintéressé et déterminé, c'est pour ça que je ne vais pas y aller par quatre chemins, je vais vous exposer sans fard ce que vous pouvez faire pour nous puis vous resterez libre d'accepter ou non, dans ce dernier cas, je vous demanderai seulement d'oublier ce déjeuner, M. Sanaris s'est porté garant à ce sujet. »

Je donnai cette assurance par un hochement de tête énergique. Puis le général Redan développa les idées que le président avait simplement effleurées dans son bureau de Masergaël : Toulouse et la haute montagne ariégeoise figuraient parmi les foyers les plus intenses et dangereux du terrorisme international recensés par les Services spéciaux, ce pour des raisons géographiques et historiques : proximité de l'Espagne, de la Catalogne, du Pays basque, présence à Madrid d'un dictateur, et à Toulouse de ses vaincus de 1936, les républicains exilés, leurs enfants, leurs petits-enfants, profondément marqués par cette guerre civile horrible inlassablement contée et ressassée par leurs parents communistes, anarchistes, socialistes, concentrés dans la Ville rose et sa région, au total un espace idéal pour le terrorisme international proprement dit, issu du Proche-Orient, des milieux extrémistes italiens, allemands et japonais, des groupes armés clandestins basques, catalans, irlandais, un espace accueillant, propice à une infrastructure efficace, riche en caches, repaires, imprimeries secrètes, et même, précisa Redan, avec deux, peut-être trois camps d'entraînement le long de la frontière... Si les tonombristes ne représentaient rien du tout au sein de cette vaste et puissante machinerie souterraine, des informations très récentes indiquaient que certains « cerveaux » de la subversion en France songeaient à les utiliser davantage et mieux, c'était là le fait nouveau de nature à bouleverser de fond en comble le paysage du gauchisme toulousain. Ces cerveaux, assura le général, sont à l'œuvre à Toulouse même, des anarchistes et des communistes catalans viennent de créer du côté de Barcelone ce qu'ils appellent le Mouvement Ibérique de Libération dont l'un des objectifs déclarés est tout simplement d'assassiner le général Franco et tout ce qui compte autour de lui au sommet de l'État et de l'armée espagnole. Ce mouvement qui recrute à Toulouse a sûrement établi des liens avec Peuple et Résistance à Paris mais nous ignorons l'identité des chefs toulousains qui sont entrés récemment dans le circuit et qui, à notre avis, sont derrière les récents attentats contre les sociétés d'informatique. Ils apportent des techniques nouvelles, un fanatisme tout aussi nouveau dans nos pays occidentaux, ce sont ces chefs qu'il faut identifier au plus vite, « et c'est là, monsieur Rouquet, que vous pouvez nous apporter une aide précieuse ». Et le général d'expliquer comment : ouvrir mon établissement à Toulouse, y attirer peu à peu, sans me presser, sans les effaroucher, mes amis tonombristes, gagner leur confiance, éventuellement leur prêter aide et secours pour certaines opérations, devenir persona grata, tenter de la sorte de remonter la hiérarchie extrémiste jusqu'aux chefs, ne pas m'arrêter aux subalternes, lui adresser, à lui Redan, des rapports réguliers par des moyens qu'il me ferait connaître. Voilà. J'étais voué à l'espionnage. « Surtout, recommandait le général, n'en rajoutez pas sur le plan politique, restez vous-même, tel que vos amis vous ont toujours connu : plutôt fermé à la politique en général, sans activisme, pas flic et pas fasciste pour autant, et, depuis votre démission de la Médiatrice, plus apolitique que jamais, par contre, heureux de retrouver la ville de vos études, vos chères montagnes, votre amour désespéré, un peu fou, pour la jeune châtelaine du Mirabat et de la Garde à qui il est capital que vous présentiez votre situation nouvelle dès que possible, n'hésitez pas à lui assener la vérité de votre filiation dont je suis moi, Redan, persuadé qu'elle l'ignore, troublez-la, attachez-vous-la par ce secret, tirez-la vers vous de toutes vos forces, n'oubliez jamais que vous l'éloignez en même temps de ceux qui cherchent à la compromettre sans scrupules. »

Ce jour-là, quai d'Orléans, on me proposa, en somme, le poste « d'honorable correspondant » toulousain du S.D.I.E. de M. Redan. Je n'hésitai que quelques minutes, le temps de me persuader qu'une telle mission ne serait pas aisée, mais qu'elle était vitale pour tous, ceux qui s'étaient fourvoyés dans l'illusion révolutionnaire, ceux qui risquaient d'en faire les frais, et surtout celle qu'il me fallait reconquérir, ma femelle prédestinée, ma petite-cousine Tonombres, ses yeux pers, ses longues et lourdes cuisses blanches pétries jusqu'alors par des imposteurs vicieux et maladifs. Je servirais à la fois la patrie et l'amour. Heureuse conjonction, et, pour un Rouquet, noble perspective.

Durant novembre et décembre, je passai le plus clair de mon temps à Toulouse, à la recherche d'un local à vendre, où installer mon « bar ariégeois ». Je finis par le dénicher rue Malbec, à deux pas de la Garonne et de cette rue des Blanchers où il se passerait tant de choses, à moins de dix minutes, à pied, de l'appartement de Gisèle et du domicile de mon ami le journaliste résistant Mauny, rue Temponnières. Mon père et ma mère avaient réagi bien différemment à mon brutal revirement. Papa, joyeux, n'avait pratiquement posé aucune question. Certes, il eût préféré qu'un Rouquet débutât à Toulouse par un véritable restaurant, même modeste, plutôt qu'en ouvrant mon bar, fût-il « gastronomique » et dit « du Mirabat ». Conformément à mes prévisions, il s'en accommoda : c'était un pas qu'il n'espérait plus dans la bonne direction. D'ailleurs, il commença sans attendre à cogiter avec allégresse sur toutes sortes de sandwiches, terrines et autres « assiettes froides » de nature à maintenir à Toulouse la réputation de l'auberge de Tonombres. A toute heure de la journée, jusque tard dans la nuit, bien après les spectacles, les oiseaux de nuit au bec fin pourraient se régaler au bar du Mirabat de jambon de sanglier, pâtés de lièvre, confits en tous genres, « maison » et délicieux. Par contre, ma curieuse maman se montra circonspecte. Ce désir subit de revenir à la restauration alors que j'avais, des années durant, contrarié mon père en refusant énergiquement de l'envisager, heurtait sa logique et, plus sûrement, son instinct. Souvent, je la sentis au bord de m'en parler mais elle ne s'y résoudrait que tard, sous la pression des événements. Elle accueillit donc ma décision avec une réserve et une appréhension manifestes qui n'échappèrent pas totalement à mon brave père. Une fois de plus, il se méprit. « Après tout, lui dit-il, croyant lui remonter le moral, pour son apprentissage de patron, il vaut peut-être mieux qu'il commence par un bar gastronomique, il se fera une expérience et des clients, après il pourra ouvrir un vrai restaurant. » Nous achetâmes l'ancien dépôt d'une librairie catholique acquise un an plus tôt par un éditeur régional et dont il n'avait pas l'usage. Les travaux furent entrepris le 10 décembre et devaient s'achever à la mi-janvier. L'ouverture officielle du bar du Mirabat fut fixée au vendredi 21 janvier à 17 heures.

Je n'avais pas revu Gisèle de Tonombres depuis octobre et la retrouvai à Saindieu en ce matin lugubre du lundi 3 janvier 1972 où Tonombres enterra la pauvre Françoise Cavalié. Le corps n'avait pas été exposé en public. Il n'y avait pas eu de veillée mortuaire au château de Saindieu. Personne ne s'offusqua de cette entorse aux traditions funéraires du village. Les raisons en étaient multiples : statut spécial de « notables étrangers » des hôtes de Saindieu, caractère particulièrement cruel du deuil, justifiant un sombre tête-à-tête entre la famille et le malheur, parti sage et décent de ne pas exhiber le visage méconnaissable d'une jeune noyée et que chacun avait connu gracieux. Ceux qui, d'une manière ou d'une autre, s'estimaient tenus à des devoirs exceptionnels à l'égard des Cavalié ou de Massip, se présentèrent au « château » dès 9 heures tandis que le reste de la population attendit dans l'église la cérémonie prévue à 10 heures. Françoise exerçait depuis un peu plus de deux ans le métier d'infirmière itinérante. Son dévouement, sa compétence, sa mort tragique et prématurée en ce premier jour de l'année avaient poussé les Tonombrais en masse dans notre petite église. Mes parents et moi nous rendîmes à pied à Saindieu. Contrairement aux obsèques mondaines des deux comtesses, organisées sous l'égide des Pompes Funèbres Toulousaines, celles de Françoise, hormis l'absence de veille, respectèrent en tous points nos usages : cercueil porté puis hissé par six Tonombrais sur le corbillard à quatre roues, déchargé devant l'église, déposé sur le catafalque dressé dans l'allée centrale, et, à la fin de l'absoute, rechargé sur le corbillard poussé ensuite par ces mêmes six hommes jusqu'au cimetière. Cette fois, pas de fourgon citadin, pas de voitures.

Dans le grand salon de Saindieu, Gisèle se tenait debout, appuyée au piano à queue, derrière le cercueil posé sur deux chaises, et elle se contenta de me saluer d'un signe de tête. D'un air de me dire : tu es venu, tu as bien fait, je t'ai vu, je t'ai reconnu, c'est très bien, pas d'effusions. Mais était-ce vraiment cela ? Ce pouvait être aussi bien : décidément, partout où les gens souffrent, en toute morbide circonstance, tu es toujours là, toi, Henri Rouquet, le petit aubergiste, à proposer tes services, tes muscles, ton cauteleux dévouement, vraiment tu n'es qu'un oiseau de malheur et tu finis par me répugner. La jeune fille espiègle, joyeuse, qui avait pris tant de place au long de mes années d'adolescence, la jeune femme dont je m'étais emparé une nuit d'ivresse, rue de l'Écharpe à Toulouse, voilà de quel mépris elle me toisait, de derrière le cercueil, celle qui ignorait encore qu'outre son amant-violeur j'étais, par surcroît, son cousin ! Comme je m'échauffais tout à coup, maman, la futée, la sensible, le comprit, qui décocha, en public, pour la première fois, un regard lourd de reproches à la petite Tonombres. Je fis effort pour repousser « la crise » que l'attitude de Gisèle venait de réveiller, mais l'on dut s'apercevoir qu'à peine entré dans le salon quelque puissant malaise intérieur m'avait assailli car, en plus de l'anxiété qui se peignit sur le visage de maman, Cavalié, pourtant à dure épreuve, me secoua, tandis qu'après mes condoléances je restai planté devant lui, probablement très pâle : « Je sais que vous l'aimiez beaucoup, monsieur Rouquet. » « Oui », soufflai-je en baissant la tête, et je rejoignis mes parents, laissant la place à de nouveaux arrivants. Ces retrouvailles avaient déclenché ma bile, renforcé ma détermination d'envisager en termes de lutte nos relations futures, tout au moins tant qu'elle n'aurait pas recouvré sa lucidité, ce à quoi je me jurai de m'employer avec une farouche énergie. Que s'était-il passé, ces derniers mois, qui expliquât une telle distance, une pareille arrogance ? Je me dis alors qu'une explication urgente s'imposait. J'avais prévu de la provoquer à Toulouse, dès l'ouverture du bar du Mirabat. Mais je décidai ce matin-là de brusquer les choses. Je ne devais pas la laisser repartir à Toulouse ou ailleurs sans lui avoir parlé, exposé les raisons avouables de ma démission de la Médiatrice, surtout, sans la reprendre sérieusement en main au moyen de mon atout maître : notre parenté, notre consanguinité, notre inéluctable commune destinée. Dès lors, je ne cessai de l'épier durant les obsèques, de guetter l'opportunité d'une explication, peu soucieux de la voir me filer sous le nez subrepticement.

A la sortie du cimetière, quelques paroles échangées *mezza voce* auront raison de sa superbe indifférence, suffiront à l'entraîner au-dessus des tombeaux de sa famille, de *notre* famille, dans les sous-bois de son domaine, de ce qui aurait dû être *mon* domaine, et là, nous aurons loisir de dissiper quelques-uns de nos malentendus.

Pendant ce temps, deux personnes discutaient avec animation à l'extérieur de la bâtisse blanche, plus exactement au pied du calvaire de Saindieu qui domine Tonombres à l'ouest : un vieux monsieur, le docteur Permont, sans qui jamais le crime probablement le plus diabolique de notre époque n'eût été démonté et élucidé, et l'inévitable Dan Petto, obnubilé par la mort inouïe de la comtesse Marthe, sacrifiant deux ou trois jours de congé à ce qui, désormais, devait durablement l'obséder. Le vieux Permont avait au moins un point commun avec Dan Petto l'astucieux et l'impétueux : lui aussi se torturait les méninges au sujet de ces hosties empoisonnées. De plus, il avait toutes les raisons de se perdre dans la contemplation de la bâtisse blanche de Saindieu, état en lequel le découvrit le journaliste de *la Misaine* au retour d'une petite exploration par lui entreprise tôt le matin à seule fin de humer l'atmosphère de ce crime par bien des aspects envoûtant.

Au début de l'année 1972, le docteur Permont, ophtalmologue à Paris entre les deux guerres mondiales, avait quatre-vingt-trois ans et tirait les pleins bénéfices d'une vie d'ascète et de montagnard assidu. En 1933, la bâtisse blanche de Saindieu était encore la propriété familiale des Permont. Le docteur y avait donc vécu sa douce enfance, sa studieuse et romantique adolescence. Un cataclysme avait d'un coup tout balayé : l'étude prospère d'un cousin Permont, notaire à Toulouse, s'était effondrée en une faillite retentissante qui avait conduit le tabellion en prison et le domaine en des mains étrangères afin d'éponger une partie des dettes. Plus de Permont à Tonombres ! Hormis certains membres de la famille incapables de ne pas revenir au pays quelques jours de vacances par an et en pension à l'hôtel, le plus souvent chez nous, les Rouquet. Le vieux Permont perdit sa femme, son grand amour, qu'il avait imposée à sa bourgeoise et réticente famille voyant d'un mauvais œil en son sein la fille d'un peintre n'hésitant pas à exposer des nus de sa propre femme. Veuf et retraité, cet érudit capable de lire Tacite dans le texte, au cœur et, en dépit de son âge, au jarret d'acier, fit à Tonombres des séjours de plus en plus prolongés au long desquels il arpentait inlassablement la montagne et rapportait au village de stupéfiants champignons qu'il dégustait seul nul n'osant partager ses délices. Et ce docteur, à chacune de ses randonnées, s'arrêtait au pied du calvaire de Saindieu d'où il donnait libre cours à sa nostalgie, juste au-dessus de la maison qui, sans doute, s'emplissait alors et à nouveau des rires et des paroles d'êtres aimés et disparus. Cependant, M. Permont n'intéresse pas que pour cette raison. N'était-il pas le père de l'étudiant bourgeois catholique qui avait jadis engrossé la fille superbe d'un petit fonctionnaire de Tonombres, laquelle devait engendrer l'écrivain ariégeois U.G. ? Et ce vieillard alerte et distingué, sec comme un sarment de vigne de Saint-Laurent-de-la-Cabrelisse, à la mémoire encore prodigieuse, à la culture hors du commun, qui avait, bravant le qu'en-dira-t-on, enlevé à la corsaire la fille d'un peintre, n'était-il pas le même homme, cassant, cruel, égoïste, qui avait obligé son faible fils à rompre avec la mère d'U.G., à fuir cette femme divorcée, porteuse de l'enfant adultérin maudit, au surplus de paternité incertaine, peut-être juive, afin de ne pas créer de scandale, de ne pas souiller le nom, de ne pas ternir les innombrables, lourds et ciselés crucifix de la famille Permont ? Comme tout ça est bizarre, presque inexplicable.

Le 3 janvier à l'aube, le docteur s'était dit : tiens, je vais aller aux obsèques de cette pauvre petite. Et d'abord, il avait marché une bonne heure. Aussi se reposait-il un moment au calvaire de Saindieu avant de se rendre à la maison de la morte quand il avait aperçu, descendant d'Esbints et venant à lui un jeune homme qu'il ne connaissait pas. A peu près à l'instant où la froideur et la suffisance de Gisèle de Tonombres, postée entre le piano à queue noir du colonel et le cercueil de Françoise, avaient failli allumer en moi une nouvelle crise « de la tête et du ventre », mal repoussant, affection dangereuse héritée par mon père de la seigneurie du Mirabat, une conversation s'engageait au calvaire de Saindieu. Avant tout, en jeune homme bien élevé, Dan Petto déclina son identité, informa le vieux médecin de sa profession tout en plaçant, le mâtin, son petit mensonge : que faisait-il sur cette route, ce matin-là, lui, le journaliste de *la Misaine* ? Simple et pas mystérieux pour un sou : son métier, voilà dix semaines, l'avait amené à Tonombres aux obsèques de la comtesse Marthe. Il avait alors sympathisé avec les jeunes gens de son âge, les Giraud, Bernard Gros, Françoise Cavalié, et il était par ailleurs, à Masergaël, le voisin de palier et l'ami du fils Rouquet, alors il était venu, lui aussi, enterrer la malheureuse jeune fille... Il logeait à Soueix, chez Cascaret, plus à la portée de sa bourse que la formidable auberge de son ami, et ce matin, profitant du temps clair, pour la saison fort clément, il était tombé du lit dès potron-minet pour respirer et se dégourdir les jambes au flanc de nos belles montagnes avant de remplir ses devoirs au château de Saindieu. « Ah, ah, avait nasillé le vieil érudit aux mollets d'isard, louable et sain ce parti que vous avez pris là, figurez-vous que c'est le mien depuis soixante-dix ans que j'impose ma présence à ce pays, soixante-dix ans », répéta-t-il, sans doute atteint par une bouffée de nostalgie. Dan Petto grimpa de la route au calvaire où ils se serrèrent la main. « Docteur Permont. » Ils s'assirent sur le rebord du socle de granit qui supportait la longue et frêle croix de fer.

« Quelle tragédie, murmura le vieil homme, perdre une enfant de cet âge dans de pareilles conditions.

— Oui, approuva bêtement Dan Petto.

— Décidément, reprit le docteur, depuis quelque temps, les drames s'abattent sur ce village.

— C'est vrai, acquiesça le journaliste, ce doit être la loi des séries.

— La loi des séries », marmonna Permont, le regard absent.

Après un silence, il dit, désignant de son bâton la bâtisse blanche :

« Voyez-vous, jeune homme, j'ai joué et étudié dans cette maison quand j'étais jeune, j'y ai vu mourir mon grand-père, un cousin, deux grand-tantes, j'y ai connu mon premier coup de foudre à vingt et un ans tout juste, j'y ai vu planter par mon père les lilas sous cette tonnelle qui est là-bas à droite, et puis... Le vent a tourné, il a fallu vendre tout ça à cause des mauvaises affaires de l'un de mes oncles... Moi, je n'ai cessé de revenir au pays régulièrement, d'abord tout seul, ensuite avec ma femme, et maintenant... Me voici de nouveau tout seul... Je descends à l'auberge Rouquet ou alors, quand les chambres sont prises, à l'hôtel du Founta... Je n'ai jamais pu me résoudre à acheter une maison ici, n'est-ce pas idiot? Quand notre ancienne propriété a été remise en vente, j'ai manqué l'affaire, je l'ai su trop tard, le colonel me l'a soufflée... Comment le sut-il avant moi? Par les Vial, certainement, Marthe du Vial... Ah! s'exclama-t-il soudain, j'ai toujours appelé la comtesse de Tonombres par son nom de jeune fille! Je l'ai connue toute petite, à son mariage surprise avec le comte, elle devait avoir dix-huit ans et moi trente-trois... Comme tout ça est loin... Qui aurait jamais dit qu'elle mourrait de cette façon... De cette incroyable façon », conclut-il en hochant la tête.

Bien plus tard, Dan Petto me confia : « Le docteur avait à peine lâché cette dernière précision que l'idée me vint de le faire entrer dans mes plans. » De cette rencontre fortuite entre un vieil érudit ingambe, sagace, curieux, disponible, et un jeune journaliste ambitieux, têtu, inspiré, naîtrait une alliance efficace et redoutable. A l'ultime réflexion du docteur, Dan Petto avait dressé l'oreille. Ce n'était plus un quelconque chasseur de champignons trottinant tôt le matin afin d'activer la circulation du sang dans ses antiques artères que le destin lui mettait devant le nez mais un personnage plein d'expérience et de ressources, sûrement détenteur d'informations précieuses sur le passé du village, à la fois proche de ses habitants et détaché de leurs intérêts vulgaires. Par-dessus tout, il sembla à Dan Petto que cet octogénaire racé se doublait d'un original que les jeux de l'esprit excitaient au plus haut point. Cette intuition insuffla de l'aplomb au journaliste qui s'empara de la situation et déclara à brûle-pourpoint :

« En tant que journaliste, je ne peux croire aux aveux de cet abbé Oviac, et j'ai décidé que je découvrirai le fin mot de l'histoire... Le malheur, c'est que personne ne s'en soucie ni à *la Misaine,* ni même dans mon groupe, la Médiatrice, je ne sais comment m'y prendre, j'hésite à demander un congé sans solde, d'ailleurs ils ne sont pas obligés de me l'accorder... J'ai pris quelques jours de vacances pour traîner mes bottes dans le coin, essayer de récolter des tuyaux, ce matin je voulais voir les hippies d'Esbints mais je les ai croisés en route, ils allaient à l'enterrement... Il y a deux ans, Françoise Cavalié avait accouché une fille là-haut, sauvé la mère et l'enfant, j'ai continué à monter pour ne pas avoir l'air de m'intéresser à eux de trop près... Quand on s'est rencontrés, je revenais d'Esbints mais le peu que vous m'avez dit sur vous m'a donné une idée un peu folle... »

Le docteur avait attentivement écouté. Le tour imprévu de cette rencontre parut lui plaire.

« Et quelle est cette idée un peu folle ? s'enquit-il, amusé.

— Eh bien, j'ai pensé tout à coup que vous pourriez m'aider.

— Ah, s'étonna le docteur, un rien narquois.

— Oui, reprit Dan Petto, et il se jeta carrément à l'eau : Je me suis dit que vous étiez du pays, très intelligent et à la retraite, et que nous pourrions enquêter ensemble, nous partager la tâche.

— Seigneur ! s'exclama le vieux Permont, je ne sais pas si votre idée est un peu folle mais elle est sûrement inattendue. »

Il rit franchement. Mais il ne se moqua pas. Cette proposition rocambolesque adressée à un homme de son âge l'avait simplement mis de bonne humeur. Alors tinta la première note du glas et il reprit son sérieux.

« Je crois que nous devons y aller, dit-il, désignant du menton la bâtisse. Le glas signifie que le curé et les enfants de chœur ont quitté l'église et ne vont pas tarder à arriver à Saindieu, je vous propose de reprendre cette conversation après ma sieste, vers 16 heures par exemple, nous pourrions faire un tour jusqu'au bois de Balame par exemple, est-ce que ça vous dit ? Si votre montée à Esbints ne vous a pas trop fatigué bien sûr, ajouta le vieil homme avec malice.

— Très bien », s'empressa de répondre Dan Petto, tout heureux de constater que sa proposition plutôt fantasque n'avait pas été rejetée tout de suite par le docteur, pas plus qu'il ne l'avait tournée en dérision ni prise en mauvaise part.

Dans le salon du colonel Massip on se préparait à recevoir l'abbé Cancel, rapidement et, disait-on, provisoirement nommé à la place d'Oviac, et ses trois enfants de chœur, l'un portant la croix, l'autre le seau d'eau bénite et le goupillon, le troisième l'encensoir. Cancel avait été le condisciple d'Oviac au séminaire de Toulouse et, d'après des bigotes toujours mystérieusement renseignées sur ces sujets, son meilleur camarade d'études. Officiellement, l'évêque de Pamiers était responsable de cette nomination mais une dame catéchiste bien en cour y voyait l'influence d'une haute personnalité du clergé toulousain. L'installation de ce jeune abbé au presbytère de Tonombres, même à titre provisoire, ne pouvait, force était de l'admettre, que favoriser les spéculations en tous genres. La cure de Tonombres restait l'une des plus importantes de cette région de montagne saignée à blanc par l'exode de sa jeunesse, elle justifiait encore la présence d'un prêtre expérimenté ainsi que cela avait toujours été. Or, à deux reprises consécutives, deux abbés s'y succédaient qui n'avaient pas trente ans ! Juste après que notre vénérable église eut été le théâtre de sombres et inconcevables profanations, les autorités ecclésiastiques allaient au-devant des pires médisances, remplaçant un abbé en fuite et sur la sellette par un ami et ancien condisciple ! A croire qu'il n'existait alors aucun autre prêtre disponible et disposé à diriger une aussi bonne cure en un si beau pays. Ou alors, prime était-elle donnée à une église démagogique, moderniste à tous crins, cramponnée par tous les moyens aux basques d'une jeunesse qui la désertait ?

L'abbé Cancel pénétra dans le salon, bénit le cercueil avec l'autorité et la componction d'un vieux briscard, fit une courte prière, salua sobrement les Cavalié et Massip, puis il donna sans s'attarder le signal du départ. Ceux qui portèrent le cercueil du salon au corbillard qui stationnait devant la porte furent : Ajas du Loum, le passeur qui convoya pendant la guerre nombre de fugitifs de France en Espagne, ancien membre du réseau Massip, médaillé de la Résistance, il gîtait au pied du Loum, Carrère des Iles, Andreu Prairies, les voisins de Saindieu, le Carrérat et le fils Laglèse de corvée de corbillard à chaque enterrement, et moi Rouquet, le fils de l'aubergiste, serviable et vigoureux, qui jouissait notoirement de la sympathie de la défunte. Emboîtèrent le pas des Cavalié et du colonel, Gisèle de Tonombres, Ganzadi le Noir, les vieux camarades de combat de Massip vivant dans la région et qui avaient pu se libérer de leurs obligations : Félipo, Mauny, le chanteur anarchiste Arenas, trente-quatre ans, enfant d'un soldat républicain tué à Teruel en janvier 1938, Busoch qui, depuis sa démission, habitait à Saindieu, Guiver dit le Kysti dit le Christi avec son effroyable cicatrice à la tête. Et aussi le brigadier Petitvisier, accouru cette nuit fatale afin de procéder au constat d'usage et qui avait tenu à se rendre à la demeure de la jeune morte pour y présenter ses condoléances en uniforme de cérémonie, enfin les « hippies », à qui Françoise avait rendu des services nombreux et gratuits, venus témoigner leur reconnaissance : ceux d'Esbints et ceux de Stillom, hameau de la haute montagne d'Ustou.

Au cimetière de Tonombres, sitôt Françoise Cavalié descendue dans la fosse, les gens défilèrent, jetèrent une poignée de terre sur le cercueil, puis se dirigèrent en ordre dispersé vers la sortie du cimetière. Je pris soin de me tenir en permanence à une dizaine de pas de Gisèle, ni trop près ni trop loin, avec l'intention de l'aborder au moindre mouvement de foule qui la placerait sans voisin immédiat. Je la pistai entre les tombes, feignant de m'intéresser aux noms des morts inscrits sur les plaques et les dalles. L'occasion se présenta quand elle passa non loin du tombeau le plus original de Tonombres, au centre quasi géométrique du cimetière, une sorte d'énorme toit de pierre moussue veillé aux quatre coins par des cyprès de haute taille, sous lequel reposait depuis une soixantaine d'années l'explorateur tonombrais Xavier Brau de Saint-Pol-Lias qui visita Sumatra, Java, Singapour, auteur notamment du livre : *Pérak et les Orangs-Sakeys, voyage dans l'intérieur de la presqu'île malaise*, grand homme de notre village et dont très peu d'anciens conservaient le souvenir. Outre cet emplacement de choix qu'il s'était réservé au cimetière, Brau de Saint-Pol-Lias avait laissé un chalet à pagodes construit selon sa volonté et ses plans au « fond de Tonombres », quartier nord-est du village. Le tombeau de l'explorateur faisait pâlir d'envie l'écrivain U.G. « Brau doit s'ennuyer tout seul là-dedans, soupirait-il souvent. Je suis sûr qu'il ne verrait aucun inconvénient à ce que je l'y rejoigne pour lui tenir compagnie. » « La loi l'interdit », observait Bielle, le maire socialiste de Tonombres, peu soucieux de violer quelque loi que ce soit, et que les lubies et emportements de l'écrivain inquiétaient au plus haut point.

Gisèle ralentit le pas, s'écarta, changea carrément d'allée, manœuvre qui lui permettait de longer le tombeau de Brau. Aussitôt, je me déportai prestement. Gisèle devina une présence et leva les yeux. J'étais tout près d'elle et je me dis que, grands l'un et l'autre, châtains l'un et l'autre, la peau laiteuse l'un et l'autre, ainsi l'un face à l'autre au pied de ce tombeau si remarquable, nous devions être beaux. Cependant, elle n'était pas contente. « Ne peux-tu me laisser en paix une seconde, se plaignit-elle, naguère tu te montrais au moins plus discret... ce qui s'est passé entre nous ne te donne aucun droit sur moi... Tu ne vois donc pas qu'on nous regarde ? Ou est-ce ce que tu recherches ? » Vraiment, elle manifestait une agressivité, une aigreur, une mauvaise foi peu communes. Était-ce la première fois que les gens ici nous voyaient ensemble ? N'avions-nous pas dansé, chanté, excursionné mille fois, elle et moi, au vu et su de tout le monde ? D'où lui venaient cette pudeur subite, cette gêne, ce refus d'être en compagnie d'Henri Rouquet ? « Je ne veux pas savoir pourquoi, tout à coup, tu es comme ça avec moi, on a dû te monter la tête contre moi, une fois de plus, je réglerai ça plus tard... Si je te suis comme un toutou, c'est que j'ai des choses graves à te dire, des choses très graves... » Et avant qu'elle ne lance quelque réplique blessante :

« J'ai démissionné de la Médiatrice, dis-je.

— Je sais, je sais, coupa-t-elle, c'est sans doute grave pour toi mais je ne vois pas pourquoi ça le serait pour moi. »

Et elle tourna le dos et les talons. « Gisèle, exhalai-je comme une bête amochée par les mâchoires d'un piège, nous sommes cousins. »

Voilà qui stoppa son élan. Elle me regarda sans comprendre. « Cousins ? » « Oui, répétai-je d'une voix plus ferme, petit-cousin et petite-cousine, mes parents me l'ont avoué, mon père est le fils de la comtesse Irène. »

Gisèle, les yeux arrondis, revint vers moi et posa une main sur la pierre moussue du tombeau de Brau. Elle me dévisageait avec un autre air, un air bizarre, tout à fait nouveau chez elle, ah diable, je la tenais, le fil ne s'était pas cassé, je la ramenais à mon épuisette, adroitement, savamment, comme la grosse truite que j'avais travaillée un jour deux heures durant, sous le pont du village et les yeux ébahis des badauds agglutinés au parapet. Cet air nouveau, en fait, dois-je l'écrire, c'était tout simplement que, sous le coup assené, d'évidence rudement encaissé, ma cousine Tonombres avait, comme par enchantement, retrouvé sa douceur, sa faiblesse de femme. Et là, tout contre le tombeau de Brau le hardi Tonombrais, je fus empoigné par un désir sexuel belliqueux, je subis une érection douloureuse, je fus près de rudement saisir dans mes mains ce visage encore plus blanc et beau que d'habitude mais je me rappelai à temps que j'avais, maintenant ou jamais, un avantage à exploiter jusqu'à le rendre absolument décisif, irréversible. « Papa, précisai-je, est le demi-frère de ton grand-père invalide le comte Raoul, et je suis, moi, cousin au quatrième degré de ton père... Voilà qui explique, ajoutai-je avec aux lèvres l'esquisse d'un sourire que je voulais bienveillant, protecteur, légèrement compatissant pour la pauvrette soudain tirée bien bas, à cause des fantaisies orgasmiques de feu la vieillarde pétainiste, que nous résistions mal aux coups de soleil avec nos peaux de Tonombres. » Gisèle continua de me considérer, comme hébétée et resta sans parole d'interminables secondes. Enfin, elle articula : « Henri, je ne peux pas croire que tu aies inventé pareille histoire uniquement pour que je m'intéresse à toi plus qu'à d'autres... Es-tu bien sûr que la jalousie ne te rend pas capable de n'importe quoi ? » Elle se tut. Elle étudiait mon visage, à l'affût du moindre trouble qui trahirait le coup de bluff, l'élucubration simpliste, désespérée, d'un petit paysan aux abois, au bord de perdre sa princesse, de voir ruiné son rêve fou. Elle-même, visiblement, suppliait Dieu que cette hypothèse libératrice fût la bonne. Je soutins sans broncher ce regard intense tout plein de l'espoir en une dernière chance. Comme je me taisais, elle s'affola : « Des preuves... As-tu des preuves... » Des preuves ! Ah, ah ! A cet instant, à ces mots, à ce cri d'angoisse, en somme, jailli des profondeurs de son désarroi, je compris que le fils Rouquet avait bataille et cause gagnées. Désormais, mademoiselle Gisèle, son papa, sa maman née Voringe, son frère, son vieux nazi de grand-père, et puis tous ces gauchistes, ces « terreurs » qui rêvaient de se pavaner, glorieux, couverts de sang et de poussière sur les ruines du Palais de l'Élysée et de planter des drapeaux rouges au sommet du crâne de Napoléon juché à la pointe de la colonne Vendôme, tous ils devraient compter avec moi, Rouquet, dorénavant personnage hors du commun à cause de la riche et féconde combinaison, de l'alliage magnifiquement atypique de mes origines, d'une nature et d'une qualité infiniment supérieure à celles d'un Rambouillat fils d'un chiffonnier sans mystère, et de ces révolutionnaires en carton bouilli impuissants, blasés, décadents, gâtés-pourris, qui avaient, en 1968, défoncé les chaussées de Paris. Et, m'appuyant à mon tour sur le tombeau de l'explorateur tonombrais, je glissai à Gisèle, avec un sentiment mêlé, au demeurant très curieux, de sadisme et de tendresse :

« J'ai chez moi les preuves, une grosse enveloppe couleur blanc défraîchi qui m'a été remise il y a deux mois par mes parents et qui contient des documents intéressants, même des photos qui valent le coup d'œil.

— Je veux les voir », dit-elle naïvement.

Et pourquoi pas ? Avais-je jamais envisagé de les lui cacher ? Bien au contraire ! Ils existaient pour elle autant que pour moi, à son entière disposition dans ma jolie chambre de l'auberge Rouquet. Elle apprendrait bientôt que sans les vertus étalonnières de grand-père Rouquet et les capacités de reconnaissance de madame Irène, brûlante et altière, il n'y aurait pas eu d'auberge Rouquet ! Ah ! Voilà des murs qui, certes, ne nous ont pas coûté cher !

Gisèle se remettait lentement du choc. « Avant de voir ces documents, marchons un peu, proposa-t-elle. Et raconte-moi en détail toute cette histoire. » Ah, elle avait changé, Gisèle de Tonombres ! Songez qu'elle me prit le bras tout à coup, qu'elle m'entraîna sur le chemin qui monte au château du Mirabat via les Ruines Noires, château où gîtait notre aïeul Raoul, morfondu, vaincu, brisé par les artilleurs du maréchal Joukov. « Et alors, questionna-t-elle, comment ça s'est passé ? » Je la gratifiai d'une fidèle narration, sans même omettre la crise masturbatoire « la nuit de la révélation ». Cette journée de début janvier 1972 était anormalement douce pour les non-familiers des caprices du micro-climat tonombrais à la perpétuelle merci du vent d'Espagne. C'est pourquoi cette promenade, en même temps que la pression du bras de Gisèle contre le mien, me donnait chaud. Nous gravîmes les premiers lacets d'un pas ample, comme calculé, le nez pointé vers le sol, les mains derrière le dos, semblables aux professeurs de l'ancien temps qui, aux récréations, allaient et venaient inlassablement d'un bout à l'autre des cours de nos collèges austères. Dès la grille du cimetière, nous avions adopté, sans nous concerter, cette démarche artificielle. Fut-ce une tentative de maîtriser nos corps chahutés par cette affaire de sexualité familiale qui éclatait en plein cimetière et les émotions fortes qui comprimaient, étranglaient nos jeunes cœurs, un effort désespéré de museler quelque méchante tempête des sens que nous devions, l'un et l'autre, sentir se lever? En tout cas, j'eus l'occasion de m'expliquer longuement, presque posément, sur deux questions fondamentales pour l'avenir de nos relations : l'idylle du grand-père Rouquet et de la comtesse Irène, mon opinion sur ses effets, tout au moins en ce qui nous concernait, et ma démission de la Médiatrice que je présentai soigneusement comme le contrecoup impulsif de la révélation de mes parents : le centre de ma vie ce n'était plus ma profession, mon ascension sociale, le côtoiement du pouvoir, mais l'étude et l'estimation des conséquences de ma véritable filiation par rapport aux Tonombres en général et à Gisèle en particulier. Afin d'emporter sa conviction, j'usai d'une formule argotique : depuis cette révélation, je n'étais plus dans mes pompes à la Médiatrice.

« Toi, tu as reçu une éducation d'aristocrate qui te permettra sans doute de classer ces événements à la rubrique des amours ancillaires ou rustiques de tes ancêtres, après tout, nos rois, nos princes, nos barons ont peuplé les cours et les états-majors de bâtards valeureux, mais les séquelles de ces " écarts " sur les gens du peuple, comme moi, sont très différentes... Mets-toi à ma place : maintenant, chaque fois que je lève les yeux sur les tours de ce château encastré, là-haut, dans notre montagne, depuis tant de siècles, je ne peux plus m'empêcher de penser qu'une petite place m'est normalement réservée derrière ces murailles... Ce qui pour toi pourrait être motif de désolation ou de honte ou, au contraire, de totale indifférence, devient pour moi objet de fierté, est-ce que tu comprends vraiment ça? Quel enchantement d'apprendre, une nuit, comme dans un rêve, que nous sommes cousins! Et pour toi sans doute, et j'allais dire les tiens, quelle consternation...

— Asseyons-nous un moment, dit-elle, j'ai besoin de réfléchir. »

Nous nous serrâmes sur un amas de rocailles. De cet endroit, la tombe des Rouquet, en contrebas, occupait le centre de mon champ de vision. Je me sentis soudain très malheureux, déréglé. Je pris ma tête entre les mains et je me mis à pleurer. Gisèle de Tonombres passa son bras derrière mon cou, attira ma tête dans le creux de son épaule, d'un doigt caressa mes cheveux châtains hérités du château et me dit : « Allons, cousin, est-ce que tout ça est vraiment si triste ? » En soi, cette réflexion, quoique frappée de désabusement, marquait une disposition d'esprit propre à me réjouir : indiscutablement, j'enlevais la position. Gisèle tombait des nues. Un paramètre lourd, majeur, fondait sur sa vie, impossible à occulter. Dès lors, ne valait-il pas mieux l'examiner en face, à la loupe, afin d'y repérer un mode d'emploi constructif plutôt que de se lamenter, se cabrer, se verrouiller ? Si grave soit-il, tout inconvénient va rarement sans son avantage, aphorisme que les difficultés de la vie dépouillent de sa banalité tant il se vérifie souvent, tant il est vrai, comme le disait le père Calès en son patois savoureux, « qu'on ne réagit bien au malheur qu'en lui ôtant son pantalon », c'est-à-dire en s'appuyant sur lui pour s'en sortir, franchir la mauvaise passe ou l'obstacle, comme le sauteur sur sa perche. Plus Gisèle s'employait à m'apaiser, plus je m'imprégnais de l'odeur de sa poitrine, plus durcissait ma verge à l'intérieur de mon pantalon du dimanche et de cérémonie. Une érection étrange, bel et bien née d'une quasi incompréhensible volonté de représailles : pourquoi les Rouquet subiraient-ils éternellement humiliations, condescendances et rabrouements ? Pourquoi resteraient-ils confinés leur vie durant aux seconds rôles et dans des pièces écrites par d'autres ? Restaurateur, oui, planton-espion, oui, amant ou chef, non. Après tout, grand-père Rouquet, lui, avait montré la voie : pour peu que Dieu ait logé au fond de votre braguette comme une bouteille de Bordeaux « si dure que l'éclair l'eût en vain foudroyée », eh bien, foi de Rouquet, produisons-la hardiment et généreusement aux dames riches qu'un tel spectacle ébranle et même commotionne, épaulons et tirons sur les dodues bécasses aux pattes baguées d'or qui, à la croule, s'offrent volontiers au chasseur matois, charpenté et velu. Mon désir physique de Gisèle de Tonombres s'était déjà exprimé en deux tristes occasions, et, en cette matinée du 3 janvier 1972, j'entendais m'emparer de haute lutte de ce que publicitaires et commerçants appelaient un « créneau », mon créneau à moi, Rouquet, celui de l'amour interdit, que dis-je, maudit, brutal, incestueux, un espace hors de portée de tous les autres amants de Gisèle de Tonombres, ma petite-cousine aristocrate. Ce « créneau », il fallait maintenant l'occuper sans plus lanterner faute de quoi la jeune femme en barrerait l'accès en y élevant le seul barrage possible, celui de la moralité. Aimons-nous mieux que comme des cousins, Henri, aimons-nous comme des frères : ô exécration. A tout instant, cette lénifiante et fourbe proposition pouvait s'échapper, s'écouler, fuir telle une vesse de cette bouche sensuelle et charnue. Il était temps de prévenir cette chierie et, tandis que je reniflais encore à quelques centimètres de ces nichons de bronze et qu'une massue menaçante, vengeresse, impatiente, presque intelligente, pointait, sous l'étoffe, de mon bas-ventre vers son menton Brem-Voringe, aussi dru que le Loum magique en direction de la voûte azurée, j'aperçus ma stratégie, l'explosif à double détonateur qui m'assurerait pour toujours une position d'amant, peut-être de maître, unique, sans rival, inexpugnable : attirer Gisèle de Tonombres dans ma chambre puis y procéder à toutes les actions en usage en ces lieux de perdition où les dames servent au mieux les fantaisies des messieurs lors de séances, en quelque sorte exhaustives, où tout se conçoit, s'exécute et même se dit. Seulement moi, grâce à grand-père Rouquet, l'aïeul malin, moi son petit-fils, je serais dispensé de contribution, j'aurais à l'œil la jeune châtelaine. Grand-père avait bien usé et abusé de madame Irène sans débourser un liard ! Pour arriver à mes fins, je disposais d'un talisman capable à lui seul d'appâter Gisèle, de l'entraîner gentiment, doucement jusqu'à ma chambre et, une fois là, de susciter un tel déchaînement de ses sens qu'elle sombrerait sans coup férir dans l'état de la plus débauchée des courtisanes : l'enveloppe de couleur blanc défraîchi. « Viens, dis-je en essuyant mes pleurs d'un revers de main, je vais te montrer ces fameuses preuves, de toute façon, il te revient de droit de voir de tes yeux ce que je suis bien obligé d'appeler les “ photos de famille ”. » Je me mis péniblement sur mes jambes à cause de ma verge encombrante et nous repartîmes vers le village.

Quand nous fûmes en vue de l'auberge, nous constatâmes que, fidèle à ses habitudes, la population mâle de Tonombres de retour du cimetière, au lieu de regagner ses pénates, s'était attardée pour discuter ou simplement bayer aux corneilles, cette douce journée de janvier s'y prêtant. Les hommes, adossés au parapet du pont ou en petits groupes sur la place de l'Allée, lorsqu'ils nous virent revenir seuls et longtemps après les autres, interrompirent leurs conversations et posèrent sur nous leurs lourds regards. Cette situation qui m'aurait plus que gêné la veille encore me fut indifférente. La verge toujours tendue sous le pantalon, en léger retrait de Gisèle, j'avançais vers ma maison du pas du paysan qui mène sa vache au taureau. A sa manière de marcher et de baisser la tête, on eût cru Mlle de Tonombres en chaleur. Elle me rappela tout à coup sa grand-mère madame Marthe quand elle s'approcha de la Sainte-Table quelques minutes avant sa mort violente. Même démarche chaloupée et même croupe. Dans le couloir de l'auberge, nous passâmes sans un mot devant mes parents en faction au pied de l'escalier. Mon père présentait un visage ahuri. Maman, elle, avait enfin retrouvé son sourire. Elle ne semblait plus s'inquiéter de la montée au premier étage de « mademoiselle Gisèle ». Ah, ces mamans ! Pas vrai, cher lecteur ? Ah, ces mamans reliées à leurs enfants mâles tout comme le bourreau préposé à la chaise électrique l'est au condamné qui attend, résigné, qu'on envoie le courant ! Le jus, dit le peuple. Et alors, là-haut, en cette fin de matinée du 3 janvier 1972, au retour des obsèques de Françoise Cavalié, moi, Rouquet, qui écris aujourd'hui ce livre, je suis en mesure de déclarer ceci : je montrai à Gisèle de Tonombres les documents contenus dans l'enveloppe de couleur blanc défraîchi que je tenais depuis peu de mes parents, et la jeune femme les examina avec attention d'abord, fébrilité ensuite, excitation enfin, conformément à mes prévisions. Elle soupira mille fois devant les photos salaces de son arrière-grand-mère Irène la douairière pétainiste, chef du clan du Mirabat : « Est-ce possible... ? Est-ce possible ? » Eh oui, diable, c'était possible ! Et donc tout était modifié, permis, recommandé ! Certainement, je n'aurais pas écrit *La Pompéi* si Gisèle s'était bornée à combattre, l'invective à la bouche, le capitalisme et l'impérialisme. A cause d'elle ou grâce à elle, un roman d'aventures, de cape et d'épée de notre temps, tournait à la symphonie du dérèglement. Bruit et fureur. Symphonie !

Ah, ah ! Il nous fallait consommer jusqu'à l'os et à pleine gorge, de toutes les façons, par tous les côtés, *sur tous les tons*, notre privilège et notre malédiction, l'un et l'autre damnés, ce que nous fîmes en entonnant, après moult efforts et ratages, en parvenant *in extremis* à extirper les notes justes, après avoir... Longtemps après l'affaire loumaire, longtemps après qu'on se fut, ici et là, elle et moi, vautrés dans... Et bon vent aux têtes creuses et aux queues basses qui rien ne bitent ou feignent de ne rien biter à la narration pompéiste, qui jamais ne biteront ou ne supporteront de biter... Ah ! Pas de dérapage ici...

Ô amis ! Pas ces sons ! Entonnons plutôt quelque chose d'agréable et de joyeux !...

A l'orée de la cinquantaine, les crises de la tête et du ventre ne me tyrannisent plus. Papa avait raison : « Les plus mauvaises, elles s'en vont vers la trentaine, tu n'en as plus pour longtemps. » Seulement les plus mauvaises. Les autres, les bénignes, sont des séquelles comparables aux volcans éteints. Quelquefois, au tréfonds de moi, je perçois les grondements du monstre usé mais je le sais désormais incapable de nuire sérieusement. Cependant, il dérange encore assez pour que des fragments de la narration touchant à l'évolution de mes rapports affectifs avec Gisèle de Tonombres à cette époque en soient affectés légèrement : quelques signes d'incohérence, quelques filets de haine, quelques velléités de vulgarité, quelques sonorités loumaires, le tout vite réprimé. Certes, au lendemain de ces rechutes, je pourrais reprendre, ennoblir, expurger le texte. Mais j'ai renoncé à ce lâche artifice. L'affaire pompéiste vaut principalement par ce coup de folie qui la pourfend, de part en part la perce, portant ainsi à l'incandescence, à l'ébullition des actes et des acteurs qui, s'ils avaient des mérites, n'étaient « possédés » que par des chimères politiques suffisantes à l'étude romancée des mœurs de ce temps mais absolument impuissantes à propulser les fusées incendiaires et à enflammer de hauts et lointains horizons.

U. G. tenait souvent ses auditoires sous le charme en exaltant cette vision d'une certaine création littéraire et je me souviens d'un soir d'août où il s'exclama soudain devant ses amis médusés : « Savez-vous que nous sommes le 4 ! Le 4 août ! Anniversaire de quoi, de quel événement, je vous le demande ? L'abolition des privilèges ? Non, mesdames, messieurs, quoique ce fût là, indiscutablement, une belle et bonne proclamation ! Mais je vous invite à vous recueillir par surcroît en l'honneur d'un autre 4 août, le 4 août 1870 où, à Dresde, Dostoïevski, des *Possédés* en gésine, écrivit cette note : *Tout est enfermé dans le caractère de Stavroguine — Stavroguine est tout*... Méditons-la, mes amis, elle est un éloge de la folie, le couronnement du chaos, la préséance, définitive et gonflée de conséquences, de la perversité dans l'œuvre de l'artiste sur toute autre considération ou facteur ! Ainsi arbitra le Maître ! Que pèseraient Chatov, Kirilov, Lipoutine, Liamchine et même Verkhovensky sans Stavroguine ! » Ainsi s'était exprimé U. G., ce soir-là, à notre ébahissement, pour disparaître ensuite derrière la maison où grillaient plusieurs côtes de bœuf, « à la boucanier », qu'il ne laissait à personne le soin de surveiller et d'accommoder. Je me dis donc qu'une correction, un amendement de la fin du précédent chapitre flouerait le lecteur car il se verrait alors indûment et stupidement privé du royal accès de l'œuvre.

Après que nos ébats déments eurent maintes fois vidé nos cerveaux, nos glandes et nos viscères, Gisèle et moi convînmes avec quelque étonnement que nous ne nous sentions nullement honteux, pas plus d'ailleurs qu'animés de cette passion noble et tendre que les partenaires de ce genre d'abîmement peuvent s'attendre à éprouver en guise d'épilogue. Nous acceptions le sort. Notre sort. Nous comprenions que nous devrions, de temps à autre, sacrifier aux forces impures qui nous tyrannisaient. Telle fut, dans ce domaine, la voie qui nous parut la plus praticable, étroite mais viable, repoussant sur les bas-côtés et tout à la fois une impossible indifférence et un pur amour qui ne l'était pas moins. J'avoue que cette voie s'adaptait à mes plans. L'idée de vivre une passion pour une Isolde du Mirabat, si elle m'avait perfidement effleuré en de rares occasions, s'était toujours enfuie à peine posée sur ma conscience. Par contre, s'était amplifié, surtout ces derniers temps, un désir hargneux de conquête, de victoire et de possession. Or, être voué, qu'on le veuille ou non, à se vautrer dans la dégradation des sens et des sentiments, constituait une force invincible, instituait une liance infrangible, un cordon maléfique qui nous unirait Gisèle et moi jusqu'à notre mort et peut-être au-delà. Quant à élucider ses mobiles à elle d'accepter, de supporter, voire de rechercher cet asservissement, il me fallut écrire ce livre, cette histoire, *notre histoire*, pour en avoir une simple idée.

Au seuil de la « période toulousaine » de la Pompéi, j'étais désormais assuré que le milieu politique de Gisèle de Tonombres ne disposerait pas d'une influence exclusive et illimitée sur la jeune fille, qu'il faudrait compter sur le fils Rouquet doté d'une arme secrète, une épée magique, Durandal, forgée jadis dans le ventre et la tête de quelque seigneur ou noble dame du Mirabat. Là résidait l'essentiel. J'avais marqué des points importants. Outre la découverte de mon outil de domination : le brouillage incestueux des sens, j'avais mis en évidence une logique de ma démission de la Médiatrice. Gisèle n'avait-elle pas déclaré : « Je comprends maintenant qu'une telle perturbation t'ait éjecté de cette Médiatrice... Je suis soulagée et même heureuse de te savoir ailleurs que dans ce nid de fascistes, ce symbole du matérialisme occidental décadent... Toulouse est davantage ton milieu, et puis on s'y verra. » Déclaration qui m'emplit d'allégresse, quoique nuancée par ce qu'elle devait ajouter, pensive : « Ce sont les autres qu'il faudra convaincre. » M'étant enquis de la nature de cette complication nouvelle, je reçus en échange l'explication de cette froideur, de cette distance qu'elle m'avait infligée lors de nos retrouvailles à Saindieu autour du cercueil de Françoise Cavalié.

« Les camarades ont su très vite que tu avais démissionné, ils se sont spécialement réunis à ce sujet, la plupart d'entre eux sont persuadés que tu les fliques, que ce retour à

Toulouse a été concerté avec Sanaris... J'avoue que je les ai crus un moment, cette démission était si contraire à ce qu'on savait de toi depuis toujours, ni eux ni moi ne pouvions savoir ce qui se passait dans ta tête, il fallait que tu aies un motif vraiment énorme pour tout laisser tomber comme ça, et ce motif, tu l'avais, c'est vrai, mais j'aurai du mal à les convaincre sans le leur donner.

— Ce que je veux maintenant avec eux, c'est la paix, avais-je répondu, la paix, qu'ils aillent faire leurs bêtises où ils veulent et comme ils l'entendent, c'est uniquement pour toi que je crains, si je m'écoutais, je leur révélerais la vérité pour avoir la paix une fois pour toutes, mais si on leur dit tout, Tonombres, toute l'Ariège le sauront dans la semaine qui suit... Pensons à nos familles. »

Nous étions restés silencieux face à ce dilemme, puis nous avions décidé d'en renouveler l'examen plus tard. En attendant mieux, Gisèle userait de son crédit auprès de ses petits camarades au cas où ils me manifesteraient une suspicion trop lourde.

Le bar du Mirabat ouvrait ses portes rue Malbec le 21 janvier et elle accepta d'y faire un tour. Après son départ, je me rhabillai, descendis et tombai sur mon père : « Alors ? Pas trop de problèmes ?

— Tout va très bien papa », l'assurai-je, d'excellente humeur.

Maman, elle, plus clairvoyante que jamais, ne se souciait que de mon appétit : « Je suis sûre que tu dois mourir de faim. » C'était bien vrai ! Quelle coquine ! L'impression d'avoir pris une délicate situation en main, de l'avoir retournée brillamment et vigoureusement à mon avantage, mais aussi, le sentiment qu'une bonne étoile s'était levée et veillait sur ce nouveau chapitre de ma vie, me gonflaient d'optimisme, et même, je l'avoue, d'un peu d'orgueil.

En fin d'après-midi, quand le docteur Permont et Dan Petto vinrent à l'auberge et me demandèrent de leur accorder une heure d'entretien, euphorique, je les invitai tout de go à dîner dans notre petit salon, à l'abri des oreilles indiscrètes. Ils désiraient m'informer de leur décision de creuser, en collaboration, cette mort inouïe de la comtesse. Voyant en moi la double qualité d'ami et de témoin des événements entre le samedi 9 octobre et le mardi 12 octobre 1971, ils me supplièrent de les leur raconter le plus minutieusement possible. Ce que je fis de bonne grâce. Dan Petto écouta bouche bée. Le docteur se fit répéter plusieurs scènes comme s'il cherchait à les faire dégorger de leurs supposés mystères. Enfin, rassasiés de tout, ils prirent congé, le docteur pour sa chambre, Dan Petto pour le Cascaret à Soueix. Et moi, au terme de l'une des plus épanouissantes journées de ma vie, je me couchai et dormis du sommeil du bienheureux. Ce n'est que le lendemain, roulant vers Toulouse, récapitulant les faits au volant de ma voiture, que je revins sur cette avalanche de questions de mes hôtes la veille, et sur les raisons qui poussaient le vieux et éminent docteur à s'exciter soudain sur cette affaire, au demeurant sinon réglée du moins, à la suite des aveux d'Oviac, entendue. Mes parents, interrogés par moi dès la divulgation de la lettre de l'abbé par la gendarmerie, ne s'étaient pas montrés surpris outre mesure : ils avaient ouï avancer cinq ou six fois cette hypothèse de Marthe de Tonombres maman de l'abbé, eux-mêmes ne l'avaient jamais absolument rejetée. Instruit maintenant de notre propre situation familiale, je comprenais que mes parents aient admis qu'après tout, en ce domaine, tout était concevable et donc possible. Si papa était le fils de la comtesse Irène de Tonombres, pourquoi Oviac n'aurait-il pas été celui de la comtesse Marthe ? Nul n'était mieux que nous préparé à recevoir comme possible la nouvelle de la culpabilité de l'abbé. Et la relation démente que celui-ci faisait de la scène entre sa mère et lui dans la nuit du 9 au 10 octobre n'était pas pour nous émouvoir excessivement. Dans leur frustitude, les Rouquet savaient que ces histoires de mère et de fils, de père et de fille, de maternités et paternités clandestines, d'étreintes mystérieuses et interdites, pouvaient un jour déranger les cerveaux et les sexes des descendants, fruits de ces amours furieuses, secrètes, magiques. Nous l'avions appris sur le tas, en quelque sorte, sans l'aide des livres ni le secours de la psychanalyse, et en conséquence, tout en reconnaissant quand même le caractère singulier de la chose, nous jugions vraisemblable et correcte l'explication officielle de la mort inouïe de madame Marthe : oui, en un coup de folie pareil au grisou, né au creux de la zone la plus obscure, intime, énigmatique de l'individu, déclenché par l'aveu détonant de madame mère : « je suis ta maman », l'abbé avait conçu son crime rédempteur en consommant le désastre par un cataclysme : mort volontaire des deux possédés sous l'œil et dans la maison de Dieu, en communion cyanurée avec lui.

L'effroi légitime du lecteur normal doit être retrempé, là où nous sommes parvenus, dans l'imbroglio familial qui gouverne en sous-main l'affaire pompéiste : mon père, fils de la comtesse Irène, demi-frère adultérin du comte Raoul, cousin au quatrième degré du comte Henri. Du côté des Vial : Marthe, épouse de Raoul, mère d'Henri, mais aussi de l'abbé Oviac. Ainsi sont à leur tour demi-frères l'abbé et le comte Henri. Ce qui autorise le saisissant petit tableau page suivante.

Les seigneurs du Mirabat désertèrent le château dès les obsèques de madame Marthe. Frédéric assura la direction du domaine. Le chauffeur Ramirez suivit le comte Henri et sa famille à Paris. Ida se claquemura à l'intérieur de la forteresse d'où elle ne sortit que les soirs où le temps s'y prêtait et probablement sur ordre du comte Raoul, quand l'envie le prenait de respirer l'air de sa forêt la nuit. Alors, elle aidait l'infirmière à rouler le fauteuil de l'infirme sur l'allée forestière. Ces lambeaux d'information parvinrent un par un au village par l'entremise de la seule personne vivant au château que les Tonombrais rencontraient régulièrement, la jeune Odile, préposée aux courses, qui, désormais, les accomplissait seule et avec célérité. Ces indiscrétions ne lui

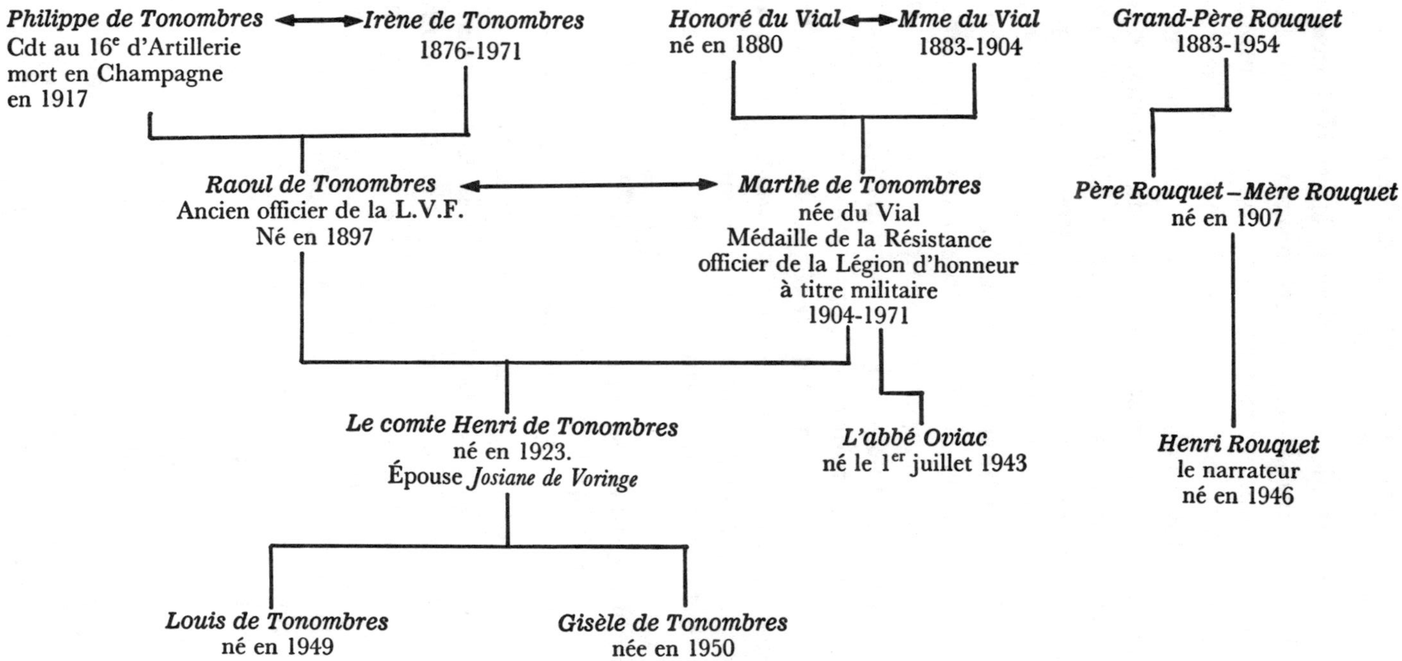
Philippe de Tonombres
Cdt au 16e d'Artillerie
mort en Champagne
en 1917
Irène de Tonombres
1876-1971
Honoré du Vial
né en 1880
Mme du Vial
1883-1904
Grand-Père Rouquet
1883-1954
Raoul de Tonombres
Ancien officier de la L.V.F.
Né en 1897
Marthe de Tonombres
née du Vial
Médaille de la Résistance
officier de la Légion d'honneur
à titre militaire
1904-1971
Père Rouquet – Mère Rouquet
né en 1907
Le comte Henri de Tonombres
né en 1923.
Épouse Josiane de Voringe
L'abbé Oviac
né le 1er juillet 1943
Henri Rouquet
le narrateur
né en 1946
Louis de Tonombres
né en 1949
Gisèle de Tonombres
née en 1950

coûtaient pas car elles n'éclairaient guère sur les occupations des reclus du Mirabat. Chacun supposait bien que la petite domestique, quoique travaillant là-haut, ne devait pas franchir souvent les limites de l'office. Au service des Tonombres, plus précisément d'Ida, depuis deux ans, étrangère au pays, sa présence quasi quotidienne chez quelques commerçants ne tentait pas les curiosités. Ainsi, après la mort de la douairière, vide de ses seigneurs, à l'exception de la loque fasciste commandant à son maigre entourage par, prétendait-on, des mouvements de l'auriculaire, la sombre et massive demeure boucla ses poternes sur ses fantômes et ses mystères supposés. Personne n'avait revu le comte Henri, sa femme, son fils Louis, ni entendu parler d'eux, ce qui frustrait le bataillon des fouille-au-pot invétérés du village, avides de savoir comment avait réagi l'héritier des Tonombres aux aveux écrits et publics de l'abbé Oviac. Il faut reconnaître que le scandale était patent et considérable : l'abbé, demi-frère adultérin de M. le comte ! Le savait-il déjà ? Ou l'avait-il appris, enragé et consterné en cette mémorable matinée du 15 octobre 1971 ? Moi-même, accaparé par mon propre cas et l'élaboration de ma stratégie, je n'avais cru ni utile ni opportun de questionner Gisèle à ce sujet. Mais au total, tout me disposait et m'incitait à épouser la thèse et le parti de la police, de la gendarmerie, des autorités diverses, à savoir que le coupable et les mobiles de l'assassinat étaient élucidés grâce aux aveux du criminel lui-même, ce qui facilitait le travail de l'instruction. Il restait à mettre la main au collet de l'abbé, ce qui ne tarderait certainement pas. Alors, pourquoi fouiner à plaisir, contester par goût de la contradiction, du spectacle, de la spéculation, ou plus simplement, à l'instar de mon ami Dan Petto, sous l'emprise d'une ambition, à mon avis, mal comprise ? De bonne grâce, et même amusé, je m'étais plié à leur jeu, relatant par le menu scènes et incidents. Ils m'avaient écouté sans m'interrompre. Si Dan Petto me distrayait par l'intérêt presque tragique qu'il attachait à l'affaire, le docteur, lui, m'intriguait. Il était notre client depuis tant d'années ! Nous avions bien connu sa femme adorée et, quand j'étais petit, elle n'oubliait jamais, à chaque séjour chez nous, de m'apporter un cadeau de Paris : une canne à pêche, un petit vélo rouge, mes premières cravates. A l'égard du docteur, nous éprouvions un respect que nous manifestions, pour une fois, sans forcer la note, parce qu'il nous l'inspirait naturellement : un grand bourgeois, moins fortuné mais plus cultivé que les Tonombres, exerçant une profession exigeante et noble, qui nous en imposait. Nous, les Rouquet, nous percevions la différence entre un voyageur de commerce international du style du comte Henri et un médecin-chirurgien soignant et opérant les yeux à l'hôpital Rothschild à Paris. Cela afin de pénétrer le lecteur non seulement de ma surprise mais, dirais-je, de mon désagrément, de ce malaise très spécial qui nous saisit quand une cervelle notoirement supérieure aperçoit de l'intérêt là où nous ne voyons rien ou pas grand-chose. Ce soir-là, le docteur Permont me fit répéter le récit de certaines séquences : la partie de la veillée funèbre du Mirabat qui commence le 10 octobre vers 1 h 30, quand, à la stupeur générale, l'abbé se présenta au château, juste avant que Pujol-Arnaud ne crachât sur le portrait du comte Raoul, puis son départ, accompagné par madame Marthe, ensuite la décision du comte Henri de quitter précipitamment le salon comme s'il se lançait sur leurs traces, et enfin son retour.

« Pouvez-vous me redire comment il était alors ? pria le docteur Permont.

— Ses yeux étaient brillants, son visage congestionné, et tous les présents notèrent, sans aucun doute, *le contraste inquiétant et incompréhensible entre la fébrilité de son comportement, une surexcitation qu'il s'efforçait désespérément de contenir, ses prunelles hagardes, et le détachement effrayant de sa voix quand il lâcha : " Eh bien, il est tard, nous sommes tous fatigués, si nous nous restaurions un peu... Frédéric ! "*

— Ah, très intéressant, murmura le docteur. A votre avis, qu'est-ce qui a pu le mettre dans cet état ? »

J'avais eu le temps de penser à ça bien avant l'éminent docteur, c'est pourquoi je répondis aussitôt :

« Il aura surpris la scène décrite par l'abbé Oviac dans sa lettre d'aveu, sa propre mère se traînant comme une chienne aux pieds du curé et en plus, ce qui n'aurait rien arrangé, entendu dire : *je ne suis pas que ta maîtresse, je suis aussi ta mère...* »

Le docteur hocha longuement la tête. Puis il marmotta :

« Bien sûr, on serait éprouvé à moins. »

Derechef il se tut un moment avant de reprendre : « Mais elle, Mme de Tonombres, vous m'avez bien dit qu'elle était revenue après avoir accompagné l'abbé dehors ?

— C'est cela, confirmai-je.

— Et à ce moment-là, comment était-elle ?

— *Elle revint, salua son fils, embrassa sa petite-fille, souhaita le bonsoir aux autres et s'en fut, naturellement, comme si de rien n'était.*

— Vous maintenez cette expression monsieur Rouquet ? » avait insisté le docteur avec gravité.

Il m'inquiétait, me chargeait d'une responsabilité inopinée. Je malmenai ma mémoire et revis nettement la scène : c'était indiscutablement la juste expression. Je la maintins donc fermement. A cet instant, le docteur Permont ferma les yeux quelques secondes, les rouvrit et me dit :

« Vous ne trouvez pas curieux que venant de vivre cette scène affreuse avec son fils, derrière un taillis, avec son fils amant et abbé, une scène telle que celui-ci l'a rapportée dans sa lettre, elle ait réapparu *comme si de rien n'était ?* N'y a-t-il pas, à cet égard, une contradiction remarquable entre la lettre d'Oviac et votre relation de ce fait ? »

A cette question que je ne m'étais pas posée, il est vrai, j'improvisai une réponse :

« Madame Marthe avait souvent donné les preuves d'un sang-froid, d'une maîtrise nerveuse hors du commun, notamment pendant la guerre, il est donc possible que la femme et la mère aient cédé derrière le taillis et que l'héroïne de la Résistance ait repris ses droits aussitôt après. »

Le docteur, attentif et courtois, ne me contraria pas. Cependant, ma réponse était loin d'être sotte et gratuite.

« En effet, enchérit-il, ce que vous avancez a été vérifié par des études scientifiques de la psychologie humaine, une puissante personnalité peut s'abandonner d'un coup à une crise de colère ou de désespoir, sombrer dans un état dépressif pour retrouver quasi instantanément son calme, justement *comme si de rien n'était,* c'est vraiment la bonne expression. » Mais, tout en me ménageant avec adresse, le docteur ne se contenta pas de cette sorte de reconstitution. Il exigea davantage et me pria de continuer. « Et alors, m'avez-vous dit, ce retour de madame mère au salon n'eut pas le don d'apaiser M. le comte Henri ?

— Non, ce fut plutôt même le contraire... *Le comte Henri eut alors une réaction extraordinaire... Il bondit sur les talons de sa mère, s'immobilisa dans le couloir et la regarda partir. Puis il s'engouffra dans l'escalier de la tour qu'il gravit à toute allure.*

— Manifestement, commenta Dan Petto, il fut rudement choqué par cette scène entre sa mère et l'abbé. »

Mon camarade journaliste avait astucieusement cédé les guides au docteur car je n'aurais pas eu avec lui la patience de me laisser si longuement cuisiner.

« Et à l'église, poursuivit, impitoyable, M. Permont, vous m'avez dit que vous étiez tout près du catafalque...

— Oui, j'ai vu Oviac déposer l'hostie sur la langue de madame Marthe... *Celle-ci se releva et, sans un regard pour l'abbé, entreprit de regagner sa place. Les mains jointes, le front baissé, elle passa devant le catafalque et disparut de mon champ de vision. Alors j'entendis un bruit de chaises renversées, une agitation dont je ne compris pas instantanément la raison. Les hommes de la famille, placés devant moi, se précipitèrent du côté des femmes... Gisèle s'était lancée derrière le catafalque qui me masquait les événements... J'ouïs le comte Henri dire d'une voix calme : " Il lui faut de l'air, aidez-moi à la porter dehors. " ... Je murmurai une excuse à l'adresse du pharmacien (Larre), en trois pas contournai le catafalque et m'empressai auprès de madame Marthe. La grand-mère de Gisèle avait subi un malaise. Je n'étais pas médecin mais à voir son visage je ne jugeais pas l'affaire très grave... Un peu plus inquiétant et hermétique pour un profane, une crispation anormale de la mâchoire et des membres, une respiration courte. " Oui, un peu d'air et un coup d'eau-de-vie la remettront sur pied ", dit une voix dans mon dos. C'était M. Larre. Louis de Tonombres et moi-même nous saisîmes madame Marthe sous l'épaule tandis que son fils Henri lui soutenait les jambes. Nous évacuâmes ainsi la comtesse dont l'état me parut alors s'aggraver et frôler la pâmoison. Massip et Cavalié ne cachèrent pas leur émotion et sortirent derrière nous. " Que se passe-t-il ? " murmura le colonel à mon oreille pendant que nous étendions délicatement madame Marthe à même le parvis. " Un malaise ", soufflai-je... Et nous nous affairions, aidé par le valet Frédéric et Ganzadi... " Il faut un médecin ", dit le comte Henri, et de l'eau peut-être, des compresses d'eau fraîche, le docteur Dégeilh est-il par ici ? Ou alors le médecin d'Oust ? — De l'eau ! De l'eau-de-vie ! Du vinaigre ! " s'écria Frédéric tout en courant vers le café Calès. Deux C.R.S. écartèrent une barrière afin d'ouvrir un passage entre le café et la place... La mère Calès accourut, un pot d'eau dans une main, un torchon propre dans l'autre, suivie de son mari muni d'une bouteille de vinaigre, et de Frédéric qui, lui, apportait un petit verre et de l'alcool... Quelqu'un songea enfin à fournir une couverture, un habitant de la place, parisien, agent de police retraité surnommé Banane qui, voyant le tableau de son balcon, était descendu non sans mérite à cause de ses jambes gonflées par la goutte et qui lui avaient valu ce cruel surnom tant elles ressemblaient plus à de grosses bananes qu'à des jambes. Et Banane s'était traîné jusqu'à nous avec sa couverture. La mère Calès imbiba le torchon d'eau fraîche et le pressa sur le front de madame Marthe. " A la maison, murmura-t-elle, à la Garde, on m'y soignera, va, mon fils, reprends ta place, fais ton devoir. Ganzadi va me ramener. — Oui maman, ce ne sera rien, tiens, prends ça... " Il s'écarta pour faire place au cafetier Calès qui versa quelques gouttes de kirsch entre les dents de la comtesse tandis que je soulevais légèrement ses épaules. Gisèle, accroupie, s'était emparée du torchon et substituée à la mère Calès. Elle tamponnait doucement le front de sa grand-mère et de temps en temps, la caressait de la main. Banane, planté sur ses jambes éléphantesques, ne bougeait plus, regardait tout ça d'un air inexpressif et semblait cloué pour l'éternité sur cette place. " A boire ", souffla madame Marthe, si bas qu'on la perçut à peine. Nous nous concertâmes du regard. Elle n'allait pas bien du tout. Nous le comprîmes soudain. " Un médecin ! hurla le comte Henri en se relevant de toute sa taille, un médecin, enfin ! — Il arrive ! " répondirent plusieurs voix dans la foule. " Oh, ça brûle, exhala la comtesse, ça brûle... à boire... à boire. " Elle était maintenant affreusement pâle. Ses lèvres se décoloraient et tout à coup j'eus l'impression pénible que sa respiration restait suspendue. Gisèle ne cessait d'humecter le front de sa grand-mère. Frédéric passa un grand verre d'eau à Calès qui tenta de faire boire madame Marthe. Ce ne fut pas sans mal. Gisèle, la voix défaite, les larmes aux yeux, se tourna vers son père en disant : " Oh, elle a froid papa, elle a le bout des doigts presque gelé. " Je ne savais plus que faire ni où me fourrer parce que j'avais conscience d'un certain ridicule de ma position : on n'essayait plus de donner à boire à madame Marthe et cependant je la tenais toujours sous les épaules n'osant la lâcher, ce qui provoquait un début de crampe à mon bras gauche. L'arrivée simultanée des deux médecins, celui d'Oust, Pouech, et celui de Tonombres, Dégeilh, me tira de cette situation incommode. Ils examinèrent ensemble madame Marthe. Penchés sur elle, ils échangèrent un coup d'œil que je surpris et qui ne me dit rien de bon. " Que s'est-il passé ? " s'enquit le docteur Dégeilh. Le comte Henri fit un résumé des événements. Songeur, le docteur hocha la tête, regarda son confrère, s'agenouilla derechef auprès de la comtesse de Tonombres née du Vial qui gisait inerte, livide, les lèvres blanches et entrouvertes, et, toujours à genoux, il prononça : " Monsieur le comte, madame votre mère est morte. "*

— Quelle magnifique narration, apprécia le docteur, vous devriez un jour l'écrire...

— Puis-je me permettre de vous faire préciser un détail ? demanda Dan Petto, c'est au sujet de ce qu'aurait dit la comtesse de Tonombres quand elle était étendue devant l'église, j'ai entendu affirmer qu'elle aurait dit à son fils : *à la maison, au Mirabat, on m'y soignera, et non à la Garde...* »

Je fronçai les sourcils. Et à l'issue d'une réflexion rapide je maintins ma version, non s'en m'enquérir :

« Qui vous a rapporté ça ?

— Celui que vous appelez Banane, avec qui j'ai eu une petite conversation... Il m'a lui aussi raconté l'événement, moins bien que vous mais, si j'excepte ce détail, en confirmant point par point votre récit.

— De toute façon, dis-je, *sa maison* n'était plus le Mirabat depuis longtemps mais la Garde, la demeure des Vial, je ne vois pas très bien pourquoi, malade, elle aurait demandé son transport au Mirabat.

— Peut-être, intervint doucement le docteur, parce qu'elle savait qu'on l'y soignerait tandis que son seul vieux père en aurait été bien incapable.

— J'ai peut-être entendu ce que ma raison et un réflexe de routine m'ont fait entendre... Quoi qu'il en soit, est-ce bien important ? »

Dan Petto allait répondre lorsque d'un signe de la main le docteur arrêta son impulsion.

« Ce n'est sans doute pas très important, dit-il sur un ton plutôt ambigu, mais je songe à cet abbé, si j'en crois la thèse officielle dont il est d'ailleurs le premier responsable, il est donc coupable, et il a dû être un peu déçu... Il avait sans doute imaginé que Marthe de Tonombres s'écroulerait, foudroyée sur place par le cyanure, à ses pieds et à ceux du Seigneur, après quoi, absorbant la deuxième hostie, il serait sorti du transept pour mourir sur le corps de sa mère bien-aimée... Seulement, comme il n'était pas chimiste, il n'a pas pensé que la pâte azyme qui enfermait le poison avait retardé le délitement dans l'estomac et la libération du cyanure, ce qui explique que la comtesse ait expiré devant l'église et non devant la Sainte-Table... » Nous devinions le docteur en proie à un intense effort réflexif et s'adressant davantage à lui qu'à nous-mêmes. « Malgré tout, l'attitude de ce prêtre après le malaise de Marthe de Tonombres empoisonnée par ses soins est plus que surprenante, d'après vous, dans la nuit du 9 au 10, il a donc continué sa messe *comme si de rien n'était...* Cette fois, c'est quand même troublant, vous ne pensez pas ?... Passe encore, à l'extrême rigueur, qu'un sujet aussi exceptionnel que la comtesse de Tonombres ait surmonté, du moins en apparence, les ravages causés par cette scène terrible avec Oviac, assez en tout cas pour donner le change à la société réunie au salon du Mirabat cette nuit-là, mais le jeune abbé, lui, n'a pas fait la guerre ni affronté la Gestapo... Non seulement il empoisonne sa mère qui est aussi sa maîtresse mais, par peur, il renonce en une seconde à exécuter la deuxième phase de son formidable pacte intérieur avec la mort et le diable, il renonce au suicide, il n'utilise pas la deuxième hostie empoisonnée par lui à cet effet, et en dépit de tout cela, selon vous, il ne semblait pas trop incommodé ? »

Le docteur touchait là au point, au seul point peut-être, que ma raison et ma conscience n'avaient pas correctement assimilé : c'est vrai que cette impavidité de l'abbé Oviac m'avait beaucoup étonné et m'étonnait toujours. Mais quoi lui opposer ? Combien d'assassins ont déployé des sommes incroyables d'audace, d'énergie et de sang-froid dans la préméditation et l'exécution de leurs forfaits et qui sont ensuite apparus dans le box des accusés comme de ternes copies des monstres froids attendus ! Je me souvenais très bien de l'attitude de l'abbé quand je rentrai dans l'église tandis qu'on évacuait le corps de madame Marthe, et je la restituai sans mal au docteur : *Oviac se comportait le plus normalement du monde, il ne trahissait ni inquiétude ni fébrilité quoiqu'il fût placé sous le feu de l'animosité notoire que lui vouaient ceux du Mirabat. C'est donc qu'il s'était rapidement accommodé de l'incident, sans doute persuadé, au moment où Gaston du Tuc entonnait l'absoute en latin, que la comtesse de Tonombres née du Vial se remettait tranquillement chez son père, veillée par Ganzadi, que ce malaise s'expliquait par les multiples tensions de ces derniers jours.* Que dire alors, que penser, que supputer si, pire encore, il parvenait à ce maintien en se sachant criminel !

Le lendemain, au volant de ma voiture, rentrant sur Toulouse, me remémorant le dîner, je ne parvenais pas à chasser de mon esprit une simple considération au sujet de la mort inouïe de la comtesse qui semblait, plus que toute autre, turlupiner le docteur Permont : tout, dans cette affaire, s'était déroulé comme si les deux acteurs principaux du drame, madame Marthe et l'abbé Oviac, ne s'étaient souciés de rien, n'avaient médité aucun ténébreux ou tragique projet, puisque tant l'un que l'autre s'étaient conduits, avaient agi « comme si de rien n'était ». Mais alors, ignorants de tout, dans quels filets les avait-on enveloppés à leur insu ? Et qui les avait jetés ? Encore une fois, si cet Oviac n'était pas coupable, cet assassinat ne pouvait être que l'œuvre d'un fou, conformément à mon inspiration initiale. J'avais, moi, dans une première et instinctive réaction devant Tibal et le brigadier Petitvisier, soutenu l'hypothèse du fou, d'ailleurs reprise par Tibal à ceci près que, selon lui, le fou n'était autre que l'abbé lui-même, jusqu'au moment où cette lettre avait réfuté nos théories. Tandis que j'inspectais l'état des travaux rue Malbec, je constatai avec irritation que, parmi tous mes soucis, cette affaire criminelle que je croyais réglée refaisait surface et menaçait de réintégrer mon univers mental. Qui avait tué madame Marthe ? Pourquoi ?... Et, à la vérité, comment ?

Le vendredi 21 janvier 1972, le peuple des pêcheurs et des chasseurs de Toulouse se pressa rue Malbec dès 17 heures, heure officielle d'ouverture annoncée par les Rouquet dans un placard publicitaire de *la Dépêche.* Un petit placard, publié une seule fois, mais qui suffit à mobiliser et emplir de joie fines gâchettes et subtils hameçons de la ville, habitués des montagnes, des bois et des torrents de notre Haute-Ariège, et aussi de notre auberge de Tonombres. Mes parents s'étaient déplacés, non seulement pour aider leur fils mais aussi pour jouir du spectacle de leur réussite, de mesurer l'ampleur et l'excellence de leur réputation dans la région. Pour accueillir, servir, guider mes invités, j'étais en outre assisté par les deux employés que mon père avait, non sans renâcler, accepté d'embaucher : Léon, frais émoulu de l'École hôtelière, tout juste libéré de ses obligations militaires, Aristide, ancien maître d'hôtel d'un grand et célèbre établissement toulousain en difficulté, sur le point d'être racheté par un consortium franco-espagnol. Pendant plus de trois mois, j'avais assiégé papa avec une insistance qui avait fini par l'ébranler, afin de le convaincre de la nécessité absolue, pour assurer le succès du bar du Mirabat, de m'adjoindre deux personnes et non pas une, comme il l'estimait suffisant dans les débuts. Aristide et moi, en travaillant sans mollesse, étions tout à fait capables de lancer à Toulouse un « bar gastronomique ». Cependant, j'avais représenté que dans une opération de ce genre, il était bon que le patron fût assez disponible pour ses relations publiques, d'autant que ce bar n'était considéré par papa que comme une transition vers l'ouverture d'un vrai restaurant de première classe, et donc que dans ce but, il n'était pas mauvais que je m'assurasse d'au moins deux collaborateurs fidèles qui constitueraient plus tard le noyau de mon personnel. N'était-ce pas là ce qu'on appelle un investissement ?

Devant l'affluence, nous dûmes adopter quelques mesures. D'abord, le petit appartement privé de trois pièces que j'avais fait aménager sommairement au premier étage fut requis à la hâte et mis à la disposition du public. Nous y montâmes plateaux de victuailles et bouteilles de vin puis nous invitâmes une partie de nos hôtes à l'occuper, ce qui décongestionna un peu la salle du bar où tout le monde s'agglutinait. Ensuite, nous procédâmes à une opération identique mais cette fois vers la cave. Enfin, autour de 18 heures, avec l'accord de mon père, je me souviens que j'improvisai une allocution : « Mesdames, messieurs, chers amis, vous avez répondu si nombreux à notre invitation que nous sommes débordés et que, si ceux qui sont arrivés les premiers ne cèdent pas leur place, nous ne pourrons accueillir les autres, c'est pourquoi, mes parents et moi, nous vous demandons d'avoir la gentillesse, après vous être restaurés, de ne pas trop vous attarder... Ainsi, entre maintenant et demain matin, tous nos amis toulousains pourront entrer dans cette maison où nous essaierons de faire que, tout comme à Tonombres, vous soyez comme chez vous. » Ces simples mots furent applaudis par le peuple des pêcheurs et chasseurs qui s'attaqua de plus belle à nos jambons de sanglier et à nos pâtés d'isard tout en reprenant ses conversations. Or, celles-ci tournaient alors presque exclusivement autour des impôts du Premier ministre en exercice et plus précisément de la question : le chef du gouvernement français avait-il ou non payé des impôts en

1966, 1967, 1968 et 1969 ? A en croire l'impitoyable J.S.I. qui, deux jours plus tôt, avait publié (sans doute après les avoir dérobées) les déclarations fiscales de l'homme politique pour ces quatre années-là, il apparaissait que non ! N'était-ce point là une extraordinaire révélation pour le commun des mortels et donc des citoyens ? Cependant, une légalité parfaite soutenait cette extravagance ! En effet, le Premier ministre avait tout simplement bénéficié de ce que l'on appelle « l'avoir fiscal ». Au bon peuple du « Toulouse profond », un boursicoteur rubicond et gouailleur familier de notre auberge tonombraise mais dont j'ignorais le nom, fournissait des explications ma foi fort claires : « Pardi ! pérorait-il, ce n'est pas bien difficile à comprendre ! Vous avez une action, elle vous rapporte un dividende, eh bien, le fisc vous ristourne la moitié de ce dividende ! Pourquoi ? Pour attirer l'épargne vers la Bourse et soutenir nos affaires ! Et il peut arriver un moment où vous touchez tellement de dividendes que la ristourne du fisc est même plus importante que vos impôts sur le simple revenu, votre salaire par exemple, et pour le Premier ministre, eh bien, ce moment était arrivé ! Diable ! C'est pas la peine d'en faire un plat ! Résultat : si la ristourne est plus élevée que l'impôt à payer, non seulement on ne paie pas l'impôt mais même on touche des sous du fisc ! Naturel et légal ! »

Sacré peuple de France et de Toulouse ! Au lieu de se mettre en colère, voici qu'il rit, qu'il déploie sa gorge puis qu'il l'abreuve abondamment de notre bon corbières rugueux ou de notre madiran bien vert ! Pêcheurs et chasseurs reprirent donc en chœur : « Vive la France ! » Puis, l'un d'eux porta un toast au Premier ministre en question. Un autre s'écria : « Comment tu l'appelles déjà ton système ?

— L'avoir fiscal !

— Ah, l'avoir fiscal ! Buvons à l'avoir fiscal ! »

Et tous burent de bon cœur.

C'est alors que survinrent les premiers tonombristes de la

soirée : le gauchiste étudiant en lettres Paul Pujol-Arnaud, fils d'un instituteur de Tonombres ; l'Irbat, petit-fils de braconnier, ancien mineur, employé au tri postal de la gare Matabiau à Toulouse ; le Carrérat, chasseur et fils de chasseur, descendu des montagnes sur mon insistance pressante, hébergé pour la nuit par l'Irbat dans sa chambre de l'impasse du Raisin ; Lagnette, le fils du carillonneur de Tonombres, venu en voiture de Foix où il travaillait à la Caisse Agricole, tous des amis d'enfance à l'affût d'un bon coup à boire, à l'exception de Paul, militant au beau visage pâli et tendu par sa haine quasi pathologique de « l'impérialisme yankee ». Je les saluai de loin d'un mouvement du menton et d'une mimique complice signifiant : dans cette foule, vous êtes, évidemment, vous les Tonombrais, mes invités privilégiés, et comme vous êtes là, la vraie fête peut commencer. Sentiment, au demeurant, parfaitement sincère, auquel s'ajoutait mon souci de les mettre à l'aise. C'est que, sortis de Tonombres, des garçons comme l'Irbat, le Carrérat et Lagnette étaient souvent intimidés.

Beaucoup de pêcheurs et de chasseurs prenaient maintenant congé en manifestant leur gratitude, leur satisfaction profonde, leur sympathie indéfectible à leurs amphitryons de la haute montagne ariégeoise par de sonores salutations jetées parfois dans notre patois rocailleux. A mesure que s'éloignaient les pères de famille truculents et bons vivants, commençait à se présenter une société différente, plus toulousaine que tonombraise, citadine que montagnarde, plus intellectuelle que paysanne et populaire. C'est ainsi que vers 19 h 30 je remarquai l'entrée de quatre anciens condisciples de l'École de commerce avec qui j'avais eu des affinités à l'âge étudiant. Le placard publicitaire de *la Dépêche* avait dû les alerter. Ils s'étaient sûrement concertés au téléphone : une bonne occasion de revoir Rouquet ! Chacun jouissait d'une bonne situation, comme aurait dit mon père : Tourse, adjoint du directeur d'une société de location de voitures ; Rondin-Galy au service de marketing de Philips-

Data System ; Rourbès qui appliquait à la grosse pépinière de son père les méthodes modernes de gestion et de vente apprises à l'école, et enfin Mateleau, le plus cordial et fantaisiste de tous et qui, depuis l'année dernière, dirigeait le département « produits frais » d'un magasin super-G sis à Pinsaguel, cité-faubourg de Toulouse. Quand je les vis entrer, tout contents de m'offrir la surprise de surgir ensemble comme au bon vieux temps, je ressentis que, pour moi, la joyeuse soirée se finissait. Mateleau, Rondin-Galy, mes anciens condisciples totalement en dehors de la sombre affaire pompéiste, exclusivement préoccupés par leur carrière de cadres, étrangers aux convulsions politiques de leur époque, probablement « centristes » au fond de leur cœur, tout comme Rouquet, se retrouvaient à leur insu dans le plan de visée des extrémistes toulousains. Tandis que je m'efforçais de n'en rien laisser paraître, de les accueillir dignement, je songeais : malheureux Rondin-Galy ! Se doutait-il que Gisèle de Tonombres, mes compagnons d'enfance Pujol-Arnaud, Ordonez, Rambouillat étaient peut-être les auteurs d'un attentat stupide, criminel, absurde contre sa compagnie ? Et que moi, le camarade sympathique, loyal, sportif, de l'École de commerce, je jouais, au cœur de ce mécanisme de mort, un rôle de plus en plus déterminant ? Mais il fallait que j'y aille : « Ah ! Salut les amis ! Je me disais bien que vous seriez là ! » Décemment, je ne pouvais me dispenser de leur consacrer quelques minutes ! Nous trinquâmes. Je leur conseillai à l'oreille de monter à l'étage où mon père venait d'ouvrir plusieurs pots d'un confit d'agneau de lait sans doute unique en France. Cette idée de confire un agneau avait été inventée par le vieux chanoine de Tonombres pendant la guerre et à cause des restrictions, reprise par la grand-mère de l'écrivain U.G. puis par maman Rouquet. Une merveille ! Une rareté. Mes amis se ruèrent aussitôt vers l'escalier. Bien qu'entouré d'une foule de tapageurs et de quelques braillards, un vide s'établit dans ma tête : tout cela qui bougeait, s'agitait, tapageait, vociférait autour du fils

Rouquet ne représentait que simulacre. L'inauguration du bar, la joie, la gesticulation, tout n'était que trompe-l'œil, mise en scène d'une pièce cachant dans ses coulisses des acteurs autrement pervers et redoutables, poursuivant d'autres fins.

« Alors, tu rêves, Henri ? » La voix de Pujol-Arnaud me tira de cette sombre et brève méditation. Il me regardait, rigolard et sarcastique, une attitude qui ne ressemblait pas à sa vraie nature, et ce comportement artificiel, chez lui, n'annonçait jamais rien de bon. De plus, je compris qu'en une demi-heure à peine, il avait déjà trop bu. Je savais qu'il supportait médiocrement l'alcool et s'il continuait à ce rythme il se rendrait malade très vite. Je me pris à craindre ce jeune ami si plein de qualités humaines et intellectuelles et que les influences gauchistes métamorphosaient en un être méconnaissable, nerveux, incontrôlable, capable de n'importe quoi n'importe où. N'avait-il pas craché sur le portrait du comte Raoul dans le salon même du château des Tonombres, à l'heure même où l'on veillait la dépouille de madame la comtesse Irène, pétainiste antisémite de quatre-vingt-quinze ans, momifiée dans sa tour du Mirabat plantée sur les écuries et les caves où la Gestapo de la région avait à satiété torturé, fusillé, écrabouillé des années durant ? Oui, de ça il avait été capable Pujol-Arnaud, le gauchiste fou sous influence ! Et voici qu'en mon bar du Mirabat, rue Malbec à Toulouse, en cette soirée du vendredi 21 janvier 1972, il me décochait des œillades pas nettes qui grandement me soucièrent. Ah oui, je m'en souviens bien aujourd'hui, tant d'années après les convulsions !

« Ça va, Paul ? » Sa réponse confirma mes craintes. Il eut un sourire d'enfant effronté, un peu cynique, et se ménagea un temps avant de me dire : « Ah, Henri, tu n'es pas rassuré hein ? Pas de scandale dans la nouvelle maison Rouquet ! N'aie pas peur, va, je serai sage... Si personne ne me provoque bien sûr ! » Il me fixa un instant, satisfait de ses paroles, leva son verre à ma santé puis s'engagea dans l'escalier qui menait à la cave. A 20 h 30, il ne restait plus guère de pêcheurs et de chasseurs et l'entrée spectaculaire de la tribu Soulza marqua un tournant dans la soirée. Une heure plus tard une forte tension régnait sur notre fête, et moi je l'avais pressentie bien avant.

Je ne pus m'empêcher de me retourner sur Jany Soulza, pure race des Corbières et pourtant aussi blonde qu'une sirène viking et les yeux aussi bleus : vraiment, elle était très jolie. Une vraie gaufrette.

Vers 21 heures se présentèrent des personnages dont l'apparition me mit définitivement sur le qui-vive. « Henri, me dis-je, la récréation est terminée pour toi, veille au grain. » Pour la première fois depuis l'ouverture, mes parents, jusqu'alors affairés un peu dans tous les coins, s'approchèrent de moi soucieux, et mon père me dit : « Qu'est-ce qui ne va pas ? »

Je n'essayai pas de biaiser :

« Les gens qui sont là maintenant font un mélange explosif : Paul, l'Américain, Bielle, les Larre, Rouvière... Et Paul a déjà trop bu. »

Papa hocha la tête. Et je me portai vers les nouveaux arrivants. Bernie Taft, un Californien d'une quarantaine d'années, une bonne bouille d'épicurien enchâssée dans une belle barbe grise, amoureux de la France, parlant notre langue à la perfection, fin connaisseur de notre Histoire, de notre littérature, de notre cuisine, bref aux antipodes de l'Américain caricatural à tort ou à raison popularisé dans le monde en général et en France en particulier. Marié en 1960 à la fille d'un vigneron de Cahors rencontrée aux États-Unis, il s'était installé à Toulouse où il avait fondé la *Maison de l'Amérique,* un superbe établissement trônant au centre de la ville, offrant bar, restaurant, dancing, échecs, bridge, etc. De plus, ayant beaucoup et vite appris de son beau-père, il s'occupait du Grand Clos, l'un des plus beaux vignobles du sud-ouest de la France. Les bonnes relations des Rouquet avec les Taft avaient commencé en 1966 quand papa avait essayé leur cahors pour lui rester fidèle ensuite tant il était appréciable. C'est dire si Bernie Taft était le bienvenu rue Malbec même si nous ne proposions pour cette soirée-là qu'un seul vin : notre excellent et sain corbières. Bielle, le maire socialiste de Tonombres, intelligent, dévoué à sa cité, détestant les excès en tous genres, qu'ils vinssent de l'Histoire ou de la vie quotidienne. Une exception : il conduisait toujours trop vite. Il faut dire que ses mandats de maire, conseiller général, conseiller régional commandaient de perpétuels déplacements et qu'à la longue, connaissant à fond les routes de son secteur, toujours pressé d'arriver à l'heure à quelque réunion ou cérémonie, il s'était habitué à la vitesse, ce qui dévorait d'inquiétude sa charmante femme. Les Larre venaient en double qualité de voisins de la rue Malbec et de clients « bourgeois » de notre auberge de Tonombres. La seule rue de la Daurade séparait leur imposante pharmacie de notre bar. Mme Larre, agrégée de pharmacie, expert devant les tribunaux internationaux, passant pour plus à droite encore que son mari, presque aussi grande que lui, blonde, les yeux gris, vêtue d'un tailleur gris lui aussi, souriante, réservée sans être distante, avait quelque chose d'Ingrid Bergman. Mes parents et moi nous empressâmes au-devant d'elle lui souhaitant la bienvenue. Les Larre, sans être fourrés à Tonombres tous les dimanches, y étaient venus assez souvent ces dernières années visiter les châtelains du Mirabat, et, au moins une fois sur deux, ils avaient déjeuné ou dîné chez nous, parfois en compagnie de madame Irène qui ne dédaignait pas traiter ses invités à l'auberge Rouquet. L'inspecteur Tibal, le journaliste Rouvière venaient eux aussi d'arriver et, pendant que nous recevions les Larre, examinaient la société présente autour du bar. Rouvière, du *Petit Hunier*, cette feuille locale rachetée par Sanaris, qui avait obligeamment offert son taxi à l'abbé Oviac pour le descendre à Toulouse juste après la mort inouïe de la comtesse Marthe et l'inhumation de la comtesse Irène, Rouvière qui, au château de la Garde, lors de la veillée funèbre de madame Marthe avait appelé Du Cachois Du Cachoï trahissant ainsi sa formidable haine des juifs. Il était normal qu'il vînt puisqu'il « couvrait » tous les événements toulousains pour son *Petit Hunier.* Et l'inauguration de notre bar du Mirabat n'était-elle pas un événement pour les fines gueules de la ville ? Je lui fis un signe discret de la tête, poli, sans plus. Le personnage m'avait déplu dès notre première rencontre. Au contraire, je me devais de saluer M. Tibal, mon ancien entraîneur de rugby, même si en qualité d'inspecteur il m'avait à certains moments franchement énervé. « Je suppose que vous venez nous voir ici davantage pour votre enquête que pour nos bonnes choses.

— Eh bien oui, Henri, me répondit-il tout à trac, on ne peut rien te cacher, je vois que tu es très occupé mais je n'ai que deux ou trois questions à te poser et j'ai tout mon temps, j'attendrai que la place soit un peu plus nette, tous ces gens ne resteront quand même pas toute la nuit. »

Interdit, j'inclinai bêtement la tête, à la japonaise, en guise d'acquiescement. Tibal continuait-il sur la mort de madame Marthe une enquête pourtant officiellement close pour les autorités ou me collait-il aux talons à cause des histoires de gauchistes ? Il me voyait inquiet et pris au dépourvu. N'abusant pas de son avantage il se contenta de dire : « En attendant, ça ne va pas m'empêcher de casser une petite croûte. » A ce moment, j'entendis des éclats de voix provenant du premier étage. Je bondis vers l'escalier et l'escaladai quatre à quatre. Et là, quelle ne fut pas ma surprise ! Obnubilé par la personnalité agressive et imprévisible d'un Pujol-Arnaud sous l'emprise de l'alcool, je m'étais attendu à le découvrir en querelle. Or, il ne s'agissait pas de lui mais bel et bien de la gentille, très jolie, bien élevée Jany Soulza ! Quel spectacle insolite ! Elle se prenait de bec avec le malheureux Mateleau pourtant, lui aussi, bien peu enclin au scandale et aux affrontements ! Que s'était-il passé ? Saisissant au vol quelques échanges peu amènes, je le compris aussitôt. Jany attaquait Mateleau au sujet d'une lamentable et récente affaire.

Le vendredi 14 janvier 1972, une femme avait été interpellée à la sortie d'un super-G, grand magasin toulousain appartenant à la chaîne implantée à l'échelon national et créée par Gramella-président. Elle venait de passer la caisse lorsque deux vigiles s'assurèrent de sa personne, la fouillèrent, découvrirent sur elle pour 78 francs de marchandises non payées, la ramenèrent à l'intérieur du magasin, l'interrogèrent dans leur petit bureau situé sous l'escalier, au rez-de-chaussée, lui firent signer des aveux au sujet de ce vol et, paraît-il, de vols précédents, et appelèrent enfin la police. Celle-ci dépêcha un car qui se rangea à grand renfort de sirène et de crissements de pneus à la porte du magasin. Les policiers s'engouffrèrent au pas de course dans l'établissement, passèrent les menottes à la pauvre femme et, affirmèrent les témoins, l'embarquèrent sans trop de ménagements sous l'œil des clientes nombreuses à cette heure, parmi lesquelles figuraient plusieurs voisines de la voleuse. Celle-ci élevait seule un enfant de huit ans. A midi, quand le garçonnet revint de l'école, il apprit par la rumeur, plus tard par les petits copains, que sa maman était en prison, qu'elle avait volé des marchandises dans le magasin, que les policiers l'avaient emmenée avec les menottes et devant tout le monde. L'enfant ne reprit jamais le chemin de l'école. Il disparut. Sa mère, libérée après quatre heures de garde à vue, le retrouva pendu dans sa chambre. Il était mort de honte.

Jany Soulza lançait empourprée : « Vous trouvez normal qu'à notre époque et en France on passe les menottes à une pauvre femme qui a volé deux pots de confiture ? »

Et l'autre :

« Je n'ai pas dit ça ! D'abord, ce n'était pas dans mon magasin... Chez nous, à Pinsaguel, ça ne serait pas arrivé, le magasin n'est pas aussi grand qu'à Toulouse, nous n'avons pas de vigiles, le personnel et surtout moi-même nous suffisons à la surveillance !

— Ça ne change rien au fond du problème, insistait la jeune fille, tous les super-G se ressemblent, leurs directeurs reçoivent les mêmes consignes et si vous ne condamnez pas ce qui s'est passé, c'est qu'au fond de vous-même vous êtes solidaire ! »

Après tout, pareille discussion sur un fait divers d'actualité et par surcroît local n'avait rien de choquant, d'autant qu'elle opposait deux personnes connues de moi et fort bien élevées. Me causait du souci la présence de Pujol-Arnaud, l'œil allumé, les joues rouges, la lippe goguenarde, savourant la scène avec une gourmandise inquiétante et malsaine. Jusqu'à quand se contenterait-il d'observer ? Car il n'y avait aucun point commun entre la sensibilité de la jeune Jany écorchée vive par le drame du super-G toulousain et les arrière-pensées politiques cyniques de mon ami d'enfance gauchiste militant. Je redoutais qu'au surplus, excité par l'alcool, il n'intervînt hargneusement, par exemple au moyen d'une apostrophe du genre : « Pauvre larve connarde de petit cadre fasciste qui trouve son bonheur en fliquant les pauvres gens, en oppressant caissières et vendeuses ! Tout ça pour engraisser un Gramella qui vole des milliards et arrose la police, les juges et les caisses noires des partis ! »

D'une semblable crise, j'avais grand-peur. Cependant, Jany Soulza continuait son agression verbale sous les regards approbateurs de sa tribu et ceux, mi-surpris, mi-attentifs, des témoins présents au premier étage. Mateleau battait en retraite : « Ce sont les policiers qui ont passé les menottes à cette pauvre femme, pas les vigiles du magasin.

— Oui mais, avant, vos vigiles l'avaient traitée comme un animal, et puis, le directeur a bien vu qu'elle n'avait volé que pour 70 francs ! Pourquoi ne pas se contenter de lui donner un avertissement et puis la relâcher après ? Pourquoi appeler la police ?

— Savez-vous, protesta Mateleau, combien représente chaque année la démarque dans nos magasins ?

— Qu'est-ce que c'est la démarque ?

— C'est le total des pertes dues au vol, il n'est pas loin de 2 % du chiffre d'affaires...

— Je me rends compte d'une chose, coupa Jany Soulza, c'est que ce gosse est mort de honte à cause de gens comme vous et que ça m'écœure, si on vous vole des marchandises vous n'avez qu'à trouver d'autres méthodes de protection et de surveillance. »

Sur ce, discrètement entraînée par sa mère, Jany, suivie de la tribu, évacua dignement l'étage et s'engouffra dans l'escalier. Pujol-Arnaud dévisagea la jeune fille avec un intérêt soudain, ce qui m'ennuya. De même, au lieu de prendre la relève et d'achever mon ancien condisciple sous les injures, voire les coups, il se contenta de le regarder longuement, méchamment, comme si une idée sombre et tordue venait de bouger dans son cerveau à l'occasion de cet incident. Je m'approchai de Mateleau et de mes trois autres camarades d'école manifestement refroidis par cette pénible dispute et tentai de les réconforter : « Tu ne vas pas pleurer à cause de ça, dis-je à Mateleau, tu en verras d'autres.

— C'est vrai, convint-il en hochant la tête, mais quand même, c'est pas très drôle, si tout le monde pense comme elle il vaut mieux que je change de métier.

— Mais comment êtes-vous arrivés à parler de ça ? demandai-je.

— C'est de ma faute, j'ai voulu plaisanter, faire semblant de la draguer, je me suis présenté en singeant les militaires : Mateleau, ancien E.S.C.T., déjà presque directeur du super-G de Pinsaguel, cadre de bonne famille promis à un bel avenir, célibataire pas endurci du tout, et vous ? Alors, elle m'a répondu aussi sec : super-G ? C'est vous qui passez les menottes aux mères de famille sans un sou qui volent un pot de confiture ?... Et c'est parti.

— Buvons un coup », dis-je.

Je vis avec soulagement Pujol-Arnaud quitter l'étage. Pour cette fois, il laissait Mateleau tranquille. Mais j'avais bien deviné qu'il n'oublierait pas, dans l'avenir, l'existence à

Toulouse de ce jeune cadre de la distribution. Nous vidâmes à nous quatre une bouteille puis je regagnai le rez-de-chaussée. Une question me tracassait : où était Gisèle ? Pourquoi tardait-elle ? Elle m'avait assuré qu'elle viendrait. Je ne doutais guère qu'elle tiendrait sa promesse mais il était déjà 21 heures passées et je commençais à m'impatienter. Car, au fond, de toutes les personnes qui se succédaient ce soir-là rue Malbec, elle seule m'importait vraiment tant pour des raisons toutes personnelles que pour l'exécution du plan antigauchiste et antiterroriste du général Redan. Rouvière, accoudé à l'extrémité du bar qui jouxtait l'escalier, accrocha mon bras et m'attira près de lui. « Dites-moi, monsieur Rouquet, le journaliste a une question à vous poser, si elle est indiscrète, vous m'arrêtez tout de suite : Mlle de Tonombres ? L'avez-vous invitée ? » Je toisai une seconde cet homme décidément très antipathique et lui rétorquai : « Pourquoi diable, monsieur Rouvière, voulez-vous qu'une telle question soit jugée par moi indiscrète ? Mlle de Tonombres est invitée tout comme l'ont été les Tonombrais que vous voyez ici.

— Bien sûr, grasseya Rouvière en m'offrant un sourire aussi large que vulgaire, je ne suis qu'un gros maladroit, excusez-moi. »

Il se tut. Et j'enchaînai sans agressivité :

« Encore une question monsieur Rouvière ? »

Alors il me fixa avec une certaine brusquerie et dit : « Monsieur Rouquet, j'ai bien compris, dès notre première rencontre, que je ne vous étais pas sympathique, je me demande bien pourquoi. Vous ai-je, sans le savoir, importuné ou blessé ? »

Ces paroles me gênèrent. Je ne pouvais me dispenser d'y répondre. Et je n'avais pas envie de m'éterniser avec ce Rouvière au coin du bar. Alors, je lui déclarai tout net : « Monsieur Rouvière, ce que je n'aime pas chez vous, c'est votre antisémitisme primaire. »

Aussitôt, il se détendit.

« Ah, c'était donc ça !... Intéressant, murmura-t-il rêveur.

— Qu'est-ce qui est si intéressant ? demandai-je agacé.

— Votre expression *antisémitisme primaire,* monsieur Rouquet, petite sœur d'*anticommunisme primaire,* et que j'entends pour la première fois, je vous l'avoue, un parallèle à mon avis très instructif, riche d'enseignement et de spéculations, par exemple, signifie-t-il que pour vous, à l'instar de l'anticommunisme, l'antisémitisme serait tout à fait compréhensible, sain, et même recommandable, à la condition qu'il ne fût pas primaire ? Appeler Du Cachois par son vrai nom des Karpates " Cachoï " vous est apparu primaire et vous a sans doute choqué ?

» Je vois, monsieur Rouquet, que nous devrons avoir un jour une sérieuse discussion sur les juifs, le malheur aujourd'hui c'est qu'on ne peut plus parler d'eux à cause d'Auschwitz mais dites-vous bien que si l'Allemagne en est arrivée là en 1940 c'est que son peuple devait en avoir par-dessus la tête de ses juifs... Vous comprenez, Rouquet, tous ceux, comme vous et moi, qui sont nés, disons, à partir de 1930, n'ont jamais connu que des juifs opprimés, décimés, fils et filles de ce qu'on a appelé la barbarie nazie mais qui pourrait n'être d'abord et avant tout qu'une révolte, aussi, tous ces jeunes Occidentaux culpabilisés à mort, émus jusqu'aux sanglots, n'ont-ils pas pris garde à l'apparition, mieux vaudrait dire à la réapparition, de l'arrogance, du cynisme, de la soif de pouvoir et du renouveau de puissance du sionisme international redevenu conquérant, ils n'ont pas osé s'en prendre à lui et ont subi sans mot dire son impudence, toujours à cause d'Auschwitz... Sachez, Rouquet, que dans l'ombre de l'holocauste, dissimulée, protégée par elle, se développe et s'étend la formidable contre-offensive des juifs, un fait qui, sans doute, avec la question nucléaire et celle de la misère et de la surpopulation des trois quarts de notre planète, dominera la problématique mondiale juste avant et juste après l'an 2000... A peu près tous les juifs d'Amérique et d'Europe, qui travaillent dans les médias et l'édition, sont aux ordres de l'État d'Israël, monsieur Rouquet, qu'ils soient de droite ou de gauche il faut le savoir, et notez bien que cet État d'Israël, moi je l'aime bien, il combat les Russes et, de temps en temps, il flanque une bonne raclée aux Arabes, il n'empêche, les juifs, il faut toujours avoir un œil sur eux... Heureusement, ils commettent aussi des erreurs, ils en font trop, et le rôle de juge universel de toutes les nations qu'ils s'attribuent depuis les camps de concentration apparaît de plus en plus comme n'étant pas à la mesure de leurs vertus, et par exemple il se pourrait bien qu'un jour ils paient cher leur incroyable influence dans les finances et les médias américains... Quant à nous Français, veillons au grain sinon nous n'aurons plus de nation... N'oubliez pas, Rouquet, que les Rothschild, à peine sortis de leur ghetto misérable de Francfort et généreusement accueillis en France, n'ont pas hésité à abattre l'Empereur à Waterloo, soutenant l'Anglais et la coalition contre notre peuple, ses grognards, son drapeau...

— Assez, coupai-je, s'il vous plaît, Rouvière, arrêtez ce délire, je ne suis pas votre homme et je vous avertis que je ne veux plus vous entendre parler des juifs devant moi, trouvez-vous quelqu'un d'autre pour vous défouler. »

Je l'abandonnai à ses phantasmes, éprouvai le besoin de prendre un bol d'air et sortis du bar.

Sur le trottoir, abasourdi, je remis un peu d'ordre dans mes pensées : chez nous, à la maison, on avait toujours respecté Dieu, Jésus, les apôtres, la loi, le bien d'autrui et nous n'avions jamais éprouvé aucune haine contre les Nègres, les jaunes, les Arabes, les juifs. Français des montagnes, on n'avait peut-être pas de conscience de classe, mais pas de haine non plus, de classe ou de race. Les paroles et les idées de Rouvière dépassaient largement ce qu'un Rouquet pouvait entendre.

Je rentrai juste à temps pour m'interposer entre ce même Rouvière et Pujol-Arnaud. Paul, ivre de vin mais aussi de fureur, avait empoigné au collet le journaliste antisémite. Le pharmacien Larre s'apprêtait à les séparer. Plus prompt, je lui évitai cette peine et confiai notre camarade aux Tonombrais Lagnette, Carrérat et l'Irbat, leur donnant consigne de l'accompagner chez lui dans la chambre qu'il louait au 68 de la rue des Sept-Troubadours. Ayant rétabli l'ordre, je m'enquis des motifs et des circonstances de la querelle.

Un groupe formé du couple Larre, du pépiniériste Rourbès, du notable socialiste Bielle et du père Soulza commentait calmement certains événements de l'actualité, les accidents du travail qui opposaient durement les syndicats ouvriers au patronat, l'intensification spectaculaire des bombardements américains au Viêt-nam et enfin de très graves incidents entre Israéliens et Palestiniens au Liban. Depuis de nombreux mois, des commandos palestiniens basés au Liban attaquaient des kibboutsim israéliens. Dans la nuit du 10 au 11 janvier, des unités israéliennes avaient lancé des raids de représailles contre deux villages notoirement occupés par le Fath. Puisque le gouvernement est incapable de maîtriser le Fath, nous allons le faire nous-mêmes, en état de légitime défense, nous exerçons le droit de suite, expliquèrent les autorités juives. Et le 14 janvier, dix avions israéliens avaient mitraillé un camp de toile palestinien. Le gouvernement de Jérusalem adressa au gouvernement libanais l'avertissement suivant : nous demandons que les activités terroristes en provenance du Liban contre Israël cessent immédiatement. Si cela n'est pas fait, nous avons les moyens de rétablir une tranquillité permanente dans la région. Naturellement, les conséquences pourraient forcer les populations à partir, ce qui est contraire à notre volonté.

On se doute que les Rouquet père et fils ne savaient ni ne comprenaient pas grand-chose à cette affaire complexe en cette soirée du 21 janvier 1972. Conduit à la restituer au lecteur, dans mon souci de ne rien escamoter de pénible, j'ai donc résumé brièvement et rétrospectivement les données politiques et militaires de l'époque, données indispensables à la bonne compréhension de cet épisode. L'écrivain U.G.

devait m'enseigner plus tard qu'il n'y avait guère de différence entre les opérations israéliennes de représailles au Liban et un fameux « droit de suite » exercé par l'armée française à l'encontre de la rébellion algérienne autrefois basée en Tunisie. A l'époque, paraît-il, la plupart des juifs de France avaient condamné le bombardement de Sakiet Sidi Youssef par les avions français, et les journaux que dirigeaient alors Gamish-Dufrêne, Mme Serpo et Doloso, s'étaient montrés particulièrement virulents, tout au moins c'est ce qui me fut rapporté par l'écrivain ariégeois, lui-même très partisan de l'indépendance algérienne. Les temps avaient donc changé. En 1972, la majorité de ces mêmes juifs jugeaient bien normal et légitime le droit de suite israélien. Quelqu'un me convainquit un jour que la comparaison, pour n'être pas absurde, n'en touchait pas moins rapidement ses limites. Là où la France défendait ses colonies, Israël ne défendait-il pas sa vie, son existence même ? Aussi le fils Rouquet devait-il, à l'avenir, se garder d'émettre une opinion sur ce sujet si délicat. Cependant, refuser de juger la question israélo-arabe, bien trop compliquée pour moi, ne me dispensait ni ne m'interdisait de rapporter scrupuleusement ce que j'entendais autour de moi sur l'affaire, de la part de citoyens eux *a priori* qualifiés, ayant beaucoup lu et réfléchi sur le Proche-Orient. Tel semblait être le cas des Larre, comme on va le voir. Rouvière, m'ayant assommé de son antisémitisme haineux et vulgaire, avait, après ma sortie au grand air, abandonné son coin de bar et rejoint le groupe précédemment cité. Ce groupe, me confirma mon barman Aristide, discutait très sagement et sereinement de l'actualité. Les Larre approuvaient sans réserve le raid israélien, Rourbès et surtout le père Soulza étaient plus partagés. Et Rouvière, ayant écouté les différents avis, à son tour commenta : « Cette armée juive au moins n'a pas froid aux yeux, c'est la meilleure du monde, on ferait bien de s'en inspirer, ils défendent leur peau, ils sont entourés de gens et de pays qui veulent les écrabouiller et qui, en plus, le crient sur les toits ! » Alors, Mme Larre exposa avec distinction, et en substance, ce qui suit : « Les gens parlent à tort et à travers de cette affaire israélo-arabe, pas seulement au café du Commerce mais, hélas, à la télévision, à la radio et dans nos grands journaux, il faut mettre au clair quelques points d'Histoire et de droit, simples, indiscutables... Sans remonter au déluge, ce que font au demeurant certains historiens et politiques juifs pas forcément sans raisons, la Palestine était aux Turcs quand, en 1922, leur souveraineté fut remplacée par un mandat de la société des Nations unies, confié aux Britanniques, un mandat visant expressément la Déclaration Balfour du 2 novembre 1917 tendant à l'établissement d'un Foyer National Juif en Palestine, et aucun texte de droit international de cette époque ne permet d'affirmer que la création d'un tel foyer ne dût aboutir à celle d'un État indépendant. Pour ne pas irriter les Arabes, on a même exclu du champ d'application du mandat la future Jordanie dont certains territoires avaient jadis appartenu à des princes hébreux... La Palestine n'était donc alors ni turque ni britannique et elle n'avait jamais connu de gouvernement arabe palestinien... En 1947, l'O.N.U. découpa cette Palestine en un État juif et un État arabe, les sionistes acceptèrent le plan, les Arabes le refusèrent... En mai 1948 naquit l'État juif et les armées arabes l'attaquèrent pour tenter de l'abattre aussitôt... On connaît la suite : encore la guerre en 1956 puis en 1967, et maintenant le terrorisme aveugle et criminel ininterrompu, voilà ce qu'il faut savoir si l'on veut comprendre un minimum à ce qui se passe là-bas... »

Et Rouvière renchérit : « Qui finance et arme l'O.L.P. ? Les Russes, les communistes qui exploitent savamment la situation pour activer le terrorisme international... »

A ce moment se manifesta Pujol-Arnaud à qui personne n'avait prêté attention. Le gauchiste, plus qu'éméché, s'adressa, sembla-t-il, particulièrement à Rouvière et aux Larre. Les yeux fixés sur le journaliste du *Petit Hunier,* il dit d'une voix enrouée, déjà pâteuse :

« Si j'ai bien compris, le trio le plus facho de Toulouse, le brelan le plus antisémite de notre belle région, dite Midi-Pyrénées, s'est pris de passion pour l'État d'Israël ? Comment expliquer ça ?... » Puis, haussant le ton, et à la cantonade, il lança en chancelant : « Y a-t-il un juif dans la salle ? Je donnerais cher pour voir un juif trinquer à la santé d'Israël avec ce brelan néo-nazi converti au sionisme par un miracle digne des meilleurs passages de l'Ancien Testament ! Alors ? Pas de juif ici ? Dommage pour Pujol-Arnaud !

— Il est saoul », jeta le pharmacien Larre.

Maintenant, le calme était revenu. C'est vrai que Paul était saoul. Malgré tout, ses paroles, à mes yeux incohérentes, avaient rafraîchi l'atmosphère. Les Rouquet se confondirent en excuses auprès des Larre qui ne tardèrent pas à partir, manifestement plus que contrariés par cet étrange incident, surtout Mme Larre, me parut-il. Rouvière, lui, en avait vu et entendu d'autres, aussi rejoignait-il plutôt satisfait le coin du bar, à côté de l'escalier, sa place, désormais, de prédilection.

L'arrivée de Gisèle, vers 22 heures, baissa le rideau sur tout ce qui avait pu se passer jusque-là : pour moi commençait une deuxième soirée, la plus importante. Elle entra en compagnie du chanteur anarchiste toulousain Arenas, fils d'un combattant républicain de la guerre d'Espagne tué à Teruel en 1938, d'Henriette Pujol-Arnaud, sœur de Paul, institutrice à Montferrier, près du château de Montségur, qui n'avait pas voulu manquer notre petite fête, et enfin d'un certain Dessort, l'une des principales figures de ce que l'on appelait alors *l'underground* toulousain, un très curieux personnage, que je n'avais pas vu depuis longtemps mais qu'il m'avait été donné de rencontrer dans ces réunions politiques épuisantes, décousues, ridicules, auxquelles jadis j'avais un temps participé. On tenait alors ce Dessort pour le cerveau le plus exceptionnel de la ville : admissible très jeune au concours d'entrée à l'École polytechnique, il refuse de se présenter à l'oral, entame des études de médecine qu'il mène à leur terme. Il devient psychiatre mais... refuse d'exercer la profession ! Au long de ses études, il n'avait cessé de cultiver un don incontestable pour la musique et le piano. Il excellait tant pour le jazz et la chanson que les grandes et nobles compositions. Lié depuis 1968 au milieu gauchiste et anarchiste toulousain, il subsistait en jouant dans des boîtes de nuit. Personne de raisonnable n'avait compris cette auto-destruction d'une intelligence hors du commun délibérément rebelle à tout service de la société.

Chacun savait Dessort homosexuel et très ami avec Gisèle de Tonombres. Je notai, satisfait, que Rambouillat ne faisait pas partie du groupe. Je les accueillis, les guidai vers le bar, puis j'attirai Gisèle vers la porte d'entrée et lui glissai : « J'ai quelque chose d'important à te dire.

— Mais laisse-moi donc visiter ton bar », souffla-t-elle, impatientée.

Je nous revois dans l'office du bar du Mirabat en cette nuit du 21 au 22 janvier 1972, elle, chatte énervée, enroulée en pelote sur un petit tabouret de plastique blanc, m'étudiant d'un drôle d'air, à la fois inquiète, agressive, peut-être excitée par son petit cousin aubergiste, et moi, adossé à la huche de chêne, lui contant les incidents « Mateleau-Soulza », « Rouvière-Pujol-Arnaud ». Ça l'amusa. Elle m'écouta avec le sourire. Puis, elle me regarda avec une gravité qui m'émut et dit, sur un ton de douceur inattendu : « Henri, mes amis se méfient de toi, encore plus depuis que tu as quitté la Médiatrice, et certains, tu ne l'ignores pas, te haïssent, tu dois t'en douter...

— Je m'en fous », éclatai-je.

Elle soupira, s'approcha de moi, posa ses mains sur mes épaules et me dit : « Je t'aime bien quand tu te mets en colère », et elle appuya sa tête contre ma poitrine. Mais cet abandon ne dura que quelques secondes. Elle se redressa, reprit de la distance et prononça : « Henri, je te le répète, la plupart de mes camarades sont très méfiants à ton égard depuis ta démission de la Médiatrice et ils le resteront tant qu'ils n'en connaîtront pas la vraie raison. »

Je répondis en hochant la tête :

« On ne peut pas la leur donner... S'ils apprennent que nous sommes cousins, que cette nouvelle m'a bouleversé, rapproché de toi, de Toulouse, de Tonombres, l'un d'entre eux au moins racontera ça partout, ça sera le scandale pour tes parents, pour les miens...

— C'est un risque, soupira Gisèle, d'un autre côté, si je ne donne pas une explication de notre rapprochement, je serai moi-même mise en cause. »

Nous restâmes silencieux un moment. Puis Gisèle dit :

« La solution serait peut-être de confier notre secret à deux ou trois militants responsables, des camarades capables de le garder pour eux et qui nous dispenseraient de nous justifier auprès de tous les autres.

— Rambouillat ? »

Le nom tomba de ma bouche, presque à mon insu.

« Tu ne l'aimes pas, n'est-ce pas ? murmura Gisèle.

— Non... Je le crois incapable de bien se conduire... Mis au courant, il me fera chanter à la première occasion... Es-tu vraiment obligée de le lui dire ? Est-il le grand chef ? m'exclamai-je, irrité.

— Non, répondit-elle sèchement, il n'est pas le grand chef, comme tu dis, mais il sera quand même difficile de ne pas l'informer. »

C'était le moment de bien faire mon nouveau métier d'espion.

« C'est toi ? plaisantai-je.

— Si c'était moi toute seule, le problème serait réglé. »

Plus tard, je devais me remémorer cette scène précise et me demander souvent ce que la Pompéi pensait exactement ce soir-là — voire soupçonnait. Feignait-elle de ne voir en moi que l'amant-cousin aux sentiments et à la sensualité perturbés ? En tout cas, j'eus la nette impression qu'elle me tendait un piège quand elle me lança mi-figue mi-raisin :

« Pourquoi ? Ça t'intéresse de savoir qui dirige la lutte révolutionnaire ici ?

— Ce qui m'intéresse, ripostai-je, c'est qu'il ne t'arrive rien de mal. »

Digne et blessé : voilà comment j'avais réagi à la dangereuse pointe de Gisèle de Tonombres. Je quittai l'office sans même la saluer, signifiant de la sorte que j'avais déjà perdu beaucoup de temps au détriment de mes invités. Gisèle sortit à son tour, pincée.

« Ah, te voilà Henri, j'ai cru que Mlle de Tonombres t'avait transformé en chair à pâté. »

L'homme qui s'amusait ainsi à mes dépens et à mon oreille n'était autre que M. Tibal. « Peux-tu m'accorder quelques minutes ? » Nous sortîmes. « Henri, me dit-il sans détour, depuis quelque temps, un journaliste traîne ses bottes chez nous, un certain Dan Petto... Il déclare à qui l'interroge qu'il souhaite écrire un livre sur l'assassinat de la comtesse de Tonombres par son fils adultérin Oviac, il s'avoue attiré par le sensationnel et la perspective d'un *best-seller* et de substantiels droits d'auteur... Je sais que vous vous connaissez, à ton avis, que recherche-t-il vraiment ?

— Ma foi, mentis-je avec aplomb, je crois que vous avez vous-même répondu à la question monsieur Tibal, vous savez, ce ne sera pas la première fois ni la dernière qu'un journaliste cherche à tirer profit d'un fait divers qu'il a été chargé de couvrir par son journal.

— Sans doute, répliqua l'inspecteur, mais d'après ce qu'on m'a rapporté, il a une curieuse façon de compléter son enquête et il pose de curieuses questions comme s'il ne croyait pas à la culpabilité de l'abbé qui a pourtant avoué, l'affaire est maintenant entendue, pourquoi tripoter des plaies qui béent encore ? Et puis, il y a le docteur Permont... Je ne veux pas me montrer indiscret au-delà du raisonnable mais je serais heureux de savoir de quoi vous avez parlé lors de ce dîner chez toi, il y a une quinzaine de jours.

— Il n'y a rien de secret dans cette affaire, j'ai connu Dan

Petto à Masergaël, quant au docteur Permont, c'est un vieil habitué de notre auberge. Dan Petto voulait le rencontrer, et moi j'ai arrangé ça. »

C'est alors que se présentèrent Rambouillat, Amilhat, Antoine Ordonez, sa sœur Lily et son ami Zirout. « Tu as encore de la visite », observa M. Tibal, tandis que nous nous effacions pour les laisser entrer. Nous échangeâmes un salut. En dépit de mon animosité à l'égard de Rambouillat, je préférais le savoir présent à cette inauguration plutôt qu'absent, ce qui aurait impliqué de sa part une méfiance à mon endroit encore plus grande que celle que j'imaginais, et compliqué ma tâche. « Je ne veux pas te retenir davantage, dit l'inspecteur saint-gironnais, une simple et dernière question avant que je ne vide les lieux : as-tu, comme moi, entendu dire qu'Oviac savait depuis beau temps que la comtesse Marthe était sa mère ? »

M. Tibal était malin. Le mieux consistait à dire la vérité, tout au moins en ce qui me concernait :

« Oui, inspecteur, c'est justement Dan Petto qui m'a révélé ça, mais je ne sais pas si c'est vrai.

— Mais si, c'est vrai, affirma négligemment l'inspecteur, et ça n'éclaircit pas les choses.

— Ah ? fis-je.

— Tu ne vois pas pourquoi ?

— Ma foi non. »

Le visage tout près du mien, il sourit :

« Oviac et la comtesse Marthe savaient, lui qu'elle était sa mère, elle qu'il était son fils, alors les aveux de l'abbé dans sa lettre ne tiennent plus du tout... Oviac y prétend, en effet, avoir été informé cette nuit-là seulement et hélas après qu'ils eurent maintes fois couché ensemble, d'où sa honte, son dégoût, son désespoir, et sa décision démente de la tuer dans l'église, dans la maison et sous le regard de Dieu, enfin d'expier avec elle... Bref, Henri, du roman, du sensationnel bon marché qui devrait exciter votre ami Dan Petto...

— Vous avez raison, dis-je. Dans ces conditions, ce qui

paraissait réglé ne l'est plus... Vous allez rouvrir une enquête ?

— Ah ! s'exclama l'inspecteur, ça ne dépend pas de moi, pour l'instant j'essaie de me faire ma religion à moi sur ces événements, ma conviction intime, comme on dit, après quoi nous verrons bien, je ferai ce que mes chefs me diront de faire... Merci, Henri, de m'avoir si bien accueilli, j'espère que je ne t'embêterai plus avec ça mais je ne peux pas te le jurer... Bonsoir. »

Il partit d'un pas rapide et disparut au coin de la rue.

Ce soir-là, à cette heure-là je n'avais pas la tête à m'appesantir sur cette mort inouïe de la comtesse Marthe et, après tout, je n'étais ni policier ni journaliste. Certes, de me savoir désormais lié par le sang aux châtelains du Mirabat me rendait plus attentif à d'éventuels rebondissements de l'affaire mais pour le moment je brûlais de voir comment se comporteraient dans mon bar les derniers arrivants, notamment mon rival Rambouillat. Je rentrai donc tout en songeant que cette manifestation de M. Tibal prouvait que du côté de Tonombres, le docteur Permont et Dan Petto, dorénavant associés dans leur enquête personnelle, n'avaient sans doute pas chômé. Peut-être recommençaient-ils les interrogatoires conduits naguère par la police, ce qui devait, inévitablement, faire jaser. Je me promis, dès que possible, de faire un saut dans mon village natal.

Rambouillat et ses camarades n'étaient pas au bar. Je les retrouvai au premier étage. Ils entouraient Gisèle, silencieux et préoccupés. A ma vue, ils s'écartèrent et nous nous serrâmes la main. « Excusez-moi, dis-je, Tibal voulait me parler. » Aucun, pas même Rambouillat, n'y alla du commentaire empoisonné que j'attendais sans trop le redouter, du genre : Ah, tu inaugures un bar à Toulouse et les flics sont déjà là ! Gisèle, de toute évidence, avait rapidement rendu compte de notre entrevue. Ordonez, Zirout, Rambouillat arboraient des mines de penseurs concentrés et soucieux. Amilhat, lui, venait de débarquer de Paris par le train et il s'intéressait aux victuailles. Ils ne tardèrent pas à quitter les lieux, laissant Amilhat se restaurer et s'abreuver tout son saoul. Ils étaient donc restés à peine un petit quart d'heure. « Qu'ils aillent délibérer dans l'un de leurs repaires, voilà qui m'arrange bien », me dis-je, et je descendis au bar en pensant que pour un apprenti agent secret, je ne m'étais pas trop mal débrouillé. Je n'avais plus qu'à patienter. Je me versai à boire et trinquai avec Amilhat qui m'avait rejoint. Depuis le départ mouvementé de Pujol-Arnaud, l'atmosphère s'était détendue. Bernie Taft, les Soulza, les Bielle, Rouvière formaient un groupe joyeux. Nous approchions de minuit. Alors surgirent mes derniers hôtes. Ils dégringolaient tout droit des montagnes du val d'Aran, sœurs jumelles de celles de la Haute-Ariège, où Mauny possédait une maison cernée la nuit par des hardes de sangliers, approchée au crépuscule d'aube par quelques dangereux solitaires. Mauny avait invité au val d'Aran Busoch, Dorne et U.G., et voici qu'ils n'avaient pas voulu manquer l'inauguration du Mirabat en hommage à la réputation de notre auberge de Tonombres. Après tout, en voiture, il ne fallait guère qu'une couple d'heures pour dévaler de Sariguera à Toulouse via le Pont-du-Roy, Fos, Saint-Béat et Saint-Gaudens. Mauny n'avait pas encore accepté de devenir mon mentor. Après la nuit du Paso del Ebro, c'était la deuxième fois que je le voyais, toujours en compagnie de Dorne. Busoch, rencontré à Masergaël puis retrouvé à Tonombres, avait, lui aussi, démissionné de la Médiatrice, brusquement, mystérieusement, très sûrement pour d'autres raisons que moi. U.G. n'hésitait pas, à la moindre parenthèse de liberté, à sauter dans un avion pour festoyer à Toulouse ou dans la région avec ses amis. Mauny habitait rue Temponnières, tout à côté de la rue Malbec. Comme les Larre, rue Peyrolières, il rentrerait chez lui en cinq minutes. Si, après le départ des pêcheurs et des chasseurs, la société s'était en quelque sorte intellectualisée avec l'apparition des Soulza, des gauchistes, des Larre, de mes anciens condisciples, avec Mauny, Dorne,

Busoch et U.G., entraient chez moi la création, l'humour, le raffinement gastronomique, la « gourmandise littéraire ». Mes parents, les ayant salués, satisfaits et rassurés par la réussite de la soirée que les incidents Pujol-Arnaud et Jany Soulza avaient un peu troublée, décidèrent qu'il était temps pour eux de remonter à Tonombres. Je les accompagnai à leur voiture et les embrassai tendrement. Puis je rentrai m'occuper de ce qui désormais et grâce à eux devenait mon affaire. Dorne me prit par le coude et me poussa vers ses amis, en marmonnant : « Un bar du Mirabat à Toulouse est un événement considérable, j'espère donc que vous avez caché quelque part une douceur un peu spéciale pour les pauvres intellectuels que nous sommes. » Je n'avais rien prévu expressément pour ces messieurs et pour cette nuit-là, mais, par principe et précaution dignes d'un Rouquet de Tonombres, j'avais serré dans ma cave toute neuve quelques vénérables bouteilles, notamment un cognac de 1874, *Réserve du capitaine Crépin,* acquise aux enchères à Paris par un certain Zalapore, un compatriote ariégeois originaire du hameau de Biracet, qui tenait un bistrot aux Halles où se réunissaient le dimanche les Tonombrais de Paris. Papa en avait fait une sorte de correspondant dans la capitale. Je dis à mi-voix à ces quatre gueules aussi fines qu'éminentes : « Pour vous, j'ai quelque chose, suivez-moi à l'office. » C'est ainsi que vers minuit trente, en ce samedi 22 janvier 1972, je me retrouvai assis à la table de l'office de mon bar, en compagnie de l'écrivain et critique de droite supérieur et distingué Dorne, du reporter-écrivain Mauny le magnifique, de l'écrivain antifasciste ariégeois U.G., du grand journaliste Busoch, fils du docteur Busoch, résistant déporté en 1943, assassiné par les Allemands nazis à Dachau. J'avais posé avec précaution la bouteille sur la table. A tour de rôle, mes invités privilégiés la prirent, la caressèrent et en contemplèrent longuement l'étiquette. « Qui était ce capitaine Crépin ? demanda Dorne.

— Ma foi, je ne sais pas, balbutiai-je, déconfit.

— Les gens qui vendent ça aux enchères devraient produire obligatoirement un curriculum vitae de ces bouteilles, maugréa U.G.

— Quoi qu'il en soit, dit Mauny en riant, adressons à ce Crépin un message : Crépin, mon capitaine, où que tu sois nous te louons de n'avoir pas bu toute ta réserve. »

Je débouchai religieusement la bouteille et emplis aux trois quarts de bons gros verres ventrus. Longtemps, nous les chauffâmes entre nos mains, les yeux luisants. Puis Dorne donna le signal. Il but une gorgée. Nous attendîmes son verdict. Il donnait des signes indiscutables de respect. Enfin il déclara :

« Notre hommage à Crépin n'était pas à la hauteur de sa réserve, nous devrons le recommencer... Jugez vous-mêmes. » Nous bûmes à notre tour. Ah oui, macarel de macarel, il était bon ce cognac, et quand, tant d'années après, je restitue cet épisode, et en dépit des sujets de mélancolie qui m'accablent, je redécouvre quelque part au fond et au centre de moi, entre mon palais et mon plexus solaire, cette sensation indescriptible que Dorne devait immortaliser en inventant pour elle l'adjectif « crépinesque ». Et alors U.G. se leva, le verre serré entre ses mains : « Capitaine Crépin, nous, ici présents, uniques en nos genres respectifs, placés soudain sans préparation aucune devant une bouteille de ta réserve, ayant survécu à l'émotion violente suscitée par ladite réserve, éblouis par l'éclat de ton patriotisme, convaincus absolument que ton nom est associé à jamais à l'une de ces œuvres qui portent haut le génie de notre peuple, capitaine Crépin, en vertu de pouvoirs spéciaux que nous nous sommes honnêtement et justement conférés, nous te faisons maréchal de France ! » Tous tombèrent d'accord : U.G. avait prononcé les paroles qui convenaient. Je voyais bien qu'ils n'osaient y revenir. Alors je me rendis pour toujours populaire auprès d'eux en me levant et en disant : « Messieurs, mon devoir m'attend dans les salles du bar, je vous laisse la bouteille, elle est à vous. »

Sans s'être concertés d'un bloc ils se dressèrent et saluèrent ma sortie par un garde-à-vous que n'aurait pas renié le valeureux capitaine Crépin. Tandis que j'écris ces lignes et alors que *comoedia finita est,* j'en ris encore.

Eux qui me tenaient alors pour un brave garçon malin mais honnête, dévoué, débrouillard mais sain, digne fils d'un grand aubergiste et petit-fils d'un génial gargotier des montagnes, qu'auraient-ils pensé de me savoir au service de Redan, prêt à manipuler une jeune femme amie pour parvenir à mes fins ? Ces pensées qui m'habitaient ce soir-là tandis que je reprenais place à l'office, si elles me paraissent naïves aujourd'hui, témoignent qu'à l'époque je n'étais pas assuré, au seuil de ma rude et déplaisante mission : imposer mon influence et ma force à Gisèle de Tonombres, infiltrer les réseaux gauchistes en gestation ou déjà à l'œuvre dans la région toulousaine et sur la frontière franco-espagnole. Vers 1 h 30, le bar du Mirabat commença à se vider. Les Soulza, Bernie Taft, mes anciens condisciples prirent congé. Restaient encore Amilhat, le chanteur anarchiste Arenas, le psychiatre Dessort, l'inévitable Rouvière toujours à l'affût d'un scandale, d'une provocation. Cependant, quand les quatre compagnons sortirent enfin de l'office, il se garda de pérorer et de se joindre à eux. Mauny avait été naguère son rédacteur en chef à *la Dépêche,* et il ne cachait pas son peu d'estime, voire sa répulsion à l'égard du personnage. Dorne et U.G. avaient engagé un dialogue étrange d'où ils semblaient ne pas pouvoir se tirer facilement.

« Croyez-moi, grognait le grand critique, vous êtes l'écrivain de droite le plus important de notre époque.

— Comment, se récriait U.G., je n'ai jamais écrit que des livres et des textes de gauche.

— Pas du tout, insistait Dorne, un lecteur averti ne peut s'y tromper, et un jour cela sera démontré par un exégète avisé... Car vous aurez des exégètes », concluait-il gravement.

Et Mauny riait toujours.

Soudain monta du sous-sol une curieuse musique : des notes démoniaques, comme si des fantômes ou des farfadets dansaient autour de nous une ronde menaçante, une musique tout à fait incompréhensible pour un Rouquet, si ce n'est qu'elle m'inspirait cette frayeur que jadis les avions avaient dû provoquer chez les tribus de sauvages quand ils survolèrent leurs territoires pour la première fois. Mais Busoch avait dressé l'oreille. « Qui joue ça ici ? demanda-t-il surpris.

— Probablement le psychiatre Dessort, répondis-je.

— La *Sonate nº 9* de Scriabine, murmura le journaliste très ému. Il la joue aussi bien que mon père. »

C'est ainsi que moi, Rouquet fils, en cette nuit d'inauguration de notre bar du Mirabat, j'entendis pour la première fois parler de ce musicien pour moi si bizarre, si compliqué, un Russe, m'expliqua Busoch, prénommé Alexandre. Et pendant qu'au sous-sol Dessort jouait si fort que je craignais à tout moment qu'il ne brisât mon piano, Mauny, Dorne, Busoch et U.G. se remirent à boire en silence, soudain attentifs à cette diable de musique, comme envoûtés par elle, sous l'œil bête et méchant du fasciste antisémite Rouvière avachi à l'autre bout du bar.

Scriabine Alexandre, *Sonate nº 9,* jouée chez moi Henri Rouquet, rue Malbec, le samedi 22 janvier 1972 à 2 heures du matin par le psychiatre marginal Dessort.

J'avais, cette nuit-là, surpris un petit secret : Busoch tenait sa culture musicale de son père le docteur qui avait maintes fois joué cette sonate avant d'être pulvérisé au camp de Dachau. Ah oui ! je m'en souviens bien.

Afin de récupérer de mes fatigues, de remettre en état, de nettoyer bien à fond le bar du Mirabat après la fête, j'avais décidé de ne rouvrir que le samedi soir à 18 h 30. Je fis la grasse matinée. Aristide et Léon jouirent de leur liberté jusqu'à 16 heures, heure à laquelle ils réapparurent pour préparer l'ouverture du soir. Grâce au ciel, je ne fus dérangé par personne et c'est donc frais, dispos et, ma foi, satisfait, que je me levai à midi trente. Je procédai tranquillement à ma toilette, pris un café fort et sortis faire quelques pas, acheter *la Dépêche* place du Capitole. En vérité, indépendamment des circonstances curieuses qui m'avaient ramené à Toulouse, j'aimais beaucoup cette ville qui, en tout cas jusqu'alors, ne me rappelait que des souvenirs agréables. Quand Gisèle me téléphona, vers 14 h 30, j'étais de bonne humeur. Elle voulait me voir, « en vitesse », insista-t-elle, me présenter à quelques amis. Je lui signalai qu'à 16 heures je devais impérativement me trouver chez moi pour ouvrir à mes deux employés, que cette obligation limitait le temps que j'avais à leur consacrer, exigeait que ce fût en un lieu point trop éloigné de la rue Malbec, et je lui indiquai avec fermeté que je souhaitais voir le moins souvent possible ses relations extrémistes à l'exception de mes braves camarades tonombrais. Outre que j'éprouvais sincèrement peu de goût pour ce milieu, il me semblait que cette réserve équilibrait heureusement mes avances de la veille, par conséquent était de nature à atténuer la méfiance des gauchistes. Au bout du fil, Gisèle ne devait pas être seule car je la devinai déroutée par ma proposition. Elle pensait certainement amener ses amis chez moi. Sans doute prit-elle l'avis de celui ou de ceux qui l'entouraient car, m'ayant prié de patienter, elle ne me reparla qu'après une longue minute pour me dire : « Bien, rendez-vous dans un quart d'heure place de la Daurade, c'est tout à côté de chez toi. » Je n'avais qu'à suivre la rue Malbec jusqu'au bout en direction de la Garonne puis à tourner à gauche pour déboucher sur ladite place. Je m'y rendis en prenant le temps de flâner au bord du fleuve et, malgré ce détour, j'arrivai en avance. J'attendais depuis une dizaine de minutes quand surgit un groupe compact de cinq personnes : en tête, Gisèle, à ses côtés, un garçon inconnu de moi. Fermaient la marche Rambouillat et Ordonez. Entre eux, comme escorté par eux, un autre garçon, de taille moyenne, une casquette marron clair sur un crâne rasé, le visage recouvert par un masque de plâtre percé de deux trous pour les yeux et d'une ouverture pour les narines. Surpris par cette apparition, j'omis de saluer puis interrogeai Gisèle du regard. « Pas de panique, dit-elle sur un ton à mon avis faussement enjoué, je fais les présentations... Ces deux-là, tu connais », et elle désigna les deux gauchistes tonombrais, « lui c'est Sébastien, et le masque blanc c'est Pablo, il a eu un accident, il s'est brûlé au visage en allumant un barbecue, il en a encore au moins pour deux semaines avant d'enlever ça, mais, paraît-il, ça sera moins grave qu'on ne l'avait redouté, il en sera quitte pour quelques cicatrices. » Nous nous serrâmes la main sans grande conviction. « Allons faire un tour sur le quai, reprit Gisèle, on y sera plus tranquilles pour parler de nos affaires. » Nous marchâmes, silencieux, vers le port de la Daurade. Là, Rambouillat, le dénommé Pablo, Sébastien et Ordonez se hissèrent sur le parapet de granit, Gisèle s'y adossa, et moi je leur fis face, jambes écartées, mains dans les poches. Cette disposition chassa et ma bonne humeur et ma bonne volonté. Comme si cela allait de soi, je me retrouvais en position d'être jugé par ces gens. Ils me jaugeaient, me toisaient, me faisaient comparaître, et moi, pauvre diable, gauche, gêné, vexé, humilié. Je me souvins à temps que je suivais une stratégie, que j'appliquais un plan et visais un objectif double : *entrer en possession* de ma petite-cousine Tonombres, l'arracher aux influences de ses amis gauchistes, en particulier à celle de ce Rambouillat, et pénétrer ce milieu, le mettre hors d'état de nuire à la France. Ayant mentalement récapitulé ces données, pour moi fabuleuses, je me calmai et attendis de pied ferme qu'ils m'adressassent la parole. Mais ce calme fut de courte durée. Gisèle le dissipa cruellement en ouvrant le feu, en quelque sorte, par l'aveu que voici et qu'elle me fit avec, au demeurant, un embarras, une émotion, qu'elle ne tenta pas de dissimuler. « Henri, dit-elle, j'ai dit aux camarades que tu pourrais, éventuellement, nous rendre de menus services... Ordonez et Rambouillat ont déclaré ne pas avoir confiance en toi, ils se méfient de ton retour à Toulouse, ils ne s'expliquent pas ta démission de la Médiatrice, et moi j'avais le choix : te laisser tomber, ou leur révéler la vérité, en petit comité et sous le sceau du secret, la vérité sur nous... » Elle se tut. Je la regardais avec une stupeur non feinte. Je craignais d'avoir compris. Les autres, de toute évidence, n'étaient pas à leur aise. Rambouillat ne quittait pas des yeux les péniches qui descendaient la Garonne, Ordonez et Sébastien leurs pieds qui ballaient. Pablo, lui, m'examinait à son aise derrière son masque de plâtre. « Qu'est-ce que tu leur as dit ?

— La vérité... Les vraies raisons de ton départ de chez Sanaris, les révélations de tes parents, les liens qui nous unissent », acheva-t-elle presque à mi-voix et en baissant la tête.

Aujourd'hui, me remémorant cette entrevue à la Daurade, ces paroles, ces attitudes, je repense à ce qui n'a jamais cessé de me frapper chez ces extrémistes politiques juvéniles : l'abîme entre leur fureur militante, parfois leur culture, large et authentique, leur ivresse du pistolet, de la grenade, de la mitraillette, le vertige de détruire, de voir à cause d'eux s'enflammer un drugstore, et leur candeur, leur fragilité psychologique, leur immaturité de gamins prêts à fondre en larmes à la moindre piqûre de guêpe.

Et alors, ils étaient là, sur ce parapet du quai de la Daurade à Toulouse, par un après-midi ensoleillé du mois de janvier de l'année 1972, plus que gênés aux entournures par notre intimité brisée à Gisèle et à moi, notre formidable secret immolé aux chefs de la cause, ils n'osaient même pas nous regarder en face et pourtant, dix ans plus tard, deux, trois d'entre eux terroriseraient la vieille Europe, défieraient ses polices, forceraient la porte de l'ordre du jour des conférences au sommet. Pablo, Sébastien, Antoine Ordonez, Rambouillat : les ficeler ce jour-là sur ce parapet eût évité bien des nuits blanches à bien des ministres de l'Intérieur. Mais l'heure n'était pas venue et le meurtre non accompli. Pourquoi Rouquet avait-il mystérieusement, précipitamment démissionné de la Médiatrice et s'était-il rapatrié à Toulouse ? Réponse : tout simplement après avoir appris l'extraordinaire vérité de sa filiation. Il n'était autre que le petit-fils adultérin d'Irène de Tonombres. De quoi bouleverser plus d'un ! Même dans les milieux gauchistes ! Dès lors il changeait, Rouquet ! De peau, de cœur, de tripes ! Et son cerveau lent et bovin dénouait enfin ses fibres épaisses et lourdes, libérait une poignée de neurones jusque-là enchaînés par l'inculture et la soumission atavique aux maîtres. Un véritable électrochoc cette révélation ! Certes, elle ne faisait pas d'un coup de ce brave fils d'aubergiste ariégeois un Baader, un Negri, un Carlos, mais, au moins, elle devait ébranler ses pauvres et routinières convictions. Gisèle poursuivit : « Les camarades qui sont ici sont les plus importants de notre groupe, je n'ai parlé qu'à eux, ils m'ont juré qu'ils garderaient pour eux notre secret, nous n'aurons pas à craindre le scandale pour nos parents... Par contre, à partir du moment où eux connaissent tes motivations et ne te soupçonnent plus, les autres, le gros de la troupe, suivront...

C'était la seule solution pour que nous puissions continuer de nous voir souvent. »

C'était le moment de jouer, de conquérir un peu d'aise dans cette situation où on m'imposait un rôle passif, on m'assignait une place d'accusé. Je saisis la perche que me tendait involontairement Gisèle pour suivre les recommandations du colonel Redan et bien camper mon personnage. « Pour autant, dis-je sèchement, je vous avertis que je n'ai pas l'intention de faire la révolution. » Je sentis que ces fortes paroles avaient touché juste. Rambouillat admirait toujours les péniches. Ordonez regardait ses pieds, Sébastien semblait m'étudier avec une certaine sympathie, en tout cas de l'intérêt, le fantôme me fixait derrière son masque de plâtre. Gisèle paraissait agitée, sans doute inquiète de mon imprévisibilité. Alors je poussai mon avantage en m'adressant durement à Gisèle seule : « Je regrette ton indiscrétion, elle peut avoir des conséquences graves sur la vie de gens comme mes parents qui n'ont jamais fait de mal à personne, qui seront montrés du doigt par les imbéciles et les envieux après une vie de travail... Toi, évidemment, tu t'en fiches, tes parents sont à Paris ou ils vivent à Tonombres au sommet du Mirabat, derrière leurs murailles et avec des domestiques qui se montrent à leur place au village, et en plus tu ne les aimes pas, mais moi c'est différent... Je sais qu'Antonio se taira, tes deux autres copains que je ne connais pas, j'en sais rien, Rambouillat, lui, je préfère ne rien en dire... Ce qui est sûr, ajoutai-je menaçant, c'est que si quelqu'un s'amuse à des racontars, il me trouvera, et quand je suis en colère... » Le message que j'espérais bien faire passer était simple : Rouquet fils n'était pas content du tout, il avait sacrifié une belle et fulgurante carrière à Gisèle de Tonombres, sa femme fatale à lui, il était disposé à lui donner un coup de main raisonnable dans le cadre de ses activités militantes malheureusement bien troubles et risquées, cela en dépit du fait qu'il ne comprendrait et ne justifierait jamais les actions terroristes conduites en Europe par de jeunes Occidentaux, mais là s'arrêtaient son dévouement et son abnégation : qu'on ne compte pas sur lui pour en faire davantage, et gare à celui ou à ceux qui concourraient, fût-ce de loin, au déshonneur des Rouquet ! Voilà ce que je souhaitais enfoncer dans le crâne des chefs extrémistes ce jour-là et j'y réussis.

Sébastien prit enfin la parole et ce qu'il me dit aurait rempli d'aise le colonel Redan, et même, lui aurait peut-être inspiré un brin d'admiration : « Gisèle a été maladroite, prononça-t-il, nous n'avons jamais pensé à vous demander des services, et nous n'avons jamais compris que vous en proposiez de réels... » Ici il marqua une pause avant de reprendre : « Je veux dire que nous n'avons jamais eu l'idée de vous recruter comme militant, mais seulement de faire votre connaissance en tant qu'ami de Gisèle, ami et maintenant petit-cousin », ponctua-t-il en allumant négligemment une cigarette.

Je sentis que je devais me taire, attendre qu'il continuât, ce qu'il fit presque aussitôt : « Vous voyez, Rouquet, des amis comme vous peuvent être utiles aux militants qui combattent, et même très utiles, ils peuvent nous aider sans se salir les mains... Vous êtes déjà l'ami de quelques-uns d'entre nous, ceux de Tonombres, Gisèle bien sûr, ensuite... Comment dire... On peut raisonnablement compter sur votre discrétion, sur un minimum de fiabilité, et pour une raison simple : au moindre faux pas, à la moindre tentative de trahison, on vous balance, et dans l'heure qui suit, toute la région et d'abord Tonombres apprend la vérité sur votre filiation. »

Je fis effort pour feindre l'anxiété, la colère rentrée du brave bougre qui se fait avoir. L'avantage du cynisme étalé par ce Sébastien qui se croyait si fort, c'est qu'il balayait en moi toute mauvaise conscience. Je songeais, sûr de moi : un jour je les ferai coffrer afin de les empêcher de nuire, d'assassiner lâchement des innocents, et ce que je venais d'entendre ne m'incitait ni à la clémence ni à l'hésitation. Ce Sébastien me proposait, m'ordonnait même d'entrer dans l'infrastructure non violente des extrémistes toulousains, et du même coup simplifiait singulièrement ma tâche : au lieu de ruser pour approcher les réseaux, il ne me restait qu'à sagement obéir à leurs chefs. Pouvait-on rêver d'une meilleure infiltration ? Certes, je devais accepter en échange quelques contraintes : d'abord, le risque toujours possible d'être démasqué et alors sévèrement châtié. Ensuite, celui de cruellement décevoir Gisèle, si elle se découvrait un jour espionnée, trahie par moi depuis longtemps. Enfin, le danger du scandale, de la honte qui, si elle n'empêcherait certainement pas les grands bourgeois du Mirabat de dormir, pourrirait les dernières années de vie de mes parents.

Je feignis donc de m'avouer vaincu devant ce Sébastien.

« Qu'attendez-vous de moi ? questionnai-je, sur le ton nettement au-dessous de celui qui se croit obligé de composer.

— On vous le fera savoir, dit Sébastien. Pour commencer on vous mettra sans doute à l'épreuve, je vais en parler avec mes camarades.

— Bien », dis-je. Et je tournai les talons sans ajouter un mot, ce qui me parut la sortie la plus conforme à ce qui venait de se passer.

Il fallait maintenant rendre compte au plus tôt au colonel Redan, ce à quoi je m'employai dès mon retour à la maison. Une voix masculine prit bonne note de ma demande d'entretien téléphonique et le patron me rappela une heure après, à 17 heures environ. Il se montra plus qu'intéressé par l'homme au masque de plâtre, et aussi par ce Sébastien, quoique à un degré moindre car il le connaissait déjà. « Savez-vous qui est Sébastien ?

— Non, je ne l'avais jamais vu.

— Eh bien, c'est le grand frère de ce jeune Balino qui s'est distingué aux obsèques d'Irène de Tonombres en fracassant une bouteille de sang sur le cercueil, il pourrait bien devenir dangereux un jour, soyez sur vos gardes, il est malin, surtout ne lui laissez pas soupçonner que vous savez qui il est tant que lui ou Gisèle ou quelqu'un d'autre ne vous l'a pas dit, laissez-vous tirer comme une péniche par ses haleurs. »

Je ne devais jamais oublier cette image tant elle me dicta clairement et définitivement mon attitude : passive et vigilante. Par contre, l'homme au masque avait inspiré au colonel Redan cette réflexion : « Évidemment, cette histoire de barbecue, c'est de la poudre aux yeux, si l'homme se cache, c'est qu'il a des raisons spécifiques que les autres n'ont pas, ou pas encore, de se cacher, et si les autres acceptent qu'il se cache, c'est qu'ils tiennent ces raisons pour valables, il pourrait s'agir soit d'un personnage très important des milieux d'extrême gauche, soit d'un étranger, un Espagnol par exemple, dans le collimateur des services secrets de Franco, à Toulouse pour préparer un coup... De ce côté-là, j'ai les moyens de savoir quelque chose... » En conclusion, M. Redan me pressa de me montrer plus que jamais prudent, sur le qui-vive. « Ne jouez pas trop au gros bêta précisa-t-il, arrangez-vous pour qu'on saisisse bien que votre seul intérêt dans cette aventure, votre motivation unique, c'est bien Gisèle de Tonombres. »

Je n'allais pas tarder à vérifier que ces militants n'étaient pas des rigolos, que je ne me tirerais pas si aisément de ma mission sans endurer ma part d'épreuves.

Il me faut maintenant reconstituer une réunion à laquelle je n'assistai pas, où il fut en particulier question de moi, et grâce aux relations que m'en firent bien plus tard les trois filles qui y participaient : Laure Puget, Lily Ordonez et Gisèle elle-même.

Laure, fille du plus puissant promoteur immobilier de Toulouse, alors en révolte frénétique contre son père, aujourd'hui directrice générale de l'entreprise familiale devenue depuis numéro un en France et numéro trois en Europe grâce à la clairvoyance et la compétence du père Puget et au développement prodigieux de ses marchés arabes. Figure typique de la jeunesse bourgeoise velléitaire un temps sortie des rangs et du salon de papa au printemps de l'année 1968, je sais qu'aujourd'hui elle vit dans la terreur de représailles de ses rares mais dangereux anciens camarades gauchistes et maoïstes qui, eux, ont continué et amplifié ce que plus que jamais ils appellent « leur combat contre le capitalisme multinational américain, impérialiste et sioniste ». Pourtant Mme Laure A. née Puget, successeur légal et désigné de son père, remarquable animatrice d'une firme désormais immense, bâtissant un peu partout dans le monde universités, immeubles géants, luxueux complexes de loisirs et de villégiatures pour milliardaires de la « jet society », n'a jamais été, à ce jour, victime d'attentats, ni aucun de ses collaborateurs, ni aucune de ses entreprises. Il se murmure avec insistance qu'elle bénéficierait de la protection des pays arabes où elle construit, conservateurs ou marxistes. Et que, par le biais des fameux bakchichs obligatoires dus à telle ou telle éminence dispensatrice de tel ou tel marché, elle cracherait au bassinet du terrorisme international. Mais après tout, qu'est-ce que ça peut bien me faire à moi Rouquet ? Laure a mieux continué sa vie que moi, c'est tant mieux pour elle. Et elle aurait bien tort de ne pas exploiter la confusion idéologique qui submerge notre époque. Voici quelques années, repoussant vigoureusement, dans une interview, l'accusation d'acheter sa sécurité et sa prospérité en versant son écot au terrorisme arabe, n'eut-elle pas beau jeu de répliquer : « Je vais aussi construire en Israël, n'est-ce pas la preuve de notre indépendance ? La politique, je n'en fais plus depuis l'âge de vingt ans, j'ai jeté ma gourme une fois pour toutes sur les barricades de la place du Capitole, et mon père m'a enseigné son unique secret : travailler beaucoup et bien. »

Certes, il faudra bien qu'un jour les hommes la paient cette confusion-là, mais alors ni Laure ni moi ne serons sans doute de ce monde, et après nous, oui, pourquoi pas : le déluge. Mais quel déluge !

La réunion du temps où Laure Puget vomissait le béton, le cash-flow, les créneaux, les marchés, le marketing et la publicité de son père, se tint dans les caves voûtées d'un immeuble à demi croulant sis rue des Blanchers, c'est-à-dire à une centaine de mètres de mon bar ! Les hasards du marché immobilier m'avaient rendu propriétaire d'un bien situé juste à côté de l'une des principales tanières du gauchisme, du maoïsme, de l'anarchisme et de l'antifranquisme de Toulouse. Moi-même, je ne devais être accepté au fond de ces caves que huit mois plus tard, après que j'eus, pour reprendre l'expression utilisée par Sébastien, été « mis à l'épreuve ». Le lecteur va découvrir les noms de quelques braves jeunes gens animés de mobiles et d'intentions divers, certains convaincus de devoir sauver l'humanité de la pourriture, d'autres à l'affût de coups fourrés et à l'abri d'une prétendue noble cause, quelques-uns enfin, sûrs d'eux-mêmes, soldats d'une stratégie élaborée ailleurs, les yeux fixés sur un horizon que leurs naïfs compagnons ne pouvaient pas même imaginer.

Voici Ducrain, vingt-sept ans, magasinier à la S.N.I.A.S., Société Nationale des Industries Aérospatiales, au collège jusqu'en classe de troisième, septième enfant d'un cordonnier usé à la tâche et mort prématurément, Rovel, vingt-cinq ans, infirmier à l'hôpital Purpan, Tagler, vingt-huit ans, autodidacte, très intelligent, petit imprimeur anarchiste, Graubel trente-cinq ans, libre penseur, artisan serrurier, Léonard, vingt-huit ans, professeur certifié de lettres modernes au lycée technique d'industries métallurgiques de Carmaux, à environ 90 kilomètres de Toulouse, Laure Puget, Lily Ordonez, Dessort, Martin Balino, frère cadet de Sébastien, Arenas, le chanteur anarchiste, l'Irbat, l'orgueil des intellectuels gauchistes, le petit-fils de braconnier, le petit paysan inculte et misérable, l'ancien mineur de la mine de tungstène de Sadel, qui avait réussi le concours d'employé au tri postal de la gare Matabiau à Toulouse, grâce aux cours du soir de Rambouillat et surtout de Pujol-Arnaud. L'Irbat croyait désormais aux seules vertus de la révolution pure et dure pour libérer de par le monde des millions d'Irbat du joug de l'exploitation. De tous les jeunes paysans tonombrais, il était le seul en qui les intellectuels gauchistes du village avaient confiance.

Leur faisant face, alignés derrière des tréteaux montés sur chevalets, les chefs : Gisèle, Rambouillat, Ordonez, Pujol-Arnaud, Zirout le « ravisseur » arabe (marocain ? algérien ?) de Lily, Sébastien, l'aîné des Balino, un certain Puig alias Pablo, débarrassé de son masque de plâtre, engagé dans une lutte à mort contre Franco, un Catalan ardent, bourré d'idées et de courage, l'âme du M.I.L., le Mouvement Ibérique de Libération, fondé l'année précédente à Barcelone. Redan avait vu juste.

Sébastien Balino présidait la réunion et il donna aussitôt la parole à Rambouillat.

Celui-ci était à son aise dans ce type d'exercice, qui lui donnait l'illusion, à lui probablement plus qu'à tout autre, de jouer un rôle dans les affaires du monde, d'y inscruster son empreinte. Les contradictions du grand capital, assurait-il, entraient dans une phase aiguë, et le but des combattants communistes et révolutionnaires consistait à accélérer ce processus, à aggraver ses contradictions, à les rendre plus profondes et béantes encore, comme un coin maintient la fente de la cognée pour ensuite en faire une crevasse : mutineries de détenus dans toutes les grandes prisons de l'Occident, grèves dures contre l'augmentation spectaculaire des accidents du travail, par exemple aux Tubes de France du baron Buzard, sont autant de signes que le prolétariat est disponible à un moment historique, où il se sent, où il est abandonné par les partis dits de gauche, légalistes et sclérosés. Rambouillat mit en évidence la vanité et la dérision de l'alliance qui se mijotait alors en France, entre le parti communiste et le parti socialiste : une opération opportuniste, selon lui, et électorale, puisque dans les programmes des deux partis, l'appareil d'État bourgeois n'était en rien modifié. Une victoire électorale d'une union aux objectifs si peu avouables ne pouvait qu'enfoncer le monde ouvrier dans l'exploitation et l'oppression. Rambouillat se saisit de la parabole des sables mouvants. Il dit : « Quand la gauche bourgeoise ou les P.C. légalistes font bouger le prolétariat dans de telles conditions, ils l'abusent, et plus ce prolétariat bouge et obéit à leurs consignes, plus il s'enlise dans sa condition. » Rambouillat avait enfin remarqué que l'intensification des bombardements américains au Viêt-nam, la montée irrésistible des ultras en Israël, ultras bien décidés à exterminer tout Palestinien osant prendre les armes, le bouillonnement marxiste dans une grande partie de l'Afrique, la formidable chaudière chauffée à blanc de l'Amérique du Sud composaient un monde favorable à l'engagement communiste armé en Occident. En conclusion, le fils de l'ancien chiffonnier de Tonombres recommanda la lecture d'un ouvrage dont il brandit un exemplaire, livre écrit assez récemment par un certain Carlos Marighella, chef révolutionnaire brésilien tué au combat en 1969 : *Le Manuel du guérillero urbain.* Le lecteur mesurera à quel niveau de surexcitation étaient parvenus ces extrémistes toulousains au début de l'année 1972, ce dont ne se doutaient ni les citoyens, ni moi-même, ni la plupart des autorités politiques. Puis, Balino aborda le sujet des actions à entreprendre. Il fut question de perturber ou d'attaquer, pêle-mêle, dans les jours ou les semaines qui venaient une vente aux enchères de meubles, objets précieux, livres, argenterie, provenant de la succession d'un châtelain de Pamiers, sous-préfecture de l'Ariège, le tout estimé à une fortune, environ 15 millions de francs, et où se presseraient à coup sûr les gens riches de la région et d'ailleurs, amateurs milliardaires, capitalistes attirés par l'odeur de la bonne affaire, du bijou de famille à bas prix, du rare parchemin bradé. Cette vente aux enchères se tiendrait en une région où deux usines qui faisaient vivre une bonne partie de la population menaçaient de fermer leurs portes, ce qui provoquait un émoi et un désarroi immenses. Balino l'aîné estimait que cette sinistre conjoncture renforçait l'indécence de cette vente aux enchères et que, pour une fois, toutes opinions confondues, la population, non seulement sa majorité prolétarienne mais ses notables et ses enseignants, ne verseraient guère de pleurs si les gauchistes faisaient un coup. Balino mentionna un congrès d'informaticiens organisé à Toulouse au printemps, le dépositaire toulousain d'une fameuse maison parisienne de produits de luxe, l'épicerie fine Tontovel, l'immeuble de la télévision régionale, en tout état de cause une expédition pour se procurer des explosifs, une autre contre le siège de l'Union patronale, et même le sabotage d'un pont. Il réserva l'affaire des super-G Gramella à sa conclusion. « Notre action la plus urgente, la plus évidente mais aussi la plus facile à réaliser, dit-il, c'est évidemment la punition immédiate des responsables de ce magasin qui ont fait arrêter cette pauvre femme et provoqué le suicide de son gosse, des faits qui viennent de se produire sous notre nez et qui révoltent la population. Comme pour la vente aux enchères de Pamiers, nous sommes sûrs que si nous punissons durement ces gens nous irons dans le sens souhaité par les masses... Rien ne vaut une bonne expédition punitive, les patrons et leurs cadres en ont une sainte trouille, qu'en pensez-vous camarades ? » Pujol-Arnaud avait quelque chose à dire là-dessus et si j'avais été présent j'aurais compris ce qui soudain avait traversé son esprit embrumé par l'alcool quand, ayant assisté à l'accrochage entre Jany Soulza et Mateleau, il avait, à ma surprise, tourné les talons.

« Je suis d'accord avec Sébastien, justement j'ai une idée. » Et alors, cet ami d'enfance, ce jeune Français honnête, fit une proposition qui dévoyait sa sincère révolte contre l'injustice de ce monde.

« Hier soir, dit-il, chez Rouquet, j'ai rencontré un certain Mateleau qui se faisait remonter les bretelles par une petite oie bourgeoise dont la conscience catho avait été heurtée par le suicide du gosse, et ce Mateleau est quelque chose comme cadre directeur adjoint du super-G de Pinsaguel, il sort de l'E.S.C.T., l'école de Rouquet, si on lui appliquait la méthode des camarades italiens ? On pourrait lui flanquer une raclée, lui casser un tibia ou un genou, ce serait un avertissement pour tous les Mateleau de France qui exploitent à mort le prolétariat des grands magasins, une action qui n'exclut pas d'autres représailles. »

Graubel s'opposa vigoureusement à cette intervention :

« Ça apparaîtra comme une lâcheté, une cruauté gratuite, nous avons besoin de l'appui du peuple, corrigeons un vigile du super-G toulousain mais pas un jeune cadre issu de la région et travaillant dans une toute petite ville du coin, et dans un tout petit super-G où il n'y a pas de vigiles... A mon avis, ce serait une énorme erreur. »

Pujol-Arnaud reprit la parole : « Ce que dit Graubel a seulement l'apparence d'une opinion responsable, il se donne le beau rôle... Personnellement, je n'ai rien, moi non plus, contre ce Mateleau mais, mieux qu'une brute épaisse de vigile, il représente la classe et le milieu que nous combattons, les grandes écoles, surtout ces écoles de commerce où le capital forme ses contremaîtres et ses intendants en col blanc... »

A son tour Laure Puget s'opposa au tabassage de Mateleau et soutint : « Les camarades italiens ont de l'avance sur nous et dans tous les domaines, notamment en ce qui concerne l'organisation et leur capacité à faire passer leur stratégie dans la conscience des masses... Quand ils corrigent un cadre ou un contremaître, les gens savent que c'est pour des raisons purement politiques parce que les petits chefs font autant de zèle dans la répression que les intendants de la Restauration, qu'ils sont impitoyables et serviles dans les usines et les bureaux, qu'ils exercent le droit de cuissage sur les secrétaires tout comme les gardes des hobereaux périgourdins sur les jeunes paysannes dans la misère, les camarades italiens ont à peu près su faire passer ces idées, personne ne les accuse de lâcheté, mais si on casse une jambe ou un genou à ce malheureux Mateleau, personne en France ne comprendra le sens politique de l'acte, on y verra une vague représaille, facile et lâche, notre prolétariat n'est pas mûr pour approuver, même secrètement, ce type d'action, mieux vaut s'en prendre pour commencer à un symbole particulièrement impopulaire des grands magasins, à ces vigiles incultes, frustes, pas formés, détestés par les gens... »

Puis le groupe se rallia à Balino qui proposait d'engager des actions simultanées, saccager le super-G et s'occuper de Mateleau. Graubel et Puget s'inclinèrent. Après quoi, Puig alias Pablo fit un exposé sur le Mouvement Ibérique de Libération dont il était l'un des fondateurs. Il n'eut aucun mal à faire admettre que dans son cas à lui, l'action violente et la lutte armée étaient non seulement légitimes mais seules efficaces. Du combat en France contre la République bourgeoise et atlantiste, on passait en Espagne à la guerre contre la dictature franquiste. Déjà, à Barcelone, plusieurs « expropriations » avaient eu lieu : attaque de deux banques, notamment. Des imprimeries clandestines commençaient à fonctionner à plein rendement. Mais il fallait des armes et de l'argent. Pablo souhaitait qu'une coopération plus étroite s'établît des deux côtés de la frontière. A cet égard, la haute montagne ariégeoise lui paraissait idéale pour y aménager des caches, des camps de repli, d'entraînement à la guérilla, au maniement des armes et des explosifs, aussi pour y organiser des contacts, voire des réunions internationales au plus haut niveau. A Toulouse même, plus d'un vieux républicain espagnol, sans pour autant mettre la main à la pâte, n'en suivait pas moins avec sympathie l'action militaire du M.I.L., et l'on pouvait compter sur quelques-uns d'entre eux pour des services d'intendance : boîtes postales, relais financiers, etc. Dans l'enthousiasme, les jeunes gens réunis ce soir-là rue des Blanchers votèrent une résolution ouvrant sur une alliance entre eux et les anarchistes combattants antifranquistes. Sébastien, Ordonez et Gisèle furent nommément et expressément mandatés pour organiser sans attendre en montagne tonombraise gîtes, dépôts, repaires destinés aux ennemis intérieurs du général Franco.

C'est alors, me rapportèrent bien plus tard les trois anciennes Grâces gauchistes, que Léonard, le prof de Carmaux, demanda la parole : « Je voudrais en savoir plus sur ce Rouquet qui a ouvert un bar hier soir, que beaucoup de nos camarades de Tonombres semblent bien connaître et qui, paraît-il, est très lié à la camarade Delenda.

— Henri Rouquet est un ami d'enfance, un brave type, hermétique à la politique, engagé par Sanaris sur un coup de tête, sans doute pour faire plaisir à son père, comme chroniqueur gastronomique, complètement perdu dans ce milieu, qui n'a pu supporter longtemps cet exil, à qui ses parents aubergistes ont offert un os à ronger à Toulouse, une sorte de bar campagnard et montagnard, un type assez facile à manier, qui peut nous être utile non pour des coups mais pour des aides indirectes au groupe, bref, un type à qui ne pas confier de secret mais capable de rendre certains services le moment venu », dit Gisèle.

Balino, Rambouillat et Ordonez approuvèrent gravement de la tête et Léonard n'insista plus. Ce que ne dirent pas les chefs gauchistes ce soir-là, c'est qu'ils me feraient participer au guet-apens qu'ils tendirent à ce pauvre Mateleau.

Le dimanche 23, Gisèle me téléphona, tôt, vers 8 heures. Elle voulait me voir sur-le-champ et refusa de prendre chez moi le petit déjeuner. Nous nous retrouvâmes dans une grande brasserie du centre. C'est là qu'elle m'informa des toutes dernières décisions des chefs delendistes : ils exigeaient que je participasse à leur expédition punitive contre Mateleau. « Rassure-toi, on ne te demande pas de lui taper dessus mais de faire le guet. » Je n'eus à mimer ni la stupeur ni la résolution. « Jamais, répondis-je, vous allez trop loin avec moi.

— Si tu m'avais répondu différemment, dit-elle en un sourire énigmatique, j'aurais été vraiment très étonnée, maintenant écoute-moi bien, Henri : fais-le pour moi, accepte un minimum sans quoi il me deviendra vite impossible de conserver des relations avec toi. »

Après de longues minutes de silence et d'hésitation, je rendis les armes, non sans commenter : « Tu abuses de ton pouvoir sur moi... Tabasser Mateleau, vous croyez vraiment que c'est un acte révolutionnaire ? Je trouve ça plutôt dégueulasse, et en plus idiot, vous passerez pour ce que vous êtes : des lâches, car j'imagine que vous signerez votre action ?

— On sait ce qu'on fait, lâcha Gisèle, l'essentiel pour l'instant c'est que tu sois d'accord, on te fera signe le moment venu, je pense que tu ne me verras pas rue Malbec avant quelques jours. »

Elle se leva et s'éloigna de sa démarche d'aristocrate sans même m'avoir salué. Mateleau n'habitait pas à Pinsaguel même mais à côté, à Pouvourville, chemin du Paou, non loin du cimetière. Il y avait loué un petit pavillon. Je n'eus à me préoccuper de rien d'autre que de me trouver devant l'entrée du cimetière le lundi 24 janvier à 20 h 30. Les delendistes savaient à quelle heure rentrait Mateleau. Ils s'étaient renseignés sur ses habitudes. Tous les soirs de semaine, après la fermeture du magasin, il s'attardait pour établir les comptes des caisses, vérifier l'état des stocks, puis il dînait dans un petit restaurant de la ville, toujours le même. Après quoi il rentrait chez lui. Parfois l'attendait une amie, une couturière plus âgée que lui qui témoignerait auprès de la police. Il garait sa voiture devant chez lui, jamais avant 20 h 30, jamais après 21 h 30. L'équipe était constituée de l'Irbat, grand et puissant, inconditionnel, muni d'un gros bâton de buis, de Pujol-Arnaud, frêle et pâle commissaire politique, de Rovel, infirmier à l'hôpital Purpan, et de moi-même, tous masqués de cagoules. On m'assigna un poste, au croisement du chemin du Paou et du chemin de Sarrangines. Les pavillons et les réverbères étaient espacés, la nuit de janvier épaisse. Je compris que, pratiquement, je ne servais à rien. On m'avait bien amené là pour me mouiller, comme l'avait dit le général Redan. Je vis Mateleau arriver, descendre de voiture. Je le vis empoigné, bâillonné, entraîné par les extrémistes dans une zone d'ombre. Je vis l'Irbat, mon brave ami d'enfance, lui assener aux jambes des coups terribles de sa massue de buis, sous la supervision de mon autre ami d'enfance Pujol-Arnaud, tandis que le maintenait le jeune infirmier Rovel. Et donc, je vis s'écrire une page glorieuse de la lutte menée par les combattants communistes révolutionnaires contre le capital incarné par le cadre Mateleau, mon ancien condisciple de l'École supérieure de commerce.

Nous abandonnâmes Mateleau sur le trottoir, les deux jambes brisées. Comme convenu, je rentrai chez moi directement, seul dans ma voiture. Puis ils téléphonèrent à *la Dépêche* et à Radio-Toulouse leur premier communiqué de la nuit : « Allez à Pouvourville, chemin du Paou, ramasser Mateleau, le petit chef du super-G de Pinsaguel. Les delendistes ont vengé Thierry. (Le garçonnet mort de honte). » Pendant que nous le « vengions », une équipe plus étoffée, plus performante encore, s'introduisait à l'intérieur du super-G toulousain, saccageait les rayons, en profitait pour remplir quelques sacs de boissons et denrées en boîtes, après avoir assommé les gardiens qui, eux, souffrirent moins que Mateleau. J'adressai le lendemain un compte rendu minutieux au général. « Et cette autre équipe ? interrogea-t-il, celle du magasin de Toulouse ?

— Je n'y étais pas, répondis-je, j'essaierai de savoir. »

Ainsi fis-je mes premiers pas d'espion antiterroriste.

Durant les premiers mois de l'année 1972, Tonombres et sa montagne furent le théâtre de mouvements et d'agitations nouveaux. Tandis que je m'efforçais de remettre de l'ordre dans mes idées après ces débuts scabreux d'agent double et de rassurer Léon et Aristide qui me devinaient perturbé sans en apercevoir l'ombre d'une raison, feu la comtesse Marthe n'était pas oubliée de tout le monde. Nous allons donc reprendre le chemin de la montagne où nous attendent non seulement les hôtes du Mirabat et de Saindieu mais aussi le noyau dur de ces delendistes que nous avons vus à l'œuvre à Toulouse et qui, ensuite, eurent à faire du côté de la frontière. Auparavant, je dois noter ici combien je fus étonné de l'indifférence relative qui suivit les exactions gauchistes auxquelles j'avais, par devoir, été mêlé, et aussi, du peu d'efficacité de la police, disons classique. Pour moi qui venais de vivre les événements aux premières loges et qui en connaissais depuis longtemps de nombreux acteurs, l'affaire était entendue et j'avais eu le loisir d'y réfléchir : les delendistes n'étaient rien d'autre que des apprentis sorciers naïfs. Leurs conspirations à la noix de coco, leurs réunions rue des Blanchers, pâle imitation des Carbonari ou des compagnons de Jéhu, ne tiendraient pas la route. Le moins doué des commissaires de notre Sûreté ou de nos R.G. n'en ferait qu'une bouchée. Le port de cagoules lors des opérations de tabassage d'un jeune cadre ou du saccage d'un magasin ou de l'incendie de locaux d'entreprises d'informatique ne suffirait pas à déjouer les investigations. D'autant que chaque jour, avec une ostentation et une virulence croissantes, ces delendistes redevenus des militants gauchistes en quelque sorte ordinaires, ne cessaient de se faire remarquer dans des cafés de la ville et sur les campus universitaires. Furent-ils démasqués et arrêtés ? Eh bien, non. Une fois de plus, et parmi d'autres, Gisèle, Rambouillat, Pujol-Arnaud, Ordonez, Arenas, les frères Balino furent convoqués et interrogés par la police et une fois de plus relâchés faute de preuves. A l'époque, ce phénomène me paraissait extraordinaire mais je sais maintenant qu'il est tout à fait normal dans les démocraties : on peut être gauchiste et se refuser à toute action violente au-delà des manifestations classiques, de la fomentation de troubles dans les universités, les lycées, les usines, et, en l'absence de preuves ou de flagrant délit, comment démontrer que ce groupe était bien celui qui revendiquait les exactions sous la signature de Delenda ? De plus, les groupes gauchistes pullulaient, souvent rivaux, dans les grandes villes universitaires de France, et cette question de savoir si, à l'instar des Italiens et des Allemands, il convenait de passer au stade de la lutte armée était alors âprement débattue au sein de certains groupuscules et milieux intellectuels marxistes. Du coup, toute l'astuce du général Redan m'apparut, ainsi que la terrible nécessité de ses deux mots d'ordre pour, au minimum, neutraliser le terrorisme urbain : infiltration-trahison. Je perçus, non la fameuse guerre des polices mais l'impérieuse séparation des genres et la difficulté de ce qu'on appellerait plus tard en Occident la « lutte antiterroriste ». Déjà, au début de 1972, il n'était pas aisé d'appréhender et d'inculper la dizaine ou la vingtaine de jeunes gens au bord de verser dans la lutte armée et la clandestinité. Le général Redan, lui, visait plus haut et plus loin que ce groupe. Il devait avoir ses raisons, pensais-je alors, et je sais aujourd'hui qu'il les avait, fortes et solides. Et je compris que, loin de jouer avec Rouquet fils, il avait exploité avec la rapidité de l'éclair une opportunité exceptionnelle : celle d'avancer un pion d'apparence inoffensive et dépourvu de destin dès le début d'une partie acharnée et complexe, de n'y plus toucher pendant un long temps, de le laisser dormir dans sa case, pour, à la fin du milieu de partie, le pousser soudain sur un échiquier déblayé de ses pièces et de ses leurres et le damer enfin, emportant le gain.

Le mardi 25 janvier, le général lui-même m'appela au bar. Nous procédâmes à un tour d'horizon et je lui avouai les pénibles exigences du rôle qu'il m'avait assigné. Il se montra compréhensif, aimable, me laissant présager une rencontre à Paris, puis me demanda de faire la connaissance de son collaborateur Ixeau, représentant les Brigades d'Interventions Spéciales dans la région, discrètement basé dans un bureau minuscule de la place Occitane. Une telle rencontre devrait s'entourer de précautions draconiennes et c'est Ixeau qui en prendrait l'initiative. Par ailleurs, le saccage du magasin toulousain ne me parut pas susciter l'écho escompté par les delendistes. Et encore moins la « punition » infligée à Mateleau. Certes, la dépêche signala les nouvelles exactions du groupe d'extrême gauche dit delendiste mais en deuxième page seulement et en se limitant à l'agression contre le super-G et les gardiens. Nulle trace du cadre Mateleau qui fut donc « corrigé » pour rien, ce qui, pour les chefs gauchistes, s'avérait bien pire qu'un blâme de l'opinion publique. Semblable action dix ans plus tard occupera la une des médias nationaux. En 1972, casser les tibias d'un Mateleau dans la banlieue toulousaine apparaissait encore en France comme un règlement de comptes obscur, même revendiqué par un groupuscule politique. L'opinion alors peu sensibilisée à ces questions et mal informée des méthodes d'intimidation mises au point ailleurs n'établissait pas de lien entre la violence politique et le tabassage d'un cadre, ce que Laure Puget avait parfaitement exposé rue des Blanchers. Seuls s'inquiétèrent les juges et les policiers spécialisés, tout comme les avaient préoccupés les premiers attentats à l'explosif perpétrés selon des techniques éprouvées au Proche-Orient. Cet échec médiatique relatif ne devait pas être étranger au progrès de l'influence des durs au sein des groupuscules anarchistes et d'extrême gauche de la région. Ceux qui avaient craint trop de réactions négatives de l'opinion en étaient pour leurs frais. Le saccage du super-G apparut plus proche du fait divers, d'une réaction d'étudiants en colère que du combat révolutionnaire. Les attentats contre les sociétés d'informatique avaient eux, incomparablement mieux atteint leur but. Les delendistes en déduisirent ce que leurs grands frères allemands et italiens plus expérimentés et aguerris avaient découvert : le sentiment et le mélo ne paient pas. Un enfant qui se suicide de honte fait pleurer dans les foyers mais n'émeut nullement le grand capital : David Copperfield, Nicolas Nickleby et Cosette dorment dans leurs panthéons et l'on ne s'attaque pas au Board de la compagnie I.B.M. comme à un vulgaire Thénardier. La destruction matérielle d'un siège social, l'enlèvement physique d'un ponte, le hold-up, le mitraillage, la pose de bombes en des lieux stratégiques, le sabotage des cœurs, des poumons et des intestins de la société post-industrielle, voilà qui est pris au sérieux, voilà qui coûte de l'argent, voilà qui mobilise, voilà qui affriole nos médias effarouchés et frivoles, voilà qui glace et horrifie, bref voilà qui vraiment terrorise. Et donc qui est pris au sérieux. Mais à cette époque, les petits camarades tonombristes et delendistes étaient encore tendres. Cependant, quelques bonnes, ou plutôt mauvaises fées, ne tarderaient pas à se pencher sur ce nid grouillant et sulfureux d'exaltés et de révoltés afin d'y repérer les œufs bons à couver. Ces nouveau-nés à la révolution combattante recevraient bientôt l'onction de popes et d'évêques d'un « troisième type » dans un bel appartement sis à Paris cour de Rohan.

Avant de nous y rendre, voyons ce qui advint d'intéressant à Tonombres. Et tout d'abord, surprenons le docteur Permont le lundi 24 janvier vers 22 heures sur la place de l'Église, à l'heure où le commando toulousain se préparait à investir le super-G.

Le docteur, vêtu d'une vieille et chaude houppelande comme on n'en fait plus, se tenait debout au centre de la place mal éclairée par deux réverbères trop éloignés l'un de l'autre. Il regardait la porte de l'église puis l'entrée du café Calès puis l'église à nouveau. L'une de ses mains s'appuyait sur sa canne, l'autre caressait son menton. Soudain, il se mit à compter des distances : quatre pas vers l'église, retour au point de départ, trois pas en arrière, huit pas vers le café Calès. A quoi jouait M. Permont ? Que calculait-il ? On l'aura deviné : il s'amusait de bon cœur. Ce jeune Dan Petto lui avait suggéré une excitante idée pour passer le temps, occuper trop d'heures creuses et solitaires dans la vie de ce veuf de quatre-vingt-trois ans. Certes, il marchait toujours très bien et beaucoup mais il commençait à lire moins et ce dérivatif tombait à point. Dan Petto était reparti à Masergaël pour tâcher de régulariser au mieux sa situation avant de revenir au plus vite à Tonombres. Le docteur, lui, s'était mis au butinage. Il avait renoué des liens avec des anciens, ses compagnons tonombrais des belles vacances de jadis, ses apparitions sur le pont, la place, l'allée s'étaient faites plus fréquentes, il restait plus longtemps en compagnie, il aiguillait les conversations, il écoutait. Et cette mort inouïe de la comtesse Marthe attisait son imagination. A ce sujet, on se transmettait au village une information réputée sûre : le comte Henri de Tonombres avait réagi quasi officiellement à la fameuse lettre de l'abbé Oviac reçue à la gendarmerie. Et d'une façon totalement inattendue, prenant à contre-pied l'opinion. A ses domestiques demeurés au Mirabat, Frédéric, Ida, la petite Odile qui chaque jour descendait au village, le comte avait dit, en substance : « Il est possible que l'abbé soit le fils adultérin de ma mère, la période de sa vie dans la Résistance m'est pratiquement inconnue, à cela je ne puis rien, de cela je ne suis en rien responsable, j'ai ordonné une enquête et j'en communiquerai les résultats le moment venu mais il est probable que l'abbé en fait trop et qu'il mente... Par contre il est vrai qu'il avait pris sur ma mère un ascendant inexplicable, et comme il est fou d'imaginer entre eux des liens sentimentaux poussés, j'ai dans l'idée qu'en s'occupant de lui, en acceptant de faire un don très important pour la construction d'une chapelle, elle obéissait à autre chose... Peut-être que l'abbé, s'il n'était pas son fils, était celui d'une autre personne à qui ma mère aurait jadis été très liée, peut-être même redevable, à qui elle estimait devoir payer sa dette, ce dont elle ne fut guère récompensée puisque l'abbé l'a empoisonnée. » Voilà, en substance, ce que monsieur Henri fit répandre partout. Au reste, en janvier 1972, nul à Tonombres ne l'avait revu depuis la mort de sa mère. De retour à Paris, il y avait, disait-on, repris ses affaires. Cette réaction du comte avait passionné le docteur qui, ne l'oublions pas, possédait sur le bout des doigts le « dossier » des Tonombres. Il avait connu madame Marthe toute petite et l'avait, autrefois, appelée par son prénom. Il en savait plus long qu'il ne l'avait voulu dire à son jeune et nouvel ami Dan Petto. Le mariage éclair avec le comte Raoul en 1922 et les antagonismes politiques de l'entre-deux-guerres exacerbés par le conflit de 1939-1945 ne lui étaient évidemment pas inconnus : on en avait souvent causé dans les salons qu'il fréquentait alors à Paris. Quant au poids et au rôle de la comtesse Irène, ils étaient de notoriété quasi publique.

Aujourd'hui que je ne l'ignore plus, je puis avancer ce que pensait M. Permont. Le comte Henri, s'il avouait des doutes à bien des égards n'en exprimait aucun sur les circonstances de la mort de sa mère : selon lui c'était bien un assassinat et non un suicide et l'abbé était bien l'assassin. Ainsi encore, il n'excluait pas absolument l'hypothèse selon laquelle l'abbé aurait été enfanté par madame Marthe ce qui, objectivement, laissait ouverte la perspective d'un scandale en même temps que toutes sortes de répercussions sur le patrimoine car si l'enfant adultérin n'est pas traité par la loi sur le même pied que l'enfant naturel ou légitime, il n'en possède pas moins un droit non négligeable, d'une valeur absolue considérable en cas de gros héritage. Dans ces conditions, pourquoi, alors que rien ne l'y obligeait, le comte Henri courait-il de tels risques ? Les jugeait-il seulement apparents ? Sur la foi de quelles certitudes ? Pourquoi craignait-il si peu le scandale et une éventuelle spoliation patrimoniale ? Enfin, avait songé le docteur Permont, n'y avait-il pas aussi derrière cette réaction comme une espèce d'agressivité perverse et suicidaire du fils à l'encontre de sa mère défunte et pécheresse ? Une sorte de jubilation morbide à officialiser une défaillance physique et morale grave de la comtesse antifasciste, canard boiteux de la famille pétainiste du Mirabat, donneuse de leçons, impénitente drapée dans l'héroïsme de la Résistance gaulliste, quand son mari, héros de l'ordre moral de l'Occident gisait, hideux et végétatif, pourri par les blessures reçues des Soviets à la bataille de Berlin ? Un fils de pute en somme ? Sans doute. Mais, pas de fils de pute sans pute. Certes, des mots aussi grossiers ne se glissaient jamais dans le cerveau du docteur Permont mais l'idée, elle, avait son droit d'entrée. Le docteur était un scientifique et les idées les plus ignobles, les plus insoutenables, les plus puantes et purulentes devaient être examinées tout comme un bon médecin doit fixer sans crainte et à la loupe le chancre le plus suppurant du monde. Simplement, pour M. Permont, un chancre restait un chancre et non une castapiane. Dans ce nœud de passions furieuses, politiques et œdipiennes enchevêtrées, comment s'y retrouver ? Pourtant, là est le vrai et il faudra tirer délicatement un fil après l'autre. Tel fut, très tôt, le parti qu'adopta le docteur dans l'affaire de la mort inouïe de la comtesse. Les questions se bousculant en désordre, toutes déterminantes, il fallait les ordonner, les hiérarchiser. Par exemple : Où était Oviac ? M. Permont se promit de rencontrer le journaliste Rouvière et le chauffeur de taxi Ossip, les dernières personnes connues à avoir vu l'abbé. Sans doute répéteraient-ils au docteur ce qu'ils avaient déclaré à la police, c'était là chose bien naturelle, et, après tout, ils disaient peut-être vrai. N'empêche : M. Permont voulait voir ces gens. Après avoir écouté la narration scrupuleuse et exhaustive du fils Rouquet, il tint pour non négligeables les récits plus ponctuels des témoins privilégiés de certaines scènes bien précises. Ainsi le docteur se fit-il recevoir par l'agent de police en retraite, l'infirme Banane, en cette soirée du 24 janvier 1972. De chez Banane il sortait après y avoir apprécié une infusion, quand nous le surprîmes arpentant en tous sens la place de l'Église. C'est que Banane avait assisté de sa fenêtre à la mort de madame Marthe. Et même, produisant un effort considérable, il était descendu de son balcon, malgré ses jambes horriblement gonflées par la goutte, pour apporter une couverture. Et il avait assisté au dernier soupir de la superbe comtesse gaulliste. Diable ! Et pourquoi ne s'était-il pas contenté de jeter la couverture par-dessus bord ? C'eût été plus rapide et infiniment moins pénible, avait pensé le docteur, et c'est l'une des questions qu'il avait pris la liberté de poser à l'ancien policier impotent. En échange de sa collaboration, il avait sensiblement allégé ses souffrances en préconisant une infusion spéciale et un onguent qui n'avaient pas tardé à produire des effets bénéfiques. Et Banane ne jurait plus que par le vieux docteur Permont. Il avait abondamment satisfait sa curiosité. Et même concédé pourquoi il avait tenu à se faire porter par Rieu-Regain à la veillée funèbre de la comtesse Marthe, lui, Banane, qui sortait si rarement.

Et maintenant le docteur, seul sur la place de l'Église, réfléchissait, observait, mesurait comme un galopin de détective frais émoulu de l'école de police. Ah oui ! pour une affaire c'est une affaire, ne cessait-il de marmonner dans sa barbe. Et de procéder à son intention exclusive à une reconstitution insolite sur la foi des récits par lui recueillis, de Rouquet à Banane en passant par de vieux Tonombrais amis. Devant cette église, le docteur ressuscitait décors et acteurs de la scène intitulée « le dernier soupir de la comtesse » : La foule voyeuse et vicieuse massée face à la Vierge nichée dans l'imposte, contenue par des barrières métalliques gardées par des C.R.S., et parmi eux l'agent Droma qui avait ménagé un passage jusqu'au café Calès afin de permettre à la patronne d'accourir pot d'eau et torchon à la main suivie de son mari muni d'une bouteille de vinaigre, d'un petit verre et d'un alcool. Et là, sur le parvis, le corps si souvent convoité de madame Marthe, étendu, soutenu par Rouquet fils, autour duquel s'affairaient Ganzadi, le serviteur noir, le comte Henri, et, légèrement à l'écart, Massip et Cavalié, bouleversés, pâles, tenus à distance par l'attitude agressive du comte à leur égard ; Banane, éléphantesque, et comme ensorcelé par quelque détail de ce spectacle entrevu par lui seul, ou presque par lui seul ; Gisèle, enfin, qui tamponnait doucement le front de sa grand-mère. Le docteur, les yeux mi-clos, voyait, sentait, entendait tout cela, cette voix si faible de la mourante implorant : « A la maison, à la Garde, on m'y soignera... Va mon fils, reprends ta place, fais ton devoir, Ganzadi me ramènera. »

« Eh bien non, pas du tout, j'ai bien entendu, je le jure sur les âmes de mon père et ma mère, avait soutenu Banane avec une grande force, elle a dit : au Mirabat, et pas : à la Garde, c'est quand même incroyable, faites le tour des gens qui étaient là, voyons ce qu'ils vous diront, demandez au colonel Massip, à M. Cavalié, à Ganzadi, aux Calès, aux Tonombres, au fils Rouquet, à Droma, un flic lui aussi, comme moi, il doit être facile à retrouver à la C.R.S. de Foix, Droma il s'appelle, il était juste devant la barrière, il a tout vu et tout entendu comme moi, il n'est mêlé à rien, il faisait son boulot, sapristi, c'est un peu fort qu'il y en ait qui aient entendu : à la Garde. »

Dès le début, cette question avait, plus que d'autres, turlupiné le docteur. Après tout, la comtesse Marthe était chez elle tant au Mirabat qu'à la Garde. Au surplus, ainsi que l'avait suggéré M. Permont au cours de notre déjeuner avec Dan Petto à Tonombres, son vieux père quasi impotent demeurait seul à la Garde pendant les obsèques et le pauvre homme eût été bien incapable de s'occuper efficacement de sa fille. Au Mirabat restait du personnel, au moins une infirmière de métier préposée aux soins du comte Raoul, l'officier fasciste infirme.

L'heure à laquelle se couchait le docteur n'était plus très loin. Ayant bien avancé sa réflexion, récolté de précieux et abondants témoignages, il se sentait prêt à tirer profit de deux entrevues par lui volontairement repoussées jusqu'au dernier moment, qu'il jugeait indispensables, capitales, délicates : l'une avec le colonel Massip, l'autre avec Gisèle de Tonombres. Deux entrevues problématiques : au nom de quoi les intéressés accepteraient-ils de parler avec lui de cette sombre affaire qui, à des titres différents, les touchait de si près ? Plus aléatoire encore : quand bien même, par égard pour son âge, sa réputation, sa personnalité, consentiraient-ils à en parler un peu, pourquoi lui livreraient-ils, à lui, d'éventuelles confidences par ailleurs refusées aux enquêteurs officiels ? Le docteur appréhendait ces démarches qu'il s'était, néanmoins, promis d'entreprendre. Pour Massip, il avait déjà sa petite idée : dès demain, il irait, lui aussi, se promener du côté de la colline des Lannes à l'heure où il savait y rencontrer le colonel et son ordonnance. Massip éventerait ce minuscule stratagème mais enfin il sauvait convenablement la face de l'un et de l'autre puisqu'ils étaient connus tous deux pour leur réel amour de la marche en montagne. Par contre, pour Gisèle, il lui faudrait aller au gré des circonstances et de son inspiration. Profiter, par exemple, d'un séjour de la jeune fille à Tonombres, rappeler au vieux du Vial qu'ils s'étaient jadis appréciés avant de se perdre de vue.

Juste au moment où il avait décidé de rentrer à la maison, le docteur fut tenté par une manœuvre ultime et il se ravisa : il contourna l'église en rasant ses murailles et s'arrêta devant une petite porte en bois peinte en rose, ornée de gros clous. Par là entrait le carillonneur qui s'engageait ensuite dans l'escalier de pierre en caracole et étranglé qui montait au clocher. Or, le docteur avait, enfant, servi la messe à Tonombres durant ses congés scolaires, ce qui était dans la tradition des familles bourgeoises et catholiques du début de ce siècle, et il savait deux choses : la cachette où les générations de carillonneurs déposaient la clé du clocher qu'ils n'emportaient jamais chez eux, les employés municipaux devant pouvoir à tout moment sonner le tocsin en cas d'incendie ou de calamité, et aussi l'existence, au pied de l'escalier, d'une sorte de pertuis permettant au curé de passer directement de son église au clocher. Rien n'avait changé depuis quelque soixante-dix années. Dans l'obscurité, le docteur tâtonna et dénicha aisément la clé au-dessus de l'auvent miniature censé garantir la porte contre les intempéries, et il se retrouva deux minutes après dans l'église de Tonombres. Il pénétra dans la sacristie sans difficulté. Il constata que la même boîte de fer-blanc, rangée au même endroit, contenait toujours les hosties non consacrées. Il découvrit sans peine le ciboire. Il put vérifier que l'abbé Cancel, successeur provisoire de l'abbé Oviac, avait préparé consciencieusement quelques hosties en vue de la communion des bigotes à matines. Puis, il s'en fut par là où il était venu, non sans avoir récité un Notre-Père, à genoux devant l'autel, pour demander pardon de cette nocturne et intempestive intrusion.

Avant de fermer les yeux et de sombrer dans un sommeil réparateur et mérité, le docteur Permont se dit à lui-même ce qu'il avait considéré, lui, l'ancien enfant de chœur, comme une évidence dès le début de sa réflexion sur l'affaire : n'importe quel Tonombrais de souche ou d'adoption quelque peu ancienne, au courant de la vie de la paroisse et des habitudes ancestrales de ses curés, pouvait s'introduire dans l'église et disposer deux hosties empoisonnées au-dessus de celles déjà entassées dans le ciboire. Un acte éminemment impie et criminel. Mais un jeu d'enfant.

Le projet du docteur Permont de surprendre le colonel le plus tôt possible à l'occasion d'une de ses promenades quotidiennes aux Lannes fut contrarié par une soudaine et longue absence de Massip. Le bruit courut d'une maladie grave et brutale qui aurait assailli le compagnon de la Libération vers le début de l'année. Au docteur qui l'interrogeait un jour de février, Cavalié, lui, répondit que son patron, sur l'invitation de l'amicale des anciens du général Patton, donnait une série de conférences aux États-Unis d'Amérique au sujet du rôle de la Résistance intérieure française lors du débarquement des armées alliées en 1944. Le docteur rongea son frein deux semaines, après quoi il quitta Tonombres à son tour pour visiter de la famille à Réalmont puis à Paris. Bien sûr, il ne cessa de réfléchir à l'affaire et il rencontra même Dan Petto à deux reprises dans la capitale. Cependant, tous les contacts qu'il avait inscrits à son programme furent remis *sine die* pour la raison que Massip bouchait l'horizon : il s'imposait une large et solide explication avec le colonel avant de pousser plus avant. Il dut attendre un long mois avant d'apprendre le retour de Massip à Tonombres le dimanche 5 mars 1972. Le docteur séjournait alors à Paris. Aussitôt, il réserva une chambre chez nous et débarqua le lundi 6. Le lendemain, en fin de journée, il monta aux Lannes par l'est et à une heure minutieusement calculée qui le rendrait à 18 heures sur le flanc sud et aux entours de l'endroit où Massip et Cavalié avaient coutume de pauser avant de redescendre. Massip et Cavalié se reposaient sur une souche d'arbre et contemplaient Tonombres. Le docteur Permont surgit du bois, sur leur gauche, comme sonnait l'angélus. Massip et Cavalié se levèrent et le colonel s'écria : « Vous ici docteur ! Quelle heureuse rencontre ! » M. Permont avança à petits pas jusqu'à eux et répondit : « Ah ! messieurs, il faudra qu'un jour je me résigne à me promener plus bas et plus près du village, le jour commence à se retirer et je me demande ce que je fais si loin de l'auberge à mon âge et à cette heure. » Il s'assit sur la souche. Massip pareillement. Cavalié resta debout, appuyé sur sa canne. « J'ai beau avoir conservé quelque vigueur et n'éprouver aucune difficulté à marcher à mon train dans ces coins que je connais si bien et depuis si longtemps, je ne suis pas à l'abri d'une chute, d'une simple foulure, et alors je serais incapable de m'en revenir, mais enfin... Comment ont marché vos conférences américaines ?

— Oh, dit le colonel, conférences est un trop grand mot pour de simples causeries... De vieux camarades de combat avaient organisé des journées du souvenir en liaison avec des cercles patriotiques, très nombreux là-bas, j'étais l'un de leurs invités, et j'en ai profité pour me changer les idées. »

Massip se tut. Cavalié, hiératique et massif, ne quittait pas des yeux la vallée. Et le docteur, en dépit de son expérience des êtres et de ses aptitudes psychologiques, se sentit gêné : les deux hommes à qui il avait tendu son embuscade et vers qui l'avait poussé sa curiosité n'avaient certainement pas envie de s'amuser avec lui aux questions et aux réponses. Les événements qui émoustillaient le docteur les avaient, eux, frappés durement dans leurs affections. Françoise Cavalié tragiquement disparue deux mois plus tôt, Marthe de Tonombres, compagne de maquis du colonel, assassinée par un fou ou par le diable, ou par les deux. M. Permont ne se supporta pas dans une peau de tricheur, d'épieur, de suceur-buveur de la douleur d'autrui. Là résidaient les limites du jeu. Son éducation autant que son instinct lui dictèrent une conduite appropriée : aller droit au but en avouant sa manœuvre de garnement : « Mon colonel, monsieur Cavalié, je me sens penaud tout à coup, ce qui, à mon âge, est particulièrement insupportable, aussi vais-je vous dire la vérité sur les circonstances de notre présente rencontre. » Et il leur exposa comment et pourquoi il était entré dans le projet du jeune journaliste de *la Misaine*, Dan Petto, et avait manigancé leur rencontre aux Lannes. Massip caressait la canne africaine à lui jadis offerte par Félix Éboué, gouverneur du Tchad en 1940, premier territoire rallié à la France Libre, et il ne se pressait pas de réagir. Que dire à un monsieur de quatre-vingt-trois ans, facétieux mais distingué, à certains égards supérieur, qui, au soir de sa vie, se pique au jeu du détective ? Passe encore s'il se fût agi d'une affaire ordinaire, en tout cas indifférente au colonel, mais en l'occurrence c'était tout le contraire. Massip, non seulement avait reçu en plein cœur la mort inouïe de madame Marthe mais il l'avait décrétée « domaine réservé ». Pessimiste, affecté, assisté de Cavalié et d'une poignée de forbans, héros de la dernière guerre mondiale, il avait décidé de traiter seul cet ultime dossier de sa carrière de guerrier et d'agent secret. Dans son esprit, œuvrant ainsi, il ne faisait rien d'autre que servir une millième fois la République, les libertés et la France car il savait d'expérience que, contre des ennemis puissants et sans scrupules disposant des complicités nombreuses et éclectiques d'anciens soldats ayant vendu gloire et réputation en échange de carrières brillantes et grasses prébendes, il savait pour l'avoir maintes fois vérifié et subi, que les méthodes légales ne valaient pas un clou et qu'il fallait sévir dans l'ombre, expéditif, radical.

Dès le début il en sut long sur l'affaire. Et ce qu'il ne savait pas, assurément, il le soupçonna. Bien avant quiconque il subodora que la mort de la comtesse Marthe, si inouïe qu'elle fût, ne se réduisait ni à un dossier criminel ordinaire ni à une stupéfiante énigme policière. Que cette mort se nourrissait d'un passé aussi bourbeux que tourmenté...

Dans les jours et les semaines qui suivirent l'assassinat de Marthe, Massip eût été en mesure d'écraser d'un coup de talon la mèche enflammée, d'éviter la propagation de l'incendie et les déflagrations. Il n'en fit rien. Il ne s'intéressa qu'à son enquête personnelle, parallèle à celle de la police. De celle-ci il se méfia. Il douta que le ministre de l'Intérieur alors en exercice fût déterminé à mener à leur terme les investigations. Et quand Redan, un ancien compagnon d'armes qui, lui aussi, avait ses idées sur les événements, surgit à Tonombres, brusquement et curieusement dépêché par les autorités, Massip ne se livra pas davantage... Au soir de sa vie, le héros, désabusé, n'ayant guère à perdre, préféra sans doute apurer lui-même ses derniers comptes par sa propre méthode, ingénieuse, cruelle, romanesque.

On le voit, son avance sur le docteur Permont qui vibrionnait soudain autour de ce magma comme un moustique autour d'un furoncle écrasé, était immense. Un Dan Petto eût été courtoisement, fermement morigéné, dissuadé, prié de propulser sa carrière à Masergaël par quelque autre fait divers, mais quelle attitude adopter à l'endroit de ce vieil original au-dessus de tout intérêt mesquin et se penchant sur le crime de Tonombres avec l'ardeur de l'esthète et du néophyte ? Massip s'exprima enfin pour demander, laconique : « Que vouliez-vous absolument savoir de moi, docteur ? »

M. Permont s'accrocha à sa fragile position, observant réserve et savoir-vivre, se permettant juste une légère pointe d'humour :

« Oh, mon colonel ! vous devez me trouver bien léger d'avoir accepté un jeu qui n'est plus de mon âge et qui tranche à ce point avec une réputation de sérieux sans doute usurpée... Non, je voulais seulement m'informer de votre opinion avant d'aller plus loin puis vous livrer la mienne et comparer les deux.

— Mon opinion sur quoi ? interrogea plutôt brusquement le colonel. On m'a rapporté que vous vous étiez beaucoup dépensé ces derniers temps, Tonombres est petit, je sais donc que vous vous intéressez de près à la mort de Marthe de

Tonombres, est-ce à ce sujet que vous brûlez de me questionner ? »

Massip opposait l'ironie à l'humour malicieux du docteur. Cavalié, qui voulut bien, plus tard, me rapporter la scène, m'avait dit : « Leur joute avait quelque chose d'ensorcelant, je feignais de m'absorber dans la contemplation de la vallée, je n'osais tourner vers eux la tête, le jour s'effaçait imperceptiblement, je ne voulais pas les regarder, leurs voix me semblaient irréelles, comme émises par des êtres surnaturels, invisibles au commun des mortels, deux sylphes assis sur la souche. »

« Oui, dit M. Permont, c'est à ce sujet. Mon opinion toute personnelle est que l'abbé Oviac n'a pas assassiné sa mère, est-ce aussi la vôtre ? »

Massip dévisagea le docteur et dit alors :

« Sa mère ?

— Oui, répéta le docteur, sa mère... Je tiens pour vrai que Mme de Tonombres la jeune était la maman de l'abbé Oviac... » Après un silence, il poursuivit : « Les témoins sont nombreux qui ont côtoyé Mme de Tonombres en 1943 quand elle était enceinte d'un homme que je ne connais pas mais qui, à coup sûr, ne pouvait pas être son mari...

— Cela prouve seulement que Marthe de Tonombres fut enceinte à cette époque, observa Massip, mais pas forcément que l'abbé Oviac soit l'enfant qu'elle portait, sans compter conclut-il, en tournaillant sa canne, qu'elle a peut-être avorté... »

M. Permont parut profondément surpris.

« Voilà à quoi je n'aurais pas songé, dit-il comme pour lui-même.

— Je n'ai pas dit que telle est la vérité, reprit Massip tout à coup, soucieux de nuancer l'hypothèse de l'avortement. Je dis seulement que la grossesse de la comtesse de Tonombres en 1943 ne prouve absolument pas que l'abbé Oviac soit cet enfant, tout ça, docteur, pour mettre en lumière que sur cette affaire bien peu de gens savent quelque chose de précis et d'avéré, on parle beaucoup mais on sait peu..

— Comment expliquer ces aveux de l'abbé, mon colonel ?

— De multiples manières, docteur, répondit Massip avec un empressement et une complaisance suspects, comme s'il éprouvait une satisfaction vive à déployer devant M. Permont l'impénétrable opacité des convulsions tonombraises. D'abord et après tout, c'est peut-être vrai, cet abbé est peut-être un aventurier qui a découvert une place à prendre dans le cœur et aussi dans le patrimoine de Marthe de Tonombres, un faux fils, en somme, qui débouche dans la vie d'un adulte travaillé par le remords, vulnérable aux duperies, et puis, il y a aussi l'hypothèse du vrai fils découvert sur le tard et dans le péché, c'est la version contenue dans la lettre de l'abbé, ou au contraire celle du fils clandestin mais bien-aimé dont on s'occupe de loin mais activement, à qui l'on fait donner la cure de Tonombres pour le rapprocher de soi, enfin, gardons-nous de ne pas considérer une dernière hypothèse que, paraît-il, Henri de Tonombres fait circuler par domestiques interposés, selon laquelle les bontés de la comtesse Marthe à l'égard de l'abbé répondraient à une sorte de dette à payer à un tiers, une dette du temps de la guerre, ce tiers étant ou le père de l'abbé, ou la mère ou les deux... Vous voyez docteur, le choix est large et surtout, chacune de ces hypothèses oriente vers des pistes fort différentes en ce qui concerne le crime, son ou ses mobiles, son ou ses auteurs... Au fait, vous vouliez aussi mon avis sur ce crime, je crois ? »

Ainsi s'était improvisée, en une dizaine de minutes, la tactique de Massip : face au vieux monsieur perturbateur mais étranger aux dessous cloacaux des convulsions, le colonel avait choisi, du moins dans un premier temps, l'ironie par l'excès de zèle. Évidemment, M. Permont était trop intelligent pour n'avoir point discerné un grand embarras derrière ce torrent de spéculations : comment décourager, détourner du théâtre d'opérations un empêcheur de tourner en rond, un fâcheux dont la personnalité rendait difficile l'expulsion pure et simple ? M. Permont, fin psychologue et décidé à se faire tolérer par le colonel, se garda d'en rajouter. Oui, c'est vrai, il s'était enquis de l'opinion de Massip sur le crime mais il n'avait jamais sous-estimé la complexité de l'affaire et, au fond de lui-même, étant de vieille souche tonombraise, solitaire et à la retraite, ce qu'il cherchait avant tout c'était à se rendre utile, au service de la bonne cause, et la bonne cause, n'est-ce pas, c'était le démasquement de l'assassin et de ses éventuels complices.

« N'êtes-vous point satisfait des résultats officiels de l'enquête ? persifla Massip.

— Non », laissa tomber le docteur d'une voix tranquille. Puis, sur le même ton, il prononça des paroles bien surprenantes : « Mon colonel, je prends pleinement conscience de ce que là où vous souffrez moi je m'amuse comme un jeune fou que je ne suis plus... Souhaitez-vous que j'arrête là ? Grâce à Dieu, la prière, la lecture, l'observation d'une nature qui me raconte ma jeunesse, la méditation sur " les temps anciens " qui firent pleurer le poète, suffisent aux derniers jours de ma vie et j'avais considéré la proposition de ce journaliste comme un imprévu, un dérivatif dépaysant pour un homme dans mon genre... C'est vrai qu'en deux mois à peine j'ai acquis, comme on dit, l'intime conviction que quelque chose cloche dans l'explication officielle des faits survenus chez nous à l'automne dernier, mais, après tout, qu'est-ce que ça peut faire ? Vous avez vous, sûrement, des motifs que je n'ai pas de tirer au clair ces événements diaboliques, alors pourquoi me mêler de ce qui ne me regarde pas ? Si vous me dites de cesser de jouer aux Sherlock Holmes et de revenir à de plus saines occupations, j'obéirai sur l'heure. »

Massip ne chercha pas à cacher son étonnement. La canne africaine du gouverneur Éboué tournillait plus rapidement entre ses doigts. A quoi attribuer cette sorte d'agitation ? Pourquoi Massip ne bondissait-il pas sur l'occasion d'écarter dans la sérénité le vieux monsieur apprenti sorcier qui s'était aventuré sur son champ de bataille menaçant à tout moment et à son insu d'écraser une mine ? C'est que le docteur, décidément très fort, avait déposé au creux de sa renonciation noble et obligeante sa petite mine à lui : en quelque soixante jours de démarches, de conversations, de réflexions, n'avait-il pas flairé le pot aux roses ? En ce cas, était-il vraiment judicieux de supprimer pareille pièce de l'échiquier ?

« Docteur, dit le colonel, où sont les motifs que j'aurais mais que vous n'auriez pas, de tirer l'affaire au clair ?

— Vous en avez au moins un, répondit sans se démonter M. Permont, la comtesse Marthe de Tonombres a combattu sous vos ordres dans la Résistance, à la fin de la guerre elle appartenait à votre état-major clandestin et assumait à vos côtés et à la tête de vos maquis de très importantes responsabilités, sa mort ne pouvait vous laisser indifférent, son ou ses assassins encore moins, et dans l'hypothèse où ni son fils Oviac ni un fou ne seraient coupables et où la politique et le passé pèseraient sur le crime, alors non seulement vous resteriez encore moins indifférent mais vous pourriez même rentrer en guerre, rouvrir des dossiers, vous considérer comme mobilisé à nouveau. »

Pour la première fois, Cavalié tourna la tête vers les deux hommes assis sur la souche. Massip tardait à s'exprimer. De la pointe ferrée de sa canne, il s'appliquait à percer les feuilles mortes en leur centre. « Docteur, finit-il par dire, savez-vous qu'en mettant votre nez dans ce bourbier, vous encourrez des périls graves ? » Le docteur hocha la tête, paisible, comme lointain. Ce que voyant, Massip insista : « Je veux dire des périls mortels.

— Mon colonel, murmura le docteur, à mon âge qui tueront-ils ? »

Alors le colonel enchaîna avec la vicacité de quelqu'un qui a décidé de mettre les points sur les *i* : « Fort bien docteur, à votre aise, après tout votre irruption dans l'affaire dérangera et troublera au moins autant les autres que moi, et nous verrons bien comment ils réagiront, car je vous avertis encore, ils ne vous laisseront pas approcher comme ça de la vérité, une vérité, docteur, il me faut vous le dire maintenant, que je connais pour l'essentiel, ce que vous avez vite compris et ne m'étonne pas de vous, mais, en effet, ces événements me touchent de si près qu'il m'incombe de les affronter en marge de l'enquête officielle, alors, allez votre chemin, moi j'irai le mien, et soyez indulgent à l'égard de mon étrange position, là où vous cherchez un coupable comme dans les romans policiers, moi, c'est vrai, je cherche bien autre chose, en particulier ceci, docteur : que cet assassinat de Mme de Tonombres serve au moins à quelque chose, et c'est ce à quoi je m'emploie, vous voyez, je vous ai dit à ce sujet plus qu'à n'importe qui, n'est-ce pas Cavalié ?

— Sûr, mon colonel, approuva gravement l'ordonnance.

— Il se fait tard, vous ne trouvez pas, docteur ?

— Si, c'est l'heure de redescendre, sinon, nous allons recevoir la première brume sur nos poitrines, et en cette saison, elle est méchante. »

Ils se levèrent. Cavalié devant, M. Permont derrière, Massip à la queue.

« Pourrai-je, cependant, vous consulter de temps à autre sur ce crime ? demanda le docteur.

— Bien sûr, docteur, vous serez toujours le bienvenu à Saindieu, même sachant à l'avance que vous en repartirez le plus souvent bredouille. »

Ils marchaient à l'allure lente et étudiée de ces hommes expérimentés qui ont l'habitude de la montagne. Comme ils venaient de déboucher sur le large chemin qui conduisait au village, M. Permont dit tout à coup : « Nous n'avons pas parlé de ces jeunes gens de Tonombres si remuants mais en même temps si sympathiques, ils rêvent, m'a-t-on dit, de changer le monde et c'est bien normal à leur âge, croyez-vous qu'ils soient mêlés à ce qui s'est passé à Pamiers vendredi dernier ? » Ils soufflèrent, appuyés sur leurs belles cannes.

« Je n'en sais trop rien, mentit Massip, et cette fois cela se lisait sur sa figure. N'oubliez pas que je suis rentré seulement dimanche des États-Unis et que j'ai eu juste le temps de lire les journaux, tout comme vous, et de recueillir çà et là quelques morceaux d'information, j'ai su que certains Tonombrais participaient à la manifestation, mais c'est à peu près tout... J'espère en savoir plus long dans la semaine.

— Quand même, quelle époque », se contenta d'épiloguer le docteur, et ils reprirent leur marche vers le village.

Et voici maintenant à quels événements se référait M. Permont.

Au bord de clore cette partie qui porte en titre le nom dont ils avaient baptisé leur groupe, je vais relater au lecteur la bataille que les delendistes livrèrent au « grand capital » à Pamiers, sous-préfecture de l'Ariège, au début du mois de mars de l'année 1972. Une bataille qui puisa son ampleur et sa sauvagerie dans une actualité qui, le 25 février 1972, sept jours avant la date fixée pour la vente aux enchères, se tendit brutalement à la suite d'un tragique incident. Ce jour-là, un agent administratif du service de surveillance des usines Renault abat d'un coup de revolver René-Pierre Overney, un militant maoïste de vingt-trois ans, qui faisait partie d'un commando cherchant à entrer à l'intérieur de l'usine de Boulogne-Billancourt. Les syndicats réagissent avec une vivacité extrême. Le destin a, de plus, choisi son heure, de façon que l'émotion et la colère du peuple soient portées à leur comble : en effet, le 25 février est, par surcroît, la date anniversaire de l'horrible manifestation de 1962 où, au métro Charonne, après une intervention de sinistre mémoire des forces de police, on releva à l'entrée de la station, entassés dans les escaliers obturés par la grande grille fermée, les corps de huit citoyens français littéralement assassinés, écrasés, étouffés, pris au piège entre les charges bestiales des policiers et la grille, et sur lesquels, de plus, on avait sauvagement balancé des plaques de fer arrachées à la voie publique, au pied des arbres. La manifestation commémorative de ce drame prit un tour d'une violence inouïe à cause de la mort du jeune Overney. Les obsèques, fixées au samedi 4 mars, furent précédées d'une veillée funèbre qui commença le vendredi 3 mars au soir. Le gauchiste Geismar qui avait enflammé le quartier latin en 1968 en compagnie du gauchiste Cohn-Bendit, l'un et l'autre bien assis, ancrés, vingt ans plus tard, à la société qu'ils voulaient détruire pour rire en 1968, à l'instar de Korucko, Akelbaum, ou encore M68, le directeur du *New J* dans les années 80, Geismar donc, futur président d'université, faisant une allusion à la position du syndicat C.G.T. qui, à l'occasion de cet assassinat aux portes de la régie Renault, avait renvoyé dos à dos patrons et gauchistes, avait déclaré au cimetière : « Pierrot, tu t'es battu avec courage contre les patrons et leurs complices qui te pourchassent encore de leurs mensonges. » C'est dire combien s'exacerbaient alors les haines et les antagonismes en tous genres auxquels d'ailleurs le peuple ne comprenait pas grand-chose. Le vendredi soir, gauchistes d'un côté, syndicats de l'autre, organisèrent des veillées funèbres dans de nombreuses cités françaises. Pour les delendistes qui avaient mis au point un plan de perturbation de la vente aux enchères de Pamiers qui devait précisément s'ouvrir ce même soir à 21 heures dans les locaux de la chambre de commerce, cette coïncidence était bon pain bénit. En fin de journée, certains organisateurs de la vente pressentirent que l'atmosphère de la ville s'était alourdie, que les circonstances aggravaient l'impopularité de cette vente, mais la majorité de leurs collègues choisit de passer outre, avançant que des personnalités éminentes du monde des affaires, des mandataires de gros banquiers et antiquaires étrangers s'étaient spécialement déplacés, qu'il serait déraisonnable de les décevoir par la faute d'incidents relevant de la politique intérieure française dont ils ne pouvaient, ni de près ni de loin, être tenus pour responsables. Ils plaidèrent aussi que les syndicats ouvriers ne se livreraient pas à des voies de fait, et qu'une poignée de trublions gauchistes seraient aisément dispersés par des forces de police renforcées. Gauchistes et anarchistes de tout poil, surmotivés par la mort d'Overney, déferlèrent sur Pamiers dès le jeudi 2 mars venant de toute la région Midi-Pyrénées mais aussi d'ailleurs, même de pays étrangers, ce qui ne laissa pas d'inquiéter les autorités, redoutant en particulier les initiatives d'agitateurs professionnels capables de tout et de n'importe quoi. La bonne sous-préfecture ariégeoise vit ses jardins, ses places, sa proche campagne envahis par deux à trois cents jeunes gens, garçons presque tous barbus et hirsutes, filles échevelées et presque impudiques, parfois guenilleuses. Les syndicats prirent alors bien soin de se tenir à distance de ces hordes, refusant de recevoir les meneurs, de signer des communiqués communs. Malgré tout, le 3 mars, vers 20 heures, les travailleurs, secoués par l'assassinat du jeune gauchiste à Paris, indignés par l'étalage du luxe au cœur de leur ville où, en même temps, deux usines battaient sinistrement de l'aile, répondirent en masse aux appels de leurs chefs et se rendirent au grand meeting de la Maison du Peuple. Des dizaines de gauchistes qui voulaient, à toute force, entrer et participer aux débats furent refoulés au terme de brutaux accrochages. Cependant, la majorité d'entre eux tentait non seulement de perturber la vente mais d'empêcher qu'elle se tînt. La chambre de commerce fut transformée en forteresse. Partout des barrages, des contrôles d'identité. Plusieurs charges enragées des gauchistes se brisèrent sur les C.R.S., et ceux qui étaient pris, blessés ou non, étaient jetés tels des paquets dans les cars grillagés prévus à cet effet. A l'intérieur, quelques milliardaires venus d'ailleurs étaient à pied d'œuvre. J. P. D., un chroniqueur de l'époque, il est vrai particulièrement hostile aux débauches du « grand capital », écrivit ce qui suit : « A 21 h 30, tandis qu'un dessin de Boucher — un délicat portrait de jeune fille — trouvait preneur à 50 000 francs, on frôlait le drame dans la rue où les manifestants gauchistes auxquels s'étaient mêlés de jeunes ouvriers furieux de la mollesse de leurs états-majors syndicaux, hurlaient leur haine de ce déploiement de cynisme dans une société dont on leur rebattait les oreilles dans la plupart des médias qu'elle était avancée dans tous les domaines. La réaction de ce monde surpris en flagrant délit d'orgies financières ne se fit pas attendre et, comme au temps de la comtesse de Ségur, on fit donner les gendarmes, en l'occurrence les C.R.S. qui se ruèrent sur la jeunesse gauchiste et anarchiste en furie. La vente continua dans une atmosphère à la fois survoltée et calfeutrée. Imperturbablement, comme des petits marquis de 1789, les richissimes amateurs poursuivaient leurs jeux spéculatifs, comme certains, autrefois, s'adonnaient au tric-trac, sans souci de la population grondante. Les avalanches de prix records se succédèrent : un tableau de Jean-Louis Demarne s'envolait à 316 000 francs ! La valse des millions devenait endiablée : 135 000 francs pour un van der Meulen coloré et chatoyant — 370 000 francs pour deux Théobald Michau. Déjà, lors de la première soirée à laquelle assistait l'une ou l'autre baronne de Rothschild, les vendeurs, flanqués d'autres collectionneurs anonymes, empochaient plus de 400 millions de centimes, ce qui n'était rien en comparaison de la vente du lendemain où l'on vit un bureau d'époque Louis XV atteindre un incroyable sommet : 295 000 francs. Citons en vrac : 170 000 francs pour un saphir de 14,65 carats de Boucheron — 170 000 francs pour une tapisserie de Bruxelles d'après Teniers, 189 000 francs pour un deuxième saphir de 9,64 carats. Bilan de ces enchères : plus d'un milliard de centimes. »

Le vendredi soir, à la fin de la première séance de cette vente aux enchères, après des dizaines de charges et d'assauts, un calme lourd et trompeur s'établit. Il dura, paraît-il, une dizaine de minutes. Au moment où les participants à la vente sortirent de la chambre de commerce et entreprirent, protégés par deux rangées de policiers, de se rendre à leurs voitures au fond de la rue, alors s'éleva un chant bizarre, une sourde mélodie... trois cents jeunes avançaient à pas lents vers les C.R.S. en chantant. En tête du cortège, l'un derrière l'autre, deux individus, l'un, le premier, portait une pancarte sur laquelle était collé un immense portrait de ce jeune Overney, et le deuxième, environ à dix pas, accompagnait le chant au trombone. Cela dut produire un indéniable effet d'étrangeté, de menaçante grandeur... Les milliardaires et les policiers, pétrifiés bien plus qu'inquiets, s'interrogeaient : qu'est-ce qu'ils avaient encore dans la tête, ces jeunes fous ? Eh bien, ils stoppèrent à quelques mètres des banquiers, barons, baronnes, baronnets et autres vidames de salles des coffres et Nucingen, le cortège se fit masse compacte et le chant continua. Les travailleurs qui sortaient de la Maison du Peuple, attirés, fascinés par ce chant et ce trombone comme une luciole par une ampoule électrique, se portèrent lentement et en silence vers la chambre de commerce. Et ce chant inlassablement était repris. Le chroniqueur écrivit : « La tension nerveuse des nantis, effrayés et honteux, culmina et creva quand une dame, baronne ou baronnette, hurla longuement dans la nuit puis défaillit. Alors, le commandant du détachement de C.R.S. se précipita sur le joueur de trombone, lui arracha l'instrument, revint vers ses hommes et, pendant au moins une minute, comme surpris par sa propre initiative, il resta là, ridicule, le trombone dans les mains. Puis, d'un mouvement brusque, il le jeta par terre. Le musicien vint vers l'officier, ramassa le trombone, le cortège se reforma et repartit en sens inverse. Longtemps ce chant et cette mélodie retentirent aux oreilles du peuple de Pamiers bouleversé. » Ainsi rendit compte le chroniqueur venimeux.

M. Permont, Massip et Cavalié étaient arrivés au village.

« Je crois qu'ils ont chanté quelque chose, murmura le docteur...

— *Le chant des martyrs*, répondit le colonel. Cette marche funèbre russe écrite après la révolution manquée de 1905. »

Et moi, Rouquet, profondément hostile aux agitateurs de tout poil, mais narrateur des convulsions pompéistes, voici que j'ai devoir de clore *les delendistes* par la reproduction du chant rouge.

Vous êtes tombés pour tous ceux qui ont faim
tous ceux qu'on méprise et opprime
de votre pitié pour vos frères humains
martyrs et victimes sublimes
Mais l'heure a sonné et le peuple vainqueur
s'étire, respire, prospère
adieu, camarades, adieu, nobles cœurs,
adieu, les plus nobles des frères
Pour prix de vos peines, la peine de mort,
Ou bien la prison pour la vie
Du bruit de vos chaînes sont pleines encore
Les plaines de Sibérie

Devoir accompli.

Deuxième partie

LES DÉMONS DE LA COUR DE ROHAN

Le samedi 10 juin 1972, une réunion se tint à Paris dans un appartement sis cour de Rohan, 6ᵉ arrondissement, réunion dont je garantis absolument qu'elle eut bien lieu à cette date et en cet endroit et qu'elle rassembla les personnages que je m'apprête à citer. Il est vrai que je n'y participai pas mais elle me fut rapportée par deux témoins, l'un et l'autre bien dignes de foi : la propriétaire de l'appartement, et M. Guiver, héros de la Résistance, ancien des réseaux du colonel Massip, Guiver dit le Kysti en raison d'un énorme kyste qu'il portait au front à l'extrémité d'une cicatrice effrayante due à une rafale de mitraillette allemande qui avait failli le décapiter. Ses camarades l'avaient alors surnommé le Kysteux puis le Kysti, et plus tard, des gens ignorant l'origine de ce surnom, l'entendant et le comprenant imparfaitement, lui avaient tout bonnement substitué le Christi. Et au fond, ce dernier surnom convenait à cet idéaliste anarchiste toujours prêt à s'enflammer et aussi à se sacrifier pour ce qu'il jugeait une *bonne cause*. Communiste pendant et après la guerre, il avait claqué la porte du Parti en 1956, à cause de l'entrée des troupes soviétiques à Budapest. Depuis, nostalgique de la vie clandestine et exaltante de la Résistance, de ses coups de main, de ses conspirations, il n'avait cessé de patrouiller sous les eaux du gauchisme, d'un certain gaullisme de gauche, historique, pur et dur, allant même, avait-on murmuré, jusqu'à reprendre du service pour aider le général de Gaulle à mater les ultras de l'Algérie française. Guiver, âgé d'une cinquantaine d'années, vivait en concubinage avec l'une de ces huit ou dix maîtresses femmes qui passent pour régenter Paris, égéries d'écrivains, de musiciens, mécènes de peintres, ou encore duchesses ou marquises « rouges ». La compagne de M. Guiver n'était pas duchesse mais elle était « rouge », sans aucun doute et depuis toujours. Il est surprenant de constater qu'elle ne fut inquiétée que très tardivement dans le cadre de la lutte des démocraties occidentales contre le terrorisme international, à moins qu'elle n'ait eu le bras plus long encore qu'on ne l'aurait imaginé en raison du caractère explosif de ses archives personnelles du temps de guerre. Le destin avait offert à Mme Charlotte Bru-Dandine un vrai conte de fées, tel qu'on n'oserait plus en écrire aujourd'hui, composé des recettes les plus éprouvées du cher M. Perrault, pourtant des plus authentiques.

Pauvre, intelligente et belle, placée à seize ans, en 1930, dans une riche famille, elle en épousa le fils cadet en 1934 et y reçut dès lors une éducation raffinée. En 1938, son mari est emporté par une fièvre contractée à Madagascar, la voici veuve, jeune, sans enfants et fortunée, désœuvrée sans doute, mais pas pour longtemps. Hitler fond sur l'Europe. Dès la première heure, elle met sa position et ses moyens au service de la Résistance. Et dans sa région, la Résistance c'est avant tout les F.T.P.F., Francs-Tireurs et Partisans Français. Des amitiés se nouent avec les combattants communistes. Elle recueille Guiver dans les mois qui suivent son affreuse blessure, prend soin de lui, veille sur sa longue convalescence, le cache de la milice et de la Gestapo. Elle possédait un appartement étonnant cour de Rohan, l'un des lieux les plus anciens, les plus prisés et les plus chers du Paris de la Rive Gauche. La cour de Rohan est une vraie cour, pavée et parée de vestiges vieux de plus de sept siècles, quand régnait le grand roi Philippe Auguste qui avait fait édifier une fameuse enceinte autour de ce qui était alors la ville de Paris.

Il en reste aujourd'hui des pans de muraille mis au jour lors de travaux de construction de parkings et de rénovations d'immeubles, et même des tours, soigneusement restaurées, dont l'une se trouve dans l'un des appartements de cette cour de Rohan. C'est dire combien ce lieu est pittoresque et chargé d'histoire.

Dans cet appartement, une vingtaine de personnes se réunirent au soir du 10 juin, environ trois mois après les manifestations contre la vente aux enchères de Pamiers, toutes affiliées à des mouvements ou communautés politiques bien spécifiques quoique alliés contre un ennemi commun. Il y avait d'abord ceux du noyau français du gauchisme dur Peuple et Résistance : les trois jeunes juifs apparus sous de fausses identités à Tonombres afin de repérer aux obsèques de la comtesse Irène d'éventuels criminels de guerre, Freddy Bloch, alias Pierre-André Bernard, qui avait filmé les obsèques, le fameux Korucko, alias Didier Giraud, qui, lui, avait photographié, Rita Cohen, alias Sylvaine Gros, l'amie de Bloch, auxquels s'ajoutaient ce soir-là cinq autres membres éminents du groupuscule extrémiste au bord de basculer, à l'instar du gauchisme italien et allemand, dans une véritable action armée : le philosophe Akelbaum, deux hommes de grande influence que je dois, tandis que des bombes terroristes ravagent nos cités, me contenter de citer par les initiales de leurs noms de guerre, S. et G., un couple d'avocats spécialisés dans la défense des causes gauchistes, Jacques et Martine Soudié. Il y avait aussi un couple allemand, un certain Rauther, sa compagne Sieglinde Strauss, membres de la Fraction Armée Rouge, déjà rompus aux opérations de guérilla urbaine, coupables de nombreux crimes et destructions. Un Italien d'une trentaine d'années, Sergio Sifani, échalas squelettique au teint farineux, espèce d'oiseau de mauvais augure, arborait un brassard noir, portant ainsi le deuil, avec ostentation, de M. Feltrinelli, un éditeur italien richissime saisi de furie révolutionnaire, qui avait déposé sa fortune aux pieds des réseaux terroristes et que l'on venait de découvrir trois mois plus tôt, déchiqueté, brûlé, à côté d'un pylône à haute tension de la banlieue de Milan qu'il voulait faire sauter. Participait aussi à la réunion du 10 juin M. Abbès, un Arabe d'une trentaine d'années que j'avais entrevu dans l'auberge de mes parents quand M. Sanaris m'avait renvoyé de Masergaël à Tonombres avec mission de suivre pour son compte l'agonie de Mme la comtesse Irène. Les principaux chefs delendistes formaient le groupe des gauchistes provinciaux. Rambouillat, Sébastien Balino, alors plutôt proches des Brigades Rouges italiennes, Ordonez, davantage influencé par les Allemands, Puig dit Pablo, préoccupé d'abord et avant tout par la lutte antifranquiste, Gisèle, politiquement la moins identifiable, dont il était, en tout cas pour un observateur objectif et sérieux, malaisé de discerner les mobiles profonds, en apparence semblables à ceux de son maître et amant Rambouillat, en réalité plus complexes, plus troubles, sans doute enracinés dans un terreau de haine longtemps rentrée, plus ou moins consciente, haine de son père, de son grand-père officier de la L.V.F., haine des Tonombres fascistes qui avaient martyrisé sa grand-mère Vial à qui elle ressemblait tant. D'ailleurs, sur la fin, Gisèle ne se réclamerait-elle pas avec éclat de ce qu'on nomma le mouvement « autonomiste », à mon humble avis, sorte d'exacerbation nihiliste antitout, anti-universités, antisyndicats, antisocial-démocrate, anti-impérialiste ? Dans l'intimité de son fatras méandreux et halluciné, elle opérait sous le joug d'une logique implacable et démente, parallèle aux dévoiements idéologiques qui avaient conduit une partie, infime mais bourrée d'énergie et de vertus combatives, de la jeunesse, à basculer dans l'action politique armée. Les créatures qui se séparèrent à l'issue de cette réunion-là n'avaient plus grand-chose à voir avec de simples militants gauchistes même durs. Elles étaient devenues des démons.

Un jeune homme comme Ordonez, ami de la Fraction Armée Rouge allemande, et en bon marxiste-léniniste, considérait l'impérialisme sous ses seuls traits américains. Il pensait que les principales forces révolutionnaires œuvraient dans le tiers-monde et que, par conséquent, la mission des combattants communistes européens consistait à compléter en la soulageant, par l'ouverture d'un front occidental, la lutte de ce tiers-monde par des offensives sur les métropoles industrielles. Par exemple, frapper et détruire les multinationales, les patronats, les sites de l'O.T.A.N., les banques, etc.

Un Rambouillat, un Balino aîné, plus proches des Brigades Rouges italiennes, soutenaient en fonction d'analyses plus ou moins nuancées, que l'impérialisme soviétique n'avait rien à envier à l'impérialisme américain, que la révolution d'Octobre s'était plus qu'embourgeoisée, que les partis communistes embonpointés et complices « objectifs » du grand capital s'échouaient sur la fin de ce siècle profondément sclérosés, incapables de concevoir et de promouvoir une nouvelle étape révolutionnaire, qu'il fallait donc combattre avec autant de vigueur et de conviction le patronat, le pacte Atlantique que les syndicats, plus prompts à composer, négocier des avantages illusoires et subalternes qu'à véritablement lutter dans les usines et les ateliers. Ainsi, le *compromis historique,* que méditait M. Moro en Italie entre les communistes et la démocratie chrétienne, non seulement les révulsait mais apportait, à leurs yeux, la preuve éclatante de la pertinence de leur théorie. Les partis communistes orthodoxes de la vieille Europe occidentale étaient devenus à leur tour des ennemis du prolétariat. Alors fut assassiné Aldo Moro. On frappe, tout comme la Fraction Armée Rouge, les métropoles, le complexe militaro-industriel et bancaire du capitalisme, mais, simultanément, on attise, souvent durement, les *contradictions* des partis communistes, on les enflamme, on en fait des plaies vives et purulentes.

Quant à Gisèle de Tonombres, elle finirait par glisser vers l'idéologie dite des *autonomes,* selon laquelle il n'existait pas un centre, un cœur du système impérialiste et capitaliste mais une multitude de « micro-centres », disséminés un peu partout, là où dans la vie quotidienne s'exerçait l'oppression d'une classe par une autre : dans la rue, les magasins, les lycées, les universités, les écoles de médecine, tout autant que dans les entreprises multinationales, les centrales nucléaires, les usines d'armement. Une idée qui débouchait inévitablement sur une extension, un éclatement, une fragmentation redoutable des actions terroristes : tuer un contremaître, jeter une bombe dans un grand magasin devenait aussi important que saboter une centrale ou assassiner un général et relevait d'un même combat.

En ce soir de juin, les jeunes delendistes franchirent un palier décisif dans l'escalade de la violence, de la terreur et du meurtre et devinrent ceux que j'ai décidé de nommer les *démons de la cour de Rohan.* Dans leur exaltation naïve et dangereuse, les gauchistes ariégeois et toulousains s'imaginaient que leurs actions violentes des douze derniers mois les avaient imposés à la révolution armée internationale et désignés, à l'avenir, pour des missions dignes de leur audace et de leur détermination, et non plus de second plan. Redan devait me dire un jour que le terrorisme international à cette époque, irlandais, basque, italien, allemand, japonais, et les agents de l'Organisation pour la Libération de la Palestine, avaient été surtout attirés par la perspective exceptionnelle d'établir en haute montagne ariégeoise des camps d'entraînement, des caches d'armes, des aires de refuge, de repos, de mises au vert des « combattants » pourchassés, bien plus que par les récents exploits du gauchisme toulousain. Les Palestiniens, les plus farouches, intensément mobilisés par leur cause, les mieux organisés de tous ces mouvements, avaient alors davantage besoin d'une solide et discrète infrastructure sur la frontière franco-espagnole, dont le site convenait admirablement à une base arrière en Europe, que de recrues volontaires pour mitrailler les ministères. Cette différence d'appréciation et d'objectifs entre, notamment, les membres arabes de la diaspora terroriste et les extrémistes français du genre de Balino engendrerait un malentendu puis un conflit dont les Palestiniens sous-estimèrent longtemps la gravité. Cette question de monter en Haute-Ariège une base arrière de la « révolution internationale » occupa une place centrale lors de la réunion de la cour de Rohan. Mais elle ne fut pas la première soulevée. Dans le souci de donner aux delendistes un os à ronger, on les associa au projet d'enlèvement d'une personnalité du monde des affaires, particulièrement puissante, porteuse d'un impact médiatique assuré, qui comparaîtrait devant un « tribunal du peuple » et qui serait jugée par lui. C'était là un projet typique du terrorisme politique européen, de nature à mettre d'accord toutes ses tendances, mais qui n'excitait pas outre mesure des gens tels que Zirout ou Abbès venus humer l'atmosphère et inspecter les lieux à Tonombres vers la fin de l'année 1971 en se faisant passer pour des Marocains alors qu'ils étaient des Palestiniens parlant couramment le français et exerçant de hautes responsabilités au nom de l'O.L.P. et de quelques-uns de ses satellites en Europe. C'est dire combien ils étaient intéressés par la création d'une zone-refuge dans nos montagnes et peu enthousiastes à l'idée d'enlever un patron quelque part en Europe. Ils agissaient, tuaient et mouraient pour une seule et unique cause : la libération de la Palestine, et ils ne concevaient leurs relations, leurs liaisons, leurs alliances avec les groupuscules marxistes de tout poil occidentaux ou japonais qu'en fonction de leur stratégie à eux et pour servir leur cause. Il s'en fallait que tous ces Palestiniens fussent marxistes, léninistes, trotskistes, etc. Mais tous voulaient ardemment un État palestinien, une patrie à eux sur la terre de Palestine. Certains voulaient toujours « jeter les juifs à la mer ». D'autres, et non des moindres, souhaitaient, au fond d'eux-mêmes, négocier une solution de partage avec Israël. Cependant, ils ne pouvaient s'opposer systématiquement et de front aux gauchistes sous peine de compromettre l'existence et l'efficacité des précieux réseaux de soutien dont ils disposaient au sein de la nébuleuse extrémiste européenne. Abbès, âgé d'une trentaine d'années, paraissait préoccupé, tendu. Bloch, Korucko, Akelbaum, Cohen étaient, eux, franchement crispés. Les delendistes venus à Paris en héros afin d'y être adoubés par le suzerain, sentaient que des facteurs étrangers aux activités et à l'avenir de leur groupe leur ravissaient la vedette et perturbaient l'ordre du jour officiel de la réunion. Charlotte Bru-Dandine et M. Guiver se mobilisaient avec une certaine fébrilité pour installer chacun dans le vaste salon et avancer boissons et nourritures variées.

M. Guiver avait ouvert la séance : « Nous devons redoubler à la fois d'audace et de prudence... Plus s'amplifie la crise du capitalisme multinational, plus il devient clair que les partis et syndicats de gauche occidentaux, paralysés par les vagues déferlantes du chômage, ne bougeront pas d'un pouce, et que l'ennemi numéro 1 de la bourgeoisie ne peut être que nous, les " terroristes ", comme on a commencé à nous désigner après une longue période de condescendance, et cette prise de conscience du monde des affaires et des dirigeants du complexe militaro-industriel du pacte Atlantique que nous sommes les véritables communistes de la fin de ce siècle, qu'alliés aux combattants du tiers-monde nous devenons très dangereux en Occident, cette prise de conscience ne va pas sans risques accrus pour nous... Cependant, nous l'avions prévue, elle vérifie nos analyses, elle constitue le premier symptôme vraiment sérieux de notre victoire finale, mais elle nous impose, d'une part un durcissement de notre stratégie de lutte armée, une révision par le haut de l'organisation de cette lutte, son intensification, et d'autre part, croyez-en un ancien de la Résistance qui se voit qualifier de " terroriste " pour la deuxième fois dans sa vie, une prudence accrue face à un adversaire qui, désormais, nous prend très au sérieux, mettra les bouchées doubles, consacrera de plus en plus de moyens en hommes, matériel, argent, campagnes de calomnies et d'intoxication auprès des opinions publiques, pour nous mettre hors de combat, nous anéantir jusqu'au dernier... Nous devons bien réfléchir à ce qui vient d'arriver à notre camarade Andreas à Francfort.

Nous ne savons pas encore très clairement comment la police a su que lui et ses deux camarades devaient se rendre ce jour-là, à cette heure-là, dans le garage où il a été arrêté il y a dix jours... Il était pourtant très organisé, Baader, expérimenté... Tout ça prouve que le gouvernement allemand a dit : fini de rigoler, et qu'il met le paquet... Nixon et Kissinger aussi mettent le paquet au Viêt-nam, ils bombardent à tour de bras, et pas seulement les objectifs militaires mais aussi les digues... A la saison des pluies, il y aura des inondations catastrophiques... On a aussi les preuves qu'ils utilisent depuis peu des bombes anti-personnel nouvelles qui tuent sans discernement plusieurs personnes d'un coup... Enfin, dans un autre genre, mais très significatif de l'évolution droitière dans nos sociétés, en tant que révolutionnaire et ancien résistant, je ne peux pas passer sous silence la grâce que Pompidou a accordée à Touvier, l'ancien chef de la milice de Savoie, un type qui, parmi d'autres, a assassiné Victor Basch qui était président de la Ligue des droits de l'homme. Pompidou l'a gracié à la sauvette, dans le dos de la France et des Français, en novembre de l'année dernière, et on vient seulement de l'apprendre maintenant, à huit jours de la commémoration de l'appel du 18 juin, et tout le monde s'en fout ! Tout est permis ! Tout est possible ! L'union sacrée de la lâcheté et de la mauvaise conscience des traîtres et des couards des années sombres aujourd'hui nantis et honorés ! Qui plus est, on nous passe et on nous repasse à la télévision, pour ne pas “ oublier ”, pour que “ ça ne recommence jamais plus ”, des images des fantômes d'Auschwitz, mais on se demande vraiment : pourquoi ? Pour faire peur à qui ? A un Touvier ? Ô bassesse ! Ô imposture ! Ô fumier où justement se fécondent et se génèrent les holocaustes de demain ! Et c'est nous qu'on montre du doigt. »

Le charabia exalté et naïf des jeunes gauchistes pouvait apparaître comme totalement stupide et irresponsable dans la bouche d'un homme de cinquante ans, sauf à bien savoir ce que j'ignorais à l'époque, et que je sais maintenant, c'est-à-dire ceci : il existait en France une sorte de confrérie curieuse, attachante, presque irréelle, de gens qui avaient brillamment combattu au sein de la Résistance communiste, et qui, en 1945 et dans les années de l'immédiat après-guerre, avaient entrepris de militer au parti communiste, puis qui avaient été exclus de ce parti ou qui l'avaient quitté avec ou sans fracas, pour en garder toute leur vie une étrange et indéniable nostalgie et continuer obstinément à vouer une haine tenace, au fil des années grandissante, aux Etats-Unis d'Amérique et à la République Fédérale d'Allemagne soupçonnée de réhabiliter nombre de ses anciens chefs et sous-chefs nazis qui avaient, jadis, assassiné, torturé leurs camarades. Il s'agissait donc d'une espèce militante tout à fait à part, des « gaullo-trotskistes », des partisans acharnés, voire fanatiques, d'une France indépendante et progressiste, antistaliniens tout autant qu'anticentristes, absolument convaincus que l'ennemi principal de la France en cette fin de siècle n'était nullement du côté des rampes de lancement soviétiques mais de celui des banques américaines, dans la néantise et la débilité de l'empire et de la civilisation mercantiles du roi dollar accusé de se servir de la lutte Est-Ouest pour transformer notre belle, douce et vénérable Europe en simple colonie de l'Amérique et en glacis antisoviétique, en théâtre d'opérations, convenu à l'avance entre les deux grandes puissances mondiales, de la bataille dite « de l'avant », au cours de laquelle Russes et Américains pourraient un jour se défier sans trop de mal pour leurs territoires et populations respectives, faisant se tuer les autres, mercenaires français, italiens, allemands, turcs, du pacte Atlantique sous l'œil navré mais impassible de la perfide Albion. Tels étaient, ainsi pensaient, ces singuliers gauchistes de cinquante ans qui, de plus, et peut-être au fond, n'avaient jamais pu se réadapter vraiment à une vie civile pacifique et normale après tant de faits d'armes, de coups de main contre la Gestapo et les divisions SS. M. Guiver était une figure typique de ces « compagnons gaullo-gauchistes » des années d'après-guerre dont les sentiments intimes à l'égard des terroristes européens allaient de l'indulgence à la sympathie voire, dans le cas du Kysti, au soutien enthousiaste et actif. Grand expert de la guerre clandestine, du sabotage, des explosifs, n'ayant pas son pareil autrefois pour assommer ou poignarder une sentinelle, il avait offert, sans une hésitation, ses services à ses jeunes et nouveaux compagnons. C'est ainsi que nous le verrons bientôt à l'œuvre en Haute-Ariège, dans l'un de ces camps d'entraînement de la sierra et de la forêt d'Angouls dont précisément il allait être question ce soir-là, cour de Rohan.

Guiver s'apprêtait maintenant à exposer l'ordre du jour quand Freddy Bloch laissa tomber presque négligemment :

« Kysti, tu n'as pas parlé de Lod. »

Dix jours plus tôt, le 30 mai, à l'aérodrome international de Lod, près de Tel-Aviv, trois Japonais embarqués à Rome récupéraient leurs valises, les ouvraient, en retiraient des mitraillettes du type de celles que les Soviétiques fournissent aux organisations palestiniennes, quelques grenades, et répandaient autour d'eux mort et terreur : vingt-cinq tués, vingt et un pèlerins portoricains et quatre Israéliens, quatre-vingts blessés. Deux des agresseurs étaient abattus. Le troisième serait condamné à la détention perpétuelle après avoir réclamé pour lui-même la peine de mort. Le massacre fut revendiqué par un certain Front Populaire pour la Libération de la Palestine, un mouvement, devait-on m'expliquer, situé à l'extrême gauche de la résistance palestinienne. Bien entendu, cette expression « résistance palestinienne » ne traduit nullement une idée préconçue, un parti pris quelconque de Rouquet fils dans cette bataille sans merci, d'aucuns assurent quasi fratricide, qui oppose les juifs et les Arabes en général, les juifs israéliens et les Arabes palestiniens en particulier. Encore aujourd'hui, et quoique je me sois fait maintes fois instruire pour les besoins de ma narration sur les tenants et les aboutissants des convulsions proche-orientales, je ne parviens guère à m'y reconnaître, pauvre Français « profond » que je suis et, songeant non pas à ma personne dont j'ai fixé irrévocablement le sort, mais à l'avenir de ceux qui me survivront ou viendront après moi, je ne puis échapper à une anxiété, une angoisse même, tant je perçois que cette affaire israélo-palestinienne pourrait bien, un beau matin, éclater à la face et dans le ventre du monde. Et donc, est-il nécessaire de noter, pour la bonne forme, que la plupart des juifs d'Israël et d'ailleurs ne voyaient que des terroristes, des criminels, des tueurs de femmes et d'enfants là ou d'autres, et pas seulement des communistes, admiraient des résistants. Curieusement, ce thème de la résistance viendrait en point d'orgue et presque par hasard couronner cette réunion, cour de Rohan, mettant ainsi en évidence le vif malentendu qui séparait les jeunes extrémistes de cette époque et la majorité de leurs classes dirigeantes. Ceux-là, en attaquant les bases de l'O.T.A.N., le siège du patronat, la filiale française d'une multinationale américaine, se jugeaient dans le droit fil de ces Français qui avaient assailli l'Allemand dès 1940, saboté des usines et des voies ferrées, tandis que celles-ci n'apercevaient nullement une aussi glorieuse filiation, estimant que les actions terroristes des groupuscules extrémistes de cette fin de siècle n'étaient qu'un triste et lâche dévoiement de la résistance antinazie. Au surplus, l'ombre de l'holocauste drapait la cause palestinienne d'un sinistre suaire : voici que trente ans après les Allemands, on assassinait encore des juifs mais cette fois en Palestine. Plus d'un soupirait tout bas que pareille mystification politique n'avait aucun précédent dans l'Histoire pourtant chargée de l'humanité, que tout était à craindre de son dénouement inévitable. Et de nombreux défenseurs des droits et de la dignité de l'homme qui avaient toujours et sans concession combattu l'antisémitisme en arrivaient à pester sous cape : les soldats de Tsahal avancent au Proche-Orient derrière les martyrs d'Auschwitz tout comme les fantassins de la guerre 14-18 progressaient hors des tranchées à l'abri des tirs de leur artillerie.

Une dernière information préalable conférera toute sa grave importance à la réflexion de Freddy Bloch ce soir-là, à son souci de réparer « l'oubli » du Kysti : l'un des principaux personnages de cette sorte de réunion au sommet du terrorisme français naissant était M. Abbès. Il y représentait officiellement les immigrés arabes et donc, avant tout, ceux du Maghreb, puisqu'il était arabe, parlait un français parfait. En réalité, il était de mère tunisienne et de père palestinien. Un père tué en 1948 par une bombe de la Haganah, une organisation juive de défense fondée en 1920 par l'extrémiste sioniste Jabotinski. Autant le signaler tout de suite au lecteur : Abbès était alors le chef des commandos palestiniens opérant en Europe. Et le jeune Zirout qui avait « enlevé » Lily Ordonez à Tonombres n'était autre que son subordonné chargé de l'exécution proprement militaire des missions confiées à ces commandos. L'apparition de deux responsables des opérations palestiniennes en Europe dans mon petit village perdu au contrefort de la montagne haute-ariégeoise n'avait rien d'irrationnel et d'incompréhensible quand on sait que les réseaux terroristes engagés en Europe ressentirent en 1972 et 1973 la nécessité stratégique impérieuse, pressante, d'une zone de repli bien placée, propice à la clandestinité, de préférence une frontière montagneuse proche de la Méditerranée et déjà investie par des « camarades combattants ». La Haute-Ariège présentait ces caractères et elle abritait déjà des caches et des repaires utilisés par les groupuscules catalans antifranquistes à l'est et l'E.T.A. militaire des insurgés basques à l'ouest. A mi-distance des Pyrénées orientales et atlantiques, des deux foyers révolutionnaires, au centre de la chaîne, dans la forêt profonde, les gorges et la sierra d'Angouls, dominant la vallée du Salat qui prend naissance au pied de la montagne des Cuns et la vallée du Lez qui sort de l'étang d'Albe surplombé par la pyramide de la Serre, frontière entre la France et le val d'Aran. Peut-être sourira-t-on à Londres, Rome, Bonn ou Washington et dira-t-on : qu'avons-nous à faire de ce guide du tourisme de ce fils d'aubergiste-paysan français qui nous inflige les noms de son terroir minuscule et insignifiant ? Tout terroir n'est-il pas unique et cher à celui qui en est issu ? Cependant, au moment même où j'écris ces lignes, tant d'années après les événements que je narre, je ne saurais trop conseiller aux ministres de l'Intérieur occidentaux rendus nerveux par ce qu'ils appellent le « terrorisme international », d'aller jeter un œil là-bas, flanqués de leurs « services spéciaux » divers, d'y entreprendre quelques excursions. Ce sera bon non seulement pour leur santé mais encore pour la paix et la sécurité des démocraties qu'ils ont à charge de protéger. Quant aux Américains, ils y retrouveront peut-être un jour un ou deux de leurs citoyens.

Lors donc, Abbès et Zirout avaient, fin 1971, reconnu les lieux et déjà préparé deux opérations dont il sera question cour de Rohan : la réception, le stockage, le partage d'un lot important d'armes tchécoslovaques destinées en priorité aux Basques et aux Irlandais mais dont Abbès négociait à l'époque, non sans mal, une part pour ses commandos et ses réseaux de soutien, et aussi la réunion au sommet des principaux groupes « révolutionnaires » européens, de patrons de l'I.R.A., de l'E.T.A. et de mouvements palestiniens. Beaucoup de beau monde qui éprouvait le besoin de se concerter au plus tôt, de placer des moyens en commun, de mieux coopérer, et qu'il faudrait accueillir, héberger, protéger au moins deux jours, dans le secret le plus absolu. La Haute-Ariège, en concurrence plusieurs mois avec trois ou quatre autres lieux, notamment en Italie et à l'Est, était en passe d'être retenue. De fait, c'est surtout afin de trancher la question que certains responsables de l'extrémisme français en voie de radicalisation avaient, après mûre réflexion et des enquêtes « personnelles » poussées, décidé de convoquer les fondateurs et meneurs du gauchisme dur de Catalogne et de Midi-Pyrénées qui venaient d'accumuler en quelques mois des preuves d'audace et de cruauté, par conséquent, de fiabilité politique. D'ailleurs, l'une des missions du trio

Bloch-Cohen-Korucko, avait consisté à prendre le pouls du gauchisme local et des militants de l'action armée anti-franquiste avant de les mêler à des opérations d'envergure, capitales pour le développement et le succès des diverses révoltes armées de Palestine, d'Irlande ou d'ailleurs. Et comme on allait passer à l'examen et à la discussion de ces graves questions, voici que Bloch avait lâché : « Tu as oublié Lod, Kysti. »

Évidemment, si j'avais été présent à cette réunion, finasseries et arrière-pensées m'auraient totalement échappé et j'aurais été incapable d'en rendre compte correctement et à chaud. Mais, longtemps après, m'étant résolu à relater les convulsions et à en révéler les dessous, j'ai pris soin de m'instruire au mieux, soit auprès des protagonistes tels Gisèle, M. Guiver, Lily, bien d'autres, soit dans des documents simples, clairs, toujours contradictoires dans un souci d'objectivité, ce qui me permit de comprendre, *a posteriori*, l'essentiel des problèmes complexes qui plongent dans la tragédie, la passion et le sang les relations entre l'Orient et l'Occident. La remarque du camarade Bloch avait, en effet, de quoi susciter quelque gêne entre certaines des personnes présentes ce soir-là cour de Rohan. M. Guiver fronça les sourcils, ce qui eut pour effet de boursoufler sa cicatrice et de congestionner son kyste. Il dit en fixant Bloch : « Lod ?... Ah oui ! Lod... Des Japonais...

— Les Japonais ont tiré mais le F.P.L.P. a revendiqué l'attentat », précisa Akelbaum sur un ton agressif.

« Personne ne regardait Abbès mais chacun ne pensait qu'à lui », me racontait il n'y a pas si longtemps encore Mme Bru-Dandine qui, à ma demande, me retraçait obligeamment pour la quatrième ou cinquième fois les temps forts de cette réunion, il faut bien le dire, historique, puisqu'elle portait en germe les idées maîtresses d'un terrorisme qui, un jour, n'épargnerait pas la France et qu'elle mettait en scène quelques-unes de ses futures figures de proue. Ah oui ! foi de Rouquet, si la police avait débarqué ce soir-là cour de Rohan et coffré au moins trois ou quatre de ces jeunes gens, que de crimes, de chagrins et de désordres eussent été évités une quinzaine d'années plus tard ! A Mme Bru-Dandine, j'avais aussi demandé : « Ce soir-là, qui exactement connaissait la véritable identité d'Abbès et ses véritables activités en Europe ?

— Tous ceux qui étaient là, avait-elle répondu sans hésitation, à l'exception de ces jeunes delendistes.

— Puig et Balino l'ignoraient aussi ? » m'étais-je étonné non sans quelque raison : Puig alias Pablo était déjà un dur, mêlé à des coups antifranquistes sanglants, quant à Balino, futur patron du terrorisme français dans les années 80, on pouvait concevoir qu'en 1972, il était davantage qu'un gauchiste toulousain encore au seuil du grand saut dans la lutte politique armée. « Eh bien non, m'avait assuré Mme Bru-Dandine, ce soir-là ni le jeune Catalan ni les chefs du groupe delendiste ne savaient qui était Abbès. » Par contre, les gauchistes juifs, eux, n'ignoraient rien de lui. Et la question palestinienne commençait à peser très lourdement sur la gauche européenne en général et le milieu extrémiste en particulier, une question inconvenante car elle plaçait tant les juifs du monde entier que les citoyens israéliens dans la situation incongrue de céder sur l'échiquier mondial et dans la conscience internationale, quarante ans après l'holocauste du peuple juif par les nazis allemands, la position de martyrs et de victimes expiatoires au profit, si l'on ose dire, de quatre à cinq millions de Palestiniens expulsés de leur terre ou opprimés sur elle, errants et dépouillés, désignés par les autorités israéliennes sous le terme de criminels et terroristes, ainsi rejoignant la longue cohorte des bannis que nous offre l'Histoire, bannis réduits à tuer avant de conquérir ou reconquérir une identité politique, un statut d'homme, de citoyen à part entière. M. Guiver m'expliqua que la pression puis l'emprise du conflit israélo-palestinien sur la gauche et l'extrême gauche françaises avait acquis une nouvelle et dramatique dimension au mois de juin 1967, à l'occasion de ce que l'Histoire retient sous l'appellation « guerre des Six Jours », opposant le tout petit État d'Israël, alors d'environ deux millions et demi d'habitants, aux pays arabes coalisés. Le 5 juin, tout le monde tremble pour l'État juif. L'opinion française le soutient, ne suivant pas en cela la position du général de Gaulle, sans doute mieux informé que l'homme de la rue, et qui sait, comme tous les experts, que la valeur technique et guerrière des deux cent cinquante mille soldats de Tsahal est incomparablement supérieure à celle de ses adversaires. De fait, en six jours, la coalition arabe vole en éclats. A Paris, on assiste à de curieuses manifestations : les adversaires pétainistes et Algérie française du général de Gaulle, les Anciens Combattants, les associations de rapatriés clament soudain leur admiration à la « race juive » ! Ils découvrent ce que tous les antisémites avaient toujours nié, de Drumond à Drieu la Rochelle : les juifs sont capables d'être de bons soldats ! Et cette « raclée aux bougnoules » leur procure une jouissance immense ! La pauvre gauche, elle, est au quatrième dessous ! Elle ne sait plus à quel saint se vouer. Comment suivre un Guy Mollet, chef socialiste français, soutien inconditionnel d'Israël mais aussi champion de la colonisation en Algérie ! Comment abandonner la cause arabe, oublier la lutte pour l'indépendance algérienne ! Mais, en même temps, comment passer aux « pertes et profits » le génocide et le devoir quasi sacré de tout citoyen de gauche d'affirmer sa solidarité avec tout juif derechef menacé de mort ou de persécution ! Cet effroyable retournement imposé par une Histoire impitoyable, presque frivole, formerait le cordon nourricier de la méditation et de l'œuvre de l'écrivain U.G. à la fin de sa vie : l'alliance, certes seulement *objective* mais de formidable contre-nature entre des juifs du monde entier de plus en plus nombreux et les héritiers de la droite anti-dreyfusarde, cagoularde et pétainiste, pour l'unique raison que ces héritiers-là percevaient que désormais l'État d'Israël avait franchement basculé dans leur camp, qu'il n'était pas à l'abri d'une grave convulsion politique, du *pronunciamento* d'un quarteron de généraux, d'une poussée de fanatisme, et qu'il n'était pas extravagant de considérer qu'un jour il deviendrait un État fasciste, sentinelle avancée de l'Occident en Orient tout comme un Pinochet en Amérique du Sud. Voilà dans quel contexte se manifestaient les jeunes gauchistes juifs en cette soirée du 10 juin 1972, cour de Rohan. « Pourquoi les camarades japonais ont-ils mitraillé une population innocente à l'aéroport de Lod ? insista Bloch. Que sur vingt-cinq morts il n'y ait eu que quatre juifs ne changeait rien au fond de l'affaire... En quoi est-ce là un acte révolutionnaire ? Évidemment, c'est plus facile de lancer une bombe dans un magasin ou de tirer à la mitraillette sur les passagers d'un avion qui récupèrent leurs bagages que d'attaquer une caserne de l'O.T.A.N....

— Pas évident, laissa alors tomber Abbès, assez sèchement, mitrailler la façade du C.N.P.F. puis s'enfuir en voiture ou à moto, c'est bien moins risqué que de s'exposer comme les camarades japonais l'ont fait... Eux, c'était même une opération suicide... Ils savaient à l'avance que se trouvant sur le territoire israélien, ils n'avaient aucune chance de s'en sortir... D'ailleurs, deux sont morts dans l'opération. »

La réunion était mal partie. Et cette exhibition d'une discorde tout près d'une rupture haineuse entre des camarades censés combattre au coude à coude l'impérialisme international n'était pas de nature à fortifier l'optimisme des néophytes toulousains sur l'issue de ce combat.

« Kysti et moi, nous étions bien embêtés », m'avoua Mme Bru-Dandine. « D'un côté, cette affreuse question des juifs et des Arabes, des Israéliens et des Palestiniens, avait giclé, si terriblement passionnelle, incandescente, et elle menaçait de dévorer notre nuit entière au détriment des importantes décisions que nous avions à prendre, notamment les missions que nous souhaitions confier aux delendistes. »

Bloch avait longuement regardé Abbès après que celui-ci

eut donné sa manière de voir sur cet attentat de Lod, puis il avait dit : « Et maintenant, tu attends quoi de moi ? Mon père a vu disparaître sa sœur, son petit frère, sa mère et un cousin sur le quai du camp d'Auschwitz, il ne les a jamais revus, lui, il a été sélectionné par les médecins SS pour le travail forcé, les autres, ils sont partis en fumée... » Il paraît qu'alors la voix de Bloch se fit plus sourde : « Que veux-tu de moi ? Que j'approuve qu'on tue des juifs pour la juste cause palestinienne ? Tu ne peux pas exiger ça de moi, Abbès, et tu sais bien que je ne suis pas de ces juifs confortablement installés loin d'Israël, à Paris, Londres, New York ou ailleurs, qui, pour prix de leur éloignement, certains disent de leur désertion, approuvent aveuglément n'importe quelle action de n'importe quel gouvernement israélien, tu sais bien que je ne suis pas contre l'évacuation des territoires occupés en 1967, que je souhaite que coexistent et coopèrent un jour un État palestinien et un État d'Israël, mais tu ne peux pas exiger d'un camarade juif qu'il admette qu'on tue d'autres juifs, comme ça, au hasard, à la mitraillette quand on nous a déjà tant massacrés... »

Abbès prit tout son temps pour répondre au camarade Bloch. Concentré, et comme lointain, attentif au contrôle d'émotions probablement puissantes, il laissa s'écouler de nombreuses secondes. A travers lui, l'image, le mythe de la résistance palestinienne étaient en jeu. Et aussi, sa future autorité sur les jeunes delendistes. Il devait absolument s'expliquer à son avantage sur cet attentat de Lod, échapper au spectre du néo-nazisme, de l'Internationale Noire au travail dans les camps palestiniens, justifier autant que faire se pouvait qu'on tuât des juifs en 1972 pour briser les chaînes et conjurer le malheur des nouveaux damnés de la terre de Palestine. Ce que nul ne savait ce soir-là, c'est que Abbès avait déjà dépassé Lod et que, en ce mois de juin, il consacrait son temps et son énergie au montage minutieux d'une des plus formidables opérations terroristes des temps contemporains, en raison de l'ampleur des moyens mis en œuvre, de la nature exceptionnelle de l'objectif choisi et de l'impact inouï qu'elle promettait d'obtenir dans le monde entier. Bloch et Akelbaum sommaient Abbès de donner sa position sur l'attentat de Lod quand celui-ci portait dans son cerveau le plan de la stupéfiante affaire des jeux Olympiques de Munich : pour Israël et ses amis, une épouvantable et lâche opération terroriste. Pour les Palestiniens et leurs alliés, un fait d'armes hautement performant.

Je reviendrai sur cet attentat de Munich lorsqu'il se produira, en septembre, deux mois après la réunion de la cour de Rohan, ne serait-ce que pour informer le lecteur de ses conséquences sur la cohésion du groupe armé qui nous intéresse. Depuis plus d'une année, Abbès et son adjoint Zirout avaient commencé à étudier l'idée folle de mobiliser l'opinion mondiale en attaquant les Israéliens à Munich. En dehors d'eux, une poignée d'individus, trois ou quatre peut-être, connaissaient ce projet. Des fedayins triés sur le volet pour remplir cette mission venaient à peine d'être désignés et regroupés. Eux-mêmes ignoraient encore le véritable objectif. Ils s'entraînaient au Liban, dans un camp de la Bekaa et ne savaient qu'un nom de code. Tel était le contexte en ce mois de juin 1972, et voici que le Palestinien Abbès devait donner son opinion sur l'attentat de Lod aux gauchistes juifs français qui l'interpellaient sans ménagements. Il dit : « Freddy, on a déjà parlé de ce problème, tu sais bien ce que je vais te répondre, par contre tu ne sais pas ceci : Lod, je n'y suis pour rien. » Il s'était exprimé sur un ton plutôt doux, en tout cas bien retenu. « C'est trop facile ! » s'indigna Rita Cohen que Bloch et Akelbaum calmèrent du geste.

« C'est pourtant la vérité, reprit Abbès, toujours calme, je n'ai pas dit que des Palestiniens n'avaient pas commandité les camarades japonais, ça reste possible, mais vous savez que nous ne contrôlons pas toutes les tendances et toutes les factions de la résistance palestinienne... Sincèrement, je déplore que le sang ait coulé à Lod...

— Tu déplores mais tu ne condamnes pas, intervint alors Korucko.

— Oui, tu déplores ou tu condamnes ? » renchérit Akelbaum.

Abbès promena lentement son regard sur l'assemblée puis il dit : « Je le déplore... Je m'excuse de vous dire qu'en tant que représentant d'un peuple dans la misère, apatride, ballotté sur l'échiquier politique mondial comme une coque de noix sur un océan démonté, je ne peux pas condamner des actes qui, même s'ils sont sanglants et discutables, sont liés, directement ou non, à notre lutte de libération. »

Abbès produisit, ce soir-là, une profonde impression sur les jeunes delendistes ce qui, à terme, n'irait pas sans conséquences. Mais l'alerte avait été chaude. Le conflit opposant, depuis la création de l'État d'Israël, les juifs israéliens aux Arabes palestiniens avait dégénéré. Il opposait maintenant juifs et Arabes du monde entier. Il faisait, désormais, l'objet de mille manœuvres secrètes et manipulations perverses dans le cadre du conflit Est-Ouest, les grandes puissances et de nombreux autres États sacrifiant sans trop de scrupules à leurs intérêts la vie, le bonheur d'être et de créer des héroïques et généreuses jeunesses israélienne et palestinienne, les meilleurs des juifs et des Arabes en ce temps-là.

M. S. prit la parole et s'adressa aux delendistes : « Au nom du Front Révolutionnaire anti-impérialiste européen, j'ai été chargé par les camarades de vous proposer de vous associer à nos actions futures, en particulier à notre projet de faire un exemple très vite, d'enlever, juger et liquider l'un de ceux qui, au plus haut niveau, redéploient et restructurent, comme ils disent, l'industrie française, et l'insèrent dans la division internationale du travail... Nous avons besoin de vous pour préparer en Haute-Ariège plusieurs structures d'accueil et de travail où l'on puisse stocker dans des conditions de sécurité absolue des lots importants d'armes et de munitions... C'est le premier et le plus urgent de nos objectifs... Des armes destinées en grande partie à nos camarades basques et irlandais sont actuellement en souffrance entre Sète et Narbonne dans des relais précaires où elles ne sont pas à l'abri : il nous faut, au plus tard dans huit jours, reprendre l'acheminement, et la frontière catalane devient de moins en moins sûre... Tant que j'y suis, une recommandation essentielle : tâchez de ne pas trop mêler à vos activités de montagne les bénédictins de l'abbaye d'Angouls. Ce sont des gens très charitables, en Espagne aussi bien qu'en France les autorités ont l'œil sur eux pour la seule raison qu'en âme et conscience ils n'hésitent pas à héberger des gens de passage quelques heures ou quelques jours, ce sont des religieux sympathiques et discrets, aussi, il ne faut pas les mouiller... Une deuxième mission consiste à organiser à Toulouse même, puis entre Toulouse et la montagne, un réseau d'accueil et de protection pour des camarades recherchés, blessés ou en attente d'une opération, appartements, studios, garages, fermes isolées, etc. Et dans la montagne elle-même, de rendre possible des séjours de cinq à dix camarades et d'une durée de quinze à trente jours, afin de les former au maniement des armes, des explosifs et de leur enseigner les règles fondamentales de la guérilla urbaine... Jusqu'ici, il y a bien quelques entraînements au tir sur la frontière mais il faut maintenant organiser tout ça plus sérieusement... Nous allons bientôt nous assurer la personne d'un requin de la haute finance, une figure française du capitalisme international, et notre intention est justement, après son enlèvement, de le convoyer jusqu'en Haute-Ariège où il sera jugé par un tribunal du peuple qui fera connaître son verdict aux médias... Enfin, un événement important pourrait avoir pour cadre la sierra d'Angouls, mais il est prématuré d'en parler ce soir... » M. S. s'accorda une pause d'une vingtaine de secondes au long desquelles il considéra gravement son auditoire puis il conclut son intervention par ces mots : « Voilà donc ce que j'ai été chargé de vous dire... Inutile de vous préciser que la condition vitale de la réussite de nos plans, c'est la discrétion la plus totale... Les camarades doivent être tous muets, pas une allusion ni à la famille ni aux amis, sans quoi nous serons obligés de sévir et nous avons les moyens de le faire à la rapidité de la foudre... D'ailleurs, vous l'imaginez bien, ce n'est pas vous qui pouvez nous inquiéter mais vos autres camarades, ceux avec qui vous avez déjà milité et même monté quelques coups à Toulouse et dans la région, ceux sur qui vous devrez souvent vous appuyer dans la vie militante quotidienne, repérer des lieux, louer des appartements ou des voitures, transporter du matériel, etc. Vous ne leur donnerez que les informations strictement nécessaires, vous les organiserez en groupes minuscules, deux, trois unités qui ne seront jamais en liaison directe entre elles, vous éviterez de fournir des précisions inutiles à l'accomplissement des missions, par exemple le contenu d'une caisse qu'ils ont la charge de transporter, et vous ne désignerez l'un d'eux pour un camp d'entraînement qu'avec notre accord... Pour finir, nous avons pensé à vous donner non pas un chef au sens bourgeois du terme mais un responsable qui sera notre contact privilégié, ce qui simplifie les choses et garantit la sécurité du réseau, quelqu'un qui recevra nos instructions et les répercutera, et nous avons choisi à l'unanimité la camarade Delenda, Gisèle de Tonombres, pour les deux raisons suivantes : c'est une militante à toute épreuve, elle l'a prouvé, elle vous a souvent stimulés, et par sa situation familiale, sociale, elle a les mains plus libres que la majorité d'entre vous... Si vous avez des objections, on en tiendra compte, mais c'est maintenant qu'il faut les faire, et une fois pour toutes. » Ainsi s'exprima M. S. ce soir-là, et nul n'objecta. Gisèle de Tonombres fut promue officiellement *primus inter pares* de la première véritable unité activiste française, le groupuscule delendiste, basée à Toulouse et en haute montagne ariégeoise, à mi-distance de la Catalogne et du Pays basque, en présence de quelques-uns des terroristes les plus redoutables d'Europe de l'Ouest, ainsi que d'un « colonel » de la résistance palestinienne.

Vers la fin des années 80, certains auteurs de livres sur le « terrorisme international » nuancèrent sérieusement l'importance du rôle joué par Mlle de Tonombres au sein de ce réseau, l'un d'eux niant même que la réunion de la cour de Rohan ait eu lieu. Mais le lecteur peut avoir pleine confiance en ma narration : des témoins demeurent, désormais « rangés des affaires », voire honorés dans leurs milieux professionnels et culturels respectifs. Et quoi qu'il en soit, les archives et dossiers existent qui, forcément, s'ouvriront un jour au public. Ces responsabilités, Gisèle de Tonombres, à peine investie, dut les assumer sans une minute de répit : le temps pressait, avait insisté M.S., il fallait au plus tôt accueillir hommes et armes en Haute-Ariège, prévoir « l'emprisonnement », la surveillance et la comparution devant un tribunal du peuple d'un financier de gros calibre que les « parisiens » enlèveraient mais dont le rapt mobiliserait, sans doute aucun, d'impressionnantes forces de police et de gendarmerie. Gisèle et ses camarades seraient informés en temps utile, mais très vite, de l'identité du financier qui serait enlevé et des dispositions à prendre en conséquence à Toulouse. Pablo reçut l'assurance que quelques armes et des grenades du lot qui arriverait bientôt dans la sierra d'Angouls seraient attribuées aux antifranquistes catalans du Mouvement Ibérique de Libération. Les deux Allemands étaient contents, tous paraissaient soulagés d'avoir réussi sans heurts majeurs la cooptation des delendistes, leur intégration à un dispositif plus élaboré et qui promettait de fonctionner de manière satisfaisante.

Puis, le Kysti se leva, frappa dans ses mains, obtint le silence et dit : « Écoutez bien, J'ai pensé que, par mesure de précaution, Gisèle devait changer de nom de guerre... La police est sur les traces de Delenda... Delenda pourrait toujours servir de signature à une partie de vos actions dans la région de Toulouse, mais si Gisèle prenait un nouveau nom de guerre, ça brouillerait bien les pistes, qu'en pensez-vous ? » Il y eut un brouhaha d'assentiment général. Le

Kysti poursuivit alors : « Je crois que j'ai une bonne idée dans la tête, un surnom que moi et une poignée d'hommes et de femmes connaissent depuis longtemps, un surnom qui symboliserait la filiation entre notre combat de jadis contre les nazis et notre nouvelle résistance d'aujourd'hui, et il irait bien à la petite-fille de Marthe de Tonombres... ce surnom, il a une belle histoire... Celle de M.M., une jeune et jolie Sévrienne morte à trente et un ans en 1944, sous les tortures de la Gestapo... Nous la savions arrêtée et au secret au siège de la Gestapo d'Amiens puis transférée à Paris où elle fut interrogée, passée à la question dans l'annexe d'un lycée parisien réquisitionnée à cet effet... Nous sûmes de suite qu'elle n'avait pas parlé puisque son réseau ne fut pas inquiété, après nous perdîmes sa trace, et à la Libération nous cherchâmes en vain, jusqu'au 14 juin 1946, deux ans après sa disparition... Ce jour-là, dans ce grand lycée de Paris, des ouvriers occupés à des travaux de réfection et d'agrandissement, découvrirent, enfoui dans le sol d'une pièce de l'annexe, un corps sans cercueil, ni linceul, ni vêtements, mais dans un prodigieux état de conservation, un corps manifestement martyrisé, les os brisés, le visage tuméfié... C'était le corps de M.M... Le miracle de la conservation tenait à la composition du sol, ni trop acide ni trop humide... Les survivants du réseau la surnommèrent à titre posthume : la Pompéi, allusion à ceux qui furent enfouis sous la lave et les cendres du Vésuve en l'an 79 avant J.-C. et que l'on découvrit dans les positions où la mort les surprit... Je propose que notre camarade donne vie à ce surnom... Né d'une héroïne morte et sacrifiée à la liberté, qu'il vive dans une figure de proue de notre Front Révolutionnaire Européen ! » Alors tous s'écrièrent : « Vive la Pompéi ! »

Tout au long du printemps, j'avais bien senti que des événements et des décisions imminents engendraient dans la nébuleuse gauchiste toulousaine qui m'environnait une tension d'une gravité nouvelle qui avait aussitôt retenu mon attention et ne laissait pas de m'inquiéter. Car beaucoup de jeunes gens avaient pris l'habitude de fréquenter mon établissement, surtout après minuit, quand la clientèle bourgeoise ou celle du bon peuple était partie. Alors, ils monopolisaient la salle du sous-sol où ils buvaient du vin rouge et où, souvent, le psychiatre marginal Dessort leur jouait du piano. Le bar du Mirabat était encore loin de servir de quartier général aux delendistes mais, indéniablement, ils s'y plaisaient. J'avais dû réussir mon examen de passage, quai de la Daurade, et Gisèle avait fait le reste. Les principaux meneurs et les plus dangereux, connaissant désormais la nature des liens unissant Mlle de Tonombres alias Delenda alias Pompéi au fils Rouquet, toute trace de méfiance à mon égard s'était évanouie. Certes, ce n'était pas chez moi qu'ils tenaient leurs conseils les plus secrets, mais ils semblaient simplement considérer mon bar comme un lieu de ralliement avouable, plutôt commode, agréable, et ma foi assez sûr : ni la nature du gros de ma clientèle, ni la réputation de mes parents dans la région ne menaient à l'idée que le bar de la rue Malbec fût destiné à plaire un jour à une partie de la fine fleur du terrorisme à l'œuvre dans notre pays. Peut-être même que se retrouver assez souvent chez moi permettait à ces delendistes d'afficher une certaine bonne conscience. Ainsi montraient-ils, notamment à la police, que, n'ayant à se reprocher rien de sérieux et d'illégal, ils n'avaient à cacher ni leurs affinités politiques ni leur goût de se rassembler pour discuter, boire et manger. Ils organisaient leurs mauvais coups rue des Blanchers ou encore du côté du cimetière de Salonique, et moi, je leur offrais en quelque sorte une vitrine, une couverture. Cette situation représentait un remarquable premier pas dans l'accomplissement de ma mission d'espion au service de la démocratie et de la République. Avant tout, je devais éviter de brusquer les choses, d'éveiller ou de réveiller leurs soupçons. C'est ainsi que, constatant en mai et juin des absences de plus en plus fréquentes et prolongées de Gisèle, Balino, Rambouillat, Ordonez, Pablo, j'en déduisis qu'ils manigançaient des projets assez spéciaux, ce que me confirmaient leurs mines de conspirateurs pénétrés de leur importance quand ils réapparaissaient. J'étais à peu près sûr qu'ils passaient à Paris le plus clair de ces périodes d'absence, mais, toujours par prudence, je ne cherchai point à le vérifier. Mon attitude réservée, mon parti de me contenter, un temps, de consolider mon état de tenancier privilégié de ce noyau gauchiste, furent entièrement approuvés et appuyés auprès du général Redan par un personnage que je rencontrai à la mi-avril en m'entourant de mille précautions, l'inspecteur Ixeau, « l'antenne » toulousaine du Service de Documentation Intérieure et d'Espionnage, officiellement patron des B.I.S., Brigades d'Intervention Spéciales de la région de Midi-Pyrénées. M. Redan me l'avait indiqué comme étant son contact à Toulouse, et nous avions finalement décidé, pour des raisons de sécurité, que c'est à lui que je transmettrais, sauf exception notable ou urgence extrême, informations et messages destinés au général. Mes précédentes tentatives téléphoniques s'étaient, en effet, révélées compliquées et risquées.

Ixeau occupait un modeste bureau place Occitane. Nous avions, en avril, convenu de nous retrouver sur la rive droite du Salat, au lieu-dit la Croix du Segnadet, en tenue de pêcheurs, dûment munis de nos attirails. Et là, tout en pêchant la truite, nous avions conversé plus d'une heure, mis au point nos futures méthodes de rendez-vous, lesquelles excluaient le téléphone. En plus des bords du Salat, nous avions sélectionné trois endroits de la banlieue toulousaine. Je finis par comprendre que M. Redan travaillait, lui aussi, un peu en franc-tireur, que le menu fretin qui badigeonnait les façades des « entreprises capitalistes », animait les manifestations diverses ou même fabriquait les cocktails Molotov, ne l'intéressait pas. Il laissait tout ça aux services de police ordinaires. Ce qu'il voulait, c'était infiltrer les milieux français d'extrême gauche qui permettraient de remonter jusqu'aux terroristes étrangers, italiens et allemands en priorité, dans le but de détruire les Brigades Rouges et la R.A.F. tout en étouffant dans l'œuf la naissance d'une lutte politique armée dans notre pays, jugée, par de nombreux policiers et quelques hommes politiques, inévitable et proche. Dans ce contexte, un Rouquet bien caché, bien discret, bien simulateur, placé par les circonstances à un affût inespéré, pouvait être précieux. C'est donc pourquoi je ne tentai pas de savoir où allaient Gisèle, Rambouillat et autres Balino ni ce qu'ils complotaient. Il était entendu avec Ixeau que je ne prendrais l'initiative de le contacter que si cela en valait vraiment la peine. Au demeurant, je n'étais certainement pas le seul auxiliaire des autorités et M. Redan en savait probablement plus que moi sur ce qui se tramait à l'époque.

Le 12 juin 1972, Gisèle apparut au bar du Mirabat vers 10 heures et me dit qu'elle voulait avoir avec moi une assez longue conversation. Le caractère officiel, et à mes yeux quelque peu ridicule, de cette démarche ne manqua pas de me frapper. Que n'aurais-je fait pour parler, ne fût-ce qu'une demi-heure, avec la seule créature qui, sur cette terre, perturbait mon robuste équilibre ? Aussi ôtai-je sur-le-champ mon tablier, donnai-je pour la forme quelques instructions à Léon et Aristide, avant d'inviter ma petite-cousine aristocrate et pulpeuse à monter au-dessus, dans mon petit appartement. A l'issue de cette conversation, j'avais acquis la certitude, d'une part que je n'éveillais plus aucune méfiance chez les delendistes, qu'à cet égard Gisèle m'avait pris sous sa responsabilité, qu'elle répondait devant eux de son petit-cousin roturier, d'autre part que les gauchistes durs de Toulouse passaient désormais à la vitesse supérieure, aux choses sérieuses, au stade où les jeux et le théâtre ne font soudain plus rire personne. Deux jours plus tôt, Gisèle était devenue la Pompéi, cour de Rohan. Et voici que nous montions lentement l'escalier étroit et raide qui conduisait à mon logis privé, elle devant, moi derrière. Au pied de l'escalier, je m'étais effacé. Une lueur avait alors pointé au fond de ses yeux pers, et, après une hésitation imperceptible, elle s'était engagée. Elle était vêtue d'un pantalon vert pâle et d'un blouson blanc cassé. Forcément, sa croupe éveilla en moi de l'excitation. Dans mon salon, je m'assis sur une chaise de bois et elle s'installa dans l'un des fauteuils de cuir que maman Rouquet m'avait autorisé à emporter à Toulouse. Nos deux derniers tête-à-tête, dans la cuisine du bar lors de la soirée d'inauguration du 21 janvier, puis notre brève rencontre dans une brasserie du centre, s'étaient normalement déroulés, l'un affecteux, le deuxième insipide et triste. D'emblée, il me sembla que ce matin-là de l'électricité était dans l'air. Peut-être ma petite-cousine-amante s'avisait-elle tout à coup que ne l'ayant pas possédée depuis longtemps, je la désirais brusquement toutes affaires cessantes. Au début de notre entretien je n'en étais pas encore tout à fait là mais j'avoue que très vite, dans mon ventre et ma tête, mes mauvais lutins se mirent à danser et que j'eus envie de ma Gisèle toujours par monts et par vaux, ourdissant ses complots contre l'univers capitaliste avec ses camarades révolutionnaires mâles. Sans cesse cette même obsession, ce même complexe : Gisèle entre les mains blanches et fragiles de ces intellectuels en mauvaise santé, alcooliques, ces pseudo-soudards qui détraquaient ma petite-cousine aimée de moi, à la folie, en secret, qui me l'enlevaient perpétuellement et à qui j'avais décidé de l'arracher coûte que coûte : ainsi l'avais-je prise physiquement afin de commencer par quelque chose. Et là, ce matin-là, Pompéi à mon insu, resurgie des ténèbres et des mystères de sa vie de gauchiste, enroulée dans l'humble fauteuil de cuir de ma maman Rouquet, ayant, en quelque sorte, sollicité de moi une audience, voici qu'elle prononçait des paroles d'un intérêt prodigieux, tombées du ciel à pic pour servir tous mes desseins : assouvir le désir qui me travaillait de plus en plus dur et m'enfoncer davantage, telle une écharde de buis, dans leur nébuleuse, leur organisation, leurs projets de meurtre. Mon état ne lui échappa point. Elle avait déjà subi mes crises et elle sembla se résigner sans trop de peine. Cependant, elle tenait absolument à parler avant de se mesurer aux pulsions sexuelles de son petit-cousin aubergiste et elle me dit ceci : « Henri, ces temps-ci, je vais avoir besoin de ta connaissance de la montagne d'Angouls, je voudrais que tu m'indiques un, deux ou trois endroits où des camarades antifranquistes pourraient se cacher quelques jours... »

Elle allait droit au but ma petite-cousine Tonombres, elle était très pressée d'aboutir, sans aucun doute, par ses chefs de la cour de Rohan, et leurs plans. Le double souci d'y voir quand même un peu plus clair et, je l'avoue, de me faire prier un peu, me poussa à lui répondre : « Pourquoi ne demandes-tu pas à l'Irbat ? Il connaît Angouls aussi bien que moi, et lui, il s'est engagé jusqu'au cou dans votre action politique. »

Gisèle sourit et dit :

« J'y ai pensé, je lui en ai parlé, le problème c'est qu'il est repéré et fiché comme dangereux gauchiste, de plus, employé au tri postal, il n'est pas maître de son temps ni de ses congés... Au fond, toi Henri, tu es dans une situation idéale pour me promener quelques jours là-haut, m'aider à reconnaître les lieux et les itinéraires, Léon et Aristide feront marcher le bar, et la police n'imagine pas une seconde que tu sois impliqué, de près ou de loin, dans les actions gauchistes... Toi et moi en montagne, ça fera plutôt jaser dans les chaumières de Tonombres que dans les états-majors de flics, tu ne crois pas ? »

Comme c'était drôle ! Et quel petit animal imprévisible que Gisèle de Tonombres ! Une fois de plus, elle voulait se servir de moi à son avantage et elle affichait cette insolente et énervante certitude de ne pas être trahie par ce brave Henri ! L'idée que, n'étant nullement affilié à leur groupuscule d'agités, je pourrais peut-être signaler à la police ces « cachettes sûres » qu'elle me réclamait, cette idée ne lui venait donc jamais à l'esprit. Voilà qui était propre, ce matin-là, à congestionner mes glandes, me pousser à prendre derechef ma revanche, à prélever mon dû, une très substantielle commission, en la possédant durement, quelque cent cinquante jours après les avanies somptueuses par moi infligées et par elle subies dans ma chambre de l'auberge du Mirabat, à la fin des obsèques de Françoise Cavalié, le 3 janvier 1972. Ma fébrilité s'accrut et de violents tourbillons de sang surchauffèrent mes tempes et mon bas-ventre quand je m'avisai brusquement qu'une promenade en montagne de Rouquet fils et de Mlle de Tonombres en ce mois de juin 1972 s'inscrivait soixante-cinq ans après celle qu'entreprirent en juin 1907 Mme la comtesse Irène, ma future grand-mère, et grand-père Rouquet, le pâtre-braconnier conquérant. Alors je me levai et le lui rappelai :

« C'est bizarre que tu me proposes une balade en montagne soixante-cinq ans après celle de mon grand-père et de ton arrière-grand-mère. »

Elle était assise sagement, les genoux serrés, les yeux levés vers moi. « Ça alors, murmura-t-elle, je n'y avais pas pensé. » Je me tenais debout devant elle et, lentement, elle entoura mes reins de ses bras et appuya sa tête contre mon ventre. « Tu es d'accord pour m'aider ? souffla-t-elle.

— Oui », répondis-je.

Alors Gisèle, toujours assise, toujours habillée, toujours les genoux serrés, me fit des choses avec ses mains et avec sa bouche. Et après, moi, je lui débouclai sa ceinture, je la retournai et je lui fis des choses aussi. C'était dans mon petit logis privé de mon bar toulousain de la rue Malbec, le soixante-cinquième anniversaire des étreintes formidables et vulgaires de grand-papa Rouquet et de madame Irène en haute montagne ariégeoise, ce jour de juin 1907 où le sexe de cheval de mon aïeul, son odeur mêlée de bouc et de cet œillet bleuâtre des cimes au parfum envoûtant et perfide avaient embrasé puis désaxé la châtelaine. Après qu'elle eut rajusté son pantalon et moi reboutonné ma braguette, nous reprîmes notre conversation : oui, presque au fond de la gorge touffue d'Angouls, à l'aplomb du lieu-dit Prat-Mataou, je voyais deux cachettes idéales, une caverne naturelle et, non loin d'elle, un emplacement où l'on pouvait édifier une cabane sans difficulté. Il existait un seul passage sûr pour descendre de la plate-forme de Prat-Mataou à la gorge d'Angouls, l'Irbat, le Carrérat et moi nous l'avions souvent pratiqué et je le montrerais volontiers à ma petite-cousine Tonombres. Les unités de montagne de la gendarmerie nationale, les gardes des Eaux et Forêts tenaient pour impossible l'accès à ce ravin sauf à courir des risques considérables et absurdes.

« Tu ne peux pas rêver mieux que Prat-Mataou et la gorge d'Angouls pour cacher des gens, d'abord, sur l'estive de Prat-Mataou, il y a un ancien refuge facile à rafistoler, le bois, le gibier, l'eau de source ne manquent pas, l'Espagne est à quelques minutes, et au premier hameau du versant espagnol tu trouves tout le ravitaillement que tu veux, huile, sel, tabac, charcuterie, sucre, etc. Les types que tu veux cacher peuvent habiter le refuge à l'aise et, en cas d'alerte, s'ils connaissent le passage, ils peuvent descendre sans problème l'à-pic de Prat-Mataou au fond de la gorge, et là, personne ne viendra les chercher, ou alors, ils peuvent s'ils préfèrent, se volatiliser en Espagne. »

Nous convînmes que, si le temps le permettait, nous partirions en montagne du lundi 19 au mardi 20. Gisèle était contente et apaisée. Sans doute pensait-elle aussi que nos liens charnels et sexuels lui garantissaient ma discrétion absolue, ma complicité forcée mais totale : dans l'hypothèse où, pour une raison quelconque, je dénonçais ces cachettes à la police, n'était-ce pas ma petite-cousine-amante que je compromettais du même coup ? Coucher avec Rouquet fils procurait donc non seulement un plaisir fort et très spécial à la femelle Tonombres mais aussi des avantages stratégiques considérables à la militante de la lutte armée inexorablement poussée vers la clandestinité.

Le lieu-dit Prat-Mataou sera le théâtre, le jeudi 14 septembre 1978, jour de la Sainte-Croix, de l'événement clé de l'histoire que je raconte. Prat-Mataou signifie en patois « pré des tués » ou encore « pré des massacrés », troublante et sombre prédestination de ce lieu.

Du temps de Charlemagne, les habitants de Tonombres et de ses environs surveillaient la frontière. Et l'on garde le souvenir d'un combat sanglant qui eut lieu sur ce pré. Un singulier stratagème fut mis en jeu par les défenseurs de cette frontière : sur l'avis d'une attaque prochaine, la garde se tint embusquée sur les hauteurs, derrière des tertres ou dans des trous creusés exprès. On mit en bas et en vue du port des figures de soldats. Les ennemis, trouvant le passage libre et voyant la garde nonchalamment couchée au bas des ravins, descendirent et chargèrent ces figures qui ne pouvaient ni fuir ni succomber. Les vrais combattants sortirent alors de l'embuscade, coupèrent toute retraite aux ennemis et en firent un tel massacre que ce lieu prit le nom de Prat-Mataou, « le pré de la tuerie ». Des tertres épars çà et là dans ce lieu désert indiquent les tombes. Chaque passant est dans l'habitude d'y jeter une pierre. C'est peut-être une coutume pieuse. De nombreux voyageurs, au fil du temps, ont péri en ce lieu et en ces alentours sauvages et abrupts. Au-dessus de Prat-Mataou, le Loum, le fameux pic phallique pointant dru vers l'azur. Au début du siècle, des audacieux imaginèrent de faciliter l'ascension loumaire en établissant un refuge de fortune, une sorte de camp de base, au pied du pic mystérieux troué de trois plaies béantes et souillé d'inexplicables purulences. Mais le pic fit tant de victimes que ce refuge fut délaissé.

Il m'avait semblé que les gauchistes durs de la région pouvaient, après tout, braver les interdits et les superstitions du lieu, afin de bénéficier, en échange, d'une liberté d'action quasi totale dans cette partie originale et isolée de la montagne ariégeoise. Du point de vue pratique, j'avais vu juste. Ce refuge loumaire restauré ne tarderait pas à devenir l'une des retraites privilégiées, d'abord des gauchistes français et des antifranquistes espagnols, ensuite des terroristes internationaux eux-mêmes.

Pour l'heure, il s'agissait de le reconnaître et d'estimer les quelques travaux nécessaires à sa remise en usage. Le lecteur a bien compris que ma petite-cousine Gisèle me mentait par omission quand elle prétendait ne rechercher en montagne que deux ou trois lieux favorables à la mise au vert de ses camarades trop exposés. En ce mois de juin 1972, elle songeait aussi, et probablement surtout, à la sélection de sites propices à des camps d'entraînement et à l'aménagement rapide d'une position où l'on pourrait séquestrer, « juger » et « condamner » la personnalité capitaliste que l'on se préparait à enlever à Paris. Mais cela, je l'ignorais totalement quoi que certains en aient dit plus tard, sinon j'en aurais, évidemment, référé d'urgence à Ixeau et Redan.

Je le répète sur la foi du serment : je ne savais pas que l'on prévoyait des entraînements à la lutte armée et la séquestration d'un banquier en Haute-Ariège quand Gisèle de Tonombres me pria de lui révéler les secrets de Prat-Mataou et de la gorge touffue d'Angouls. Savais-je seulement qu'on venait, en « haut lieu », de la surnommer la Pompéi ? Bien sûr que non. Le lecteur l'aura enregistré. Quelle perversion quand on y songe ! Quel dévoiement ! Et quelle tristesse aussi devant l'ampleur du contresens, du malentendu qui perturba, et hélas perturbe toujours, une minorité de notre jeune élite qui, si elle n'est pas tout entière engagée sous la bannière du terrorisme politique, n'en est pas moins convaincue de l'immoralité et de l'iniquité du système capitaliste dont même moi, Rouquet fils, humble tenancier de bar, je suis, à leurs yeux, un représentant, un suppôt comme ils disent.

Cour de Rohan, les chefs avaient étroitement lié la résistance antinazie des années noires 1940-1944 à la révolte armée contre l'impérialisme et le capitalisme international des années 1970-1980. Ainsi avaient-ils institué une Sévrienne martyre gaulliste torturée et assassinée par la Gestapo, marraine de guerre posthume d'une future égérie du terrorisme, elle-même très sensible au souvenir de la Résistance puisque petite-fille d'une héroïne authentique. Désormais, tuer un banquier ou un industriel en ce dernier quart de siècle ou un officier allemand sur le quai d'un métro en 1942 relevait d'un même combat au service d'un même concept de libération, de restauration d'une vraie démocratie : c'était la *nouvelle résistance* symbolisée par le nouveau surnom de Gisèle de Tonombres : la Pompéi.

Bien que peu aguerri sur le plan intellectuel et vite dépassé par les spéculations trop hardies, cet amalgame finissait par me rendre perplexe.

Mais avant de relater ce qui devait se passer à Tonombres durant l'extraordinaire mois d'août de l'année 1972, voyons un peu qui me rendit visite à mon bar de Toulouse pendant que Gisèle et ses petits camarades intensifiaient leurs relations avec le milieu extrémiste parisien, européen et même, on l'a vu, proche-oriental.

Avant tout autre, et à ma surprise, Pujol-Arnaud.

Tout au long de ce printemps 1972, Paul traîna ses bottes et rongea son frein dans les tavernes et speakeasies les moins recommandables de Toulouse, délaissant la faculté, et sa mère à Tonombres, chez qui il passait d'habitude presque tous ses week-ends. En mars et avril, il apparut quatre ou cinq fois rue Malbec mais à la fin du mois de mai puis en juin il vint quasiment tous les soirs. Il surgissait, l'œil déjà voilé, la démarche incertaine, entre 11 heures et minuit, après quelques stations préalables dans des lieux interlopes où il commençait à s'imbiber, passait devant moi feignant de ne pas me voir et descendait au sous-sol où il s'attablait jusque tard dans la nuit. A 2 ou 3 heures, je priais poliment mes derniers clients de sortir. Alors, dans le meilleur des cas, il me gratifiait d'un signe de la tête et il s'évanouissait dans la nuit. Je ne le servais jamais moi-même. Je déléguais le jeune Léon qui semblait lui inspirer de la sympathie. Cependant, un soir de mai, j'avais procédé à une mise au point avec le fils de l'ancien instituteur de Tonombres. La veille, trois quarts d'heure après son arrivée chez moi, il avait tout bonnement roulé sous la table. En raison de l'amitié séculaire qui unissait d'ailleurs toujours nos familles, en l'absence, aussi, de compatriotes tonombrais susceptibles de le ramener dans son logement, je l'avais gardé pour la nuit. A potron-minet, je lui avais offert un café bien chaud et un solide sandwich puis je l'avais sévèrement averti : « Désormais, je ne t'accepterai plus ici et j'expliquerai pourquoi à ta mère et à ta sœur, ou alors tu te débrouilles pour boire plus modérément et au moins être capable de rentrer chez toi. » Pujol-Arnaud m'avait habitué à ses réactions excessives dans tous les domaines. Je ne pouvais oublier, par exemple, que lors de la veillée funèbre de Mme la comtesse Irène de Tonombres, et comme nous étions dans la salle de l'entresol du château du Mirabat, il avait osé cracher sur le portrait ambigu du comte Raoul. Je savais qu'il passait de ces instants d'exaltation intense à des crises de dépression d'ordinaire assez brèves mais profondes au cours desquelles il buvait plus que de raison, ce qui inquiétait de plus en plus sa mère et son entourage. Mais je ne l'avais jamais senti si désemparé, presque à la dérive, ni vu sous pareille emprise de l'alcool durant une aussi longue période. Pourquoi ? Après qu'il m'eut assuré de ne plus sortir ivre mort de mon établissement, profitant de sa détresse manifeste, je tentai d'en approcher les causes en lui parlant calmement et amicalement. « Qu'est-ce qui ne va pas, Paul ? Est-ce que je peux t'aider ? Tu sais que tu peux avoir confiance en moi. » Un instant, je crus qu'il s'épancherait. Mais son visage se referma, reprit cette expression sinistre et futée qui lui allait si mal et qui ne présageait que malheurs et coups de folie. Ce matin-là, Paul quitta donc le bar du Mirabat en emportant ses problèmes : sa haine du monde et de la société qui l'avaient vu naître, mais aussi des complications nouvelles qu'il ne surmontait pas, qui le précipitaient dans la saoulerie et que moi, Rouquet, j'entrevoyais vaguement. Un fait m'avait frappé de mars à juin, les apparitions de plus en plus espacées puis l'absence prolongée au bar du Mirabat des Rambouillat, Balino aîné, Gisèle, Ordonez, Zirout, Puig alias Pablo, bref le noyau dirigeant des delendistes, mais un noyau auquel appartenait encore Pujol-Arnaud lors de la réunion rue des Blanchers. Or, voici que de tous ces meneurs, il était le seul visible depuis quelque temps, et qu'en outre, il errait comme une âme en peine de bar en taverne, de toute évidence en proie à une rage noire et désespérée. Pour une ou des raisons qui m'échappaient, ses camarades ne l'avaient-ils, tout à coup, plus jugé digne ou capable de tenir un rôle de chef ? N'oublions pas que j'ignorais alors l'existence de la réunion de la cour de Rohan. Cependant, je flairais des événements nouveaux, une activité intensifiée de ces delendistes, un secret accru de leurs préparatifs. Dans un tel contexte, pourquoi avaient-ils éjecté Pujol-Arnaud ? Au fond de moi-même, j'estimais que cette mise à l'écart, si elle se vérifiait, leur retomberait dessus : livré à lui-même, Paul était capable de grosses bêtises, ce que n'ignoraient pas des gens comme Gisèle, Rambouillat et Ordonez. A plusieurs reprises, au cours de ce printemps, Léonard, Dessort, Balino jeune, Laure Puget, le chanteur anarchiste Arenas, l'Irbat et quelques autres moins connus de moi, passèrent des soirées chez moi, toutes ponctuées par Dessort au piano, et je remarquai un isolement relatif mais indiscutable de Pujol-Arnaud que chacun se contentait de saluer, sans plus, à l'exception toutefois de l'Irbat et d'Arenas qui lui faisaient un brin de causette. Le lecteur saura très bientôt le fin mot de cette situation, quand je lui en narrerai le lamentable dénouement. Pour l'heure, laissons ce brave et pauvre Paul dans son infortune enragée. Voilà pour lui.

Passons maintenant à d'autres visites que je reçus en mon établissement de la rue Malbec pendant que les chefs delendistes recevaient, eux, leurs galons et leurs missions nouvelles cour de Rohan et que de vives secousses ébranlaient la troupe gauchiste de la région toulousaine.

Un après-midi du mois d'avril, le brigadier Petitvisier, chef de la gendarmerie de Tonombres, poussa timidement la porte de mon bar. Il était en tenue civile. Ce fut pour moi une bonne surprise. J'aimais bien ce brigadier. Au surplus, je le considérais depuis déjà longtemps comme plus subtil qu'il ne le laissait paraître. Il me parut mélancolique, comme désenchanté.

« Enfin, vous voilà au bar du Mirabat ! m'exclamai-je en lui serrant la main, vous n'avez pas été très gentil de bouder mon inauguration ! Pourquoi avez-vous laissé l'inspecteur Tibal venir tout seul ? »

Il s'accouda au bar et eut un petit sourire tout tristounet.

« Tibal, dit-il, ne m'avait pas invité à l'accompagner, mais je ne lui en veux pas, il n'y était pas obligé, et il n'a pas besoin de chaperon, pas vrai ? Et puis, ajouta-t-il en plissant les yeux, la gendarmerie ce n'est pas les Renseignements Généraux... »

Il y avait là une pincée d'amertume et des sous-entendus. Je compris que le brigadier n'était pas venu par hasard, qu'il avait quelque chose de bien particulier à me dire et je pris le parti d'attendre qu'il se décidât.

« Qu'est-ce que je vous offre, brigadier ?

— Bof, je ne suis pas en service, allons-y pour un petit Ricard. » Il me regarda m'affairer sans mot dire et je me gardai de troubler ce silence. Et puis, alors qu'il portait le verre à ses lèvres, il interrompit son geste et bougonna : « Je quitte Tonombres, j'ai demandé ma mutation, elle a été acceptée, d'un certain côté je ne perds pas au change, je serai adjoint au lieutenant qui commande à Lannemezan... Bien sûr, je ne verrai plus le mont Valier ou le Loum en ouvrant ma fenêtre chaque matin... »

Je restai interloqué. Et au fond, quand j'y repense aujourd'hui, je n'avais pas de raisons sérieuses de l'être. Après tout, les mutations étaient monnaie courante dans l'administration et la gendarmerie n'échappait pas à la règle, bien au contraire. Seulement voilà : je fus aussitôt convaincu que la décision du brigadier se rapportait à l'affaire de cette satanée hostie empoisonnée, au coup de folie de ce malheureux abbé Oviac. Aussi n'y allai-je point par quatre chemins :

« C'est à cause de *l'affaire* ? »

Le brigadier eut un petit rire amer et répondit : « Oui, c'est à cause de *l'affaire*, comme vous dites, et une fois de plus, je constate, monsieur Rouquet, qu'on ne peut pas vous cacher grand-chose. »

Je perçus la nuance de raillerie qui teintait ce propos mais j'eus le bon goût de ne pas m'en offusquer. M. Petitvisier en avait, comme le dit le peuple, gros sur la patate, et ma foi, il avait sûrement mille excellentes raisons de se trouver dans cet état. « Vous savez, dis-je en passant mécaniquement un coup de chiffon sur le comptoir, j'ai compris dès le début que la façon dont fut menée et surtout close l'enquête vous déplaisait...

— C'est ça, soupira le brigadier, ça me déplaisait, mais il y a plus... Ce qui a motivé ma demande de mutation, c'est que je suis persuadé qu'un jour ou l'autre, sous la pression de certains journaux, par exemple le *Journal Satirique Illustré* et la presse communiste, l'opinion se posera des questions, et moi, en fin de carrière, je n'ai pas les raisons d'un Tibal de faire du zèle et je n'ai pas envie d'essuyer les plâtres.

— Cette fois, dis-je, sincère, je ne comprends plus très bien.

— Est-ce bien sûr ? taquina le brigadier, vous voulez des détails ?

— Sans être trop curieux, je serais content que vous m'en donniez quelques-uns.

— Je ne peux pas vous les donner tous mais je peux vous révéler sans grand risque un secret qui sera bientôt de polichinelle, c'est qu'Oviac a toutes les chances d'avoir été enlevé... Il est certainement sorti du presbytère sous l'effet de quelque drogue et ces deux zèbres, le journaliste et le chauffeur de taxi, étaient bel et bien à Tonombres avec pour mission de récupérer l'abbé sitôt après la mort de la comtesse et de le soustraire à la curiosité des braves enquêteurs incorruptibles dans mon genre... Les gendarmes, c'est connu, sont à peu près tous des imbéciles, et ils le prouvent tous les jours en faisant leur travail avec entêtement et minutie, et un type comme moi aurait pu avoir l'idée idiote de fouiner dans cette direction n'est-ce pas ? » M. Petitvisier avait touché au but. Son visage s'éclairait pour la première fois depuis qu'il était entré chez moi. Il dégustait son effet tout autant que son Ricard. Oviac drogué au presbytère, enlevé à la barbe des Tonombrais par deux hommes qui n'avaient même pas pris la précaution de masquer leur identité ! Un journaliste et un chauffeur de taxi connus de tous les Toulousains ! Un Rouvière qui ne se privait pas de narguer les gauchistes au bar du Mirabat !

« Ça alors, m'étonnai-je, comment l'avez-vous découvert ?

— Ah ! motus là-dessus, répondit le brigadier en appliquant l'index sur la bouche. Vous savez, après tant d'années de bons et loyaux services, j'ai quand même quelques amis dans la gendarmerie et j'ai été prévenu qu'en haut lieu on s'attardait maintenant sur cette hypothèse de l'enlèvement de l'abbé, qu'elle ne plaisait pas à tout le monde, qu'on espérait bien ne pas être obligé de rouvrir une enquête... En plus, le bruit court à Tonombres que ce vieux docteur, cet original qui se prend pour Sherlock Holmes, pencherait lui aussi pour cette thèse de l'enlèvement au presbytère par Rouvière et ce chauffeur nommé Ossip... Qu'est-ce qui lui fait penser ça ? Je n'en sais rien du tout... En tout cas, voilà la situation, et je préfère qu'un collègue plus jeune ou plus docile s'en débrouille... D'ailleurs, on n'a pas fait de difficultés pour accepter ma demande, et même, on me donne une belle place à Lannemezan. »

Pendant qu'il parlait je sollicitais rudement mes méninges de Rouquet. Une question simple et, me sembla-t-il, tout naturelle, vint à mon esprit : « Sincèrement, brigadier, je suis très content pour vous qu'on ait accepté votre demande, et en même temps tout triste que vous quittiez Tonombres, mais d'un certain côté, si jamais on rouvrait une enquête, il vaudrait peut-être mieux la faire avec un chef gendarme qui connaît bien le dossier, qui dirigeait les investigations et les interrogatoires quand le drame a éclaté... Votre successeur devra tout reprendre à zéro, alors...

— Alors ? reprit le brigadier moqueur.

— Alors, c'est presque comme si on était content de vous voir partir en haut lieu.

— Je l'ai toujours pensé, monsieur Rouquet, on ne peut pas vous cacher grand-chose...

— Qu'est-ce que tout ça veut dire ? interrogeai-je agacé.

— C'est pourtant facile à comprendre et je suis sûr que vous ne tarderiez pas à répondre tout seul à la question, mais comme je ne suis pas venu pour vous embêter je vais vous dispenser de cet effort : ça veut dire que moi, brigadier Petitvisier, je suis intimement convaincu de la thèse de l'enlèvement d'Oviac, voilà ce que ça veut dire, que mes supérieurs le savent, qu'ils n'ont pas du tout envie de me voir foncer dans cette direction, et comme je l'ai compris depuis un bout de temps, je préfère m'en aller et finir ma carrière en paix, voilà tout. »

Je branlai la tête longuement, gravement, manifestant de la sorte que je prenais la juste mesure de la complexité du problème personnel que le brigadier avait dû résoudre et aussi de la dignité de la solution adoptée. Après cette approbation silencieuse mais appuyée, j'estimai raisonnable de lui poser deux questions qui me paraissaient s'imposer :

« Brigadier, si l'abbé a été mis sous l'éteignoir au presbytère où l'attendaient Rouvière et Ossip à son retour des obsèques, puis embarqué dans le taxi, ça entraîne beaucoup de conséquences, par exemple celle-ci : il n'a donc pas pris la fuite... Enlevé par la force, il a donc été obligé d'écrire sa lettre d'aveux sous la pression des ravisseurs, l'hypothèse de sa culpabilité s'effondre et l'on se retrouve avec un mystère encore plus épais qu'avant...

— Ce n'est pas sûr, répliqua le brigadier, à ma surprise.

— Comment cela, brigadier ?

— Souvenez-vous que nous avons déjà envisagé ensemble l'hypothèse d'un détraqué, quelqu'un que ces obsèques de la vieille comtesse de Tonombres auraient pu mettre en transes pour des raisons diverses et qui aurait simplement décidé de tuer dans l'église, unilatéralement, sans victime précise en vue, de souiller la cérémonie, de tuer par le sacrilège suprême d'une hostie empoisonnée, une profanation qui a dû lui procurer une violente jouissance, presque obscène, et pour peu qu'il en ait voulu à cette famille du Mirabat, sa vengeance, ou son triomphe, ou les deux ont été complets.

— Évidemment, murmurai-je, songeur, si un fou, ou un être momentanément frappé de folie, a voulu tuer pour tuer dans l'église et frapper ainsi de malédiction toute ou partie de la famille Tonombres, il a placé des hosties dans le ciboire sans avoir désigné de victimes à l'avance et l'énigme se réduit à une peau de chagrin, il ne reste plus qu'à identifier ce personnage, ce malade, à lui demander pour la bonne forme pourquoi, en empoisonnant deux hosties au lieu d'une, il voulait tuer deux fois plutôt qu'une...

— C'est ça, approuva le brigadier, ce sera le travail de

mon successeur si une certaine presse réussit à faire rouvrir l'enquête.

— Il faudra aussi, observai-je, retrouver l'abbé et punir les ravisseurs, mais, au fait, pourquoi l'avoir enlevé ? Qui plus est en prenant des risques importants : Ossip et Rouvière n'ont pas cherché à se déguiser, il a fallu qu'ils entrent dans le presbytère, qu'ils piquent ou chloroforment l'abbé, qu'ils le traînent ensuite au taxi qui stationnait juste devant la porte, mais il y avait beaucoup de monde à Tonombres ce jour-là, etc. Ça fait vraiment un peu extravagant, vous ne trouvez pas ? »

Le regard du brigadier s'anima. L'affaire le reprenait aux tripes. « Réfléchissons, voulez-vous, monsieur Rouquet... Les invraisemblances que vous venez d'énumérer, je vais les renverser et les transformer en facteurs simples et très compréhensibles, écoutez bien : la vieille Irène de Tonombres meurt, on lui prépare des obsèques exceptionnelles, on annonce l'arrivée à Tonombres de nombreuses et éminentes personnalités, certaines ayant exercé jadis des responsabilités majeures dans l'assassinat des juifs, d'autres étant accusées ou soupçonnées d'avoir activement soutenu les nazis et qui cependant jouissent aujourd'hui de situations et d'influences parfois considérables, la douairière du Mirabat elle-même n'a pas été la dernière à se dévouer à Pétain, elle a même ouvert les écuries de son château ariégeois à la Gestapo de Toulouse qui y tortura et y fusilla bon nombre de “ terroristes ”, notamment des républicains espagnols exilés et engagés dans les maquis, or, à Tonombres, nous ne sommes pas loin de l'Espagne, et beaucoup de combattants antifranquistes s'y sont mariés et établis après la guerre, ils y ont fait des enfants qui, devenus adolescents, ne cachent pas leur haine pour cette couvée de ci-devant pétainistes ridés mais en vue et toujours en activité qui niche au sommet du Mirabat, le contexte est donc pour le moins hostile aux châtelains, et voici que l'idée point et mûrit dans le cerveau de quelqu'un qui a beaucoup souffert de la guerre, des

Tonombres, de faire tomber du ciel la justice divine, et ce quelqu'un va empoisonner deux hosties... Pourquoi deux ? Si j'osais, je dirais : pour être sûr que ça marche, la deuxième hostie sert de sécurité, si l'abbé passe à côté de la première, il y aura au moins la deuxième... Notre " fou " s'affaire, il cogite fiévreusement, il sait comment fabriquer ces hosties, comment s'introduire la nuit dans l'église pour les déposer dans le ciboire, mais voilà, pour une raison quelconque, peut-être à la suite d'une maladresse, ou d'une rencontre fortuite avec l'abbé quelque part autour de l'église, la veille du crime, quand Oviac voit s'effondrer la comtesse Marthe devant lui, au pied du catafalque, il comprend aussitôt, il recoupe mentalement une série de faits survenus les deux derniers jours et qui lui avaient paru étranges, et d'un coup il devine qui a tué, pourquoi et comment on a tué, et alors, tandis que se poursuit la communion, il examine de très près chaque hostie qu'il donne, il repère la deuxième, un peu plus grosse, un peu plus boursouflée que la normale, et il évite ainsi un deuxième empoisonnement, après quoi il la laisse volontairement dans le ciboire car il sait que celui-ci sera saisi et il est capital que la police découvre cette deuxième hostie... Et voyez-vous, monsieur Rouquet, l'assassin est dans l'église, ses éventuels complices aussi, ils ont observé que l'abbé hésitait, triait les hosties dans le ciboire, ils ont donc compris qu'Oviac avait compris, qu'il mettrait les enquêteurs sur la bonne piste, ils devaient agir très vite, ils ont alors improvisé un enlèvement, et c'est là qu'ils deviennent très forts, au lieu de paniquer ils œuvrent comme des maîtres, en amenant le taxi devant le presbytère, en se souciant comme d'une guigne d'être repérés et identifiés ils éloignent les soupçons, ils expliqueront en ricanant : si nous avions voulu enlever l'abbé, croyez-vous qu'on aurait loué un taxi et procédé comme si nous allions au cinéma ? Et qu'on aurait réquisitionné un journaliste du *Petit Hunier* ? Rouvière et Ossip auront beau jeu, ils maintiendront leur version de l'abbé qui les sollicite et qui fuit sans qu'ils s'en soient doutés, et il n'existe, j'en ai peur, aucune preuve consistante du contraire à leur opposer... Enfin, dernière considération autour de cette hypothèse : s'ils avaient purement et simplement liquidé l'abbé à Tonombres, ils n'auraient pu lui extorquer des aveux et le présenter en assassin piteux et dérangé pressé de fuir... Où est Oviac aujourd'hui ? Est-il seulement vivant ? Je n'en serais pas surpris... Un assassin en fuite, à votre merci et au secret, peut beaucoup servir aux assassins véritables... »

M. Petitvisier semblait heureux et soulagé d'avoir ainsi parlé. Tandis que je tâchais d'assimiler les données de cette hypothèse, il reprit : « Monsieur Rouquet, vous comprenez maintenant pourquoi j'ai demandé ma mutation, je n'ai pas envie de jouer le pot de terre contre le pot de fer, je n'ai jamais eu l'âme ni l'étoffe d'un héros mais je n'ai jamais été non plus un lâche, un fonctionnaire malhonnête...

— Pourquoi êtes-vous venu me raconter tout ça à moi ? » m'inquiétai-je. M. Petitvisier ne dit mot. Il tardait à répondre. « Est-ce, suggérai-je, pour que je confie à votre successeur vos idées, votre conviction sur l'affaire ?

— Oui », lâcha-t-il. Tout à coup il avait l'air honteux, comme un gamin pris en faute. Je n'avais jamais eu l'intention de le blesser. Aussi l'assurai-je de toute ma sympathie, de mon estime, de ma détermination de transmettre son « testament » sur la mort inouïe de la comtesse Marthe au cas où l'enquête serait rouverte. Je pressentais que les occasions de parler de l'affaire avec le brigadier Petitvisier se raréfieraient à l'avenir. Aussi en profitai-je pour obtenir de lui le maximum d'informations sur un sujet qui ne cessait de m'importuner même si j'affectais de ne point y voir de préoccupation essentielle. « Brigadier, vous n'ignorez pas que Rouvière et Ossip sont des militants notoires de notre extrême droite la plus dure : pourquoi auraient-ils participé à l'entreprise d'un fou criminel dont l'idée fixe était manifestement de semer la mort dans l'église, de porter un grave préjudice aux Tonombres qui, eux aussi, sont des gens d'extrême droite ?

— Il y a une réponse à ça, répondit M. Petitvisier. J'y ai longtemps réfléchi parce que ça ne collait pas, en effet, et j'ai fini par comprendre : la personne qui a perdu la tête pour des raisons qu'il faudra élucider peut ne pas être un ennemi politique, un descendant vengeur des victimes de l'Occupation, mais au contraire un ami des Tonombres, cette personne a pu agir sous l'emprise de sa propre exaltation, et quand ses amis ont vu ce qui se passait dans l'église, ils ont dû parer au plus pressé, monter en vitesse un scénario de secours, soustraire le vrai coupable à ses inconséquences, dévier les coups et les soupçons sur Oviac en l'enlevant, en l'obligeant à écrire une lettre d'aveux, et cette déviation improvisée servait en même temps des intérêts, assouvissait des rancunes ou des haines... Rendez-vous compte : le fils adultérin coupable, par surcroît, d'une monstrueuse fornication avec sa mère au surplus héroïne gaulliste exécrée, le “ fou ” faisait à son insu d'une pierre deux coups formidables, le hasard lui faisant empoisonner non pas un quidam présent dans l'église mais l'ennemie jurée, l'amie de Massip, du général Leclerc, du général de Gaulle ! Et cette impulsion insensée du “ fou de droite ” était aussitôt miraculeusement, génialement détournée contre la fille du Vial, la résistante Marthe, et l'abbé, bâtard vicieux ! Il suffisait de faire face aux événements avec rapidité et sang-froid, ce qui fut fait : s'assurer de la personne de l'abbé résolvait tout d'un coup... Voilà, monsieur Rouquet, c'est mon intime conviction, et cette version des faits est jusqu'à présent la seule qui réponde à toutes les questions soulevées par ce crime bizarre. »

Nous nous tûmes. Le brigadier m'avait donné le tournis. Ainsi, une personne d'extrême droite soudain horriblement provoquée et tendue, rendue folle par je ne sais quel incident, aurait, sans en apercevoir les conséquences funestes pour son propre clan, accouché de cette démente idée d'empoisonner des hosties. Par bonheur, des amis veillaient dans l'église même, et notre fou justicier soudain pris de panique devant la lucidité de l'abbé fronçant les sourcils, étudiant chaque hostie, ce fou, se sachant démasqué par Oviac, avait alors illico avoué son forfait et sa situation critique à ces amis au sang-froid diabolique qui, comme à la guerre, au crucial tournant d'une bataille indécise et féroce, avaient brièvement conféré et décidé de contre-attaquer en mobilisant sur-le-champ deux subalternes, le journaliste et le chauffeur de taxi, afin de renverser le cours et le sort du combat. Ainsi s'expliquerait cette mort inouïe de la comtesse Marthe de Tonombres née du Vial.

Plus d'une heure après le départ du brigadier, j'en restais encore pantois. Cependant, plus j'y pensais, plus cette hypothèse me paraissait solide. Elle seule fournissait une réponse tant à l'empoisonnement des hosties qu'au départ d'Oviac en taxi après les obsèques, ainsi qu'à sa disparition et à sa lettre curieuse. « Il faudra que j'en parle au docteur Permont, me dis-je, et aussi que je tâte ce Rouvière qui vient si souvent chez moi. » Et précisément, j'eus l'occasion de voir les personnes précitées à trois jours d'intervalle, le 2 mai pour le docteur Permont flanqué de mon ami Dan Petto, le samedi soir 6 mai pour le journaliste Rouvière. Enfin, pour en finir avec les visites notables que je reçus en ce printemps 1972, je relaterai ma conversation avec Busoch, l'ex-journaliste de la Médiatrice, qui, depuis sa démission vivait à Tonombres chez le colonel Massip, ou alors passait quelques jours au val d'Aran dans la maison de montagne de mon ami Mauny, et qui vint me voir rue Malbec au soir de la Fête-Dieu, le jeudi 1er juin.

M. Permont et Dan Petto, que je n'avais pas revus depuis notre dîner tonombrais du mois de janvier, se présentèrent au bar du Mirabat dans l'après-midi du mardi 2 mai à l'heure creuse, judicieusement choisie, où l'on me savait disponible. Je les accueillis gaiement, avec un réel plaisir.

« Nous continuons notre enquête, dit le docteur sur un ton plaisant.

— Et voilà à quoi vous avez sacrifié votre carrière à la Médiatrice », gouailla Dan Petto en promenant un regard apparemment satisfait sur ce qui, désormais, composait l'univers de Rouquet fils.

« Eh oui, dis-je, je ne le regrette plus du tout, ici c'est moi qui suis le maître après Dieu, surtout j'y suis à l'aise, compétent, et à Toulouse je me sens mieux qu'à Masergaël... Quelque chose vous ferait plaisir à cette heure ?

— Je prendrai volontiers un verre d'eau minérale gazeuse, dit le docteur.

— Et moi..., hésita Dan Petto, ma foi, je n'en sais trop rien, peut-être un petit alcool, un petit verre qui ne me fasse pas mal. »

Je lui servis une eau-de-vie de maman, et au docteur de l'eau de Badoit. Je me surpris impatient de connaître l'état d'avancement de leur enquête, surtout après ce que M. Petitvisier m'avait fourré dans la tête, et m'avançai incontinent : « Le brigadier Petitvisier est passé me voir le mois dernier, je sais par lui que vous ne chômez pas et peut-être, m'amusai-je sans être absolument certain que je montrais de la finesse, peut-être que vous êtes venu me révéler le nom de l'assassin de madame Marthe.

— Je vois que l'affaire vous passionne presque autant que nous, observa M. Permont avec un bon sourire, mais aujourd'hui je risque de vous décevoir... Si votre ami et moi nous avons quelques idées et même convictions nouvelles, nous sommes bien incapables de vous donner le nom de l'assassin. » Puis, il m'interrogea à son tour : « Monsieur Rouquet, le brigadier Petitvisier vous a-t-il demandé le secret sur ce qu'il vous a dit ?

— Pas du tout ... J'avais même dans l'idée qu'à notre prochaine rencontre, je vous ferais part de ce qu'il pense, ça peut vous intéresser. » Le docteur eut une mimique approbative. « D'abord, vous le savez peut-être, il a demandé et obtenu sa mutation pour Lannemezan où il assumera des responsabilités plus importantes qu'à Tonombres auprès du lieutenant commandant la compagnie, selon moi ça prouve qu'il n'est pas sanctionné... »

Je fus heureux de constater que mes interlocuteurs faisaient une drôle de tête, y compris le vénérable et malin docteur qui, cette fois, en dépit du fait qu'il n'ait cessé de traîner ses bottes et de fouiner dans tous les coins de Tonombres, ignorait la situation nouvelle du brigadier. M. Permont et Dan Petto attendaient avec une fébrilité inattendue que je poursuivisse, ce que je fis avec une certaine jubilation : « Eh bien, résumai-je, le brigadier n'exclut pas que sous la pression de la presse communiste et du *Journal Satirique Illustré,* les autorités ne soient obligées de rouvrir l'enquête... Or, il a une conviction intime de la façon dont se sont produites les choses, et cette conviction l'exposant, à son avis, à de sérieux ennuis avec sa hiérarchie qu'il soupçonne de tiédeur dans la recherche de la vérité, il préfère s'en aller et laisser ça à un autre... Il retient l'hypothèse d'une personne proche des clans d'extrême droite mais qui, sous l'effet d'un choc, aurait été saisie d'un coup de folie meurtrière... Mais, devinant à l'attitude de l'abbé, aussitôt après le malaise de madame Marthe, que celui-ci l'avait démasqué, il aurait alors, et pendant la cérémonie même, avoué sa faute démente aux membres du clan... Ceux-ci constatant que le hasard avait, en quelque sorte, bien fait les choses, à savoir que la victime n'était autre que leur ennemie de toujours Marthe de Tonombres, auraient alors improvisé une solution pour le tirer au mieux de cette situation périlleuse, et mobilisé sur-le-champ deux de leurs affidés, Rouvière et le chauffeur de taxi Ossip, pour droguer puis enlever l'abbé dès son retour au presbytère après les obsèques d'Irène de Tonombres, afin de faire d'Oviac un coupable. »

M. Permont but une gorgée d'eau. Sans l'ombre d'un doute, il accordait la plus grande attention à ce qu'il venait d'entendre. Dan Petto, lui, paraissait nerveux. « C'est tiré par les cheveux ! s'exclama-t-il soudain.

— Possible, me contentai-je de commenter, je n'ai fait que répéter ce qu'il m'a dit. » Le docteur prolongeait sa réflexion. Puis il dit, de cette voix égale qui lui était si particulière : « C'est plus compliqué à raconter qu'à imaginer ou même à réaliser. » Dan Petto et moi nous échangeâmes un regard perplexe. « Faisons un petit effort », poursuivit le docteur, « voilà un homme, ou une femme, un ami, un proche, une relation des Tonombres, que quelque chose a profondément choqué, remué jusqu'aux sangs au point de l'égarer, et dans le cerveau brusquement détraqué de ce psychopathe germe une idée... Il sait pouvoir fabriquer et empoisonner des hosties, les déposer sans être vu dans le ciboire la nuit précédant les obsèques de la comtesse Irène de Tonombres, mais s'aperçoit, juste après que la comtesse Marthe s'est effondrée à côté du catafalque, que l'abbé Oviac vient de comprendre d'un coup ce qui s'est passé et qui a tué... Alors, cette personne panique, prend conscience de l'effroyable préjudice qu'elle inflige à ses propres amis et se confie aussitôt à ces amis-là... L'un d'eux, assurément énergique, doué d'une intelligence et d'un sang-froid exceptionnels, saisit alors tout le parti qu'il peut tirer de ce hasard qui a voulu que la victime de l'hostie soit précisément la comtesse Marthe, le mouton noir des Tonombres... Il comprend aussi que l'on peut exploiter les relations troubles réputées exister entre la victime et l'abbé, il sait par l'assassin lui-même que la comtesse n'essuie pas un malaise ordinaire mais qu'elle succombe bel et bien à une hostie empoisonnée, et il aperçoit sur-le-champ une merveilleuse et diabolique défense : diriger l'accusation vers l'abbé, fils adultérin de la future morte... Pour cela, il est nécessaire mais suffisant de s'assurer au plus tôt de la personne de cet abbé, non seulement pour l'empêcher de parler mais pour lui extorquer des aveux qui, en l'absence indéfinie du coupable, déboucheront à la longue sur le classement de l'affaire, après quoi il sera toujours temps d'aviser sur le sort de l'abbé, par exemple le “ suicider ”, et tout sera dit... Comme on ne pouvait tout de même pas s'en emparer à l'intérieur de l'église ou sur le parvis, pendant que se poursuit le service religieux on se procure, par exemple du chloroforme, ce qui est très aisé, dès la fin des obsèques on suit l'abbé comme son ombre, on le coince dans son presbytère, on l'embarque dans le taxi et on file. »

Je me souviens encore de la mine ébahie de Dan Petto. Moi, j'écoutais cette version des faits pour la deuxième fois. Qu'elle fût envisagée et reprise par un homme du calibre de M. Permont ne me laissait pas indifférent. Mais le docteur allait aussitôt l'assortir d'une réserve de taille. « Seulement, poursuivit-il, parmi les points que cette hypothèse laisse malgré tout obscurs, il en est un, capital, qui fait la part plus belle à l'intuition, au pressentiment, qu'à la logique. Dans l'hypothèse Petitvisier, le hasard fait vraiment bien les choses puisqu'il destine la première hostie empoisonnée qui vient sous les doigts de l'abbé, précisément à la comtesse Marthe honnie du clan Tonombres et de tous leurs amis ultras et anciens pétainistes, et, voyez-vous », continua M. Permont en affermissant sa voix, « je n'arrive pas à m'y faire... Sans doute le hasard est-il souvent présent dans la vie des hommes, une rencontre malheureuse entre un mari et sa femme au bras d'un amant en un lieu où celui-là n'aurait jamais dû se trouver à cette heure-là, au casino où ce même hasard fait et défait des fortunes au gré de sa féroce fantaisie, il n'empêche... Même en considérant que la comtesse Marthe, conduisant le deuil des femmes, devait ce jour-là communier avant les autres, et que l'une des deux hosties empoisonnées figurait parmi celles qui se présentaient les premières à l'abbé, je ne parviens pas à y croire, et des détails, que je devine bien plus que je ne les vois, encombrent mon esprit, entravent ma réflexion.

— Vous pencheriez toujours pour un crime prémédité ? questionnai-je.

— Oui, répondit le docteur sans hésitation. Mais alors, je l'avoue, on n'y comprend à nouveau plus rien.

— Un crime prémédité par un assassin qui ne serait pas l'abbé Oviac ?

— Oui, répéta le docteur.

— Sauf le respect que je vous dois et que je vous porte, monsieur Permont, je reposerai la question obsédante et centrale qui obscurcit totalement votre hypothèse : comment l'assassin a-t-il pu guider la main de l'abbé sur l'hostie empoisonnée à l'instant précis où madame Marthe s'est agenouillée à la Sainte-Table ? »

Le docteur me regarda avec aménité :

« C'est bien là, en effet, *la question* à laquelle je suis sommé de répondre sous peine d'être obligé de rentrer prématurément dans mes foyers, d'y retrouver Tacite et ma collection de timbres, c'est pourquoi me la poser n'est nullement me manquer de respect, monsieur Rouquet, mais, voyez-vous, pour y répondre il faut découvrir ce qui se cachait dans la tête des principaux protagonistes de cette énigme extraordinaire quand ils sont entrés dans l'église... Ce qui s'est passé dans cette église », poursuivit M. Permont d'une voix soudain changée, comme sourde, « n'est sans doute que le dénouement d'une sombre, extrêmement tortueuse machination ourdie bien avant et ailleurs, c'est pourquoi mon jeune ami et moi nous avons à reconstituer, autant que faire se peut, ce qui a pu se passer à l'intérieur du triangle Massip-Vial-Tonombres, ou si vous préférez Saindieu-La Garde-Mirabat, au moins entre l'annonce du décès de la comtesse Irène et la mort de la comtesse Marthe. Là, entre le samedi 9 octobre et le mardi 12 octobre, se situent les événements, se heurtent les intérêts, évoluent les ombres qui ont déclenché le processus, engendré l'idée de cet assassinat génial, il faut bien le dire, démoniaque, pervers... Des adjectifs dont l'usage, pour une fois, n'a rien d'excessif... Tenez », murmura le docteur pensif, « avez-vous songé à cette deuxième hostie qui, au lieu de reposer, comme la première, au-dessus des autres, se trouvait au contraire enfouie au-dessous... Dans l'hypothèse d'un fou qui tuait au hasard, sans victime désignée à l'avance, uniquement pour profaner l'église et souiller la cérémonie, cette hostie ne pose guère de problèmes, par contre, dans mon hypothèse à moi, d'un crime prémédité, pourquoi l'assassin décidé à tuer Marthe a-t-il délibérément introduit une deuxième hostie au-dessous de dizaines d'autres en sachant qu'elle ne lui servirait à rien ?... Cependant une anomalie aussi énorme présente aussi l'avantage, pour un enquêteur, justement d'attirer l'attention, et du coup, d'ouvrir de nouveaux horizons à ses investigations... Mais », conclut M. Permont avec bonne humeur, « j'ai la patience des vieux... Qui sait ? Un détail finira bien par nous mettre sur la voie. » Puis, sans transition : « Au fait monsieur Rouquet, on ne vous voit guère à Tonombres.

— C'est vrai, mes parents s'en plaignent, maman surtout, mais je ne ferme pas pendant les week-ends, le samedi soir le bar est même bourré, mais je fermerai au mois d'août que je passerai à Tonombres, pour mes parents, ce sera la pleine saison, le mois d'août est toujours le plus dur là-haut avec les estivants, je ne serai pas de trop pour les aider. »

Je leur fis visiter mon sous-sol. « Tiens, un beau piano », apprécia le docteur. Il s'assit sur le tabouret, caressa les touches, se fit rêveur et dit : « Vous permettez ?

— Je vous en prie docteur, il n'est pas là pour moi, je ne sais pas en jouer. » Mais lui il savait. Jouait-il mieux que Massip et surtout Dessort ? J'étais bien incapable d'en juger. En tout cas, il nous donna à entendre ce jour-là et pendant deux ou trois minutes, une musique âpre, quelque chose que je ressentis comme tragique. « Un prélude de Rachmaninov », indiqua-t-il non sans commenter : « Le cerveau ça va encore, mais les doigts ne suivent plus très bien. »

Ils me félicitèrent de l'agencement et de la décoration du lieu et j'y fus sensible. Quand ils prirent congé, je ne me rendis pas compte tout de suite de l'importance pour moi et du pouvoir corrosif des propos du docteur Permont. Mais tout au long de la soirée, je ne pensais qu'à ça, à la mort inouïe de madame Marthe. Au fond, ça arrangeait bien tout le monde et moi-même, le petit-cousin par le sang des châtelains, que cet abbé Oviac fût coupable et en fuite. C'est ce soir-là que je me déterminai à parler sérieusement de cette histoire à Gisèle de Tonombres à l'occasion de notre balade-reconnaissance en montagne.

Le samedi suivant la visite du docteur et de Dan Petto, Rouvière vint boire un verre peu après minuit. Comme il en avait désormais l'habitude, il s'installa à l'extrémité du bar qui jouxtait l'escalier. Je m'étais mentalement préparé à lui soutirer quelques paroles sur l'affaire de Tonombres, notamment le départ d'Oviac dans le taxi d'Ossip loué par lui. Mais, afin de ne pas éveiller sa méfiance, je m'étais promis de ne pas modifier mon attitude à son égard : réservée, avec juste la courtoisie due aux clients et chère aux Rouquet. Et je m'étais dit, pour surmonter cette contradiction, que j'essaierais de provoquer sa logorrhée par des allusions choisies mais sans jamais insister. Ne m'avait-il pas, trois mois plus tôt, interminablement parlé des juifs ? Je le saluai d'un signe de tête. « Une bonne fine, monsieur Rouquet ! » s'écria-t-il. Je le servis prestement. Puis je vaquai à mes occupations tout en l'observant à la dérobée. De retour au bar, je fis une entorse à mon comportement habituel à son égard et m'enquis sans toutefois m'attarder devant lui : « Ça vous va ?

— Très bonne », dit-il tout étonné. Il voulut ajouter quelque chose mais j'étais déjà loin. Et je revins. « Une autre ? C'est ma tournée.

— Ma parole, grasseya-t-il, je rêve, monsieur Rouquet ! »

Mais j'étais derechef hors de portée. Je revins avec la bouteille, remplis son verre et dis : « Ce soir, je suis de bonne humeur, après tout, quelles que soient vos opinions politiques, vous êtes un bon client. » Et je repartis. Un quart d'heure plus tard, le jugeant accessible, je m'approchai et murmurai sur le ton de la confidence : « Vous savez pourquoi j'étais mal disposé contre vous quand je vous ai rencontré pour la première fois, au château de la Garde, à la veillée funèbre de Marthe de Tonombres ? Je croyais alors dur comme fer que vous aviez kidnappé l'abbé Oviac. » Et, plongeant dans la foule bruyante de mes noctambules, je le laissai comme deux ronds de flan. Quand je reparus, il me regarda mi-figue mi-raisin : « Et maintenant, vous ne le croyez plus ?

— Non », répondis-je. Et je me précipitai au sous-sol une bouteille de corbières dans chaque main. Je renouvelai trois fois encore le stratagème après quoi je me posai enfin devant lui en soupirant : « Quel métier... » Alors il se pencha et souffla ces mots en même temps que sa fétide haleine tout en forçant sa physionomie de magouilleur roublard : « Monsieur Rouquet, auriez-vous des éléments nouveaux vous permettant de vous innocenter définitivement ? » Drôle de jeu que nous jouions là ! Qui posséderait l'autre ? Avait-il éventé ma ruse ? « C'est ce qu'on racontait au village...

— Et on ne le raconte plus ?

— Non.

— Voyons, dit alors Rouvière, monsieur Rouquet, réfléchissons un peu, imaginons que j'enlève l'abbé, par exemple pour obtenir une rançon du cardinal de Toulouse... » Là, je me souviens qu'il s'interrompit en gloussant et rotant, avant de reprendre : « Dans ce cas, monsieur Rouquet, je choisis sans aucun doute le meilleur jour possible, celui où l'abbé est la vedette " professionnelle " en quelque sorte d'une cérémonie funèbre qui a attiré la grande foule dans votre village... Pour faire bonne mesure, je l'enlève entre midi et 13 heures devant son presbytère où stationne, suprême astuce, le taxi de mon copain Ossip, ce taxi que j'ai pris pour venir faire mon reportage... Monsieur Rouquet, si vous me croyez vraiment aussi bête, je ne mérite pas que vous m'offriez une aussi bonne fine... »

Il me fixa de ses petits yeux ronds et brillants de blaireau enfouis sous ses lourdes et adipeuses paupières. Un minimum d'audace, d'esprit de décision me firent alors défaut, et je devais plus tard le regretter amèrement. Qu'avais-je à fourrer mon nez dans une affaire aussi tordue et dangereuse quand je me savais incapable et, pour tout avouer, non désireux d'aller jusqu'au bout ! C'était le moment précis de lui lancer tout de go : ‹ Peut-être n'aviez-vous point prémédité cet enlèvement, Rouvière ! Peut-être n'avez-vous pas eu le choix ? Peut-être avez-vous reçu des ordres inattendus ? Et d'avoir opéré à ciel et visage ouverts est finalement devenu votre meilleure défense ! » Réagir de la sorte m'aurait brusquement exposé. Rouvière, ses amis, ses commanditaires auraient aussitôt pris acte de ce que le fils Rouquet s'intéressait de trop près à leurs affaires, il m'en aurait cuit, je n'étais pas payé pour ça, et je n'osai pas. Aussi rompis-je, frustré, mal à l'aise, convaincu malgré tout que cette retraite était sage. « Je n'ai jamais pensé que vous étiez bête, monsieur Rouvière, je ne vous vois pas enlever un curé dans un taxi, je vous taquinais, sans plus.

— Vous me taquiniez ? » reprit-il. Il glissa de son tabouret, porta deux doigts à ses cheveux en guise de salut et s'en fut sur ces paroles ambiguës : « Il se fait tard, je n'ai pas beaucoup dormi cette semaine, merci pour votre fine mais, franchement, je ne vous connaissais pas sous ce jour ! Taquin ! En voilà un joli mot ! Taquin ! Ah, ah ! » Et il sortit.

Le reste de la soirée, je ne cessai de m'interroger : avais-je fait une grosse bêtise et sous-estimé le journaliste du *Petit Hunier* ? Je me reprochai de l'avoir entrepris sur ce terrain de l'affaire de Tonombres, d'autant que je n'étais ni chargé d'éclaircir le mystère ni vraiment convaincu de l'hypothèse Petitvisier. Je m'efforçai de passer l'escarmouche aux profits et pertes en espérant qu'elle n'aurait pas trop de conséquences.

Au soir de la Fête-Dieu, le jeudi 1er juin 1972, Busoch vint dîner rue Malbec. Je l'installai à l'écart devant une petite table ronde et lui servis un pâté d'isard, un reste de civet de sanglier réchauffé en cassolette et l'un des rois du Languedoc, un pech redon rouge 1970 en demi-bouteille. Busoch avait démissionné de la Médiatrice en octobre dernier, au lendemain de la veillée funèbre de madame Marthe au château de la Garde. L'événement m'avait totalement pris de court et je n'étais pas le seul dans mon cas. M. Sanaris en fut très contrarié : il payait cher Busoch, préférant l'avoir dedans que dehors. Mais la mort inouïe de la comtesse de Tonombres avait fonctionné comme un déclic. Busoch était un ancien résistant, fils d'un homme que les nazis avaient torturé, déporté, assassiné. Dan Petto ne m'avait-il pas appris qu'en 1943, le fils Busoch, alors âgé de vingt-quatre ans, conduisait lui-même la voiture qui transportait au village d'Oviac la femme Rose Mir, bonne du docteur Busoch, et le bébé né de parents inconnus que ce docteur venait de mettre au monde à Toulouse, le futur abbé Oviac. Je compris mieux sa démission quand je sus que le clan des anciens des réseaux et des maquis Massip considérait la mort violente de leur amie et camarade de combat Marthe de Tonombres comme un acte de guerre barbare et prémédité dirigé contre eux. A la différence de M. Permont et du brigadier Petitvisier, ils disposaient certainement d'informations capitales et s'étaient, en quelque sorte, remobilisés, avaient repris du service sous la houlette de leur ancien patron, cuisant à petit feu leur haine formidable de l'ennemi qui venait de les frapper dans le dos vingt ans après la Libération quand on pouvait le croire sinon définitivement hors d'état de nuire, du moins de relever trop hardiment, impudemment la tête. Mais la droite pétainiste n'avait pas désarmé. Mieux : elle s'était refait une santé, et voici qu'elle narguait les vieux héros fatigués et solitaires. J'observais Busoch du coin de l'œil. Il mangeait et buvait lentement, avec application et, manifestement, il appréciait ce petit menu privilégié que je lui avais composé. Qu'il passât chez moi pour se régaler de saines nourritures quand il en avait l'occasion ne me surprenait pas. A la fin, il s'essuya la bouche posément puis m'adressa un signe. Je m'empressai. « C'était fameux, dit-il, un grand merci pour ce fond de marmite génial et ce pech redon... Est-ce que votre père pourrait nous en livrer deux ou trois caisses à Saindieu ?

— Ça dépend de la réserve, répondis-je prudemment, mais il peut y penser à la prochaine commande. »

Il régla l'addition puis, juste avant de se lever, il dit : « Au fait, que devient la petite Gisèle de Tonombres, on ne l'a pas vue là-haut depuis un bon bout de temps, le colonel s'en plaint, vous savez qu'il l'aime beaucoup, il paraît qu'elle passe chez vous de temps en temps...

— C'est vrai, monsieur, mais moi non plus je ne la vois plus depuis quelque temps. »

Busoch sembla sur le point d'ajouter quelque chose mais il se ravisa, me tendit la main et se contenta de marmonner : « Ah ! la jeunesse... » Ce qui n'était guère original, mais pouvait signifier en l'occurrence, pour l'interlocuteur prompt à interpréter les moindes sous-entendus que j'étais devenu : en ce moment, Gisèle nous cause bien du souci à Massip et à moi. Et si Busoch m'avait dit ça, je lui aurais à coup sûr répondu : « Ah ! monsieur Busoch, et à moi donc. »

Le lundi 19 juin 1972 vers 16 h 30 et par un temps indécis, Gisèle de Tonombres et moi nous partîmes en sierra d'Angouls dans le but de reconnaître des sites propices au séjour et à l'entraînement des combattants révolutionnaires de tout poil à l'œuvre un peu partout en Occident. Elle, fraîchement intronisée chef de file du groupe delendiste formé à Toulouse, adoubée par les démons de la cour de Rohan, état-major disparate d'êtres équivoques, parfois déchirés, à l'image des jeunes juifs, par des aspirations contradictoires, mais le plus souvent fanatisés, capitaines du terrorisme international en marche, et moi, Rouquet, chargé par le patron du Service de Documentation Intérieure et d'Espionnage, d'infiltrer ce groupe méridional afin de démanteler les réseaux en gestation en France à cette époque, et de neutraliser ses dirigeants. A quoi s'ajoutait une considération presque grotesque : cette excursion commémorait un événement. En juin 1907, grand-père Rouquet le gaillard avait étreint et ensemencé à même la rocaille l'autoritaire et volcanique comtesse Irène de Tonombres, puissante femelle nazie de l'entre-deux-guerres, égérie de l'État français, maîtresse présumée du maréchal Pétain. Et alors, ils avaient conçu mon père, venu au monde dans le plus grand secret, attribué aux amours et aux entrailles d'une brave paysanne, Marie de la Soumère, la propre servante de la châtelaine pécheresse. Ainsi, soixante-cinq ans plus tôt, mon grand-père et ma grand-mère aristocrate s'étaient, comme nous, Gisèle, l'arrière-petite-fille et moi le petit-fils, ébranlée en fin d'après-midi, sac au dos, avec dans l'idée d'atteindre le refuge du port d'Aula avant la nuit puis de parcourir la chaîne dominée par le Loum, le grand pic phallique, dès l'aube du lendemain.

En 1907, les montagnards devaient couvrir à pied le trajet Tonombres-port d'Aula tandis qu'en 1972 la voiture épargnait cette longue et fastidieuse marche.

Notre départ du village fut discret, ce que souhaitait absolument Gisèle alors que je me serais accommodé d'une certaine publicité. Gisèle m'ordonna de passer la prendre au château de la Garde. Les badauds éparpillés sur le pont et place de l'Allée virent et comprirent que le fils des aubergistes partait en montagne mais ils ignorèrent qu'il ne partait pas seul. Ils ne l'apprendraient qu'ultérieurement, et alors seulement ils commenteraient à l'envi cette extraordinaire répétition de l'histoire. Les vieux marmonneraient : « Eh, les jeunes vont réveiller la comtesse et le braconnier dans leurs tombes, ils sont capables, tels qu'on les a connus, d'envoyer en l'air leurs suaires et de se remettre à fricoter sous le coup de l'émotion. »

Cette volonté de Gisèle de ne pas se montrer avec moi ce jour-là m'avait agacé. Elle ne me paraissait pas répondre uniquement au souci légitime de ne pas attirer l'attention par ce regain d'amour insolite pour notre montagne, car je l'aurais évidemment approuvée de ne pas crier sur les toits que les combattants révolutionnaires s'emparaient de la sierra d'Angouls. J'étais sûr qu'à cet impératif de discrétion s'adjoignait comme une répugnance de la jeune châtelaine à afficher devant les villageois des relations trop intimes avec le fils Rouquet. En un mot, elle avait honte. Elle voulait bien que je lui apporte mon aide précieuse pour implanter une infrastructure combattante sur la frontière franco-espagnole, cela quoique je ne sois en rien d'accord avec leurs entreprises et leurs projets aussi fumeux que criminels, mais, par contre, elle n'était plus guère empressée de se produire en public au bras ou dans la voiture du fils Rouquet. J'avais ruminé cet aspect des choses tout au long des quarante-huit heures précédant notre expédition et, peu à peu, la température était montée dans mon ventre et dans ma tête, en même temps qu'un dessein imaginatif, excitant et audacieux. Ces trois adjectifs traduisent une autosatisfaction rétrospective qui serait répréhensible si j'avais conçu ce dessein au moyen de ma seule intelligence et du haut d'une sérénissime assurance. Si aujourd'hui je tire gloriole d'avoir imaginé une séquence de bordel en haute montagne ariégeoise, c'est en raison de la déchéance morale en laquelle j'ai sombré depuis. Je dois à la vérité de préciser ceci : ce dessein « imaginatif, excitant et audacieux » n'était rien d'autre que le fruit pourri d'un cerveau détraqué par une détresse immense. Je ne voudrais pas donner au lecteur l'impression que Rouquet allait de l'avant gaillardement, maître des situations qu'il affrontait : disons que je faisais au mieux dans mon infortune. Mais, secrètement, mon angoisse grandissait de me mélanger les pédales entre ma mission d'espion et cette pulsion mystérieuse qui me poussait à revendiquer avec brutalité, et même bestialité, la *propriété* de Gisèle, ma petite-cousine Tonombres. C'est donc une inspiration de nature toute primaire qui me conduisit, en préparant mon sac de montagne, à m'intéresser à quelques vieux vêtements de femme ayant appartenu à ma grand-mère « officielle » Marie de la Soumère, et qui dormaient au grenier au fond d'une grosse malle de bois cerclée de fer. Ces vêtements, et une paire de bottines à lacets du début du siècle, je les rangeai soigneusement dans une boîte de carton que j'enveloppai d'une toile cirée noire. Et comme je m'affairais à ficeler ce curieux bagage supplémentaire, je sentais déjà poindre une sourde douleur au bas de la nuque et au bas de mon ventre, présages de mille calamités. Enfin, je choisis pour Gisèle un de ces alpenstocks d'antan, ces longues cannes ferrées à la poignée largement recourbée, dont se servaient jadis les dames excursionnistes, et pour moi un bâton familier, lourd, membru et noueux. Évidemment, je me chargeai des meilleures victuailles : pâtés de lièvre, de sanglier, d'isard, jambon, saucisse, belles gourdes de vin de Fitou.

Quand ma voiture s'arrêta devant le château de la Garde, Ganzadi vint aussitôt à ma rencontre. Je connaissais assez bien ce brave et fidèle serviteur noir et je compris à son sourire épanoui qu'il était tout content non seulement de me voir mais de retrouver le fils Rouquet d'autrefois, celui qui remplissait l'office de guide de montagne et de chevalier servant de « mademoiselle Gisèle », Rouquet le sain, le costaud, le bon joueur de rugby, celui sur qui pouvait compter, les yeux fermés, la jeune, fantasque et belle Gisèle de Tonombres, le seul garçon au monde capable de passer une nuit sous le même toit ou la même tente sans jamais se permettre d'effleurer « Mademoiselle ». Il était donc heureux, Ganzadi, après la terrible épreuve de l'assassinat de sa maîtresse madame Marthe, de constater que « mademoiselle Gisèle » reprenait goût à la vie tonique de sa jeunesse, aux exercices roboratifs qu'offre notre montagne. Pauvre Ganzadi. Comment lui expliquer que ce passé de boy-scout était révolu, qu'il avait cédé la place à des rapports passionnels, conflictuels, très obscurs, que du sang de Gisèle coulait dans les artères et les veines de Rouquet fils, que la nuque, les tempes, le bas-ventre, les testicules de celui-ci lui faisaient souvent mal, qu'alors le désir furieux de s'emparer de la personne de « mademoiselle Gisèle », de l'incarcérer, de la posséder pour lui seul, de s'imposer à elle par la force des muscles, que ce désir le métamorphosait en animal féroce, en fauve en rut ? Et comment lui expliquer aussi que sa jeune maîtresse n'était plus l'adolescente espiègle, sportive, délurée, « nature » dont il gardait obstinément l'image mais qu'elle se préparait à tuer, assassiner le plus possible « d'ennemis du peuple » ?

Je lui serrai la main avec vigueur et m'exclamai d'une voix forte : « Alors Léopold ! On vous emmène avec nous ? »

Je me retrouvai dans ce salon à l'arrangement immuable, assis sur le sofa anglais affectionné de madame Marthe, face au portrait dédicacé du général de Gaulle toujours en bonne place sur la cheminée. Gisèle apparut, souriante, déjà prête, habillée d'un pantalon de velours vert bouffant aux cuisses et aux genoux, serré aux mollets dans des guêtres de cuir noir tombant sur de grosses chaussures et d'un pull à col roulé vert clair. Tout comme sa grand-mère, sa couleur préférée était le vert. Devais-je le lui faire remarquer ? Je jugeai plus sage de dire : « Je vois que tu es prête... Je me suis occupé de la nourriture et du vin, j'ai une toile de tente à tout hasard mais nous coucherons au refuge d'Aula qui est très confortable, nous n'avons pas besoin de couvertures.

— C'est bien, dit-elle, on peut y aller. »

Cette jeune fille qui le prenait ainsi de haut avec moi, usant de grands airs, proscrivant les épanchements à la veille de son exploration « politico-militaire » de la sierra d'Angouls, marquait donc avec emphase et à mon intention qu'elle n'était plus Gisèle de Tonombres mais bel et bien la Pompéi, espèce de Jeanne d'Arc des temps modernes en lutte pour la libération du prolétariat : et pas question qu'un soudard dans mon genre porte désormais l'œil sur sa croupe et la main à sa braguette. Voilà qui m'irritait et m'excitait tout à la fois. Diable ! Sûr qu'il se passerait des choses lors de cette « reconnaissance » de la sierra. J'affirme aujourd'hui qu'en cette fin d'après-midi du 19 juin 1972, quand Gisèle et moi levâmes le camp au château de la Garde pour gagner mon véhicule, la Pompéi flairait le pot aux roses : derrière Henri Rouquet s'embusquait un personnage qu'elle avait affronté quelquefois, le petit-cousin complexé qui l'avait souillée dans sa chambre, après les funérailles de Françoise Cavalié, puis humiliée dans son petit appartement toulousain de la rue Malbec. Dans ces conditions, comment aurait-elle ignoré qu'elle s'exposait en partant vingt-quatre heures en montagne avec moi ? Elle devait estimer que c'était le prix à payer pour s'assurer le concours d'un fin connaisseur de ce pays d'Angouls, doublé d'un chien fidèle qui ne révélerait jamais à quiconque les lieux et caches retenus pour le repos et la sécurité des guerriers communistes révolutionnaires. Au fond, nous nous trompions mutuellement en pleine conscience, et chacun pensait qu'un jour ou l'autre il aurait le dessus. Dans le vestibule, Gisèle s'arrêta devant un lot impressionnant de cannes fixées au mur à côté de fusils de chasse de tous modèles, et c'est alors que je glissai avec une jubilation incontrôlable : « Ce n'est pas la peine que tu prennes une canne, je t'ai apporté un alpenstock magnifique que j'ai trouvé par hasard au grenier, je suis sûr qu'il te plaira, sans compter que ces bâtons de nos aïeules sont bien plus efficaces en montagne que toutes ces jolies cannes finement sculptées. »

Sans aucun doute, j'empochai mon premier point. Gisèle se retourna, interdite. Puis, tentant de retrouver sa superbe : « Par hasard ?

— Oui.

— Il appartenait à qui, ton alpenstock ?

— A ma grand-mère j'imagine.

— Laquelle ? Le pronom claqua comme une détonation.

— Comment laquelle ? ânonnai-je, désarçonné par cette tonicité, l'agressivité de la parade.

— Eh bien oui, dit-elle avec morgue, tu as deux grand-mères possibles pour cet alpenstock, non ? Ma propre arrière-grand-mère Irène de Tonombres ou alors Marie de la Soumère, sa servante, qui épousa ton grand-père après la naissance de ton père pour régulariser la situation, alors ?

— Alors, balbutiai-je, je ne m'étais pas posé la question.

— Tu n'es pas curieux...

— J'ai trouvé l'alpenstock dans le grenier, j'ai pensé qu'il te serait utile et agréable de l'avoir, je l'ai apporté avec moi, voilà tout. »

Elle aurait pu s'en tenir là : elle exploita son avantage. « Finalement, c'est intéressant ton histoire d'alpenstock... A mon avis, il devait appartenir à la grand-mère Tonombres pour la simple raison qu'à l'époque seules les dames de la bourgeoisie et de l'aristocratie avaient le droit et le loisir de se promener en montagne avec les hommes, si donc il y avait un alpenstock dans ton grenier, il n'appartenait sûrement pas à ta brave grand-mère de la Soumère, d'ailleurs, te souviens-tu l'avoir jamais vue partir en excursion ?

— Non, répondis-je tout remué par ces considérations inattendues et qui me dérangeaient vraiment le cerveau.

— Alors tu vois ! s'exclama-t-elle triomphante, presque guillerette, on pourrait même établir que cet alpenstock fut laissé en souvenir par mon arrière-grand-mère Irène à ton grand-père Rouquet, et grâce à toi, soixante-cinq ans après, je vais le récupérer... Il me tarde de le voir... Allons-y pour ta proposition, je ferai une balade avec l'alpenstock de l'aïeule Irène. »

Quand elle le vit, elle s'écria : « Maintenant j'en suis sûre ! J'en ai vu deux ou trois tout pareils au Mirabat ! C'est bien de chez les Tonombres ! C'est très amusant que tu aies eu cette idée ! »

Je conduisais lentement. Nous passâmes sans ouvrir la bouche devant le gouffre du Raourès où périt noyée, emprisonnée dans la voiture pilotée par Korucko, la pauvre Françoise Cavalié, au pied de la croix du Segnadet, ce lieu à maléfique réputation. Je réfléchissais, pour la centième fois, à notre situation à Gisèle et à moi, au poker menteur que nous jouions. Ma passion pour elle était profondément authentique, ce depuis toujours, de même que l'était son engagement politique où elle avait d'ailleurs tout à perdre et rien à gagner. Essayant de lui barrer ce chemin qui, selon moi, la précipitait vers de grands malheurs, je ne jouais à aucun jeu, pas plus qu'elle en sacrifiant sa vie universitaire et privée à sa cause révolutionnaire. Le poker survint le jour et à l'heure où nos sincérités respectives firent place à des arrière-pensées, s'altérèrent sans même que nous y prissions garde. Ce dérapage psychologique s'était sérieusement manifesté à partir de cette nuit mémorable où mes braves parents m'avaient révélé la vérité sur ma filiation. Depuis, des idées anormales, quelquefois franchement scabreuses, s'introduisaient dans ma cervelle, y séjournaient à leur aise le temps qui leur plaisait, tout comme on prend pension quelque part. Certaines restaient plusieurs mois, d'autres quelques heures. L'une d'elles avait pénétré un beau matin sous mon malheureux crâne, y avait pris ses aises et y vivait recluse. Cette idée-là ne prenait jamais l'air, ne regardait jamais à la fenêtre. Elle avait découvert le domicile idéal, définitif, fixe. C'était une idée fixe. Au surplus saugrenue. Qu'on en juge : trois ou quatre fois par jour, souvent la nuit, l'idée que grand-père Rouquet, plus tard le maréchal Pétain, avaient étreint la même femme en la personne de madame Irène, cette idée faisait surface, surnageait un instant à la surface de mes cauchemars et phantasmes pour replonger tel un grand cétacé, disparaître dans les bas-fonds abyssaux avant d'émerger derechef et sans crier gare. Cette révélation de mes parents m'avait donc incontestablement dérangé l'esprit. Conséquence immédiate la plus tangible : l'ami, le grand frère, le soupirant platonique et respectueux de Gisèle de Tonombres s'était mué en mâle jaloux, calculateur, dominateur, exclusif et teigneux. Et aussi soumis à des pulsions sadiques. Mais Gisèle avait également changé. Ou presque également. Tout au moins, c'est ce que j'avais cru constater. Et c'est bien à quoi je pensais en conduisant ma voiture sur la route d'Espagne. Ses perfidies sarcastiques sur l'alpenstock que je lui proposais, sur les événements que ce bâton archaïque évoquait, démontraient à tout le moins que Gisèle, avant de partir deux jours et une nuit en sierra d'Angouls avec le fils Rouquet, s'était préparée à bien des avanies, qu'à aucun moment je ne l'avais vraiment abusée, qu'elle avait peut-être mieux compris que moi ce qui avait fissuré l'intérieur de ma tête. Et moi qui, tout à mes efforts d'espion et à mes hantises de mâle descendant d'un bâtard Tonombres, avait cru la rouler dans la farine ! C'est elle qui tenait les fils de la manœuvre et maîtrisait la situation. Son but unique et absolu : la révolution. Qui plus était, la révolution armée ! Ce que j'ignorais encore en ce 19 juin. Priorité du jour : organiser une infrastructure en Haute-Ariège et dans des délais affolants. Des actions hors du commun s'annonçaient imminentes et les démons de la cour de Rohan avaient prescrit aux delendistes de monter en une soixantaine de jours un système d'accueil et de protection capable de fonctionner correctement. Gisèle devait donc chausser des bottes de sept lieues. Il lui fallait sous la main un homme à même de régler vite et bien des problèmes pratiques considérables, un homme hors du collimateur de la police et totalement dévoué, quelles que fussent ses opinions politiques. Qui d'autre que moi ? J'étais l'oiseau rare. Dès lors, trop intelligente, trop fine pour ne pas avoir compris que cette histoire de famille tombée sur ma tête me l'avait sensiblement détraquée, que lui coûtaient les crises « de la tête et du ventre » de son petit-cousin aubergiste au regard des immenses services qu'il pouvait lui rendre ? Au fond, en se pliant à mes désirs subits, elle m'accordait une sorte de thérapeutique, elle remplissait une fonction d'infirmière bien plus qu'elle ne jouait un rôle de putain. De toute cette vision des choses, une conclusion s'imposait : sans amour pour Henri Rouquet, peut-être même désormais affranchie de la réelle sympathie pour moi éprouvée naguère, durcie et fanatisée par l'accumulation des actions gauchistes armées, emportée dans une fuite en avant irrémédiable, qui sait si, poussée, exhortée, menacée par ses « camarades », elle ne jugerait pas, un jour, impérieux de me supprimer dans l'intérêt supérieur de la cause ?

« Nous ne sommes pas bavards », dis-je, comme nous arrivions au village de Couflens, situé au confluent du Riou d'Angouls et du Salat dont nous allions abandonner la vallée pour emprunter l'étroite et difficile route montant de Couflens au port d'Aula. « Je t'ai vu plongé dans de si profondes pensées depuis que nous avons quitté la maison, que je n'ai pas osé les troubler, ironisa-t-elle.

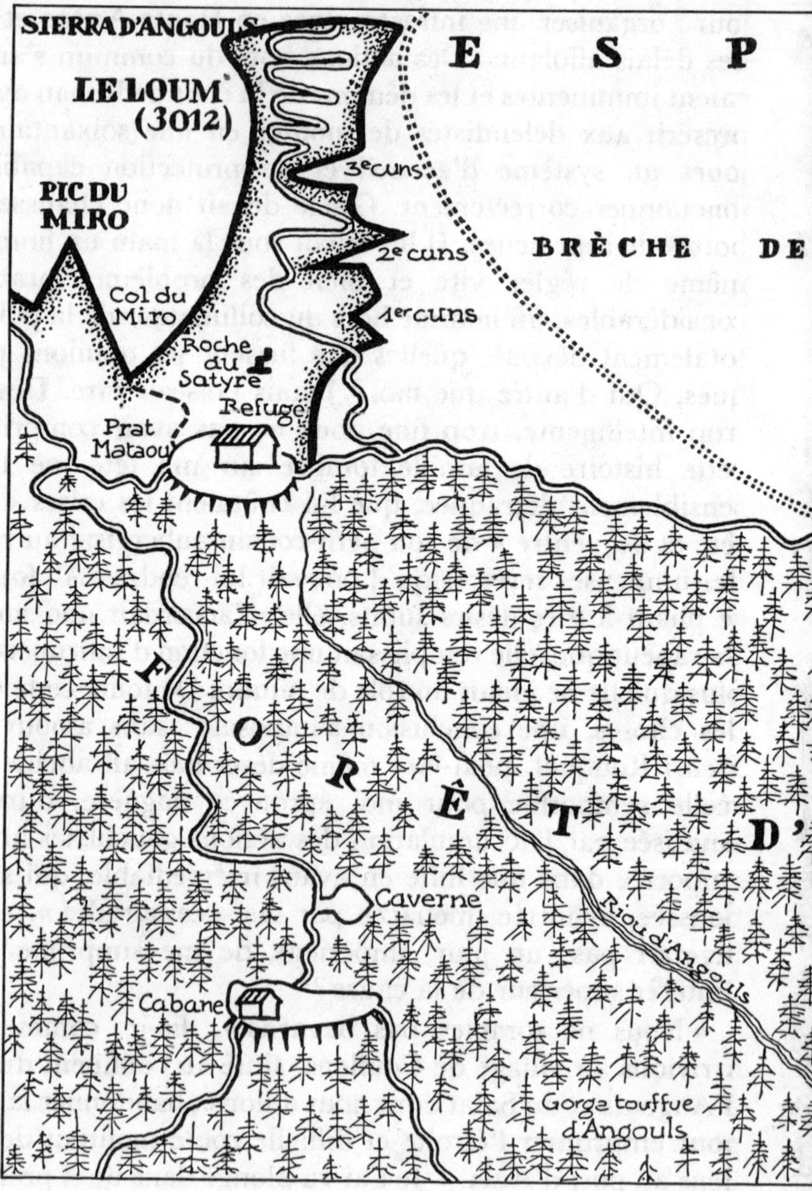
SIERRA D'ANGOULS
LE LOUM
(3012)
PIC DU
MIRO
E S P
3e cuns
2e cuns
1er cuns
BRÈCHE DE
Col du
Miro
Roche
du
Satyre
Refuge
Prat
Mataou
F O R Ê T D'
Caverne
Riou d'Angouls
Cabane
Gorge touffue
d'Angouls

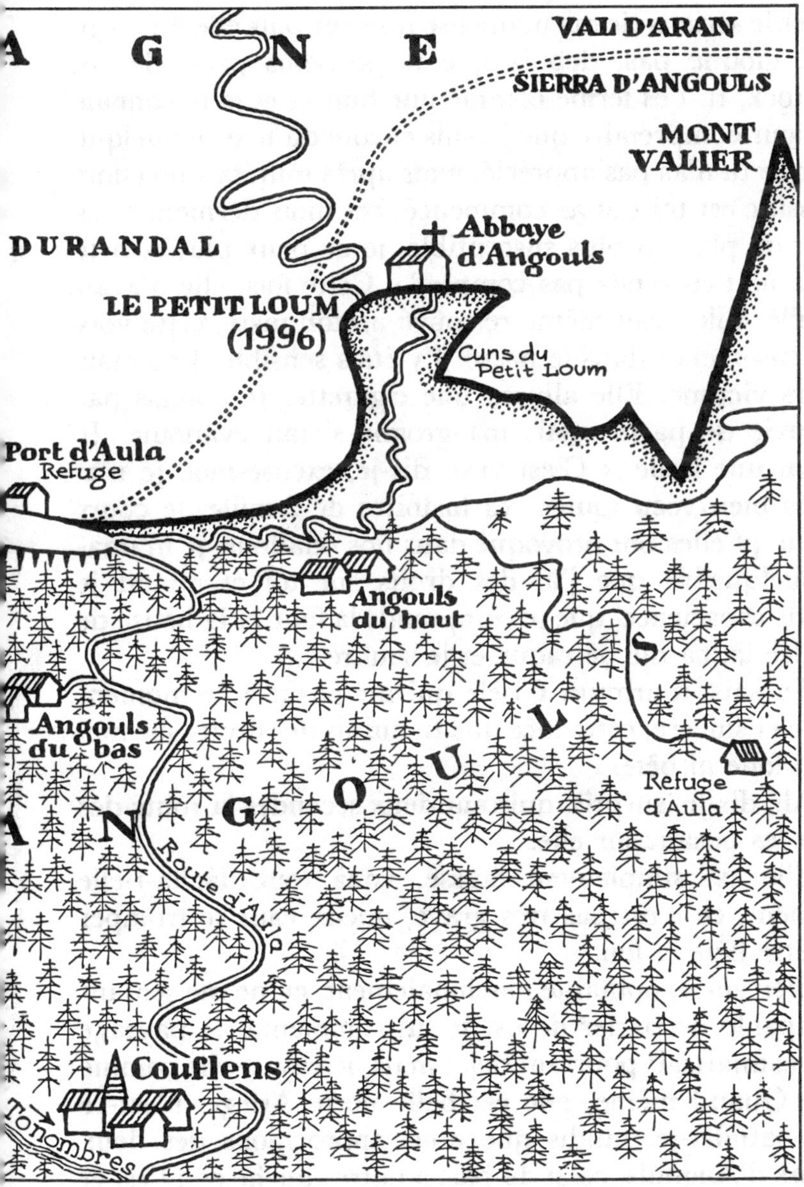
VAL D'ARAN
SIERRA D'ANGOULS
MONT VALIER
A G N E
DURANDAL
Abbaye d'Angouls
LE PETIT LOUM (1996)
Cuns du Petit Loum
Port d'Aula
Refuge
Angouls du haut
Angouls du bas
A N G O U L S
Refuge d'Aula
Route d'Aula
Couflens
Tonombres

— Pourquoi te moques-tu toujours de moi ? »

Elle me jeta un coup d'œil inquisiteur, comme pour mesurer le sérieux de ma mauvaise humeur puis elle dit : « Je ne me moque pas, depuis que nous avons parlé de cet alpenstock, tu t'es fermé comme une huître, et je te connais assez pour comprendre que j'avais encore dû te dire quelque chose que tu n'as pas apprécié, mais après tout, fais un effort toi aussi, c'est toi qui as commencé, ces mois derniers tu es devenu de plus en plus susceptible, je ne peux plus rien te dire, tu ne t'en rends pas compte ? » Cette fois, elle n'avait pas raillé. Elle avait même retrouvé un ton juste, cette voix qui m'ensorcelait dans le passé. J'y étais sensible. J'en étais toujours victime. Elle alluma une cigarette. Je n'avais pas plus envie de parler mais ma grogne s'était évanouie. Je cherchai une issue. « C'est vrai, dis-je, excuse-moi, je n'ai pas très bien vécu toutes ces histoires de famille, le cours nouveau qu'elles ont provoqué dans nos relations, je m'imagine quelquefois que j'ai des droits sur toi et quand je reprends conscience, que je comprends la folie et la bêtise de cette idée-là, ça me détraque et je souffre.

— Tu sais, murmura Gisèle qui me parut à ce moment sérieuse et sincère, cette idée que tu aurais des droits sur moi n'est ni folle ni bête.

— Ah, dis-je, surpris, quittant deux secondes la route des yeux et les posant sur elle.

— Elle est simplement fausse, voilà tout, lâcha-t-elle calmement, ce n'est pas très grave, mieux vaut se tromper que d'être bête et fou.

— Bien sûr », opinai-je machinalement, et, ne me sentant plus capable de parler de ça, je lui commentai le paysage qu'elle connaissait pourtant déjà, mais, le voyait-elle comme moi ? « Quand même, elle est belle notre Ariège, n'est-ce pas ? » babillai-je, tandis que nous approchions des deux hameaux d'Angouls, celui du bas, à notre gauche et à l'est et que nous surplombions, celui du haut, à l'ouest, et dont nous apercevions les toits. A notre gauche encore mais bien plus haut se détachaient, bleus et luisants, le pic du Miro à 2 100 mètres et à ses côtés le Loum à plus de 3 000 mètres, le sommet culminant de la chaîne, sorte d'arête mamelue, pic phallique pointant dru vers l'azur, entamé, échancré, incisé à trois endroits sur son flanc ouest, présentant donc trois espèces de blessure, des plates-formes vomissant à intervalles irréguliers des fumées et des liquides laviques d'un type inconnu partout ailleurs, liquides épais, jaunes ou blanchâtres selon les saisons, à mi-chemin du pus et du sperme, trois profondes entailles à vif dans le granit bleuté, entailles appelées *cuns,* mot patois signifiant quelque chose comme trou, fente, vestibule, fissure, fêlure, crevasse, déchirure, fosse ou excavation, spectacle simplement stimulant ou éprouvant pour certains, aphrodisiaque ou lugubre pour d'autres, franchement insupportable pour la majorité des élites, hermétique et cependant enivrant pour l'immense majorité des masses sceptiques et rusées, en tout état de cause anomalie géologique attirant spécialistes, badauds, voyeurs des quatre points cardinaux, surtout après qu'un combat de titans eut jadis opposé sur ses flancs et tout au fond de ses cuns et tout autour de son gland de granit, un génie mâle et sa très vieille maman l'engendreuse.

A notre droite, la chaîne continuait par le petit Loum, même forme phallique que son grand frère de l'est mais de moindre altitude, 1996 mètres, affligé d'une seule blessure sur son flanc, d'une seule fente, d'un seul cuns. Au sommet du petit Loum, des bénédictins avaient édifié une abbaye huit siècles plus tôt, leurs frères successeurs l'avaient agrandie en 1630. En 1903, le bâtiment avait reçu sa forme définitive. A côté et à l'ouest du petit Loum s'élevait le mont Valier. Entre les deux Loums, le port d'Aula, baptisé « brèche de Durandal » par les bergers espagnols et français parce que, assurait-on, Roland, neveu de Charlemagne, l'avait créée lui-même en fendant la montagne d'un coup de son épée Durandal. A la vérité d'autres cols et d'autres populations des Pyrénées revendiquaient âprement cette même légende. La sierra d'Angouls s'étendait du pic du Miro au mont Valier. A 2 ou 3 kilomètres du port d'Aula, la route prenait progressivement l'aspect d'une piste de moins en moins carrossable. Il fallait avoir une bonne habitude de cet itinéraire pour amener sans casse une voiture jusqu'au col, à cause de terribles ornières et de blocs de pierre détachés de l'escarpement. Je l'avais. Parvenus sans incident au port d'Aula, je coupai le moteur devant la borne frontière indiquant : France-Espagne. Il nous apparut tout de suite que le refuge n'était pas occupé. Nous soupirâmes de contentement. Ce refuge très confortable, trop, pestaient les amoureux assidus de notre montagne, restait, en effet, ouvert à tous. Lits, couvertures, stock de nourriture en faisaient l'un des refuges les plus accueillants de la chaîne. Avec un grave inconvénient : accessible en voiture, il était, depuis l'ouverture de cette route dans les années 60, à la portée de n'importe quel pollueur du dimanche. Les vrais montagnards couchaient d'ailleurs le plus souvent sous leurs tentes, par nécessité quand le refuge était plein comme un œuf de braillards ou par goût de la majestueuse nature. C'est pour prévenir un imprévu de ce genre que j'avais emporté ma toile de tente et préconisé des sacs de couchage. Mais nous étions en juin, hors saison comme on dit dans mon métier d'aubergiste, et en semaine. Le refuge était à nous tout seuls. Unique contrainte : remplacer la nourriture prise sur la réserve et laisser les lieux propres et rangés.

Il devait être 18 heures. Avant même d'ouvrir et d'inspecter le refuge, d'y transporter nos sacs, saisis par le même spectacle, nous contemplâmes le Loum, sa face ouest et ses trois cuns d'où s'échappaient lentement et par bouffées successives des volutes d'une fumée blanchâtre et très épaisse. En cette fin de journée de juin, son sommet glandiforme se découpait parfaitement dans l'azur. Pareillement, nous distinguions avec une grande netteté les innombrables et tortueux serpentements de la voie ardue et périlleuse sculptée le long de l'arête, à ras des cuns. L'épine n'était pas en crise. De son gland ne giclait ni même ne dégouttait ni même ne suintait ce liquide jaunâtre et visqueux qui plongeait dans la perplexité les savants les plus éminents de notre planète, et les cuns ne lâchaient aucune de ces effluences miasmatiques qui empestaient les alentours et se reniflaient jusqu'à Toulouse par vent d'Espagne et d'Arabie : le Loum a « pété », commentaient alors les habitants du canton de Tonombres. Cette odeur annonçait une crise du pic. En général, deux heures après les premières exhalaisons, cet espèce de sirop dégoûtant perlait au pinacle du gland, puis il giclait, puis il dégoulinait. Encore une heure après ces phénomènes, les trois cuns vomissaient à leur tour un liquide semblable qui se solidifiait en une infinité de cristaux minuscules formés d'un noyau opaque pourtouré d'une ceinture bleu clair très brillante. Ces cristaux avaient subi maintes analyses sans livrer leur mystère : cela n'avait rien à voir avec les volcans, leurs roches et leurs laves.

Ce dard de granit n'était nullement un volcan, et un individu bivouaquant au-dessous du Loum affrontait une situation, connaissait des tourments et des délices extrêmement différents de ceux éprouvés par un autre individu campant, lui, mettons, au-dessous d'un volcan. Quoique dans les deux cas, l'affaire fût chaude.

Au total, deux heures en moyenne séparaient les symptômes et le paroxysme d'une crise loumaire. Il était bon de le savoir. Un délai suffisant pour fuir le renflement de base mais trop bref pour des montagnards surpris au niveau du premier cuns. Ces odeurs et ces liquides produisaient un effet aussi précis et constant que singulier : la paralysie des voies respiratoires. Un effet si proche de celui causé par le venin des grands serpents comme le naja et le crotale qu'il avait durablement dérouté la communauté scientifique et médicale. C'est dire combien était redoutable le pic et risquée son ascension. Personne n'avait osé atteindre son sommet. Beaucoup y avaient trouvé la mort. Pour tuer, le Loum n'avait pas besoin d'atteindre son état paroxystique. Un simple épanchement de ce sirop sur la roche et une inhalation, deux à trois heures, de ces vapeurs, suffisaient à frapper d'intoxication irréversible les escaladeurs sans même qu'ils s'en rendissent compte. Tout en grimpant et pitonnant, se croyant sur un Loum momentanément apaisé, ils aspiraient les corrosives vapeurs, souillaient leurs mains aux visqueux rochers, abandonnaient leur ascension présomptueuse et retournaient dans la vallée sans avoir réalisé leur rêve : poser enfin le pied au pinacle du gland, se faire photographier à côté de l'orifice d'écoulement du liquide. Plus tard ils se repentaient, en proie à des suffocations atroces. Moi-même, Rouquet fils, je n'avais jamais dépassé le premier cuns, performance déjà exceptionnelle, extrême limite de sécurité, au-delà de laquelle, en cas de crise, on ne disposait plus du temps nécessaire au repliement et au salut. Le seul exploit loumaire référencé dans les annales et à peu près incontesté revient au génie masculin, au maître et à sa vieille maman l'engendreuse, qui combattirent héroïquement l'un contre l'autre puis ensemble contre les éléments et parvinrent au-dessus du cuns troisième, à dix minutes du sommet. Escaladèrent-ils le segment final du nœud de l'épine ? Le saura-t-on un jour ? Il faudrait pour cela que le maître eût le goût, le courage et la force, aussi la cruauté, de mener à son terme pratiquement indicible, là où la musique doit relayer la création littéraire, la formidable narration loumaire. Mais, à son grand âge, connaissant à peine les notes et le solfège, comment composer une symphonie maligne, un concerto neurasthénique à formule quasi inconnue ?

« Tu crois qu'il va bouger ? interrogea Gisèle.

— Quand ? Ce soir ? Cette nuit ?

— Oui.

— Je ne sais pas... De toute façon, nous n'avons rien à craindre, on ne va pas s'y aventurer.

— J'aimerais bien aller là-haut un jour, soupira-t-elle, rêveuse, pas toi ? » Je m'abstins de répondre. « Bon, qu'est-ce qu'on fait ? » reprit-elle, boudeuse, repiquant sans transition de la chimère à la réalité. Mais cette fois, elle s'adressait au chef. C'était moi le patron. L'homme. Le guide. Le détenteur du savoir, de l'expérience, de la force pour vingt-quatre heures au minimum. « Va ouvrir, dis-je, la clé doit être sur la porte ou alors sous l'auvent, sur le tas de bois, je m'occupe des sacs. »

Un peu plus tard, je faisais du feu et elle inspectait le stock de provisions. « On a le temps de faire un tour avant la nuit ? s'enquit-elle.

— Bien sûr, assurai-je, nous sommes dans les journées les plus longues de l'année, juin est le meilleur de tous les mois, il va être 6 h 30, le soleil ne se couchera pas avant 8 heures, et on y verra encore après au moins jusqu'à 9 heures, 9 h 30, ce n'est pas assez pour monter au Loum mais c'est assez pour que je commence mon travail d'éclaireur. »

Rirait-elle ? Oui. Elle rit. Franc et clair même. Depuis qu'elle s'enfonçait dans sa mélasse gauchiste, ça n'arrivait plus très souvent. Je m'employai à maintenir, si possible à fortifier, cette atmosphère de bonne humeur. « Tu sais, je ne fais pas du feu uniquement pour chauffer, tout à l'heure, on fera une braise...

— Une braise ?

— Ah ! m'exclamai-je tout heureux de mon effet, une braise, qu'est-ce que c'est d'après toi ?

— C'est ces morceaux de bois que je vois là et qui deviennent tout rouges », répondit-elle en forçant sur le ton que l'on attribue aux enfants de l'école maternelle.

« Réponse excellente mais incomplète, prononçai-je, sentencieux, une braise, c'est aussi un morceau de viande cuite dans son jus, tout doux... Sur des braises ! Maman a découpé pour nous l'un de ses poulets et tout à l'heure nous en ferons une braise !

— Chouette ! » applaudit-elle de cette même voix de cristal qui saluait autrefois les initiatives de son chevalier servant. Mais je ne devais pas me laisser désarmer par cette soudaine et sûrement brève résurrection de la jeune et mutine châtelaine de jadis, aussi, tout en demeurant gai, revins-je au but de cette très particulière escapade. « Bon, allons faire une première analyse panoramique. » Nous sortîmes et nous avançâmes une centaine de mètres, jusqu'au bord du promontoire du port d'Aula. Au-dessous de nous commençait la forêt d'Angouls, dure, fourrée, feuillue, ronçue, dense et puissante. Elle se déployait sur notre droite, à l'est, sur notre gauche, à l'ouest, et devant nous, au sud, masquant au regard l'abrupt impressionnant qui, du promontoire d'Aula, plongeait au fond de la gorge touffue d'Angouls. « Qui ira chercher tes amis là-dedans ? commentai-je. Nous avons le temps, par le sentier qui est excellent, de gagner le pied du Loum où je te montrerai les vestiges du refuge abandonné de Prat-Mataou... Une fois remis en état, même sommairement, il sera très correct, et par le col du Miro, l'Espagne est à un quart d'heure... Demain, nous descendrons de Prat-Mataou au fond de la gorge, je t'indiquerai la caverne où j'ai souvent pris l'affût au sanglier, et à côté, un petit promontoire dont on ne soupçonnerait pas l'existence, un îlot dans le ventre de la forêt, une aubaine pour les rares chasseurs qui s'aventurent jusque-là et qui peuvent y bivouaquer, y dresser une tente. Il est tout à fait possible d'y arranger une cabane... C'est vrai que c'est humide et qu'il vaut mieux ne pas y passer sa vie, le pied du Loum est plus confortable, mais tes copains peuvent installer leur quartier général dans la cabane de Prat-Mataou, tout près de l'Espagne, et en cas d'alerte, soit passer la frontière soit se replier au fond de la gorge dans la deuxième cabane ou carrément dans la caverne où personne ne viendra les chercher... Tu vois que j'ai sérieusement réfléchi à tes problèmes, conclus-je, le sourire aux lèvres Allez, viens maintenant, on a juste le temps d'aller au pied du Loum et de revenir. »

J'osai lui prendre la main et la tirer vers le sentier qui menait du refuge d'Aula au lieu-dit Prat-Mataou. Nous marchâmes un peu plus d'une heure, cette fois à l'inverse de l'ordre adopté pour monter l'escalier de mon bar toulousain, moi devant, elle derrière. « Tiens, j'ai oublié ton alpenstock », plaisanta-t-elle. « C'est sûr, me dis-je alors, elle a éventé mon dessein et au lieu de l'épouvanter ça la fait rire. » Cette réflexion m'assombrit mais je tins bon, ce n'était pas le moment de tout gâcher. Après tout, au sujet de ce fameux dessein et de l'idée que s'en faisait ou non ma petite-cousine, je conjecturai dans le vide. Si je le mettais à exécution à l'occasion de cette excursion, je verrais bien ses réactions. Finalement, qu'elle eût ou non percé à jour mes arrière-pensées lubriques n'avait plus grand intérêt. Seuls comptaient, d'une part ma détermination de la forcer à la salace mise en scène qui avait excité mon imagination, d'autre part son parti de l'accepter quand je lui proposerais de la jouer. Par ailleurs, je me devais de ne pas perdre de vue que ma présence sur le sentier du Loum ce soir-là ne se justifiait vraiment que par ma mission d'espionnage, de pénétration du véritable noyau du terrorisme français encore en gestation. Ce rapide tour d'horizon intérieur me permit de prendre par le bon côté la raillerie de ma compagne. « Tu n'as pas besoin de l'alpenstock ce soir, ce sentier est un vrai boulevard, et on fait juste l'aller et retour, manière de ne pas perdre ces trois dernières heures, les plus agréables de la journée, tu verras tout à l'heure, quand le soleil sera couché, la sierra sera sublime. » En montagne, je détestais parler en marchant. J'aimais par contre emplir mes yeux de tout ce qui s'offrait, de l'edelweiss duveteux aux monstrueuses aiguilles de granit, écouter les craquements des grands hêtres, le silence inquiétant des ravins accessibles aux seuls vieux sangliers, solitaires, orgueilleux et vindicatifs. Aussi, afin de dissuader Gisèle de reprendre la parole, allongeai-je sensiblement le pas. Elle était excellente montagnarde. Je la savais capable de me suivre à cette allure et ma méthode eut les résultats escomptés : je ne l'entendis plus jusqu'à Prat-Mataou. En vue des premières tombes de Sarrasins éparses au pied du Loum, je ralentis, puis, à une centaine de mètres de l'ancien refuge, je m'arrêtai. Gisèle s'appuya sur moi et nous reprîmes notre souffle. « Tu as voulu me punir, méchant, dit-elle, m'empêcher de parler, mais tu vois, je marche toujours aussi bien. » Diable de créature ! Voilà qu'elle redevenait câline, enjôleuse, et donc provocante. J'en frissonnai. En cet instant et en ce lieu, je la sentais à moi. Une prescience animale me venant de mon père que justement à Prat-Mataou, « le pré de la tuerie », nous serions peut-être un jour, elle et moi, les héros d'un type de tragédie archaïque qui ne se jouait plus depuis longtemps, cette prescience me rendait les retrouvailles avec la Gisèle de naguère plus douces, plus romantiques encore, presque voluptueuses. Il me semble que si j'avais voulu ou osé l'enlacer en cet instant particulier, nous aurions échangé un long baiser tout à fait comme au cinéma jadis Cary Grant et Esther Williams. Même aujourd'hui, cette impression persiste. Pourquoi renonçâmes-nous à la seconde ultime où nos lèvres étaient si proches, nos yeux si éloquents ? Étrange, brève, reposante parenthèse mélo-cucu que nous vécûmes là ! Qui l'expliquera jamais ? Simula-t-elle une fois de plus ? Moi-même fus-je sincèrement ému ?

Nous examinâmes les vestiges du refuge, nous tournâmes deux ou trois fois autour de lui. Ne restaient debout que trois murets sur quatre, la moitié de la couverture d'ardoises s'était effondrée, des herbes hautes et dures, de méchantes ronces s'étaient emparées de la place. Je désignai du menton cette végétation : « Un feu puis un bon désherbant suffiront à nettoyer tout ça, le plus difficile, ce sera de refaire la couverture.

— Tu pourras t'en occuper ?

— Je veux bien... Je ne suis pas sûr d'y arriver tout seul.

— Je t'aiderai si tu veux.

— On verra, je reviendrai lundi prochain avec des outils et du désherbant, peut-être quelques poutrelles avec la camionnette de papa, si j'ai besoin de toi, je te le dirai. »

Après un silence, Gisèle finit par dire : « Henri, c'est chic de m'aider comme tu le fais, si un jour, toi aussi, tu as besoin d'un vrai coup de main, tu pourras compter sur moi. »

Je la remerciai d'un mouvement de la tête et d'un sourire bienveillant. Pauvre Gisèle ! Si elle savait qu'elle confiait la remise en état du futur refuge de ses camarades révolutionnaires à un agent du S.D.I.E. !

J'invitai Gisèle à repérer sans plus attendre la sente, le faux-fuyant que les sangliers avaient tracé pour descendre au fond de la gorge touffue d'Angouls. Le sentier qui venait d'Aula se divisait en deux branches à Prat-Mataou : l'une montait au col du Miro et passait en Espagne, l'autre prolongeait le sentier d'Aula et finissait au pic du Miro, en permettant l'ascension. J'entraînai Gisèle sur cette deuxième branche. Au bout de dix minutes de marche à une allure normale, je m'arrêtai net, à la manière d'un chien de chasse, et, me retournant vers ma petite-cousine, je dis, désignant le versant forestier : « C'est là. » Gisèle regarda et ne vit rien. Je souris. « Tu ne remarques rien ? C'est bien normal, il faut connaître. » Alors je me penchai, écartai des fougères et pénétrai dans la forêt. « Suis-moi, dis-je, fais attention de ne pas glisser. » Si la montagne et ses alentours étaient encore étonnamment clairs, après quelques mètres de progression dans la forêt nous ne distinguâmes plus grand-chose. « Avançons encore un peu, dis-je, ça va ? Tiens-moi d'une main. » Gisèle obéit. « Nous y sommes, annonçai-je, c'est là, tu vois la trace ?

— Je n'y vois rien du tout.

— Viens ici », dis-je en m'effaçant du mieux que je pus.

Gisèle prit ma place et se pencha. « Je n'y vois toujours pas grand-chose, avoua-t-elle.

— Bon, ça ne fait rien, c'est vrai que quand on ne connaît pas, ce n'est pas la meilleure heure pour reconnaître les lieux, on reviendra demain, c'est ici que commence le faux-fuyant des sangliers, en le suivant, on parvient sans trop d'encombres à la caverne et au petit promontoire dont je t'ai parlé et qui est au fond de la gorge, viens, remontons maintenant. » De retour sur le sentier, je dis : « Tu vois, c'est exactement ici qu'il faut connaître et ne pas se tromper, quand on a repéré la sente, le reste va presque tout seul, il faut bien se souvenir de l'endroit où il faut quitter le sentier et piquer dans la forêt, du côté des arbres et des fougères il n'y a aucune entrée visible, alors il faut choisir un repère du côté de la montagne... Avec l'Irbat et le Carrérat on s'aligne sur le névé perpétuel que tu vois là-bas, au Miro, juste devant nous, quand tu arrives à ce niveau, tu sais que le faux-fuyant est derrière toi juste dans l'axe, tu as compris ?

— Je crois que oui.

— Demain, c'est toi qui devras trouver la sente, d'accord ?

— D'accord.

— Et maintenant rentrons, dis-je, c'est l'heure de notre braise.

— J'ai une faim de loup ! » approuva-t-elle, enjouée.

Nous regagnâmes sans problème le refuge d'Aula, toujours en silence mais à une allure plus tranquille. Une heure vingt plus tard, le poulet de maman Rouquet grillait sur les braises, flattait nos narines, torturait nos estomacs impatients. Penchés sur le feu, elle dans un coin de la cheminée, moi devant et surveillant la cuisson, nous jouissions de cette heure délicieuse où les montagnards rompus se chauffent au foyer des refuges et s'abandonnent à leur appétit. Quelle force me poussa alors à transgresser cette règle qui veut que, le soir venu l'on soit paisible et d'humeur allègre ? Comme je m'activais devant ce foyer, me revint en mémoire la visite de M. Petitvisier au bar du Mirabat, et sa théorie sur l'affaire de Tonombres. Pourquoi cet épisode ? Cette tranche de temps, quand bien d'autres questions, autrement pressantes et délicates pour moi, pouvaient mobiliser mon intellect, susciter mon anxiété ? En tout cas, tout en concentrant mon attention sur le poulet de maman, je prononçai, à ma propre surprise, les mots suivants : « Sais-tu que j'ai entendu dire que ce sont les fascistes qui auraient assassiné ta grand-mère ? »

Je dois dire que je ne ratai pas mon effet, si toutefois j'en avais recherché un. A voir pâlir, et même progressivement se décomposer, le visage de ma petite-cousine, je pris conscience d'avoir été trop loin brutalement mais, sincèrement, c'était sans intention de surprendre, d'agresser ou de nuire. « Pourquoi me dis-tu ça ? » demanda Gisèle d'une voix blanche. Je lui indiquai que le brigadier de Tonombres lui-même m'avait entrepris récemment sur cette question, que je n'étais nullement responsable de la rumeur. Et je lui rapportai par le menu les propos de M. Petitvisier. Elle parut soulagée d'entendre que c'était le brigadier et non le fils Rouquet qui avait remis l'affaire sur le tapis et se contenta de me sermonner gentiment : « Quand même, tu pourrais t'y prendre autrement quand tu abordes un sujet aussi délicat. Si je m'attendais à ce que tu me parles de la mort de ma grand-mère ! Et de cette façon-là !

— Excuse-moi, répondis-je, ennuyé.

— Mais non, maintenant que je sais pourquoi tu m'en as parlé, je te remercie, au contraire... Quelle barbe cette histoire », conclut-elle sur un ton nouveau, soudain plus dur. La mécanique intellectuelle de la Pompéi se remettait en marche.

« C'est prêt, annonçai-je. J'espère que je ne t'ai pas coupé l'appétit et gâché la soirée.

— Mais non, Henri. » Nous prîmes place, face à face, à la table de bois et nous entreprîmes de déguster non seulement le poulet mais un peu des pâtés et autres cochonailles que j'avais emportés. Nous nous restaurâmes en silence. Je lui servais à boire, lui conseillais telle ou telle terrine que j'entamais pour elle et que je déposais dans son assiette. Après avoir, comme par inadvertance, porté un rude coup, je me comportais à la manière d'autrefois, comme un grand frère serviteur et l'invitai à se coucher : « Demain, le soleil se lève à 6 heures, mais comme on va descendre dans la gorge, ce sera inutile de partir aux aurores, on n'y verrait rien du tout, je pense que 9 heures sera bien, le temps de manger un morceau et de faire un brin de toilette, je te réveille à 8 heures, d'accord ?

— D'accord. »

Elle choisit un lit et s'enfouit dans son duvet. Et moi, je m'attardai encore une petite heure au coin du feu. Puis, je m'étendis à mon tour et me glissai dans mon sac de couchage. Ma nuit ne fut pas bonne. J'ouvris l'œil dès le potron-jaquet victime d'une érection douloureuse et d'élancements sous-crâniens, prodromes d'une vilaine migraine vers la mi-journée. Gisèle dormait profondément. Je me levai, ranimai le feu, restai assis un moment devant l'âtre aux prises avec une idée fixe dont j'avais pleine, lucide conscience, qu'elle était celle d'un malade mais qui me subjuguait, enchaînait ma volonté, asservissait mon libre arbitre : allais-je ou non emporter ce maudit paquet de vêtements avec moi pour descendre au fond de la gorge d'Angouls ? Et dans l'affirmative, comment procéderais-je ? Si je partais avec mon bâton et ce paquet en baluchon, Gisèle ne manquerait pas de s'étonner, de s'enquérir : « Qu'est-ce que tu as là, Henri ? » Je n'aperçus qu'une solution acceptable : prendre mon sac et y dissimuler le paquet. A Gisèle, je pourrais expliquer que j'emportais quelques victuailles et une pharmacie. J'y voyais l'avantage supplémentaire et très considérable de me donner une chance d'annuler au dernier moment mon projet. Ainsi fut fait. Gisèle jugea logique et sage de prévoir l'accident et loua ma prudence. Après s'être inquiétée de ma mauvaise mine au réveil, elle ne redevint narquoise que lorsque, craignant qu'elle ne l'oublie, j'insistai pour qu'elle se munît de l'alpenstock jadis propriété probable de son arrière-grand-mère Irène.

Ainsi équipés, le 20 juin 1972 à 9 h 15 environ, Gisèle de Tonombres et moi nous reprîmes le sentier menant à Prat-Mataou et au fond de la gorge touffue d'Angouls. Nous nous ébranlâmes, moi, mon sac, mon paquet noir dedans, devant, la Pompéi, pantalon de velours vert bouffant aux cuisses et aux genoux, serré aux mollets, guêtres de cuir noir, fichu vert pâle enturbanné autour de ses cheveux châtains, derrière. A Prat-Mataou, je m'effaçai : « Maintenant, passe devant, voyons si tu vas trouver toute seule le faux-fuyant de la gorge. » Elle s'orienta, prit ses repères sans difficulté, se conformant à mes indications de la veille. Alors, je repris la tête et nous amorçâmes notre descente. Je me souviens que l'atmosphère était exempte de pestilences et les vapeurs loumaires quasi inexistantes. Évidemment, à mesure que nous nous enfoncions, nous constations ce que moi je savais depuis ma prime adolescence quand mon père s'aventurait encore en ces lieux pour y traquer les sangliers et me les faisait découvrir : la peine et les obstacles allaient croissant, sans compter qu'à de multiples reprises la sente se perdait dans les enchevêtrements de ronces, arbustes et fougères géantes et que la retrouver s'avérait aléatoire, tout au moins pour les néophytes. Quand nous atteignîmes le petit promontoire, sorte d'éclaircie miraculeuse presque au fond du ravin, il me fut loisible de tirer quelques enseignements immédiats au profit de la cheffesse terroriste. « Tu vois, commentai-je, ce n'est pas une promenade de santé, même pour moi, mais enfin, ce n'est pas non plus insurmontable, il sera bon que toi et tes camarades vous pratiquiez le passage trois ou quatre fois pour qu'il vous devienne familier ; si vous transportez du matériel, allez-y doucement, la forêt et la broussaille qui nous entourent ne recouvrent pas un terrain de boules, il est bourré de trous, de fosses et de glissades, si vous perdez la trace, ne continuez pas n'importe comment, au petit bonheur la chance, arrêtez-vous le temps qu'il faut, sondez avec vos bâtons... » Gisèle opinait gravement de la tête. Puis je lui indiquai la caverne, légèrement en amont du promontoire. « Ici, vous pouvez monter un abri, une cabane, c'est un peu mieux que cette grotte... Avant de remonter, je vais te montrer comment sortir d'ici par le bas, par la vallée... La sente continue et débouche en bas de la forêt, tout près du

Riaou d'Angouls et de Couflens, ce n'est pas le meilleur moyen de fuir sans se faire remarquer, la frontière est plus sûre, mais ça peut servir... Voilà... je crois que ma mission est terminée, il ne me reste plus qu'à remettre d'aplomb le refuge de Prat-Mataou, après, à toi de jouer à ta petite guerre. »

J'avais beaucoup payé de ma personne et je voulais éviter tout excès de zèle suspect de la part d'un citoyen opposé au terrorisme. Le rappel de mon opposition aux projets et activités de Gisèle de Tonombres et de ses delendistes après que j'eus bien sué et que je me fus bien compromis pour leur procurer un arrière-front précieux et remarquable, toucha son but.

« S'il te plaît, Henri, ne remettons pas ça maintenant, c'est à moi de jouer, c'est vrai, crois bien que tu ne seras jamais mouillé, ni par moi ni par mes camarades, tu as fait beaucoup pour moi et tu n'y étais pas obligé, mais c'est l'ami montagnard que j'ai sollicité, pas le citoyen, s'il arrivait quelque chose tu pourrais toujours dire que tu t'es contenté de me promener dans le coin, oublie la journée d'aujourd'hui, tu vis ta vie et moi la mienne, ça ne nous empêchera pas de nous estimer, chacun à notre manière, et même de nous aimer, pas vrai ? » Et voilà. On s'aimerait à notre manière à nous. Laquelle ? Celle héritée de nos deux formidables aïeux et que nous charriions dans nos veines ?

Où, soixante-cinq ans auparavant, grand-père Rouquet avait-il frustement possédé madame Irène ? Où l'avait-il photographiée « sous tous les angles et en des positions variées » avec l'appareil Express Nadar 13-18, « en robe longue, bottines lacées... Et à la main son alpenstock interminable » ? Et ces quatre photos spéciales qui m'avaient tant dérangé quand je les avais vues glisser de l'enveloppe à moi remise par mes parents la nuit de la révélation ? *S'agissait-il d'une séance de pose très spéciale que seule une maîtresse brûlante et soumise peut offrir à son amant ? Le fait est que sous les jupes de madame Irène, on voyait d'affolantes dentelles, des bas noirs montant à mi-cuisses ou encore de longues chaussettes striées et recouvrant le genou, au-dessus desquelles il ne se trouvait plus rien qu'un corsage noir négligemment ouvert d'où pointait un sein.*

Je me souvenais, maintenant, de l'endroit où ces photos avaient été prises : la roche dite « à profil de satyre ». Elle se dressait à l'embase du Loum, entre le col du Miro et le premier cuns. Nous devions remonter à la hâte. J'inviterais Gisèle à admirer de près cette anomalie sculpturale de la nature et là, en paiement de mes services au terrorisme international, j'ouvrirais le paquet, la sommant de m'aider à son tour. Ne m'avait-elle pas promis la veille au soir, au refuge, de me récompenser, de me renvoyer l'ascenseur, *un jour, si j'en avais besoin, de me donner un coup de main ?* Eh bien, j'en avais besoin plus tôt que prévu. Payant sa dette, elle s'enrichirait. J'avais un besoin immense et urgent de son « coup de main ». Elle ne pouvait pas me refuser la « commémoration ».

« Qu'est-ce que tu as, Henri ? s'inquiéta-t-elle.

— Mais rien... Quittons ce trou, remontons au soleil, je vais te montrer la roche au satyre. »

Dès cette seconde, elle sut. Elle ne protesta pas. Elle s'inclina. Nous remontâmes. Devant la roche, elle ôta son pantalon de velours vert, son chandail à col roulé vert clair, ses lourdes chaussures de montagne, garda son turban, revêtit la longue robe de grand-mère, les jupons, les dentelles, les bas noirs, chaussa et laça les bottines, empoigna et brandit son alpenstock et, loin, bien loin de la cour de Rohan et de ses démons, sous la direction de son petit-cousin Rouquet, elle commémora bravement, ardemment.

Après quoi, vidé dans ma tête et mon ventre, j'attendis patiemment qu'elle se rhabillât normalement.

Pendant que je faisais le ménage au refuge d'Aula et que j'y rangeais ce qui restait de nos provisions, elle trouva la force de gravir le petit Loum afin, dit-elle, d'y saluer le père Gil, patron de l'abbaye des bénédictins. Voilà. C'en est fini pour ce qui advint le 20 juin 1972 dans la région loumaire.

Le banquier Feudine fut enlevé le dimanche 23 juillet 1972 en forêt de Rambouillet, à 50 kilomètres de Paris. Il avait passé le week-end dans la fastueuse résidence que sa sœur possédait en ces environs privilégiés de la capitale, propriété à laquelle les ravisseurs, leurs chefs et leurs commanditaires après s'être constitués en « tribunal révolutionnaire du peuple », firent, lors du « procès », de fréquentes et venimeuses allusions.

Le financier avait quitté la résidence à 16 h 30 à destination de l'aéroport d'Orly où il devait prendre, à 17 h 25, l'avion pour Francfort où l'attendait une conférence internationale, le lendemain de bonne heure.

L'embuscade fut tendue à l'intérieur du périmètre de la propriété privée.

Le bon peuple qui s'imagine que la forêt de Rambouillet est un espace appartenant à l'État, et donc à tout le monde, se trompe : quelques richissimes familles en possèdent de larges étendues. Les Feudine, banquiers d'arrière-grand-père en arrière-petits-fils, alliés à d'autres considérables fortunes, étaient de celles-là. Au demeurant, discrète ou simplement prudente, la sœur de M. Feudine avait banni toute ostentation à la périphérie de son domaine, excluant les hautes murailles et les patrouilles de gardiens. Ainsi, promeneurs et chasseurs de champignons du dimanche enjambaient facilement le fil de fer insignifiant qui clôturait la propriété, croyant innocemment à une réserve des Eaux et Forêts ou à une portion du parc du célèbre château où le président de la République recevait souvent des invités. Point du tout : brusquement, la République cédait le pas aux Feudine. On pénétrait normalement sous leurs futaies par une piste carrossable excellemment entretenue qui commençait sous un portique de bois peint en blanc et qui, au terme d'une quinzaine de minutes de voiture à 20 kilomètres/heure, débouchait, comme dans un conte de fées, sur un bijou d'architecture, un château niché entre une rivière et un étang, au cœur d'un parc aménagé, parsemé de grottes, sources artificielles et mille autres agréments. Évidemment, moi, Rouquet, je n'y ai jamais mis les pieds. Ma description s'appuie sur les innombrables reportages et commentaires qui s'abattirent sur la malheureuse famille Feudine dans les jours et les semaines qui suivirent l'enlèvement. Le banquier n'avait pas de garde du corps : la France de l'époque n'était ni l'Allemagne ni l'Italie, loin s'en fallait. Lui et son chauffeur étaient seuls dans la voiture. Celui-ci fut tué, celui-là enlevé. Deux couples de promeneurs du peuple, justement en infraction, aperçurent la voiture en travers de la piste, toutes portières ouvertes, et un peu à l'écart le chauffeur, la poitrine trouée de balles. Les policiers reconstituèrent les circonstances du crime et du forfait. Des traces indiquaient qu'au moins trois personnes avaient participé à l'action, et que le chauffeur avait tenté de dégainer un pistolet. Ce geste, avaient conclu provisoirement les enquêteurs, était très probablement la cause de sa mort. Sans lui, les ravisseurs se seraient sans doute contentés de le ligoter, de le bâillonner et de le traîner sous un fourré avant de déguerpir. Ils étaient venus et repartis en voiture, vraisemblablement une camionnette. Le banquier une fois « neutralisé » et jeté à l'arrière de la camionnette, Rambouillet se situant à un nœud de communications multiples tant en direction de Paris que de nombreuses provinces, c'était un jeu d'enfant de disparaître.

Bien que mêlé de la façon que l'on sait aux questions du

gauchisme puis du terrorisme, quand j'entendis les nouvelles à la radio et à la télévision au soir du 23 juillet, il ne me vint pas à l'esprit que des delendistes étaient ou seraient impliqués dans cette triste et sanglante affaire. J'ignorais, je le répète, l'existence, *a fortiori* l'ordre du jour et les décisions de la réunion de la cour de Rohan. Ayant remis à peu près en état le refuge de Prat-Mataou, j'avais rendu compte à Ixeau des mouvements qui se dessinaient du côté du Loum, ensuite j'avais vaqué à mes occupations. Le succès croissant du bar du Mirabat exigeait ma présence et mon engagement assidus. Je n'avais d'ailleurs pas encore bien intégré dans ma pauvre tête que ces jeunes gens se brûleraient vraiment à force de jouer avec le feu. Une chose est de redouter le pire et de mettre contre lui ses amis en garde, une autre de le voir se réaliser. Car on espère toujours, en son for intérieur, que ce pire a au moins une chance ou deux de ne pas se produire. Et quand il survient, nous sommes, curieusement, aussi désemparés que si nous n'avions rien vu venir. J'étais sûr que Gisèle et ses camarades n'avaient pas atteint le stade où l'on enlève et où l'on tue. Par voie de conséquence, je les avais mentalement exclus de l'affaire. Mais cette fois l'imagination me fit défaut, et, jusqu'à la fin du mois d'août, l'idée que Feudine et ses « juges » échoueraient dans les repaires que j'avais enseignés à Gisèle en forêt d'Angouls ne m'effleura pas une seconde.

C'est pourtant bien là-haut que fut séquestré et « jugé » le banquier Feudine, de juillet 1972 à mai 1974 ! Presque deux années !

L'itinéraire emprunté par les terroristes est aujourd'hui connu, incontesté : les auteurs de l'enlèvement passèrent leur « colis » à quatre complices, deux hommes et deux femmes, qui stationnaient sur un chemin de terre à l'entrée de Montargis dans une voiture maquillée en estafette de la télévision. Eux-mêmes s'étaient déguisés en équipe de tournage : réalisateur, preneur de son, cameraman, assistant, avec tout un équipement adéquat dans le fourgon, derrière et au-dessous duquel ils dissimulèrent l'otage saucissonné et bâillonné. Cela fait, les ravisseurs regagnèrent Paris, chacun par ses propres moyens, où ils se dispersèrent et s'évanouirent. Notre « équipe de télévision » roula alors sur le réseau secondaire, de Montargis vers Vézelay puis vers Paray-Le-Monial. Contrôlés par des barrages, ils avaient prévu de se présenter comme une équipe de télévision chargée de réaliser une émission sur « la religion et l'architecture » et partie filmer la basilique Sainte-Madeleine à Vézelay, la cathédrale d'Autun, la basilique du Sacré-Cœur à Paray-Le-Monial. A La Clayette, la voiture fut « démaquillée », le matériel caché dans une ferme isolée aux trois quarts en ruine et repérée longtemps à l'avance, matériel remplacé par des meubles, un matelas, des ustensiles témoignant d'un déménagement modeste, et nos quatre terroristes, cette fois devenus deux jeunes couples ayant décidé leur retour à la nature devant les difficultés à vivre en ville selon leurs vœux, dorénavant loin de la région parisienne vainement en état de siège, roulèrent sans encombre vers Roanne, Brioude, Saint-Flour, Rodez, Graulhet où ils arrivèrent à la tombée de la nuit et où ils furent accueillis par le delendiste Léonard qui enseignait les lettres modernes non loin de là, au lycée technique d'industries métallurgiques de Carmaux. La police pouvait bien cerner Paris, et les médias ameuter la population avec une délirante, ridicule grandiloquence : le banquier Feudine passait tout simplement la nuit dans le trois pièces et au rez-de-chaussée d'une HLM de Carmaux. Il semble que l'otage séjourna dans l'appartement de ce Léonard toute la journée du lendemain lundi 24 juillet, avant d'être acheminé la nuit suivante sur Toulouse où il fut pris en charge par les durs du groupe delendiste. Cependant subsiste un doute encore aujourd'hui. Laure A. née Puget qui a bien voulu faire pour moi une exception quand je reconstituai ces épisodes lamentables émit des doutes sur cette étape toulousaine. D'après elle, le banquier Feudine fut dirigé directement de Carmaux au château de la Pompéi, à la Garde, où il resta plusieurs jours, peut-être trois, quatre ou cinq, avant d'être conduit de nuit au refuge de Prat-Mataou. Laure ne fut impliquée que de loin dans cette opération. Balino aîné, investi par la Pompéi des responsabilités sur le terrain, habitait rue de Soupetard, une rue qui longeait le vaste cimetière de l'Est, divisé en deux parties séparées par une allée baptisée Chemin de Caîllebens : le cimetière de la Terre-Cabade descendait en pente douce vers Toulouse, le cimetière de Salonique où reposaient les soldats morts au champ d'honneur en Grèce lors de la guerre de 14-18, occupait les hauteurs, bordé à l'est par le boulevard des Crêtes. Dans ce cimetière de Salonique, Balino avait repéré des chapelles abandonnées, et il envisageait d'y cacher un jour des armes, et des explosifs, et même des prisonniers de la « révolution ». Au matin du 24 juillet, Laure fut contactée par Balino aîné et reçut mission de surveiller étroitement le cimetière de Salonique en prévision de l'utilisation imminente de l'une de ces chapelles pour « un porc cousu d'or », mission dont elle s'acquitta scrupuleusement durant deux nuits : du 23 au 24 et du 24 au 25. Or ces chapelles ne furent finalement pas utilisées par Sébastien Balino qui, en guise d'explication, livra à Laure Puget la réflexion suivante : nous brûlons l'étape de Toulouse. Laure en conclut que le banquier Feudine fut directement transféré de Carmaux en Ariège. Pourtant, la plupart des autres témoignages et confidences que je recueillis plus tard confirment que l'otage fut gardé à Toulouse au moins une journée.

Je ne suis pas près d'oublier cet entretien avec Laure Puget devenue quinze ans après Mme A., héritière, patronne célébrée dans les milieux d'affaires les plus fermés et réservés, double figure de proue : du libéralisme économique bien conçu, des femmes aptes au pouvoir et de lui amoureuses. J'avais du mal à ressusciter la guetteuse du cimetière de Salonique, la fille de M. Puget, grand et riche entrepreneur, l'étudiante qui, quatre ans après l'explosion gauchiste de 1968 se révoltait contre son propre père, prêtait la main aux tout premiers terroristes français, participait, le cœur battant, à leurs tout premiers « faits d'armes ».

Depuis la mort inouïe de sa grand-mère gaulliste, la Pompéi régnait sur le domaine de la Garde, et ce n'est pas la présence au château de son arrière-grand-père, vieillard impotent de quatre-vingt-douze ans, ni celle du fidèle Léopold Ganzadi au destin indéfectiblement lié à celui de la jeune et nouvelle maîtresse qu'il avait vue naître et grandir, qui pouvaient contrarier ou compromettre en quoi que ce fût la liberté d'action et les projets de Gisèle. C'est donc à l'abri de toute complication domestique et au-dessus de tout soupçon que la Pompéi boucla quelques jours, en sa demeure ariégeoise, le financier Feudine, pendant que les médias hystériques suffoquaient de surexcitation, et ânonnaient les mêmes informations, exhibaient inlassablement les mêmes photos du portique blanc, de M. Feudine en premier communiant, et infligeaient aux citoyens quatre fois par jour, vingt-huit fois par semaine, tant aux radios qu'aux télévisions, les mêmes « bobinos » de témoignages des promeneurs du dimanche qui avaient découvert la voiture du banquier et le corps de son chauffeur. Que de merveilles techniques et de progrès technologiques au service d'une si impressionnante routine et de tant de nullité ! Et tous de ressasser sur les ondes les mêmes lieux communs sur M. Feudine, sa famille, ses fonctions, sa fortune, ses hobbies, ses chevaux de course, ses tableaux, après quoi de pseudo-spécialistes « en chambre et en pantoufles » du terrorisme international recrachaient aux radios et aux télévisions quelques idées superficielles et déjà archi-diffusées, glanées çà et là dans des ouvrages lus à la hâte et pillés sans vergogne. Des « experts » à bout de souffle et rapidement délestés de leur maigre savoir se promenaient des jours, des semaines, de média en média, dégoisant gravement des poncifs, parfois même des sottises devant les journalistes pontifiants, insipides et incolores, pris de vitesse par la circulation des nouvelles, incapables de les replacer dans un contexte ou une Histoire ignorés d'eux. Ils étaient les écumeurs de ce que l'on appela avec une dérisoire emphase le Paysage Audiovisuel Français. Seuls travaillaient et réfléchissaient encore des journalistes de la presse écrite moins préoccupés de leur coiffeur, de leur tailleur ou de leur éditeur d'un jour que leurs confrères muscadins du tout-Paris fat et duplice de la « communication ». Deux ou trois « stars » réellement intelligentes et consciencieuses, une ou deux compagnies de reporters fonçant sur les points chauds du globe et quelquefois y laissant leur peau, ne suffisaient pas à sauver la mise des roitelets corrompus et gavés et des principiculettes de la télévision et de la radio qui tenaient le haut du pavé parisien et ne se lassaient pas de l'arpenter. Que me pardonnent Préquère, Damasio, Loridan, Du Cachois, Mme Gravelle, la Bagatelli, la Garulka ou la Montélimar !

Les médias menaient donc grand tapage et la police était sur les dents. Il s'agissait du premier enlèvement politique opéré sur le territoire national. L'affaire apparaissait considérable tant en raison de la personnalité de l'otage que par ses implications purement politiques et notamment celle-ci : le gauchisme français dont la branche dure, en particulier la Gauche prolétarienne, semblait sur le point de se saborder, d'après des informations récentes et très secrètes parvenues aux Services spéciaux, à la D.S.T. et au S.D.I.E. avait-il, au dernier moment, sous des influences étrangères, refusé de se dissoudre et de renoncer à la lutte armée ? Aujourd'hui que j'y vois plus clair et que nous savons la sinistre extension du terrorisme dans notre pays entre les années 1972 et 1980-1990, je prends une conscience juste du flair, et même d'un certain génie, de M. Redan qui, à la tête de son S.D.I.E. inconnu du public, organisme léger mais performant, il est vrai peu regardant quant aux choix des moyens et aux méthodes d'utilisation des hommes, avait, lui, prévu que si, en prenant de l'âge, les trotskistes et gauchistes divers issus des troubles de 1968 se calmeraient assez vite et monnayeraient dans l'édition, les médias, le parti socialiste, leurs

« exploits de jeunesse » (combats de rue contre les C.R.S., occupations des théâtres et des universités), leur succéderaient un jour des militants plus frustes et rudes, aussi plus déterminés, en un mot plus sérieux, sécrétés, cette fois, par des milieux réellement populaires, modestes, prolétarisés, marginalisés, chômeurs et autres immigrés.

Au bord de restituer des épisodes où l'aberration le dispute à la cruauté absurde, je tiens à rappeler au lecteur que je ne me sens nullement lié par ma propre narration, que non seulement j'avais sans ambiguïté pris mes distances avec ces « révolutionnaires » mais que, chargé par le général Redan de les infiltrer, je me trouvais obligé d'observer leurs errements sans intervenir sous peine de compromettre ma mission.

A la fin du mois de juillet 1972, le banquier Feudine, recherché par des forces de police internationales, gîtait au pied du pic Ioumaire, à l'intérieur du refuge de Prat-Mataou tout récemment restauré par mes soins, sous la garde de geôliers choisis parmi les plus durs et fiables du groupuscule delendiste : Sébastien Balino, Léonard, l'Irbat, le Catalan Puig alias Pablo, présent là pour un autre motif que la surveillance de l'otage, prêtant main-forte pour se rendre utile en attendant l'arrivée d'un stock d'armes destinées aux Basques de l'E.T.A. et aux Irlandais de l'I.R.A., stock sur lequel il avait négocié une part, faible mais suffisante pour relancer l'action antifranquiste des Mouvements Ibériques de Libération. La Pompéi, en son quartier général du château de la Garde, se préparait, elle, à recevoir quelques-uns des grands chefs des démons de cette cour de Rohan où tout pour elle avait définitivement basculé, et à discuter avec eux des détails du clou de l'opération terroriste : le « procès » du banquier Feudine, sa comparution au pied du Loum devant un « tribunal du peuple », son jugement proclamé aux quatre coins du monde, l'exécution du verdict, son éventuelle mise à mort. Le 31 juillet en fin d'après-midi, je bouclai mon bar du Mirabat pour la durée du mois d'août, payant son congé à Aristide qui souhaitait se reposer et l'avait bien mérité, accédant à la demande du jeune Léon qui préférait le travail au congé annuel : je l'emmenai avec moi à Tonombres où il ne serait pas de trop pour affronter le mois le plus éprouvant mais aussi le plus rentable de l'année pour mes parents. L'auberge, bondée tous les jours, nos chambres louées au mois aux habitués, dont M. Permont, et les festivités aoûtiennes : fête patronale les 5, 6 et 7, festival populaire du 11 au 15. Mais aussi retrouvailles rituelles des exilés de la diaspora tonombraise qui rappliquaient le cœur joyeux de toutes les régions de France et du monde, d'Amérique, où l'Ariège comptait nombre de ses fils et filles employés le plus souvent dans la restauration. Ils n'auraient manqué pour rien au monde cette fête du premier dimanche d'août où ils savaient revoir leurs copains d'enfance ! Jusqu'aux châtelains du Mirabat qui respectaient les traditions de la famille et qui tenaient toujours à être vus à la grand-messe du dimanche de la fête dans la chapelle qui leur était réservée à gauche en entrant dans l'église, devant la statue de Marie. L'écrivain U.G. lui-même apparaissait à cette occasion, refusant les invitations gratuites aux Bahamas ou au Maroc que lui valait son poste élevé dans l'agence de publicité de M. Cyrus-Varois et que lui envoyaient les directeurs des différents « supports » soucieux de préserver ou d'accroître les « espaces » à vendre, le montant des commissions et autres « sur-commissions » qu'ils négociaient, la plupart du temps dans le dos des annonceurs, quelquefois avec la complicité de certains d'entre eux et non des moindres. U.G. écrirait-il un jour un roman sur la question ?

Tout cela pour dire qu'en août, Tonombres était plein comme un œuf et le canton grouillant d'inconnus.

Et là-haut, sur la montagne, languissait le banquier Feudine sous la rude et vigilante surveillance de l'Irbat, promu geôlier-chef par ses camarades intellectuels car il en imposait par sa stature, sa force physique, sa connaissance approfondie du territoire loumaire et de la gorge touffue d'Angouls. Deux fois par jour, à l'aube et au crépuscule, l'Irbat poussait le banquier dehors et le promenait une demi-heure.

En trois ou quatre jours, le financier avait dû mesurer la gravité de sa situation. Ses ravisseurs et ses gardes n'avaient même pas jugé nécessaire de dissimuler leurs visages et c'est ce qui devait l'effrayer le plus et aussi expliquer que, selon mes informations privilégiées, il ait manifesté son pessimisme très tôt. Des négociations s'engagèrent par médias interposés entre les terroristes et la police. Libérez nos camarades emprisonnés en Allemagne, mettez-les dans un avion, transportez-les au Caire ou à Beyrouth, et que la banque de Feudine nous verse 25 millions pour la caisse de la révolution, alors nous libérerons cette « pourriture ». Des complices déposèrent des messages à la presse et à la police dans des boîtes aux lettres à Paris, deux fois à Lyon, pour faire connaître leurs exigences, indiquer qu'en tout état de cause le banquier serait jugé par un « tribunal du peuple » qui ne tarderait pas à siéger, qu'il leur importait d'être pris au sérieux par tous faute de quoi, toute tentative de coup tordu de la part de la police, des médias ou de la famille, serait imputée à Feudine, alourdirait son dossier déjà chargé à l'heure du jugement. Cette communication étrange se développa entre le 1 et le 15 août. Puis elle fut coupée. Ce silence subit inquiéta fortement les autorités et la famille. Il poussa le gouvernement allemand à une première prise de position conciliante : il pouvait transiger, libérer certains gauchistes emprisonnés à la condition qu'ils restassent en Allemagne sous liberté surveillée. Il n'était pas question de les expédier en Orient, et il était totalement exclu de libérer Baader, Ulrike Meinhof, Gudrun Ensslin et Karl Raspe. La réponse à cette manifestation du gouvernement allemand pressé de « faire un geste » par le gouvernement français, les milieux d'affaires et la famille fut laconique, décourageante, grosse de noires perspectives. Elle prit la forme d'un communiqué

N° 2, frère jumeau du communiqué N° 1 diffusé quelques heures après l'enlèvement de Rambouillet et que je rappelle ici. « Aujourd'hui, dimanche 23 juillet 1972, une cellule armée du Front révolutionnaire des communistes combattants " Peuple et Résistance ", a capturé Ernest Feudine, président de la Compagnie financière Feudine et associés. Son garde du corps a été liquidé. Pour le communisme : Peuple et Résistance. » Suivit donc en août, le communiqué N° 2 : « Aujourd'hui, vendredi 18 août, Ernest Feudine a été extrait de la prison du peuple où il est enfermé. Son interrogatoire est en cours. Cette figure de proue de la spéculation mondiale qui détourne des milliards de dollars d'usages productifs qui pourraient soulager les immenses misères des masses opprimées et affamées du tiers-monde et alléger le poids de l'exploitation du capitalisme multinational sur le prolétariat d'Occident, sera jugé selon les critères de la justice prolétaire. Pour le communisme : Peuple et Résistance. »

Aux premiers jours du mois d'août, le 1, le 2 ou au plus tard le 3, les patrons des démons de la cour de Rohan débarquèrent au château de la Garde dans le plus grand secret, en pleine nuit. Ce mardi 1 août, il y avait devant l'auberge des Rouquet des tables, bancs et chaises que nous y disposions quand venaient les beaux jours. En prévision de la fête patronale qui s'ouvrait traditionnellement le vendredi soir par une farandole aux flambeaux dans les rues du village, Tonombres procédait à sa toilette annuelle. Les jeunes de quinze à vingt ans, dont c'était la mission depuis toujours, formaient un comité des fêtes sous la présidence du maire, le notable socialiste Bielle, qui mettait les employés municipaux à leur service. Ils installaient des guirlandes d'ampoules multicolores, veillaient à la juste répartition des surfaces attribuées à chaque forain sur la place de l'Allée qui, trois jours durant, deviendrait le centre des activités : là étaient les manèges et les baraques de jeux, là jouaient les orchestres, évoluaient les danseurs. Et nous, les Rouquet, nous étions particulièrement bien placés pour tirer bénéfice de ces réjouissances, mieux que le café Calès, légèrement excentré sur la place de l'Église, encore qu'il y avait tant de monde que tous les cafés et restaurants y trouvaient leur compte. Les Tonombrais « exilés » s'interpellaient bruyamment. On se montrait du doigt la femme du dernier marié en date ou le premier enfant d'un vieux copain. Les hommes invitaient à danser leurs anciennes petites amies et parfois, à cause des accents trop déchirants d'un tango, des bouffées de plaisir remontaient du passé et poussaient certains couples un peu plus loin qu'il n'aurait convenu. Ça, c'était la fête de Tonombres, tous les ans, au premier dimanche d'août. Le Festival d'Art Populaire, lui, organisé du 11 au 15, était de tout autre nature quoique, lui aussi fort apprécié et réussi.

Quelqu'un m'informa que l'Irbat n'avait pu obtenir son congé pour la première quinzaine du mois d'août, ce qui n'était encore jamais arrivé. Ne le sachant pas mobilisé à Prat-Mataou à la garde d'un des plus puissants financiers d'Europe, je maugréai contre l'administration et ses visières. En dehors de lui, mes principaux amis étaient tous là. Il était rare que les Tonombrais de la diaspora ne parvinssent pas à obtenir de leurs chefs au moins le week-end de la fête. Nombre d'entre eux trichaient, usant de la vieille nécessité, prise en compte par la hiérarchie militaire, pour les fils et filles de paysans, de se trouver en août auprès de leurs parents afin de les aider aux fenaisons auxquelles ils s'astreignaient encore. Et je plaignis l'Irbat retenu à la gare Matabiau et de permanence ce dimanche. Imbécile que j'étais ! Mais comment imaginer que Lily et Antoine Ordonez employés l'un à Toulouse, l'autre à proximité, et qui m'avaient donné cette « information », mentaient effrontément à leur ami d'enfance ? Pour la « bonne cause », évidemment. Eux, en tout cas, ils étaient là, et ils n'avaient rien changé à leurs habitudes tonombraises. Et avec eux, Rambouillat et Gisèle, sans doute soucieuse de préserver les apparences, passèrent ce mardi-là deux heures à la terrasse de l'auberge. Cependant, je remarquai que mes camarades, le Carrérat, le fils Laglèse, le fils Lagnette, se joignaient moins volontiers que naguère au groupe des étudiants-professeurs, à l'exception d'Amilhat, facteur à Paris au bureau de poste du boulevard Saint-Germain, que je surpris même à plusieurs reprises en conciliabule animé avec les Ordonez et Rambouillat. Et puis, je retrouvai Pujol-Arnaud, à peine moins perturbé, à peine moins isolé qu'à Toulouse, au point que je résolus d'en parler à sa sœur Henriette, institutrice à Montferrier qui s'était attablée avec les delendistes et qui, de toute évidence mécontente, prononçait des phrases que ses camarades jugeaient déplaisantes car ils lui répliquaient vertement. Rambouillat donnait l'impression d'être le plus virulent. Henriette leva le camp, empourprée et en haussant les épaules. Je me dis : c'est le moment. Le temps d'ôter mon tablier, de souffler dans l'oreille de Pierre le Cachou que je partais en course, de gagner le jardin et la basse-cour pour m'éclipser par la petite porte, de me faufiler entre les baraques foraines, de me mêler aux gens qui allaient, venaient, devisaient sur le pont, de contourner l'église, et je fus sur les talons d'Henriette comme elle dépassait la maison du notaire Vedran. Je la hélai : « Henriette ! » Elle se retourna vivement et me découvrant s'arrêta, indécise : « Oui ? Tu me veux quelque chose ?

— Oui, Henriette, quelque chose d'important. » Excitée comme elle l'était, j'avais peur qu'elle ne m'envoyât au diable, aussi m'empressai-je d'ajouter : « Je vois Paul tous les soirs, chez moi à Toulouse, il faut que je t'en parle. » Elle se calma un peu.

« Paul, il me donne du souci, murmura-t-elle.

— Marchons un peu vers Trésors », suggérai-je.

Trésors était une bande de terrain fertile qui s'étirait le long de la rive gauche du Salat. Un joli chemin y longeait la rivière. Elle accepta. Je lui racontai la soûlerie de son frère, ma réaction, puis je lui confiai mon étonnement et mon appréhension : « Je ne sais pas ce qu'il leur a fait mais il paraît, comme qui dirait, en quarantaine, et il le supporte de moins en moins, j'en suis sûr, c'est pour ça qu'il boit, j'ai essayé de le faire parler, de le raisonner, rien à faire, il s'enfonce, quelquefois je me dis qu'il est capable de n'importe quelle bêtise, je suis maintenant très inquiet pour lui. »

Henriette m'avait écouté avec une attention crispée. Mais elle se contenta de me dire avec dans la voix une sincère désolation : « Henri, tout ce que tu peux faire pour lui, pour nous sa famille, c'est ce que tu as déjà fait : l'empêcher de trop boire, pour le reste, crois-moi, on ne peut pas faire grand-chose, j'ai essayé. C'est vrai qu'il a des problèmes avec les camarades, je les devine mais je ne suis sûre de rien, tu comprends, je suis une sympatisante, pas une militante, je vis à Montferrier, pas à Toulouse, après tout il est majeur, qu'il se débrouille avec ses sacs de nœuds révolutionnaires. »

Nous en restâmes là.

De retour à l'auberge, j'admirai les talents de comédienne de Gisèle de Tonombres me saluant d'un signe de tête détaché tout en poursuivant ses conversations.

La famille Tonombres elle-même, pourtant propriétaire de nombreuses autres villégiatures et dotée des moyens de jouir des délices des îles Seychelles si l'envie lui en prenait, ne boudait jamais nos montagnes en cette période de fête. Elle se posait au Mirabat, la plupart du temps au grand complet, du 1 au 15 août, où elle recevait des invités. Et tout ce beau monde se montrait de bonne grâce aux villageois le dimanche de la fête, non seulement à l'église mais à la terrasse improvisée devant notre auberge, à l'heure du traditionnel apéritif-concert. Dans la matinée du jeudi 3 août, je fus appelé au téléphone par Frédéric, le « valet du Mirabat », comme le qualifiaient méprisamment les Tonombrais, mais plus vraisemblablement le véritable « intendant des domaines » du comte Henri, d'aucuns assuraient : son âme damnée, sans justifier leur animosité. Le comte Henri souhaitait vivement ma visite, à ma convenance bien sûr, néanmoins, le plus tôt possible serait l'obliger. Il voulait mettre au point avec moi puis commander un menu pour traiter ses invités le dimanche à déjeuner. De la part du château, c'était là démarche banale : depuis que l'auberge existait, les Rouquet avaient toujours été mis à contribution par les Tonombres qui, soit se déplaçaient jusqu'à l'auberge, soit faisaient apporter les mets au Mirabat. Ce dernier procédé prévalait quand ils accueillaient beaucoup d'hôtes de marque au château. Feu madame Irène ne détestait pas tenir sa table chez nous. « Seule une atmosphère d'auberge convenait à certains plats canailles », avait-elle un jour déclaré à mon père dont c'était aussi la conviction. Le comte Henri, lui, depuis la mort de sa grand-mère, nous avait plutôt utilisés comme traiteurs. Il n'aimait pas festoyer devant le peuple. Mais cette différence de comportement entre feu madame Irène et son petit-fils Henri ne sourdait-elle pas d'un plus profond terrain qu'une simple opposition de nature, de conception de la vie, de la gastronomie ? Cette plus grande aptitude sociale de madame Irène ne venait-elle pas de ce que mon père était son fils adultérin, réalité prodigieuse que je connaissais seulement depuis cette nuit du 14 au 15 octobre 1971 où mes parents me l'avaient révélée et dont je me demandais toujours si le comte Henri était informé ? Or, en me rendant à la convocation du comte, mon cousin par le sang, j'allais me retrouver devant lui pour la première fois depuis la révélation. Cette perspective me procurait autant d'excitation que d'anxiété. Avant de monter au château, je passai en revue nos points communs, nos ressemblances : moi, mes maux de la tête et du ventre, lui, ses crises « à la Stavroguine », ses brusques accès d'incohérence, comme cette soirée du 8 octobre 1971 où il me força tout à coup à saluer madame Irène sur son lit d'agonie, la veille de sa mort, nos cheveux châtains, notre peau blanche.

Ce jeudi à 17 heures, je me rendis au Mirabat en voiture. Dans la cour d'honneur du château, appuyé au capot de la grosse Mercedes de feu madame Irène, le chauffeur Ramirez prenait le soleil en fumant une cigarette. Il me salua d'un signe de tête. Frédéric apparut en haut du perron.

« Bonjour monsieur Rouquet, M. le comte vous attend. »

Nous nous engageâmes dans l'escalier monumental. Parvenus à l'entresol, Frédéric s'effaça. Le comte Henri s'avança vers moi en souriant, la main tendue : « Merci de vous être dérangé, monsieur Rouquet, surtout qu'en ce moment ce n'est pas le travail qui doit manquer en bas.

— Ma foi non, monsieur le comte, mais vous savez que nous sommes toujours honorés de pouvoir vous servir. »

Cette phrase habituelle des Rouquet sollicités par les Tonombres, inculquée à mon père par mon grand-père, le protégé du château après en avoir possédé et ensemencé la maîtresse, s'était échappée mécaniquement de ma bouche. Je constatai avec confusion mais aussi un certain dépit que le fait de me savoir désormais cousin de sang du comte n'avait en rien modifié mon réflexe de petit paysan face à l'héritier du Mirabat. Le comte me regardait avec tant de bienveillance condescendante que j'acquis la certitude qu'il ne savait rien de notre filiation. Nous prîmes place dans un angle de la grande salle de l'entresol, face à face, à une table de bridge. Derrière lui, au fond, juste par-dessus son épaule droite, je voyais le portrait de son père Raoul, l'ancien officier de la L.V.F., « ramené d'Allemagne au début mai 1945, paralysé à vie, le visage dévasté par une bombe incendiaire russe », ce portrait sur lequel Pujol-Arnaud s'était permis de cracher.

Nous établîmes un menu après une concertation d'une dizaine de minutes : nos charcuteries et confits réputés ne firent pas problème ni les croustades uniques au monde de la mère Rouquet. Nous discutâmes et hésitâmes sur une entrée et un plat principal que monsieur le comte n'imaginait pas très bien ensemble : des filets de harengs doux longuement marinés à l'huile d'olive de première pression à froid Alziari, servis avec des pommes de terre en robe des champs, et une galinaïl, poule farcie à l'ail, au céleri, aux oignons, à l'anis, à quatre épices, au poivre, à l'armagnac, aux truffes, accompagnée d'une sauce à l'ail, à l'huile d'olive et au basilic. Je finis par l'emporter. Voilà, songeai-je alors, qui faciliterait le travail de mes parents : cette farce, en effet, ils avaient décidé de la préparer pour ce dimanche de fête mais pas la poule, évidemment ! Il eût fallu saigner des dizaines de ces volatiles pour satisfaire la demande, et leur accommodation nous eût surchargés de travail. Tandis que cette merveilleuse farce pouvait être apprêtée de bien des façons : tomates, feuilletés, etc. Pour les Tonombres, justifiant un effort particulier, on tuerait spécialement quelques poules. Il fut convenu que Ramirez et Ida viendraient chercher les marmites le dimanche autour de 12 h 30. Nous en avions terminé avec la mise au point de ces futures agapes et je faisais mine de me lever quand monsieur Henri interrompit mon élan d'un geste et me dit en caressant le velours rouge de la table : « Monsieur Rouquet, puisque vous êtes là et que nous sommes tous les deux seuls, je voudrais en profiter pour vous poser deux questions, l'une inspirée par un très grave souci que j'ai, l'autre par l'incompréhension que suscite chez moi une récente rumeur parvenue à mes oreilles, mais... commençons par le souci... »

Les yeux du comte abandonnèrent la table et se posèrent sur moi. Je crus y voir danser ces lueurs bizarres, annonciatrices de désordres. « Monsieur Rouquet, je veux vous parler de ma fille, je sais que vous la connaissez bien, qu'elle vous estime, qu'elle a confiance en vous, je sais aussi que vous la voyez assez régulièrement, je vous prie de m'excuser, mais je suis un père malade d'appréhension, obligé de s'informer comme il le peut, il faut que vous sachiez ceci, monsieur Rouquet : je n'ai pas vu ma fille depuis plusieurs mois, je l'ai eue deux fois au téléphone, ses professeurs ne la voient plus guère en cours alors qu'elle se passionnait pour ses études à Toulouse. Jusqu'à maintenant sa satanée politique ne l'avait pas empêchée de vivre à peu près normalement et de très bien réussir à l'université. Il me semble qu'il s'est produit un choc tout à coup, toutes les relations que j'ai interrogées à son sujet, condisciples et professeurs, l'ont perçu. J'ai complètement perdu le contrôle de ma fille, or elle est majeure, financièrement indépendante depuis la mort de sa grand-mère, je suis sûr que ses fréquentations politiques la mèneront au désastre, elle ressemble à ma mère Marthe comme une goutte d'eau, une générosité formidable mais qui n'a d'égale que sa naïveté confondante, proie idéale pour des manipulateurs sans scrupules, on voit où cela a mené ma mère... »

Monsieur Henri se leva brusquement. Il respirait mal. Il porta une main à sa poitrine. « Pardonnez-moi monsieur Rouquet, mais je suis très affecté, j'ai absolument besoin qu'on m'aide. Vous seul peut-être pouvez maintenir un contact fragile, un fil ténu entre ma fille et moi en attendant que passe, je veux l'espérer, cette grotesque crise de gauchisme aigu, vous seul avez la confiance des deux, je vous demande donc de veiller sur elle, d'éviter le pire, de me rassurer, de me prévenir si elle a besoin d'aide, me comprenez-vous, monsieur Rouquet ? Le ferez-vous ? » Toujours debout, il appuyait lourdement ses deux mains sur la table, bras raides, épaules relevées, prunelles étincelantes de paillettes jaunâtres qui changeaient sans arrêt de forme, rondes, rectangulaires, losangiques, comme animées d'un mouvement perpétuel. Le voilà qui redevenait Nicolas Vsévolodovitch Stavroguine saisissant tout à coup entre ses dents et devant tout le monde l'oreille du vieux gouverneur Ivan Ossipovitch, un démon, lui aussi, ce comte Henri, mon cousin. Sa supplique me rappela celle de madame Marthe qui, peu avant sa mort, m'avait adjuré de protéger sa petite-fille contre certains de ses camarades et surtout contre elle-même.

« Monsieur le comte, dis-je, je ne suis pas sûr d'être digne de la confiance que vous m'accordez ni d'avoir sur Gisèle l'influence que vous me supposez, mais il est sûr que je ferai tout ce qui est possible pour atténuer votre angoisse et pour vous informer de ce que je saurai.

— Merci, monsieur Rouquet, merci », dit le comte, et il pressa avec effusion mes mains dans les siennes.

Alors il se rassit et changea de physionomie. De fébrile il devint dur. « Monsieur Rouquet, j'ai une autre question à vous poser, très différente, qui me soucie bien moins, mais qui commence à m'agacer... On raconte sur le docteur Permont, que ma famille connaît depuis longtemps, des extravagances... Il poursuivrait pour son compte personnel l'enquête sur la mort de ma mère... Je n'arrive pas à y croire... L'avez-vous aussi entendu dire ? »

Ah ! Il avait beau dire, monsieur Henri, je voyais bien que la lubie de M. Permont le contrariait au moins tout autant que la vie décousue et lointaine de sa fille. Passer ainsi du coq à l'âne, d'un souci de famille, de l'existence chaotique de Gisèle, sujet propre à m'émouvoir, à une vulgaire question de police, c'était me replacer *ipso facto* sur un tout autre terrain, instable, friable pour monsieur le comte. Cependant, je veillai à ne point modifier mon attitude déférente, ni l'expression de mon visage que je voulais franche et attentive. Mais je sentis gigoter en moi cette sensation délicieuse d'occuper une position de force inattendue grâce à une erreur inespérée de votre interlocuteur. Mon cerveau en fut nettoyé de ses brumes et je redevins, à peine exprimé ce deuxième souci de monsieur Henri, le Rouquet retors que M. Sanaris avait su si vite apprécier. Je repérai donc la bonne voie avec une facilité désarmante : dire vrai, rapporter au comte de Tonombres toutes mes entrevues avec M. Permont, sans en omettre aucune, au sujet de la mort inouïe de sa mère, touchant de la sorte et simultanément deux objectifs : inspirer totale confiance au cas probable où monsieur Henri serait déjà au courant au moins d'une ou deux de mes rencontres avec le docteur, et attiser son inquiétude. Non par sadisme : monsieur Henri ne m'avait jamais rien fait de mal, mais pour « prendre le trou », comme on dit au rugby, serrer la botte en escrime, exploiter la faille.

Je lui rapportai donc le cheminement de l'enquête du

docteur Permont et son intérêt tout particulier pour la nuit de la veillée funèbre de madame Irène : il avait voulu l'entendre je ne sais combien de fois cette scène, comme s'il pensait qu'elle était essentielle pour comprendre la mort de madame Marthe.

Le comte m'interrompit :

« Je serais bien incapable de la raconter en détail, mais rapportez-la-moi comme vous la lui avez décrite.

— Il tenait tout spécialement, et y revenait sans cesse, à la sortie de madame Marthe raccompagnant l'abbé Oviac, et à votre sortie à vous, monsieur le comte, tout de suite après. Nous nous trouvions à l'entresol un certain nombre de Tonombrais et moi, et il est vrai que nous fûmes tous surpris, lors de votre retour, de votre état fébrile, surexcité... Vous avez alors demandé à Frédéric de nous servir une collation, et tandis que nous commencions à déguster un pâté de lièvre de ma mère, madame Marthe est rentrée à son tour, nous a souhaité le bonsoir, puis elle est repartie, et alors vous avez eu une réaction surprenante : vous avez bondi sur les talons de votre mère et vous vous êtes immobilisé dans l'embrasure de la porte, comme pétrifié, et tout d'un coup vous vous êtes précipité dans l'escalier de la tour et vous êtes monté à toute vitesse tandis qu'on entendait démarrer la voiture de madame Marthe... »

Le visage de monsieur Henri était blanc, maintenant, tout proche, et ses yeux jaunes dardaient au fond des miens.

« C'est vrai que j'étais fébrile, n'est-ce pas ?

— Certes, monsieur le comte. »

Il songea. Puis il dit : « Évidemment, moi, je ne pouvais pas me voir. » Et après un temps : « Comment a réagi le docteur Permont ?

— Il branlait du chef, monsieur le comte.

— Ah », souffla-t-il. Il resta plusieurs secondes la bouche entrouverte avant d'exploser, ce à quoi je m'attendais d'ailleurs. « Il fallait que ça sorte, monsieur Rouquet ! rugit-il, avez-vous vu dans certains journaux bien intentionnés la reproduction *in extenso* de la lettre d'aveux immonde que cet Oviac a envoyée aux gendarmes de Tonombres, l'avez-vous lue monsieur Rouquet, vous en souvenez-vous ? A mon tour de vous rafraîchir la mémoire, tenez, j'en tiens la copie dans le tiroir de ce secrétaire ! » et ce disant, il se rua sur un meuble situé au-dessous du portrait de son grand-père Philippe, mari de madame Irène, officier d'artillerie mort en Champagne en 1917, tira une clef de la poche intérieure de son gilet puis violemment un tiroir et revint en brandissant une feuille de papier non pliée, les yeux fous et, je n'hésite pas à l'écrire puisque c'était la pure réalité, des bulles de bave mousseuse aux commissures des lèvres et des filaments sur les ourlets. « Tenez, monsieur Rouquet ! fulmina-t-il, voici ce que tout le monde a pu lire : *Dans la nuit du 9 au 10, lors de la première veillée funèbre au château du Mirabat, madame de Tonombres insista pour me raccompagner, si fort que j'en fus gêné horriblement pour son fils et son petit-fils qui étaient présents... Elle avait, assura-t-elle, quelque chose de particulier à me dire... Ah ! Pourquoi me l'a-t-elle dit ? Ne pouvait-elle garder tout ça pour elle ? Était-ce un effet paroxystique et suicidaire du dérèglement dramatique qui s'était emparé du corps de cette femme par ailleurs si pétrie de vertus ? Ou un accès de culpabilité, fou et irréfreinable ? " Eh bien voilà, souffla-t-elle après m'avoir entraîné dans un taillis et soumettant mes bras à une étreinte nerveuse, il faut maintenant que tu le saches, je ne suis pas seulement ta maîtresse, je suis aussi ta mère. " Ayant expulsé cet aveu terrifiant, elle s'effondra à mes pieds et en pleurs... " Voilà bientôt trente ans, gémit-elle, j'ai aimé un homme en tout point remarquable, j'ai été enceinte de lui, je t'ai donné le jour à Toulouse, et je t'ai aussitôt placé près d'un ami intime à Oviac où tu fus élevé par l'admirable Rose Mir... J'aurais préféré te garder, affronter une nouvelle fois mon mari et sa famille, ça ne me faisait pas peur, mais nous étions en pleine guerre de l'ombre, ton père et moi avions des missions délicates, et pour lui capitales, à remplir dans la Résistance et nous décidâmes de régler ton sort, régulariser ta situation, la paix revenue... A la Libération, nous eûmes de longues et déchirantes conversations à ton sujet, il voulait te reconnaître, te donner son nom, me prendre pour femme, mais il me fut impossible de divorcer de Raoul de Tonombres désormais condamné à une vie végétative, j'y voyais de la lâcheté tandis que ton père, au contraire, considérait qu'il avait assez gâché ma vie et qu'un infirme hitlérien ne valait pas la peine qu'on lui sacrifiât davantage... Mais moi, je n'ai pas pu, et il s'est lassé, et il a fini par épouser une autre femme... Comment lui en vouloir ? Mais c'est toi, mon pauvre enfant, qui as payé les pots cassés... Du coup, nous t'avons laissé filer vers la carrière ecclésiastique ce qui, au fond, soulageait tout le monde... Tu as grandi, tu es devenu beau, trop beau, et puis... Et puis voilà... " Elle se cognait la tête contre mes chaussures, et comme je ne cessais d'exhaler un râle : " Mais, bon Dieu, pourquoi m'as-tu laissé coucher avec toi ? Pourquoi, maman, pourquoi ? " Elle ne répondait que par des coups de tête de plus en plus violents contre mes chaussures jusqu'au moment où elle commença à se rouler par terre... Alors, je me dis que tout pouvait arriver, cette nuit-là, au château... Et je n'eus plus qu'une idée fixe : la calmer, la remettre sur pied, ce à quoi je m'employai en la relevant et en lui parlant doucement au lieu de la brutaliser, et lorsqu'elle eut retrouvé, tout au moins apparemment, ses esprits, je pus enfin m'éloigner, fuir cet endroit et cette femme malade...*

» Rentré au presbytère, je me tins prostré devant le crucifix de feu le bon chanoine que j'avais remplacé et je réfléchis sur la conduite à adopter, sur les conséquences à tirer de ce cataclysme, mais rien d'intelligent et de raisonnable ne vint à mon cerveau, si ce n'est cette question toute bête : tiens, j'ai oublié de lui demander qui était mon père. Dieu ne m'apportant aucune aide, nous n'avions en fait que bien peu à nous dire depuis beau temps, je parvins tout seul, au petit matin, à la simple et claire conclusion que voici : cette femme qui avait choisi de m'aimer charnellement avant de me révéler la vérité de notre filiation, et tandis que j'étais prêtre, cette femme ne m'apparaissait plus méchante ni même perverse : elle était tout bonnement folle. Et moi, eh bien, j'étais devenu aussi fou. Ainsi germa dans un recoin de mon cerveau l'idée grandiose du châtiment dans l'église, sous l'œil de Dieu, par la communion... Que messieurs les policiers ne se torturent pas les méninges avec cette affaire d'hostie empoisonnée... J'ai appris chez les sœurs de Sainte-Lucie à Toulouse à cuire la pâte azyme, et le

vieux découpoir à main en acier, le fer à cuire jadis utilisés par le chanoine étaient toujours dans un placard de la sacristie... Restait le cyanure, que je me procurai à grand-peine et grâce à la complicité inconsciente d'une relation dont on comprendra que je taise le nom... J'avais décidé de m'empoisonner après que le dernier fidèle eut communié, mais à l'ultime seconde, j'ai eu peur, j'ai reculé devant la mort... Ce n'est que partie remise, et si l'on retrouve un jour mon corps misérable dans quelque fossé ou décharge, je demande qu'il soit jeté dans une fosse commune sans aucun sacrement... Messieurs les policiers, en quoi ma capture servirait-elle la justice des hommes ? Maintenant que vous savez tout, laissez-moi régler au mieux mes dernières affaires sur cette terre et la quitter de ma propre volonté, à une heure et par des moyens choisis par moi... Que vous garde le Dieu qui n'a pas voulu de moi. »

Ayant terminé sa déclamatoire et néronienne lecture, le comte revint au secrétaire, replaça le papier dans le tiroir, ferma celui-ci et s'affaissa dans le premier fauteuil qui s'offrit à lui. Quel spectacle que celui de Rouquet fils médusé, rivé à la petite table de bridge, et à l'autre bout de cette vaste salle, affalé dans un fauteuil, les bras pendants hors de chaque accoudoir, les jambes étirées, « tout suffocant et blême », Henri de Tonombres, le cousin par le sang, foudroyé par sa décharge d'adrénaline. Le valet Frédéric entra sans que je l'eusse entendu. Il épongea le front de son maître avec un linge blanc, l'aidant à se redresser puis il se tourna vers moi, me signifiant par une éloquente désolation qu'il était grand temps de prendre congé. Éprouvé par cette exhibition déplaisante et malsaine, ce n'était pas l'envie qui me manquait de vider les lieux, mais je n'avais pas tout dit au comte de Tonombres. Il m'avait interrogé sur les investigations du docteur Permont et, me semblait-il, je me devais d'être exhaustif sous peine d'encourir un jour le reproche d'avoir volontairement escamoté un élément important des spéculations du docteur, aussi m'approchai-je du comte et du valet Frédéric avec la mine de quelqu'un confronté à un problème ardu, le front plissé, les sourcils froncés. Le comte me sourit. « Excusez-moi, monsieur Rouquet, ces événements furent si pénibles pour moi, la publication de cette lettre me fut si douloureuse, si honteuse, que j'ai du mal, beaucoup de mal à m'y faire... Mais, comme le disait ma grand-mère, vous êtes un peu de la famille, n'est-ce pas ? »

Je sursautai. Depuis la révélation de mes parents, cette expression n'avait plus pour moi le même sens que naguère. Le comte se méprit et crut à une gêne due à la légendaire humilité des aubergistes. « Mais, monsieur Rouquet, de tous les Tonombrais, n'êtes-vous pas, depuis toujours, les plus proches de notre famille ? » Le quiproquo s'aggravait. J'acquiesçai bravement en clignant des yeux et en secouant bonassement la tête. Le comte parut alors remis. Tout rentrait dans l'ordre. Le valet Frédéric respira. J'aurais dû partir. Mais, têtu, ou insconciemment implacable et cruel, je m'acharnai. « Monsieur le comte, s'il ne tenait qu'à moi, je m'en irais tout de suite, mais vous devez savoir que je ne vous ai pas rapporté l'essentiel de la pensée actuelle de M. Permont sur l'affaire, que cet essentiel tient en une phrase, si vous préférez vous reposer un peu avant de l'entendre, je suis à votre disposition, mais je ne voulais pas risquer que vous l'appreniez par d'autres voix que la mienne, ce qui me peinerait plus que tout. »

Frédéric me lança un regard plus que désapprobateur, presque menaçant. Sans doute considérait-il que son maître en avait assez entendu pour ce jour. Mais, conformément à mes prévisions et, je l'avoue, à mes espoirs, le comte redressa le buste et m'encouragea : « Je me sens tout à fait capable d'entendre tout ce que vous voulez, monsieur Rouquet, ce que peut penser M. Permont ne m'intéresse que superficiellement, et à titre d'information, tandis que la lettre de cet Oviac qui clame sa parenté avec moi, sa fornication satanique qui déshonore et souille ma mère, est tout autre chose, vous en conviendrez, n'est-ce pas ? Allez-y monsieur Rouquet, je vous ai questionné, je souhaite écouter toutes les réponses que vous voudrez bien me donner. »

Le comte avait bien récupéré. Je le savais désormais capable d'encaisser sans se rouler sur les tapis de son château.

« Eh bien voici, monsieur le comte, l'hypothèse de M. Permont implique que cette lettre d'aveux ne serait qu'un faux fabriqué par l'assassin et ses complices s'il en a... D'après lui, l'abbé n'est pas coupable, aussi pourquoi aurait-il avoué ces horribles forfaits ? »

Le valet Frédéric se glissa silencieusement derrière le fauteuil de son maître et me regarda fixement. Le comte réfléchit. Soudain il se leva, se promena à pas amples et comptés, de long en large, puis, s'arrêtant net devant moi, il me dit d'une voix calme : « M. Permont se trompe, monsieur Rouquet, il se trompe, et vous pourrez le lui dire de ma part avec toute la déférence qu'il mérite, ça lui évitera du temps et de l'énergie perdus, et je vous prie d'ailleurs de lui transmettre que je suis ouvert à une entrevue avec lui, je pourrais lui répéter, de vive voix, ce que je vais vous dire : cette lettre *ne peut pas être un faux,* car il y a un témoin de son authenticité absolue, et ce témoin, c'est moi... »

Je le dévisageai, interloqué. Frédéric s'absorba dans la contemplation des merveilleuses baies vitrées.

« Vous ? repris-je, mécaniquement.

— Oui, moi, insista le comte Henri. Cette fameuse nuit du 9 au 10 octobre, quand je suis sorti sur les talons de ma mère et de cet Oviac, je ne les ai pas trouvés dans la cour où stationnaient les voitures, j'en fus intrigué, alors je les ai cherchés et surpris, j'ai tout vu, tout entendu, oui, cette scène décrite dans la lettre d'Oviac fut bien réelle, hélas, j'en fus le témoin, tapi dans l'obscurité et les taillis, et donc cette lettre n'est pas un faux... »

Le comte s'interrompit. Cette fois, il demeurait impassible, insensible au rappel de cette scène nocturne monstrueuse qui lui avait appris que l'abbé était le fils de sa mère, son propre demi-frère, mais aussi l'amant maudit, incestueux. Il me toisait, debout, les bras croisés, presque inexpressif. « Évidemment, monsieur Rouquet, la police est au courant, et c'est même mon témoignage, authentifiant la scène décrite par Oviac dans sa lettre, qui a provoqué le classement de l'enquête... Il ne reste maintenant qu'à mettre la main sur l'assassin en fuite, instruire son procès et le juger en cour d'assises... Je suis désolé pour M. Permont qui voit ruiner son hypothèse, mais qu'y puis-je ? »

Abasourdi, je pris la main qu'il me tendait et la serrai en inclinant la tête. Et comme Frédéric, geste stylé, mais sourire de commande et entrain factice, m'invitait à le suivre vers la sortie, le comte Henri se préoccupa derechef de sa fille : « Monsieur Rouquet, Gisèle est mon seul problème, vous l'avez bien compris, toute nouvelle d'elle me permettant au moins d'imaginer ce qu'elle fait me sera précieuse, et si, pour une raison ou pour une autre, je n'étais pas là, confiez-la à mon fils Louis ou à défaut à Frédéric qui savent où me joindre à tout moment. »

Nous descendîmes, le valet et moi, l'escalier monumental. Dans le hall d'entrée, je dis : « Il faut que j'aille aux cuisines arranger quelques dispositions et donner quelques conseils pour dimanche sur la façon de réchauffer les plats et de les présenter.

— Vous connaissez le chemin », répondit-il sur un ton qu'il voulait de connivence. J'approuvai de la tête et, renonçant à l'entrée principale et à son perron, j'empruntai le long corridor qui menait à l'office où je donnai des instructions. La cuisinière et Odile les notèrent attentivement puis je m'en fus par la petite porte voûtée. Je consultai ma montre : 18 heures passées. L'entrevue avait dépassé une heure. La plus longue que m'avait accordée monsieur le comte. La plus dense aussi. J'avais la conviction de détenir une information sensationnelle sur la mort inouïe de madame Marthe : monsieur Henri avait tout entendu la nuit du 10 octobre, il avait surpris les propos échangés par la comtesse et l'abbé, voilà qui passionnerait M. Permont qui attachait une importance capitale à ce moment nocturne.

Le soleil, encore altier, ne se pressait pas de décliner. Je m'apprêtais à longer les murailles pour reprendre ma voiture dans la cour d'honneur lorsque me parvinrent des voix du côté des remparts auxquels jadis les gestapistes avaient collé les maquisards espagnols et français après les avoir torturés aux écuries cédées gracieusement par madame Irène. Cette curiosité maladive, maintenant familière au lecteur, probablement héritée de maman Rouquet, me détourna de mon intention initiale et me fit accomplir quelques dizaines de pas sur le sentier du Sonneur. Et alors je vis M. Broume, dans son fauteuil roulant, qui conversait avec M. Reverini. Ils paraissaient bien s'amuser. Décidément, me dis-je, l'infirme antisémite, ancien spécialiste et responsable des *questions juives* sous l'État Français, avait une prédilection pour cet endroit il est vrai idéalement exposé à partir de la fin d'après-midi sous la courbe du soleil couchant. M. Reverini, était un colosse de soixante ans, moustache et favoris formidables, un sosie du général Dourakine, gros mangeur, solide buveur, ami des Tonombres, que nous avions hébergé lors des obsèques de madame Irène, haï du colonel Massip qui m'avait un soir, mâchoires serrées conté son histoire.

Membre du comité de vigilance des intellectuels antifascistes en 1934, et de la S.F.I.O., ami de Brossolette, Spinasse, Marquet, Déat, alors tous socialistes, plus tard horrifié par les révélations de Souvarine sur le stalinisme, Reverini avait suivi Déat du côté de Pétain et Hitler, joué le chancelier nazi contre le dictateur soviétique, collaboré activement avec le gouvernement de Vichy, rejeté le suicide, contrairement à Drieu la Rochelle, échappé au poteau d'exécution, à la différence de Brasillach, et s'en était tiré avec cinq ans de travaux forcés. Grâce aux socialistes de l'après-guerre il vit sa peine réduite en 1948 par le président Vincent Auriol.

J'entends encore Massip grogner : « Libre, il entre dans une grande banque d'affaires ! La “ guerre chaude ” avait mené notre “ héros ” aux travaux forcés mais la “ guerre froide ” le propulse et le voici personnage influent, l'un des plus influents de la IVe République, spécialiste éminent de la lutte anticommuniste. »

Les deux anciens pétainistes devisaient quand je sortis de l'office, et maintenant, sans doute à cause d'une bonne plaisanterie, voici qu'ils riaient à gorge déployée. M. Broume m'aperçut et s'écria : « Tiens, c'est notre petit aubergiste ! Bonsoir jeune homme, approchez donc, connaissez-vous M. Reverini ? » M. Broume vivait presque la moitié de l'année au Mirabat, M. Reverini y était invité jusqu'au 15 août. Ils furent heureux de me voir.

« Voyez ce soleil, ces montagnes, ces forêts, déclama M. Reverini, ne sont-ils pas la vraie, l'imposante raison de croire en Dieu Notre Seigneur ? » Et M. Broume d'approuver en gloussant d'aise. Eux qui étaient responsables de tant de morts innocentes, de milliers de déportations, de tortures, d'étranglements, de dépeçages, de coups de nerf de bœuf, de supplices de la baignoire, de scorbut, d'immolations de « terroristes », de gitans et de juifs sur l'autel de l'Ordre Nouveau et de la *Race,* ils étaient incomparablement mieux placés que le fils Rouquet pour apprécier à sa juste valeur la création de Notre Seigneur. Pour un peu, si j'avais été plus exubérant de naissance, j'aurais entonné quelques couplets de ce *Veni Creator* que notre vieux chanoine s'échinait à enfoncer dans nos longues et profanes oreilles au temps du catéchisme.

Je songeai alors qu'au pied du Loum, des jeunes gens se prenaient pour les héritiers directs des résistants de jadis. L'étaient-ils ? Comment le savoir à coup sûr ? Le monde et la société auxquels ils s'attaquaient étaient-ils si beaux, justes et honnêtes pour qu'ils encourrent par leurs actions meurtrières et leurs forfaits divers les foudres de l'Histoire ? Où est le Grand Arpenteur qui saura mesurer l'exacte distance qui sépare le fait d'armes du crime ?

Tout en prenant congé des deux messieurs, je posai mon regard sur les murailles souillées du sang des suppliciés. Puis, mû par une singulière inspiration, je levai les yeux vers la colline des Lannes noyée de soleil et j'y distinguai les silhouettes du colonel Massip et de son ordonnance Cavalié. C'était l'heure de leur promenade et de leur pause. Ce n'était pas la première fois que je les voyais se reposer là. Et je savais qu'ils me voyaient, de leur côté. Sûrement qu'ils ne devaient pas être contents de me surprendre à nouveau sous ces remparts maudits où tant de leurs frères d'armes avaient jadis péri au nom de la liberté, de me contempler avec deux hommes qu'ils considéraient comme des criminels de guerre, impudemment, lâchement épargnés. Je percevais bien que quelque chose n'allait pas dans tout ça, mais quoi ? Ah, si j'avais été plus instruit ! Mais je n'étais qu'un brave garçon, pas trop bête. Sans plus. Alors sonna l'angélus. Là-haut, aux Lannes, *assis sur une souche, le dos rond, les avant-bras sur les genoux, les yeux plissés, jouant avec la canne africaine à lui jadis offerte par Félix Éboué, gouverneur du Tchad en 1940, premier territoire rallié à la France Libre, le héros m'observait.*

Hier matin, j'ai posé ma plume, et je ne la reprends qu'aujourd'hui. Mon ami Mauny est responsable de cette interruption. Il m'a rendu visite, je l'ai gardé à déjeuner et il n'est reparti qu'à la fin de l'après-midi. Mais je n'en retiens pas que ma journée d'hier fut gâchée. Mauny sait m'apaiser, ses conseils s'avèrent judicieux, ils améliorent ma narration, ils ont évité souvent qu'elle ne dérape, et c'est notamment grâce au grand journaliste-reporter résistant que j'ai à peu près échappé au piège principal que je côtoyais dangereusement au début : l'épaisseur, l'inculture excessive, à la limite déloyale, du narrateur, de moi, Rouquet fils.

« Trop souvent l'impression naît, avait critiqué Mauny, que vous accusez la balourdise du narrateur par peur d'assumer vos opinions intimes sur tel ou tel sujet délicat, telle erreur, tel péché que vous avez commis... Certes, vous êtes dans la réalité un homme rude et de bon sens mais, même il y a vingt ou vingt-cinq ans vous connaissiez et compreniez les questions de la Résistance, du gauchisme, du terrorisme, mieux que vous ne le prétendez dans votre histoire, en tout cas à mon avis, et cette petite tromperie sur votre personne nuit au récit, d'autant que les événements que vous racontez se sont réellement produits, que vous les restituez fidèlement, alors pourquoi présenter la vérité partout sauf pour vous ? Il y a là une inharmonie qui, aux yeux des lecteurs, ne sera justifiée par rien puisque votre œuvre est exempte d'arrière-pensées et qu'elle est, au fond, plus proche d'un reportage que d'un roman. »

Depuis de nombreux mois, j'avais suivi, mis en œuvre ce conseil et c'est ce qui explique, le lecteur l'aura noté, qu'au fil des chapitres le narrateur, en l'occurrence moi-même, devienne sensiblement plus intelligent. De tous les témoins et protagonistes des épisodes, péripéties ou drames de l'affaire pompéiste, Mauny fut le seul qui me rendit visite, une fois par mois régulièrement. Quand il se présenta hier, presque aux aurores, une quinzaine de jours seulement après sa dernière apparition, je ne lui cachai pas ma surprise : « Vous revoilà Mauny ? Et de si bonne heure ? » « J'espère que je ne vous dérange pas trop, j'avais envie de respirer, ma maison du val d'Aran était trop loin, alors je me suis dit que monter au château de la Garde, ça me ferait du bien. » Cependant, derrière ces propos anodins, je décelai de l'inquiétude, une tension, qui n'avaient pas disparu à son départ hier soir. Se fait-il du souci à cause de nous ? Du trio isolé et fatigué que nous formons Léopold Ganzadi, notre chère icône et moi ? C'est vrai que le brave Ganzadi se traîne chaque jour un peu plus, que le petit feu qui brasillait encore quelque part dans le substrat de notre chère icône se consume d'heure en heure et que, à mesure que j'approche du terme de ma narration, se glacent membres, cœur, cerveau, boyaux du fils Rouquet, sa tête tourne, sa main caresse la culasse d'argent ciselé de l'un des deux fusils anglais que feu M. du Vial avait commandés à un armurier de Londres au temps heureux où prospéraient ses affaires au Sénégal, où il aimait d'amour sa jeune femme, future maman de madame Marthe, morte en couches à Dakar en 1904.

Mauny pressent-il un dénouement sauvage de la tragi-comédie, du mélodrame politique, du théâtre d'ombres bien truqué de la pièce pompéiste ? Cherche-t-il à s'en assurer avant d'intervenir ? Autant de questions qui flottaient dans l'air hier soir tandis qu'il prenait congé, hésitant, comme à regret. En tout cas, voilà qui m'incite puissamment ce matin à forcer l'allure. Je dois à tout prix boucler les derniers chapitres, dépeindre démences et convulsions ultimes, reconstituer les derniers bruits, les dernières fureurs, avant de baisser le rideau, à jamais fermer les loges, vider le théâtron, éteindre les lumières et embraser l'édifice.

J'avais donné à lire à Mauny les derniers feuillets de mon récit : au pied des remparts maudits du Mirabat les deux anciens collaborateurs du nazisme et les deux anciens héros de la Résistance française, sombres et muets, figés sur une souche noire au flanc de Lannes, la colline d'en face.

« Quel tableau ! s'était lamenté le résistant Mauny. Est-ce là une vision cauchemardesque, aberrante, ou au contraire représentative du triomphe de la lâcheté et du crime sur la droiture et l'héroïsme ?

— Comment savoir ? » avais-je prudemment suggéré, reprenant ma phrase favorite quand je ne savais plus à quel saint vouer ma réflexion.

« Une barbarie aussi dévastatrice et totale que celle des nazis aurait dû être anéantie et ses germes éradiqués, et le seul fait que tel n'est pas le cas constitue déjà une partie de la réponse, avait dit Mauny. Les démocrates ont accumulé erreurs, contresens et malentendus depuis 1945, la guerre froide a fonctionné comme une immense amnistie du fascisme, et toutes ces ligues contre le racisme et l'antisémitisme n'ont plus pour but que de dénoncer ce qu'elles appellent l'antisémitisme de gauche... Un peintre du genre Courbet, ou Millet, devrait reproduire ce tableau au plus haut point perturbant pour des gens comme moi, de ces vieux collabos rigolards se chauffant au soleil en l'un des hauts lieux de leurs crimes passés, et de ces deux bonshommes archaïques et désormais ridicules sous leurs médailles et reliques d'anciens combattants des maquis puis des bataillons des généraux Leclerc de Hauteclocque, de Lattre de Tassigny et autres Koenig. Ah oui ! elle est bien morte la Résistance, le développement du crédit, l'expansion du commerce, l'explosion de la haute technologie, des moyens de transport et de communication, les progrès magiques de la médecine ne peuvent se substituer à une ou plusieurs morales, aux capacités d'une société à refréner elle-même ses appétits, tous ces bonds en avant n'empêcheront pas le retour d'une barbarie, et d'ailleurs, l'Allemagne n'était-elle pas l'un des pays les plus évolués et admirables du monde comme le sont, à bien des égards, aujourd'hui les États-Unis d'Amérique ? Mais on y va à la messe en voiture, et l'on y suit l'office en s'empiffrant de hamburgers... Voyez-vous Henri, Broume et Reverini ne sont pas des foudres de philosophie, mais ils flairent, ils hument une *renaisssance*, leurs cœurs battent, chavirent à l'écoute du bruissement, d'une nouvelle incroyable, inespérée, qu'ils n'attendaient plus, une nouvelle miraculeuse qui se propage sous le manteau à la faveur des nouveaux rapports de force mondiaux et de la faillite de l'idéal communiste, rumeur que voilà : au fond, Hitler n'était pas si bête, et si on l'avait écouté, on serait débarrassé à la fois des juifs et des communistes puisqu'il fusillait et brûlait les uns et les autres. Vous rendez-vous compte, Henri, de la félicité, de la pureté d'un monde ainsi nettoyé de sa vermine ? Combien de centaines de millions de Français, d'Européens, d'Américains " profonds ", sauteraient en l'air et tireraient des feux d'artifice si on leur apprenait un beau matin à la télévision que la planète est allégée de ses juifs et de ses communistes, voilà la raison profonde de l'impunité dont ont bénéficié les Broume et les Reverini, de leur gaieté, de leur arrogance, et aussi de la tristesse, de l'accablement d'un Massip... Mais, je me laisse aller quand je dois au contraire vous raisonner... Pardonnez-moi, Henri, c'est la faute de votre histoire, par moments, elle est vraiment trop raide, un doux nectar pour des gosiers fascistes mais un tord-boyaux pour démocrates républicains, surtout s'ils ont jadis un tant soit peu donné d'eux-mêmes, vu torturer leurs camarades et démarrer la nuit les convois de l'holocauste... »

L'ancien résistant n'avait pas « résisté » à mon tableau, au face-à-face insupportable, colline contre colline, des assassins vaincus en pavane et des héros vainqueurs en quarantaine.

J'avais à informer M. Permont, en pension chez nous, de mon entretien avec Henri de Tonombres.

Mais il se passait des choses là-haut, à Prat-Mataou, qui me furent rapportées plus tard et non sans réticences par ce brave Irbat, commis par les chefs delendistes au poste de geôlier de M. Feudine. En ces premiers jours d'août, le banquier était en « attente de jugement ». Le « tribunal du peuple » qui apprécierait ses « crimes » et statuerait sur son sort venait de se constituer mais n'avait pas encore « siégé ». Dirigé par M.S. et M.G. spécialement descendus de Paris chacun de leur côté, hébergés par Gisèle à la Garde, il fut composé des delendistes Balino aîné, Léonard le professeur certifié, Ordonez vendeur en librairie, l'Irbat trieur postal, Rambouillat professeur agrégé, Gisèle de Tonombres dite la Pompéi, étudiante en lettres. L'Irbat, quoique engagé jusqu'au cou dans cette galère, n'était pas sujet à la surexcitation politique, voire aux véritables crises d'hystérie « révolutionnaire » qui s'emparaient parfois de certains gauchistes plus ou moins intellectuels. Sa placidité et sa force en faisaient un geôlier idéal et Gisèle, qui l'avait désigné, avait vu juste. Sébastien Balino ambitionnait de devenir une figure de proue de la révolution mondiale, ce qui le rendait prêt à tout, exceptionnellement dangereux, volontaire pour les missions les plus meurtrières et aléatoires. Léonard était plus malade que communiste. Il s'énervait facilement. Une vie familiale pénible, une sentimentalité précoce et chaotique en avaient fait un caractériel. Sauvé par une intelligence nettement au-dessus de la moyenne, entre deux fugues et deux « déprimes », il avait arraché un certificat de lettres modernes.

Sous prétexte de préparer « le dossier criminel » du banquier, il ne cessa de le persécuter dès le premier jour de sa détention. M. Feudine voulut rassurer sa femme et ses enfants.

« C'est donc que vous êtes rassuré vous-même, avait grincé Léonard. Qu'est-ce qui vous rassure ? Nous ? Moi ? D'être encore vivant ? Attendez donc le verdict de la justice révolutionnaire... Au lieu de penser à votre famille repue, parlez-nous de vos banques, de votre fric, de vos châteaux, de vos hôtels particuliers, de vos spéculations, de la conduite de votre famille pendant l'occupation nazie, où étiez-vous alors ? Où était votre sainte famille ? A New York ? Combien coûtent vos déjeuners d'affaires ? Que pensez-vous du chômage ? De la misère ? Parlez-nous de vos intérêts dans les médias, de la corruption de vos journalistes, de vos succursales au Cap et à Durban, de vos participations industrielles et financières, de vos magouilles à l'abri des holdings pour empocher des millions sur le dos de la métallurgie dont on jette ensuite au peuple et aux contribuables la peau et les os, et parlez-nous de vos écuries, de vos lads, de vos chevaux, de vos domestiques, de vos avions particuliers, de vos parties fines, de vos nuits de poker, des bijoux, des robes, des fourrures, des voitures de vos maîtresses, hein ? Regardez ce que vous êtes, là, ligoté, tas de merde suant dans sa graisse, cul serré, rotules bleues, vous êtes quoi, Feudine ? Vous n'êtes rien, imperceptible nullité en ce bas monde, rien de plus que l'Irbat que vous voyez là, qui ne dit rien mais qui n'en pense pas moins, qui a crevé de faim toute son enfance, qui a trimé et s'est bousillé un poumon dans les mines de Sadel... Regardez comme vous n'êtes qu'une charogne, une pauvre merde, une fois sorti de vos conseils d'administration et de vos banquets, regardez votre gueule de chien battu ! Mesdames, messieurs, voici Feudine, mais oui, approchez, c'est gratuit, voici le banquier Feudine, pas un sosie, le vrai, le grand, le puissant, le multi-milliardaire Feudine, à poil dans la baraque du peuple, entrez, venez constater vous-mêmes qu'il est fait comme vous, qu'il claque des dents, qu'il est mort de peur, qu'il en défèque abondamment, et tout à l'heure, mesdames et messieurs, ne manquez pas le clou du spectacle, la panse du banquier Feudine va être ouverte, les tripes, le foie, le pancréas, le duodénum seront montrés au peuple pour bien lui prouver qu'à l'intérieur des panses de banquier il n'y a pas plus que de la merde ! Ah, Feudine, ça me plaît de t'avoir à mes pieds, tout tremblant et tout blanc ! Allez, viens, sortons, c'est l'heure de tes besoins. »

Mauvais signe : le vouvoiement avait succédé au tutoiement. Et alors, on avait délié les mains et les pieds de M. Feudine. Léonard lui avait passé une longue corde fine autour du cou et ils étaient sortis.

Ciel étoilé, Loum bien sage. De temps en temps, grommellement des sangliers.

Et Léonard à Feudine : « Tu vois, banquier, je suis gentil, je t'ai mis une longue laisse, allez, avance sur ce sentier, et maintenant, monte sur ce talus, n'aie pas peur, il n'y a pas de trous ni de pièges, je dois veiller précieusement sur toi jusqu'à ton procès, voilà, fais tes besoins, monsieur Feudine, prends ton temps... Ah, la belle nuit. »

M. Feudine n'avait pas le droit de parler d'affaires ou de politique sans qu'on l'y invite et devait réserver ses explications au « tribunal ». C'est pour ça qu'il écoutait Léonard en silence. L'Irbat à moi : « Je ne trouvais pas utile de l'emmerder comme ça tout le temps mais ça me faisait ni chaud ni froid, Léonard se défoulait, Balino réfléchissait ou se marrait, surtout, il attendait que les autres arrivent pour commencer le procès, c'est ça qui l'intéressait ; Léonard, lui, ça lui faisait du bien de traîner le banquier dans la boue, il l'insultait comme ça une demi-heure et ça le calmait pour deux ou trois heures, et après ça recommençait. »

Quatorze ans plus tard, ce Léonard reparut sous un autre nom dans le groupe Action directe. L'Irbat l'identifia dans les journaux et me confia : « Tu vois, le Léonard de Toulouse et de Prat-Mataou en 1972, c'était lui, il s'était sorti du guêpier delendiste, il avait plongé, je ne savais pas ce qu'il était devenu, ça ne m'étonne pas de le retrouver là... Un type bizarre ce Léonard, ce que d'anciens camarades disent de lui aujourd'hui lui correspond bien. »

Il faut reconnaître que lesdits camarades qui avaient connu Léonard à la fin des années 60 et au début des années 70, ne le couvraient pas d'éloges : « Il avait créé une crèche sauvage à la faculté de Toulouse, déclarait un ancien gauchiste, et un C.A.P., Comité d'action des prisonniers, j'ai le souvenir d'un type dur, tranchant, autoritaire, à la limite de l'antipathie, il n'a jamais pu s'imposer vraiment comme militant, d'où son désir d'aventure, ce refuge dans la marginalité. » Un autre de renchérir : « Il était cassant, brutal, terrorisant. » Et une ancienne militante maoïste : « Je ne veux pas l'enfoncer, l'accuser, mais il avait un caractère épouvantable, on a eu des mots... A un moment, avant d'intégrer le groupe toulousain des delendistes, il fut même écarté du Comité d'action pour les prisonniers. » « Il s'est fait latter par les maos, témoigna l'un des animateurs du Comité, de lui, on a le souvenir de quelqu'un d'un peu ringard, activiste mais grande gueule, qui en rajoutait, mais à la limite un peu trouillard, pas en première ligne dans les manifs, assez violent dans ses aspirations, finalement pas très politisé, pas celui qui nous sortait de la doctrine, une affaire de tempérament plutôt, il vivait très fortement le malaise de l'Éducation nationale, il était d'une grande sincérité, moi je l'ai connu en 1968, il n'avait pas la cote des militants de l'époque, galérant en parka, etc. C'était quelqu'un d'assez bien mis, roulant à moto, séduisant et dragueur, il plaisait aux militantes, un cow-boy carré, décomplexé par rapport à l'autorité. » L'ancien delendiste Tagler, le petit imprimeur anarchiste : « Quand il est arrivé dans le groupe, on ne savait pas trop d'où il venait, son discours était provocant, pas très politique, excessif, mais justement il dérangeait, c'était le moment, il ne faut pas l'oublier, où le gros du courant maoïste de l'époque se dégonflait, renonçait à l'action violente, lui, Léonard, il voulait imposer sa façon de voir, sans tenir compte de l'ensemble... C'était un leader sans troupes, solitaire, individualiste, comme s'il avait voulu rattraper le temps perdu. » Le prof Léonard veut « soumettre le contenu de l'enseignement au jugement de la vie, confronter les textes littéraires à la réalité, écrivit un chroniqueur, apprendre à ses élèves à démonter une bicyclette tout autant qu'à lire George Sand... Le voici un jour qui interpelle un inspecteur : “ Au service de qui êtes-vous ? ” »

« Il y a quelques noms comme ça, épilogua Tagler quinze ans plus tard, dont on savait qu'ils réapparaîtraient un jour ou l'autre, une dizaine d'anciens dont on n'avait plus de nouvelles, rescapés du naufrage maoïste. »

Tel était l'homme qui persécutait le banquier Feudine au début d'août, du côté du Loum. Et plus les jours passaient, plus les fantaisies de Léonard déplaisaient à l'Irbat et agaçaient Balino. Mais ils répugnaient à provoquer un conflit à ce sujet avec un camarade qui prenait au sein du groupe une influence croissante. Cependant, il était temps que M.S., M.G. et Gisèle ouvrissent ce « procès » parce que là-haut l'ambiance menaçait de se détériorer sérieusement. L'Irbat me raconta par exemple la scène ahurissante qui décida Balino à enfreindre les consignes : dans la nuit du 5 au 6 août, il regagna la vallée, couvrant à pied la distance du port d'Aula à Tonombres, et débarqua exténué au château de la Garde entre 3 et 4 heures du matin, à la grande frayeur de Gisèle et de ses hôtes qui crurent à une catastrophe : mort ou fuite du banquier. Balino rendit compte des lubies de Léonard, en particulier de celle qui l'avait déterminé à quitter son poste non sans avoir recommandé à l'Irbat de redoubler de vigilance, de coller à l'otage du lever au coucher du soleil.

A l'aube du vendredi 5, Léonard, sous le prétexte de dégourdir les jambes du prisonnier, résolut de l'emmener vers le contrefort du Loum, contrevenant ainsi gravement aux instructions de ne jamais s'aventurer du côté du premier cuns. C'est vrai que ce matin-là, le pic phallique resplendissait merveilleusement : ses faces et son gland réfléchissaient les rayons du soleil, de duveteuses et gracieuses volutes paraient les trois plaies béantes de panaches mignons, dessinant de séraphiques allégories dans l'azur sans taches.

« Et moi, vous pensez, avait expliqué Balino l'aîné, ces derniers jours, je me méfiais et, feignant de m'activer aux alentours, je veillais au grain... Ce n'était pas, comme vous l'imaginez, que le requin m'était plus sympathique à moi qu'à Léonard, mais il était là pour être jugé par le tribunal du peuple et pas pour qu'on se défoule sur lui, et alors, quand je les ai vus prendre le sentier loumaire, je les ai suivis, et ce qui se passait débordait complètement des consignes reçues et allait même à l'encontre de nos objectifs. »

Léonard, de son bâton ferré, piquait le banquier aux fesses : « Allez, avance sale bête, pestait-il, un peu d'exercice te fera du bien, tu dois faire une bonne impression aux camarades juges, avoir des jolies couleurs et l'esprit aussi clair que le ciel immaculé que nous avons ce matin sur la tête afin de bien suivre l'acte d'accusation et de saisir la sentence, allez banquier, avance, pense à tous ces conseils d'administration qui en ce moment même se réunissent sans leur président, votent vœux et résolutions exprimant leur émotion devant un crime indigne de la démocratie ! Mais, ce monde que vous avez corrompu, qui voulez-vous qui le défende quand il est attaqué ? Vous pourrez toujours crier haro sur ceux que vous appelez les terroristes, banquier Feudine, ameuter contre eux vos médias, vos intellectuels, vos écrivains, vos sociologues, vos artistes, par votre argent puant stipendiés, le peuple, quoique abâtardi et miné par le chômage, intoxiqué, abruti par vos télévisions et radios viles et perverties, ne volera pas à votre secours ! Le jour où, cernés par la clameur, menacés par les foudres de la révolution, vous l'appellerez à la rescousse pour défendre votre foutue société de consommation, vous le verrez courber l'échine devant ses nouveaux maîtres et vous l'entendrez crier sur leur injonction : mort à Feudine ! A mort les sangsues du peuple ! Et comme au bon vieux temps : à nous les biens du banquier Feudine ! Au peuple les tableaux de maîtres et les cafetières de vermeil ! Au peuple, les entrepôts, les usines, les banques de Feudine ! La société du banquier vaut-elle d'être défendue au seul motif qu'on y fabrique en série des véhicules, des saucisses, des boissons et des médicaments ? Ne sont-ce point, tout comme au temps jadis, les travailleurs qui à bas prix fabriquent ? Et comme jadis ne les renvoie-t-on pas en masse, ne saisit-on pas leurs maisons, leurs meubles, les jouets de leurs enfants ? Ne leur coupe-t-on pas l'électricité par grand froid et quand baissent soudain, par excès d'avidité et d'âpreté au gain, les immenses profits du banquier Feudine ? Où est alors la différence entre la société de consommation et l'exploitation d'autrefois ? Dans le fait que l'Occident ne connaît plus les grandes famines et les épidémies de jadis ? Mais, outre les malheurs et calamités de tous ordres qui s'abattent toujours aussi durement sur le peuple, de formidables fléaux ne sévissent-ils pas dans tout le reste du monde ? Des stars et chanteurs blancs ne s'offrent-ils pas impudemment des milliards de publicité gratuite en larmoyant sur le sort des affamés et des damnés qui peuplent la planète en cette fin de siècle ? Dans ces conditions, que pèse un Feudine ? La vie d'un Feudine ? Pourquoi se battre pour le monde tout à coup en péril du banquier Feudine ? Tenez, contentons-nous d'observer les journalistes mirliflores tout enfarinés, poudrés, cravatés, pochetés, surpayés, creux et nuls, quand ils commentent les déplacements de populations, la mort lente des enfants, les " guerres locales " et autres " conflits régionaux ", la détresse des va-nu-pieds, la prolifération des dictateurs et des tyranneaux, pour comprendre que la société capitaliste ultrasophistiquée que vous nous avez concoctée pour l'an 2000 ne sera vraiment défendue par personne le jour où elle recevra les premiers coups de bélier de la révolte ? Et ces coups, banquier Feudine, voici que les annoncent quelques centaines de combattants révolutionnaires en Occident, appuyés par les armées formidables des prolétaires des continents opprimés, tout bouillants de rogne, oui, nous vous tuerons tous, banquier Feudine, vous, vos penseurs, vos cadres et vos stars, nous vous enlèverons, nous vous jugerons, nous vous liquiderons, vous, vos familles, vos fondés de pouvoir, et vos protestations, les plaintes, les geignements de vos affidés, couverts par les chants de libération du prolétariat, ne seront entendus de personne ! Allez, debout, banquier Feudine, levez les yeux vers le Loum, cette merveille de la nature, parlez et répondez, je vous y autorise, en connaissiez-vous l'existence ?

— Non, répondit le banquier.

— Avez-vous lu la narration loumaire relatant l'épopée du maître et de l'engendreuse sa vieille mère ?

— Non, répéta le banquier.

— Ah çà ! En aviez-vous seulement entendu parler ? »

Et le banquier Feudine répondit non pour la troisième fois.

« Ah ! exhala l'ex-maoïste au comble de l'excitation haineuse, si ça se trouve, si nous vous libérions, peut-être que vous l'achèteriez ! Voulez-vous acheter le Loum, banquier Feudine ? Voulez-vous le visiter d'abord, comme on visite un château avant d'en décider l'acquisition, voulez-vous lui tâter les bourses et pincer son scrotum, coller votre nez aux orifices, lécher le gland à quatre pattes de votre langue de chien, après quoi vous me donnerez votre évaluation personnelle du pic magique ? Et que feriez-vous, banquier Feudine, si vous achetiez le Loum ? Gageons que ce ne serait pas pour des prunes ! A quoi vous pousserait inéluctablement votre cupidité, votre hâte de dégager dans les plus brefs délais de juteux profits du capital investi ? Vous éventreriez ses flancs, vous plongeriez des sondes dans les bouches des cuns, vous fouailleriez les entrailles de la divine montagne pour tâcher d'atteindre les nappes du liquide à caractère quasi spermatique qui s'écoule naturellement du dard depuis les siècles des siècles, vous équiperiez de masques et de combinaisons les plus modernes vos ouvriers et ingénieurs et vous tireriez de la montagne des quantités industrielles de produits loumaires : granulés en flacons, nodules en bocaux, liquide blanchâtre surgelé, tous artefacts de luxe, de haut de gamme comme vous dites, et ainsi vous doubleriez, tripleriez votre fortune géante, et puis vous introduiriez le Loum en Bourse, et alors vous proposeriez des actions loumaires, et enfin, avant l'épuisement du divin dard, vous vous empresseriez de les vendre au plus haut avant qu'elles ne s'effondrent et ruinent le bon peuple gogo, et de la sorte vous quadrupleriez, quintupleriez votre fortune géantissime ! En guise d'épilogue, une fois détruite et rasée l'épine ensorcelée, n'ayant plus besoin du tout de vos ouvriers et de vos ingénieurs, vous fermeriez les mines désormais stériles et vous licencieriez le personnel, pas vrai, banquier Feudine ? Et donc, vous tuer sur-le-champ, ici même, n'est-ce pas la seule, efficace, radicale solution pour écraser dans l'œuf toute tentative et initiative de vous visant à acquérir la montagne, exploiter les travailleurs et multiplier votre capital ? La lutte armée, la violence physique, la liquidation de l'ennemi, voilà qui peut le faire trembler et le vaincre, le reste, tout le reste, au fond il s'en contre-fout, pas vrai, banquier Feudine ? »

« C'est alors, conclut Balino l'aîné, que je jugeai opportun d'intervenir, Léonard n'était plus à l'abri d'une impulsion meurtrière, il avait la bave aux lèvres, Feudine s'accroupit et chia dans son pantalon... J'interpellai Léonard, manière de signaler ma présence : ohé ! Tu peux venir ? J'ai besoin de ton avis sur quelque chose !... Alors il redescendit vers le refuge... Après, je me concertai, à son insu, avec l'Irbat, et je décidai de vous prévenir... Alors, qu'est-ce qu'on fait ? »

A ce qu'il paraît, M. S. et M. G., pourtant intellectuellement et socialement très au-dessus de leurs aveugles disciples, ne s'émurent point outre mesure.

« Quoi, dirent-ils en substance, où sont les raisons de s'inquiéter ? Au contraire, le *discours* du camarade Léonard au banquier Feudine, tel que tu viens de nous le rapporter, traduit une grande maturité révolutionnaire, ce qu'il a dit est juste, sa parabole loumaire est splendide, il faudra qu'il la peaufine et qu'il en tire un texte qui pourrait bien figurer comme l'un des plus fameux du combat communiste... »

La Pompéi intervint : « Nous n'avons pas enlevé Feudine pour le jeter en pâture à un camarade aussi ardent soit-il mais pour qu'il soit jugé, pour obtenir de lui de précieux aveux sur les combines du capital et pour les répercuter sur les masses... Tu diras à Léonard que je le récupérerai demain soir à 11 heures sur la route d'Aula, à peu près à un kilomètre du refuge, tu lui expliqueras que trois gardiens là-haut c'est du gaspillage d'effectifs, et qu'on a besoin de lui ici, d'accord ? »

Et voilà dans quelles circonstances le banquier Feudine fut délivré de ce geôlier pervers. Celui-ci rejoignit la Pompéi, M. S. et M. G. au château de la Garde.

Dans la soirée de ce même samedi, profitant d'une accalmie d'ailleurs toute relative, je m'éclipsai vers 22 heures sur les talons de notre plus ancien pensionnaire, ce cher M. Permont qui, ayant goûté une bonne heure le spectacle offert par la jeunesse de notre village en fête, montait se coucher. Je l'abordai devant sa porte, le priai de me recevoir un moment et de m'entendre, ce qu'il m'accorda avec un bon sourire et autant de naturel que s'il attendait depuis toujours ma démarche. La chambre du docteur était la plus spacieuse et la mieux agencée de l'auberge. Nous l'avions dotée de deux fauteuils à dossier droit et aux larges accoudoirs, prisés des personnes âgées, dans lesquels nous nous assîmes. Et j'informai M. Permont de mon entretien avec le comte Henri l'avant-veille. Alors, tristesse et gravité se peignirent sur son visage. Il médita de longues minutes puis il me parut succomber à un brusque accès de lassitude.

« Monsieur Rouquet, dit-il enfin, les hommes sont de drôles d'animaux... On a beau le savoir, quand on a comme moi beaucoup vécu, beaucoup observé et réfléchi, on n'arrive jamais au bout de ses surprises.... » Il s'interrompit, se tassa dans son fauteuil, et donna tout à coup des signes de frilosité.

« Vous avez froid, docteur ?

— Un tout petit peu, oui, tenez, voulez-vous me passer le châle qui est là, au pied du lit, vous serez gentil. »

Je m'empressai et j'étendis le châle sur ses épaules. J'étais inquiet de l'effet produit par mon information. Le docteur, soudain dépouillé de son humour et de son ardeur enfantine, redevenait un vieil homme, las, mélancolique. Après une sorte de prostration, il revint à moi, me considéra avec solennité : « Vous venez de me donner une information capitale, non pour ce qu'elle révèle mais pour ce qu'elle implique et permet d'imaginer... Nous n'avions pas besoin du comte Henri, n'est-ce pas, pour savoir que Marthe de Tonombres, l'abbé Oviac et Henri de Tonombres se trouvaient, cette nuit-là, à l'extérieur en même temps, tout le monde les avait vus sortir, par contre, c'est la première fois que le comte reconnaît avoir entendu la scène entre sa mère et l'abbé... Certes, il l'avait signalée à la police, et c'est ce témoignage qui a permis aux enquêteurs d'authentifier la lettre d'aveux, mais, d'après mes renseignements personnels, il ne l'avait jamais dit hors du cadre de l'enquête, ce qu'il a fait avec vous... Pourquoi ? Ce n'est pas vous faire injure de rappeler, sans nier la cordialité de vos rapports avec le comte, que vous n'avez jamais été de ses intimes... Par ailleurs, ne trouvez-vous pas surprenant et artificiel qu'il vous ait infligé cette assommante lecture de la lettre de l'abbé ? A quoi répondait cette initiative ? On ne peut constamment mettre les comportements d'Henri de Tonombres au compte de sa " fragilité psychique ", il n'est pas qu'un agité, il est aussi intelligent et plutôt avisé en affaires, m'a-t-on assuré, alors ? »

Je levai les sourcils en signe de perplexité.

« Alors, poursuivit le docteur, peut-être qu'il tenait à ce que vous vous pénétriez bien du contenu de cette lettre plusieurs mois après sa publication ? Avez-vous remarqué que dans ses aveux, l'abbé fait une allusion à peine voilée à son éventuel suicide ? *Laissez-moi régler au mieux mes dernières affaires sur cette terre et la quitter de ma propre volonté, à une heure et par des moyens choisis par moi...* »

Le docteur se redressa, se pencha vers moi et me regarda avec intensité. « En somme, reprit-il en détachant ses mots, nous sommes tous prévenus, et nous n'aurons guère à nous étonner si d'aventure nous retrouvons un jour le cadavre de l'abbé Oviac.

— Vous pensez, docteur, que le comte cherchait à me remettre ce point à la mémoire ?

— Je n'en sais rien, je n'en sais rien, j'essaie de m'expliquer pourquoi le comte a cru bon et possible de se donner en spectacle devant vous... Voyez-vous, dans une affaire de ce genre, tout comme dans un examen clinique, tous les faits, je dis bien tous, doivent être interprétés, et si certains d'entre eux gênent, voire détruisent, de savants et séduisants échafaudages, il est vain de les éluder, ou d'en minimiser la portée... Si nous reprenons l'hypothèse du brigadier et, disons, l'une des miennes, à savoir que l'abbé a été enlevé, qu'il n'est pas coupable, nous butons sur un mystère impénétrable : comment un assassin *préméditant* de tuer madame Marthe au moyen d'une hostie empoisonnée pouvait-il, sans la complicité de l'abbé, être assuré que c'est bien l'hostie cyanurée que celui-ci déposerait sur la langue de la comtesse ? Eh bien, j'ai beaucoup réfléchi à cette question, j'y ai passé beaucoup de temps, j'ai interrogé ici et là de nombreux témoins, j'ai glané des fragments de renseignements que j'ai patiemment recollés, et je suis parvenu à une conclusion originale, pourtant élémentaire, c'est que, tout simplement, la comtesse Marthe de Tonombres n'a pas été tuée par cette hostie empoisonnée. »

Ayant ainsi parlé, je me souviens que le docteur n'osait même pas me regarder en face. Et moi, au contraire, je rivai sur lui mes prunelles arrondies, interloqué, soufflé. Il me laissa patauger une longue minute avant de reprendre : « Évidemment, quand on a dit ça, on a pas résolu grand-chose, et comme toujours dans ces cas-là, une question mal élucidée en soulève plusieurs autres, quatre en l'occurrence : Comment alors, et de quoi, serait morte la comtesse Marthe ?

Comment se fait-il qu'à l'autopsie on ait diagnostiqué du cyanure dans l'estomac de la morte ? Si l'hostie absorbée par la comtesse n'était pas cyanurée, sous l'effet de quoi s'est-elle effondrée dans l'église, quelques secondes après l'absorption de ladite hostie ? Pourquoi une hostie, elle, bel et bien empoisonnée, traînait-elle dans le ciboire ?

» Voilà quatre questions auxquelles il faut répondre quand on avance une hypothèse aussi incongrue que la mienne... Monsieur Rouquet, cette histoire d'hostie empoisonnée, je l'ai tournée et retournée, il est inutile de se creuser davantage la cervelle : ou l'hostie absorbée par la comtesse à la Sainte-Table était empoisonnée et alors, si Oviac n'est pas coupable lui seul maîtrisant le choix des hosties dans le ciboire, lui seul les déposant sur la langue des fidèles, la mort de Marthe est le fruit du hasard et l'œuvre d'un fou, ou la comtesse devait mourir ce jour-là, à cette seconde précise, en ce lieu, en application d'un plan prémédité, et alors, à moins de téléguider du fond de l'église la main de l'abbé sur l'hostie empoisonnée, ces obsèques, cette communion n'ont servi à l'assassin que de mise en scène, il a tué ailleurs ou différemment ou les deux, en ce cas il faut expliquer le malaise et l'effondrement de Marthe de Tonombres deux secondes après la communion. Voilà, et si vous m'avez vu triste, tout d'un coup accablé, c'est que j'ai une idée, maintenant, sur cet assassinat, une idée que les propos que vous a tenus le comte Henri ont pratiquement rendue irrécusable... Cette idée qui m'effleurait depuis quelque temps, mais qui vient de s'imposer à moi, voyez-vous, monsieur Rouquet, m'emplit de tristesse, de pessimisme à l'endroit de mes frères humains... »

Il me fallait quand même dire quelque chose. « Je n'y comprends rien du tout, docteur, prononçai-je, vraiment rien du tout. »

M. Permont me considéra avec intérêt et bonté. « Je vais vous faire une confidence, et même plusieurs confidences... J'ai parlé de mise en scène tout à l'heure, entre la mort naturelle de la comtesse Irène et la mort violente de sa belle-fille Marthe, j'ai la certitude qu'il s'est joué comme une pièce de théâtre, que ses acteurs appartiennent tous au triangle Saindieu-la Garde-le Mirabat, et que la population tonombraise a joué les figurants... De cette pièce, j'ai retrouvé le livret mais il y manque au moins deux pages que je dois m'efforcer de reconstituer. L'une portant sur cet étrange trio Massip-Oviac-Marthe de Tonombres et leur conversation dans la nuit du vendredi 8 au samedi 9 octobre... Souvenez-vous, vous rentriez de Masergaël et portiez un message de Henri à sa mère, à la Garde, quand vous avez rencontré les deux hommes qui se rendaient chez la comtesse... Il était plus de minuit, et le lendemain, la comtesse a tenu devant vous à justifier cette visite tardive de son ami Massip, son ancien patron du temps des maquis... Vous ne trouvez pas bizarre que Massip abandonne une magnifique propriété familiale dans le Périgord pour acheter à Tonombres, tout près de la Garde, et qu'en pleine nuit, avec ce jeune abbé né des amours clandestines de la comtesse pendant la guerre, ils lui rendent visite ? »

Je commençais à peine à distinguer, derrière un voile qui se déchirait lentement, les contours, l'ombre portée d'une réalité extraordinaire qui cependant, aurait dû crever mes yeux depuis longtemps. Le docteur prenait maintenant un plaisir évident à me mettre sur la voie royale : « N'avez-vous jamais noté que l'abbé Oviac, son visage, ses yeux, ses attitudes, rappelait tantôt la personne de la comtesse Marthe tantôt celle du colonel Massip ?

— Vous voulez dire..., balbutiai-je.

— Oui, oui, je veux bien dire, acquiesça M. Permont, j'en mettrais ma main au feu : l'abbé Oviac est, ou était, l'enfant de Marthe de Tonombres et du colonel Massip... ce qui explique qu'ils aient manœuvré pour vivre ensemble mais n'explique pas les rapports clandestins, honteux et furtifs de Massip avec ce fils, mais c'est là une autre histoire, elle ne regarde que le colonel, on peut être capable de défier des tortionnaires et incapable d'assumer le péché de chair, les hommes sont pétris de contradictions déroutantes... Les héros mâles craignent davantage un bâtard qu'un léopard affamé...

» Donc, poursuivit le docteur, cette nuit qui précéda la mort de la comtesse Irène, le trio conféra à la Garde, il serait intéressant de savoir sur quoi... L'autre page du livret auquel je faisais allusion, c'est celle où l'on pourrait lire ce que se sont *vraiment* dit l'abbé Oviac et sa mère Marthe dans le parc du château du Mirabat la nuit de la veillée funèbre de la comtesse Irène, et donc ce qu'a vraiment entendu le comte Henri... Voilà où j'en suis, monsieur Rouquet, mais je vous dois une dernière confidence : je n'ai pas l'intention de remettre à la police les conclusions de mon enquête personnelle, j'ai par contre résolu de vous les laisser après ma mort, de vous confier le soin et la responsabilité de les utiliser ou non, d'en disposer à votre convenance... J'ai par ailleurs dissuadé notre ami, le jeune Dan Petto, d'aller plus avant, ce qu'il a accepté, je l'avoue, très difficilement, mais je crois savoir qu'il s'en est accommodé et qu'il a repris du service à la Médiatrice... Vous recevrez après ma mort une convocation de mon notaire qui vous remettra une serviette de cuir rouge... Elle contiendra, non seulement les tenants et les aboutissants de la mort inouïe de la comtesse mais l'identité de l'assassin, et la preuve spectaculaire, écrasante, de sa culpabilité... Voilà, monsieur Rouquet, je vous ai fait perdre assez de temps comme ça un samedi soir de fête ! »

Au lieu de redescendre tout de suite dans la salle, je passai par ma chambre où je m'octroyai dix minutes de réflexion.

Que l'abbé Oviac fût le fruit des amours clandestines de madame Marthe et du colonel Massip, je m'y habituais facilement, comme si mon subconscient avait de tout temps hébergé la nouvelle. Encore fallait-il l'authentifier. C'est la double décision du docteur de garder par-devers lui, de son vivant, la vérité, et de faire de moi son exécuteur testamentaire à ce sujet, qui me chauffait les méninges. Dan Petto, par exemple, n'était-il pas, à certains égards, le mieux indiqué ? Pourquoi moi ? Un homme aussi réfléchi et méthodique que M. Permont ne m'avait pas désigné par hasard. Connaissait-il ma véritable filiation ? Me savait-il comme Oviac, membre de la famille Tonombres ? Moi aussi fruit tombé d'un rameau illégitime ?

Quelqu'un frappa à la porte. C'était maman. Maman sagace. Maman fée. Ou maman sorcière ? *Brouche,* comme on dit en patois au fond des vallées de la Haute-Ariège. Dès ma plus tendre enfance, chaque fois que je restais trop longtemps seul dans ma chambre, elle avait filé de sa cuisine, leste et furtive, chatte aux aguets, et ainsi à ma porte frappé. Maman appréhendait les divagations solitaires. Elle n'y voyait rien de bon, pour elle, une dépression traduisait une incursion du démon dans la demeure de l'âme. Les faibles d'esprit, les aliénés n'étaient que les anciens combattants, les éclopés d'une guerre éternelle, coupée d'armistices, de cessez-le-feu, mais renaissant sans cesse, contre les armées du malin. Enfant, elle avait découvert, dans une grange de son hameau natal, un oncle qui se balançait la corde au cou, et sa famille avait fait exorciser le lieu maudit. De ce traumatisme datait peut-être sa peur panique des diableries fondant sur les cerveaux rendus vulnérables par des sollicitations excessives. Aussi veillait-elle au grain quand je m'isolais. Après l'avoir rassurée, je replongeai dans la mêlée. La fête de Tonombres s'annonçait bien. Les membres du comité et du conseil municipal échangeaient œillades et bourrades. Il faisait beau. La brise d'Arabie caressait la Haute-Ariège. Pareille clémence n'était pas au rendez-vous chaque année. Souvent, des orages brutaux, une chape de brume gâchaient les réjouissances. Tous, nous bénissions le ciel.

Seul déambulait, sombre, égaré, l'antifasciste tonombrais Pujol-Arnaud.

Le samedi soir, j'eus le plaisir de voir apparaître Dan Petto, tandis que le bal battait son plein. Il était descendu au Cascaret, l'hôtel de Soueix, le village voisin, où il avait ses aises. Je le revois comme s'il se tenait devant moi : un Dan Petto tourmenté qui, pour une fois, n'essayait pas de donner le change par quelques-unes de ces sympathiques clowneries auxquelles il m'avait habitué. Je n'avais guère le temps de m'attarder, aussi le conviai-je à se distraire jusque vers 1 heure du matin où je pourrais respirer un peu. Ce qu'il fit. La nuit était claire et douce. D'un commun accord, nous choisîmes de marcher plutôt que de nous attabler. Il m'expliqua la décision de M. Permont de l'éloigner de son enquête, de son insistance à le dissuader de poursuivre.

« Le docteur a peur, pas pour lui mais pour moi, et sûrement aussi pour d'autres, ce n'est vraiment pas un type ordinaire, il a tout élucidé et il préfère tout garder par-devers lui plutôt que de soulever le couvercle de la marmite... C'est le mois dernier que son attitude a changé vis-à-vis de moi... Il a dû découvrir le pot aux roses, et, de ce moment, il m'a demandé de renoncer, de reprendre le boulot à la Médiatrice, ce que j'ai fait... Finalement, je n'avais plus le choix, mais je n'ai pas résisté à venir faire un tour à la fête, juste pour le coup d'œil, maintenant, je ne suis plus très à l'aise, je ne sais pas très bien pourquoi... »

Je me bornai à manifester ma compréhension au journaliste tout en lui mentant un peu : « Vous savez, moi, j'ai décroché dans cette histoire, je crois que vous agissez sagement en vous retirant... Vous restez jusqu'à quand ?

— Peut-être la semaine, indiqua Dan Petto.

— Alors, j'aurai l'occasion de vous inviter à la maison. »

Nous revînmes sur nos pas. Il regagna Soueix et moi l'auberge.

Le lendemain dimanche, tout Tonombres fut à la grand-messe de 10 h 30. Les cloches sonnèrent dès 10 heures. Pas une famille qui ne fût au moins représentée par l'un de ses membres, mais nombreuses étaient celles qui s'y rendaient au complet. Il fallait arriver à l'avance pour avoir une place. Traditionnellement, en ce dimanche de fête, c'est papa qui gardait l'auberge car il n'était pas question de priver nos employés de cette cérémonie. Aussi nous retrouvâmes-nous, maman, Pierre le Cachou, Adélaïde, Étiennette et moi-même à 10 h 10, vingt minutes avant le commencement de la messe, à de bonnes places, au deuxième rang. Le jeune Léon, étranger au village, et qui n'était pas très porté sur la religion, préféra tenir compagnie à papa. Entre 10 h 15 et 10 h 30, les Tonombrais affluèrent en rangs serrés. Des paroissiens qui ne mettaient jamais les pieds à l'église durant l'année se faisaient un devoir de se montrer en cette occasion. Je ne pus m'empêcher de sourire en débusquant dans la foule, le fils Laglèse, le fils Lagnette, le Carrérat, grands contempteurs des bondieuseries. Henriette et Paul Pujol-Arnaud accompagnaient leur mère, frêle, pâle, de noir vêtue. Comme tous les ans, les châtelains du Mirabat, flanqués d'une escouade d'invités, impressionnèrent l'assemblée quand ils se présentèrent à 10 h 25 précises et qu'ils se dirigèrent vers leurs chaises réservées dans la chapelle de la Vierge Marie. Ramirez poussant le fauteuil roulant de M. Broume fit sensation. L'abbé Cancel, condisciple de l'abbé Oviac au grand séminaire de Toulouse et son remplaçant provisoire, officiait. Aux côtés des Tonombres, je reconnus M. Reverini et M. Clar, le secrétaire d'État à l'Information que j'avais aperçu aux obsèques de madame Irène et qui encaissait dignement les accusations portées contre lui dans ce qu'on avait baptisé l'affaire Clar. On l'accusait d'avoir envoyé des enfants juifs et des adultes à la mort alors qu'il était en poste dans une préfecture importante. Ayant reçu l'appui de membres éminents de son parti, il était en passe de se libérer de cette accusation née de la déposition d'un juif aussi modeste qu'inconnu qui disait disposer de preuves irréfutables. L'abbé Cancel monta en chaire : « Prions pour tous ceux qui souffrent, et aussi pour tous ceux qui souffrirent et péchèrent avant nous ici et ailleurs », phrase admirable, dotée de cette vertu rare d'être comprise et appréciée par tous, du plus inculte au plus cultivé des paroissiens, et nous priâmes donc à l'unisson, tant pour le repos de l'âme de madame Marthe que pour celle de l'abbé Oviac en fuite et peut-être trépassé, tous deux indissolublement associés dans une ardente supplication de pardon et de rédemption. « Aujourd'hui, mes frères, mes sœurs, est le jour de la Transfiguration », et il lut un passage de l'Évangile selon saint Matthieu : *Six jours après, Jésus prit avec lui Pierre, Jacques et Jean, son frère, et les mena à l'écart sur une haute montagne. Et il fut transfiguré devant eux. Son visage devint resplendissant comme le soleil, et ses vêtements blancs comme neige.*

D'une certaine façon, des hommes de bien du genre de MM. Clar et Reverini qui avaient sincèrement cru servir au mieux la patrie en exécutant la politique du maréchal Pétain et du chancelier Hitler, n'étaient-ils pas, à leur tour, vingt-cinq ou trente ans plus tard, « transfigurés » ? Leurs visages rougis de honte, en 1945, sous les accusations et les clameurs du peuple versatile qui les jugeait, tondait leurs femmes et leurs filles, ne « resplendissaient »-ils pas « comme le soleil » ? Et leurs vêtements si souillés du sang des maquisards, résistants « terroristes », des juifs et des Tsiganes exterminés par la plus puissante, instruite, industrieuse, romantique nation du monde, ne redevenaient-ils pas « blancs comme neige » ? En ce dimanche de la Transfiguration, dans cette petite église de mon cher Tonombres, tandis que l'abbé Cancel lisait d'une voix chaude et tendre ce passage de l'Évangile selon saint Matthieu, je portai mon regard vers la chapelle où le clan pétainiste antisémite du Mirabat se recueillait, les yeux mi-clos, devant la statue de la Vierge Marie. C'est vrai que sous l'effet des rayons du soleil qui perçaient les vitraux, leurs vêtements et leurs visages apparaissaient immaculés, et blanches leurs âmes, comment en douter ? Si leurs visages « resplendissaient comme le soleil », si leurs vêtements étaient « blancs comme neige », pourquoi cette enveloppe merveilleuse et diaphane aurait-elle emprisonné des âmes noires ? Bien sûr que protestait quelque part très loin une voix prétendant que tout n'était pas clair. Mais, qui disposait du don surnaturel de trier, ce qui, dans ce domaine, était clair, de ce qui ne l'était pas ? Certes, des paroles de l'écrivain antifasciste U.G. me revenaient régulièrement à la mémoire, mais elles ne suffisaient nullement à éclairer le peuple sur cette question formidable de la « Transfiguration », après la guerre, des citoyens Clar, Reverini et Tonombres. Qui leur avait évité la potence ? Pis : qui les avait décorés, promus, hissés sur le pavois ?

Un jour, le narrateur-censeur Poirot-Delpech s'était interrogé : « Les tranchées de 14 ont été évoquées à satiété dans les années 20 et 30 et n'ont pas reparu ensuite. Pour 1939-1945, ce fut l'inverse : des flots de témoignages à chaud, puis le silence... Pourquoi cet intérêt soudain des romanciers pour cette période ? »

L'écrivain antifasciste U.G. avait souvent abordé cette question avant son suicide. A ses yeux, c'est que la guerre de 14-18 n'était pas honteuse, que ses faits d'armes parlaient au peuple exsangue, saigné à blanc, brisé de douleur mais fier. Pensez ! Que d'assauts meurtriers pour enlever et reprendre le fort de Douaumont ! Alors on avait chanté les exploits des poilus, fleuri les cimetières, érigé partout des monuments aux morts, puis on avait tourné la page de ces événements glorieux mais dénués de mystère, où tout avait été expliqué :

la déclaration de guerre, les batailles, les traités, etc. Après *Les Croix de bois, A l'ouest rien de nouveau, Heureux les épis mûrs et les blés moissonnés,* il ne restait plus rien à écrire, la vie avait repris ses droits et les consciences n'imploraient aucun pardon.

« Tout autre, exposait U.G., avait été et demeure le cataclysme de 1939-1945. Là, une France vermoulue et déchue se coucha, tel un grand cétacé égorgé par des squales, dans la boue et la honte, dans une Europe ravagée par le crime organisé, par un gang au niveau d'un État et à l'échelle industrielle, par des " seigneurs " jouant du génocide et de l' " espace vital ". Moralité, sens de l'honneur, instinct de la liberté, le cédèrent aux pires veuleries, compromissions en tous genres et complicités de meurtre. La victoire " mécanique " des armées alliées, qui a terrassé le monstre nazi, n'a pas allégé la conscience ni éclairci les idées d'une France qui ne s'est pas encore remise de pareille dislocation, et, après la cauchemardesque " campagne de France " du 15 avril au 15 juin 1940, et l'ouverture des portes d'Auschwitz, il n'y avait certes pas motif à écrire derechef *Les Croix de bois :* où était l'épopée ? — Que fut votre guerre ? questionne-t-on. On ne sait pas. En vérité, la France n'avait pas connu pareil avilissement, pareil écrabouillage, depuis Azincourt, Brétigny et le déshonorant traité de Troyes qui la livra comme une pute au roi d'Angleterre. Pour ces raisons, le spectre de 1939-1945 pèsera des siècles sur notre " conscience collective " », assurait U.G. Dans ces conditions, rien d'étonnant à la circonspection des créateurs à l'égard de cette guerre dont même les morts n'ont pas fait vraiment pleurer la nation, rien d'étonnant à leur méfiance à l'endroit de ces temps troubles des années d'occupation. Mais un beau matin, les fils et filles des vaincus de 40, intrigués, inquiets de ce vide et de ce silence, dressèrent soudain les oreilles et reniflèrent des remugles : dix ans après l'holocauste et la lâcheté de millions d'aînés, voilà que les anciens bourreaux, jouisseurs et profiteurs de tout poil se haussaient du col tandis que les anciens héros, eux, faisaient l'objet de compassion, voire de dérision, que les affaires et la politique reprenaient leurs droits et qu'on réhabilitait à tour de bras. C'était le début du processus de « transfiguration » des Clar, Sanaris, Reverini, Tonombres, et dans toute l'Europe le hissage sur un piédestal économique des puissances de l'Axe finalement défaites en 1945, l'Allemagne, le Japon, et l'élection d'un Schleyer, ancien dépeceur nazi de l'économie tchécoslovaque, à la présidence du patronat allemand, avant qu'il ne fût liquidé par les terroristes, bref la transmutation du plomb vil en or pur !

Cette fois, les romanciers à l'odorat sensible se sentirent incommodés et ils s'interrogèrent : Que se passe-t-il ? L'affaire se complique-t-elle encore ? Suffit-il aujourd'hui de se prononcer contre les Soviets pour récupérer, comme à une foire à la ferraille, quelques certificats de bonne conduite vendus à l'encan par des titulaires ruinés ou des héritiers peu scrupuleux ? Que la « der des ders » fût un slogan naïf, on s'en doutait, au moins pouvait-on exiger de l'espèce humaine qu'il n'y ait vraiment *plus jamais* d'holocauste et que, résistant à ses tendances à la vénalité et à la lâcheté, ladite espèce manifestât cette exigence par un refus intransigeant de l'absolution des vaincus de l'aventure nazie, eh bien non ! Les Reverini, les Clar, les Sanaris avancent masqués derrière un libéralisme douteux et les voici qui s'enhardissent ! Une droite de « transfigurés » ! « Ça devrait nous intéresser, pas vrai, nom de Dieu ? » tonnait U.G. peu avant son suicide, « nous serons calomniés dans le moment mais loués dans les siècles des siècles ! Narrons ! Narrons ardemment ! Détransfigurons à tour de bras ! Sus aux momies des diables noirs, aux étendards grossièrement maquillés en oriflammes de la liberté ! »

Ainsi tempêtait autrefois l'écrivain antifasciste U.G.

Et pour avoir fustigé une partie de l'establishment juif mondial, à ses yeux immensément coupable de mollesse, voire d'aveuglement volontaire, face au retour en force des

« libéraux antirépublicains, cagoulards et antisémites viscéraux », c'est lui, U.G. le malheureux, qui fut accusé d'antisémitisme, preuve bouffonne mais accablante, définitive, que, décidément, les choses n'allaient plus très bien en cette fin de siècle. Et j'entends encore l'écrivain gémir : « Ô grotesquerie tragique ! Seigneur, où que vous soyez, qui que vous soyez, décousez vite leurs paupières et décapez leurs tympans. »

Et tout ce monde communia. Nos employés et moi, nous sortîmes de l'église avant la fin de la messe afin d'être fin prêts pour servir l'apéritif-concert qui succédait rituellement à la cérémonie. Dans quelques minutes, notre auberge et notre terrasse seraient envahies, prises d'assaut par les Tonombrais et les touristes. Déjà, l'orchestre était installé. Maman, elle, se faisait un devoir d'assister jusqu'au bout à l'office. A 11 h 45, la cohue déferla. Et les musiciens commencèrent à jouer. Nous avions réservé aux Tonombres et à leurs invités des places sur la terrasse : trois tables et une douzaine de chaises. Quand les hôtes du Mirabat furent assis, je pris leur commande. Étaient présents : le comte Henri, sa femme Josiane, son fils Louis, le secrétaire d'État Clar, M. Broume, le chauffeur Ramirez, M. Reverini, M. et Mme Brem-Voringe, Ida, la femme de chambre de feu madame Irène, et un monsieur aux cheveux très blancs mais étonnamment alerte, le regard vif, le visage en perpétuel mouvement, le geste précis, probablement plus proche de quatre-vingts que de soixante-dix ans, chaperonné par une quinquagénaire énergique et attentive à tout. Je n'avais encore jamais vu ces deux personnes dans l'entourage des Tonombres mais je compris vite que ce monsieur avait dû exercer d'éminentes fonctions. Nous avions placé le groupe Tonombres à l'aile droite de notre terrasse. A l'aile gauche, le colonel Massip qui, lui aussi, avait des invités : outre le journaliste Busoch et M. et Mme Cavalié, je reconnus Felipo, le patron du Paso del Ebro, la taverne préférée des vieux républicains espagnols de Toulouse, El Campesino, personnage légendaire de la guerre civile, César Kasparian, promoteur lyonnais d'origine arménienne, grand résistant, et son petit-fils Ara, Guiver dit le Kysti dit le Christi, Amador et Suarez, anciens chefs de maquis espagnols, Ray Pastre, jadis vice-champion du monde de boxe, battu de justesse au Madison Square Garden par le génial Al Brown, torturé par Klaus Barbie à la prison de Montluc à Lyon, orteils arrachés, pieds brûlés, depuis sur béquilles, croix de guerre, médaille de la Résistance, chevalier de la Legion of Merit des États-Unis, retrouvé un jour à la cloche, sous les ponts de Narbonne, finalement recueilli et repris en main par son chef de réseau Massip. Le colonel les recevait quelques jours à Saindieu. Au centre et à la pointe de cette sorte de triangle que dessinait la terrasse, s'agglutinait une communauté cosmopolite et bruyante : deux des formations qui devaient se produire la semaine suivante dans le cadre du festival d'art populaire, les Irlandais du Bullinrobe Group et une troupe folklorique basque, auxquels s'était joint le chanteur anarchiste toulousain Arenas, assidu de mon bar de la rue Malbec, fils d'un soldat tué à Teruel en janvier 1938. Autour d'un minuscule guéridon et juste à côté de la porte d'entrée, je repérai avec plaisir M. Permont et Dan Petto qui conversaient calmement : le docteur ne semblait pas marri outre mesure de revoir à Tonombres son impétueux associé. Pujol-Arnaud et sa sœur, ayant raccompagné leur mère, étaient revenus et cherchaient désespérément une place : que pouvais-je faire pour eux ? Ils échouèrent chez les Basques et les Irlandais. Enfin, à peu près au centre de notre dispositif, à mi-distance des Tonombres et des gens de Saindieu, se serraient autour d'une table le fils Lagnette, le fils Laglèse, le Carrérat, Antoine Ordonez. Pas de Gisèle en vue. Je m'en étonnai. J'ignorais que Mlle de Tonombres traitait à la Garde deux des plus forts cerveaux d'abord du maoïsme puis de la révolution mondiale en marche, M.S. et M.G.

Si je ne m'étais pas attardé un peu trop dans les parages des tables Tonombres, manière de manifester ostensiblement une attention spéciale à ces clients de marque, cet apéritif-concert se serait certainement déroulé dans le calme, en dépit des haines et antagonismes inexpiables qui croisaient leurs feux de table en table. En chemise, manches retroussées, un plateau vide à la main droite, un torchon blanc sur le bras gauche, debout derrière le comte Henri, j'entendis une conversation qui me projeta très loin des festivités estivales.

Le comte Henri :

« Monsieur le ministre, quand publiez-vous la suite de vos *Mémoires* ?

— Si Dieu le veut, mon cher, au mois de février prochain. »

Le comte Henri :

« Je suis impatient de lire l'ouvrage, votre tome 1 se termine en juin 40, jusqu'à quand va le deuxième ?

— A la constitution du gouvernement Laval en avril 1942.

— Ah, soupira alors M. Broume, il allait me nommer un mois plus tard aux questions juives... Quelle époque exaltante, mais aussi que d'erreurs nous avons commises...

— Oui, coupa sèchement l'ancien ministre, il y eut surtout que trop de nos amis ne comprirent pas grand-chose à la révolte surhumaine d'une Allemagne régénérée par le chancelier, quand ils ne nous trahissaient pas en sous-main en travaillant avec Londres....

— Aujourd'hui, dit M. Reverini, j'ai l'impression qu'on commence à mieux saisir les objectifs que nous poursuivions à l'époque, mais est-il temps ? On ne peut songer qu'à enrayer le cancer communiste mais l'extirper et le détruire ne me paraît plus guère possible, d'autant que l'Amérique, dernier vrai rempart du monde libre, est en passe de tomber sous l'influence d'une ploutocratie cosmopolite qui a carrément changé de continent.

— C'est peut-être là la chance unique de salut, observa M. Broume, un jour, les Américains feront comme les Allemands dans les années 30, ils finiront par comprendre et ils se révolteront, la prochaine offensive mondiale contre la puissance juive naîtra quelque part dans le Middle West, au Kansas, au Texas, les fermiers et les pétroliers ruinés imposeront à la Maison Blanche un chef qui aura mission de restituer les banques et les médias à la nation américaine... et à Moscou, ils ne lèveront pas le petit doigt... »

Ces fortes paroles firent méditer un moment cette petite mais éminente assemblée. Puis intervint le comte Henri : « Le communisme se minera de l'intérieur et nous l'y aiderons, après quoi, nous devrons entreprendre et cette fois réussir le redressement économique et moral de l'Europe... L'effondrement du communisme à Moscou ouvrira les vannes à une immense et saine réaction, et nous pourrons alors appuyer une Amérique désireuse elle aussi de se régénérer, de se libérer de ce matérialisme avilissant qui a dévoyé les nobles et vigoureuses aspirations des pionniers. »

Pour moi, c'était une première : je savais le comte Henri très proche des idées de son père, je ne l'avais encore jamais entendu exprimer ses idées politiques. Voilà qui était fait et qui, pourquoi le nier, m'impressionnait.

« Monsieur le ministre, reprit M. Broume, dans ce tome 2, avez-vous raconté votre voyage à Berchtesgaden ?

— Oui, cher ami, sans rien omettre, ni mes sentiments ni les échanges politiques avec le Führer. »

Derechef, il y eut un temps. Tous rêvaient. Et Rouquet fils aussi.

M. Broume revint à la charge :

« Monsieur le ministre, je crois bien que de nous tous, vous êtes le seul qui eut ce privilège immense de voir le Führer...

— Parlez-nous de lui, monsieur Sorgue », pria le secrétaire d'État Clar.

Et, à mesure que parla le ministre Sorgue, en 1942 proche collaborateur de l'amiral Darlan, je me transportai dans la vallée de Berchtesgaden : la route qui monte, le ciel gris, les pans de brume accrochés aux montagnes, la rumeur des cascades. Je croisai la voiture du maréchal Goering, celles de ses aides de camp, puis celle de M. Himmler, qui venait de conférer avec le maître de l'Allemagne nazie, dirigeant la guerre de sa tanière de l'Obersalzberg, je serrai la main de M. de Ribbentrop qui nous y accueillait, je m'inclinai devant le Führer qui avait accepté de prendre le thé et qui pénétrait dans le salon avec l'amiral Darlan, son interprète Schmidt et l'ambassadeur Abetz.

« ... Oui, je voyais le Führer en personne, racontait M. Sorgue, la voix brusquement altérée, et il ressemblait en tous points à la description qu'en fit M. Benoist-Méchin, *très droit, immobile, vêtu d'une tunique feldgrau et d'un pantalon noir, les mains jointes, le regard tendu vers un horizon lointain... Et il se dégageait de lui un mélange indéfinissable d'isolement et de puissance... Il était moins grand qu'il ne le paraissait à distance, les cheveux nettement plus blonds, quant à ses yeux, des yeux si extraordinaires que je ne vis qu'eux tout d'abord, ils étaient d'un bleu clair et transparent, légèrement striés de gris... On eût dit de prime abord qu'ils étaient vides et privés de vie, comme ceux des statues antiques... ! Mais, très vite, on était amené à corriger ce jugement... Ce qui donnait cette sensation de vide, c'était leur fixité, car on eût dit que les prunelles de Hitler, au lieu d'observer le monde extérieur, étaient tournées vers le dedans et suivaient un spectacle qui se déroulait au fond de lui-même... A l'encontre de la plupart des gens dont le regard se pose sur vous ou vous transperce, celui du chancelier semblait vous attirer vers lui et vous entraîner lentement vers son abîme intérieur, on en ressentait une espèce de vertige auquel on ne pouvait se soustraire que par un effort de volonté...* Et puis, quand l'amiral prit la parole, *le visage du chancelier se détendit et s'anima... Je l'avais cru figé, c'était au contraire le visage le plus mobile que l'on pût concevoir, on eût dit un écran sur lequel se peignaient les nuances les plus fugitives de sa sensibilité, on songeait en le regardant à ces ciels d'orage où les nuées pourchassées par le vent se chevauchent et se bousculent, entrecoupées d'éclaircies inattendues et de brusques percées de lumière...* »

L'ancien ministre de Laval s'interrompit alors, comme oppressé par un souvenir et un être aussi écrasants. Nul membre de son auditoire subjugué ne commenta cette interruption de l'évocation du grand sorcier nazi. Et moi, Rouquet fils, honnête et bon citoyen français, bouche bée, j'avais toutes les peines du monde à revenir sur terre. Le comte s'en avisa et me sourit. M. Sorgue se retourna et, me découvrant dans son dos, siffla : « Qui est ce jeune homme qui m'a écouté ? » Le comte Henri, MM. Broume et Reverini le rassurèrent en me décernant des éloges à l'unisson : « C'est le fils de l'aubergiste... Un très brave garçon... Un jeune homme apprécié de Sanaris. » Et en apothéose, M. Broume : « Il me frotte le dos quelquefois. »

La tête emplie d'images d'Hitler, je finis par m'éloigner de ce groupe captivant. Puis, sans l'avoir médité, emporté par mes jambes dans la direction opposée, je me retrouvai entre la table des delendistes et celle du groupe Saindieu. Je ne pus m'empêcher de penser, tout en prenant une ou deux commandes, que Massip et ses camarades organisaient la lutte contre l'occupant et sa Gestapo au moment même où M. Sorgue était reçu en 1942 à l'Obersalzberg, mais, vivions-nous une époque où il était encore important de le noter ? Aussi cette pensée un peu ridicule s'en fut-elle aussi vite qu'elle était venue. C'est alors que, mû par une mauvaise inspiration, peut-être un désir incoercible de faire le malin, ou plus simplement de me libérer des visions que je venais d'accumuler, me penchant à l'oreille du fils Laglèse, politiquement inoffensif, je glissai : « Dis donc, tu as déjà rencontré Hitler, toi ? » Et je passai au colonel pour m'assurer que tout allait bien.

Sur le retour, Rambouillat m'interpella. Cet imbécile de Laglèse lui avait répété mes propos. « Dis-moi, Henri, tu fantasmes sur Hitler maintenant ? »

La marche enlevée que jouait l'orchestre couvrit cette raillerie venimeuse qui ne parvint aux oreilles que des consommateurs des tables voisines. L'agrégé gauchiste insista : « Tu as demandé à Laglèse s'il avait déjà rencontré Hitler ? C'est quand même pas banal, non ? » Ce n'était pas banal, en effet. Et si je n'avais rien dit à Laglèse, je me serais épargné cette situation fâcheuse, pénible, dans laquelle je menaçais de m'engluer. N'empêche : ce Rambouillat qui appuyait à plaisir sur la pédale était ignoble. Peut-être poussé par mon désir inconscient de défier mon ennemi mortel je laissai échapper : « Il y a là-bas un ancien ministre qui a vu Hitler en chair et en os, et qui racontait son entrevue, voilà tout. » Sur quoi, je fis ce que j'aurais dû faire quelques minutes auparavant : je tournai les talons. De loin, je les surveillai du coin de l'œil. Ils se mirent à conciliabuler et reprirent les mines ridicules de comploteurs que je leur connaissais bien. Une fois de plus, c'est Pujol-Arnaud qui m'inquiéta. Il se leva de sa chaise, s'approcha d'Ordonez, se pencha et tendit l'oreille. Je compris qu'Ordonez le renseignait sur ce qui venait d'être dit car, se relevant lentement, il regarda dans la direction des Tonombres, ce qui me parut de très mauvais augure. Puis il rejoignit sa sœur Henriette. Ils discutèrent de plus en plus vivement. A un moment, Henriette chercha quelqu'un des yeux. Elle veut me voir, pensai-je aussitôt, et je me plaçai dans son champ de vision. Alors elle quitta brusquement son frère et marcha vers moi. « J'en ai marre de Rambouillat, hier, je lui ai déjà dit ce que je pensais de lui, il a toujours monté la tête de Paul en abusant de son influence de jeune prof brillant et parti de rien, Paul lui doit à peu près toute sa culture littéraire, c'est vrai, mais maintenant qu'ils ne font plus que de la politique, après l'avoir manipulé et pressé comme un citron, ils l'ont laissé tomber, je crois qu'ils ne le jugent pas fiable pour ce qu'ils ont appelé leur “ deuxième phase ”, et Paul est prêt à n'importe quelle bêtise pour attirer leur attention, il s'excite tout seul, et ça m'inquiète beaucoup... »

Paul avait rejoint Arenas, les musiciens basques et irlandais. Ils se concertèrent une dizaine de minutes. Pujol-Arnaud s'en fut dire quelques mots au chef de l'orchestre officiel de la fête qui animait cet apéritif-concert. Puis, Arenas et des musiciens irlandais, un trombone et un guitariste, se levèrent et interprétèrent une chanson inconnue de l'immense majorité des citoyens. Arenas chantait en français. Une mélodie lente, très rythmée, une sorte de marche funèbre aux accents émouvants. Il paraît qu'il s'agissait d'un chant révolutionnaire d'origine allemande intitulé : *Le Chant des marais.*

Loin vers l'infini s'étendent/des grands prés marécageux/pas un seul oiseau ne chante/sur les arbres secs et creux, et ce refrain, repris en chœur par Ordonez, Rambouillat, Pujol-Arnaud, tous les Irlandais, un seul Basque, fredonné par le terrible Guiver à la table de Massip, et, ici et là, par quelques vieux Espagnols.

Ô terre de détresse/où nous devons sans cesse/piocher/piocher.

Arenas emprunta une guitare à l'un des musiciens et continua de chanter en s'accompagnant lui-même et en se déplaçant entre les tables, suivi à la queue leu leu par les Irlandais et le Basque :

Bruit des pas/bruit des armes/sentinelles jour et nuit/et du sang, des cris, des larmes, la mort pour celui qui fuit.

C'est alors que je saisis le but de la manœuvre : le groupe Tonombres. De table en table, le petit cortège emmené par Arenas se faufilait tel un serpent vers sa proie : les pétainistes et les néo-nazis du Mirabat. Ils n'étaient plus qu'à une quinzaine de mètres, et ils chantaient toujours, avec lenteur et componction :

Mais un jour dans notre vie/le printemps refleurira/libre enfin, ô ma patrie/je dirai tu es à moi. Les Tonombres et leurs amis n'avaient d'abord guère prêté d'attention à ces jeunes gens dont le numéro faisait, pour eux, partie du programme des réjouissances mais force leur fut bientôt de se préoccuper de ces musiciens aux visages plutôt peu avenants qui chantaient ce chant bizarre et qui se rapprochaient d'eux à vue d'œil.

Ida, Ramirez, monsieur Henri, M. Reverini se firent soucieux tandis que le jeune Louis, franchement alarmé, se tenait sur ses gardes, visiblement prêt à en découdre. Maintenant, Arenas était arrivé. Les musiciens qui le suivaient se tassèrent autour de lui. Et ils entonnèrent le dernier refrain :

Ô terre d'allégresse/où nous pourrons sans cesse/aimer/aimer.

Là-bas, Rambouillat, Pujol-Arnaud et Antoine Ordonez chantaient debout. Je jugeai prudent de m'approcher des Tonombres. Presque tout le monde avait compris qu'il se passait autour d'eux des choses anormales. Les clients les plus éloignés du centre de l'agitation commençaient à se lever les uns après les autres pour mieux voir. Les conversations et discussions joyeuses s'éteignaient. L'un des Irlandais, grand, carré, brun et frisé, que je revois comme s'il était devant le bureau Louis XV de feu Robert du Vial sur lequel j'écris *La Pompéi,* se détacha du groupe des musiciens, contourna les tables des Tonombres, s'immobilisa posément face à M. Sorgue, lui adressa le salut nazi, et d'une voix de ténor il chanta en un français déformé par un accent épouvantable :

SS, marchons vers l'ennemi/chantons le chant du diable/là où nous passons, que tout tremble/et le diable y rit avec nous/ha, ha, ha, ha, ha, ha, ha !/SS, nous rentrerons en France, chantons le chant du diable/ Bourgeois, craignez notre vengeance/et nos poings formidables/nous couvrirons de nos chants ardents vos cris et vos plaintes angoissées/avec nous hurle Satan/ha, ha, ha, ha, ha, ha, ha !

Et cet Irlandais, avant d'entonner les derniers *ha, ha, ha, ha,* invita ses copains à les reprendre en chœur ce qu'ils firent en adressant, eux aussi, le salut nazi aux Tonombres et à leurs amis. L'Irlandais bissa avec « *avec nous hurle Satan* », et suivit le répons des copains : *avec nous hurle Satan !* Puis encore *ha, ha, ha, ha.*

Personne ou presque ne comprenait très bien ce qui advenait sur la terrasse des Rouquet, à l'exception de gens comme Massip, Busoch, les châtelains du Mirabat, et les citoyens fascistes fanatiques et nostalgiques du IIIe Reich qui pouvaient traîner ce jour-là dans les parages de la place de l'Allée. En Haute-Ariège, nous en étions restés à *Maréchal nous voilà, devant toi, le sauveur de la France,* nous n'avions pas vu en chair et en os ces fameux SS ni entendu leurs chants et, paraît-il, celui chanté par l'Irlandais aux hôtes du comte Henri en manière de provocation-dérision était célèbre, bien des oreilles le supportaient mal, bien des douleurs, fureurs et désolations laborieusement refoulées à l'intérieur des poitrines et dessous les plexus d'hommes et de femmes, juifs et ci-devant « terroristes », dégorgeaient inévitablement. Qui avait appris ce chant à ce jeune Irlandais dont je sais aujourd'hui que sa présence à Tonombres en ce mois d'août n'était pas innocente ? Ce fut l'objet d'une controverse confuse dont je dispenserai le lecteur. Quoi qu'il en fût, le fait était là : pour la première fois, cet air et ces paroles avaient retenti à Tonombres. Et lesdites paroles étaient si claires que le Tonombrais le plus obtus avait pu saisir qu'il s'agissait là d'un chant SS. Aussi la curiosité du plus grand nombre fut-elle vive, au point qu'elle prédomina sur l'émotion intense qui s'était emparée de quelques-uns. Mais les châtelains du Mirabat étaient, eux, superbes de tenue, de sang-froid, hormis peut-être Louis qui piaffait et bouillonnait de rage et que son père retenait d'un regard impérieux. MM. Broume, Clar et Reverini paraissaient même s'amuser : qu'est-ce qu'ils avaient donc, ces jeunes, à beugler un chant SS après un chant communiste ? Où voyaient-ils dérision et provocation ? Qu'avait ce chant de déshonorant et que d'anciens soldats ne pouvaient entendre ? Certes, il était de nature à évoquer quelques regrettables excès ou erreurs, tous les pétainistes, tous les hitlériens ne souhaitaient pas forcément qu'on liquidât les juifs, Eichman lui-même n'avait-il pas plaidé pour qu'on les expédiât à Madagascar ? A cause de ces erreurs, sans doute eût-il été de mauvais goût, en tout cas mal interprété, qu'ayant écouté ce chant de combattants on applaudît à tout rompre, de là à s'en irriter, il y avait un pas que les vieux collaborateurs et leurs émules ne se souciaient pas de franchir. Arenas et les musiciens, tout déconcertés, recherchaient une contenance, une sortie pas trop piteuse que je résolus de leur procurer dans l'intérêt public. Après

tout, cette agitation était de ma faute et il me revenait de la réparer au plus tôt. Je m'avançai en souriant, bon enfant, feignant d'avoir apprécié cette plaisanterie, ce spectacle gratuit offert à mes clients par un musicien pince-sans-rire et un chanteur anarchiste talentueux. Sans un mot, les bras ouverts, je signifiai au groupe de faire retraite, de regagner leurs places. Las ! Deux abrutis vinrent tout gâcher. L'un, officier à la retraite, l'autre ancien parachutiste, tous deux originaires du canton voisin et connus pour leurs opinions d'extrême droite, surgirent dans le dos du musicien irlandais, à une trentaine de mètres, se rapprochèrent au pas lent de la Légion et, tout à coup, chantèrent à leur tour :
J'avais un camarade/de meilleur il n'en est pas/ dans la paix et dans la guerre/nous allions comme des frères/marchant d'un même pas/mais une balle siffle/ qui de nous sera frappé ? Le voilà qui tombe à terre/il est là dans la poussière/mon cœur est déchiré. Les deux anciens combattants avaient nettement dépassé la cinquantaine et n'étaient pas des colosses. L'un d'eux était déjà entre deux vins.

Le para saisit un verre à sa portée sur une table et en vida le contenu au visage de l'Irlandais. Celui-ci se rua sur le para, le renversa et lui serra la gorge. Je me précipitai. Arenas, les musiciens et moi-même, nous dûmes nous employer pour éviter que le para ne fût proprement étranglé par Kinch devenu fou furieux. L'officier retraité, lui, se contentait de répéter comme un perroquet : « A mort les cocos, à mort les cocos. » Bielle, l'excellent maire de Tonombres, notable socialiste terrorisé par le moindre tumulte, levait et baissait les bras, là-bas, en signe de détresse. Évidemment, il ne manquait au désordre que Pujol-Arnaud. Je remarquai à temps qu'il courait vers nous une bouteille de bière à la main mais je n'eus pas le réflexe de prévoir sur la tête de qui il comptait l'assener. Paul bondit sur l'officier retraité et l'assomma d'un coup sur la nuque. Alors seulement je le maîtrisai. Henriette et le fils Laglèse l'éloignèrent tandis que mon père et Adélaïde s'affairaient pour ranimer l'officier. Le para s'en fut en proférant des injures et de terribles menaces à l'encontre de « tous les étrangers communistes qui profitaient du festival pour emmerder les gens d'ici et faire de la propagande ». Les Tonombres et leurs amis avaient observé les échauffourées avec un détachement à toute épreuve qui faisait mon admiration. Ils prirent congé de mon père et de moi, se déclarant enchantés de cet apéritif-concert animé et répondirent à nos excuses embarrassées par des félicitations pour nos capacités à servir et distraire nos clients tout en rétablissant l'ordre quand la nécessité s'en faisait sentir.

Après ce grave incident, le calme revint, la fête, puis le festival d'art populaire se déroulèrent dans la liesse. L'Irbat me révélera que des instructions impératives de la Pompéi avaient muselé toute agitation politique au village. Sage réaction. Pour le moins, il n'était pas opportun que l'attention fût attirée sur les gauchistes de Tonombres quand une base arrière du terrorisme international s'organisait en Haute-Ariège et que, par surcroît, on s'apprêtait à y « juger » un banquier. Cependant, l'aventure que nous vécûmes, mon père et moi, en forêt du Mirabat, dans la nuit du 17 au 18 août, éclipse dans ma mémoire l'ouverture du « procès » Feudine et la plupart des autres faits qui secouèrent cette période. Ce que je découvris, par le plus grand des hasards, fut déterminant tant pour la conviction du docteur Permont à qui je rendis compte sans attendre et qui reçut là une pièce essentielle qui manquait au puzzle de la mort inouïe de la comtesse, que pour ma décision finale de ne divulguer la vérité qu'au travers de la présente narration et après que j'eusse disparu de ce monde.

Nous avions, nous les Rouquet, le braconnage dans le sang. Mon grand-père le pâtre, fondateur de la dynastie, chassait en douce pour vivre, empocher quelques sous, plus tard proposer ses civets merveilleux au moindre coût, et nous, ses descendants, n'étions nullement obligés de violer la loi pour préparer nos pâtés, nos confits. Mais c'était plus fort que nous. Mon père, en particulier, et malgré ses 12 à 14 heures de travail par jour en saison pleine, ne pouvait se priver de deux ou trois escapades pour garder la main, honorer la glorieuse mémoire de l'ancêtre. De plus, mon éloignement de Tonombres rendait plus rares les occasions de braconner ensemble, ce qu'il affectionnait. Pour papa, partir de nuit en forêt ou en montagne, placer ses pièges, relever ses lacets, tendre un filet dans le Salat, y ramasser les belles truites, et briser un casse-croûte avec moi sous la lune, c'était un bonheur immense, une pérspective paradisiaque. Dès mon arrivée à Tonombres au début d'août, il m'avait glissé à l'oreille et avec un clin d'œil coquin : « A partir du 15, après le festival, ce sera plus calme, on ira au lapin au Mirabat. » Une semaine plus tard, il fixa la date de notre expédition au jeudi 17 avant minuit. Maman, qui s'amusait autrefois de nos sorties nocturnes ne les prisait plus guère. Et si un garde mal embouché nous pinçait en flagrant délit ? « Le petit est un homme, maintenant, à cause de toi il risque d'être condamné. — Et après, ça lui fera quelque chose dans son casier judiciaire. » Le casier judiciaire ! L'expression juridique la plus connue et crainte au fin fond de nos campagnes !

Passant outre ses objurgations, ce jeudi à 23 h 30, papa et moi nous quittâmes l'auberge en catimini par la porte de la basse-cour, et, en une centaine de pas, nous fûmes déjà dans les fougères, cent pas encore, dans des fougères plus hautes, puis en lisière de la forêt du Mirabat. Papa prit le sentier du château de la Garde et le suivit jusqu'à environ 800 mètres de la demeure des Vial. Là, il pénétra dans la forêt et nous grimpâmes vers l'allée traversière qui reliait les deux châteaux. C'est sur cet itinéraire que nous posâmes nombre de lacets. J'éprouvais un plaisir indéfinissable remontant de l'enfance, à chaque piquet que je plantai, à chaque fil de laiton que j'agençai avec un nœud coulant à la verticale de la coulée.

« Nous redescendrons par l'autre côté, chuchota mon père, on longera le sentier du Sonneur. »

La coulée mourait sur l'allée traversière du château du

Mirabat et nous étions arrivés au bout. Il devait être un peu plus de minuit. C'est alors que nous dressâmes l'oreille. Des gens circulaient et parlaient au-dessus de nous. Et ils se rapprochaient. Heureusement, tapis en contrebas, dans la nuit et la forêt, à l'abri de la lumière dispensée par une lune plantureuse, nous ne pouvions être surpris, sauf à bouger inconsidérément. Et ils n'avaient pas de chien. Ils passèrent au-dessus de nos têtes et nous nous aplatîmes davantage encore, si c'était possible, contre l'humus. Nous prenions claire conscience de notre situation ridicule. A nos âges, quand nous avions tant à faire le jour et le soir à notre auberge et que les heures de sommeil nous étaient si précieuses, voilà que nous rôdions comme de vulgaires malandrins violant la loi sur la chasse et, qui plus était, sur la propriété privée d'autrui. Les gens du château qui profitaient de cette nuit douce et claire pour respirer l'air pur et frais en auraient fait une tête s'ils nous avaient débusqués ! Il nous tardait de les deviner assez loin pour rebrousser chemin à toute vitesse. Mais aussi ! Quelle idée d'avoir piégé la coulée jusque si haut vers le château ! Soudain, je sursautai, serrai un bras de papa comme si j'avais voulu lui intimer de rester plus que jamais silencieux, sur le qui-vive : je venais de remarquer que certains des promeneurs nocturnes s'exprimaient en allemand. Du coup, et en dépit de notre situation périlleuse, je n'eus plus envie de déguerpir. Quelques semaines plus tôt, j'aurais vraisemblablement jugé de peu d'intérêt d'entendre parler allemand à minuit sur l'allée traversière du Mirabat. Ce 17 août, bien au contraire, ma curiosité s'aiguisa, mais je ne voulais pas que mon père courût le moindre risque.

« Papa, redescends, je reste ici, je veux savoir qui sont ces gens, je t'expliquerai plus tard... »

Mon père fut si surpris de cette injonction qu'il rebroussa chemin sans un mot. Les voix s'éloignaient. Je rampai et avançai prudemment la tête hors des fourrés. Sur ma droite, se déplaçait lentement un étrange cortège.

Le jeune Louis de Tonombres et une femme de haute taille inconnue de moi poussaient un lit d'hôpital monté sur roues sur lequel était étendue une forme humaine, la tête et les épaules soutenues par un gros coussin. Devant marchaient Ida, la femme de chambre de feu madame Irène, et le valet-chambellan Frédéric, la main dans la main. Mon cœur battit la chamade. Le comte Raoul ! C'était le comte Raoul ! Je l'apercevais pour la première fois. Ainsi se vérifiaient les témoignages de ceux qui, ces dernières décennies, avaient juré le voir et que l'on avait dit victimes d'hallucinations !

Le personnage du comte Raoul enfiévrait les esprits, et parmi les plus solides. Plus d'un braconnier, plus d'un couple d'amoureux, plus d'un berger posté dans la montagne, avaient vu, la nuit, sur les remparts, ou au sommet de l'une des deux tours, ou à la fenêtre de l'une des chambres, un visage sous cagoule blanche observer la vallée. Ou encore un cortège effrayant et irréel formé de deux valets poussant une sorte de lit roulant sur lequel un vieillard sans visage, soutenu par des coussins, se faisait promener la nuit sous la lune à travers ses terres.

C'est ce spectacle que j'eus sous les yeux cette nuit-là. Mais je surpris bien davantage. Le cortège s'arrêta. Les promeneurs se tinrent un moment immobiles dans la position de gens aux aguets. Ida et Frédéric, détachés une quinzaine de mètres en avant, me firent penser à des chiens d'arrêt. Je m'inquiétai. J'avais pourtant rampé avec une dextérité extrême et, depuis que j'observais le cortège, je ne remuais pas le petit doigt. Qu'est-ce qui les alertait ?

Je ne devais pas tarder à comprendre les raisons de cette halte et de ce silence absolu. L'escorte du comte Raoul s'entourait d'ultimes précautions avant que ne s'ensuive l'extraordinaire opération à laquelle j'assistai, paralysé de stupeur, glacé d'effroi jusqu'à la moelle. Comment traiteraient-ils un témoin de cette scène si jamais ils l'attrapaient ?

Le comte Raoul de Tonombres, paralysé à vie, le visage dévasté par une bombe incendiaire russe, réduit à une vie végétative, voici que la grande et forte femme qui poussait son lit lui retirait sa cagoule blanche. Puis, avec application, elle déroula les bandes qui pansaient son visage. Alors je vis le grand blessé de Berlin frotter énergiquement ses joues, après quoi, sans aide, il se mit sur son séant, sauta par terre, fit quelques pas, étira ses bras, renversa la tête en arrière, et il éclata de rire. Et tous de rire avec lui.

Je me frottai les yeux. Le « grand blessé » échangea quelques mots en allemand avec la forte femme, Frédéric se mêla à l'échange et ils rirent à nouveau.

Lecteur, découvrez avec Rouquet fils cette formidable supercherie ! Voilà vingt-sept années que tout le monde imaginait le comte Raoul de Tonombres sur son lit de souffrances, payant au prix fort son engagement ardent et officiel dans la collaboration avec l'Allemagne nazie. Or, indubitablement, l'homme qui se dégourdissait les jambes et communiquait sa bonne humeur à son entourage n'était pas le comte Raoul. Un mythe s'écroulait, un voile se déchirait qui révélait une famille Tonombres retranchée derrière la mystification et la fourberie, vautrée dans la conspiration, quand ses ennemis les plus virulents lui reconnaissaient malgré tout la vertu des coups reçus en raison d'opinions hautement proclamées, maintenues dans l'adversité et la défaite contre vents et marées.

Qui était cet Allemand qui occupait la place du comte ? Que faisait-il au château ? Quid de Raoul de Tonombres ?

Aplati, les mains crispées sur le talus, je contemplai, fasciné, le groupuscule nazi sous la lune.

Tout à coup, ils revinrent sur leurs pas. Pour moi, une succession d'instants fatidiques : ils passeraient devant moi, sous mon nez, j'aurais l'occasion de voir l'Allemand de près, mais eux, de leur côté, ils pourraient flairer une présence, me surprendre, me poursuivre, cette fois lancer sur moi les chiens du château et me capturer. Ce fut l'une des deux ou trois épreuves les plus dures de ma vie, et en tout cas, ma plus belle peur. En vérité, pourquoi le dissimuler : j'étais terrorisé. Je savais, j'étais sûr qu'ils me tueraient s'ils me dénichaient et c'est une sensation que je ne devais plus jamais éprouver.

L'Allemand avait environ soixante-cinq ans. Il semblait vigoureux, et ce que j'aperçus de sa figure ronde et pleine m'induisit à penser qu'il était plutôt content de lui et de son sort. Il portait une vareuse et un pantalon gris, chaussait de courtes bottes noires. La grande femme avait cédé le lit roulant à Frédéric et elle donnait le bras à l'Allemand. Louis de Tonombres, aussi compassé la nuit dans la forêt que dans un salon de son château, fermait la marche. Tout ce petit monde pausa encore une fois mais fut avare de paroles. L'Allemand contemplait le ciel et les montagnes. Soudain, il donna un ordre, se hissa lestement sur le lit et s'y allongea. La femme refit les pansements, passa la cagoule et ils rentrèrent au château. Je demeurai plusieurs minutes incapable de bouger. La prudence commandait, de toute manière, que j'attendisse un moment avant de repartir, au cas où des gardes auraient patrouillé aux alentours pendant cette sortie nocturne. Enfin, une dizaine de minutes après cette incroyable apparition, j'amorçai un mouvement de repli, utilisant au maximum ma connaissance approfondie de cette forêt du Mirabat. J'arrivai à l'auberge vers 1 h 30, en proie à une surexcitation peu commune. Mon père s'était couché. J'étais décidé à lui cacher la vérité. Quelle déception cruelle, quel surcroît de complications pour lui s'il venait à apprendre cette énorme imposture, si grosse de conséquences ! Par contre, je brûlais de m'en ouvrir au docteur Permont et je dus me faire violence pour ne pas l'éveiller en pleine nuit. Mais je le savais matinal. Je guettai sa sortie de la chambre, le priant de réintégrer sa pièce je lui débitai tout à trac mon aventure. Il ne chercha pas à m'apaiser.

« Je crois vous avoir dit que j'avais découvert qui avait assassiné Marthe de Tonombres, quant au mobile, il me semble que vous venez de m'en offrir la pièce maîtresse... Je ne sais si vous avez bien mesuré le danger que vous avez couru cette nuit en découvrant qu'un étranger vit au Mirabat depuis 1945, en lieu et place du comte Raoul, avec la complicité des Tonombres, et c'est peut-être ce secret que Marthe de Tonombres, tout comme vous, mais avant vous, avait surpris ou dont elle avait subodoré l'existence, et cela a suffi pour la conduire à la mort... C'est probablement aussi ce même secret, éventé ou en voie de l'être, qui occupait et qui, sans aucun doute, occupe toujours l'esprit du colonel Massip... Imaginez, monsieur Rouquet, que le comte Raoul ait été tué à la bataille de Berlin, et non défiguré ni très gravement handicapé, comme l'a prétendu la famille, et que l'homme ramené d'Allemagne en 1945 dans une ambulance et enfermé dans une tour du château ait été un criminel de guerre en fuite, pris en charge par des amis politiques absolument sûrs et fidèles, le visage masqué par des pansements, et qui, de ce château du Mirabat, aurait continué de diriger une ou plusieurs organisations nazies ou néo-nazies secrètes ? Dans pareille hypothèse, comment ne pas supposer aussi qu'un tel homme, une personnalité aussi importante de la hiérarchie hitlérienne, ait emporté avec lui des archives, des documents d'une valeur historique et politique inestimable ? Le château du Mirabat serait ainsi devenu au fil des années d'après-guerre un véritable poste de commandement de *l'Internationale noire,* un centre nerveux de l'anticommunisme extrémiste européen, et pour peu que cette réalité ait été soupçonnée par la comtesse Marthe et le colonel Massip, voilà qui éclairerait les zones d'ombre qui affectaient nos raisonnements... J'ai maintenant la conviction solide que la nuit précédant la mort de la comtesse Irène, Massip, Marthe et Oviac ont parlé des conséquences diverses qu'entraînerait le décès, alors imminent, de la maîtresse du Mirabat... Massip est toujours resté en relations permanentes et étroites avec tout un milieu très particulier qui n'épouse pas les clivages des partis politiques, une sorte de tribu occulte soudée par la Résistance, regroupant des anciens communistes et des gaullistes historiques, qui n'hésitent pas, tout en s'affrontant durement chaque jour de leurs partis respectifs, à se rencontrer, échanger des informations... Il n'est pas impossible que la disparition d'Irène de Tonombres, la présence, connue ou soupçonnée d'eux, d'un criminel de guerre de très haut niveau à l'œuvre au château du Mirabat, la perspective de mettre la main sur des documents de la plus extrême importance, concernant les affaires intimes de l'extrême droite internationale, de ses liens avec une partie de la droite européenne dite « libérale » et certains puissants milieux d'affaires, ses sources de financement, ses réseaux, les députés qui les représentent en toute légalité dans les différents parlements, mais aussi des archives explosives du IIIe Reich et de la collaboration, il n'est pas impossible que toutes ces considérations aient déterminé cette tribu à un coup de main sur la fourmilière, en profitant d'un certain flottement dû à la mort de la vieille patronne, si je puis l'appeler ainsi... Ce qui caractérise cette étrange légion de l'ombre, c'est que ses membres ont gardé une puissante nostalgie des années de la Résistance, de l'union nationale, de la solidarité dans le combat, et aussi des latitudes d'agir, presque illimitées... Encore aujourd'hui, blanchis sous le harnais, affligés de quelques rhumatismes, j'en connais beaucoup qui ne rechigneraient pas à reprendre du service si le jeu en valait la chandelle... Ma spéculation permet d'expliquer la présence de l'abbé Oviac au Mirabat lors de la veillée funèbre alors qu'on lui avait retiré la direction des obsèques, et de reconsidérer l'entrevue entre mère et fils : si, au lieu de se livrer aux extravagantes démonstrations décrites dans la fameuse “ lettre d'aveux ”, ils avaient délibéré sur une opération “ coup de main ”, l'affaire se présenterait alors sous un jour tout nouveau, elle deviendrait politique... Marthe, en qualité de belle-fille, a accès au château où elle enregistre les faits et les gestes pour une éventuelle intervention dès la mort d'Irène de Tonombres... Le projet est surpris par le comte Henri qui informe ses amis et ses chefs, la mort de Marthe apparaît comme la riposte la plus efficace et radicale à ces plans... Alors germe l'idée diabolique d'un crime unique dans les annales, réellement parfait, qui d'une pierre ferait deux coups, supprimerait la comtesse gaulliste mais accuserait aussi le fils adultérin qui s'enfuirait et se suiciderait... Mais, monsieur Rouquet, ils n'avaient pas prévu que nous nous occuperions de l'affaire et il vous appartiendra un jour de décider de leur sort, c'est vous qui détiendrez le dossier sur la mort inouïe de la comtesse, vous seul au monde saurez, après ma mort, ce que fut cette idée diabolique, par qui et comment elle fut exécutée, et c'est vous qui choisirez : l'étouffer, afin de ne pas ajouter aux malheurs qui s'abattront et cette fois peut-être engloutiront cette famille Tonombres dont je sais qu'elle ne vous est pas indifférente, ou au-contraire, jeter en pâture ce dossier au monde libre, qui y découvrira de lui une image pour le moins déplaisante puisqu'au fond, dans cette affaire, c'est de lui qu'il s'agit, des reclassements, des oublis, des absolutions dont il s'est payé le luxe depuis la dernière guerre mondiale, mais voici que je parle comme votre ami U.G. avec qui j'ai dîné l'autre soir, il a dû me contaminer... il *fulmine* sans cesse, mais que ne clamerait-il pas s'il savait ce que nous savons, n'est-ce pas, monsieur Rouquet ? »

Je hochai la tête. Cette fois, je n'étais ni subjugué, ni perturbé, ni perdu. J'avais les idées bien claires. De surprendre ce cortège, au clair de lune, sur l'allée traversière du château du Mirabat, m'avait causé un choc salutaire. Maintenant, j'en étais sûr : le docteur avait raison. De plus, les mots : « Cette famille Tonombres dont je sais qu'elle ne vous est pas indifférente », répondaient à la question que je m'étais posée : pourquoi me léguer le dossier Tonombres, la vérité, à moi, Rouquet fils ? Je m'en étais bien douté un peu mais désormais j'en étais certain : M. Permont connaissait ma filiation. D'ailleurs, à la réflexion, comment l'aurait-il ignorée, lui, le vieux Tonombrais dont la famille avait jadis bien connu les Tonombres ? Voici que l'énigme livrait, une à une, ses clefs. Restait à élucider la méthode hors série qui avait permis d'empoisonner madame Marthe à la communion en orientant les soupçons vers l'abbé puisque celui-ci distribuait les hosties. Je pressentais que ce devait être impressionnant d'astuce, de sang-froid, et que, celui qui écrirait un jour cette histoire figurerait à coup sûr au florilège des grands et merveilleux classiques du roman policier, mais je ne ressentis aucune impatience. Je le saurais toujours à temps.

En ce 29 novembre, le *Loum's day* avait coutume de s'amuser l'écrivain antifasciste U.G., copiant effrontément le *Bloom's day* instauré par James Joyce pour fêter l'*Ulysse,* vingt ans après les *Convulsions,* la serviette du docteur Permont est là, devant moi, cela fait dix ans que j'en suis propriétaire, que je l'ai ouverte, dix ans depuis ce 4 février 1981 où, juste après le déjeuner, le docteur Permont s'éteignit paisiblement dans sa propriété de Réalmont, département du Tarn, France ; dix ans que je connais la vérité sur la mort inouïe de la comtesse, que je suis seul juge de l'opportunité de la rendre publique, que j'ai hésité sur le parti à prendre avant de décider, finalement, l'année dernière, d'écrire ce livre.

Le « procès » de M. Feudine avait commencé à Prat-Mataou dans les pires conditions pour le malheureux banquier.

En effet, en ce mois d'août 1972, un accident navrant et très malencontreux ternit la réputation du groupe pharmaceutique et des laboratoires Brem-Voringe, contrôlés par la belle-famille du comte Henri, dirigés de main de maître par son beau-père M. Voringe, mais dans lesquels l'Omnium de participations industrielles et financières de M. Feudine détenait des parts importantes, ce que ne manquèrent pas de souligner la plupart des médias, décidément friands d'amalgames sans doute croustillants mais en l'occurrence extrêmement préjudiciables à l'otage.

Le ministre de la Santé publique mit en garde la population contre l'emploi d'un aliment fabriqué par la firme Brem-Voringe et ayant déjà causé la mort d'une trentaine de nourrissons. L'émotion fut considérable. Elle le devint plus encore quand l'Union fédérale de la chimie alerta l'opinion sur l'existence d'autres produits nocifs mis au point dans les mêmes laboratoires, révélant dans la foulée que la société Brem-Voringe avait licencié un chef de fabrication qui refusait, précisément, de préparer cet aliment. De l'émotion, on passa au scandale. M. Feudine joua de malchance : outre l'opprobre supplémentaire que lui valut devant ses « juges » sa qualité d'administrateur du Groupe, il dut subir l'excès de zèle de la propre petite-fille de M. Voringe, Gisèle de Tonombres, fille de l'héritière Josiane. L'Irbat, mon principal relateur des événements d'Angouls, n'avait pas encore bien compris, quinze ans plus tard, ce qui s'était produit à ce sujet au « procès » de Prat-Mataou. M. S. et M. G. présidèrent les débats. Ceux-ci se tinrent à l'extérieur, sauf à deux reprises où le temps ne s'y prêta pas. Gisèle et Balino aîné les animèrent, Léonard les tendit à mort. Bloch et Korucko, rendus à la Garde la veille à peine, remplirent consciencieusement des pages de « procès-verbaux », en quelque sorte ils furent les greffiers, tout au moins jusqu'au grave incident du 5 septembre.

La décision d'interroger et de délibérer en plein air ne surprit pas que le brave Irbat, mais M.G. sut se faire entendre : « Nous allons nous asseoir en demi-cercle sur la pelouse, dans l'herbe de ce “ pré des tués ”, et vous, Feudine, devant nous... Les tribunaux révolutionnaires n'ont que faire de l'apparat bourgeois et de ses conventions en trompe-l'œil. »

« Je n'oublierai jamais la tête de Feudine quand il reconnut Gisèle dans le petit groupe qui débarqua au refuge le 18 au matin, j'ai même cru qu'il aurait une attaque..., me raconta l'Irbat, je ne savais pas qu'ils se connaissaient. » Les Feudine, très amis des parents de Gisèle et Louis, connaissaient leurs enfants depuis leur naissance. Souvent, entre cinq et quinze ans, les petits Tonombres avaient passé des vacances chez les Feudine. C'est dire que la stupeur douloureuse du banquier ne devait pas être feinte quand il découvrit Gisèle parmi ses « juges ». Et son angoisse dut grandir de constater qu'elle manœuvrait devant lui à visage découvert, sans crainte de se voir identifiée ultérieurement. Cette absence de précautions que le banquier avait déjà remarquée chez ses ravisseurs dès son arrivée en montagne ariégeoise se confirmait avec la désinvolture des « grands manitous », et enfermait son arrêt de mort. J'aurais aimé entendre M. Feudine exprimer lui-même son désarroi, son abattement, quand il se vit comparaître devant la fille de ses amis de toujours et puissants associés Tonombres, quand il constata le cynisme, l'indifférence glacée avec lesquels la Pompéi, à son intention mais aussi à celle de ses camarades, exposa en quelques phrases la « problématique » de leurs relations. Il dut alors s'interroger sur le degré de décomposition interne d'une société qui pouvait engendrer de telles aberrations.

L'interrogatoire du prisonnier commença vraiment dans l'après-midi du 18 août. La mort des trente nourrissons avait spécialement perturbé Léonard qui ne se tenait plus de rage et abreuvait l'otage d'invectives. On dut le calmer et même l'éloigner près de deux heures.

Le communiqué n° 3 parvint à l'Agence France-Presse le 23 août : « L'interrogatoire d'Ernest Feudine a commencé avec une collaboration pour l'heure acceptable du prisonnier. Les réponses qu'il fournit contribuent déjà à dégager les lignes contre-révolutionnaires que les centrales impérialistes sont en train de mettre au point. Nous vérifions ce dont on était déjà depuis longtemps convaincus : des moyens formidables sont mobilisés par l'impérialisme et le capitalisme multinational pour tenter d'enrayer l'offensive révolutionnaire des peuples opprimés — contre-révolution et révolution, guerre totale devant aboutir à l'anéantissement de l'un des deux camps. Feudine est conscient qu'il est un haut représentant de la bourgeoisie contre-révolutionnaire, et ses réponses seront transmises au mouvement révolutionnaire qui saura en faire bon usage dans la poursuite du combat sans merci qui s'est ouvert dans le monde et en particulier en Europe. Pour le communisme — Peuple et Résistance. »

A la fin du mois d'août, les polices internationales croyaient M. Feudine séquestré quelque part autour de la frontière franco-allemande ou, selon des sources américaines, en Libye. Il ne serait venu à l'idée de personne que le « tribunal » siégeait en Haute-Ariège. La publication des communiqués à intervalles soigneusement calculés relançait l'intérêt et la chronique, mais aussi aggravait l'inquiétude de la famille, des amis, des pairs, des collaborateurs de M. Feudine.

Moi, j'avais regagné Toulouse et rouvert mon bar. L'automne, ma saison préférée, s'annonçait. Bientôt, mon père, le Carrérat et moi, nous partirions en chasse au lièvre, au coq, au perdreau, à la palombe, au sanglier, à l'isard. La mission de geôlier de l'Irbat avait dû cesser car mon brave camarade d'enfance avait réapparu rue Malbec. Certes, je lui trouvai une mine inhabituelle, et le croyant tracassé par son travail, je m'étais enquis : mais non, tout allait bien de ce côté-là. Des années après les faits, il me révéla ce qui l'avait tarabusté en ce début de mois de septembre. Pauvre Irbat ! Il venait d'expérimenter que le gauchisme révolutionnaire armé reposait sur de complexes malentendus, et tout cela le dépassant largement, il était redescendu de Prat-Mataou en rongeant son frein. C'est que, le 5 septembre 1972, un événement avait surchauffé le monde, un séisme dont les ondes avaient fissuré le groupuscule à l'œuvre dans la sierra d'Angouls. Aux jeux olympiques de Munich, un commando de fedayin palestiniens attaquait la délégation israélienne, tuant quatre athlètes et prenant les autres en otage. Ce commando exigeait la libération de deux cents Palestiniens détenus en Israël. La police reçut l'ordre de prendre ses dispositions pour l'assaut. Alors, les fedayin demandèrent à partir pour l'Égypte avec leurs otages. Le chancelier Brandt ne parvint pas à joindre le président Sadate. A 20 heures seulement, il obtint le Premier ministre Sadki. Israël acceptait le transport en Égypte à condition qu'à l'arrivée les athlètes soient transportés aussitôt dans leur pays. Sadki refusant de prendre un tel engagement, cette attitude allait entraîner le drame. Les autorités allemandes jouaient la carte de l'envol en Égypte car elles y voyaient la possibilité de faire sortir les Palestiniens et leurs prisonniers de l'immeuble où ils étaient retranchés. Des hélicoptères les emmenèrent donc à l'aéroport où les attendait un Boeing de la Lufthansa. Et là, des tireurs d'élite fusillèrent les Palestiniens à leur sortie des hélicoptères. Mais, contrairement à ce que pensaient les autorités, ils ne se rendirent pas et tuèrent leurs otages. Trois Palestiniens survivants faits prisonniers appartenaient au groupe Septembre Noir. En représailles, le 7 septembre, avions et blindés israéliens faisaient deux cents morts et blessés au Liban et en Syrie, et le 16, Tsahal lançait au Liban la plus importante opération depuis la guerre des Six Jours. Bilan : deux cents morts dont une trentaine de militaires libanais, une cinquantaine de fedayin palestiniens, et des civils, pour la plupart des femmes et des enfants.

La tragédie de Munich survint quand le « procès » Feudine battait son plein. Les ravisseurs avaient extorqué au banquier des informations confidentielles sur ses affaires, le montant de sa fortune, ses relations, sa vie privée, celles de plusieurs personnalités du monde politique. Chaque soir, Bloch et Korucko rédigeaient un résumé des déclarations de « l'accusé » et exigeaient qu'il les paraphât. Des photocopies de ces « aveux signés » furent envoyées aux médias et publiées par certains d'entre eux entre l'automne 1972 et le printemps 1974. M. Feudine possédait plus de 8 milliards de francs lourds dont les deux tiers reposaient ou « travaillaient » à l'étranger. Lui, des ministres, d'autres banquiers, des P.-D.G. se retrouvaient régulièrement dans « moult partouzes » (sic), ils alimentaient d'énormes caisses noires internationales qui finançaient toutes sortes de « contre-révolutions », ils révélèrent des « boards » occultes qui dictaient leurs politiques aux gouvernements de l'Occident, pesaient sur les prix des matières premières, des denrées de première nécessité, ouvraient ainsi ou fermaient à volonté les robinets, créant la pénurie ou au contraire la surabondance, réglant de la sorte l'écoulement de gigantesques stocks de café, sucre, cacao, céréales, lait en poudre, minerais, de façon à obtenir les plus gros bénéfices, etc.

Ainsi furent, vingt mois durant, calomniés le banquier Ernest Feudine, sa famille, son milieu, par des excités beaucoup trop préoccupés d'eux-mêmes, égocentriques, pour avoir l'étoffe de « libérateurs des peuples », plus proches des cow-boys de Western que des grandes figures révolutionnaires.

Cependant, cet attentat de Munich eut des conséquences intéressantes, révélatrices, sur le groupuscule de Prat-Mataou. Les terroristes recevaient les nouvelles par radio. Ils disposaient de deux transistors. C'est le 5 septembre à 12 h 30, à la fin de « l'audience » du matin, qu'ils apprirent ce qui advenait à la délégation olympique israélienne. L'information produisit un choc violent chez les deux gauchistes-terroristes juifs qui se trouvaient là-haut : Bloch et Korucko. Ce n'est pas le seul Irbat qui me rapporta le fait mais aussi Ordonez, au lendemain même de l'acte inimaginable, fantasmagorique, par lui accompli le 8 mai 1975 au pied du mur des suppliciés du château du Mirabat, contre lequel son père, le capitaine franc-tireur Diego Ordonez, avait été fusillé par la Gestapo.

Ce mardi 5 septembre, le « procès » du banquier fut suspendu. L'après-midi et la soirée furent occupés par des discussions intenses qui opposèrent surtout les deux jeunes juifs à M.S. et M.G., Rambouillat et Léonard. L'Irbat, que cette violente querelle dépassait, fut tout heureux de se consacrer à sa tâche de geôlier qui lui permit de se tenir à l'écart de ce débat houleux. Le « tribunal », en effet, voulut éviter que l'otage fût témoin des dissenssions, et l'Irbat fut invité à le promener à bonne distance du refuge. Le sujet de la discorde : la guerre sans merci entre les Israéliens et les Palestiniens, les Arabes et les juifs. La vaste culture, l'intelligence supérieure de M.S. et M.G., Bloch et Korucko, l'implication ardente de ceux-ci dans les problèmes posés par la situation et la politique de l'État hébreu, leur bouleversement quand ils apprirent cet attentat de Munich, furent et demeurent autant de facteurs qui rendent difficile à un Rouquet la maîtrise de cette partie de la narration. Aussi vais-je sagement me contenter d'un résumé, des grandes lignes, de ce qu'il faut retenir d'essentiel pour maintenir à flot le bâtiment pompéiste, éviter qu'il ne chavire sous le poids supplémentaire et assurément monstrueux de la question israélo-palestinienne.

Peut-être qu'un jour, la femme, les enfants, les amis, l'éditeur de l'écrivain antifasciste U. G. déterreront-ils son manuscrit sur les juifs et l'antisémitisme en cette fin de siècle, texte, paraît-il, éblouissant et salutaire, qui, lui, assouvira faim et soif des citoyens avides d'en découdre avec le cancer arabo-sioniste. Mais moi, Rouquet fils, je ne puis y fourrer le plus petit orteil car j'aurais tôt fait de m'y enliser et d'y périr.

Lors donc, en premier lieu, Bloch et Korucko, les deux « juges » terroristes juifs du banquier Feudine présents à Prat-Mataou le jour de l'attentat de Munich, posèrent à M. S. et M. G. la question suivante : « Le camarade Abbès est-il mêlé à la tuerie ? »

Les deux gourous des démons de la cour de Rohan n'étaient pas hommes à occulter les responsabilités « révolutionnaires » de tel ou tel « camarade », ni la leur en particulier, aussi répondirent-ils sans barguigner, au grand étonnement d'Ordonez et de ses amis delendistes : « C'est possible.

— Dans ces conditions, trancha Bloch, pâle comme un mort, pour nous, ce n'est plus possible de continuer... Déjà, il y avait eu problème en mai dernier, à cause de Lod, maintenant ça dépasse les bornes, assassiner des athlètes juifs comme des moutons, ce n'est pas un acte de libération, ce n'est pas un acte révolutionnaire, c'est de l'assassinat pur et simple, tuer des innocents juifs comme ça, c'est tuer aussi ce qu'il y a de juste dans la cause palestinienne, vous comprenez, camarades, Israël n'a certainement pas raison sur tout, ni sa police et ses services spéciaux les mains toujours propres, a-t-on jamais dit le contraire ?... Mais on en a marre qu'on tue des juifs comme ça, vous comprenez ? On en a marre. »

Cette fois, ils n'exigeaient même plus un communiqué officiel de Peuple et Résistance condamnant l'attentat comme un acte contraire aux intérêts supérieurs de la « révolution communiste combattante », un crime commis par des tueurs irresponsables, mais ils rendaient leur tablier, tout simplement.

A partir de cette réaction virulente de Bloch et Korucko, s'instaura un débat incompréhensible au commun des mortels et qui se prolongea jusque tard dans la nuit. A 3 heures du matin, la rupture fut consommée. Les deux jeunes juifs furent reconduits en voiture et à leur demande, directement du port d'Aula à Toulouse où ils échouèrent chez des amis. M.S. et M.G. ne craignirent à aucun moment que, suite à ce divorce brutal survenu en plein « procès », leurs anciens camarades ne les dénoncent à la police, eux, leurs dispositifs, leurs projets.

« Nous n'avons pas à redouter jamais ce type de comportement avec des camarades comme Bloch et Korucko », assurèrent-ils à la Pompéi et aux delendistes qui s'inquiétaient.

De ces confrontations orageuses, Ordonez extirpa à mon intention le fragment qui l'impressionna le plus. « Mais voyons, camarades, avait notamment demandé M. S., vous êtes révolutionnaires et juifs, alors comment entendez-vous vous déterminer à l'égard des Arabes en général, du prolétariat immigré, et des Palestiniens en particulier ? »

Et Freddy Bloch de répondre : « En fait, on n'a pas à se définir par rapport à la Palestine mais par rapport aux Arabes d'ici, au prolétariat immigré. »

Peu avant son suicide, j'avais répété cette phrase à U. G. qui m'interrogeait sur cette « rupture de Prat-Mataou », et elle avait déclenché l'une des *fulminations* les plus explosives jamais expulsées par l'écrivain antifasciste, mort de ne pas avoir supporté l'ignominieuse et calomnieuse accusation d'antisémitisme : « Notez bien cette phrase de Bloch, avait-il rugi, à l'intérieur gigote un problème, un blocage historique qui pourrait bien faire sauter notre planète ! Elle signifie que même un juif jeune, communiste, révolutionnaire n'a plus aujourd'hui le goût ni la force de considérer en face les hordes errantes, déguenillées, persécutées, apatrides, qui désormais composent le peuple palestinien, et donc d'envisager de négocier avec lui ! En cette fin de siècle post-industriel, post-technologique, post-tout ce que vous voulez, Dieu a donc ramené l'Humanité en son point de départ pour qu'elle s'y couche et y rende son dernier soupir. »

Évidemment, et sans que mon immense respect pour sa mémoire en soit entaché, je lui laisse l'entière responsabilité de cette opinion sur un imbroglio qui me dépasse. Voilà dans quelles circonstances éclata le groupe des démons de la cour de Rohan.

« De cette époque, m'affirma l'inspecteur Ixeau, date l'apostasie de la révolution communiste combattante par la jeunesse juive d'extrême gauche, sa renonciation à la lutte armée. »

Le « procès » Feudine se poursuivit sans eux. Ils ne furent pas remplacés au « tribunal ». Korucko s'abîma, si l'on ose dire, dans la publicité, Freddy Bloch dans l'étude de la Bible et du Talmud. Fini pour eux.

Voyons maintenant du côté de Toulouse et de ce malheureux Pujol-Arnaud. Ses camarades se méfiaient de sa propension à l'exaltation, de son penchant pour l'alcool, et ils lui avaient infligé une sorte de quarantaine qui rendait plus fou encore le jeune gauchiste tonombrais. Fou de rage et d'humiliation. Il avait, tout l'été, ruminé, tourné en rond, tenté en vain de réintégrer le cercle delendiste. Alors, à la rentrée d'automne, il médita une action d'éclat. Puisque Gisèle, Rambouillat, Ordonez ne voulaient plus de lui, eh bien, il agirait seul.

Au début du mois de septembre, il essaya d'incendier la Maison de l'Amérique, rue Saint-Aubin, l'établissement remarquable du sympathique et apprécié Bernie Taft. A l'époque, l'auteur de cette tentative avortée demeura inconnu. Mais la police orienta rapidement ses recherches vers le milieu gauchiste toulousain, en raison de l'analogie frappante avec la méthode utilisée lors des incendies, ceux-là réussis, des firmes d'informatique en octobre 1971. A ceci près que ce dernier attentat révélait une pâle, maladroite imitation des précédents. L'incendiaire pouvait être un émule isolé de l'extrémisme politique local. La police n'était donc pas loin de la vérité. Mais elle n'arrêta personne, les suspects répondant au « profil » recherché étant trop nombreux. Au sein du groupe delendiste, cette action passa d'ailleurs pratiquement inaperçue. Nul ne songea que Pujol-Arnaud ait eu l'idée infantile de se faire remarquer en opérant seul et en se livrant à un exercice qui ne relevait pas de sa compétence. Il n'avait reçu aucune formation dans le domaine des explosifs, du maniement des produits et des systèmes, et son savoir-faire se limitait aux cocktails Molotov. Par contre, les choses allaient se corser quelque temps plus tard, exactement le 12 septembre, sept jours après l'attentat de Munich. Pujol-Arnaud, sans doute ulcéré par le piètre résultat de son action solitaire contre l'Américain Taft, n'avait cessé de mijoter sa revanche. L'enlèvement du banquier Feudine par des terroristes français lui avait certainement donné des idées. Sa frustration et sa rage eussent été sans bornes s'il avait su que ses camarades delendistes jouaient sans lui un rôle majeur dans l'affaire. Je suis en mesure d'affirmer qu'il l'ignora vraiment et jusqu'à la fin. Il avait eu des occasions de rencontrer un certain Gramella, bandit en cavale, cousin et ennemi mortel du Gramella roi des grands magasins en France. Il avait noté la haine que celui-là vouait à celui-ci. Or, il advint que la presse annonça l'arrivée du Gramella-Président à Toulouse où se tenait un symposium sur la distribution. Aussitôt, Pujol-Arnaud se mit en quête de Gramella-Bandit, le dénicha sans peine et lui proposa d'enlever sa fripouille de cousin. L'autre réfléchit et ne dit pas non. Gramella-Président n'était pas protégé. Ce n'était pas encore l'époque où les grands P.-D.G. se payaient un garde du corps. Dès lors, il n'apparaissait pas déraisonnable à deux ou trois personnes décidées de s'en emparer sous la menace d'une arme.

Le mardi 12 septembre 1972, rue des Puits-Creusés, à la porte de la « pension de famille » de luxe où il était descendu en compagnie d'une maîtresse, Gramella-Président fut « braqué » par deux hommes masqués qui le poussèrent sans ménagements vers une voiture, moteur en marche, qui stationnait en partie sur le trottoir. Que se passa-t-il à cet instant précis où, le corps plié en deux, il s'apprêtait, sous les bourrades, à s'engouffrer dans le véhicule ? Il y eut peu de témoignages. Gramella-Président essaya-t-il de se dégager et de fuir ? La voiture, conduite par un malfrat de troisième ordre mobilisé par Gramella-Bandit et trahi par sa nervosité, démarra-t-elle une seconde trop tôt, précipitant à terre le P.-D.G., lui donnant, du coup, l'idée et l'opportunité de fuir ? Ces points ne furent pas élucidés. Par contre, voici ce qui, hélas, est sûr et certain : le plus jeune des deux hommes appuya sur la détente. Une seule balle perfora le poumon gauche du P.-D.G. Elle suffit à provoquer une hémorragie mortelle. Gramella-Président expira ce jour-là, sur un trottoir de Toulouse, dans les bras de son cousin hébété qui, par le réflexe de « celui qui n'avait pas voulu ça », le soutint quelques secondes avant de fuir. Le malfrat-chauffeur fut identifié et arrêté dans l'après-midi du surlendemain, rue de l'Orient, chez l'une de ses « protégées ». Il livra les noms de ses complices sans se faire prier. Et c'est ainsi que Gramella-Bandit mais aussi ce pitoyable Paul furent recherchés pour assassinat par toutes les polices.

Vint la fin du mois de septembre, puis celle du mois d'octobre, sans que la moindre nouvelle de Paul eut percé. Et je ne ménageai pas mes efforts. Je fis le tour du gauchisme toulousain, de sa périphérie à son noyau. Laure Puget, l'imprimeur Tagler, le psychiatre Dessort, le chanteur Arenas m'orientèrent dans des directions qui s'avérèrent infructueuses. Je rencontrai plus de difficultés auprès des delendistes du genre de l'artisan serrurier Graubel, de l'infirmier Rovel, de Balino jeune ou du magasinier Ducrain. Ils n'osèrent pas se défiler mais répugnèrent à s'étendre sur cette disparition. Cette attitude me mit la puce à l'oreille, surtout une réflexion de Martin Balino : « Après tout, ça le regarde, il a fait le con, qu'il se démerde. » Balino jeune m'apprenait ainsi que les delendistes désapprouvaient vivement la « connerie » de Pujol-Arnaud. Par ailleurs, les chefs delendistes étaient introuvables. Où étaient passés Gisèle, Balino aîné, Léonard, Rambouillat, Ordonez ? L'agrégé s'était momentanément libéré de l'université pour une « recherche sur la naissance des coopératives en France ». A Carmaux, j'appris que le professeur certifié Léonard avait demandé et obtenu un congé sans solde. La librairie d'Ordonez m'informa que son vendeur était, lui, en congé de maladie pour deux semaines. C'en était un peu trop. En cherchant une piste Pujol-Arnaud, je découvrais l'absence générale des chefs delendistes. Que craignaient-ils ? Ou alors, que concoctaient-ils ?

Oubliant un moment la disparition du jeune Tonombrais, j'estimai nécessaire de rendre compte à l'inspecteur Ixeau et je provoquai un contact. La rencontre eut lieu dans l'après-midi du dimanche 8 octobre, sous les arbres de la terrasse d'un dancing nommé Le Ramier, aux portes de Toulouse. Nous nous y rendîmes et en partîmes séparément. Ixeau prit au sérieux mon idée que depuis quelques mois il se tramait quelque chose au sein des mouvements et groupuscules extrémistes de Midi-Pyrénées. Mais quoi ? Sûrement une offensive contre le pouvoir franquiste, notamment en Catalogne, des attentats à Barcelone, de nombreux indices en attestaient, des informations de sources différentes se recoupaient. Se préparait-il en outre des opérations sur d'autres fronts ? D'après son domestique Ganzadi, Gisèle de Tonombres séjournait le plus souvent à Paris depuis le début septembre et elle avait effectué un voyage d'agrément en Espagne, précisément. J'avais aisément vérifié que mon camarade Ordonez, en congé de maladie, n'était pas chez ses parents, ni chez sa sœur à Caussade, pas plus que Pujol-

Arnaud ne se cachait chez Henriette à Montferrier. Nous en conclûmes que ces absences simultanées étaient éloquentes : le groupuscule méridional, soit organisait une action ou une série d'actions, soit avait été mobilisé par d'autres, peut-être les antifranquistes des M.I.L. Pujol-Arnaud ayant agi seul contre Gramella-Président, les delendistes lui en voulaient beaucoup d'ameuter la police contre le gauchisme de la région quand, justement, ils avaient besoin qu'on les oublie à la veille d'une offensive contre « l'impérialisme et l'exploitation capitaliste ». Comment l'idée ne me vint-elle pas qu'elle et ses amis pouvaient se trouver là-haut ? Eh bien, elle me vint, je l'avoue. Je suis conscient de la nécessité d'une explication, d'autant que des collaborateurs de M. Redan, dont deux sont toujours en activité, s'en plaignirent à leur patron, et s'interrogent encore, je le sais, sur mon silence et à mon sujet. Je péchai par excès de zèle, ou par orgueil, comme on voudra. Il entrait dans ma mission de ne pas brusquer les événements, intervenir prématurément, éveiller inutilement des soupçons chez les delendistes, de façon à les mettre en confiance, à les endormir, à les habituer à ma présence dans leur « paysage » pour, la situation jugée mûre et sur ordre exprès du général Redan, monter une opération d'envergure et si possible cueillir de gros poissons à Prat-Mataou. M. Redan, Ixeau et moi, avions explicitement convenu que j'éviterais de les inonder de messages, que j'étais, d'abord et avant tout, destiné à *infiltrer* les réseaux du Midi et non à renseigner comme un vulgaire indic ou un agent ordinaire. Ce faisant, je respectai à la lettre les consignes du patron du S.D.I.E. Cependant, il y eut plus. Au Ramier, devant Ixeau, je ne risquai aucune allusion à la sierra d'Angouls parce que, pénétré du secret absolu de ma mission, je me pris à redouter que l'inspecteur lui-même n'en vînt à soupçonner l'importance naissante de cette montagne dans la stratégie du terrorisme européen et que, emporté par une ardeur intempestive, il ne lançât une opération là-haut qui ferait s'écrouler tous mes espoirs d'infiltration.

Le mardi 11 octobre 1972, les terroristes publièrent leur communiqué N° 4 : « L'interrogatoire d'Ernest Feudine se déroule maintenant avec une collaboration nettement plus satisfaisante du prisonnier. Camarades, le prolétariat urbain n'a pas d'autre alternative : pour sortir de la crise, il doit se poser et résoudre la question centrale du pouvoir. Sortir de la crise signifie communisme. Dans les usines, les quartiers, les écoles, les prisons, et partout où se manifeste l'oppression impérialiste, organiser le *pouvoir prolétaire* signifie : porter l'attaque au cœur de l'État impérialiste, et en même temps construire l'unité des communistes dans le *parti communiste combattant*. Pour le communisme — Peuple et Résistance. »

Dans mon souci d'apparaître comme peu curieux de l'évolution des choses en sierra d'Angouls, j'allai loin en prenant l'initiative de renverser les rôles fixés par le comte Henri lors de notre entrevue au château, je téléphonai au Mirabat pour obtenir des nouvelles de Gisèle. La famille Tonombres et ses domestiques n'étaient pas plus avancés que moi.

Pendant ce temps, la vie du monde suivait son cours. Le 7 novembre, Richard Nixon fut réélu triomphalement président des États-Unis. Israël effectua plusieurs raids sur la Syrie, en particulier au-dessus du plateau du Golan. Le porte-parole de son gouvernement déclara que « l'opération entrait dans le cadre de la nouvelle politique d'Israël, consistant à frapper les camps de terroristes là où ils se trouvent », tandis que les autorités syriennes protestèrent que ladite opération avait fait une centaine de tués, presque autant de blessés, dont des enfants, des femmes, des vieillards.

Le jeudi 16 novembre, les ravisseurs du banquier Feudine publièrent leur communiqué N° 5 : « L'interrogatoire du prisonnier se poursuit, et comme nous l'avons déjà dit, il nous aide efficacement à définir les lignes antiprolétaires, les réseaux sanguinaires qui se sont créés en France et en Europe, la collusion de plus en plus étroite entre les appareils d'État, leurs policiers, leurs juges, et les puissances financières et industrielles multinationales. Dès le mois d'août, l'État a déclenché une attaque sans précédent depuis le temps de la Gestapo et de la répression anti-algérienne, cette attaque, par des perquisitions, des saisies, des arrestations au hasard, tend à frapper non seulement les avant-gardes qui pratiquent la lutte armée mais le mouvement de classe tout entier. C'est pourquoi, aujourd'hui plus que jamais, il ne faut pas avoir peur de la bestialité répressive de l'État. Et encore moins s'arrêter pour contempler le succès de l'initiative révolutionnaire. Il faut se mobiliser afin d'étendre, d'approfondir l'initiative armée contre les centres politiques économiques et militaires de l'Europe impérialiste multinationale, concentrons l'attaque sur les structures et les hommes qui en sont les fondements. Pour le communisme — Peuple et Résistance. »

Le 30 novembre 1972, au petit matin, Ajas du Loum, qui possédait une grange et des bêtes aux environs, découvrit le corps du gauchiste tonombrais Paul Pujol-Arnaud, fils de feu son père qui avait enseigné plus de trente ans à l'école du village, étudiant en lettres à la faculté de Toulouse, assassin de Gramella-Président, le corps plié en deux, le front troué d'une balle de pistolet, au pied de la croix du Segnadet dressée au flanc de l'escarpement qui surplombe le gouffre nommé Raourès, une fosse profonde du Salat, à la sortie du village, sur la route d'Espagne. Sa main droite crispée sur une arme que les experts identifièrent sans mal : un C 2, calibre 7,65, d'origine tchèque, déjà en vogue dans le milieu terroriste international. Pujol-Arnaud, victime de sa sensibilité et de sa générosité mais aussi du mauvais sort, pourchassé comme une bête malfaisante, s'était, à la fin, détruit au pied de cette croix de maléfique réputation, symbole de l'expiation pour tout le canton et les montagnes de Tonombres, et, usant de l'arme qui avait tué Gramella-Président, il s'était châtié lui-même, et d'un certain point de vue immolé.

Paul repose aujourd'hui près de son père au cimetière de Tonombres.

Fin d'un gauchiste tonombrais des années 70. Paix à ses cendres.

La période de 24 mois qui suivit le suicide de Paul Pujol-Arnaud fut marquée par la prédominance croissante des éléments anarchistes toulousains et catalans tels que les frères Balino et Puig dit Pablo au sein de la nébuleuse delendiste. *A priori,* ils ne pesaient pas lourd face aux influences, aux moyens, à la formation des organisations irlandaises, basques, « communistes combattantes » liées aux Italiens, aux Allemands et à des fractions multiples de la résistance palestinienne, seulement voilà : ils disposaient d'un atout maître et d'un mobile exceptionnel : l'Espagne était toute proche, sous leur nez, et le dictateur honni Francisco Franco gouvernait toujours à Madrid près de quarante ans après la guerre civile. Puig dit Pablo, les frères Balino, petits-fils d'un soldat de l'armée républicaine espagnole, étaient nourris de cette tragédie. Dès leur naissance, ils avaient sucé le lait de la haine antifranquiste et, à vrai dire, quoique sensibles à toutes les révoltes politiques « rouges » qui subvertissaient la planète, ils ne pensaient qu'à ça. D'une liquidation du généralissime, ils attendaient davantage le sentiment euphorique d'une justice enfin rendue qu'un bouleversement politique en Espagne. Livrés à eux-mêmes sur leur marche de Catalogne, ils n'avaient pas entrepris grand-chose en comparaison des « frères combattants basques » qui, eux, ne faisaient pas rire du tout le dictateur et sa police. Ils offraient pâle figure. Le débarquement en Haute-Ariège du « communisme révolutionnaire armé » représentait une aubaine prodigieuse pour les antifranquistes. Déjà, ils avaient substantiellement investi le groupe delendiste avec les Balino, Arenas, les Ordonez, plus récemment les Catalans des Mouvements de Libération Ibériques, et maintenant, voici que de l'argent, des armes, des infrastructures bien plus imposantes étaient déposées quasiment à leurs pieds, sur *leur* frontière. Une part minuscule de ce « cadeau » leur suffirait, à eux, pour mener à bien une tâche jusqu'alors plus aléatoire : ouvrir à l'autre aile des Pyrénées un front antifranquiste catalan aussi virulent et « performant » que le front basque. Cette sorte de détournement des moyens du « communisme combattant international » vers la cause antifranquiste provoqua d'abord des tiraillements, ensuite de réels conflits entre les démons de la cour de Rohan et leurs émules indisciplinés du Midi. Les années 1973 et 1974 furent les années dorées des M.I.L. puis des G.A.R.I., Groupes d'Action Révolutionnaire Internationalistes.

Le mercredi 10 janvier 1973, des coups de fusil de chasse à chevrotines pour gros gibier furent tirés aux Lannes sur Massip et Cavalié pendant leur promenade quotidienne et tandis qu'ils broussaient avant d'émerger du bois et de pauser comme à l'accoutumée près de la souche noire. Ils furent ainsi assaillis au plus épais de la végétation. Un lieu et une heure, la fin d'une journée d'hiver, idéaux pour perpétuer un crime. Cet attentat resta longtemps ignoré. Busoch le révéla à Mauny neuf ans plus tard, au printemps 1982 ! Le docteur Permont y fit allusion dans son Mémoire. Le ou les agresseurs n'étaient pas des professionnels. Le bilan de l'embuscade s'avéra maigrelet : une éraflure au mollet droit de Cavalié, qui en avait vu d'autres.

Le 16 janvier, les terroristes publièrent leur communiqué N° 6 : « L'interrogatoire du prisonnier Ernest Feudine est terminé. Il a permis de reconstituer les méthodes de pillage et d'oppression du capital multinational depuis la guerre, d'examiner une nouvelle fois les différents moments des complots de la bourgeoisie, depuis les plus " pacifiques " jusqu'aux plus sanguinaires, par lesquels elle a organisé son offensive contre le mouvement planétaire. Tout cela n'a fait que confirmer des vérités et des certitudes qui existent depuis longtemps. Il n'y a donc pas de " révélations retentissantes " à faire. Notre rôle et celui de tous les révolutionnaires est d'organiser le prolétariat, de construire la force qui exécutera de façon définitive la condamnation de la bourgeoisie et de ses valets. Bien sûr, l'interrogatoire de Feudine a révélé les infâmes complicités des puissances d'argent. Il a indiqué avec des noms et des faits, les véritables responsables secrets des pages les plus sanglantes de l'Histoire de ces dernières années, en particulier dans les pays du tiers monde réduits à l'esclavage. Il a dévoilé les intrigues des États-Unis d'Amérique, les silences qui ont couvert les assassinats d'État, les fomentations de coups d'État contre les régimes démocratiques et populaires. Il a indiqué la subtilité des intérêts personnels, des corruptions, qui lient de manière indissoluble les différents personnages du complexe multinational Banque-Commerce-Industrie. Le peuple sera informé de tout. Le procès d'Ernest Feudine se termine ici. Son jugement ne sera qu'une étape d'un procès plus vaste intenté à l'impérialisme, à la contre-révolution européenne et mondiale, et qui s'appelle guerre de classe pour le communisme. Il n'y a pas de doute, Ernest Feudine est coupable. Il est donc condamné à mort. Pour le communisme — Peuple et Résistance. »

Bien que tout ce que notre société compte de citoyens civilisés n'ait guère entretenu d'illusions sur l'équité de ce « procès » ni sur les intentions préméditées des ravisseurs de perpétrer un lâche assassinat, ce communiqué N° 6 fit froid dans le dos du peuple. L'ardeur des Services spéciaux « ordinaires » s'accrût. Faute d'être sollicité par le général Redan, j'étais déterminé à ne prendre aucune initiative et à patienter. Aucune instruction ne vint. Je précise derechef que M. Redan ignorait que M.S. et M.G. fussent à Prat-Mataou et pour y « juger » le banquier. A quoi me servirait de mentir quand je vis mes dernières journées ? Cependant, comme je l'ai déjà envisagé, serait-il intervenu s'il l'avait su ? Encore une fois, je me permets d'en douter. Quoi qu'il en soit, il ne s'exprima jamais sur ce point, et, fait remarquable, aucun de ses collaborateurs n'a pris la liberté de la moindre suggestion sur ce point depuis la mort du général au début de l'année 1986. Je suis le premier à m'y risquer. J'en ai les raisons et le droit, l'ayant assez chèrement payé. A mon avis, le général Redan était prêt à sacrifier même un Feudine à l'infiltration d'un bon agent dans les eaux profondes de la subversion internationale. Cette affirmation n'engage que moi. Ainsi réitérée, soulignée, elle vise à tordre définitivement le cou, et quoi qu'il en fût des pensées intimes et de la stratégie tortueuse du général, à cette rumeur insupportable que le fils des aubergistes de Tonombres aurait pu, s'il l'avait voulu, ou, dans le meilleur des cas, s'il avait été moins bête, sauver la vie de M. Feudine. Je le répète : je savais seulement que les delendistes s'affairaient à Prat-Mataou et j'avais instruction de les laisser faire pour permettre à M. Redan de remonter un jour jusqu'à leur suprême aréopage en Europe. D'ailleurs, je ne faillis nullement à ma mission. A preuve, l'opération proprement dantesque et décisive du 14 septembre 1978 où tous les protagonistes, corps et âmes, explosèrent au pied du Loum en furie, commencement de la fin de la Pompéi, opération sur laquelle je reviendrai en détail et en dépit des tortures que m'infligera son évocation. Mais, j'eus à m'employer et me révélai efficace bien avant cette journée maudite. C'est ainsi que je renseignai Ixeau dès la fin mai 1973 sur deux points particulièrement intéressants : la mise en place d'un embryon de camp d'entraînement entre le petit Loum et le mont Valier sous la direction de l'ancien communiste et résistant Guiver, et la campagne de terreur des M.I.L. et des G.A.R.I. du printemps 73 au printemps 74. Je ne souhaite pas laisser les noms des informateurs qui ont permis la présente narration. Que l'on retienne simplement que ce ne furent pas des traîtres, des lâches, des cupides, des têtes vides, mais de braves jeunes gens qui, ayant trempé un orteil dans le marécage terroriste l'en retirèrent à temps, épouvantés. L'amitié de Guiver et de Massip, son séjour prolongé au château de Saindieu soulèvent une question délicate : le colonel, Compagnon de la Libération, commandant adjoint des Services spéciaux jusqu'en 1968, fut-il impliqué dans la naissance du terrorisme international en France ? Évidemment, la réponse ne doit pas être exclusivement cherchée du côté de ses nombreux ennemis politiques, le général Redan par exemple. Pour eux, Massip fut de tout temps lié au communisme. De 1941 à 1943, il fut l'un des collaborateurs préférés de Jean Moulin, lequel passait aux yeux de beaucoup pour renforcer l'influence des communistes au sommet de la Résistance et dans l'entourage du général de Gaulle. Je sais aujourd'hui que le « cadavre » colossal qui gisait entre Massip et Redan n'était autre que celui de ce même Jean Moulin, président du Conseil National de la Résistance en 1943, mort sous les tortures après sa capture à Caluire lors d'une réunion des chefs de la lutte clandestine, réunion investie par la Gestapo à la suite d'une dénonciation. Massip fut de ceux qui n'hésitèrent pas à soupçonner, voire accuser, l'aile ultra de la Résistance française, trop heureuse de voir disparaître sous les coups de l'ennemi celui en qui elle voyait, selon Massip, « le fourrier du communisme dans la France libérée ». Une aile droite brillamment représentée par Redan, lequel s'étrangla d'indignation devant une si odieuse calomnie. Une aussi grave et profonde blessure ne fut jamais recousue. Elle se rouvrit à l'occasion du procès Barbie en 1987. Le général Redan fut toujours persuadé que le colonel Massip couvrit, pour le moins, de sa sympathie, les premières manifestations de la jeunesse gauchiste. Dans les cercles politiques et militaires, la condamnation du stalinisme par Massip était notoire et elle datait, comme pour Guiver, de l'entrée des chars russes à Budapest. Cependant, tout aussi notoire était son écœurement devant l'écroulement de ce rêve de nombre de jeunes résistants d'une France non seulement libérée des Allemands mais de la domination de l'argent, des intérêts privés bafouant l'État. Massip avait activement participé aux travaux du Conseil National de la Résistance, applaudi aux ordonnances sur la presse, aux nationalisations, il avait assisté à l'irrésistible revanche de la corruption des lâches, des rusés, des affairistes, parfois aussi de ceux qui avaient trahi et désigné des victimes aux bourreaux. Aussi, tout en réprouvant sincèrement meurtres, tueries à la bombe et autres enlèvements d'otages et détournements d'avions, ne parvenait-il quelquefois à se défendre d'une certaine compréhension de ces jeunes révoltés occidentaux prenant fait et cause pour les masses misérables du tiers monde et assenant des coups violents aux élites de la « guerre économique ».

En tout cas, avec ou sans la bénédiction de Massip, Guiver dit le Kysti dit le Christi, qu'une rafale de mitraillette avait failli décapiter pendant la campagne de France, ouvrit en mai 1973 ce qu'il appela modestement un « atelier de formation » à l'intention des delendistes durs, des Catalans, plus tard d'un contingent d'une douzaine de Basques attirés par sa réputation. Et là il livra les secrets des grenades, des pistolets, des pistolets-mitrailleurs, de l'approche d'une sentinelle, du choix d'une arme blanche en fonction de la mission, de la façon de la tenir pour tuer.

A la fin de cette année charnière, un certain Le Bec, de son vrai nom Soudié, apparut à Angouls. Depuis 1970, il avait passé le plus clair de son temps au Liban. Formé par le F.P.L.P. de Georges Habache, il instruisait à son tour les recrues, entre deux opérations pour les Palestiniens, sélectionnait les plus douées d'entre elles pour le Proche-Orient. Il était le frère cadet de l'avocat Soudié que nous rencontrâmes en compagnie de sa femme cour de Rohan. Le Bec apportait au Kysti son concours de spécialiste de haut niveau de la guérilla urbaine rompu aux méthodes ultramodernes en usage au Proche-Orient. Son arrivée à Angouls démontrait l'intérêt que les « grands » du terrorisme accordaient, tout à coup, à cette infrastructure de logistique et d'accueil en Pyrénées françaises.

Les combattants des Mouvements Ibériques de Libération passèrent à l'action en mai 1973, dirigés par Puig dit Pablo assisté de Balino aîné qui commençait à s'ennuyer à Prat-Mataou et dont le sang espagnol bouillait de frénésie meurtrière antifranquiste. Quatre hold-up, trois contre des Caisses d'épargne, un contre la Banque d'Espagne, furent commis et réussis sans véritable effusion de sang à Figueras, entre Perpignan et Barcelone, des bombes détruisirent deux voitures au col du Perthus, endommagèrent un pont routier du côté d'Ax-les-Thermes et le consulat d'Espagne à Toulouse. Les M.I.L. écumèrent ainsi plusieurs mois une zone comprise entre le col du Perthus et la sierra d'Angouls via l'Andorre, délimitée au nord et en France par Toulouse, au sud et en Espagne par la ligne Barcelone-Huesca.

Cette fois, j'informai Ixeau que les M.I.L. se repliaient vers Angouls, qu'il n'était pas impossible qu'un mini-camp d'entraînement fonctionnât sous la direction de M. Guiver. « Pour l'instant, pas question de bouger, tant pis pour les attentats de Catalogne, soyez plus que jamais à l'affût. » J'eus le sentiment qu'à tout le moins le général Redan ne souhaitait pas une arrestation trop rapide de ces terroristes-là, moins encore la découverte prématurée par la police française orthodoxe et son homologue espagnole de la base arrière d'Angouls. Cependant, le gouvernement espagnol mettait les bouchées doubles, ne lésinait pas sur les moyens de pulvériser dans les plus brefs délais cette flambée terroriste en pays catalan. Et ce qui devait arriver advint. Heureusement pour le général Redan, pas en montagne ariégeoise mais dans le massif de Montserrat, tout près de la célèbre abbaye du même nom, soupçonnée d'être le maillon directeur de « la chaîne des abbayes » complices des terroristes, de l'abbaye de Belloc en Pays basque français à l'université catholique de Louvain en Belgique, en passant, notamment, par les abbayes d'Angouls et de Saint-Michel-de-Cuxa dont un membre, le père Olaguer-Porcel avait été arrêté en 1970 à Maureillas, non loin de la frontière franco-espagnole. Sa voiture transportait cinq autonomistes basques et catalans, tout un stock de littérature clandestine, en particulier un *Dictionnaire du militant ouvrier.* Plus tard, il s'avéra, sans contestation possible, que les moines catalans avaient hébergé plusieurs semaines Balino aîné en mars 1971, à l'insu même de la Pompéi et de la plupart des delendistes, ce qui démontrait combien, à cette époque, Sébastien Balino privilégiait la lutte antifranquiste par rapport à toutes les autres actions militantes et armées. En février 1972, le père Olaguer fut interdit de séjour dans les départements de Haute-Garonne, des Hautes-Pyrénées, des Pyrénées-Orientales et Atlantiques, mesure qui fut rapportée en janvier 1973. C'est dire que la période fut chaude, sur cette frontière, cette année-là.

Le mardi 25 septembre 1973, une voiture ayant à son bord Puig dit Pablo, Sébastien Balino et un nommé Llanès qui conduisait, fut prise en chasse, entre Tarrasa et Martorell, par la police espagnole. Llanès fonça sur la route de Lerida puis l'abandonna et tenta de semer la police en direction de Montserrat. Il roulait alors sur une voie départementale mal goudronnée, infestée de virages en épingle et, à mesure qu'il pénétrait dans le massif, de plus en plus dangereux. Emporté par la vitesse, Llanès s'écrasa contre la paroi de la montagne. Sonné par le choc, il s'effondra sur le volant. Puig et Balino aîné s'enfuirent. Deux voitures de police surgirent presque aussitôt et entamèrent une manœuvre d'encerclement, tout en appelant des renforts par radio. Les fugitifs possédaient chacun un pistolet. Traqués, ils ouvrirent le feu. La riposte fut nourrie. Alors, ils se séparèrent. Puig dit Pablo chercha à atteindre l'abbaye mais, cerné de toutes parts, il dut se rendre. Sébastien Balino, jouant le tout pour le tout, au lieu de continuer de fuir l'étau qui se fermait progressivement sur eux, entreprit de percer le rideau des forces de l'ordre qui gravissaient le massif et échappa à la souricière.

Il reparut en sierra d'Angouls deux jours après l'accrochage. Les journaux français de la veille avaient annoncé la capture du « chef des M.I.L. » par la police espagnole.

Le lendemain, ces mêmes journaux publièrent le communiqué N° 7 des ravisseurs de M. Feudine : « Près de 15 mois se sont écoulés depuis la capture d'Ernest Feudine, au long desquels il a été jugé. Ernest Feudine a été jugé comme a été jugée la bourgeoisie française et occidentale, sa servilité à l'égard des centrales impérialistes, sa férocité contre le prolétariat. La condamnation d'Ernest Feudine sera exécutée, et, à travers lui, le visage cynique et horrible de la violence contre-révolutionnaire bornée.

» La remise en liberté du prisonnier Ernest Feudine pourrait être prise en considération uniquement en fonction de la libération des prisonniers communistes. Le gouvernement allemand a 48 heures pour libérer nos camarades à partir du mercredi 26 septembre à 15 heures. Pour le communisme — Peuple et Résistance. »

Le gouvernement allemand pouvait-il libérer d'aussi dangereux, rusés, fanatisés terroristes que Baader et ses camarades ? C'était trop exiger. Les nombreux et puissants amis des Feudine, leurs pressions sur les gouvernements français, européens et américain ne parvinrent pas à fléchir l'Allemagne Fédérale alors enserrée de tous côtés par le terrorisme international, des Palestiniens aux « communistes combattants ». Le délai expira. Les peuples et les dirigeants retinrent leur souffle. Six mois plus tard, il ne s'était encore rien passé.

La fin de l'année 1973 fut dominée par deux événements : la guerre du Kippour et la « liquidation » par l'E.T.A. militaire appuyée par le réseau delendiste, du Premier ministre espagnol, l'amiral Carrero Blanco, vieux et fidèle compagnon de route et de combat du Caudillo. Je compris après coup à quoi la Pompéi consacrait son temps à cette époque quand elle se rendait si souvent en Espagne et plus particulièrement à Madrid.

Le samedi 6 octobre à 13 h 50, l'armée égyptienne franchissait le canal de Suez tandis qu'une coalition irako-syrienne avançait dans le Golan. C'était, en vingt-cinq ans, la quatrième guerre israélo-arabe, après la « guerre de l'Indépendance » en 1948, celle du Sinaï en 1956, conduite par l'entente France-Grande-Bretagne-Israël, et celle des « Six Jours » en 1967.

Le 7 octobre, cinq divisions égyptiennes progressaient sur un front de 130 kilomètres, à la stupeur d'Israël et de ses amis. A l'issue de combats acharnés et indécis, un exploit des réservistes du général Ariel Sharon qui réussit à couper les 2e et 3e armées égyptiennes, fit, une fois de plus mais *in extremis,* basculer la victoire vers l'État d'Israël.

Le 16 octobre, les pays du golfe Persique augmentèrent de 17 % le prix du baril de pétrole. Ce fut ce que l'on appela le « premier choc pétrolier ».

Durant ces semaines de guerre, Freddy Bloch, en rupture définitive avec les milieux activistes du gauchisme phagocytés, selon lui, par les « terroristes de Palestine », prit la tête de nombreuses manifestations en faveur d'Israël menacé de mort.

De son côté, l'écrivain antifasciste U.G., alors directeur à Impera-Publicité, l'agence de M. Cyrus-Varois, bouleversé à la perspective d'une destruction possible de l'État hébreu, organisa une collecte en faveur des citoyens français juifs qui abandonnaient leurs familles et leurs emplois, toutes affaires cessantes, pour s'enrôler dans l'armée israélienne. Ce même U.G. qui fut, des années plus tard, à cause d'une charge contre ceux des grands bourgeois juifs qui se compromettaient un peu trop à son gré avec certains milieux « libéraux » jugés néo-pétainistes avérés par le romancier, serait honteusement et stupidement calomnié, accusé d'antisémitisme et ses œuvres mises à l'index par certains critiques et journalistes juifs. « C'est alors, fulmina l'écrivain antifasciste, le cœur en sang et les tripes à l'air, que je compris vraiment que notre société marchait sur la tête. »

Quant à l'amiral Carrero Blanco, il fut pulvérisé par une bombe en plein Madrid après une année entière de préparation minutieuse de l'attentat par les terroristes : 100 kilos de dynamite commandés à distance depuis un tunnel patiemment creusé sous une rue passante et placés dans une voiture à proximité de la cible. Cette opération, en frappant Francisco Franco dans son affection et au cœur de son dispositif de succession, n'allait pas arranger les affaires du malheureux Puig qui croupissait alors au fond de l'une de ses prisons.

Le jeune Catalan fut garrotté le 2 mai 1974.

Le monde stupéfait apprit au moins quelque chose : cette mise à mort d'un autre âge existait encore dans un pays d'Europe.

Cette exécution eut des conséquences considérables au sein de la nébuleuse delendiste.

Avant de les examiner, notons pour l'information du lecteur les disparitions de deux personnages, survenues avant le garrottage : celles de Gramella-Bandit et de M. Honoré du Vial.

Le premier fut abattu le 15 février 1975 place Falguière, à Paris, par des policiers de la brigade anti-gang, comme il sortait d'un magasin, sous un déguisement. A peine installé au volant de sa voiture il fut fusillé à bout portant. Certes, il était classé « ennemi public N° 1 », et donc réputé extrêmement dangereux. Il n'empêche qu'une polémique éclata : pourquoi ne l'avoir pas arrêté dans le magasin en vue d'un jugement devant un tribunal et un jury de la République ? Les policiers reçurent-ils l'ordre de tirer à vue pour satisfaire l'opinion et servir l'image du gouvernement ? L'affaire ne fut jamais tranchée.

Quant au vieux papa de la comtesse Marthe de Tonombres, il rendit un paisible dernier soupir en son château de la Garde, le 8 mars 1974, à quatre-vingt-quatorze ans. Il fut beaucoup pleuré par son arrière-petite-fille Gisèle, son serviteur Ganzadi, et regretté par tous.

A cette époque furent prises deux décisions qui engagèrent certains delendistes dans la voie sans retour et sans issue d'une espèce d'épopée sanglante et nihiliste.

Le 8 mai 1974 fut exécuté le banquier Feudine et furent créés les G.A.R.I., Groupes d'Action Révolutionnaire Internationalistes.

Cette date, jour de la célébration de la victoire alliée sur le nazisme, fut choisie par provocation. Sans doute aussi sous l'effet de l'inconscience, d'une naïveté pathétique, dans le souci de mettre obstinément en évidence une filiation entre l'engagement delendiste et celui des résistants antinazis, idée fixe, inlassablement reprise par ces jeunes gens et ceux qui leur succédèrent dans ces années de fin de siècle. Idée violemment réfutée par les cercles dirigeants des démocraties de ce temps-là et qui rendra probablement attentifs et perplexes les historiens du temps futur. Les G.A.R.I. sanctionnaient une relève dure, méthodique, impitoyable des M.I.L. Le garrottage de Puig avait transformé ses amis en véritables fauves écumants.

Le 9 mai, parvint à l'Agence France-Presse le 8e et dernier communiqué : « Aux organisations communistes combattantes, au mouvement révolutionnaire, à tous les prolétaires camarades, la bataille commencée le 23 juillet 1972 par la capture d'Ernest Feudine est arrivée à sa conclusion. Après l'interrogatoire et le procès populaire auxquels il a été soumis, le banquier a été condamné à mort. Le lâche assassinat, la torture inhumaine du camarade héros Puig par Franco le barbare est une démonstration de plus de la férocité, de la violence sanguinaire que l'impérialisme, ses tyrans, ses estafiers, ses bouchers lancent contre le prolétariat et ses avant-gardes. Mais tout cela ne nous trompe pas. Cette cruauté, cette bestialité ne sont que les convulsions d'une bête blessée à mort, et ce qui semble être sa force témoigne au contraire de sa faiblesse réelle. Nous l'avons dit, il ne s'est agi que d'une bataille, une des nombreuses batailles que le Mouvement prolétaire de résistance offensive est en train de conduire en France et en Europe, l'une des centaines d'actions de combat que les avant-gardes communistes mènent actuellement contre les centres et les hommes de la contre-révolution impérialiste, donnant un élan formidable au développement de la guerre de classe pour le communisme. Le seul langage que les valets de l'impérialisme ont démontré comprendre est celui des armes, et c'est celui-ci que le prolétariat est en train d'apprendre à parler. Nous achevons ici la bataille commencée le 23 juillet 1972, en exécutant la sentence à laquelle Ernest Feudine a été condamné. *Porter l'attaque aux États impérialistes et aux multinationales ! Attaquer, liquider la contre-révolution impérialiste !* Pour le communisme — Peuple et Résistance. »

L'affaire était limpide et entendue. L'assassinat de l'amiral Carrero Blanco avait entraîné l'exécution de Puig qui avait provoqué celle de M. Feudine. Plus question d'un délai de grâce permettant au gouvernement allemand de céder, au moins en partie aux propositions du communiqué N° 7.

C'est maintenant l'instant de remercier le padre Luis et le padre Martin, ici dissimulés sous des pseudonymes, d'avoir accédé à mes supplications réitérées de me confier au moins des bribes de la mort de M. Feudine, à laquelle n'assista pas l'Irbat et que refusa de me raconter Ordonez.

« Nous avons prié et chanté toute la journée, me contèrent les bénédictins, du haut du petit Loum nous assistâmes aux derniers moments de cet homme, et si nous avions eu une seule chance d'intercéder en sa faveur, d'éviter l'irréparable, nous l'aurions tentée, mais le garrottage de Puig avait brusquement modifié la situation, qui sait ce qui se serait passé sans cela ? Malgré les imprécations contre le banquier et sa classe, il n'est pas sûr qu'ils l'auraient exécuté... Nous avons chanté et nous avons prié, le padre Felipe a joué de l'orgue. »

La Pompéi, M. S. et M. G. quittèrent la montagne dans la

soirée du 7 mai. Ils ne furent, de même que l'Irbat, à son travail à Toulouse, ni témoins ni acteurs de l'exécution, pas plus que les deux jeunes juifs qui avaient rompu à cause de l'attentat de Munich. Il y a lieu de croire que Rambouillat, sous un prétexte quelconque, sans aucun doute par quelque réflexe de peur, de lâcheté, abandonna, lui aussi, le banquier à ses bourreaux dans la nuit du 7 au 8, après le départ de la Pompéi et de ses patrons. Léonard, Ordonez, Balino aîné furent chargés de l'exécution. Avertis qu'un homme allait mourir au pied de leur abbaye, les bénédictins d'Angouls entonnèrent des psaumes, motets, lamentations et litanies dès 4 heures du matin, accompagnés par padre Felipe à l'orgue castillan, pièce rare, orgueil de l'abbaye. Entre deux chorals, padre Felipe jouait des pièces d'orgue de padre Antonio Soler, lui-même catalan, ancien élève de l'Escolonia de l'abbaye de Montserrat en 1736.

Vers 5 heures, le banquier Feudine, mains liées dans le dos, sans bandeau sur les yeux, fut poussé hors du refuge, tourné vers le Loum rarement si paisible, presque paternel, et il reçut l'ordre de se mettre à genoux. Sur les remparts de l'abbaye, les moines entonnèrent le Miserere du padre Antonio Soler : *Dieu, aie pitié de moi, selon ta miséricorde ! Selon la grandeur de tes compassions, efface mes forfaits !*

Balino se plaça à deux mètres devant le banquier et fit feu à trois reprises. Après, Léonard et Ordonez s'emparèrent du corps et le transportèrent au refuge comme s'ils étaient pressés. Ils passaient à la deuxième phase du plan. La dépouille de M. Feudine fut ficelée à l'intérieur d'une toile de tente. On devait la retrouver le lendemain, à la suite d'un coup de téléphone, dans le coffre d'une camionnette Renault stationnée sur le parking du supermarché de la Teste-de-Buch, près d'Arcachon, en Gironde. Bientôt, s'échappera d'une fenêtre du château de la Garde, un autre Miserere, bien différent de celui du padre Soler qui accompagna le banquier Feudine à la mort, un Miserere qui dévora de ses flammes lascives la fin des *convulsions pompéistes*.

Padre Luis, le compagnon intime de padre Martin, et qui participait à mon entrevue avec celui-ci, m'avait alors donné un mystérieux conseil. « Monsieur Rouquet, croyez-vous en Dieu ?

— Je suis catholique, avais-je répondu, surpris.

— Non, non », avait insisté Padre Luis en secouant énergiquement la tête, « est-ce que vous croyez en Dieu dans le secret de vous-même, autrement dit, avez-vous la foi catholique ? »

Je n'avais pas osé dire oui. Alors, Padre Luis avait murmuré : « Si vous n'avez pas la foi, monsieur Rouquet, si vous n'êtes qu'un “ catholique du dimanche ”, comme on dit quelquefois, je ne vous blâmerai pas, mais, en ce cas, ce n'est pas le Miserere du padre Soler qu'il vous faut écouter, il existe pour vous et pour les profanes un autre Miserere, fait pour eux, c'est celui d'Allegri. » Et Padre Martin de rire franchement à ces mots.

A la découverte du corps de M. Feudine, l'émotion fut considérable dans le monde entier. L'horreur fut quasi unanime. Gouvernants et gouvernés des régimes démocratiques posèrent un regard nouveau sur la mue du gauchisme d'Occident. D'autant que les choses ne s'arrangeaient pas dans ce domaine et que, tant en Italie, en Allemagne, que sur les frontières basque et catalane, les troubles croissaient en nombre et en gravité. Balino aîné, désormais chef fondateur des G.A.R.I., sema la terreur en Catalogne. Ce n'est aujourd'hui un secret pour aucun spécialiste du terrorisme, que ce déchaînement de Balino aîné en cette période, la mobilisation exclusive, contre un régime franquiste au crépuscule, des éléments les plus déterminés et « prometteurs » du groupe delendiste, ne plurent pas du tout à « la cour de Rohan » et à la Pompéi. Les objectifs de la cause révolutionnaire, même les plus nobles et les plus compréhensibles, devaient obéir à une stratégie fixée ailleurs qu'à Prat-Mataou. D'ailleurs, il y eut, un an plus tard, au printemps 1975, une reprise en main des G.A.R.I., il est vrai alors démantelés et au bout du rouleau, qui se traduisit notamment par le très grave attentat contre la Centrale de Fessenheim, attribué, non sans raisons, au commando « Ulrike Meinhof-Puig-Antich ». Mais les douze mois qui précédèrent cette opération virent les G.A.R.I. lancer des assauts avant tout contre l'Espagne franquiste, mitraillage de la voiture du consul d'Espagne à Toulouse, coups de main contre les caravanes du tour de France cycliste en juillet 1974, bombe placée au Parc des Princes en octobre, hold-up contre l'Agence bancaire de Haute-Garonne, la Caisse d'épargne de Toulouse, plasticage de la voie ferrée Paris-Madrid et du pont routier d'Ax-les-Thermes. Durant ces douze mois, de mai 1974 à mai 1975, la Pompéi déploya l'énergie, l'intelligence, la conviction que les démons de la cour de Rohan lui avaient prêtées en lui confiant la responsabilité de mener à bien l'osmose entre les delendistes et les « combattants communistes » d'ailleurs. Elle réussit, *in extremis* à « récupérer » les trop fougueux « garistes » et à ramener dans le giron de la « lutte anti-impérialiste mondiale » les meilleurs d'entre eux, rescapés de la campagne antifranquiste 1974-1975. Ce fut le commencement de son apogée qui déclinerait vers l'été 1977, jusqu'au tragique effondrement de septembre 1978.

La Pompéi se fit rare durant cette période. Elle n'avait plus besoin de moi. A ses yeux, j'avais assez travaillé, pour un citoyen indifférent, voire hostile, à l'idéal révolutionnaire. Elle considérait déjà comme exceptionnelle ma participation aux « fondations » de la base arrière d'Angouls et n'attendait désormais plus de moi que la plus totale discrétion sur ma modeste contribution. Cependant, à l'occasion de nos rencontres en ces années 1974-1977, la plupart du temps chez elle, à la Garde, et non plus à notre auberge ou rue Malbec à Toulouse, elle se montra, à ma surprise, bien plus attentive et tendre que naguère, parfois même affectueuse. Comme si, sa vie militante se compliquant et se chargeant de croissants périls, elle y percevait une fatalité sans remède, une tendance inéluctable vers la destruction et la mort, et que j'y représentais, moi, les maigres plages où le vague à l'âme, la rêverie, la douceur reprenaient leurs droits. Bien sûr, je savais que cette sorte de langueur, de lassitude, ces abandons de quelques heures dans son salon ou sa chambre où elle avait pris l'habitude de me recevoir, où j'accourais de Toulouse au premier appel téléphonique, étaient liés à l'intensité nouvelle de son action militante, et je me doutais qu'elle n'était pas totalement étrangère aux activités de quelque réseau terroriste, mais jusqu'au dimanche 20 novembre 1976, elle n'y fit jamais une allusion. Et moi, je me gardais de m'aventurer sur ce terrain, ravi que j'étais des effusions qu'elle m'offrait, cette fois sans violence ou mépris contenu, en jeune femme sollicitant auprès d'elle la présence bienfaisante, équilibrante, d'un homme désiré. Bien des signes me l'enseignèrent qui ne pouvaient m'abuser. Dans sa débâcle intérieure, la sensation intime qu'elle ne se relèverait pas de sa dérive, de sa « crise révolutionnaire activiste », la poussait vers la seule personne au monde qui incarnait la solidité de ses propres et lointaines racines, l'ami, le protecteur, le gardien de son adolescence. La complexité des personnalités en cause, ma légitime pudeur m'interdirent de faire taire les trombes de calomnies qui s'abattirent sur moi quand, dans des circonstances que je reconnais atroces mais, je le répète avec force, indépendantes de ma volonté, j'épousai Gisèle de Tonombres le 7 mai 1980. Mon initiative ne me fut dictée par rien d'autre que la passion et le désespoir.

Voici la journée enchanteresse du 8 mai 1975. Tonombres connut cette année-là un printemps paradisiaque comme on n'en voit que dans les livres de lecture des écoliers d'autrefois. C'était le jour de l'Ascension. Le président Giscard d'Estaing avait ému le peuple en supprimant la célébration de la victoire des Alliés sur l'Allemagne nazie. Le président ne se doutait pas qu'il provoquait, entre autres, une réaction chez le jeune citoyen Antoine Ordonez qui passait ce jour férié chez sa mère, la veuve du capitaine franc-tireur Diego Ordonez, torturé par la Gestapo, fusillé au Mirabat en 1943.

Vers 17 h 30, Antoine quitta notre auberge où il avait joué aux cartes tout l'après-midi.

A la même heure, le colonel Massip et son ordonnance Cavalié entreprenaient leur promenade quotidienne sur la colline des Lannes. Antoine s'engagea dans le massif forestier du Mirabat par le « sentier du Sonneur ». Vers 18 h 15, il parvint aux remparts. Là, tapi dans les fourrés, il pausa tout en observant un homme qui, lui aussi, sacrifiait à son habitude : assis sur un fauteuil roulant, devant le mur des suppliciés, celui-là même contre lequel, jadis, le capitaine Ordonez avait été fusillé, il prenait l'air et le soleil. Il était seul. Les oiseaux chantaient, les écureuils sautaient d'un châtaignier à l'autre. La demeure seigneuriale des Tonombres était calme, l'ambiance paisible, la nature rayonnante.

Antoine regardait M. Broume, l'ancien commissaire aux questions juives du gouvernement de Vichy.

Apprenant un jour que le fils Rouquet avait frotté le dos du vieil homme, il le lui avait amèrement reproché. Mais il avait aussi retenu que l'infirme prisait fort ce genre de traitement. Et cela lui avait donné des idées.

Quand il eut repris son souffle, il ajusta le col de sa chemise, tira sur sa veste de velours, en chassa quelques effeuillures, puis, s'estimant présentable, il émergea de la forêt en promeneur tranquille.

Et la voix de fausset se fit entendre : « Bonjour, jeune homme, on se promène ? Vous avez bien raison... On rencontre de moins en moins de garçons de votre âge qui apprécient la nature, ils préfèrent d'autres distractions... D'où êtes-vous ? De Tonombres ?

— Non, de Toulouse, mon père est monté par ici pour pêcher, il m'a emmené avec lui mais je ne suis pas pêcheur, alors je découvre le paysage... Ce château est à vous ?

— Non, à mes amis Tonombres, ils ont la bonté de m'y accueillir une partie de l'année sur mes vieux jours...

— Les Tonombres ? Ce nom me dit quelque chose... il y a quelques années, il n'y a pas eu une histoire bizarre ici ? Un membre de la famille empoisonné dans une église ?

— Ah ! Vous voulez parler de Marthe de Tonombres, c'était la belle-fille seulement, elle a été empoisonnée par son propre fils, un adultérin... L'abbé lui a donné, à la communion, une hostie empoisonnée au cyanure...

— Incroyable..., s'extasia Ordonez.

— Chez les Vial, la famille de cette Marthe, ils étaient un peu zinzins, on l'a bien vu pendant la guerre, Raoul de Tonombres aurait dû m'écouter et divorcer, enfin...

— Pourquoi ? Qu'est-ce qu'ils ont fait ces Vial pendant la guerre ?

— Oh, pas grand-chose de bon, grinça M. Broume, ils ont soutenu de Gaulle contre le maréchal Pétain et contre la famille Tonombres elle-même dans laquelle ils étaient entrés par ce mariage malheureux quelques années plus tôt, enfin, tout ça c'est derrière nous, épilogua le vieux bonhomme, loin derrière nous. »

Mais voilà, précisément, qui intéressait Antoine qui allait et venait devant le fauteuil, bottant les cailloux que rencontraient les pointes de ses chaussures.

« De Gaulle... », reprit-il en grimaçant...

M. Broume, attentif, s'enquit alors :

« Vous n'aimez pas de Gaulle ?

— Non, pas trop... Vous savez, moi, je n'ai jamais fait de politique, ce qui s'est passé pendant la guerre, ma foi, je n'y ai jamais beaucoup pensé, mais c'est surtout l'Algérie, j'y avais des copains, des parents, alors là, de Gaulle, vous me comprenez...

— Si je vous comprends ? jubila M. Broume. Et comment donc ! Je ne m'attendais pas aujourd'hui à rencontrer ici un jeune Français antigaulliste ! Ah, si vous saviez, mon jeune ami ! Ce que de Gaulle a fait en 1940-1945 est bien pire que le lâche abandon de nos départements algériens ! Quand je pense qu'il passe pour un héros national !

— Les Tonombres étaient contre de Gaulle ?

— Pour ça oui ! Ils ont eu, eux, le sens de l'honneur...

— Mais par ici, ce devait être bien tranquille pendant la guerre...

— Détrompez-vous, mon ami, ne croyez pas ça, évidemment ce n'était pas le front russe où a combattu héroïquement Raoul de Tonombres, mais la région, ici, était infestée de ces communistes espagnols mis en déroute par Franco, des bandits, des forbans en guenilles mais armés jusqu'aux dents, des terroristes qui ont voulu imposer leur loi à toute la zone, heureusement, ils ont trouvé à qui parler au Mirabat, il y avait Irène de Tonombres et ça n'a pas traîné, elle s'est organisée ici même pour défendre sa vie et ses biens, des hommes sont venus de Toulouse et se sont installés ici, mais c'était elle la patronne, une maîtresse femme Irène de Tonombres, une grande patriote », conclut, rêveur, M. Broume.

Ordonez regarda le ciel, puis les montagnes de la sierra d'Angouls qui se découpaient, bleues et luisantes, à l'horizon, puis la colline des Lannes où il aperçut deux hommes, debout, qu'il connaissait et qui observaient dans sa direction. Ces témoins-là ne le gênaient nullement. Et même il sourit de leur présence. Peut-être regrettait-il que d'autres personnes ne fussent point là, postées quelque part au faîte d'un arbre ou aplaties sur la mousse du sous-bois, pour apprécier le spectacle qu'il avait conçu et monté tout seul pour commémorer ce 8 mai évacué par le président « libéral-avancé » ?

« Dites-moi, mon ami, pourriez-vous me frotter le dos, ça me fait beaucoup de bien.

— Volontiers », dit Ordonez. Il se plaça derrière le fauteuil et commença à frotter.

« Un peu plus haut et au milieu », indiqua M. Broume.

Là-haut, aux Lannes, Cavalié dit à Massip : « J'ai l'impression que Broume se fait encore frotter le dos, mais cette fois je ne reconnais pas le fils Rouquet. » Le colonel prit les jumelles. Il plissa le front, scruta le Mirabat une bonne minute en marmonnant : « Ça alors, c'est très curieux. » Cavalié, sachant que le colonel ne s'émeuvait pas pour peu de chose, se montra presque impatient.

« Que voyez-vous, mon colonel ?

— Je vois quelque chose de pas ordinaire du tout, tenez, regardez vous-même. »

Cavalié ajusta les jumelles. « Ça alors ! s'exclama-t-il, mais c'est Ordonez qui frotte le dos de Broume ! »

Massip approuva de la tête.

« Rouquet, passe encore, ronchonna Cavalié outré par la scène. Mais Ordonez ! Comment est-ce possible ? C'est un garçon d'extrême gauche et il frotte le dos de Broume au pied du mur où ils ont fusillé son père ! Pourtant, je crois qu'il le sait...

— Il le sait », confirma le colonel, simplement.

Cavalié lui tendit les jumelles mais le colonel les refusa.

« Gardez-les, continuez à regarder, dit-il, s'il se passe quelque chose, vous me le dites. »

Ordonez s'appliquait. M. Broume gloussait d'aise.

« Alors, dit le jeune homme, la vieille dame du Mirabat a résisté aux Espagnols ?

— Pour ça oui, c'était une femme mais elle avait compris la guerre mieux que beaucoup d'hommes, elle savait la faire, elle ne rigolait pas, tenez, ici même où nous sommes, contre ce mur, elle en a liquidé une tripotée, pris les armes à la main, bien sûr, c'était une patriote humaine et juste. »

Ordonez frottait toujours. Mais là, il se retourna afin de vérifier que nul n'était apparu aux alentours, puis il ferma les yeux.

« Je vais vous frotter des deux mains, prévint-il, autour de la première et de la deuxième vertèbre. »

Il joignit le geste à la parole. Maintenant, ses deux pouces massaient la nuque de M. Broume.

« On dirait que vous avez fait ça toute votre vie », apprécia, joyeux, l'ancien commissaire aux questions juives du maréchal Pétain, du président Laval et de l'amiral Darlan.

Ordonez malaxait doucement la nuque du vieillard. Il rouvrit les yeux et contempla le mur. C'était le 8 mai 1975.

Trente ans plus tôt, jour pour jour, Berlin capitulait. Trente-deux ans plus tôt, en ce lieu même, où il massait la nuque du *grand déportateur* de juifs de *l'État Français,* son papa, Diego, capitaine franc-tireur, s'écroulait au pied de ce mur, son corps déjà supplicié, troué de douze balles tirées par les gestapistes. Antoine songea à sa mère et à sa sœur. Aussi au banquier Feudine sur qui il avait refusé de tirer à Prat-Mataou, laissant ce soin à Sébastien Balino mais assumant jusqu'au bout, par son assistance, sa responsabilité de « combattant révolutionnaire ».

Mais, en cette fin d'après-midi de printemps, c'est lui qui officiait. Il se sentait à sa place. M. Broume poussa un petit cri : « Vous me faites mal, mon ami... Que faites-vous ? »

« Que fait-il ? demanda Massip.

— Il me semble qu'il l'étrangle », souffla Cavalié.

Et loué.

« Vous voulez voir ?

— Oui », dit Massip. Il reprit les jumelles.

Antoine serra plus fort. La langue de M. Broume saillit.

Auschwitz. Soit. Maïdanek. L'Éternel. Treblinka. Et loué.

Puis elle noircit et pendit.

Buchenwald. Soit. Mauthausen. L'Éternel. Belzec. Et loué.

Antoine eut une pensée pour tous les jeunes juifs de son âge qui, dans quelque cauchemar, avaient rêvé d'étrangler M. Broume.

Sobibor. Soit. Chelmno. L'Éternel. Ponary. Et loué.

Antoine sentit craquer sous ses doigts des cartilages.

Theresienstadt. Soit. Varsovie. L'Éternel. Vilno. Et loué.

Alors il serra davantage encore en faisant remonter le menton par une pression de l'avant-bras.

Skarzysko. Soit. Bergen-Belsen. L'Éternel. Janow. Et loué.

Enfin la tête du bourreau s'affaissa d'un coup sur son épaule gauche.

« Il s'en va, dit Massip. Et il redonna les jumelles à Cavalié.

— Il est mort, dit l'ordonnance.

— C'est une belle célébration du 8 mai », commenta Massip.

Là-bas, Antoine Ordonez s'était replié dans la forêt. Il redescendait au village et répétait dans sa tête les dernières lignes du *Dernier des Justes,* le plus beau et le plus puissant de tous les romans jamais expulsés du ventre de l'holocauste : *Dora. Soit. Neuengamme. L'Éternel. Pustkow. Et loué...*

Le chauffeur Ramirez découvrit le cadavre de M. Broume vers 18 h 30 et comprit aussitôt les raisons de la mort. Le corps fut transporté au château, puis une ambulance de Toulouse mandée sur-le-champ le rapatria de nuit en Loir-et-Cher où le criminel antisémite possédait une propriété. Il fut convoyé par le seul Ramirez. Henri de Tonombres représenta la famille aux obsèques. Le décès fut officiellement constaté par un médecin ami accouru de la cité voisine de Saint-Gaudens, et déclaré naturel. Après tout, M. Broume était vieux. Il n'y eut aucun remous mais de nombreux commentaires, surtout provenant de milieux juifs. Beaucoup de jeunes croyaient mort l'ancien commissaire vichyste. Le village ignora la disparition de cet invité âgé des Tonombres. Ceux-ci prirent bien soin d'éviter tout incident en éloignant la dépouille au plus vite, en choisissant de l'enterrer ailleurs, de s'adresser à un médecin et à un ambulancier connus d'eux mais étrangers au canton. Ce fut donc un crime étrange, sans doute le seul crime parfait possible puisque admis par les deux uniques témoins et étouffé par les amis de la victime. Antoine ne risquait pas d'avoir des ennuis.

J'appris l'exécution du *grand déportateur* le 3 octobre 1980, de la bouche de Mme veuve Ordonez, lors de la lugubre visite que je lui fis. Cavalié me confirma l'authenticité de ce fait extraordinaire : « Oui, la veuve dit vrai, le colonel et moi nous avons assisté au spectacle. »

Les trois années qui s'écoulèrent après l'étranglement de M. Broume virent grandir et s'imposer la figure de cette jeune dirigeante de la fraction française du terrorisme international surnommée la Pompéi et que les Services spéciaux s'efforçaient en vain d'identifier. Certes, la police savait Gisèle de Tonombres liée aux milieux politiques extrémistes tant à Toulouse qu'à Paris, mais elle avait adopté une méthode subtile pour brouiller les pistes : elle ne manquait pas une manifestation, une pétition, pas un meeting trotskiste. Par ailleurs, elle ne s'impliquait pas directement dans les attentats, et se consacrait aux tâches d'organisation, à la définition des objectifs, aux liaisons avec la cour de Rohan, au maintien de la cohésion du groupe delendiste. Les policiers voyaient en Gisèle une jeune fille de la haute bourgeoisie qui se défoulait dans la politique, alors qu'ils imaginaient la Pompéi en cagoule, un pistolet à la main à la tête de ses cohortes. Les deux « profils » ne cadraient pas.

Moi, je n'étais pas dupe. Je connaissais trop de monde depuis trop longtemps en montagne ariégeoise pour ne pas récolter des informations de tel ou tel berger du val d'Aran ou du port d'Aula. Mes idées sur Prat-Mataou se précisaient. Cela explique que la semi-confession que Gisèle me fit au soir du dimanche 20 novembre 1976 ne m'ait étonné qu'à moitié. Malgré tout, sans elle, je n'aurais pas compris si tôt que Gisèle de Tonombres et la Pompéi ne composaient qu'une seule et même personne. Par contre, j'avais appris par mes propres moyens, dès novembre 1975, la première réunion des chefs de l'E.T.A. militaire en sierra d'Angouls. La deuxième et dernière en Haute-Ariège se tiendra un an plus tard, en décembre 1976.

J'avais alors senti la situation se compliquer pour moi. Mon infiltration s'était poursuivie sans heurts ni fautes majeures. Le temps avait passé. Les événements sérieux auxquels était mêlée la Pompéi semblaient se précipiter. Le général Redan ne tarderait plus à me demander quelques comptes. Je devrais passer à un stade supérieur de ma mission : transmettre les fameux renseignements que mon travail d'approche permettrait d'obtenir. Mais, du même coup, dénoncer la Pompéi, détruire l'honneur de sa famille, le mien, le sien, sa vie peut-être. Telles m'apparurent les implacables données du problème auquel je fus confronté en permanence de 1976 à 1978. Je prie de croire que ce ne fut pas commode. Il n'était pas en mon pouvoir d'éviter la casse. Et il y en eut. Beaucoup de casse.

A l'automne de l'année 1975, la Pompéi eut à lutter contre les forces centripètes qui s'exerçaient sur le groupe delendiste et menaçaient de le faire voler en éclats. Les Basques de l'E.T.A., les éléments marxistes-léninistes antifascistes du G.R.A.P.O., les G.A.R.I., le centre de la cour de Rohan. Chaque fraction arguait de la priorité de sa lutte. Cette « pression ibérique » constituait le principal inconvénient de la frontière franco-espagnole qui comportait par ailleurs tant d'avantages. C'est que les choses bougeaient beaucoup du côté de Madrid. Le 27 septembre 1975, trois militants du Front révolutionnaire antifasciste et patriotique espagnol furent exécutés par le régime du général Franco à l'agonie. Quelques jours plus tard se créait un nouveau « noyau combattant », le groupe révolutionnaire antifasciste du premier octobre ou G.R.A.P.O. qui, aussitôt formé, entrait en action et assassinait quatre policiers dans les rues de Madrid. Le 19 novembre mourait le dictateur. Deux semaines après, je recevais ma première information très importante, de source espagnole, selon laquelle les chefs de l'E.T.A. militaire projetaient de se retrouver incessamment à Prat-Mataou, préférant pour l'occasion la Haute-Ariège au Pays basque jugé moins sûr. Et c'est alors que j'eus mon premier grave cas de conscience. En effet, pareille décision n'avait pu être prise sans l'accord et le soutien actif de Gisèle de Tonombres, maîtresse de la sierra d'Angouls. Sauf à courir le risque de me disqualifier aux yeux du général Redan, il m'était, ce coup-là, impossible de retenir l'information. Je n'en dormis pas de plusieurs nuits, tournai et retournai ce fichu problème dans ma malheureuse cervelle. Comment aurais-je deviné qu'une réaction imprévisible du patron du S.D.I.E. trancherait à ma place et, pour cette fois, me sauverait la mise ? J'avais fini par me déterminer pour la voie étroite mais obligée qui consistait à informer M. Redan tout en me débrouillant pour éloigner Gisèle de Prat-Mataou le jour de cette réunion, par la ruse, par la force, si nécessaire, par exemple en la bouclant quelque part sous le prétexte avoué de l'aimer et la posséder une nuit entière. Quelle ne fut pas ma surprise quand, en réponse à mon information, Ixeau me recommanda de ne pas bouger, de ne parler à personne. Le général se préoccupait d'abord du terrorisme international, des « combattants communistes » européens liés au Proche-Orient. En l'occurrence, il s'agissait d'une réunion interne à l'E.T.A. militaire, spécifiquement basque, et il n'avait nulle envie de dévoiler ses batteries, d'assiéger Prat-Mataou, de désigner la sierra d'Angouls à l'opinion pour arrêter les chefs basques. D'autres services, espagnols et français, existaient pour ce travail. Ainsi fut réglée ma délicate situation. Mais elle m'avait permis de vivre, en quelque sorte, une répétition de ce qui surviendrait le jour où se rassembleraient là-haut des terroristes différents. L'avenir montra, hélas, que je n'en tirai pas tous les enseignements souhaitables.

Vers le début de l'année 1976, j'observai un changement léger mais significatif dans le comportement de Gisèle à mon égard, lors d'une rencontre chez elle, au château de la Garde. Elle me parlait enfin, s'abandonnait à de réels moments de lassitude. Elle requérait parfois mon avis sur telle ou telle question d'actualité, ce qui ne s'était jamais produit auparavant.

Une fois, elle se livra à un long et troublant soliloque au sujet d'Ulrike Meinhof, la terroriste allemande qui s'était suicidée dans sa cellule : « On l'a liquidée, affirmait-elle, si un jour tu entends dire qu'une terroriste s'est suicidée dans une prison française, dis-toi bien que ce sera un mensonge, un assassinat d'État. »

Le mercredi 11, jour de l'ouverture du Festival d'art populaire, Rambouillat surgit à l'auberge, vint à moi directement, sans même prendre le temps d'une consommation, et me dit : « J'ai à te parler de toute urgence. » Il n'avait pas l'air très catholique. Je voyais bien qu'il produisait de gros efforts pour paraître calme. Je le connaissais trop pour me laisser abuser. Et sa démarche me faisait réfléchir. Depuis les incidents de l'été 1972, les gauchistes du coin ne s'étaient plus manifestés. Les Irlandais et les Basques, invités traditionnels du Festival, étaient restés sages. En vérité, tous obéissaient à de sévères consignes : plus de vagues à Tonombres, c'est trop près d'Angouls. Rambouillat tentait de m'intimider en me fixant de son œil mauvais. C'était l'époque où se densifiaient mes relations avec Gisèle de Tonombres. Peut-être que le fils du chiffonnier avait détecté le danger et décidé de me mettre en garde. En ce cas, il trouverait à qui parler. Cette fois, rien ni personne ne m'obligerait à le ménager. Et d'abord que croyait-il ? J'aidais mes parents à l'auberge, j'avais beaucoup de travail, je ne me tournais pas les pouces, moi, somnolant sur une peau d'âne obtenue une fois pour toutes et permettant tous les loisirs, y compris celui de se retourner contre cette « République bourgeoise » qui avait permis au gueux de devenir professeur agrégé. Je lui répondis sans aménité aucune : « Tu crois que je suis en vacances ici ? Qu'est-ce qu'il y a de si urgent ?

— Il y a que Gisèle est en danger de mort et que nous devons l'aider. »

Gisèle ? Je l'avais vue il n'y avait pas si longtemps, à la fin juin, depuis, à ma connaissance, elle n'avait pas reparu. Cette fois-là, elle s'était étendue avec passion sur la vente par la France de centrales nucléaires à l'Afrique du Sud.

« La France est devenue l'ennemie le plus dangereux du

continent africain », avait proclamé la conférence des pays non alignés.

Que s'était-il passé ces quarante derniers jours qui plaçait Gisèle en si critique situation ? Il est vrai que sa vie militante secrète l'exposait à tout moment à tous les dangers. Je surmontai mes préventions, acceptai d'entrer dans le jeu de l'agrégé marxiste.

« Qu'est-ce que je peux faire pour Gisèle que tu ne peux pas faire, toi ?

— Je n'en sais rien, mon vieux, s'énerva-t-il, tout ce que je sais, c'est qu'elle court un grave danger... Ce soir, je réunis chez moi des amis sûrs, des amis à elle, si ça te dit, tu es invité. »

Dans l'ignorance complète de ce qui advenait à Gisèle ou se tramait ailleurs, je consentis à ce rendez-vous chez Rambouillat. « Quand le plus dur sera passé à l'auberge, avais-je précisé. Entre minuit et une heure, pas avant.

— On te prendra quand tu arriveras. » Puis il était parti.

Vers 18 heures, alarmé par ces nouvelles, je fis un saut au château de la Garde pour questionner Ganzadi qui, témoin de la chaleur, de la confiance, de la tendresse croissantes des relations entre sa maîtresse et « monsieur Henri », ne me cacherait pas grand-chose des périls encourus par Gisèle. Justement, il l'avait eue au téléphone dans l'après-midi. Elle appelait de Bruxelles. Elle avait l'intention de se reposer à la Garde fin août, début septembre.

« Elle allait bien ?

— Ma foi oui, m'sieu Henri. »

Je revins à l'auberge plus que songeur. Une fois de plus, Rambouillat se foutait de moi. Mais il ne m'avait encore jamais inquiété autant. Il m'avait menti. Il m'attirait chez lui en usant du seul argument susceptible de me déterminer : porter secours à Gisèle de Tonombres. Il me tendait un piège, un guet-apens. Pourquoi ? C'est alors que l'adorateur-soupirant s'effaça devant l'agent spécial de M. Redan. J'irais chez Rambouillat pour en avoir le cœur net. Découvrir le véritable motif de la démarche du professeur terroriste.

Rambouillat avait fait construire une maison à l'emplacement exact de la cabane de son chiffonnier de père, au lieu-dit Baubère, au nord-ouest de Tonombres, au milieu d'un petit bois situé à environ 500 mètres de la route dite « du fond de Tonombres ». C'est là que j'arrivai le 12 août vers une heure du matin. Le salon était allumé mais aucun bruit de voix ne me parvenait. Derrière les fenêtres, je ne distinguai pas de silhouettes. Contrairement à ce qu'il m'avait annoncé, Rambouillat m'attendait-il seul ? A moins qu'il n'ait vraiment décidé de me faire la peau et que des complices ne soient embusqués dans l'ombre ?

Je frappai à la porte. Il apparut, le visage fermé, un pli amer aux lèvres. Du feu brûlait dans la cheminée. Une petite cheminée, minable, indigne de notre pays ariégeois. Tout agrégé qu'il était, il trahissait ainsi l'inachevé de son éducation, son absence de goût, sa prétention, l'ambiguïté de son engagement politique, et aussi la limite de sa sincérité. En fait, il n'était qu'un vulgaire individu, en tous points semblable à son ivrogne et pouilleux de père, avec sur les épaules un cerveau bizarrement posé par un caprice de la nature, une tête d'agrégé mais une mentalité, des réflexes, un atavisme de pochard.

Un gigantesque et tapageur croissant sur pied, auquel pendaient pelle, pincettes et tisonnier ouvragés accusait encore le ridicule de ce foyer, dans un village comme le nôtre, et de la maison du fils de feu le marchand errant de peaux de lapin. Dès mon entrée dans la pièce, cette cheminée avait monopolisé ma mauvaise humeur.

« Elle te plaît ?

— Je préfère celles de chez nous. »

Un point m'intriguait et m'incitait à me tenir sur mes gardes : Rambouillat n'était pas courageux, il savait qu'en cas de grabuge, il se ferait immanquablement dérouiller. M'affronter seul chez lui ne lui ressemblait en rien. J'en induisis que des comparses veillaient au grain dans une pièce voisine, ou alors qu'il avait pris soin de ranger une arme à sa portée. « Il me semble que tu es seul, observai-je, tu m'avais parlé de réunir des amis.

— Je t'ai menti », dit-il sèchement, et il alla s'appuyer au chambranle de la cheminée. Je le considérai interdit, non par l'aveu mais par l'assurance inhabituelle du menteur, assurance qui renforça ma méfiance. Mes muscles se contractèrent, mon échine de rugbyman se courba légèrement, mes épaules s'arrondirent. « Et ce n'est pas non plus de Gisèle que je veux te parler », ajouta-t-il, manifestement satisfait de cette deuxième provocation. Je ne dis mot. Mais je ne quittai des yeux ni les deux portes de ce salon inesthétique ni le fils du vagabond. Il m'avait floué. Il me devait des explications. Pour me les donner, il changea de ton, se voulut posé, grave, quand il ne fut que pompeux et affecté. Toutefois, ce qu'il me dit ne fut pas dépourvu d'intérêt ni d'importance.

« Henri, tu te souviens de cette nuit, il y a cinq ans à peu près, où on s'était réunis à la Bascule ? »

Il s'interrompit. Qu'est-ce qu'il allait encore chercher ? Je me doutais bien qu'il mijotait un coup tordu. De cette réunion, je m'en souvenais. Ou plutôt, de leur réunion à eux, les gauchistes du village, les « tonombristes », comme ils s'étaient baptisés eux-mêmes. Ils m'avaient intercepté au retour de mon périple nocturne à travers le massif du Mirabat, du château des Tonombres où agonisait madame Irène et où je m'étais rendu aux nouvelles, à la demeure des Vial où le comte Henri m'avait demandé de passer pour transmettre un message verbal urgent à sa mère madame Marthe, l'adjurant d'assister aux derniers moments de sa belle-mère, ce que la comtesse gaulliste avait refusé. Et moi, intercepté par eux en pleine nuit, j'avais comparu devant l'inquisiteur Rambouillat.

« Oui, je m'en souviens bien », répondis-je en serrant les mâchoires. La colère levait au fond de moi. Il m'avait convoqué pour m'interroger derechef, cinq ans après cette réunion.

« Tu te souviens de ce que je t'avais demandé au nom des camarades ? »

Oui, de cela aussi je me souvenais. Je n'étais pas près de l'oublier. Les paroles de l'agrégé rouge cognaient encore mes tympans. Leur réminiscence activait la houle dans ma poitrine et sous mon crâne. Et j'entendais ceci : *Serait-ce trop te demander, mon cher Henri, que d'ouvrir les yeux et les oreilles ces temps-ci, de nous tenir au courant de ce qui se passe vraiment du côté du Mirabat, et si possible de nous informer de l'identité des gens qui y vont et viennent ? En somme, de faire pour nous ce que tu es chargé de faire pour ton patron.*

Mon patron, à l'époque, c'était M. Sanaris, le président de la Médiatrice. Il m'avait réexpédié à Tonombres quelques jours après mon arrivée à Masergaël afin d'observer et d'écouter faits, gestes et commentaires liés à la mort imminente de madame Irène. Et eux, les tonombristes, ils voulaient que je fisse de même à leur service.

« Tu reconnaîtras avec moi que depuis ce temps, on ne t'a pas beaucoup embêté avec ça, mais le moment est venu, pour toi, de nous aider, Henri, oh ! juste un petit coup de pouce... »

Le professeur terroriste abandonna sa cheminée et se campa au milieu de son salon, derrière le canapé qui coupait la pièce en deux parties, comme s'il cherchait un abri, un obstacle entre lui et moi. Je compris que le plus important allait sortir de sa bouche. Très concentré, j'attendais.

« Henri, tu as démissionné de la Médiatrice mais tu as eu le temps de faire le tour de ce petit port de la mer du Nord devenu par la grâce du fasciste Sanaris La Mecque des médias français, je sais que tu as eu l'occasion de monter sur le paquebot, d'y prendre un verre, d'y être reçu par les huiles, puis, à terre, de pénétrer dans la forteresse de Sanaris, tu as parcouru la forêt, visité le chapiteau, tu connais les salles de rédaction, les centres d'accueil des invités, alors je voudrais un tout petit service, sans aucun danger pour toi, et qui ne te demandera pas beaucoup d'efforts... »

Il s'arrêta de parler. Son plan commençait à émerger de la nuit. Tout à coup, je le voyais venir. Plus emphatique que jamais, il me précisa ses exigences : « Henri, je voudrais que tu me fasses, le plus tôt possible, un plan détaillé de la Médiatrice, du château fort et du port. »

Nous y étions enfin. Pourquoi ce plan ? Pour y mettre quelque bombe, sans doute, ou enlever quelque star des médias, ou M. Sanaris lui-même. Au fond, c'était vrai qu'il me demandait une contribution facile à sa « lutte armée révolutionnaire ». Il me suffisait d'une heure, d'un papier et d'un crayon. D'ailleurs, une question s'imposa soudain tandis que, planté dans ce salon, je prenais tout mon temps pour assimiler les implications de cette exigence et y répondre : Comment aurais-je réagi si Gisèle et non Rambouillat m'avait demandé le même service ? Probablement l'aurais-je refusé au terme d'une rude bataille intérieure. Mais elle ne m'avait pas sollicité. Cette pensée me conduisit à l'interroger : « Gisèle est au courant de ce que tu me demandes ? »

Il hésita.

« Non », lâcha-t-il finalement.

Pourquoi aurais-je servi cet individu haï de moi depuis qu'il avait mis Gisèle de Tonombres dans son lit et sur la route du malheur, huit ans plus tôt, à la faveur du chaos provoqué dans les cœurs, les esprits, les institutions, par les mutineries étudiantes de 1968, abusant de son influence intellectuelle et de sa position d'agrégé rouge ?

A cette évocation, ma rogne monta d'un cran. « Non, lançai-je, je ne donnerai pas ce plan, je ne te dois rien du tout, encore moins ce genre de service, ce n'était pas la peine de me déranger si tard pour une chose pareille. » Et je tournai les talons.

« Henri ! »

Je m'immobilisai, la main sur la poignée de la porte. Le

ton était impérieux, la voix mauvaise. Je me dis qu'il pointait un pistolet dans mon dos et me retournai lentement. Il ne tenait pas d'arme. Il levait seulement haut le bras droit, et là-haut, tout au bout de ses doigts, entre le pouce et le majeur, j'aperçus un papier. Déconcerté, je restai coi. Dans cette attitude, le visage tout blanc, en état de soudaine exaltation, presque égaré, Rambouillat semblait une incarnation du démon. Nous devions composer un étrange tableau. Lui, figé, statue brandissant ce mystérieux papier, et moi, robuste, mystifié, ramassé comme une bête, devant la porte.

« Quoi ? prononçai-je.

— Tu ne peux pas me dire non », laissa-t-il tomber sans me quitter des yeux et en agitant fébrilement ce papier.

Saisi d'appréhension devant tant de certitude et de méchanceté, je demeurai muet. Une, deux, cinq, dix secondes s'écoulèrent. Sardonique, il me fixait toujours. Puis, il abaissa le bras et lut ce maudit billet sur un ton ampoulé qu'il grossissait à plaisir dans l'intention évidente de me blesser, de m'humilier, l'imbécile, l'ignoble personnage : *Henri, je te pardonne de m'avoir forcée, ce n'était pas entièrement de ta faute, laisse la clé sous le paillasson, je remonte à Tonombres en taxi — Essayons de rester bons amis — Je sens que j'aurai encore besoin de toi — Ne me laisse pas tomber — Gisèle.* Qu'espérait-il obtenir ainsi, l'insensé ! Comment croyait-il que se terminerait le numéro, le monstre ? Ah oui, ce satané billet qu'il m'avait lu avec la sadique jouissance d'un malade qui enfonce une aiguille dans le cœur d'une victime à sa merci, je m'en souvenais, et ma stupeur de le découvrir entre ses mains cette nuit-là le cédait à peine à la furie, je l'avoue, meurtrière, qui s'emparait de moi maintenant. Voilà presque cinq ans, ce billet, je l'avais trouvé sur la table de l'appartement toulousain de Gisèle, le 11 octobre 1971 au matin, quand je m'étais réveillé seul après l'avoir forcée sous l'empire de l'ivresse et de la fatigue, sans l'avoir voulu. J'étais reparti en le laissant traîner sur la table. Et voici qu'il réapparaissait dans les doigts de Rambouillat.

« Tu vois Henri, tu n'avais pas pensé à ce détail : à cette époque, je partageais la vie et l'appartement de Gisèle, et quand, dans l'après-midi, je suis passé rue de l'Écharpe, j'ai vu ce billet et je l'ai mis dans ma poche en me disant qu'il pourrait toujours servir. »

Il marqua un temps, avant de reprendre sur un ton mielleux : « Imagine que je le montre à tes parents et à quelques Tonombrais bien choisis ? Finie la réputation des braves et honnêtes aubergistes... Ici, tu le sais, on pardonne tout sauf le vol de l'argent liquide et le viol d'une femme. »

Et il agita le billet comme un chiffon rouge devant un taureau. C'est donc qu'il prenait le risque de la corrida au cas où je me rebifferais. A nouveau, je songeai qu'il avait sûrement assuré ses arrières. Des amis, prêts à intervenir, ou une arme, cachée quelque part, sur lui ou à proximité.

Je suis certain que le lecteur compatit avec Rouquet fils. Je ne quémande pas plus de lui. Je n'exige surtout pas qu'il m'absolve pour la suite. Qu'il m'accorde simplement des circonstances atténuantes. Dès qu'il eut proféré son chantage, je fus déterminé à me battre pour lui arracher ce billet. Mais, le soupçonnant de tout, je parvins à me maîtriser suffisamment pour ruser. Je feignis de succomber à un profond accablement. Je m'effondrai sur une chaise, la tête entre les mains. Comme il se contentait de m'observer, je parlai : « Si j'accepte, articulai-je péniblement, qu'est-ce qui me prouve que ce billet sera détruit, que tu ne me feras pas chanter toute la vie ?

— Rien, répondit-il, mais le seul fait de te mouiller sérieusement pour nous sera déjà une garantie...

— Gisèle sait que tu as ce billet ?

— Non.

— J'aime mieux ça », gémis-je.

Je sentais que ma comédie portait des fruits.

« Qu'est-ce que je fais maintenant ?

— Tu rentres chez toi, tu te mets au travail, tu fais les plans détaillés, tu les dates et tu les signes, comme ça tu seras compromis jusqu'au cou, en échange, je te remettrai le billet.

— Bien, dis-je, n'empêche que tu es un beau salaud. »

Cette réflexion était censée rendre plus crédible encore mon abdication. Il semble que j'atteignis mon but car il s'en défendit : « Il y a au moins un principe révolutionnaire que tu as dû entendre un jour, Henri, la fin justifie les moyens... Je ne me demande pas si mes actes sont conformes ou non à la morale bourgeoise, au bien ou au mal des curés, mais s'ils servent ou non la révolution communiste, tu comprends ? Tes parents et toi, vous êtes le dernier de mes soucis, ce que nous voulons, c'est semer le désordre et la terreur dans le nid des fascistes qui ont fait main basse sur les principaux médias du pays, ça oui, ça nous intéresse, le reste on s'en fout. »

Il avait enfin modifié sa position en revenant près de la cheminée. Le billet avait rejoint le fond de sa poche. Je me levai en conjecturant : si, me voyant debout, il reprend sa distance, alors je n'insisterai pas et je tenterai un coup à l'occasion de l'échange promis entre le billet et ses plans. Par contre, s'il reste près de la cheminée, j'ai la capacité physique de bondir sur lui. Il ne bougea pas.

« Je t'offrirai un verre la prochaine fois, Henri, pour fêter notre alliance », railla-t-il.

J'opinai du chef, fis mine de me diriger vers la porte.

Mais je lui sautai dessus à la rapidité d'un fauve. Nous roulâmes à terre et entraînâmes le croissant sur pied dans notre chute. Au lieu de mobiliser tous ses moyens pour combattre, sa main droite fouillait sa poche. Il sortit un pistolet. Il allait tirer, c'était certain. J'avisai le tisonnier tombé au sol, à portée de ma main. J'en frappai dix fois, cent fois, je ne sais plus, le fils du chiffonnier qui avait voulu ruiner ma vie, déshonorer pour toujours ma famille. J'entrai en possession de ce billet et le jetai au feu. J'avais tué un homme. Très vite, je me ressaisis. Rambouillat ne valait pas que, poussé par le remords, j'aille me constituer prisonnier à la gendarmerie. Le destin m'avait permis de supprimer d'un coup, en légitime défense, un dangereux terroriste et le mauvais génie de Gisèle de Tonombres. Je résolus de m'en sortir. Je vérifiai prudemment, à l'extérieur et à l'intérieur de la maison, si nous étions seuls puis décidai de profiter de la nuit pour transporter, via le bois des Lannes, le corps au pied de la croix du Segnadet, là où Pujol-Arnaud s'était suicidé quatre ans auparavant, calculant que cette analogie orienterait les soupçons vers un règlement de comptes politique. Je remis soigneusement tout en ordre, effaçai mes empreintes. Après quoi, j'exécutai dextrement la manœuvre et rentrai à l'auberge, non par la route d'Espagne mais par un sentier détourné dans la forêt des Vial et qui mourait juste derrière chez nous. Pour être franc jusqu'au bout, je m'endormis apaisé, presque heureux.

Ajas du Loum découvrit au Segnadet son deuxième cadavre en cinq ans, le lendemain, jeudi 12 août à l'aube, en allant ouvrir sa grange et retourner l'herbe fauchée la veille.

Le décès de Rambouillat fit grand tapage, bien plus que le suicide de Pujol-Arnaud. Au moins pour deux raisons : il s'agissait d'un meurtre et non d'un suicide, et un épais mystère entourait la fin de l'agrégé. Qui avait frappé ? Pourquoi ? Avec quoi ? Et où ? A ma surprise, les deux dernières questions furent assez vite élucidées par les enquêteurs, parmi eux l'inspecteur Tibal que je n'avais plus revu depuis de nombreux mois. Il se présenta à l'auberge, plus détendu que jadis quand il m'avait interrogé au sujet de notre emploi du temps à Toulouse, à Gisèle et à moi. J'étais l'un des camarades d'enfance de la victime et il me visita à ce titre. C'est là qu'il m'exposa que Rambouillat avait été tué dans la nuit du 11 au 12, entre minuit et 2 heures du matin, dans son salon, d'un coup de tisonnier, puis transporté par les Lannes au Segnadet.

« Par les Lannes ? m'étonnai-je.

— Oui, nous avons suivi la piste, le mouchoir du mort est tombé à 40 mètres de la maison, dans la partie du pré en lisière du bois des Lannes... Bien sûr, il aurait pu tomber dans la journée, mais ça nous a donné l'idée de chercher de ce côté, et, plus haut, au bord du chemin, en pleine forêt, on a trouvé son stylo et son peigne, au sommet, son permis de conduire, après plus rien, mais on en avait assez ramassé pour refaire l'itinéraire... L'assassin est costaud, très costaud, il a défoncé le crâne de ce pauvre garçon, et même cassé l'humérus droit, il a dû s'acharner, le tisonnier était tordu, l'analyse a décelé du sang et des cheveux collés, avec ça on n'a rien volé, c'est cette violence qui est bizarre, elle a l'air gratuite, un fou furieux, mais quelqu'un qui connaît bien le pays, qui a pensé à ce détour pour aller au Segnadet en évitant le village, qui se savait capable de le faire de nuit, de quoi faire réfléchir, qu'est-ce que tu en penses ?

— Pas grand-chose, répondis-je, étonnamment maître de moi, je n'ai jamais été intime avec Rambouillat, encore moins depuis qu'il trafiquait à Toulouse avec tous ces gauchistes, je me suis même accroché avec lui au début, quand je refusais de me faire enrôler, en fait, honnêtement, monsieur Tibal, je ne l'aimais pas beaucoup et on ne se voyait presque plus, sauf à l'auberge ou quelquefois à mon bar de Toulouse, bonjour, bonsoir, il consommait, il payait, il se tenait tranquille chez moi, c'était l'essentiel... »

M. Tibal avait manifesté sa satisfaction en hochant la tête, comme si mes propos confirmaient ses informations préalables.

« Dis-moi, Henri, on dit que c'était le gourou et le petit ami de Gisèle de Tonombres... »

Attention au piège, me dis-je, attention, toujours serrer la vérité connue au plus près, ne jamais s'en écarter, s'encager dans la norme, le naturel, l'évidence, et ne pas en sortir, à aucun prix. L'inspecteur attendait ma réponse avec un intérêt non déguisé. « Je crois qu'on dit vrai, confirmai-je, et moi, je pense bien davantage, je le tiens pour responsable du dérapage politique de Gisèle de Tonombres, j'ai tout fait pour l'arracher à ses griffes, un jour, j'ai failli lui casser la figure à cause de ça, vraiment, je ne le dirai qu'à vous, je le plains mais je n'arrive pas à le regretter. »

Et l'inspecteur de branler encore du chef, plus satisfait encore, me sembla-t-il. Avant de se retirer, il posa une dernière question : « Tu étais au courant, de près ou de loin, de ses activités politiques ces temps-ci ?

— Ah ça non, pas la moindre idée, monsieur Tibal... »

Il me salua avec sympathie, s'en fut en sifflotant. Et moi, je pestai contre mon imprévoyance : que n'avais-je bien fermé les poches du mort ! Cependant, je n'éprouvai pas d'inquiétude. Personne ne m'avait vu. Je n'avais, moi, rien perdu dans les bois. J'avais effacé mes empreintes. Mon mobile, celui qui m'aurait aussitôt accusé, le billet, resterait inconnu *ad æternam*. Et ma conscience, quoique pas absolument nette, ne me pesait pas trop lourd en raison de la bassesse, de l'ignominie de la victime. Une seule personne pouvait me soupçonner instinctivement et compléter le portrait purement physique ébauché par l'inspecteur Tibal, c'était Gisèle, et elle le fit, lors de notre rencontre du 20 novembre 1976 au château de la Garde. D'ailleurs, en veine de confidences cette nuit-là, ou, plus vraisemblablement épuisée, condamnée à se confier, à se soulager auprès d'une âme sœur, elle alla loin dans les épanchements.

Fidèle à son habitude, elle m'avait invité à dîner sans préavis. Un samedi soir ! La soirée la plus « chaude » de la semaine au bar du Mirabat. Elle avait décidé au dernier moment de séjourner ce week-end à la Garde. Comme toujours, elle se confondait en excuses, ne le faisait pas exprès, ne savait jamais à l'avance ce qu'elle ferait de ses rares heures de détente, et patati et patata... Surtout, argument massue, invariablement décisif pour le « petit-cousin » Rouquet, ce soir-là plus qu'aucun autre, elle avait besoin de moi. Que faire ? Évidemment que j'avais une envie folle de lui parler, de l'écouter, de l'aimer, et chacune de ces nuits de rêve m'aidèrent plus tard à supporter, à endurer les dernières années, les ultimes heures de ma vie. Il n'empêche : elle disposait de moi comme d'un pantin.

Ce samedi soir de novembre, Aristide et Léon durent se débrouiller sans moi. Sur la cheminée du salon de la Garde, un deuxième portrait tenait désormais compagnie à celui du général de Gaulle : celui de feu Marthe de Tonombres, la grand-mère soldate, servante hardie du chef de la France libre. Gisèle avait préparé elle-même un poulet indien, avec cet entêtement, cette application charmants, fréquents chez les intellectuels engagés, en dévotion devant les produits et les recettes des pays en voie de développement, pour qui la pratique assidue de l'exotisme, sous toutes ses formes, est porteuse en soi d'une intention politique. Un poulet indien succulent mais sur lequel une main un peu lourde avait répandu trop de curcuma, de coriandre et de gingembre à mon goût. Durant le repas, nous évoquâmes les disparus, madame Marthe, monsieur Honoré, et aussi la possibilité, pour Léopold vieillissant, de retrouver une fois par an sa famille en Afrique, la perspective, pour moi, de passer un jour à Toulouse du stade du bar à celui du restaurant, ou de reprendre purement et simplement l'auberge de mes parents, ce que j'avais naguère énergiquement repoussé. Mais mon ambition d'échapper à la restauration par une carrière dans les médias, le marketing ou la publicité était morte le jour de ma démission de la Médiatrice. En prenant de l'âge, je me sentais redevenir un vrai Rouquet, et le giron du Mirabat m'attirait.

Vers 21 h 30, nous revînmes au salon, elle, sur le sofa anglais si prisé de feu sa grand-mère gaulliste, moi, sur sa gauche, dans un fauteuil, près de la cheminée. Je revois Léopold s'affairant, tout heureux, nous servant du café et une divine liqueur de framboise dénichée dans la cave de feu M. du Vial. Au-dehors, un vent d'hiver agressif et glacé se ruait sur la bâtisse, créant une douce sensation de bien-être le long des moelles épinières.

Alors elle dit : « Henri, tu as tué Rambouillat ? »

Eh ! Pourquoi Rouquet fils aurait-il tué l'agrégé terroriste ? Comme elle y allait ma « petite-cousine » ! Pourtant, la question ne me fit pas sursauter. Elle me procura au contraire une drôle d'impression. Quelque chose comme du contentement, peut-être un peu plus, une sorte de jouissance nerveuse, une libération mêlée de la conscience d'avoir osé un acte longtemps refoulé. Le vent du Nord mugissait, les bûches craquaient, les étincelles fusaient, et cette jeune femme, les jambes repliées sous elle, et moi, nous dégustions la liqueur de framboise sous le regard mi-sévère mi-goguenard du général de Gaulle.

« Tu crois que je l'ai tué ?

— Oui.

— Et pourquoi l'aurais-je tué ?

— Pour lui prendre mon billet de la rue de l'Écharpe.

— Quel billet ?

— Celui que j'avais laissé sur la table et où je te pardonnais de ce que tu m'avais fait.

— Ah oui, j'avais oublié, c'est si loin.

— Je l'avais pourtant averti que son chantage pourrait mal se terminer pour lui, il voulait les plans de la Médiatrice.

— Il avait parlé de son intention à d'autres ?

— Je ne crois pas.

— En tout cas, je ne l'ai pas tué.

— Bien sûr que non, je plaisantais, Henri. »

Nous nous regardâmes, étonnés nous-mêmes de cet échange éclair. Nous éclatâmes de rire. Puis nous plongeâmes dans une espèce de torpeur. J'y mis fin par une inspiration qui me parut heureuse, pleine d'à-propos et d'humour : « C'est toi, la Pompéi ? »

A son tour sur la sellette ! Et notre précédent dialogue se reproduisit. Je conserve de ces moments le souvenir d'un épisode curieux, comme survenu en un autre monde, et je rencontre des difficultés dans ma tentative de le restituer au lecteur.

« Tu crois, toi, que je suis la Pompéi ?

— Oui.

— Et pourquoi serais-je la Pompéi ?

— Ce que je sais de toi, ce que tu as fait à Angouls, ce que je lis sur cette Pompéi dans la presse, ce que je vois et ce que j'entends à la radio et à la télévision, tout mène à ton portrait-robot...

— Je comprends, mais ce n'est pas moi, Henri.

— Bien sûr que non, je plaisantais, Gisèle. »

Nous éclatâmes de rire à nouveau. Elle voulut un peu plus de liqueur. Je la lui servis et restai près d'elle, sur le sofa. Nous étions devenus graves. A notre petit jeu, nous nous étions brûlés. Avant ce soir-là, cette Pompéi qui défrayait alors la chronique du terrorisme intérieur français n'occupait pas mon esprit et seul mon inconscient l'avait parfois accolée à la figure de Gisèle de Tonombres. Et voici que maintenant, éjectée d'un simple jeu de conversation, s'imposait une évidence contrariante : Gisèle était peut-être la Pompéi. Peut-être ? Probablement ? Aussi sûrement que moi le meurtrier de Rambouillat. Mon Dieu ! Redan ne m'en avait pas demandé tant. Si la créature que je désirais par-dessus tout dirigeait les coups de main de tel ou tel « noyau communiste combattant », le fiasco était total. Je ne parviendrais pas à me tirer d'une aussi sale affaire. D'un bras, j'entourai ses épaules. Elle se blottit contre moi. Nous vidâmes nos verres et nous les tînmes quelques instants l'un contre l'autre, les contemplant fixement, manière d'y exorciser un avenir qui s'annonçait pour le moins incertain.

Elle s'endormit. Je déposai mon verre sur le guéridon de laque noire... fis de même pour le sien, que j'ôtai doucement de ses doigts, puis fermai les yeux, moi aussi : dors petite Pompéi, dors contre Rouquet fils, le « petit-cousin », mâle digne du grand-père braconnier et des femelles du château, l'espion du général Redan, dors Gisèle de Tonombres, profite de ces heures réparatrices et douces, peut-être que tu n'en vivras plus jamais de pareilles, *Carpe diem*, petite Pompéi.

Nous fûmes bien inspirés de « cueillir le jour présent », en l'occurrence ce soir et cette nuit de novembre 1976, car l'année 1977 ne laisserait ni trêve ni repos. L'E.T.A. militaire durcit encore son action. Ses chefs se réunirent en sierra d'Angouls pour la deuxième fois, en décembre, un mois après notre rencontre à la Garde. Gisèle organisa la réunion. Dès qu'un événement important se profilait à l'horizon, assemblée clandestine de haut niveau, supervision d'une opération de guérilla urbaine, la « cour de Rohan » s'en remettait à Gisèle pour l'exécution. Dans les premiers mois de 1977, nous vécûmes seulement trois soirées et une nuit communes. Je la retrouvai toujours plus anxieuse et fatiguée. Moi, je voyais se réduire ma marge de manœuvre comme une peau de chagrin, se rapprocher avec angoisse l'échéance fatidique de la trahison : soit tromper M. Redan, soit dénoncer Gisèle. J'avais maintenant la certitude que la Pompéi et Gisèle ne faisaient qu'une seule et même personne, et les renseignements affluaient du val d'Aran et de la sierra haute-ariégeoise, qui prouvaient abondamment la position stratégique d'Angouls dans le nouveau dispositif infrastructurel monté en France en ces années 70 par les manitous du terrorisme international. Un jour viendrait, inéluctable, où se rassembleraient là-haut, outre des Basques, des Irlandais et des Catalans, des pontes italiens, allemands, français, soutenus par certains États du Proche-Orient. C'est ce gibier-là que chassait M. Redan, cette heure-là qu'il attendait patiemment au centre de sa toile d'araignée, et c'est à cette occasion-là que le fils Rouquet devrait servir sa patrie, fournir l'information décisive *quoi qu'il lui en coûtât.* Ah, enrageai-je, ces imbéciles ne se rendent pas compte que les Services spéciaux ont l'œil sur Prat-Mataou ! Et il m'arrivait souvent de souhaiter que, s'avisant du danger, ils déguerpissent à temps. Je ruminai deux ou trois plans qui me permettraient, le moment, venu, d'éloigner Gisèle, voire de la « neutraliser », pour lui épargner une éventuelle arrestation, ou pire encore. Je pris aussi l'habitude, tout au long de l'année 1977, de déférer à la supplication du comte Henri de Tonombres en lui communiquant des nouvelles de sa fille chaque fois que je la voyais ou qu'elle me téléphonait. Il s'inquiétait vraiment. Sa femme Josiane, persuadée que Gisèle, engloutie dans son activisme politique, filait du très mauvais coton, se rongeait les sangs. Et moi, je finis par ne plus produire l'effort de les rassurer par des mensonges car j'en étais devenu incapable.

Le 23 mars 1977, la presse mêla cette mystérieuse Pompéi à l'assassinat de Tramoni, le vigile des usines Renault-Billancourt qui, cinq ans plus tôt, avait tué Pierre Overney. Assassinat revendiqué par des N.A.P.A.P., Noyaux armés pour l'autonomie populaire. Ce groupuscule devait se distinguer à nouveau par des attentats à l'explosif contre un bureau d'embauche de Simca-Chrysler et la destruction d'un stock de véhicules à Renault-Flins.

L'été, brilla une lueur d'espoir. Gisèle de Tonombres fut à la tête des manifestations de Creys-Malville. Je me redis alors que, se montrant au premier plan d'une action militante dure mais publique, elle n'était pas, elle ne pouvait pas être la Pompéi. L'égérie du terrorisme français n'avait-elle point, depuis beau temps, franchi la frontière entre les manifestations écologiques et la lutte armée ? J'ignorais que cette confusion entrait dans la tactique de la guérilla urbaine : se montrer pour mieux « couvrir » la lutte souterraine, participer à l'action « visible » tant que le personnage clandestin n'était pas identifié.

Le 31 juillet 1977, une manifestation antinucléaire fut organisée sur le lieu de construction du surgénérateur Super-Phénix. Les choses se passèrent mal. Des éléments « non contrôlés », souvent venus d'Allemagne, débordèrent les responsables. Il y eut un mort, cent blessés, douze arrestations.

« Vous avez vu, monsieur le comte? Elle était là-bas! téléphonai-je tout joyeux.

— J'aime mieux ça », commenta monsieur Henri. Hélas! Cet apaisement ne durerait pas très longtemps.

L'histoire s'accéléra dès l'automne. Terrorisme et violence s'accrurent.

Le 5 septembre, la Fraction armée rouge enlève le président de la Fédération patronale ouest-allemande, M. Hans Martin Schleyer. Après la mort du banquier Feudine, ce forfait mit en ébullition l'opinion publique internationale. L'écrivain Heinrich Böll, le philosophe Herbert Marcuse, l'ancien chef contestataire Rudi Dutschke, tous trois connus pour leur sympathie envers l'extrême gauche, désavouèrent l'enlèvement.

J'ai la conviction que des réseaux français fournirent bases et soutiens variés.

De septembre 1977 à janvier 1978, je ne parvins pas à voir Gisèle de Tonombres. Pourtant, je me démenai, surgissant à la Garde à plusieurs reprises et à l'improviste. La Pompéi avait à faire ailleurs.

Le 15 octobre, Andreas Baader se suicida dans sa cellule. Quant à M. Schleyer, il fut liquidé, tout comme le banquier Feudine, et son corps retrouvé le 22. Le 12 novembre, Ingrid Schubert se suicida à son tour, un mois après son chef Baader, seize mois après sa camarade Ulrike Meinhof. Shakespeare s'emparait de la grand-scène européenne.

Ce même 12 novembre, survint le fait déclencheur du cataclysme qui s'abattrait sur la Pompéi : la terroriste allemande Sieglinde Strauss fut arrêtée sur la frontière suisse.

Des documents saisis sur la jeune femme permirent à la Sûreté de localiser une « planque », un trois pièces au 17 de la rue Bixio, dans le 7e arrondissement de Paris, tout à côté de la place Vauban et de l'hôtel des Invalides.

Le lundi 16 janvier 1978 à 7 h 30, des forces de police imposantes bouclèrent le quartier, un commando de choc investit l'immeuble et fit irruption dans l'appartement. Ils y surprirent cinq personnes sur le pied de guerre, prêtes à une expédition imminente, disposant d'un stock d'armes impressionnant, et dont les noms suivent : Bouchaïd, présenté plus tard comme l'adjoint de Zirout en Europe, Martine Soudié, l'avocate épouse de maître Soudié, l'Italien Sifani, déjà vus cour de Rohan, le malheureux Tonombrais Amilhat, facteur à Paris, factotum du groupuscule, qui comprit ce matin-là mais trop tard que la « révolution communiste » n'était plus du cinéma, Gisèle de Tonombres, la fameuse Pompéi enfin démasquée, débusquée dans l'un de ses repaires.

Bouchaïd et Sifani empoignèrent, l'un un colt 11,43, l'autre un 357 magnum, ouvrirent le feu et blessèrent un policier. Martine Soudié et Amilhat se rendirent. La Pompéi, par réflexe, s'était précipitée aux toilettes dès que les policiers avaient enfoncé la porte. Mettant à profit le temps et la confusion des fusillades et des arrestations, elle avait fui par le fenestron, sauté sur le toit de zinc de l'immeuble adjacent et y avait disparu. Mais un policier l'avait vue. Il donna l'alarme. De cet immeuble, la Pompéi passa dans celui de la Sécurité Sociale. Cette fuite constituait déjà un exploit. Cependant, l'espoir pour elle d'échapper aux forces de l'ordre qui contrôlaient la place Vauban et pouvaient à loisir fouiller minutieusement tous les immeubles, faisant appel à la collaboration de leurs occupants, cet espoir apparaissait nul. C'est alors que lui vint une singulière réminiscence, illustration des ressources du cerveau d'un être humain quand celui-ci est traqué, tout près de mourir. Gisèle de Tonombres se souvint que Mme Mazer habitait place Vauban, juste à côté du siège de la Sécurité Sociale, que sa grand-mère Marthe l'y avait traînée jadis à l'occasion de l'un de ces rares cocktails mondains où les deux femmes s'étaient revues. Une affaire de quelques mètres à parcourir. Mêlée aux centaines d'employés qui se pressaient, curieux, dans le hall et les couloirs, elle parvint à l'entrée. De là, lentement mais craignant à tout moment d'être repérée et tirée à vue, elle parcourut la distance fatidique et, le cœur battant, appuya sur le bouton de la loge du gardien de cet immeuble somptueux. Puis au cerbère, la voix la plus naturelle possible : elle s'appelait Gisèle de Tonombres, elle était la nièce de Mme Mazer, et bloquée place Vauban par cette diable d'opération de police, elle ne se sentait pas du tout en sécurité, alors autant rejoindre sa tante et attendre chez elle le retour au calme. Le gardien transmit le message, et reçut l'ordre d'ouvrir à la jeune fille. Sous le coup de l'émotion, elle avait oublié l'étage ! On la renseigna. Elle a l'air toute retournée, cette petite, se dit le gardien.

C'est ainsi que le lundi 16 janvier 1978, la petite-fille de la gaulliste Marthe de Tonombres, la Pompéi, identifiée par la police depuis l'aube, la terroriste désormais la plus recherchée de France, par une chance miraculeuse échappée de la souricière, fut recueillie par Mme Mazer, fille du pharmacien Horinter assassiné à Auschwitz, elle-même sauvée jadis de la Gestapo par la grand-mère de la fugitive. « Entrez », dit simplement Mme Mazer, extrêmement surprise de cette irruption et du mensonge utilisé à l'intention du gardien, « je vois que vous n'allez pas très bien, remettez-vous, asseyez-vous, vous m'expliquerez après, voulez-vous quelque chose ? Un café ? Avez-vous pris votre petit déjeuner ? »

Gisèle se retrouva donc dans ce salon de la place Vauban célèbre dans certains milieux pour ses épais rideaux de velours. Elle se laissa tomber sur un moelleux et profond canapé. Interdite, la bonne guettait un signe de sa maîtresse. Mme Mazer bougea une main et elle se retira. De cet appartement, on entendait à peine les sirènes des voitures de police et les consignes données aux gens dans des haut-parleurs. Les policiers diffusaient le signalement de la jeune fille et mettaient en garde contre le danger qu'elle représentait. Ils la croyaient armée. Mme Mazer s'assit sur une chaise et, intriguée, inquiète aussi, elle considéra longuement Gisèle. En cinq minutes, elle avait repris ses esprits. L'heure des explications était venue. « C'est moi qu'on recherche dehors... La Pompéi, c'est moi...

— Je ne comprends pas, prononça Mme Mazer, stupéfaite.

— C'est pourtant simple, la chef terroriste qui vient d'échapper à la police il y a un quart d'heure, c'est moi... Je me suis souvenue, je ne sais comment, que vous habitiez cet immeuble, ma grand-mère m'y avait traînée, une fois, à un cocktail, quand j'étais petite... J'étais sûre que mon nom vous dirait quelque chose, j'ai menti au gardien pour obtenir qu'il ouvre la porte en vitesse, à partir du moment où je passais de la rue à sa loge, j'étais à peu près sortie d'affaire. »

Gisèle avait, maintenant, retrouvé sa morgue, son agressivité de militante. Mme Mazer se remettait moins facilement de ce choc.

« Vous devez avoir une radio, écoutons les nouvelles. »

Voilà que la terroriste donnait des ordres. Mme Mazer se leva et dit : « Au petit salon. » Gisèle la suivit.

L'accrochage de la rue Bixio monopolisait les ondes. Et toutes de bêler : la Pompéi identifiée ! C'est une jeune fille de grande famille, elle a réussi à prendre la fuite, la police la recherche activement dans le bloc d'immeubles situé entre la rue Bixio et la place Vauban, le quartier est passé au peigne fin, ainsi que les bureaux du siège de la Sécurité Sociale, les occupants de ces immeubles doivent s'enfermer chez eux, signaler toute présence suspecte d'une jeune fille d'environ vingt-huit ans, cheveux châtains, très grande, vêtue d'un blouson bleu marine, d'un jean bleu ciel, probablement armée, très dangereuse... Venait ensuite la généalogie, déclamée sur un ton gourmand par les charognards des médias : les Tonombres, les Brem, les Voringe. Gisèle coupa la radio et dit : « Voilà, c'est clair maintenant. »

La gravité extrême de la situation apparut alors à Mme Mazer. « Qu'allez-vous faire ? » interrogea sèchement la Pompéi. « Je ne sais pas. » Tout à coup, de l'angoisse se peignit sur le visage de Mme Mazer.

« Le gardien, souffla-t-elle, s'il a écouté la radio, il vous aura reconnue.

— Sûrement », acquiesça Gisèle.

Alors Mme Mazer se prit la tête entre les mains :

« Pourquoi faites-vous cela, gémit-elle, si votre grand-mère vous voyait...

— Si ma grand-mère me voyait, elle prendrait une décision, enchaîna durement Gisèle, comme elle le fit toute sa vie quand elle eut à le faire, notamment en 1942, quand elle vous fit disparaître au nez et à la barbe de la Gestapo. »

Mme Mazer ôta les mains de son visage et les croisa sur sa poitrine. Soudain la bonne accourut : « Madame, la police... »

Cette fois, Mme Mazer réagit à la rapidité de l'éclair.

« Laissez-moi faire... Simone, conduisez Mademoiselle au bureau de mon mari, cachez-la derrière la bibliothèque, après, vous repartez à la cuisine et vous y restez.

— Bien, madame », dit la bonne, et elle disparut au fond de l'immense appartement.

Il était temps. On sonnait à la porte. Dans l'œilleton, Mme Mazer aperçut le gardien et deux policiers armés jusqu'aux dents. Elle ouvrit, lentement, offrant aux importuns l'apparence la plus conforme de la grande bourgeoise ennuyée par une visite intempestive. Le chef policier exposa poliment : « Votre gardien, madame, a reconnu la terroriste dans la personne de votre nièce qui a demandé à vous voir.

— Une terroriste ? »

Le policier expliqua ce qu'elle savait déjà. Et Mme Mazer, excellente comédienne, d'éprouver une vive et rétrospective frayeur : « Mon Dieu ! J'étais sûre qu'elle était louche ! Heureusement que je ne lui ai pas ouvert ! J'ignorais ce qui se passait sous mes fenêtres, je n'écoute jamais les informations le matin, ça me déprime, sinon je vous aurais alertés... C'est vrai qu'une jeune fille correspondant à ce signalement s'est présentée ici il y a environ un quart d'heure, n'est-ce pas Étienne ? Elle prétendait être ma nièce, mais j'ai bien vu dans l'œilleton que c'était une de ces filles qui vendent des encyclopédies ou des assurances et je n'ai pas ouvert... »

Les trois hommes avaient écouté attentivement.

« Où est-elle allée ?

— Il me semble qu'elle est montée.

— A pied ?

— A pied.

— C'est elle, dit le chef, on fouille tout, attention au toit, aux sorties de service, il y en a plusieurs dans ce genre d'immeuble, vous le gardien, restez avec nous, merci madame, excusez-nous. »

Il fit fonctionner sa radio portative puis hurla des ordres dans la cage d'escalier. Mme Mazer referma la porte et s'y adossa en soupirant. La conscience d'avoir rempli au mieux une tâche scabreuse, une sorte de devoir très déplaisant, lui rappela qu'elle avait aussi des droits, en particulier celui de ne plus recevoir de leçons de cette fauteuse de désordre arrogante qui s'imposait chez elle dans les pires circonstances. Aussi se dirigea-t-elle vers le bureau de son mari d'un pas martial, invita Gisèle à sortir de sa cachette et à prendre un siège, s'assit elle-même et l'admonesta en ces termes : « Bien, la police ne vous trouvera pas, en tout cas pas aujourd'hui et pas chez moi, elle fouille tous les autres appartements, maintenant, il me semble que j'ai mérité au moins qu'on ne me traite pas de haut, comme vous l'avez fait tout à l'heure. Voilà ce qu'on va faire : je vais vous cacher ici toute la journée et à la nuit je vous conduirai moi-même où vous voudrez, en souhaitant ne plus jamais vous revoir, ça vous va ?

— Oui, vous me conduirez à la station de métro Pyrénées, ce soir entre 9 et 10 heures.

— Très bien... Maintenant, nous allons devoir occuper votre temps, mon mari ne rentre des États-Unis qu'après-demain soir, ma bonne est de toute confiance, j'annulerai un rendez-vous cet après-midi, mais une amie doit venir me voir à 17 heures, et je ne vois pas de raison d'annuler aussi sa visite, vous resterez dans le bureau de mon mari pendant ce temps... Mais j'ai des choses à vous dire... Votre façon d'essayer de me forcer la main en rappelant ce que mon amie Marthe avait fait pour moi, vos manières désobligeantes, tout ça ne m'a pas plu du tout, et exige une explication qu'au fond je souhaitais avoir depuis longtemps avec Marthe... J'ai deviné que votre grand-mère a évoqué devant vous " l'ingratitude " de Denise Horinter qu'elle avait arrachée aux nazis quand sa famille était expédiée à Auschwitz pour n'en plus revenir, j'ai encaissé ce reproche de plein fouet lors de la veillée funèbre au château de la Garde, mais il y a deux choses que vous devez savoir, mademoiselle, la première c'est que j'ai toujours admiré la générosité de votre grand-mère, son honnêteté, sa force, son courage, et que ne pas se voir quand la vie nous éloigne ne change rien au fond de l'affaire, ne fait pas forcément de Denise Horinter devenue Mme Mazer, la juive ingrate et riche que d'aucuns ont cherché à portraiturer, la deuxième chose, Gisèle de Tonombres, mais la comprendrez-vous ? Surtout maintenant que vous avez dévoyé votre intelligence, que vous servez le crime, c'est que trente ans à peine après l'holocauste, on exige des juifs survivants et des enfants de juifs morts dans les chambres à gaz, qu'ils se montrent à tout moment reconnaissants à l'endroit de ceux qui leur ont évité d'être martyrisés et brûlés, aucun manquement n'étant toléré... Ils doivent manifester une reconnaissance éternelle comme les délinquants en liberté surveillée doivent pointer à la gendarmerie, faute de quoi, ce sont des juifs ingrats... Nous avons trop souffert, on nous a trop persécutés, trop écrasés, trop égorgés, trop humiliés pour exiger que, rescapés, survivants, nous cultivions pieusement ce que vous appelez, vous, la reconnaissance éternelle, que nous remerciions sans cesse nos sauveurs comme on offre deux fois par an ou par semaine un cierge ou 5 francs à saint Antoine de Padoue... Des êtres comme Marthe de Tonombres méritent notre respect, notre affection, comment ose-t-on soupçonner qu'on les leur refuse ? Non seulement on a assassiné ma famille à Auschwitz mais, en plus, voilà que je devrais manifester ma reconnaissance d'être vivante... Et tous les combien ? Tous les trois mois ? Tous les six mois ? J'avais tout ça sur le cœur, mademoiselle, depuis l'étrange réception qui me fut réservée au château de la Garde, maintenant, n'en parlons plus... »

Gisèle parut alors fatiguée. Mme Mazer s'en avisa.

« Étendez-vous sur le divan du bureau, c'est la pièce la plus sûre, à cause de la cachette. »

Gisèle obéit mais tint à répondre : « Mon attitude, au début, n'était dictée que par une raison : obtenir que vous m'aidiez à sortir de là, par tous les moyens, y compris l'intimidation, et j'ai pensé que des références à ma grand-mère seraient efficaces... Je ne dois pas être arrêtée maintenant, j'ai des objectifs à atteindre avant... Pour le reste, sur le fond, les juifs doivent-ils manifester ou non leur reconnaissance, expulser ou non de leur vie tous ceux qui leur ont fait du mal pendant la dernière guerre, je vous avoue que c'est une question compliquée que je laisse aux juifs eux-mêmes le soin de résoudre, le problème, c'est que, devant l'Histoire, ils figurent comme les toutes premières victimes de l'intolérance, de l'obscurantisme, de la barbarie, que pour ce motif, leur comportement, leurs positions politiques, ont plus de conséquences que ceux des autres citoyens, c'est ainsi que l'idée, le concept d'un juif fasciste, ou d'un État d'Israël qui, sous la pression des événements basculerait dans le fascisme, se charge d'aberration aux yeux de tout démocrate, alors que si on y réfléchit bien, on ne voit pas pourquoi les juifs seraient à cet égard différents des autres hommes, mais c'est comme ça... C'est vrai que parfois, surtout dans les milieux d'affaires ou de la politique, les collusions entre tel ancien collaborateur notoire dont tout le monde sait, et les juifs mieux que quiconque, qu'en son for intérieur il n'a pas changé ses idées d'un iota, et un juif ou un enfant de juif rescapé de l'holocauste, c'est vraiment trop dur à encaisser...

— Reposez-vous, coupa Mme Mazer, nous déjeunerons ensemble. »

Voilà l'essentiel de cet épisode tel qu'il me fut raconté par Mme Mazer elle-même, récit complété et confirmé par la domestique Simone et par Amilhat pour ce qui concerne l'assaut de la police rue Bixio, Amilhat que j'ai visité régulièrement tout le temps qu'il fut détenu dans la prison de Muret, près de Toulouse. Le soir, Mme Mazer fit sortir Gisèle par le jardin privatif situé à l'opposé de la loge du gardien. Au métro Pyrénées, les dernières paroles de la Pompéi à l'amie d'adolescence de sa grand-mère Marthe furent : « Vous avez payé votre dette ?

— Oui.

— Je voudrais quand même savoir : si ma grand-mère ne vous avait pas sauvé la vie autrefois, m'auriez-vous aidée à échapper à la police ?

— Sans doute pas.

— Pourquoi ?

— Parce que vous êtes devenue une criminelle, que vos bombes tuent des innocents, que vos références à la Résistance dont vous m'avez assommée durant notre déjeuner sont ridicules, qu'elles relèvent de l'imposture tout autant que de la naïveté, et de la pure folie quand vous assimilez un banquier ou un général à Himmler. »

Elles se séparèrent là. Mme Mazer s'engouffra dans sa voiture et la Pompéi tourna rue des Gatines.

Ainsi la Pompéi n'était autre que la fille du comte de Tonombres et de sa femme Josiane née Voringe. Le fait donna lieu à d'innombrables commentaires et à de savantes analyses « psycho-politiques ». L'itinéraire de perdition de cette jeune fille d'une vieille famille fortunée éminemment conservatrice fut passé au crible par de doctes sociologues. L'analogie avec l'aventure de la fille d'un magnat de l'industrie américaine fut montée en épingle. Les Tonombres et les Voringe se replièrent sur leur malheur, non sans que le comte Henri ait diffusé une digne et unique déclaration qui lui valut l'estime et la compassion quasi générales, dans laquelle il se désignait comme « le principal responsable de ce qui arrivait » pour avoir négligé l'éducation de sa fille.

Les delendistes, moi-même, nous fûmes « cuisinés » par la police. Encouragé énergiquement par MM. Redan et Ixeau, je tins le coup, déjouai les pièges d'interrogatoires parfois diaboliques, toujours pénibles, et je gardai le secret sur la sierra d'Angouls. Prix à payer : je dus révéler ma passion afin de justifier des relations que d'aucuns avaient présentées comme fréquentes et intimes. Je sortis de ces épreuves plus haineux que jamais à l'endroit de ces terroristes, ces brigands de grand chemin modernes, qui avaient intoxiqué et manipulé une Gisèle vulnérable, en dépit de sa supérieure intelligence, à cause de ses capacités d'indignation et d'exaltation. Ma détermination de contribuer à leur porter un coup décisif un jour ou l'autre se mua en véritable idée fixe, et j'entrepris de surveiller Prat-Mataou comme le lait sur le feu. Je multipliai les contacts avec les bergers espagnols et ne craignis plus de quêter des informations auprès de camarades ou de relations : l'Irbat, Arenas, Dessort, Laure Puget, par exemple. Je m'enhardis d'autant plus que ma résistance aux policiers me construisit une réputation d'amant complice et fidèle. Enfin, dans mon esprit, Gisèle était perdue pour la sierra d'Angouls. D'ailleurs, elle s'était volatilisée. Les chroniqueurs spécialisés la situaient tantôt au Liban, tantôt en Libye, en Syrie ou dans un pays de l'Est. Contrairement aux bêtises qui furent colportées, je ne la revis plus jusqu'en septembre 1978, et dans les circonstances terrifiantes que je vais bientôt relater.

Durant ces dix-neuf mois, je rendis de nombreuses visites

au comte Henri et à la comtesse Josiane à chacun de leurs séjours au Mirabat, désirant ainsi témoigner de mon attachement, de mon respect inaltéré pour leur famille, en ces temps de malheur. Évidemment, une intention exempte d'arrière-pensées guidait mes pas. Comment aurais-je alors prévu la suite des événements ? Ceux qui prétendirent que le fils Rouquet entamait déjà ses manœuvres sont de méchants et jaloux imbéciles. Ce qui est indéniable, c'est que ses parents se souvinrent de mon attitude à leur égard au cours de cette période et que, probablement, elle pesa dans leur décision de m'accorder ce que je demandai, le samedi 16 décembre.

De janvier 1977 à septembre 1978, le terrorisme international ne fit pas relâche. Au mois de mars, Aldo Moro fut enlevé puis exécuté par les Brigades rouges italiennes. Les attentats à l'explosif se multiplièrent à Toulouse et à Paris. Le 4 mai, M. G., l'un des chefs de la cour de Rohan, fut assassiné à Digne où il venait d'être assigné à résidence. A la mi-juin, je reçus mon information la plus importante depuis que M. Redan utilisait mes services : une réunion au sommet du terrorisme européen se tiendrait en sierra d'Angouls au mois de septembre. Je transmis aussitôt à Ixeau. Deux heures après, l'inspecteur m'ordonna de consacrer tous mes moyens à cette affaire. C'était peut-être l'occasion que le général attendait si patiemment, de cueillir enfin les fruits de son adresse et de son obstination. Je redoublai donc d'efforts mais aussi de prudence. Je profitai de mon séjour d'août à Tonombres pour parcourir plus assidûment la montagne. Je tuai même deux isards dans la réserve du Mont-Valier pour accréditer une entreprise délibérée de braconnage estival. J'eus à m'en défendre devant un garde des Eaux et Forêts alerté par la rumeur. Je réussis à me faire inviter à l'abbaye pour boire un verre d'anis. Je m'y désespérai longuement de la disparition de Gisèle de Tonombres, objet de ma passion. Les moines attendris m'assurèrent en chœur que je la retrouverais un jour. Cependant, je pris soin de ne pas m'aventurer du côté de Prat-Mataou.

Au début du mois de septembre, au village de Mongarri, sur le versant espagnol, je parlai à un contrebandier bien connu de mon père et de moi, fournisseur de vivres des gens de Prat-Mataou et de l'abbaye, qui n'avait aucune raison de se méfier du « fils de l'aubergiste français », et j'appris que de grosses commandes de bonne nourriture et d'un bon vin seraient livrées entre le 12 et le 15, parce que, « il y aurait alors du beau monde là-haut ». Le renseignement fut exploité par Ixeau. Des commandos furent acheminés en grand secret dans le Sud-Ouest et cantonnés à Saint-Gaudens, sous couvert d'une participation d'unités d'élite de la gendarmerie à une prochaine manœuvre de l'armée de terre. Le général et Ixeau arrivèrent de nuit à Saint-Girons et logèrent chez l'inspecteur Tibal. J'obtins de participer à leur côté à l'opération.

Trois arguments l'emportèrent. Après cette affaire, je souhaitais mettre un terme à ma collaboration, puisque le terrorisme qui m'intéressait, celui qui s'incrustait en Haute-Ariège, serait détruit et n'y reviendrait pas de sitôt. D'autre part, il m'importait désormais peu que mon rôle d'agent de renseignement du S.D.I.E. fût dévoilé à mes parents, à mes amis et au public, pour la simple raison que j'en étais fier. Je n'avais plus à ruser. Gisèle en cavale, passible des peines les plus lourdes si la police l'arrêtait, choisir officiellement mon camp devenait ma seule arme pour essayer de la protéger encore. Le fils Rouquet serviteur de la République pourrait, lui, réclamer, plaider, implorer les circonstances atténuantes pour la jeune terroriste avec un fragile espoir d'être entendu. Juges et citoyens verraient peut-être une affaire de sang et de politique se convertir en pathétique histoire d'amour. Pour ces motifs, je ne devais pas me morfondre à la maison pendant l'opération. Enfin, dernier argument et non le moindre, je connaissais à fond le terrain et mes conseils seraient précieux pour une approche de nuit du refuge de Prat-Mataou.

Un commando guidé par moi investit la forêt d'Angouls le

14 septembre 1978 à 4 heures du matin, à partir du village de Couflens. Nous suivîmes le Riou une heure et quart puis nous prîmes à l'est et nous retrouvâmes le petit promontoire et la caverne que j'avais indiqués à Gisèle, au fond de la gorge touffue. Nous fûmes là à pied d'œuvre. Du promontoire au refuge de Prat-Mataou la pente est rude mais les hommes, équipés de leurs seules armes, étaient bien entraînés. En une heure, ils gravirent le massif en silence. Pendant ce temps, un deuxième commando gagnait le port d'Aula. Pour lui, c'était facile. Le sentier les mènerait tout droit à Prat-Mataou. M. Redan marchait avec moi ; M. Ixeau, avec les autres. Tout commençait au mieux. Les liaisons radio entre les deux commandos, par postes sophistiqués, petites merveilles de la technologie, absolument silencieux, étonnamment performants, étaient impeccables. Cependant, tandis que nous pausions sur le petit promontoire, une odeur singulière incommoda mes narines et celles de mes compagnons.

« Rouquet, vous nous avez arrêtés près d'une charogne », marmonna le général.

Ce n'était pas une charogne mais les intestins du Loum qui s'étranglaient, annonçant une crise du pic phallique en trois endroits blessé et infecté. Dans deux heures environ, un sirop dégoûtant perlerait au pinacle du gland, puis il giclerait et dégoulinerait. Encore une heure plus tard, les trois cuns ayant empesté l'atmosphère vomiraient à leur tour « un liquide semblable qui se solidifierait en une infinité de cristaux minuscules formés d'un noyau opaque pourtouré d'une ceinture bleu clair très brillante ». Au niveau du premier cuns, ces odeurs et ces liquides provoquaient la paralysie des voies respiratoires. En principe, les hommes ne risquaient rien au-dessous, à Prat-Mataou ou Aula, sauf, bien sûr, des éboulis monstrueux imprévisibles semblables à ceux des années 1896 et 1911.

« Le Loum a pété, murmurai-je, comme à moi-même.

— Qui a pété ? » questionna M. Redan en fronçant les sourcils.

Alors, je revins aux réalités. Mon inquiétude était vive. Si les terroristes fuyaient vers la montagne, eux et leurs poursuivants s'exposeraient à une mort certaine. Par ailleurs, si le Loum déversait trop d'épaisses volutes, les opérations se compliqueraient à cause de la mauvaise visibilité.

« Excusez-moi, mon général, j'ai repris inconsciemment une expression du pays, le Loum a pété, que nous utilisons quand le pic culminant de la sierra d'Angouls entre en éruption.

— Le Loum, c'est la montagne qui se dresse au-dessus de nos têtes, je l'ai bien vue sur la carte, qu'est-ce qu'elle a d'extraordinaire ? »

J'expliquai à M. Redan, du mieux que je pus, les particularités du pic. Nous respirions un air de plus en plus empuanté. Les hommes bouchaient leur nez. A leur intention, je lançai, vulgarisant en diable : « N'ayez pas peur, ce sont les gaz de la montagne, ils sentent mauvais mais au niveau où nous sommes et où nous allons, ils ne sont pas dangereux. »

A la mi-septembre, le jour se lève à 6 h 30 et l'on y voit bien à 7 heures. L'assaut prévu pour 6 h 45, nous étions dans les temps. Sans un guide tel que moi, il eût été impossible au commando de remonter la gorge du Riou au promontoire. Seuls, l'Irbat, le Carrérat et moi-même étions capables de nous diriger de nuit sur ce terrain. Au sujet de l'Irbat, j'étais libéré d'un souci grave qui m'avait miné plusieurs jours avant que je n'apprenne que son service à Toulouse excluait sa présence autour de Prat-Mataou cette nuit-là.

A 6 h 15, le commando du général atteignit le sentier de Prat-Mataou. Mouchoirs et passe-montagnes nous aidaient à supporter les pestilences loumaires, mais nous étions engloutis dans une nappe de fumée épaisse et blanchâtre. Le général s'assura par radio qu'en dépit des conditions météorologiques le deuxième commando avait atteint la position prévue : dans le coude du dernier lacet du sentier d'Aula, à 200 mètres du refuge. Puis il donna les instructions pour l'approche ultime. On ne distinguait que des parties de ce refuge, lui aussi enveloppé de la purée loumaire.

« Après tout, souffla le général, c'est peut-être mieux ainsi, s'ils ont une sentinelle, on la surprendra. »

Mais personne ne veillait sur le sommeil des terroristes.

« Vous voyez ? chuchota le général, c'est à ce genre de détail qu'on voit qu'ils ne sont pas des soldats. »

A 6 h 30, le refuge fut cerné de toutes parts. Et des grondements se firent entendre du côté du pic. Des vomissures blanchâtres, parfois rayées de filets sanguinolents, jaillirent des cuns et dégoulinèrent lentement le long des flancs et des arêtes de l'épine, tandis que de l'orifice du gland s'épanchait une coulée jaunâtre et gluante. Les hommes, non préparés à un pareil phénomène naturel, ne semblaient pas à l'aise. Soudain, de l'intérieur du refuge, une voix s'éleva :

« Écoutez ! Le Loum ! Le Loum en crise ! Vite ! Allons voir ça ! » J'avais cru reconnaître la voix d'Ordonez. Mon cœur se serra. J'avais craint que l'Irbat ne fût commis à quelque mission de surveillance mais j'avais oublié Antoine, que j'aimais bien, ainsi que sa sœur Lily, perdue pour nous, les Tonombrais et les Toulousains, depuis son « enlèvement » par son amant Zirout, le directeur des opérations militaires du mouvement palestinien Septembre Noir.

Le général donna le signal de l'assaut d'un strident roulement de sifflet. Les membres des deux commandos se ruèrent vers le refuge à l'instant précis où la porte s'ouvrait grande. Les grondements du pic phallique s'amplifiaient ainsi que la puanteur des effluences, le débit des déjections et décharges diverses, le volume ainsi que l'épaisseur des nappes emmiasmées et livides. Le jeune homme joyeux qui avait exhorté ses compagnons à jouir du branle pharamineux du dard de granit, n'était autre, en effet, qu'Antoine

Ordonez, l'étrangleur du vieux nazi Broume et il dut se croire victime de phantasmacopie devant ces silhouettes encagoulées et armées qui dansaient entre les volutes loumaires. Ai-je une vision ? Suis-je halluciné ?

« Jetez vos armes et sortez ! » cria le chef du commando N° 2.

Alors Antoine comprit la réalité de la situation et il porta une main à la poche de son blouson. Des pistolets-mitrailleurs crachèrent le feu. Antoine fut littéralement soulevé par les rafales avant de retomber disloqué.

A partir de là, ce fut la confusion. Le Loum déchargeait de plus en plus puissamment et nous subissions tous un début de nausée. Des terroristes sautaient par les deux fenêtres du refuge, d'autres, affolés par la crise du dard et découvrant simultanément les soldats des commandos, ne savaient plus à qui et à quoi se vouer, se poussaient, se bousculaient comme des moutons sous l'orage et s'enfuyaient par la porte. Les policiers tiraient au jugé, nul n'obéissant aux sommations. Tout à coup j'aperçus Gisèle, le temps d'une ou deux secondes, entre les volutes.

« Gisèle ! hurlai-je, Gisèle ! » Et je bondis vers le Loum, derrière le refuge, direction que je lui avais vue prendre.

« Rouquet, restez ici ! » ordonna le colonel. Mais je ne l'entendais plus. « Rouquet ! Vous êtes fou, Rouquet ! Cessez le feu, là-bas ! »

Des balles sifflèrent encore au-dessus de ma tête. Les policiers m'avaient pris pour un terroriste. Puis les tirs cessèrent.

« Gisèle ! Gisèle ! » m'époumonai-je, et je courais toujours.

Que diable faisait-elle à Prat-Mataou ? Depuis quand y était-elle ? Moi qui la croyais si loin. Maintenant, elle était à une centaine de mètres de moi, au-dessous du premier cuns, boitant, titubant, elle approchait du contrefort de l'arête.

« Gisèle ! Reviens ! Tu vas droit au gouffre ! »

Je n'étais plus qu'à vingt mètres. Elle se retourna. Elle me vit. Elle me reconnut. Je découvris qu'elle était blessée à la jambe droite. Je ramassai toutes mes forces, bandai tous mes muscles pour effectuer le dernier bond. Mais elle fit les derniers mètres qui l'amenèrent au bord du gouffre, celui du cuns loumaire, celui aussi de sa vie gâchée, de son intelligence dévoyée, de sa famille saoulée d'épreuves, du fils Rouquet détraqué, détruit.

« Gisèle, râlai-je. Non, je t'en supplie... »

Elle se jeta dans l'abîme. Les poumons pourris, le cerveau enflé par les déjections maléfiques du pic, je m'effondrai, le visage contre la roche vénéneuse et talismanique.

Je me réveillai dix-huit heures plus tard, le vendredi 15 septembre à 1 heure du matin, dans une chambre de l'hôpital militaire Larrey à Toulouse. Mes parents, Ixeau, le médecin-chef Bergerie et une infirmière se tenaient à mon chevet. Je l'avais échappé belle. Ma tentative désespérée d'atteindre Gisèle de Tonombres avant qu'elle ne se jetât dans le gouffre du premier cuns du Loum m'avait amputé du sens du danger. J'avais envoyé au diable mouchoir et passe-montagne et aspiré suffisamment de vapeurs toxiques pour me terrasser, pas assez pour en mourir.

C'est dans cette chambre que j'appris le sinistre bilan de l'opération. Soldats et terroristes en observation car tous frappés du mal loumaire à des degrés de gravité variables. Les delendistes Léonard et Balino, le Basque Iturbe, l'Irlandais Mac Dobogh, en fuite. Les Italiens Franco Napi et Florenzo Sagni, le Basque Bustagaray, l'Allemand Norbert et l'Irlandaise Maria Mac Curdy, capturés. Le delendiste Antoine Ordonez, tué. La Pompéi intoxiquée, les jambes brisées, une épaule luxée, le crâne et la colonne vertébrale fracturés, respirait encore, aux dernières nouvelles, dans une salle d'opération de l'hôpital Purpan. On ne sait comment elle avait survécu. Mais, Ixeau et mon père ne me cachèrent pas que le contraire eût mieux valu.

Le lendemain à l'aube, le général Redan me visita, juste avant de prendre son avion spécial pour Paris. L'inspecteur saint-gironnais Tibal, mon entraîneur de rugby d'autrefois, l'accompagnait. Enjoué, paternel, il m'adressa ses félicitations.

« Les fuyards n'iront pas loin, m'assura-t-il, et de toute façon, nous avons pris le gros gibier. »

Ce en quoi, pour une fois, il se trompait, du moins en partie.

Léonard et Balino, seconds couteaux à l'automne 1978, ne tarderaient pas à défrayer la chronique des années suivantes.

Devant mes parents bouleversés, le patron du S.D.I.E. conclut : « Vous avez joué un rôle de premier plan dans cette dangereuse opération, Rouquet, tant avant que pendant, vous y avez risqué votre vie, je demanderai pour vous une décoration militaire et je l'obtiendrai. »

Il prit congé, en compagnie d'Ixeau et de Tibal. Je fus décoré, en effet. Mais je ne revis plus jamais le général.

Si, aujourd'hui, sa mémoire suscite en moi des sentiments mitigés, je ne lui marchanderai pas les qualités de chef exceptionnel et de grand patriote.

Après son départ, mes parents se mirent à pleurer. Sans doute d'émotion. Je ne cherchai pas à le savoir. Mes pensées voletaient ailleurs, quelque part du côté de l'hôpital Purpan.

Gisèle survivrait-elle ? Si oui, dans quel état ?

Quinze jours plus tard, rue Malbec, le comte Henri de Tonombres en personne vint répondre à ces angoissantes questions. Il se montra amical et même, à ma surprise, presque familier. Cette attitude insolite du comte fit intensément travailler mon imagination et peut-être déposa-t-elle dans ma cervelle la graine du projet, *a priori* déraisonnable, qui ne tarda pas à y germer puis à y grandir à une rapidité dévorante. Il me remercia du fond du cœur d'avoir essayé, au péril de ma vie, de sauver Gisèle au pied du Loum. Puis il me révéla la vérité tragique : Gisèle vivrait, mais elle ne bougerait plus, ne parlerait plus, ne comprendrait plus. Elle serait nourrie par piqûres. Une épave. Un cœur qui bat, des yeux qui regardent sans voir, des oreilles qui écoutent sans entendre. Si je le désirais, je pourrais la visiter au château du

Mirabat où elle serait installée au début d'octobre dans la chambre de son arrière-grand-mère Irène.

Alors je craquai. J'en avais bien le droit, après tout. Mais de ce jour, une voix blâma Rouquet : c'est toi qui as donné la Pompéi à la police, c'est toi qui l'as détruite.

Et, que je n'ai pas su Gisèle là-haut, que je l'aie crue loin de la sierra d'Angouls, ne la fit jamais taire.

Eh bien, nous voici parvenus aux ultimes convulsions pompéistes. Dépositaire, par hasard, des tenants, des aboutissants, des secrets de cet *épisode convulsif et ténébreux de l'histoire du monde vers la fin du XXe siècle,* j'ai travaillé au mieux pour le rapporter correctement, compenser mon absence de dispositions littéraires par le respect scrupuleux des faits, le souci des détails, parfois l'abandon de ma pudeur de paysan ariégeois.

Dans quelques jours, l'opus sera fini. Alors j'aurai entièrement restitué aux citoyens, *aux masses sceptiques et rusées,* comme l'écrivit un jour l'écrivain antifasciste U. G., la vérité sur la mort inouïe d'une comtesse gaulliste et la démente équipée de jeunes gens « conchiant les démocraties formelles post-industrielles, vomissant pêle-mêle les centrales nucléaires sataniques, l'ersatz publicitaire de la culture occidentale, écume putride du cancer et de l'hypocrisie mercantilistes, le flicage informatique », sans oublier « la perversion de l'idéal sioniste, le dévoiement de l'holocauste au profit d'un État juif guetté par le fascisme, à la botte de l'impérialisme américain, sur la voie d'un génocide palestinien », toutes expressions extraites de documents saisis au refuge de Prat-Mataou.

Après le tragique accrochage du 14 septembre 1978, j'entamai un calvaire qui ne s'achèverait que treize années plus tard, le 29 novembre 1991, c'est-à-dire bientôt, maintenant. Je fus montré du doigt, non seulement par les gauchistes de tout poil, mais par nombre de démocrates pourtant hostiles au terrorisme mais me méprisant d'avoir trahi. A Tonombres, on m'imputa la mort d'Antoine Ordonez. Mes parents perdirent des clients. Quant à mon bar toulousain, il fut boycotté par la plupart des jeunes.

Cependant ils réapparurent au soir du 11 novembre. Ils s'attablèrent au sous-sol en s'abstenant de me saluer. Il y avait là presque tous les delendistes et sympathisants de la ville. Léon leur servit du vin rouge. Ils consommèrent en silence et s'attardèrent. Peu avant la fermeture, et dans une atmosphère extrêmement tendue, Dessort joua au piano une musique espagnole aussi perturbante que sa fameuse *Sonate n° 9* de Scriabine : *El Polo* d'Isaac Albeniz. Puis ils s'en furent sans un mot pour moi, comme ils étaient venus.

Cette nuit-là, je m'endormis avec peine et pour peu de temps. A 4 heures du matin, je fus jeté à bas du lit par une explosion effrayante qui détruisit la belle porte du bar, les vitres, les bouteilles, les chaises et la table les plus proches de l'entrée. Un incendie se déclara. Tout le monde se précipita aux fenêtres. Heureusement, les pompiers et la police furent diligents. J'en fus quitte pour la peur et les dégâts précités. Mais j'avais compris.

Les amis d'Ordonez ne revinrent plus au bar du Mirabat mais moi, je vécus dans la peur. J'étais convaincu que Léonard et Balino voulaient ma peau. Ils m'avaient averti non pour se montrer beaux joueurs mais pour me plonger dans une angoisse perpétuelle et plus durement châtier ma trahison. L'inspecteur Ixeau, accaparé par d'autres tâches, et n'ayant plus que faire d'un indic « grillé », me laissa purement et simplement tomber. Cédant aux objurgations de mes parents, je finis par accepter l'idée de vendre le bar et me replier à Tonombres où ma sécurité serait plus facile à assurer, mon isolement à briser.

Je trouvai aisément un acheteur, et nous réalisâmes, en mars 1979, une opération fructueuse. Nous nous engageâmes par écrit à fournir à l'acquéreur un contingent annuel de charcuterie de gibier, ce qui lui permettrait de conserver de nombreux habitués.

Revenu au bercail, je repris couleurs et courage et, très vite, je ne regrettai plus Toulouse. Je me mis au travail avec cœur. Mes parents redevenaient gais. Finalement, le mal accouchait d'un bien, conformément aux dits populaires. Et la relève inespérée du père par le fils s'effectuait, par surcroît, au moment opportun, celui où mes parents commençaient à « fatiguer ».

Et puis, mon retour à Tonombres avait entraîné une conséquence majeure : avec l'autorisation bienveillante, je dirais même empressée, du comte et de la comtesse, je visitai Gisèle deux fois par jour au Mirabat où Ganzadi s'était installé. Le château de la Garde était fermé.

D'abord saisi de malaise et de désespoir à la vue de cette « Gisèle morte » mais toujours si belle qu'elle me semblait couchée dans un conte de fées, je m'habituai progressivement, jusqu'au jour où j'éprouvai un sentiment. Et même plus, je le confesse : une sorte de désir qui m'emplit d'effroi et de honte quand il s'empara de moi pour la première fois. C'était un dimanche du mois d'avril, vers midi. Déjà nous appelions Gisèle notre « chère icône », depuis que le comte Henri, soucieux de détendre un peu l'atmosphère, était entré dans sa chambre à l'improviste en s'écriant : « Alors, comment va notre chère icône aujourd'hui?»

Léopold et moi avions trouvé cette expression mignonne et adéquate et nous l'avions adoptée. Ce jour d'avril, je découvris, allongée sur sa méridienne, une Gisèle en corsage blanc et ample jupe de soie verte, sa couleur préférée. Avec ses yeux vides et fixes, son figement impressionnant, on eût dit d'une courtisane sous hypnose. Sa chute et les opérations subies n'avaient altéré ni la beauté de son visage ni celle de son corps. C'était sa première « tenue des beaux jours » depuis le drame. J'en eus le souffle coupé. Je m'assis en proie à une émotion violente. Et ce brave Ganzadi n'arrangeait pas grand-chose en murmurant innocemment :

« Elle est belle, mamzelle Gisèle, pas vrai, monsieur Henri ? »

Mon trouble allait croissant. Je repérai les symptômes de ces crises « de la tête et du ventre » qui m'avaient épargné ces quatre ou cinq dernières années, et me morigénai avec vigueur : es-tu fou vraiment ? Encore malade et pervers ? Ne vois-tu pas sous tes yeux la carcasse de celle que tu aimas et possédas ? Comment peut-elle éveiller ton désir ? D'où viennent que de si malsaines et sordides pulsions souillent à nouveau ton esprit, dans cette chambre de souffrances ? Mais j'avais de plus en plus mal. J'éloignai Ganzadi : « Léopold, si tu allais me chercher un plateau à la cuisine ? Aujourd'hui, j'ai envie de rester déjeuner avec vous.

— Ah, ça sera bien, ça, monsieur Rouquet, ça sera bien », jubila le vieux Nègre, et il courut au-dehors.

Alors, moi, je m'approchai, et doucement soulevai la jupe verte. Et dessous, elle ne portait rien. Ses cicatrices aux jambes n'étaient pas jolies, mais le ventre, lui, était tout comme avant, et je le caressai longuement, partout, et elle ne réagissait pas. Ses yeux restaient fixes et vides. Alors, à moi aussi je fis des choses, et tout dégorgea vite, polluant linge et tissu au-dedans de mon pantalon. Puis, Ganzadi revint avec les plateaux. Et moi, je dus déjeuner, demeurant une heure de plus que prévu, tout englué.

« Vous êtes pâle, tout d'un coup, monsieur Rouquet.

— Ce doit être que je n'ai pas beaucoup dormi la nuit dernière et que c'est un peu confiné, ici. »

Rentré à l'auberge, je prétextai une migraine et m'étendis dans ma chambre. Il était environ 15 h 30. A 17 heures, je descendis. J'avais pris une décision et je me sentais vraiment beaucoup mieux : à leur prochain séjour à Tonombres, je demanderai au comte et à la comtesse la main de leur fille Gisèle.

J'en informai mes parents le soir même.

« Je me sens responsable, expliquai-je avec une véhémence suspecte, c'est de ma faute si elle est comme ça, je dois porter ma part du fardeau, c'est moi, et moi seul qui m'occuperai d'elle, je la ramènerai à la Garde, avec Ganzadi, je la veillerai jusqu'à sa mort... »

Papa et maman n'osèrent me contrarier.

Le dimanche 15 avril 1979, jour de Pâques, je sollicitai une audience du comte Henri et me permis d'insister pour que sa femme fût présente. Ils me reçurent dans le petit salon voisin de la chambre où reposait Gisèle.

« Alors, monsieur Rouquet, que se passe-t-il donc ?

— Voici ce qui se passe », exposai-je avec fébrilité, et je débitai mon propos.

M'ayant entendu, ils méditèrent un long moment.

Ah, elle méritait quelques cogitations la démarche du fils de l'aubergiste, le petit paysan préféré de feu madame Irène, celui que la douairière gavait de bonbons tout roses ! C'était d'ailleurs bizarre, rigolo, ce penchant de la vieille dame si avare d'élans affectifs pour le gamin Rouquet ! Oui, oui, mais papa était son fils nom de Dieu, et elle ne l'avait pas conçu dans la mélancolie, sur un lit Louis XIII, mais là-haut, sur les jispets, seins, cuisses, vulve seigneuriale au soleil, avec force râles et hurlements divers ! Le comte Henri savait-il qu'en livrant sa « chère icône » au petit-fils de sa grand-mère et de feu le membru et noueux braconnier, il la gardait dans la famille ? Ou l'ignorait-il et serais-je acculé à le lui révéler pour, si j'ose dire, emporter le morceau ? Le beau et blanc morceau, la voluptueuse gisante à qui la colère de Jéhovah, dans sa divine justice et son immense miséricorde, avait conservé intacts son large ventre albâtréen, ses laiteuses et lourdes cuisses, son pubis d'alezane, roussi, châtaigneux... Comte et comtesse pensaient peut-être : faut-il abandonner notre chère icône à ce garçon, sujet à ces crises « de la tête et du ventre », en droite ligne héritées des aïeux du Mirabat, capable de jouir de notre enfant sans défense, à la merci, jour et nuit, dans la solitude du château de la Garde, des humeurs et pulsions de ce fils d'aubergiste bâtard, à mi-chemin de M. Mellors, le garde-chasse de Lady Chatterley, et de Lovelace, époux vicieux de la pauvre Clarisse Harlowe, mais dépourvu de la sensibilité du premier et de l'éducation raffinée du deuxième... Imaginez, ma chère, l'intimité morbide de ce couple monstrueux, voyez le fils de l'adultérin de l'auberge consigner le vieux serviteur noir terrorisé dans sa chambre, puis regardez-le vêtir et dévêtir à sa guise notre chère icône, au gré de ses phantasmes, bas noirs et guêpière ici, et là robe de mariée, uniforme de cantinière ou costume de nonne, observez-le, madame, guidant la main innocente et coupée du cerveau vers le bas de son ventre, et l'actionnant tel le montreur de marionnettes... Chaque avanie subie, chaque avilissement consommé ne serait-il entendu par ce paysan comme un coup porté aux seigneurs, revanche de ceux du bas contre ceux du haut ? Eh ! Venez donc par ici, à la Garde, contemplez la fille désormais débile des châtelains, aujourd'hui, vous pouvez tous la mettre, même vos chiens et vos chevaux ! Croyez-vous vraiment, ma chère, qu'il en sera ainsi ? Ou au contraire, ce fils Rouquet, puissamment soutenu par sa passion touchante, naïve, mystique en somme, se révélera-t-il le plus doux, le plus dévoué, le plus sûr de tous les gardes-malades ? En ce cas, voilà qui soulagerait d'un poids infini nous-mêmes et nos domestiques.

« Eh bien, monsieur Rouquet, prononça enfin le comte Henri, ma femme et moi allons sérieusement réfléchir à votre demande, nous la soumettrons à un conseil de famille, nous nous entourerons des conseils qui s'imposent en pareil cas, tant des hommes de loi que des médecins-psychiatres, puis nous vous ferons connaître notre réponse... Mais d'ores et déjà, monsieur Rouquet, sans du tout préjuger de la décision qui interviendra, sachez que nous tous ici, nous vous tenons en grande estime, nous apprécions votre démarche magnifique à sa juste valeur, et que seules des considérations juridiques ou médicales nous retiennent de ne pas nous engager davantage, et si notre réponse était négative, croyez bien qu'elle ne mettrait nullement en cause votre solide, honnête, généreuse personnalité. »

Je pris congé, le cœur empli d'espoir, fier d'avoir osé. Je rendis compte à mes parents, mais, pour eux, les événements allaient trop vite. Depuis la bombe de la rue Malbec, ils vivaient entre la joie de me revoir près d'eux, disposé à reprendre l'auberge, et la crainte d'une nouvelle agression. Au fond de moi-même, à Tonombres, je n'y croyais pas vraiment. J'avais tort. L'accrochage de Prat-Mataou, l'attentat contre mon bar toulousain auraient dû, une fois pour toutes, m'enfoncer dans le crâne que ces histoires de terrorisme n'étaient pas un jeu mais une guerre, et donc que tous les coups étaient permis.

Voici ce qui advint le vendredi 8 juin 1979 dans mon village natal de Tonombres. Comme par hasard, je n'étais pas là. Mon père m'avait envoyé négocier à sa place à Saint-Laurent-de-la-Cabrelisse, dans les Corbières, une importante option sur les vendanges à venir, mission qu'il se réservait jusqu'alors car il y prenait plaisir. Il revoyait là-bas de vieux amis gourmets, et au fond, cette expédition en Aude lui tenait lieu de congé annuel. Sachant tout cela, j'avais énergiquement refusé de le remplacer mais il s'était fâché : dorénavant, il m'incombait d'étendre de plus en plus la main sur nos affaires, et de toute façon, que j'aille négocier en juin ne l'empêcherait pas de prendre quelques jours au début septembre. Je fus reçu à bras ouverts et hébergé par nos amis Montlaur, joyeux compagnons de toujours.

Le samedi 9, à 3 heures du matin, Pierre Montlaur me réveilla : « Vite, on te demande au téléphone, de Tonombres, je crois qu'il se passe quelque chose de grave. »

L'inquiétude au ventre, je dégringolai l'escalier. C'était la gendarmerie.

« Qu'est-ce qu'il y a ?

— L'auberge brûle », fut la réponse laconique du gendarme.

Le temps d'enfiler chemise et pantalon et nous étions sur la route. Pierre Montlaur avait insisté pour me ramener dans sa voiture, me jugeant trop excité et bouleversé pour conduire de nuit dans les Corbières. Sa femme Pierrette rapatrierait mon véhicule le lendemain. Nous arrivâmes place de l'Allée avant 5 heures. Tout le village était là. Je ne vis pas de flammes mais une épaisse fumée masquait le pont, presque toute l'église et prenait à la gorge. Les nouvelles et le spectacle furent atroces. Sans doute aucun, l'incendie était criminel. Pendant la nuit, des « experts » avaient roulé deux barils de poudre derrière la maison, forcé la porte d'une main de professionnels, déversé de l'essence dans la salle, aux cuisines et dans une moitié de l'escalier, ce qui avait entraîné non seulement la propagation fulgurante du feu mais une véritable explosion. Par bonheur, nous n'abritions pas de pensionnaires, Adélaïde et Étiennette avaient dormi chez elles. Mais Pierre le Cachou et mes parents avaient péri.

On me montra les corps calcinés, déjà roulés dans des sacs de plastique, devant les ruines fumantes, avant de les transporter dans la chapelle ardente de la mairie. Et comme je me tenais là, hébété, au bras de mon ami Montlaur, assommé de douleur, un homme s'approcha et me tendit la main : c'était Hécart, l'aubergiste-hôtelier concurrent, qui me présentait ses condoléances. Je pense qu'il était sincère, le malheur étant trop grand pour qu'il ne suscitât point quelque compassion même chez un individu intéressé. Or, Hécart l'était. Comment le lui reprocher ?

J'enterrai le Cachou, papa et maman. Puis, avec le patron-maçon de Tonombres et ses deux ouvriers, je m'attelai à la restauration du bâtiment mais le cœur n'y était pas. Je ne pressai pas les travaux. J'annulai les réservations pour l'été. Henri de Tonombres m'avait envoyé une lettre de condoléances bien sentie, regrettant de ne pouvoir assister aux obsèques en raison d'un voyage à l'étranger mais y déléguant son fils Louis.

Je reçus un message de M. Sanaris, ce qui me toucha beaucoup, et de belles lettres de Dan Petto, de l'inspecteur Tibal, du brigadier Petitvisier et du docteur Permont. L'Irbat rompit avec le milieu delendiste. M. Permont, fatigué, me promettait une visite dès qu'il irait mieux. Au passage, il notait dans un post-scriptum : « J'ai rencontré M. Freddy Bloch le mois dernier, j'ai obtenu de lui une copie de la preuve qui accable les assassins de la comtesse Marthe de Tonombres. Il la détenait sans le savoir. Il ignore toujours qu'il la détient ! Je me suis présenté comme un vieux Tonombrais à l'affût de documents inédits permettant d'écrire une histoire originale de notre petit pays. Je m'arrête là. Vous trouverez toutes les explications souhaitables sur cet incroyable événement dans la serviette de cuir rouge qui vous sera remise après ma mort par mon notaire de Réalmont. Bien à vous. »

A la Noël 1979, les seigneurs de Tonombres me convoquèrent au château où, en présence des parents Voringe, de Louis, Ida, Ramirez et Frédéric, ils m'accordèrent solennellement la main de leur fille Gisèle. La cérémonie se déroulerait dans l'intimité à la chapelle du château, le jour de la Sainte-Gisèle, le mercredi 7 mai de l'année suivante, avec le curé doyen d'Oust. A ma demande, il fut accepté que nous nous installions au château de la Garde avec Léopold Ganzadi, où nous ferions ainsi revivre une maison désormais entièrement tombée dans le patrimoine des Tonombres. Il y aurait, évidemment, contrat de mariage, mais on subviendrait aux besoins de la maisonnée car il n'était pas question pour moi de reprendre mon métier d'aubergiste. Je serais nommé tuteur, en vertu de l'article A 506 du code civil, qui fixe les conditions d'un mariage entre un être sain de corps et d'esprit et une créature dans l'état de Gisèle de Tonombres.

Au mois de septembre 1979, je vendis à Hécart l'auberge

et me retirai à la Garde. Sans attendre la date du mariage, on me confia la « chère icône ».

Alors commença une nouvelle existence. De ce château, je ne sortis pratiquement plus, sauf pour des visites au Mirabat ou des démarches administratives. J'abandonnai la chasse et la pêche. Peu à peu, je pris possession de la demeure de feu Honoré du Vial et j'en déterminai les règles de vie. Massip et Cavalié avaient assisté aux obsèques de mes parents, cependant, ils ne se manifestèrent plus auprès de moi. De mon côté, sans trop savoir pourquoi, je ne recherchai pas leur compagnie. Par contre, j'accueillis avec plaisir Dorne, l'écrivain antifasciste U.G., surtout Mauny sans qui *La Pompéi* n'aurait pas vu le jour.

Le 4 octobre 1980, dépliant *la Dépêche,* comme tous les matins à l'heure du petit déjeuner, je découvris un gros titre sur l'attentat de la rue Copernic à Paris : une charge déposée dans la sacoche d'une motocyclette stationnée devant une synagogue, équivalant à dix kilos de plastic, avait fait quatre morts et vingt blessés. Dans l'une des pages intérieures, que je lisais ensuite machinalement, mon attention fut soudain attirée par une photographie puis par sa légende : *Une Française dans un commando palestinien.* Cette Française n'était autre que Lily Ordonez. La photo eût suffi à l'identifier mais l'article donnait même son nom : « Un commando composé de quatre Palestiniens et d'une Française, Lily Ordonez, née à Tonombres, a été intercepté hier à l'aube au large de Saïda, chef-lieu du Liban sud alors qu'il se rendait en Israël pour y mener une opération. Selon un communiqué du Fath, la marine israélienne a coulé l'une des embarcations du commando, et, au cours de l'accrochage, trois fedayin ont été tués et deux autres blessés. Lily Ordonez figure parmi les morts. »

Quoique j'eusse eu mon saoul de coups durs ces deux dernières années, je fus sensible à cette triste information. J'avais toujours estimé la famille Ordonez, et peut-être même, autrefois, faute de prétendre séduire Gisèle de

Tonombres, avais-je secrètement convoité la jolie brune venue d'Andalousie dans les bagages de son héros de père. Et voilà, elle aussi, où et comment elle s'échouait : sur un lointain rivage de la Méditerranée, dans les rangs de la Résistance palestinienne, la poitrine trouée. Pauvre, pauvre Mme Ordonez, veuve du capitaine franc-tireur, et à qui, pour faire bonne mesure, le destin avait successivement enlevé son fils et sa fille, lourd tribut payé par cette humble famille d'Espagne à la lutte pour la liberté et la justice. De quoi faire pleurnicher cellules et sections de la gauche française qui, cette année-là, se pourléchait les babines en vue du pouvoir. Pourtant, selon l'écrivain antifasciste U.G., peu de ses futurs ministres auraient été capables de mourir pour une idée, pas même, comme le chantait Brassens, « pour cueillir un myosotis à une fille »... « Tous des *cornes d'aurochs !* » rugissait l'écrivain au comble de la dégoûtation.

L'année 1981 vit le début de cet étrange processus d'enfermement, de misanthropie, qui évolua inexorablement vers la dépression. Les problèmes accumulés m'assiégeaient, exigeaient en même temps leur solution comme la foule des déposants se bouscule à l'aube aux portes de leurs banques en faillite, réclamant leurs économies, des problèmes bien trop compliqués pour moi, des solutions que je n'avais aucune chance de trouver.

Mauny, Dorne, U.G. essayèrent de m'aider. L'écrivain ariégeois me diagnostiqua une névrose et me l'annonça sous une forme plaisante en ironisant sur la sienne : « Henri, moi, j'ai ma crampe de l'écrivain, et vous, celle de l'aubergiste-châtelain ! »

Et c'est vrai que le romancier dut interrompre à plusieurs reprises son livre sur « la question de l'antisémitisme à la lumière de l'évolution du sionisme et de la politique de l'Etat d'Israël » pour cause de paralysie totale du bras droit due à un système nerveux délabré par l'ampleur du sujet et de l'enjeu. Cet état névrotique eut, malgré tout, une heureuse conséquence : il se substitua à mes crises « de la tête et du ventre ». Ainsi n'abusai-je que rarement de notre « chère icône » qui, après tout, était aussi ma femme, et à partir du printemps 1981, je ne la touchai plus.

Le docteur Permont mourut à quatre-vingt-onze ans le mercredi 4 février de cette année-là, dans sa propriété de Réalmont. En d'autres temps, j'aurais été vivement ému par cette disparition, tandis que je me surpris presque indifférent. Je me sentais las. Au surplus, clément et prodigue m'apparaissait le destin du vieil homme au regard de ceux, douloureux et pitoyables, des jeunes delendistes et de leur patronne.

Le notaire de Réalmont, M. Graffen-Schtol, me téléphona le 23 février.

Le 24, il me remit en son étude la serviette de cuir rouge qui m'échéait par testament. J'attendis pour l'ouvrir que la nuit fût tombée, Léopold retiré dans sa chambre. Alors, seul dans la bibliothèque de feu Honoré du Vial, je pris connaissance de son contenu : un document plutôt mince, soigneusement relié, dactylographié à la perfection par une machine imprimante perforante, et la cassette d'un film qui m'intrigua au plus haut point.

Mémoire sur la mort inouïe de la comtesse Marthe de Tonombres, à l'intention de M. Henri Rouquet, cafetier-restaurateur sis à Toulouse.

Tout d'abord, laissez-moi vous préciser ceci : je ne vous ai pas écrit pour vous féliciter de votre mariage avec Mlle Gisèle de Tonombres en raison de ma conviction qu'il ne s'agissait pas forcément là d'une heureuse circonstance pour vous. Non que je vous blâme, au contraire. Simplement, ce lien supplémentaire avec la famille du Mirabat ne faisait, à mes yeux, que renforcer le bien-fondé de ma décision : ne point vous remettre ce Mémoire de mon vivant. Plus que jamais, après ce mariage, vous laisser entièrement maître de le publier ou non. Vous étiez déjà le demi-cousin du comte Henri, voici que vous en deveniez le gendre. Je savais cela. Et le sachant, des félicitations venues de moi vous seraient apparues, j'en suis bien sûr, et après la lecture du présent document, pour le moins d'une ironie déplacée. C'est que cette famille du Mirabat, votre famille, Henri, n'a pas joué dans l'affaire un rôle des plus nobles, et vous constaterez à quel point j'use ici de l'euphémisme. Comme vous n'êtes pour rien dans cette vénéreuse et criminelle histoire, ni vous ni vos braves et regrettés parents, et que, par ailleurs, mes convictions et ma foi m'interdisaient d'emporter la vérité dans ma tombe, après mûre réflexion, à l'issue de rudes débats intérieurs, je n'aperçus pas d'autre voie que celle de votre libre arbitre, qui vous rendrait responsable de trancher, je le confesse, de choisir à ma place : ou supporter seul le poids d'un très lourd secret, préserver ainsi la famille Tonombres, votre femme, vous-même, du scandale et du déshonneur, ou au contraire passer outre au nom de votre conscience et de votre sentiment du devoir. Dans les deux cas, dois-je le souligner, vous avez des circonstances atténuantes dont moi, un étranger, je ne disposais pas. Et c'est pourquoi je pris ce parti, en quelque sorte, de me défausser sur vous de ce nœud gordien.

Et maintenant, laissez-moi vous exposer ce qui s'est passé à Tonombres en ce sombre mois d'octobre 1971 où deux comtesses moururent à soixante-douze heures d'intervalle.

Tout d'abord, j'acquis très vite la conviction que l'abbé Oviac n'avait pas assassiné la comtesse Marthe et voici pourquoi : la culpabilité de l'abbé reposait exclusivement sur sa « lettre d'aveux ». Or cette lettre contenait une contre-vérité grossière et manifeste qui la disqualifiait. L'abbé se savait depuis longtemps le fruit des amours clandestines de la comtesse Marthe et du colonel Massip pendant la Résistance. Le colonel, pour vivre sa retraite auprès de la femme aimée, avait vendu sa propriété familiale en Périgord et acheté Saindieu. Les intrigues de la comtesse à l'Archevêché de Toulouse avaient obtenu pour l'enfant adultérin devenu prêtre la succession du chanoine à Tonombres. Ainsi s'ouvrait pour ce trio enfin réuni une vie affective qui leur avait tant manqué jusqu'alors.

Le colonel n'était pas homme à fuir les responsabilités sentimentales et paternelles, au contraire des insinuations que certains adversaires politiques ou ennemis vaincus ébruitèrent dans les années de l'immédiat après-guerre. Je suis en mesure d'affirmer que, sur ce sujet, il céda aux supplications de Marthe. La comtesse était mariée, mère de famille, persuadée, de plus, et non sans raisons, qu'un scandale autour de la vie privée du héros Massip serait exploité contre la Résistance et compromettrait gravement la carrière de son amant. Elle eut, par contre, l'idée de ce « regroupement » à Tonombres.

Que l'abbé sût à quoi s'en tenir sur Marthe de Tonombres était connu et attesté de nombre de gens, supérieurs et condisciples du séminaire, habitants du village d'Oviac. Plus rares ceux qui savaient pour le colonel Massip. Mais seul importait le premier point. Si Oviac connaissait la vérité sur sa filiation, il ne pouvait en aucun cas en entendre la « révélation » dans la nuit du 9 au 10 octobre 1971 et s'en trouver subitement « perturbé » au point d'imaginer, en plein délire, le « châtiment » de sa mère-amante, ainsi qu'il est dit dans les prétendus aveux. Cette lettre était donc un faux.

Dès lors, des conclusions se présentaient en cascade : non coupable, l'abbé n'était pas en fuite. Le vieux Calès, dont la maison est située juste en face du presbytère, me l'a assuré : l'abbé avait l'air de dormir debout quand ces hommes l'ont mis dans le taxi après l'enterrement. Ces deux évidences, l'innocence de l'abbé et son enlèvement, s'imposèrent rapidement à mon esprit. Par contre, à partir de là, ma progression fut laborieuse. Je me heurtai à d'insolubles problèmes que souvent nous évoquâmes, et je butai notamment sur celui-ci : comment un assassin préméditant de tuer la comtesse Marthe au moyen d'une hostie empoisonnée, pouvait-il, sans la complicité de l'abbé, être sûr que c'était bien l'hostie cyanurée que celui-ci déposerait sur la langue de la victime ? Les légistes toulousains mirent de bonne grâce leurs rapports à la disposition de leur vieux confrère. Le poison n'avait pas été retrouvé le long du tube digestif mais bel et bien dans l'estomac, ce qui allait clairement dans le sens d'une absorption simultanée du cyanure et de l'hostie. Deux hypothèses émergeaient : un dément ne visant pas forcément la comtesse ou, j'y réfléchis beaucoup, le suicide. Ayant reçu l'hostie de l'abbé, étant retournée à sa place les mains jointes sur la bouche, la comtesse avait pu absorber du cyanure. Si l'on peut dire, c'était techniquement possible. Mais une pareille mise en scène, entre le catafalque de sa belle-mère et son fils l'abbé, sous les yeux de sa famille, de ses amis, des gens de Tonombres, et l'idée même du suicide ne correspondaient en rien à la personnalité de la comtesse, moins encore aux projets qu'elle nourrissait. Plus j'y pensais, plus l'hypothèse me parut grotesque. Restait l'idée d'un être tout à coup frappé de démence criminelle, voulant « punir » les Tonombres de je ne sais quelle faute et décidant d'introduire la mort dans l'église à l'occasion propice des obsèques de la comtesse Irène. C'était l'hypothèse du brigadier Petitvisier et qui débouchait sur l'enlèvement de l'abbé. Je n'étais pas loin de la retenir quand une conversation nocturne et agitée avec le dénommé Banane, ce brave agent de police à la retraite, m'apporta une information décisive. Banane avait bien mangé et bien bu. J'avais orienté notre badinage vers les événements du 12 octobre lorsqu'il me glissa d'un air entendu : « Ah, docteur, Banane, il en sait des choses là-dessus... » Je dressai l'oreille. Que faire pour l'inciter à préciser sans l'effaroucher ? Je le provoquai gentiment, reprenant à mon compte son style et son vocabulaire. « Quelles choses Banane peut-il savoir que les autres ne savent pas ? » « Je vous vois venir, docteur, mais je vous aime bien, vous êtes le seul toubib qui ait soulagé ma goutte, grâce à vous je peux encore me faire plaisir comme ce soir sans avoir le feu dans les jambes, Banane a vu et entendu beaucoup de choses, eh, pourquoi croyez-vous que je sois descendu avec ma couverture, j'aurais pu la lancer de la fenêtre, et pourtant je suis descendu, docteur, malgré mes grosses jambes violettes, je voulais vérifier quelque chose... » Il hésita longtemps avant de continuer. Un moment, je crus d'ailleurs qu'il s'arrêterait là. Et puis il dit ceci : « Docteur, si vous voulez mon avis, cette comtesse, elle a été empoisonnée dehors et pas dedans. » « Comment ? » m'exclamai-je sincèrement stupéfait. « C'est comme je vous le dis, docteur, de mon balcon, j'ai vu le domestique du château, le grand blond, qui versait quelque chose dans un verre de gnôle, après il a donné le verre à Calès, le cafetier, et Calès il l'a fait boire à la comtesse qui était par terre, voilà ce que j'ai vu... » Ce soir-là, monsieur Rouquet, les ténèbres se dissipèrent presque totalement. De retour dans ma chambre, je reconstituai les faits survenus sur le parvis de l'église : l'affairement autour de la comtesse étendue, vous, Henri, qui la souteniez, sa petite-fille Gisèle qui épongeait son front. Le père Calès qui accourait avec du vinaigre et une bouteille d'alcool. Et c'est Frédéric qui lui apporte un petit verre, qui le remplit, qui y verse le cyanure avant de le passer à Calès qui, sans le savoir, fait boire à la comtesse cet alcool empoisonné. Juste après, subtilité suprême, on fit boire de l'eau à la malheureuse qui, forcément, avait soif et ressentait des brûlures. Mais voilà : l'eau nettoyait l'œsophage, le cyanure rejoignait ainsi l'hostie dans l'estomac. Diabolique !

Voilà qui impliquait une science approfondie de la chimie des poisons. Le souci du détail fut poussé à l'extrême. Frédéric s'était précipité, souvenez-vous, vers le café Calès en s'écriant : « De l'eau, de l'eau-de-vie, du vinaigre ! » tous ingrédients utilisés en cas de malaise ou de syncope, mais lui, ce qu'il voulait, c'était uniquement de l'alcool et de l'eau, afin de perpétrer le crime, et pour que celui-ci fût parfait, dans le café, il ne choisit pas n'importe quel alcool mais du kirsch, les Calès me le confirmèrent. Pourquoi du kirsch ? Pour masquer l'odeur du cyanure dissous dans le petit verre car le cyanure a précisément l'odeur du kirsch ou du marasquin. Je note ici que Banane fut catégorique sur un point du plus grand intérêt : juste avant que Calès ne fît couler entre ses dents un peu de kirsch, donc quand elle ne subissait pas encore l'effet du poison, la comtesse murmura à l'intention du comte Henri penché sur elle : « A la maison, à la Garde, on m'y soignera, va, mon fils, reprends ta place, fais ton devoir, Ganzadi me ramènera. » « Elle a dit : au Mirabat, pas à la Garde », jura Banane. Et comme je lui rappelai la version officielle, il fut au bord de se fâcher tout rouge. D'où une nouvelle matière à réflexion : sa maison, c'était la Garde, alors pourquoi souhaitait-elle qu'on la transportât au Mirabat ? Et ceci : pourquoi insista-t-elle pour que son fils reprît sa place à l'église ? Motif invoqué : remplir son devoir, tenir son rang en conduisant le deuil de sa grand-mère. Était-il suffisant en de telles circonstances ?

Je m'orientai vers une troisième hypothèse : l'abbé avait donné une hostie normale à sa mère, Frédéric avait administré plus tard le poison, avec la bénédiction, si je puis m'exprimer ainsi, du comte Henri. Le verre d'eau avait nettoyé les parois de l'œsophage, cyanure et pâte azyme s'étaient retrouvés mélangés dans l'estomac, et l'assassin avait pris soin de déposer au fond du ciboire une hostie réellement empoisonnée au cyanure. Le « malaise » de la comtesse, sitôt ingurgitée l'hostie, complétait l'opération : le crime était parfait. Les pauvres enquêteurs pouvaient toujours chercher. Tout « collait », comme on dit. En enfermant le cyanure dans un cachet de pain azyme, on évitait le dégagement de l'odeur du poison, on retardait son délitement dans l'estomac, on masquait sa causticité. Enfin, le temps de libération du poison expliquait pourquoi, au lieu de s'écrouler foudroyée dans l'église, la comtesse n'avait succombé que sur le parvis. Tout concourait donc à persuader les policiers que la mort était bien due à une hostie empoisonnée offerte par l'abbé. Parvenu à ce stade, il me fallait élucider ce « grave malaise » de la comtesse à l'intérieur de l'église.

Nul ne comprendra jamais rien à ce drame s'il ne se pénètre de l'intensité de la haine qui sévissait entre les familles Tonombres et Vial et que la guerre ne fit qu'exacerber. Je vais en fournir ici les sources et en retracer les principaux développements, passant sur les détails, les innombrables orages et réciproques humiliations qui jalonnèrent ce crescendo consternant.

On admit que la mort de sa femme en couches entraîna le subit rapatriement de feu Honoré du Vial qui, en 1904, réalisa ses biens et ses affaires en Afrique pour s'installer à la Garde et donna en gérance à Paris une galerie d'art et deux magasins d'antiquités. Après quoi, en 1922, à la stupeur générale, la libre et farouche Marthe du Vial fut offerte en mariage au comte Raoul de Tonombres pratiquement inconnu d'elle. En vérité, du Vial fut englouti, malgré lui, dans une banqueroute frauduleuse. Il ne put tenir les engagements pris à l'égard de ses créanciers, ce qui le conduisit au bord de la catastrophe totale, la ruine, la prison, au début des années 20. Il fut alors sauvé par une conjoncture providentielle : lors d'une permission, le lieutenant Raoul de Tonombres s'éprit follement de sa jeune et superbe voisine et voulut l'épouser sur-le-champ. Marthe le repoussa. Il en tomba malade. Les Tonombres pressèrent du Vial d'intervenir. Celui-ci, aux abois, révéla la vérité de leur situation à sa fille : dans un ou deux mois, ils seraient sur la paille, elle et Ganzadi réduits à le visiter dans une prison de Toulouse. Si elle acceptait d'épouser le fils Tonombres, ils se tireraient d'affaire.

Marthe se soumit la mort dans l'âme mais avec la détermination et même la brutalité dont elle était capable. La décision prise, ses priorités s'inversèrent. Ce qu'elle avait refusé devint un enjeu qu'il fallait à tout prix emporter. Elle alla jusqu'à craindre un revirement du dernier moment de la famille Tonombres. Elle se fit donc engrosser au plus vite, et se maria enceinte à Paris, en l'église Saint-François-Xavier, loin de Tonombres. Puis la riche et puissante famille du Mirabat apprit que le père de la bru avait un pied en prison ! Elle paya les dettes et apprécia peu la manœuvre. Douze ans plus tard, les Tonombres embrassaient ardemment la cause du chancelier Hitler et du maréchal Pétain. La faille s'élargit. La haine grandit. Raoul de Tonombres s'engagea dans la L.V.F. et mourut à Berlin en 1945. Il lui fut substitué une éminence nazie dont j'ignore la véritable identité, mais d'après Massip et ses informateurs, notamment américains, cet homme que vous avez surpris une nuit pourrait bien être le principal collaborateur de Martin Borman, à moins que ce ne soit Borman lui-même, ce qui paraît improbable au colonel. Ce qui est sûr, c'est que depuis la fin de la guerre fonctionne au Mirabat un centre nerveux fasciste qui n'a cessé de tisser sa toile, de panser les blessures des vaincus de 1945, de pénétrer au plus haut niveau les milieux d'affaires, financiers, militaires, et même les administrations et les polices des pays occidentaux.

Cette formidable résurrection s'est opérée sous le manteau de la guerre froide puis de la lutte permanente d'influence qui oppose le « monde libre » au « communisme totalitaire », mais elle prend parfois un autre visage, le vrai selon Massip, à l'occasion de débats sur ce que l'on a appelé les « problèmes de société ». Alors pointe une idéologie autoritaire, obtuse, raciste, antisémite, quoique ce dernier aspect soit habilement occulté par le soutien des forces ultras à l'État d'Israël. Le colonel Massip a beaucoup intrigué pour obtenir le « nettoyage » de ce centre du Mirabat, mais en vain. Il est vrai que s'en prendre aux Tonombres aujourd'hui reviendrait à jeter une insupportable suspicion sur la société actuelle, ses institutions, ses élites, ses mécanismes, et donc sans doute à la disloquer, tant leurs amis, leurs appuis sont nombreux, puissants et partout. Parodiant le nom d'un journal fasciste et antisémite de jadis intitulé Je suis partout, *le colonel me dit un jour : « Aujourd'hui, docteur, nous devrions lancer le journal* Ils sont partout. » *Par ailleurs, des documents d'une importance historique inestimable, au contenu explosif, seraient conservés au château, certains dans le coffre personnel de la comtesse Irène, tout au moins de son vivant. Sur la Résistance, sur les activités du Consistoire Central et de l'Union Générale des Israélites de France sous l'Occupation, une correspondance entre Irène de Tonombres et un banquier suisse nommé Asnoud, les noms des principaux dignitaires de l'organisation en Europe. Voilà qui expliquait la présence à Tonombres, lors des obsèques, de personnalités telles que ledit banquier suisse, l'avocat Pétroul, le cardinal Roseri, MM. Clar, Reverini, Sanaris, et l'intérêt de quelques grands journalistes juifs : Doloso, Mme Serpo, Gamish-Dufrêne qui rôdaient tout autour.*

Nous voici au cœur du sujet. M. Massip et Marthe de Tonombres soupçonnaient tout cela. Ils en causaient souvent et associaient leur fils Oviac à ces conversations. La maladie d'Irène de Tonombres provoqua une agitation fébrile au Mirabat. Les visiteurs se firent nombreux et parmi eux des étrangers. Les incorrigibles « baroudeurs » du château de la Garde y virent l'opportunité d'en savoir davantage. Marthe cessa de bouder sa belle-mère et réapparut au Mirabat. La douairière entra en agonie. Un après-midi, Marthe la surprit demandant à la chambrière Ida d'ouvrir son coffre et découvrit, ou crut découvrir la combinaison. Elle revint tout excitée à la Garde : la vieille pétainiste ne tarderait plus à mourir et il faudrait l'enterrer. Ce jour-là, à peu près tout le personnel du château serait à l'église. Pourquoi ne pas en profiter pour ouvrir le coffre et s'emparer des documents ? Trois minutes suffiraient. Restait à trouver un moyen d'entrer dans la chambre de la défunte pendant la cérémonie. Massip, Cavalié, Oviac se récrièrent : « C'était une folie, une pure folie ! » Mais la comtesse Marthe avait déjà tranché. A son âge, avança-t-elle, qu'avait-elle à perdre ? Alors qu'il y avait tant à gagner. Après tout, pendant la guerre, n'avait-on pas imaginé, exécuté et réussi des expéditions cent fois plus dangereuses et aléatoires ? Par exemple, quand il s'était agi de se déguiser en soldats allemands pour libérer des camarades emprisonnés ?

Ainsi s'élabora un plan audacieux mais qui avait des chances d'aboutir en dépit de son aspect rocambolesque : aux obsèques, dans l'église, juste après avoir reçu l'hostie des mains de son fils, elle simulerait un malaise, on la porterait au-dehors, elle renverrait son fils Henri, Ganzadi la conduirait au Mirabat. Massip et Cavalié regagneraient la Garde puis approcheraient à pied et armés du château par l'allée traversière pour la « couvrir ». Quand vous surprîtes Massip et Oviac dans la nuit du 8 au 9 aux parages du château de la Garde, ils avaient appris que la comtesse Irène était à toute extrémité et se hâtaient pour conférer avec Marthe. « Le plus curieux, m'avoua le colonel, c'est que, d'abord désespérés par l'irréalisme d'un tel plan, nous finîmes par le prendre au sérieux et y croire, à force d'y réfléchir. » J'ajouterai : plus étonnant encore, il faillit réussir. Il s'en fallut de peu. C'est l'enthousiasme juvénile et l'imprudence de l'abbé qui le firent échouer. Lors de la veillée funèbre d'Irène de Tonombres, dans la nuit du 9 au 10 octobre, il ne put s'empêcher de provoquer la famille qui l'avait écarté de la célébration de la cérémonie religieuse au profit du doyen d'Oust, et il supportait mal d'hériter de la portion congrue dans sa propre église. Alors il se présenta au Mirabat à la stupéfaction générale. Il avait fait la première erreur. Sa mère allait commettre la deuxième : elle le raccompagna avec son fils Henri furieux et ulcéré sur les talons. Pis : elle lui adressa dans le parc ses dernières recommandations : « Surtout tu as bien compris, mon fils, demain garde ton calme, tu me donnes l'hostie, je me retourne, je fais quelques pas, je vacille, je tombe, toi tu t'étonnes, évidemment, mais sans plus, tu restes où tu es, d'autres me porteront dehors, tu verras, ça se passera bien, nous les aurons, ces documents. »

Et maintenant, imaginons la tête du comte Henri tapi dans l'ombre : il apprend que cet abbé est le fils de sa mère, et en même temps il découvre qu'un terrible danger menace les Tonombres et l'organisation qu'ils abritent au Mirabat. Il en devient comme fou. De rage et d'appréhension. On comprend, dans ces conditions, qu'il soit revenu à l'entresol dans un état second. Il alerta ses amis. Quelqu'un eut alors l'idée diabolique d'exploiter le plan de leurs ennemis et de le retourner contre eux. On ferait de l'abbé l'assassin de la comtesse. Les Larre, tous deux experts en pharmacie, se chargèrent de fabriquer une hostie au cyanure. Vous les aviez rencontrés au lendemain de la veillée funèbre, au Mirabat où ils étaient convoqués. Le comte Henri connaissait le moyen de pénétrer dans l'église par l'escalier du clocher et je vérifiai moi-même que s'introduire de nuit dans la sacristie n'était qu'un jeu d'enfant. A partir de l'instant où la comtesse Marthe simulait son malaise, chacun savait ce qu'il avait à faire, comme dans une opération militaire. Mme Larre apporta sa science : c'est elle qui recommanda le kirsch puis le verre d'eau. C'est le comte Henri qui insista pour qu'on saisît le ciboire aussitôt afin que l'on y découvrît l'hostie empoisonnée. Enfin, la « disparition » d'Oviac était impérative. Rouvière et Ossip y pourvurent. Ils droguèrent l'abbé et l'emportèrent. Et leurs explications tenaient bon : l'abbé fuyait, profitant de leur naïveté et de leur taxi. La « lettre d'aveux » venait en point d'orgue.

Mais les assassins commirent à leur tour une grave erreur : confier au comte Henri, trop perturbé pour bien faire, la rédaction de cette lettre. Il y projeta ses troubles et ses phantasmes. Il y décrivit sa mère comme une femelle hystérique, monstrueuse, expédia l'abbé Oviac chez les sœurs de Sainte-Lucie où lui-même séjourna, bref il fit parler l'abbé à sa place. Cette lettre pourrait figurer dans une anthologie des grands textes psychanalytiques. Là où des policiers ne percevaient rien de particulier, un médecin voyait tout. Remarquez que le comte a refusé d'assumer le geste qui donna la mort, ne permit pas davantage qu'un proche, en l'occurrence son chambellan-confident Frédéric s'en rendît coupable, mais s'arrangea pour que l'alcool empoisonné fût administré par le cafetier Calès.

Pendant ce temps, Oviac reprenait sereinement la communion. Plus tard, revenu du cimetière, la rumeur selon laquelle la comtesse Marthe était morte lui parvint mais ne lui fit ni chaud ni froid. Il croyait savoir, lui, ce qui s'était réellement passé. La foule pensait sa mère morte alors qu'au même moment, elle avait certainement regagné la Garde et remis les documents à son père, le colonel. Aussi rentra-t-il tranquillement au presbytère où l'attendaient Rouvière et Ossip. Une démoniaque aventure mais, je l'avoue, d'un intérêt psychologique, médical, exceptionnel.

Cependant, il s'avérait moins difficile d'en démonter les mécanismes que d'en prouver l'existence. Et là, je m'immobilisai tel un voilier empanné, privé de brise. J'étais pourtant certain de toucher au but. L'attentat misérable contre Massip et Cavalié trahissait la nervosité des assassins. Qui avait tiré? Un subalterne affolé, sans aucun doute. « Peut-être le jeune Louis de Tonombres », suggéra le colonel. Puis, une deuxième fois, la chance me servit. Un après-midi du mois de mai 1979, je passai sur le petit chemin qui longe la propriété de M. U.G. L'écrivain tondait sa pelouse. Nous échangeâmes des salutations. Il vint à moi et nous parlâmes un moment. Il me parut tendu, éprouvé, tenaillé par une idée fixe : lui qui avait voué son œuvre, son énergie militante, sa conduite, l'éducation de ses enfants, à la défense des libertés partout où il estimait qu'elles étaient menacées ou bafouées, dénoncé le retour en force de l'idéologie pétainiste en France, voici qu'il affrontait à cinquante ans une épreuve inattendue. Pour avoir critiqué une partie de l'establishment juif, à ses yeux « de plus en plus ultra, obnubilé par les Russes et le " Grand Israël ", étroitement lié aux droites occidentales sur le dos du peuple palestinien, attitude », selon lui, « menant tout droit à une possible, prochaine et violente explosion d'antisémitisme », il était, lui, à sa douloureuse stupeur, accusé d'antisémitisme et son œuvre mise à l'index par des journalistes juifs !

Comme moi-même, vous savez ce qu'il endura à cette époque, et les conséquences que ces calomnies lâches, stupides, déshonorantes, insensées et cruelles eurent sur la suite de son œuvre et sur lui. Je ne m'y étendrai pas. Mais tout à coup, me résumant ses souffrances, il fit allusion à un certain Freddy Bloch qui, sous le pseudonyme de Pierre-André Bernard, avait filmé les obsèques de la comtesse Irène dans l'espoir d'y repérer des criminels de guerre, déguisés ou non, refaisant surface à cette occasion. « Seigneur, me dis-je, voilà ce qui te manquait. » « Où trouver ce M. Bloch? » m'étais-je enquis. Et l'écrivain, tout à son amertume, de ricaner : « On dit qu'il est passé de Mao à Moïse ! Vous le dénicherez, plongé dans la Thora et le Talmud, dans une Yeshiva, quelque part du côté de Strasbourg. »

C'était exact. M. Bloch accepta de me recevoir. Je lui racontai une fable : J'occupai la fin de ma vie à une étude historique et sociologique de ma petite contrée. J'avais entendu dire qu'il avait tourné des films en 1971, et pris des notes. Serait-il disposé à me les montrer, éventuellement à me céder quelques copies qui m'intéresseraient, moyennant, évidemment, de légitimes compensations et la mention des sources dans l'ouvrage en question? Mon âge, ma profession passée, mon allure générale plaidèrent en ma faveur. Mais ces films et ces notes étaient en possession de sa sœur à Paris. Il me recommanda auprès d'elle. Je visionnai les films. La cassette ci-jointe renferme la copie de l'un d'entre eux. Vous y verrez la comtesse Marthe transportée hors de l'église, étendue sur le sol, la foule agitée de remous. Et Frédéric qui verse une poudre dans un verre d'alcool et le donne au cafetier Calès.

Voilà monsieur Rouquet. Vous connaissez désormais la vérité sur la mort inouïe de la comtesse Marthe de Tonombres. Elle vous appartient. Elle laisse en suspens des problèmes politiques et moraux considérables qu'il ne m'incombait pas de régler. Les familles Vial et Tonombres sont aussi vos familles, et je vous sais, par ailleurs, sensible aux intérêts et aux bienfaits de la démocratie, respectueux des lois de notre République. Devez-vous dénoncer le crime à la justice ? Et après votre participation généreuse et décisive aux coups portés au terrorisme international, devez-vous aider à anéantir le redoutable centre nerveux du nouvel Ordre Moral à l'œuvre derrière les murs et dans les souterrains du Mirabat ? A vous d'en juger. Quoi qu'il en sera de votre décision, de là où je suis, je ne vous blâmerai pas. En vérité, monsieur Rouquet, je crois que le véritable héros de cette tragédie, c'est vous-même.

J'ai conscience de ne pas vous avoir facilité la vie en vous expédiant ce « Mémoire d'outre-tombe ». J'espère, après cela, que vous aurez la force et l'indulgence de prier pour le repos de mon âme.

Fait à Réalmont, le 8 novembre 1980.

ÉPILOGUE

Je sortis de la lecture de ce Mémoire assiégé par les noires silhouettes des problèmes que j'aurais à résoudre, maudits fantômes qui sarabandaient autour de moi, me promettant entre leurs dents un avenir des plus sinistres. Et pourtant, c'est à ce moment seulement que s'éclaircit la perception d'un fait relativement subalterne qui m'avait jadis frappé.

Dans la matinée du 11 octobre 1971, l'esprit encore embrumé par l'anis du Paso del Ebro puis le whisky de Gisèle, la conscience lourde de l'espèce de viol commis sur sa personne, passant en trombe en voiture devant la pharmacie des Larre, au coin de la rue de Metz et de la rue Peyrolières, j'avais capté *l'image d'une silhouette poussant la porte de l'officine, que je n'aperçus que de dos. Toute fugace qu'elle fut, cette image me frappa suffisamment pour que, plus tard, elle revint à maintes reprises cogner dans ma tête sans que, longtemps, je parvinsse à l'identifier. Jusqu'au jour où, grâce à une circonstance exceptionnelle, je fus enfin capable d'y apposer un nom.*

La lecture du Mémoire, avait agi comme une sorte d'électrochoc : la personne par moi surprise en ce lundi 11 octobre 1971, veille des obsèques de la comtesse Irène et de la mort inouïe de sa bru, était la chambrière Ida. Comment ne reconnus-je point sur-le-champ son échine épaisse et ses hanches de jument de la basse Bretagne, ses chaussures surannées, aux talons de bois, fabriquées dans les usines de l'Occupation ? Ida qui venait chercher la précieuse hostie empoisonnée chez les pharmaciens fascistes afin que dans la nuit de lundi à mardi, le comte Henri pût l'introduire dans l'église et la sacristie et la déposer dans le ciboire tout préparé par l'abbé Oviac pour la communion du lendemain.

Je pris conscience immédiatement que je serais incapable de me déterminer seul, que j'aurais besoin d'aide, que je devrais consulter des hommes plus intelligents, plus armés que moi, pour décider de la suite à donner à ce testament explosif. Je me confiai à Mauny qui établit un pont entre M. Massip et moi. Busoch, Dorne, U.G., furent aussi mis à contribution. Ils surent m'entourer, construire pas à pas une stratégie juste, tout en nuances, et préserver mes secrets. Mais en dernier ressort, ils refusèrent de se substituer à moi.

Au fil des mois, une phrase du Mémoire me poursuivit de plus en plus : *En vérité, monsieur Rouquet, je crois que le véritable héros de cette tragédie, c'est vous.* Que signifiait-elle ? Certes, j'avais beaucoup enduré, je terminais l'histoire brisé, j'y avais joué un rôle non négligeable. Cependant, les delendistes, les démons de la cour de Rohan, les Tonombres, le colonel Massip me paraissaient avoir occupé un plus vaste espace, et surtout, la Pompéi n'avait-elle point régné sur ces *convulsions* ?

Je m'en ouvris à Mauny, Dorne, U.G., Busoch, que j'avais invités un soir d'août de l'année 1982 à la Garde. Dorne avait dit : « Votre toubib suggère sans doute que vous écriviez quelque chose...

— Comment ?

— Eh bien oui, avait continué le narrateur — censeur de droite —, il est certain que si vous racontez cette histoire, vous en deviendrez le narrateur-acteur, comme le capitaine-entraîneur dans une équipe de rugby, et donc, *ipso facto*, le patron, le héros, le personnage principal, demandez à U.G., c'est un spécialiste des coups d'État littéraires, il appartient à la lignée des dictateurs-narrateurs de la littérature universelle, c'est d'ailleurs en cela qu'il est un grand écrivain de droite, ce qu'il feint de nier, pas vrai, U.G. ? Tenez, passez-moi cette bouteille de campo viejo, vous la gardez toujours à côté de vous... »

C'est vrai que ce soir-là, j'avais remonté de la cave de feu Honoré du Vial un rioja que mon pauvre papa avait qualifié un jour de « magique ». Cela dit, je n'avais pas tout saisi de ces propos de Dorne, bourrés comme à l'habitude de fins sous-entendus destinés à plusieurs interlocuteurs à la fois. Néanmoins, j'avais retenu qu'ils m'incitaient à écrire, ce qui m'affolait. « Mais, Kléber, je suis incapable d'écrire cette histoire.

— Vous avez le bagage suffisant, trancha Dorne. C'est tout ce qu'il vous faut, personne ne voit en vous la graine d'un génie littéraire, mais ce que vous avez vu et entendu est réellement exceptionnel, tout à fait fou, significatif du désarroi et de la confusion de " l'ère technologique ", quand les gens seront cernés d'ordinateurs chez eux, ils sortiront dans la rue, copuleront et s'étrangleront comme des gorilles ! Voilà ce que je retiens de ces histoires de terroristes, de pétainistes, de néo-nazis, de juifs ultras, de résistants marron... ça ne suffit pas pour faire un bon roman, mais une plume naïve, ordinaire, scrupuleuse, peut le rendre drôle... U.G., lui, en ferait une histoire de cul et une psychanalyse sur ses relations avec les juifs, ce serait moins intéressant...

— Il y a autre chose, intervint Mauny, révéler la vérité sur la mort inouïe de la comtesse Marthe et ce qui se trame dans ce château du Mirabat sous la forme d'un roman vous lave à l'avance de l'infamie de dénonciation médiocre. En fait, vous empruntez au docteur sa méthode : il a transmis la vérité sous la forme d'un Mémoire, vous ferez de même sous la forme d'un roman. »

Et donc j'entrepris cette histoire intitulée *La Pompéi*, divisée en deux parties : *La mort inouïe de la comtesse*, *Les démons de la cour de Rohan*.

Cependant, l'écrire ne me libérait nullement, bien au contraire. N'étant doué ni d'imagination créatrice, ni de dispositions purement littéraires, j'écrivais contraint et forcé. A mesure que le récit avançait, je me pénétrai davantage du gâchis, de l'injustice, du malheur qui s'étaient abattus sur moi, et aussi de ma lâcheté.

Les années 80 virent s'aggraver mon état dépressif. Le 10 janvier 1986, j'appris, par le journal, la mort du général Redan à l'âge de soixante-neuf ans. L'année suivante, les médias firent grand bruit sur l'arrestation des anciens delendistes Léonard et Balino.

Et maintenant, j'approche de la fin. Je ne survivrai pas à cette narration.

En cette soirée du 29 novembre, jour loumaire, par moi choisi *in memoriam* de l'écrivain antifasciste pour baisser le rideau, je n'ai quand même pas l'âme et la conscience aussi en paix que je l'aurais souhaité. Aux hurlements du vent du Nord qui fouette la demeure de feu Honoré du Vial se mêlent des sons mauvais, d'effrayants tintamarres. Je les entends qui chevauchent par la forêt, investissent le parc, frappent aux portes et aux volets de chêne. Et une ombre traverse les murs. Le fils du chiffonnier errant de Tonombres n'a pas voulu manquer la sortie du fils de feu l'aubergiste.

J'ai levé mon stylographe. L'ombre est entrée. Il me semble revivre la fin de *Don Giovanni*, un opéra où Mauny m'avait emmené, au Capitole de Toulouse. Et retentit la voix de l'agrégé Rambouillat : « Pentiti ! Repens-toi ! Pentiti ! Repens-toi ! »

Je bondis. Je sais ce qu'il faut dire. Je m'en souviens. Il faut répondre : « Non ! »

Il est tard. Après le dîner, j'ai fait absorber un somnifère à Léopold. Il s'est endormi comme une souche, dans son fauteuil, devant le feu. J'ai moi-même roulé Gisèle, notre chère icône, dans sa chambre. Je l'ai couchée.

J'appelle Mauny à Toulouse. Et je lui dis : « Venez à la Garde, c'est l'heure. » Il a compris. Seulement un silence. Puis sa voix : « Je viens. »

J'ai décroché l'un des fusils anglais de feu Honoré du Vial.

Je l'ai posé sur le bureau. J'ai ouvert le roman chinois que l'écrivain antifasciste U.G. m'avait offert autrefois : *Le Rêve dans le pavillon rouge.* Incessamment, mes quarante-cinq ans iront « au monde des ténèbres ». Le vent du Nord frôlera ma « bannière nominative ».

« Tiens, grognera peut-être un vieux sanglier solitaire au fond de la gorge touffue d'Angouls, le fils Rouquet est mort. »

Il est temps maintenant. Je vais tuer Gisèle, dans son sommeil, d'une balle dans le cœur. Puis, j'attendrai Mauny. Dès que je verrai les phares de sa voiture trouer la nuit, je me préparerai. Quand il s'arrêtera devant la porte, je mettrai le *Miserere* de Gregorio Allegri.

Mauny est arrivé. Il est sorti de sa voiture. Il a levé les yeux vers la fenêtre du bureau plongé dans l'obscurité. Lui, il est dans la lumière prodiguée par les projecteurs extérieurs. Il ne se précipite pas vers l'entrée. Il sait que c'est inutile. Bientôt, il prendra possession du manuscrit de *La Pompéi.*

Gisèle repose, les yeux fermés, la poitrine perforée. Léopold dort. La musique d'Allegri occupe la demeure et emplit ses entours. Délicat et pudique, Mauny attendra la détonation. Puis il entrera et baissera les paupières du fils Rouquet. Ainsi en sera-t-il. *Miserere mei, Deus.* Ayez pitié.

FIN

DU MÊME AUTEUR

Aux Éditions Albin Michel

La Pompéi
La mort inouïe de la comtesse

Aux Éditions du Seuil

La Rhubarbe
roman
Prix Médicis 1965

Le Loum
roman

L'Imprécateur
roman
Prix Fémina 1974

La Bête
roman

Aux Éditions de la Table Ronde

Les Plaies et les Bosses
entretiens avec Maurice Chavardès

La composition de ce livre
a été effectuée par Bussière à Saint-Amand,
l'impression et le brochage ont été effectués
sur presse CAMERON
dans les ateliers de la S.E.P.C. à Saint-Amand-Montrond (Cher)
pour les éditions Albin Michel

AM

Achevé d'imprimer en juillet 1987.
N° d'édition 9958. N° d'impression 1633-1218.
Dépôt légal : août 1987.

Martina Salomon

Salomonisch serviert

Lebensrezepte und Lieblingsspeisen

Gedruckt nach der Richtlinie des
Österreichischen Umweltzeichens
„Druckerzeugnisse",
Christian Theiss GmbH, Nr. 869

MIX
Papier aus verantwortungsvollen Quellen
FSC® C012536

Martina Salomon:
Salomonisch serviert

www.edition-a.at

Cover und Gestaltung: JaeHee Lee
Illustration: Viktoria Nowicky

Gesetzt in der Gill Sans MT
Gedruckt in Österreich

1 2 3 4 5 — 21 20 19 18

ISBN 978-3-99001-266-6

Martina Salomon

Salomonisch serviert

Lebensrezepte und Lieblingsspeisen

Von der Autorin der
Kurier-Kolumne "Salomonisch".

edition a

Vorwort

Die Idee für dieses Buch hat sich aus Facebook entwickelt. Das ist der Ort, wo ich regelmäßig veröffentliche, was hier vereint ist: meine An- und Einsichten, meine *Kurier*-Kolumnen und die Produkte meiner privaten Kochleidenschaft. Letzteres vielleicht auch in der heimlichen Hoffnung, dass die Leser meiner mitunter polarisierenden Kommentare durch den Anblick dazwischen gestreuter Torten und Kuchen milde gestimmt werden. Jedenfalls erntet das Backwerk regelmäßig viel mehr »Likes« als das geschriebene Wort. Durch alles, was ich schreibe, zieht sich ein roter Faden: Betrachten wir die Dinge doch mit etwas weniger Aufregung, dafür mit Humor – und Hausverstand.

Viele Themen liegen mir seit Jahren journalistisch am Herzen: (fehlende) Raumplanung, das Leben mit Kindern (auch den schon etwas größeren), Frauenbild und männliche Role Models, Bildungslücken und Bildungsreformen, dumme Technik- und Wirtschaftsfeindlichkeit, Wert von Freundschaft, das oft verzerrte Bild der Politik, Alltags-Skurrilitäten. Und ganz oft geht es auch ums Essen – und um Essensreligionen! Dass wir in unserer reichen westlichen Welt so fortschrittsmüde geworden sind und manchmal sogar hinter die Aufklärung zurückgehen, darüber mache ich mich gelegentlich milde lustig. Nein, wer sich halbwegs ausgewogen ernährt, braucht keine zusätzlichen Vitamine. Nein, eine Steinzeit-Diät ist nicht besonders heilsam, im Gegenteil. Aber dass Erdäpfel mit Butter billiger und gesünder sind als Chips mit Fertigsauce müsste einem auch der Hausverstand sagen.

Nie war es leichter, sich gesund und sicher zu ernähren. Wir haben nur leider zu kochen verlernt, »heim an den Herd« ist zur Drohbotschaft geworden. Wie traurig! Ich betrachte mein Buch auch als Plädoyer, wieder mehr zu kochen und gemeinsam zu essen: als freudvolles »analoges« Erlebnis in einer Welt der digital Ferngesteuerten; als Bindemittel für Familie und Freunde. Gibt es letztlich etwas Wichtigeres im Leben, auch wenn man – so wie ich – seinen Job liebt?

Seit meiner Mittelschulzeit (damals hieß das Gymnasium so) wollte ich Journalistin werden. Und ich war stolz, meine ersten Artikel auf der Jugendseite »Forum 17/25« der Tageszeitung *Die Presse* veröffentlichen zu dürfen. Mein (mir damals noch unbekannter) späterer Ehemann war übrigens verantwortlicher Redakteur für dieses Format. Er desillusionierte mich Jahrzehnte später: Dass alle meine schreiberischen Jugendwerke veröffentlicht wurden, lag wohl auch am Mangel an Einsendungen. Learning by doing: So hielt ich es bei der Kunst des

Schreibens wie bei der des Kochens, und zwar parallel: Kochkurs im Studentenheim, freie Mitarbeit bei den *OÖN* in der Chronik- und der Kulturredaktion. Damals war ich auch Chefin der Salzburger Studentenzeitung. Natürlich erlebte ich die intensivste (und anstrengendste) Koch-Zeit, als meine beiden Söhne noch klein waren: tägliches Kochen nach Redaktionsschluss beim damals neu gegründeten *Standard*. Oft war das mehr Hetzerei als Hetz. Aber ich habe ihnen die Liebe zum gemeinsamen Familienmahl mitgegeben – und sie (hoffentlich!) zu partnerschaftlichen Männern erzogen. Sie hatten Gott sei Dank auch genügend positive männliche Vorbilder – was ich übrigens für enorm wichtig halte! Im Bildungs- und Erziehungswesen dominieren Frauen, deren Leistung ich gar nicht herabwürdigen will. Mädchen werden richtigerweise in jeder Hinsicht ermutigt, und es wird gegendert, dass es nicht immer eine Freude ist. Aber vergessen wir dabei nicht auf die Burschen? Was brauchen die eigentlich für ein glückliches Heranwachsen? Auch das ist ein Thema, dessen ich mich seit vielen Jahren immer wieder angenommen habe.

Nach 15 Jahren beim *Standard* wechselte ich zur *Presse*, gleichzeitig wurde das – oft gemeinsame – Kochen mit Freunden immer wichtiger: Es gibt für mich kaum eine bessere Entspannung als Wochenenden, wo wir gemeinsam sporteln, lachen, ein Essen zaubern, Karten spielen, diskutieren. In die *Presse* nahm ich dann eine Kolumne mit, die ich als Gastkommentatorin in der kleinen, feinen Wochenzeitung *Die Furche* entwickeln durfte: »Salomonisch«. Die schreibe ich bis heute im *Kurier*, glich den Job mit Kochorgien am Wochenende aus und schrieb eine Streitschrift über Essensneurosen.

Wir fürchten uns nämlich vor den falschen Dingen: vor Chemie und Strahlen zum Beispiel. Keime hingegen unterschätzen wir notorisch. Insgesamt ist aber Entwarnung angesagt: Wir leben in der besten aller Essenswelten, lassen Sie sich die Freude am Genuss nicht verderben. Nie war die Qualität der Rohstoffe besser und gesünder als heute, nie wurden Nahrungsmittel so umfassend und genau kontrolliert. Zu Tode gefürchtet ist auch gestorben.

Ich zähle mich übrigens zu den Journalisten (und natürlich auch -innen), die sich bevorzugt außerhalb der eigenen »Blase« bewegen und wirklich gut »geerdet« sind. Viele Ideen für meine Kolumnen beziehe ich daher nicht unbedingt aus der Redaktionskonferenz oder aus Twitter, sondern aus beruflichen und privaten Begegnungen. Und meine Lieblingsrezepte? Sie stammen zum Teil von meinen engsten Freunden (es sind sehr viele ambitionierte Köchinnen und Köche darunter), von Mutter und Schwiegermutter, manches koche ich seit meiner Studentenzeit, einiges habe ich selbst erfunden oder abgewandelt. Seit Jahrzehnten sammle (und schlichte) ich meine Rezepte. Über Kochexperimente, die ich schon als Schülerin meinen Geschwistern zumutete, sollte man wahrscheinlich lieber den Mantel des Schweigens breiten. Mein Bruder erzählt heute noch leidgeprüft und etwas überspitzt, dass eines meiner Gerichte seinerzeit nicht einmal als Vogelfutter taugte. Egal, wer mit Begeisterung zu Werk geht, lernt es auch irgendwann einmal. Dummerweise werden handwerkliche Fähigkeiten in unserem Bildungssystem ja völlig unterbewertet. Es müsste wieder mehr »Meister statt Master« geben, finde ich. Hier ist auch (politisches) Umdenken gefragt. Aber sagt einem nicht selbst das der Hausverstand?

Natürlich bin ich nicht Johannes Mario Simmel mit seinem legendären »Es muss nicht immer Kaviar sein«. Aus mir ist auch keine Profiköchin geworden. Ich stehe nicht für Haute Cuisine, sondern für praktische, schnelle, hübsche Gerichte möglichst aus regionalen, saisonalen Zutaten. Kein Spargel im Winter – wenig Fleisch, aber hochwertiges. Und, ja, ich liebe Süßes, Kuchen backe ich fast im Vorübergehen, auf unserem Frühstückstisch steht sehr oft einer – und meine Bürokollegen profitieren davon auch gelegentlich. Mehl, Milch, Butter und Eier gibt's bei uns daheim immer. Und wenn der Hunger groß, die Zeit aber begrenzt ist, gibt's Palatschinken zum Abendessen. Das Rezept? Kann ich leider nicht niederschreiben, weil ich die Grundzutaten einfach wild zusammenmixe, sie schmecken auch jedes Mal ein bisschen anders. Wichtig ist mir nur der Zimtzucker drauf und die selbstgemachte Marillenmarmelade drin.

Natürlich sagt mir mein Hirn, dass ich den Zucker reduzieren müsste. Mein Bauch und mein Hausverstand meinen hingegen, dass, wer eher zappelig ist, dem Alkohol nur in Maßen zuspricht und im Gegensatz zu Vielen – vor allem Journalistenkollegen – nie geraucht hat, gelegentlich sündigen darf. Wer will schon nur gesund, dafür aber freudlos leben?

Die hier ge- und versammelten Gerichte (in Summe sind es über siebzig geworden, viele sind in den Texten »versteckt«) haben daher einen Überhang in Richtung Kuchen – das kann ich am besten. Light-Produkte verwende ich nie, sie sind teurer und haben weniger Geschmack. Besser gut, dafür weniger essen – logisch, oder? Vieles ist für größere Gästerunden und (Kindergeburtstags-) Partys gut geeignet. Meine Gerichte sind nicht »überkochmetzt«, wie meine Schwiegermutter in Abwandlung eines jiddischen Wortes gesagt hätte. Genauso wie meine Kommentare. Beides ist schnell und mit Liebe produziert – und nicht immer für jeden leicht verdaulich. Die Bezeichnungen sind durchgehend »österreichisch«: also Paradeiser, nicht Tomaten und Erdäpfel, nicht Kartoffeln. Regionalität darf sich gern auch in der Sprache wiederfinden. Nur das »Deka« habe ich für »Gramm« geopfert. Sie werden es beim Gustieren der Rezepte merken: Ich backe gern – auch Salziges –, verwende viele Eier, Mehl, Topfen, Obers, Butterschmalz. Wenn nicht anders angegeben, backe ich mit 175 Grad Ober- und Unterhitze. Süßes würze ich gerne mit Zimt, Nelken und Zitrone, Salziges mit Thymian, Rosmarin und viel frisch gemahlenem Pfeffer. Überdurchschnittlich oft sind hier die Früchte meines Gartens (Ribisel, Zwetschken, Äpfel, Marillen, Birnen, Paradeiser) versammelt. Weil es im Grunde ein sehr persönliches Buch ist.

Jedes der 34 Kapitel ist ein kleiner Kosmos für sich und enthält jeweils drei Teile: eine (bearbeitete) *Kurier*-Kolumne aus verschiedenen Teilen der Zeitung; einen neuen Text mit stark kulinarischer Schlagseite, der meine Lebensphilosophie widerspiegelt; und ein dazu passendes Rezept. Sie sind alle oft erprobt. Also keine »Fake News«, auch nicht bei den Fotos – es sind meine eigenen Schnappschüsse. Die begabte junge Grafikerin und Modedesignerin Viki Nowicky – eine Freundin meiner Söhne, die ich seit ihrer Schulzeit kenne – hat sie mit viel Liebe inszeniert und ihnen eine spielerisch-leichte Form verliehen. Man wird von der wunderbaren und toughen Viki in Zukunft sicher noch hören.

Viel Freude beim Lesen – und Nachkochen.

Inhaltsverzeichnis

FRÜHLING

SOMMER

HERBST

WEIHNACHTEN

FRÜHLING

Zu den Kernfragen der Ehe zählt auch die Kerntemperatur

Über die optimale Kerntemperatur des Roastbeefs bin ich mit meinem Mann nie einig. Ich mag es mit 56 Grad am liebsten, erkläre dem Göttergatten, dass es eh schon 58 habe, und er ist zufrieden, obwohl er doch eigentlich 60 für das Optimum hält und kein Blut sehen kann. Folglich kriegt er die Rand- und ich die Mittelstücke des Bratens, den ich gern für acht bis zehn Leute koche (er wiederum hält sechs Personen am Tisch für optimal, aber das ist eine andere Geschichte). Einig sind wir uns allerdings: So ein fades Tofu-Schnitzerl kommt uns nicht auf den Teller. Interessanterweise haben ja besonders jene, die Gentechnik für Teufelswerk halten, einen besonderen Hang zu (ziemlich oft gentechnisch produziertem) Soja und den daraus industriell gefertigten Kunstprodukten. Tut ihrem Weltverbesserungs-Tick aber nicht den geringsten Abbruch.

Extreme nehmen nicht nur in der Politik, sondern auch beim Essen zu: Hier die einen, die in jeder Suppe ein Haar finden. Fleisch geht gar nicht. Nur handgestreichelte Chia-Samen an Bio-Rucola. Dort die anderen, die jedes Fertigprodukt in sich hineinschaufeln. Fleisch jeden Tag muss sein, Hauptsache billig, Hauptsache viel. Nein, man muss nicht jeden Tag Fleisch essen – und wenn, sollte es mit Liebe zubereitet werden. Außerdem ausreichend lang gelagert sein (das Allerwichtigste) und möglichst wenig Tierleid verursacht haben.

Der Schnäppchenpreis garantiert beides leider nicht.

Das Killerargument, dass sich Menschen mit wenig Geld eben kein qualitätsvolleres Essen leisten können, gilt nicht. Selbst kochen (mit und ohne Fleisch) ist fast immer billiger als seltsames (Halb-)Fertigessen aus dem Convenience-Regal der Märkte. Schauen Sie an der Supermarkt-Kasse dezent in die Einkaufswägen anderer Kunden: Sehr oft türmen sich dort allerlei teure Fix- und Fertiggerichte, Limonaden und ernährungstechnisch Jenseitiges. Ja, das soll man ganz ohne Arroganz feststellen: Essen hat viel mit Kultur und Lebensart zu tun.

Ich wünsche mir mehr Bewusstsein für Fleisch als wertvolles Lebensmittel. Ich will keine Einheitslebensmittel und möchte das Gefühl dafür nicht verlieren, was zur Saison passt. Osterlamm und Maibock mit Spargel im Frühjahr. Hirschgulasch im Herbst. Ein großer festlicher Truthahn zu Weihnachten, der Stunden im Rohr schmurgelt, mit Butter und Wein bestrichen wird und seinen Duft in der ganzen Wohnung verbreitet. Herrlich! Für ein ganz besonders großes Prachtexemplar bin ich schon einmal um fünf Uhr Früh aufgestanden. Er war es wert. Alle satt und glücklich. Und die Kerntemperatur war dann auch nur noch Nebensache.

»Extreme nehmen nicht nur in der Politik, sondern auch beim Essen zu.«

DER HARTNÄCKIGE FLEISCHHAUER

Das Thema bewegt mich: Ich bin zwar bekennender »Allesfresser« und spotte gerne über die essensneurotische Gesellschaft. Dennoch halte ich es für falsch, dass ein so wertvolles Lebensmittel wie Fleisch im Supermarkt so oft vom »Preishammer« platt geklopft wird. Wir sind bereit, für Bio-Karotten hohe Preise zu zahlen, für das Schnitzel aber nicht. Vor etlichen Jahren rief mich ein mir unbekannter niederösterreichischer Fleischhauer an. Hannes Gugerell. Ich, wie immer im Bürostress, reagierte nicht eben freundlich. »Darf ich Ihnen etwas erzählen«, fragte er mich. »Nur, wenn Sie schnell sprechen«, soll ich damals gesagt haben, wie er mir später lachend erzählte. Er ließ sich davon nicht abschrecken. Ich hörte ihm dann doch zu, und er mailte mir seine Überlegungen. Den Mann aus der Praxis fand ich interessant. Ich interviewte ihn für den *Kurier* und später auch für meine Essens-Streitschrift. Er erzählte mir über die absurden Auflagen für die Fleischer, die das Gewerbe fast kaputtgemacht haben. Und über die verlorene Gabe der Menschen zu kochen. Dass er noch selbst schlachtet, faszinierte mich – und seine Ware überzeugte mich auch privat. Für große Einladungen beziehe ich das Fleisch gerne von ihm. Innovativ wie er ist, hat er mittlerweile für seine Waren ein Partnergeschäft in Wien gefunden (ausgerechnet einen Fischhandel). Wir sind Kunden und irgendwie auch Freunde geworden – und alle meine (vielen) Gäste kennen seinen Namen. Er hat mir (im Gegensatz zu seinen Kunden!) auch verziehen, dass ich sein Geschäft in der ersten Story von Aspang nach Aspern verlegte: Wechsel und nicht Seestadt!

ROASTBEEF

Für acht bis zehn Leute nehme ich ein schönes großes Stück Fleisch mit rund zwei Kilo und rechne mit maximal drei Stunden im Rohr (samt Rasten). Ich schneide Fett und Sehnen sehr großzügig weg, weil ich daraus eine Sauce koche. Roastbeef mit Senf einstreichen, stark pfeffern, mit Rosmarinnadeln bestreuen und zumindest einige Stunden (zuletzt bei Zimmertemperatur) marinieren. Abtupfen und in Butterschmalz scharf anbraten, Bratenthermometer in die dickste Stelle stecken.

In eine Fettpfanne legen (oder auf den Gitterrost, darunter ein Blech, das den austretenden Saft auffängt), in das auf 220 Grad vorgeheizte Rohr schieben und sofort auf 90 Grad herunterschalten. Sobald das Fleisch 58 Grad Kerntemperatur erreicht hat, nehme ich es raus, wickle es in Alufolie und lasse es bei 50 Grad noch mindestens eine halbe Stunde im Rohr ruhen.

Mit elektrischem Messer dünn aufschneiden und auf nicht zu heißem Geschirr servieren, weil es sonst nachgart. Es soll innen schön rosa sein. Lässt sich auch kalt perfekt servieren (mit meiner Currysauce zum Beispiel). Und das ist mein **Bratenfond**: Ich brate alle Fleischabschnitte (und manchmal auch Fleischknochen), Suppengemüse und halbierte Zwiebeln in einer sehr großen Pfanne sehr braun.

Zum Schluss röste ich noch einen Esslöffel Tomatenmark mit. Dann gieße ich das Ganze mit etwas Suppe und viel Rotwein auf. Gebe Thymian, Rosmarin und einen Esslöffel Preiselbeermarmelade dazu und koche es bis zu zwei Stunden auf kleiner Flamme ein (Rotwein nachschenken – ich verbrauche in Summe einen Dreiviertelliter dafür!).

Abseihen und weiter einkochen, salzen. Auch den Bratenrest des Fleisches mit etwas Wein loskochen und dazu leeren. Plus später den austretenden Bratensaft, wenn es nicht zu viel ist. Nochmals durch ein feines Sieb leeren und eventuell mit einem halben Esslöffel Maizena binden (einen Teil des Saftes damit abrühren und mit dem Schneebesen in die kochende Sauce rühren). Vor dem Servieren aufkochen und in einer Sauciere zum Fleisch servieren.

Lob des analogen Lebens

Macht sich die Politik genügend Gedanken über die Digitalisierung, fragten wir uns kürzlich sorgenvoll in der Redaktionskonferenz. Aber macht sich das digitale Zeitalter auch Gedanken über uns, die Konsumenten? Eher nicht so sehr. So hören wir seit Jahren, dass der Kühlschrank bald selbstständig Milch und Eier nachbestellen wird. Dabei würde es uns schon reichen, wenn sich die Uhr am Herd automatisch auf die Sommerzeit umstellen würde (könnte die alljährliche Suche nach der Gebrauchsanleitung ersparen).

Und, ja, der Gedanke, dass Autos bald eigenständig fahren werden, stimmt nicht nur froh. Den Blechsalat, der bei einem Serverausfall entsteht, wollen wir uns nämlich lieber nicht ausmalen. Dafür können Sie von Glück reden, wenn Ihr Ehepartner noch mit Ihnen und nicht nur mit »Siri« oder »Alexa« (wer lässt sich eigentlich diese Kunstnamen einfallen?) spricht. Immerhin: Diese Technikwunder kann man widerspruchslos rumkommandieren, und verstehen sie nichts, geben sie schweigend auf.

Täuscht der Eindruck, oder wird derzeit tatsächlich jedes auch noch so banale Alltagsgerät unnötig verkompliziert? Es ist noch nicht so lange her, da konnte man in jedem fremden Haushalt mühelos den Herd in Gang setzen – jetzt plagen Sie sich mit dem Touch-System und scheitern daran, sich ein simples, weiches Ei zu kochen. Die modernen Lichtschalter wiederum haben uns komplizierte »Bus-Systeme« gebracht: Man knipst also mindestens drei falsche Lampen an, bevor man die richtige findet, oder im Dunkeln am Klo herumtappst.

Ein moderner Wasserhahn im Restaurant-WC ist meist sowieso eine Wissenschaft für sich, hier toben sich die Architekten nämlich so richtig (sinnlos) aus: Wo bitte ist die Lichtschranke, die das Wasser zum Fließen bringt, und wo sprudelt es raus? Hilfreiche Wirte wie das Café Landtmann in Wien schreiben gleich per Hand auf den Spiegel, wie das gefinkelte Doppelsystem – Waschen und Händetrocken – funktioniert. In besonders coolen Lokalen ist auf dem Weg zum WC eine Rätselrallye zu bestehen: Was ist jetzt für Männlein, was für Weiblein gedacht? »Q« – ha, das kann ja nur für »Queen« stehen. Ein Glück, wenn es nicht pressiert.

Menschen, die oft im Hotel übernachten (müssen), sind zu bemitleiden: Wo, zum Teufel, kann man die Klimaanlage abdrehen, wie bedient man die Dusche, und warum muss neuerdings sogar das Vorhangzuziehen elektrisch funktionieren? Die versinkende analoge Gesellschaft hat schon Vorteile! Gnade uns Gott, wenn auch noch der Journalismus durch Algorithmen ersetzt wird. Ups, gibt's schon längst? Liebe Leserinnen und Leser, versprochen, das vorliegende Buch ist analog geschrieben und Salomon kein Roboter. Stimmt's Alexa?

»Sie können von Glück reden, wenn Ihr Ehepartner noch mit Ihnen und nicht nur mit ›Alexa‹ spricht.«

SINNLOSE KÜCHENGERÄTSCHAFT

Ich hasse es, mir einen neuen Computer zuzulegen und kämpfe mit den neuen, viel zu komplizierten TV-Fernbedienungen, aber ich liebe neue Küchengeräte – und begebe mich leidenschaftlich auf die Pirsch danach. Am längsten dauerte die Suche nach einem Gerät, das Crème brûlée und Zitronentarte schön karamellisiert. Im Baumarkt drückte man mir jedenfalls auf die Frage nach einem passenden Gerät – fälschlich von mir als Bunsenbrenner bezeichnet – einen Flammenwerfer beachtlichen Ausmaßes in die Hand.

Mein Mann fand später dann Gott sei Dank einen handlichen Flambierbrenner. Im Internet-Zeitalter ist die Suche nach ausgefallenen Utensilien natürlich deutlich einfacher geworden – also doch ein bisschen digital statt analog. Ich habe eine stets anwachsende Sammlung an nutzlosen Küchengeräten: vom Brotbackautomaten (Sonderangebot beim Diskonter, Impulskauf nach Lesen des Zeitungsinserats) über die Pudding-Wasserbad-Form bis hin zum spacigen Nudelwalker. Manches habe ich nie ganz durchschaut – den hübschen Tupperware-Dosenöffner –, manches verbraucht sinnlos viel Batterien – die elektrische Pfeffermühle –, manches wird als zu aufwendig auf das spätere Leben verschoben – die Nudelmaschine. Aber immer dann, wenn ich mich endlich von einem sinnlosen Gerät getrennt habe, taucht garantiert ein Rezept auf, wo ich es brauchen könnte. Mörser weggeworfen, Mörser wieder gekauft. Muskatnussmühle weggeworfen, Muskatnussmühle wieder gekauft. Manches wird gegen alle Erwartungen bei uns daheim dennoch verwendet: der Dörrautomat zum Beispiel, in dem mein Mann begeistert Pilze, Zwetschken und Topinambur-Chips trocknet. Manches wiederum lässt sich wohl niemals an eine Maschine delegieren: Mürbteig kneten, Knödel formen, Roulade drehen. Einiges wartet auf die nächste Hochkonjunktur: das Waffeleisen, das zu Zeiten, als meine Kinder noch klein waren, im Winter oft glühte. Ich sollte beim nächsten (Erwachsenen-)Brunch vielleicht daran denken! Und das ist das **Crème brûlée-Rezept**, das die Jagd nach dem vermeintlichen Bunsenbrenner auslöste:

Für acht bis zehn Förmchen verrühre ich acht Dotter mit einem guten Dreiviertelliter Schlagobers, dem ausgekratzten Inneren einer Vanilleschote, 120 Gramm Kristallzucker. In gebutterte und mit Kristallzucker ausgestreute Förmchen gießen. Diese stelle ich in eine Metallform, in die ich so viel kochendes Wasser einfülle, bis die Formen halbhoch im Wasser stehen. Vorsichtig bei circa 150 Grad ins Rohr schieben. Ich lasse sie bis zu zwei Stunden gar ziehen (die Konsistenz soll puddingartig sein). Ab der Mitte der Garzeit mit Alufolie abdecken. Abkühlen lassen, vor dem Servieren mit Braunzucker bestreuen und mit dem Gasbrenner vorsichtig karamellisieren. Dazu passen frische Himbeeren.

Manch anderes wie die Erdbeerroulade nach einem Rezept meiner Freundin Imma (Zahnärztin und Köchin auf Hauben-Niveau) braucht hingegen keine komplizierte Gerätschaft. »Keep it simple« ist manchmal auch keine schlechte Idee! Geht schnell und ist ein Klassiker in unserer Familie, den alle lieben.

ERDBEER-ROULADE

Ich trenne fünf Eier und rühre die Dotter mit einem Esslöffel Vanillezucker, Zitronenschale und eine Prise Salz schaumig. Eiklar mit 150 Gramm Zucker steif schlagen – gemeinsam mit 100 Gramm Mehl unter die Dottercreme ziehen. Auf Backpapier streichen und bei 170 Grad goldbraun backen. Danach auf ein mit Kristallzucker bestreutes, sauberes Geschirrtuch stürzen, Papier abziehen (zuerst mit kaltem, feuchten Lappen darüberstreichen, dann geht es einfacher), in das Geschirrtuch einrollen, erkalten lassen. Vorsichtig aufrollen. Einen Becher Schlagobers mit Staubzucker sehr steif schlagen, klein geschnittene Erdbeeren oder Himbeeren untermischen, füllen, zusammenrollen, fertig!

»Manches lässt sich
wohl niemals an eine
Maschine delegieren:
Mürbteig kneten,
Knödel formen,
Roulade drehen.«

Wie toll war die gute alte Selbstversorgerzeit?

Wir essen regional, wir essen bio, wir essen gentechnikfrei. Wunderbar, im glücklichen Österreich, in einer der reichsten Weltgegenden, können wir uns das leisten. Lasst uns bitte dennoch nicht ganz den Sinn für die Wirklichkeit verlieren. Denn die romantische Verklärung einer Zeit, die nie romantisch war, treibt immer seltsamere Blüten. Wie schön, wenn man daheim im Garten oder auf dem Balkon (glücklich ist, wer einen hat) eigene Kräuter, eigene Paradeiser ziehen kann – vor allem für Familien mit Kindern. Schließlich sollen sie lernen, dass das Gemüse nicht folienverpackt im Supermarkt wächst und was man aus einer (über-)reichen Zucchini-Ernte alles kochen kann. Aber zur Rettung der Welt vor den »bösen« Konzernen taugt dieses Selbstversorgermodell freilich nicht. Wer ernsthaft Sehnsucht danach hat, vergisst, dass genau diese Subsistenzwirtschaft in Afrika (und früher auch bei uns) Abhängigkeit von Wetterkapriolen und damit Missernten, Hunger und hohe Kindersterblichkeit brachte. Erst die arbeitsteilige Gesellschaft und der (Welt-)Handel haben breiten Wohlstand ermöglicht. Nur das zu essen, was das eigene Feld und der Vorrat im Keller hergeben, hieße Beschränkung auf Kohl, Kraut, Rüben und Eingemachtes im Winter.

Wäre der europäische Markt tatsächlich abgeschlossen geblieben, hätten wir nicht einmal die Kartoffel, die Christoph Kolumbus aus Amerika mitgebracht hat. Dabei war der Anbau der lagerfähigen Knolle eine der wirkungsvollsten Maßnahmen gegen schreckliche Hungersnöte. Österreichs Wohlstand – das wird von den wackeren Anti-Globalisierungs-Kämpfern gerne vergessen – fußt vor allem darauf, ein exportorientiertes Land zu sein. Sechs von zehn Euro werden durch Export erwirtschaftet. Wir verkaufen auf den internationalen Märkten sehr erfolgreich Maschinen, Stahl und Hightech für die Automobilindustrie, ja sogar für die Raumfahrt. Ist es nicht logisch, dass wir umgekehrt unseren Markt nicht gegen ausländische Produkte abschotten können?

Auch Lebensmittel aus Österreich – immerhin Bio-Europameister! – finden in anderen Ländern Anklang. Unsere Gentechnikfreiheit füllt eine Marktlücke, weil es international auch noch andere reiche, besorgte Konsumenten gibt. Gut für uns, auch wenn bisher kein einziger Experte je eine Gesundheitsgefährdung durch gentechnisch veränderte Pflanzen entdecken konnte (und der Welthunger wohl nur damit bekämpft werden kann).

»Ja, natürlich« ist es gut, wenn die Konsumenten vermehrt auf Regionalität, Saisonalität sowie faire Preise für die Bauern achten. »Zurück zum Ursprung« sollte aber nicht bedeuten, dass wir uns ernsthaft in vorindustrielle Zeiten zurückwünschen. Damals war das Wasser sehr oft verseucht, Fleisch meist schon leicht vergammelt und Getreide verunreinigt.

Die Zitrone wurde auch in feinsten Restaurants zum Wiener Schnitzel gereicht, damit der säuerliche Saft den unangenehmen Geruch verdorbenen Fleisches neutralisieren konnte.

HUHN IM GARTEN

Als ich eines Tages in meinem Gartenhaus am Rande Wiens aufwachte, traute ich meinen Ohren nicht: Klang das nicht wie … Hühner? Oder hatte da nur wieder jemand einen besonders originellen Klingelton eingestellt (auch das täuschend echte Grillenzirpen kommt ja meist aus einem Mobiltelefon)? Aber tatsächlich: Die Nachbarn hatten sich Hühner angeschafft, und ich liebe das sanfte Gackern in der Früh – ein Hahn, der uns im Morgengrauen aus dem Schlaf reißen würde, ist ja Gott sei Dank nicht dabei.

Auch unter meinen Freunden ist das Hühnerfieber ausgebrochen: Freundin Manuela, selbst praktische Ärztin, versorgte ihr krankes Huhn sogar einmal mit einer Infusion und richtete dafür in der prachtvollen Küche vorübergehend eine Hendl-Krankenstation ein. Huhn Herta konnte gerettet werden und ist seither ganz besonders zutraulich, wobei die von ihr gelegten Eier wohl eine Weile nicht ganz den strengen Bio-Kriterien entsprachen.

Auch Manuelas Hühnerstall spielt alle Stücke: Design wie Technik ist top – das liebe Vieh muss ja vor Marder und Fuchs (der immer weiter in die Städte vordringt) geschützt werden. Wenig später entdeckte ich auf der Design-Messe im MAK doch tatsächlich einen fahrbaren Hühnerstall aus Edelholz, gestaltet von renommierten Architekten. Wer alles hat, dem fehlt der Hühnerstall. Scheint der neueste Schrei – das neueste Gegacker – zu sein, die Designer-Küche war gestern. Ich kann nur mit einem Mini-Glashaus dagegenhalten. Der perfekte Rückzugsort für Männer, die sich vor Haushaltsarbeit drücken wollen.

Und manchmal auch für Überraschungen gut: wenn zum Beispiel eine Melone wächst – zufällig aus einem Kompost-Samen. Natürlich ist jeder Paradeiser Goldes wert: vor allem, wenn man den Preis des XXS-Palmenhauses auf die geernteten Früchte umlegt. Müssten wir auf Selbstversorgung umstellen, würde ich natürlich auch Erdäpfel anbauen (wir lieben sie besonders in Form der Erdäpfellaibchen). Topinambur wuchert jedenfalls schon jetzt reichlich im Garten – sie werden im Herbst zu Topinambur-Suppe verarbeitet (zumindest schlampig schälen, sonst blähen sie, rät »Leibärztin« Martina M.).

Eier verbrauche ich ebenfalls in rauen Mengen, eigentlich schon seit Jugendtagen: In einer meiner früheren Studenten-WGs wohnte ich mit einer belgischen Biologiestudentin und einer ausgezeichneten Köchin zusammen. Wir stahlen ihre unvergleichlichen belgischen Trüffel aus dem Kühlschrank (worauf sie sich den Liebhaber meiner Wohnkollegin schnappte). Und wir ahmten ihr Rezept nach: **Eierflan** mit Karamellsauce. Sie brachte einen halben Liter Milch mit ausgekratztem Vanillemark und drei Esslöffel Zucker zum Kochen und schlug währenddessen drei Eier sehr schaumig. Die heiße Milch goss sie vorsichtig in den Eischaum, leerte das Ganze in eine gebutterte Kuchenform und ließ die Eiermilch 40 Minuten im Rohr fest werden. Abgekühlt mit klarer Karamellsauce servieren. Die nahm sie damals aus Belgien mit, und ich nervte meinen späteren Mann einen ganzen Frankreich-Urlaub lang, um an diese Sauce zu kommen – die es allerdings damals tatsächlich nur in Belgien gab.

Das eierreiche Rezept der **Schokomousse-Torte** von »Hühnerärztin« Manuela finde ich (nebst ihrer Maronitorte) übrigens auch genial (genial einfach): 250 Gramm Bitterschokolade schmelzen. Inzwischen acht Eier trennen, 250 Gramm weiche Butter mit 200 Gramm Zucker und etwas Salz schaumig rühren, Schoko und die acht Dotter plus einen ordentlichen Schuss Cognac oder Weinbrand unterrühren. Acht Klar mit einem Esslöffel Vanillezucker steif aufschlagen und unter die Masse ziehen. Nur die Hälfte (mit einem Esslöffel Mehl) backen, die andere Hälfte roh als Creme aufstreichen und vor dem Servieren gut kühlen.

ERDÄPFELLAIBCHEN

Ich koche ein Kilo mehlige (!) Erdäpfel weich, schäle sie und drücke sie noch heiß durch die Kartoffelpresse. Dazu kommen 180 Gramm griffiges Mehl, zwei Eier, zwei Esslöffel Grieß, Salz, Pfeffer und viel frischer Thymian. Alles mit den Händen verkneten, zur stark bemehlten Rolle formen, in Frischhaltefolie wickeln und mindestens eine Stunde (oder über Nacht) im Kühlschrank rasten lassen. Dann in Scheiben schneiden, jede einzelne bemehlen und in Butterschmalz goldbraun braten. In einer Form warm halten. Reicht für etwa acht Leute und passt perfekt zu meinen Zitronenschnitzelchen.

»Wer alles hat, dem fehlt der Hühnerstall. Scheint der neueste Schrei zu sein – die Designer-Küche war gestern.«

Mehr Achtsamkeit im Umgang miteinander

Warum ist ein simpler Wunsch so schwer umsetzbar? Er lautet: Mehr Achtsamkeit im Umgang miteinander! Im Grunde geht es um lächerliche Kleinigkeiten: In der Wohngemeinschaft (genauso wie in der unfreiwilligen Spielart, genannt Großraumbüro) auch einmal den Geschirrspüler ausräumen, nicht ins Handy starren, wenn man angesprochen wird, den Hund am Halsband nehmen, wenn ein Läufer oder Radfahrer den Weg kreuzt, den Zigarettenstummel nicht auf den Boden werfen, und den Pappkarton des Versandhauses zusammenlegen, bevor er in den Mist kommt, damit nicht die ganze Papiertonne für die restlichen Hausbewohner blockiert ist. Wäre alles eigentlich kinderleicht! Wobei das Manieren-Feld in öffentlichen Verkehrsmitteln ein besonders weites ist: die Tür im U-Bahn-Waggon nicht blockieren, Platz für Kinderwägen machen, kein stark riechendes Essen mitnehmen, nicht alle am (meist wenig weltbewegenden) Telefonat teilhaben lassen, bitte nur gewaschen einsteigen und keine Füße auf die Bank legen.

Die Umgangsformen lassen mittlerweile so stark zu wünschen übrig, dass die Stadt ihre Bewohner mittels eigener Kampagnen zu mehr Manieren ermahnen muss. Es gehe um die Einhaltung von Spielregeln, sagt die zuständige Stadträtin. Ja eh. Als Ex-Unterrichtsministerin Elisabeth Gehrer Ähnliches kurz nach der Jahrtausendwende unter dem Titel »Verhaltensvereinbarungen« in der Schule einführte, gab es noch riesige Aufregung darüber. Aber offenbar müssen wir hier in Europa nachvollziehen, was man bei US-Besuchen früher eher fassungslos zur Kenntnis nahm: »Restrooms« in Restaurants zum Beispiel, in denen die Mitarbeiter im Befehlston zu Hygiene aufgefordert wurden: »Employees must wash hands.«

Möglicherweise wird man den Konsumenten wie in den USA nun auch bei uns bald Selbstverständlichkeiten erklären müssen: etwa, dass das Aufsetzen eines Plastiksacks oder das Verspeisen eines Teddybären ein paar Gesundheitsgefahren birgt. Plus verstärkte Aufklärung über Regeln des Zusammenlebens wie sie in Europa gelten: dass man zum Beispiel seine Ehefrau nicht straflos verprügeln darf und zwischenmenschliche Probleme selbst unter echten Männern auch ohne Messer lösen soll.

Natürlich geht es nicht nur um körperliche Aggression. Toll wäre auch, wenn man in Podiumsdiskussionen, in sozialen Medien und Onlineforen auf Argumente der Gesprächspartner eingehen würde, statt herumzuwutbürgern und alle anderen für wahlweise moralisch wertlos/Lügenpresse/hirnverbrannt zu erklären.

Mehr Wertschätzung, auch für Meinungen, die man nicht teilt, mehr Rücksichtnahme aufeinander: Ist das wirklich zu viel verlangt?

»Toll wäre, auf Argumente einzugehen, statt herumzuwutbürgern.«

SCHLECHTES BENEHMEN

Als Gastgeberin habe ich ein paar Regeln, die mein Mann gelegentlich als zu strikt kritisiert. Ich würde zum Beispiel Gäste (außer die engsten Freunde und Familie) niemals in Patschen empfangen. Er hingegen zwängt sich nur widerstrebend und nach meiner Aufforderung in Schuhe, meist erst dann, wenn die Gäste schon vor der Tür stehen. Weil er sofort in Unterhaltung versinkt und Nachschenken für überbewertet hält, nominiere ich meist einen Mundschenk aus der Gästeschar, der sich fortan darum kümmern soll.

Die Gläser sollten keinesfalls blattelvoll gefüllt werden, aber auch nicht in homöopathischen Dosen. Ungeklärt ist die Frage: Käse vor oder nach dem Dessert? Für mich ist Käse der letzte Gang und das Dessert davor eigentlich die Krönung. Weil sich aber auch die umgekehrte Variante bei uns eingebürgert, serviere ich manchmal beides gleichzeitig, dann kann der Gast individuell wählen.

Mich mit Gästelisten zu beschäftigen, liebe ich: Wer passt zu wem? Ich führe seit 30 Jahren Buch über die Gäste, das servierte Menü und die Tischgespräche. Das ist schon zu einer Art witzigem Tagebuch geworden – und verhindert, dass man denselben Leuten beim nächsten Mal dasselbe Essen vorsetzt.

Natürlich ist manches dann doch nicht so perfekt wie erwartet. Einmal erfuhr ich erst kurz vor dem Eintreffen der Runde, dass zwei Leute weitschichtig verwandt und aufgrund von Scheidung in der Familie nicht mehr gut aufeinander zu sprechen waren. Da schrieb ich zum ersten Mal in meinem Leben Gästekarten und setzte sie möglichst weit weg voneinander. Manchmal funktioniert eine Runde nicht so gut, weil sich ein Gast nur selbst reden hören will, manchmal wird (politisch) so gestritten, dass die Fetzen fliegen – besonders gefährlich kurz vor Wahlen. Da kam es schon vor, dass ein Paar grußlos und türenknallend ging. Am nächsten Tag schickten wir uns humorvolle SMS – und die Sache war gegessen. Einmal benahm ich mich selbst als Gast daneben und fragte ausgerechnet bei einer eher steifen Runde quer über den Tisch, wann es denn so weit sei – der Geburtstermin nämlich. Dummerweise entpuppte sich mein hochadeliges, äußerst rundliches Gegenüber aber gar nicht als schwanger (und mein Mann, der Mühe hatte, vor unterdrücktem Lachen nicht ins Spitzentischtuch zu beißen, war da auch keine große Hilfe). Seither kann mir seinen (nicht) schwangeren Bauch vor die Nase strecken, wer will – ich stelle keine (un)passende Frage mehr.

Noch niemals danebengelegen bin ich bei meinen Einladungen mit den Zitronenschnitzelchen. Die liebt jeder – und das Schlimmste, das passieren kann, ist, dass sich jemand das letzte Stück mit den Fingern schnappt. Ich finde das lustig – und es ist mir tausendmal lieber, als Gäste, die freudlos im Essen herumstochern, weil sie eigentlich gerade auf irgendeiner Diät sind.

ZITRONENSCHNITZELCHEN

Für acht Esser klopfe ich eineinhalb Kilogramm dünne Kalbsschnitzel leicht, bemehle, salze und pfeffere sie. In Butterschmalz nacheinander auf beiden Seiten kurz und scharf braten. Drei schöne, große Bio-Zitronen (Schale unbehandelt) in Scheiben schneiden und in einer großen Bratpfanne zwischen die Schnitzel legen. Sobald alles fertig gebraten ist, das Fett wegleeren und den Bratenrest mit zwei Gläsern fertigem Kalbsfond (je 200 Milliliter) aufgießen und loskochen. Die entstandene Sauce durch ein Sieb über die Schnitzelchen gießen, zudecken. Sobald die Gäste da sind, aufkochen und servieren. Dazu passen die Erdäpfellaibchen und Gemüse, zum Beispiel die geschmolzenen Paradeiser.

Saltimbocca mache ich übrigens so ähnlich, aber ohne Zitronen. Auf den Schnitzelchen befestige ich mit einem Zahnstocher je ein Stückchen Prosciutto und ein schönes großes Salbeiblatt. Die Salbeiblätter kann man übrigens auch extra durch Backteig ziehen und braten. Oder **Salbei-Nudeln**: Salbei mit viel Butter, Meersalz und einer Prise Chili knusprig braten und über Gnocchi oder breite Nudeln gießen – einfach und köstlich!

»Gäste, die sich das letzte
Stück mit den Fingern
schnappen, sind mir
tausendmal lieber als
Gäste, die freudlos im
Essen herumstochern, weil
sie gerade auf Diät sind.«

Was Frauen vom Geldverdienen abhält

»Wenn Sie etwas erklärt haben wollen, fragen Sie einen Mann. Wenn Sie etwas erledigt haben wollen, fragen Sie eine Frau«, soll Margaret Thatcher einst gesagt haben. Da ist was dran. Jetzt muss nicht jede Frau den Ehrgeiz haben, sich ganz nach oben zu boxen. Aber tatenlos im Jammertal sitzen, hilft auch nicht weiter, kann jedoch recht bequem sein: Immer ist jemand anderer schuld an der eigenen Misere. Jedes Jahr wieder wird zum Beispiel beim »Equal Pay Day« die Einkommenslücke zwischen Mann und Frau aufgezeigt – ab diesem Tag arbeiten Frauen »gratis«. Österreich schneidet traditionell eher schlecht ab. Haben Johanna Dohnal und ihre Nachfolgerinnen seit 1970 plus zahllose Gleichbehandlungsbeauftragte versagt?

Die Diskussion ist seit den Siebzigerjahren in einer Endlosschleife hängengeblieben. Benachteiligte Frauen hier, Machtmänner dort. Die Welt kann so schön schwarz-weiß sein. Ist sie in Wirklichkeit natürlich nicht. Oder glaubt irgendjemand ernsthaft, dass Firmen bewusst ungleich bezahlen und daher mit noch mehr Regeln zu Gerechtigkeit genötigt werden müssen? Die Gründe für unterschiedliche Einkommen sind vielschichtiger. Ja, noch immer gilt, dass Frauen mehr unbezahlte Familienarbeit leisten und Karenzzeiten karrierehemmend sind – das betrifft aber auch immer mehr junge Männer. »Work-Life-Balance« wird jungen Menschen beiderlei Geschlechts immer wichtiger. Firmenchefs macht das nicht unbedingt glücklich. Und – Überraschung! – Teilzeitarbeitende verdienen weniger.

Frauen sparen sich allerdings Bundesheer und Zivildienst. Weil sie als Mütter ohnehin Dienst an der Gesellschaft leisten, so das Argument. Aber gilt das noch in Zeiten, wo viele Frauen kinderlos bleiben oder sich die Elternkarenz mit ihrem Partner teilen? Etliche Gründe für Einkommensungleichheit sind außerdem weiblich »hausgemacht«: Frauen studieren lieber Geisteswissenschaften als Technik, interessieren sich eher für Marketing als für Finanzen. Da ist die Aussicht auf gutes Geld kleiner. Frauen im ASVG-Recht gehen außerdem (noch) fünf Jahre früher in Pension (beziehungsweise werden dazu gedrängt), daher fehlt ihnen oft der letzte Karriereschritt und damit auch ein Verdienstsprung.

Frauen sind nicht immer nur Opfer. Manche finden es bequemer, sich vom (Ex-)Mann und/oder der Sozialhilfe finanzieren zu lassen, als sich die Mühen eines 38,5-Stunden-Jobs anzutun. Natürlich »verkaufen« sich viele Frauen bei Gehaltsverhandlungen auch schlechter als Männer, verzichten auf Statussymbole wie Dienstautos.

Auf dem Papier müsste die Schere bei uns zugehen, schließlich haben Frauen die Männer bei der Bildung überflügelt. Dass dem nicht so ist, liegt wohl auch am gerne verschwiegenen Faktor Migration. Weil überdurchschnittlich viele Menschen aus ärmeren Regionen mit patriarchalischen Strukturen zu uns kommen, öffnet sich der bejammerte »Gap« gerade wieder. Es ist erstaunlich, wie linke Feministinnen die Unterdrückung dieser Frauen kleinreden. Vor 50 Jahren herrschte in Österreich auch noch keine Gleichberechtigung, unsere Großmütter trugen ebenfalls Kopftuch, heißt es dann. Aber die damaligen jungen Frauen bedeckten ihre Haare aus hygienischen Gründen freiwillig – und nicht in der Annahme, dass eine Haarsträhne Männer sexuell reizen könnte. Neuerdings findet man sich sogar plötzlich in Diskussionen wieder, wo aufgeklärte Menschen finden, die jungen Frauen seien halt manchmal wirklich etwas zu geschmacklos-freizügig angezogen.

Vorschlag: Liebe Frauen, kehren wir am nächsten »Equal Pay Day« ein bisserl vor der eigenen Tür, bevor wir (richtigerweise) unseren Männern den Besen in die Hand drücken.

HEIM AN DEN HERD

Es ist ein Thema, das mich seit vielen Jahren – schon lange vor meiner *Kurier*-Zeit – beschäftigt: Warum ist »heim an den Herd« zum (politischen) Schimpfwort geworden, wenn es um junge Mütter geht? Warum aber ist es dann ganz okay, wenn es 50-plus-Frauen betrifft, die – ihrer familiären Betreuungspflichten entledigt, so sie nicht Eltern pflegen – noch einmal beruflich durchstarten könnten? Ich selbst bin nach der Geburt meiner Kinder schon nach wenigen Monaten wieder eingestiegen, habe aber insgesamt 15 Jahre lang nicht Vollzeit (aber je nach Arbeitsanfall sehr flexibel und einsatzbereit) gearbeitet. Während meiner Zeit als *Standard*-Redakteurin lebte ich mit Kollegin Annemarie (eine exzellente Brotbäckerin!) ein vollkommen partnerschaftliches Jobsharing-Modell.

Als mich *Die Presse* zur Politik-Ressortleiterin machte, erfuhr ich Gott sei Dank erst viel später von den Vorurteilen, die meine neuen Kollegen vor unserer (später sehr unproblematischen und freundschaftlichen) Zusammenarbeit gegen mich hegten: Um Gottes Willen, setzte man ihnen da nicht eine »Hausfrau« vor? Tja, das war ich bis dahin tatsächlich, und zwar einen Tag pro Woche. Ich behaupte sogar, dass es Journalisten »erdet«, wenn sie nicht nur in der Medienblase leben. An meinen freien Tagen begleitete ich zum Beispiel die Kinder auf Schulausflügen, ich war »Tischmutter« im Erstkommunionsunterricht – und es wurde ausgiebiger als sonst gekocht.

Bis heute lieben meine erwachsenen jungen Männer (und der Ehemann) die Schinkenkipferl, die ich schon als Studentin kreiert habe. Sie sind ein bisschen aufwendig, weil ich den Teig selbst mache, aber äußerst partytauglich und lassen sich auch gut einfrieren. Väter und Mütter, Opas und Omas dürfen sich ruhig wieder häufiger »heim an den Herd« begeben, um den Kindern zu lehren, wie man mit Lebensmitteln umgeht, dass Tiefkühl-Pizza nicht das Nonplusultra ist und dass nichts den Familienzusammenhalt so festigt wie gemeinsame Mahlzeiten.

SCHINKENKIPFERL

Mein Topfenteig ist universell und passt auch zu anderen Füllungen (siehe griechischer Strudel): Ich nehme für ein Blech (vier Personen) je ein Viertel Butter, Topfen, Mehl, ein Ei und viel Salz, knete die Zutaten schnell zu einem Teig und stelle ihn kalt. Einen Schinkenblock (300 bis 350 Gramm) faschieren, mit geröstetem Zwiebel, gehackter Petersilie, zwei Esslöffel Rahm und 150 Gramm gewürfeltem Emmentaler vermischen. Fülle salzen und pfeffern. Teig auswalken, Quadrate ausschneiden, je ein Häuferl Fülle drauf und zu Kipferl drehen. Mit Ei bestreichen und mit viel gemahlenem Kümmel bestreuen. 40 Minuten bei 175 Grad knusprig braun backen. Wenn die Kipferl Hauptspeise sind, gibt es bei mir Blattsalat dazu.

Wer kein Bauchgefühl hat, muss Experten vertrauen

Die Wurst hat zwei Zipfel, und manchmal zipfeln auch Experten zurück: So hatte die Weltgesundheitsorganisation WHO erklärt, dass verarbeitetes Fleisch das Krebsrisiko erhöhe. Doch wenig später meinte sie beschwichtigend, dass völliger Verzicht auf Wurst nicht nötig sei. Die Debatte erinnert frappant an andere Aufregungen. Es ist noch gar nicht so lange her, da standen Eier und Butter auf der Liste gefährlicher Lebensmittel ganz oben. Weil sie angeblich den Cholesterinspiegel und das Schlaganfallrisiko erhöhen. Doch Eier und Butter sind längst rehabilitiert. Dafür musste das Image von Margarine abschlanken. Dann kamen Weizen- und Milchprodukte (zu Unrecht) in Verruf. Inzwischen warnen Wissenschaftler vor Fructose. Wahrscheinlich sogar zu Recht: Über Softdrinks nehmen vor allem Jugendliche zu viel Fruchtzucker auf. Das macht fett. Unser Gehirn – ein ziemlich leistungsstarker »Server« – braucht viel Energie (fürs Denken!) und kann »normalen« Zucker verarbeiten, nicht aber Fruchtzucker.

Ein paar philosophische Fragen seien aber gestattet: Ist es eigentlich oberste Bürgerpflicht, mindestens 100 Jahre alt zu werden? Müssen wir täglich den Gesundheits- und Fitnessgott anbeten? Ist, wer sich nicht kasteien will, ein schlechter Mensch? Wird unsere ach so liberale, säkulare Gesellschaft damit wieder vom Katholizismus mit seinen (theoretisch strengen) Fastenritualen eingeholt? Und darf man Lokale in Wien-Neubau auch ohne Nahrungsmittel-Intoleranz betreten? Der Konsument sitzt gerne Marketing-Schmähs auf: So ist der einst verteufelte »Analogkäse« unter dem Label »vegan« zurückgekehrt und kostet nun mehr als Bio-Käse. Verkehrte Welt!

Essenspanik ist in der satten Gesellschaft eine weit verbreitete Krankheit, obwohl wir doppelt so alt werden wie noch vor 150 Jahren. Dank »technisierter« Landwirtschaft und Lebensmittelindustrie ist auch der Hunger in der Welt deutlich zurückgegangen. Nicht das Essen an sich macht krank, sondern zu viel von allem: Fett, Zucker, Salz, dazu noch Nikotin und Alkohol, gepaart mit mangelnder Bewegung.

Wer Wurst gefährlich findet, müsste auch Wein, Zigaretten, Autofahren verbieten – außerdem das Kaminfeuer (potenziell krebserregender Rauch!). Wollen wir das?

Der Mensch ist Allesfresser, und ein erstaunlich anpassungsfähiger noch dazu. Sonst hätte er als Spezies nicht überlebt. Je nach Region isst er vorzugsweise Getreide, Fisch oder Fleisch. Lässt man Suchtmittelmissbrauch und extremes Übergewicht mal beiseite, entscheidet weniger das Essen als die genetische Ausstattung (plus Glück und Schicksal) über die Lebenserwartung. Lassen Sie sich also die Wurst nicht vom Brot stehlen und vertrauen Sie lieber Ihrem »Bauchgefühl«. Es ist leider irgendwo zwischen saisonalen Modediäten und Expertenratschlägen verloren gegangen.

»Darf man Lokale in Wien-Neubau auch ohne Lebensmittel-Intoleranz betreten?«

KAMPF DEM SCHLECHTEN ESSEN

Warum stopfen wir uns eigentlich so viel wertlosen Mist hinein? Weil fettes, schnelles Essen an jeder Ecke verfügbar ist. Und weil wir vermeintlich keine Zeit mehr haben: nicht für das Kochen, nicht für das Essen. Im Journalismus isst man meist hastig nebenher am Schreibtisch, während das Telefon klingelt. Es hat sich so eingebürgert (umso mehr lege ich im Urlaub und am Wochenende Wert auf gepflegte Essensatmosphäre). Mein schlimmstes Bürokantinenessen war ein Reisfleisch, in das man den Schweinsbraten vom Vortag inklusive Bratensauce hineingekippt hatte. Seither esse ich lieber mitgenommenes Butterbrot mit Radieschen in der Arbeit. Dabei gibt es mittlerweile international einen Trend zu qualitätsvollem Essen in Bürokantinen: auch ein Zeichen der Wertschätzung für die Mitarbeiter. Einer der Vorreiter war Jamie Oliver, der mittlerweile einen internationalen Gastro-Großkonzern mit Franchise-Produkten lenkt. Die Coolness des »Naked Chef« erreichen die heimischen Fernsehköche leider nicht. Seine talkshowtaugliche Mission: gesünderes Essen, speziell für Schulkinder.

Eines meiner Standard-Rezepte stammt von ihm, das Dressing finde ich wirklich super: **Feigen-Mozzarella-Salat** mit Honig-Sauce. Geviertelte Feigen, kleine Mozzarella-Kügelchen, viel frisches Basilikum und händisch klein gerissenen Parmaschinken mischen. Salatsauce (für zwei Personen): sechs Esslöffel Olivenöl, drei Esslöffel Zitronensaft, ein Esslöffel Honig, Meersalz und frisch gemahlener Pfeffer. Die übriggebliebene Sauce unbedingt mit Weißbrot auftunken! Ist eine gute Vorspeise beim Gäste-Menü, aber auch ein kleines, feines Abendessen für zwei Personen.

Was haben wir doch früher über das britische Essen gelästert! Aber ist Ihnen aufgefallen, wie viele wirklich originelle Spitzenköche mittlerweile von der Insel kommen? Eines meiner Lieblingskochbücher ist ebenfalls von einem Briten: »Tom Kimes Aromaküche sweet + spicy«. Die (von mir leicht abgewandelte) Spargeltarte stammt daraus. Und ich habe dank meiner »britophilen« Freundin Martina M. die lässigen Rezepte und anregenden Storys im Londoner Kochmagazin »delicious.« zu schätzen gelernt.

In Österreich finde ich unter anderem das »Slow Food«-Engagement von Barbara van Melle wirklich verdienstvoll. Sie hat auch Anteil daran, dass man den Geschmack und den »Luxus der Einfachheit«, wie sie es nennt, wiederentdeckt hat. Ihr Kampf für gutes Brot trägt längst Früchte. Und ich bin begeistert darüber, dass das Kochen bei den Jungen wieder »in« ist – siehe die vielen wunderbaren Koch-Blogs.

Martina Hohenlohe ist zwar kein Teenie mehr, aber ihren »Mein wunderbarer Kochsalon« mag ich besonders. Von ihr habe ich übrigens noch ein Ururalt-Kurier-Rezept, das ich gerne backe – schnelle **Bitterschoko-Torte**: 250 Gramm dunkle Schokolade (ich nehme 70-prozentige) mit 200 Gramm Butter im Wasserbad langsam schmelzen. 150 Gramm Zucker einrühren, fünf Eier nacheinander vorsichtig einrühren. Zum Schluss einen Esslöffel Mehl zugeben. Masse in einer Tortenform (nicht Silikon!) bei 175 Grad 25 Minuten backen. Er soll in der Mitte noch fast flüssig sein. Am besten einen Tag stehen lassen. Dazu passen Himbeeren perfekt. Das Ganze ist natürlich mehr (üppiges) Dessert als Kuchen.

GRÜNE SPARGEL-TARTE

Ich dämpfe ein Dreiviertelkilo grünen Spargel und bereite dazwischen einen Mürbteig aus 200 Gramm glattem Mehl, 100 Gramm Butter, Salz und drei Esslöffel Wasser (kein Ei, dadurch ist er beim Bearbeiten etwas sperrig). In eine Tarteform rollen und mindestens eine halbe Stunde kühlen. Teig mit einer Gabel einstechen und im Backrohr bei 180 Grad (blind) backen, bis er hellbraun ist. Abkühlen lassen (kleine Risse im Boden machen nichts). Alle Spargelspitzen abschneiden, den Rest pürieren – und zwar mit 300 Gramm flüssigem Obers, zwei ganzen Eiern, Salz und viel frisch gemahlenem Pfeffer. Zum Schluss 100 Gramm geriebenen Parmesan hineinrühren. Es soll eine glatte Masse entstehen. Diese auf den gebackenen, leicht abgekühlten Boden leeren, die Spitzen am Rand kreisförmig auflegen und die Tarte bei 175 Grad circa 45 Minuten backen. Am besten lauwarm essen (die Fülle bleibt weich, man kann das Ganze auch gut vorbacken und vor dem Eintreffen der Gäste aufbacken). Die Tarte lässt sich auch in kleine Förmchen backen, das sieht noch dekorativer aus. Ich serviere sie gerne als Vorspeise mit ein wenig Salat und ein paar Extra-Stangen grünem Spargel, die ich mit Olivenöl und Meersalz in der Pfanne langsam weich brate. Darüber hoble ich dekorative große Parmesanstücke.

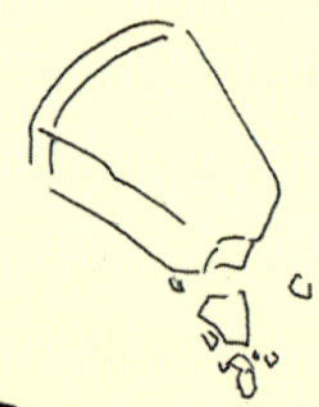

»Qualität in Büro-
kantinen ist auch
ein Zeichen der
Wertschätzung für
die Mitarbeiter.«

SOMMER

Verzicht im Überfluss

Essen Sie noch oder fasten Sie schon? Wer zur gesellschaftlichen Elite zählen will, hat eine zum Showroom mutierte Küche, in der nur ganz selten, dann aber mit heiligem Ernst gekocht wird. Und je gehobener die Ansprüche, desto ernsthafter wird Verzicht geübt. Ein wachsender Geschäftszweig in unserer Überflussgesellschaft lebt gut davon, die Menschen möglichst teuer mit möglichst wenig Nahrung zu versorgen. Am besten mit übersinnlicher Komponente. Man betrachte nur die Start-up-Szene: Es sind ja weniger die Technik-Nerds, sondern die Klangschalen-Esoterikerinnen, die die Unternehmensgründungszahlen in die Höhe treiben.

Verzicht scheint zur DNA des Menschen zu gehören, sonst würde es nicht in fast allen Weltreligionen Fastenriten geben. Umgekehrt ist Essen zur Religion vieler areligiöser Menschen geworden. Manche kasteien sich praktisch rund um die Uhr, versetzen sich freiwillig in die Steinzeit(-diät) oder lassen alle tierischen Produkte inklusive Butter und Eier weg. (Tragen die alle nur noch Plastik-Schuhe?) Leider sind viele Verzichts-Apostel mittlerweile wahre Essens-Talibans. Ethisch korrekt essen ist oberste Bürgerpflicht.

Natürlich spricht nichts dagegen, zumindest einmal im Jahr innezuhalten und über eigene (schlechte) Gewohnheiten nachzudenken. Der rituelle Verzicht lässt sich ja auch auf andere Felder ausdehnen – mit durchaus heilsamem Effekt, nicht nur zur Fastenzeit: Stiegensteigen statt Lift. Ein Buch lesen statt facebooken. Handy weglegen und mit der Familie reden. Einen Monat auf Koalitionsstreit verzichten. Jeden Tag eine gute Nachricht statt nur Bad News bringen.

Und das Essen? Fasten Sie ruhig, wenn Sie einen Sieg über sich erringen und Bewunderung für Ihre Konsequenz ernten wollen! Aber eigentlich sollten wir froh sein, in einer Gesellschaft zu leben, die so wenig Sorgen hat, dass sie sich ständig den Kopf über die normalste Sache der Welt zerbrechen kann. Mahlzeit!

INTOLERANZEN

Es gab eine Zeit, wo ich das Wohlwollen meiner engsten Freundinnen und Freunde schwer auf die Probe stellte: Ich nahm in einer Streitschrift die essensneurotische Gesellschaft auf die Schaufel. Dazu muss man sagen: Rund um mich herum fastet man, isst vegan, leidet an (modischer) Laktose- oder Glutenintoleranz, ernährt sich basisch, trinkt heißes Wasser am Morgen, schluckt Fischölkapseln und Vitamine im Dienste der Gesundheit. Als »Normalesserin« kommt man sich da irgendwie antiquiert vor. Wenigstens trifft auf meine Freunde nicht zu, was ich unter Kollegen oft amüsiert beobachte: Jene, die sich am meisten vor allerlei krebserregenden Stoffen und Umweltschäden fürchten, stehen überdurchschnittlich oft pofelnd am Raucherbalkon. Wer sich ausgewogen und maßvoll ernährt, was in unseren Breitengraden wirklich ganz einfach ist, muss sich aber gar nicht sorgen. Auch »Superfood«- und Light-Produkte nutzen nur den Erzeugern, und niemand muss sich von Schlacken im Darm befreien. Die gibt's nämlich gar nicht.

Wenn man die Essensmoden der vergangenen Jahrzehnte Revue passieren lässt, bemerkt man, wie schnell sie vergehen. Und wenn eine Studie die Wurst als krebserzeugend einstuft, dann vergisst man, dass das Kaminfeuer in dieselbe Kategorie fällt. Ich misstraue Essens-Heilslehren, die ein Rezept für alle haben. Wer was verträgt ist nämlich sehr individuell. Nur drei generelle Empfehlungen halte ich für vernünftig: Keine zuckerhaltigen Getränke konsumieren. Weniger Fleisch essen (siehe mein Melanzani-Nudel-Rezept). Und versuchen, mindestens einen alkoholfreien Tag pro Woche einzuhalten. Ich selbst habe absolut kein Talent fürs Fasten. Schon ein Safttag endet bei mir um zehn Uhr Vormittag in einer Heißhungerattacke. Daher kompensiere ich meinen tatsächlich etwas übermäßigen Kuchenkonsum mit Sport – und lege (selten) zuckerfreie Tage ein, wenn die Waage ganz arg ausschlägt. Meine zwei Lieblings (fasten) ärztinnen Manuela und Martina haben mir (hoffentlich) verziehen und meinen nachsichtig, dass es eben Menschen gibt, die nicht zum Fasten geeignet sind. Erwin, Hausarzt und Freund, hat meinem Lebensstil ebenfalls einen Unbedenklichkeitsstempel verliehen. Was bei ihm nicht verwundert: Wer zu Blattsalat eine Melange trinkt und Teufelsroller liebt, ist mit Ernährungstipps naturgemäß großzügig.

MELANZANINUDELN

Für zwei bis drei Personen schneide ich eine große Melanzani in Stückchen und brate sie in zwei Portionen in Olivenöl weich und bräunlich. Im selben Öl jeweils eine fein geschnittene Knoblauchzehe und eine kleine Zwiebel anrösten, Melanzani wieder dazugeben. Eine Dose Pelati (geschälte Paradeiser) und ein halbes Döschen Tomatenmark dazu. Kurz durchbraten, es soll cremig, aber nicht flüssig sein. Salzen, pfeffern und auf Nudeln anrichten. Großzügig mit grob geschnittenen Basilikumblättern und Parmesanhobeln bestreuen. Ein schnelles Abendessen. Dazu passen Salat – und ein Glas Rotwein. Wenn ich Werbung machen dürfte: »Finniss River« vom österreichisch-australischen Weingut Salomon (nicht verwandt) passt perfekt dazu, what else?!

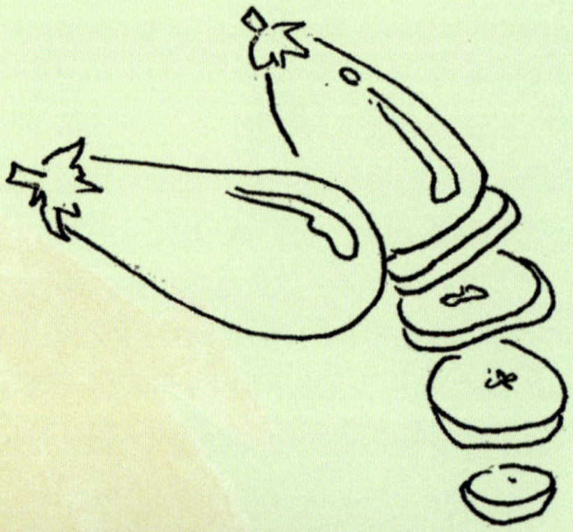

»Jene, die sich am meisten
vor krebserregenden Stoffen
fürchten, stehen
überdurchschnittlich oft
pofelnd am Raucherbalkon.«

Hirn bitte weiterhin eingeschaltet lassen

Wie sehr dürfen wir in Zukunft noch selbst denken? Das Auto der Zukunft wird stauvermeidend, mehr oder minder autonom fahren. Einparken kann es – theoretisch – jetzt schon allein, und dem Navi vertrauen viele blind. Das smarte Fitness-Armband zählt die Schritte des Trägers – übrigens auch Ihr iPhone, ob Sie es wollen oder nicht, und Apps werden künftig an unserem Verhalten erkennen können, ob eine Krankheit im Anflug ist. Dank Kundenkarten kennt der Handel das Kaufverhalten genauer als wir selbst und kann Konsumenten künftig noch viel individueller umwerben. Brauchen wir das alles wirklich? Oder bestimmt das technisch Machbare das, was wir zu wollen haben? Geben wir unsere Eigenständigkeit auf?

Nein, der Eindruck täuscht. Es gibt nämlich auch durchaus gegenläufige Trends: Noch nie hatten die Menschen so viele Entscheidungsmöglichkeiten, und das beginnt im Kleinen: So diktiert das Fernsehprogramm immer weniger, was jetzt gerade zu konsumieren ist, Fernsehen »On Demand« (*ORF*-»TVthek«, Netflix usw.) boomt. Und es endet im Großen: Wir lassen uns weder von Familie, Staat noch Religion vorschreiben, wie wir zu leben haben – müssen aber künftig wahrscheinlich darum kämpfen, dass es so bleibt. Weil auch berufliche Karrieren immer brüchiger werden, ist es nicht ratsam, sein Hirn bei der Firmen-Eingangstür abzugeben. Bis zur Pension dasselbe tun – das spielt es schon heute in vielen Branchen nicht mehr. Da gilt es, hellwach zu bleiben, um sich auch irgendwann einmal wieder umorientieren zu können, etwas Neues zu lernen.

Und ist es nicht auch positiv, dass die Menschen von eintönigen und körperlich anstrengenden Tätigkeiten erlöst wurden, bei denen man kaum denken muss? Oder dass uns künftig »nette« Roboter im Haushalt unterstützen werden?

Ja, kein Mensch kennt mehr die Telefonnummern seiner Freunde oder alle Jahreszahlen aus dem Geschichtsbuch. Andererseits ist das Netz, klug genutzt, eine unendliche Wissens-Ressource. Und soziale Medien lassen uns mit Menschen kommunizieren, die wir längst aus den Augen verloren haben oder nie kennengelernt hätten. Zur Intelligenz gehört übrigens auch Kreativität, das schafft künstliche Intelligenz noch nicht. Wenn weiterhin Menschen die Maschinen steuern, und nicht umgekehrt, können wir in einer schönen neuen Welt leben. Und das ist gar nicht zynisch gemeint.

> »Wenn Menschen die Maschinen steuern, und nicht umgekehrt, können wir in einer schönen neuen Welt leben.«

AUFMERKSAMKEITSGESTÖRT

Als Journalistin bin ich oft Teil schier endloser Veranstaltungen, Pressevorführungen und Redaktionskonferenzen. Das verführt dazu, verstohlen seine Mails zu beantworten oder sich in den sozialen Medien zu verlieren. Schließlich gehört das ja auch zu unserer Arbeit, nicht? Jein. Wir sind insgesamt eine aufmerksamkeitsgestörte Gesellschaft geworden (und Medienleute sind da ganz vorne dabei).

Ich erschrecke oft, wenn ich in der U-Bahn Eltern beobachte, die nur noch in ihr Handy starren, statt ihrem Baby in die Augen zu schauen. Arme Kinder! Es steht außerdem zu befürchten, dass es nicht die App der *New York Times* ist, die da benutzt wird, sondern Trash aller Art. Das Problem ist überdies, dass jeder zunehmend in seiner eigenen »Filterblase« hockt. Sprich: Er liest nur noch, was die Freunde »sharen«. Das verfestigt die eigene Meinung, verstärkt Aggressionen gegen Andersdenkende, öffnet der Manipulation Tür und Tor.

Es führt auch dazu, dass obskure Thesen für wahr gehalten und weniger Bücher gelesen werden. Der Vorteil echten Journalismus ist, dass Leser auch über Geschichten und Meinungen stolpern, die nicht unbedingt ihrem Interessensfeld entsprechen. Als Journalistin bin ich privilegiert: Ich bin täglich gezwungen, mich mit neuen Personen und Themen auseinanderzusetzen. Manches davon öffnet neue Welten. Das trifft auch aufs Privatleben zu: Man muss nur zuhören – und das Handy weglegen. Meine Familienmitglieder und meine (vielen) Freunde bereichern mein Leben, wenn wir auch tatsächlich manchmal alle nur via Handy-App kommunizieren. Viele gemeinsame Essen (und mehr) verbinden uns. Und etliche Rezepte. Jenes für die »Rote Grütze« stammt von meiner tatkräftigen Freundin Ingrid, die eine wahre Meisterköchin (und verlässliche Reisepartnerin) ist.

ROTE GRÜTZE

Einen Liter Kirschsaft (oder Johannisbeersaft) mit 60 Gramm Zucker und einer Zitronenschale aufkochen lassen. Vorher rühre ich einen Teil des kalten Saftes mit rund 50 Gramm Speisestärke (Maizena) glatt. Mit einem Schneebesen in die kochende Flüssigkeit einrühren, eine Minute kräftig kochen lassen (dabei umrühren, sonst spritzt es). Zitronenschale entfernen und je 300 Gramm Erdbeeren und Himbeeren (tiefgefroren oder frisch) einrühren. Erkalten lassen. Oberfläche mit Kristallzucker bestreuen, dann bildet sich keine Haut. In Schälchen verteilen und mit einem Klacks weißer Creme bedecken: Dafür schlage ich einen Viertelliter Schlagobers mit zwei Esslöffel Vanillezucker halb steif und mische einen halben Becher Rahm dazu. Ein paar Cantucci dazu passen perfekt.

Wo ist der Gestaltungswille im »roten Wien« geblieben?

Rot ist nicht nur die Farbe einer fruchtigen Nachspeise, Rot ist auch die Farbe der Liebe und Synonym für ein politisches Konzept, das Wien seit knapp hundert Jahren prägt. Fürs »rote Wien« sind die einstigen Arbeiterbezirke, neuerdings nennt man sie »Flächenbezirke«, zu Problemzonen geworden, für ihre Bewohner auch. Vor einigen Jahren stellte ein Rechnungshofbericht fest, dass Favoriten der »heißeste Ort Österreichs« mit den meisten Anzeigen pro (vor Ort im Dienst befindlichen) Polizisten ist. Was – außer einigen Vorzeigemodellen wie das Stadtentwicklungsgebiet Sonnwendviertel – ist seither eigentlich geschehen?

Der Bezirk ist riesig (quasi die viertgrößte Stadt Österreichs), hat viel Grün, einen wunderbaren Markt, den unnachahmlichen Eissalon Tichy, eine in die Jahre gekommene Fußgängerzone, viel Multi, weniger Kulti, billige Wohnungen und eine perfekte Verkehrsanbindung an die City. Sie ist nur drei, vier U-Bahnstationen entfernt. Gute Voraussetzungen also. Doch Integrationsprobleme, Vandalismus und Drogenmissbrauch nehmen zu. »Bürgerliche« Firmen wie die alteingesessenen Modetempel Tlapa und Fürnkranz haben ihre Pforten geschlossen. Leere Wettlokale, bescheidene Gastronomie, verfallende Architekturdenkmäler – wie etwa das für die längst untergegangene Zentralsparkasse gebaute Haus von Günther Domenig – und immer mehr »Fetzenstandln« prägen das Bild einer Einkaufsstraße, die einmal zu den umsatzstärksten Wiens zählte. Dieser Bezirk zeigt beispielhaft, was in der Stadtplanung versäumt wurde. Wer die Entstehung sozial deklassierter Gettos verhindern will, muss Leitbetriebe hineinsetzen. Bilbao hat sich durch sein von Frank Gehry entworfenes Guggenheim-Museum von der heruntergekommenen Industriestadt zur Kulturmetropole gewandelt. Das nennt man seither »Bilbao-Effekt«.

Warum wird (nach unwürdig langem Tauziehen) das »Haus der Geschichte« – in Wahrheit ein Museum der Republik – ausgerechnet am Heldenplatz in der kaiserlichen Hofburg installiert? Statt immer nur Habsburg könnte es auch Favoriten sein mit seiner wechselvollen Arbeiter- und Zuwanderungsgeschichte. Das »rote Wien« war einst weltweit vorbildlich in Sachen Bau-, Sozial- und Bildungspolitik. Heute gibt es viel unambitionierte Bauträgerarchitektur und Spekulation.

Der Hauptbahnhof wiederum ist eine vertane Jahrhundertchance. Mit Arsenal, Belvedere und 21er Haus hätte man einen Kulturbezirk schaffen, außerdem Favoriten aufwerten und an die Innenstadt anbinden können. Das Gegenteil ist geschehen: keine Verbindung zwischen Alt und Neu, zwischen Kultur, Wohnen und Verkehrsknotenpunkt. Traurig auch, dass man das Fünfzigerjahre-Juwel – die alte Südbahnhof-Eingangshalle – geopfert hat.

Bitte, liebes Rathaus, hör' die Signale: Lass deine Arbeiterbezirke nicht verkommen.

»Wer die Entstehung sozial deklassierter Gettos verhindern will, muss Leitbetriebe hineinsetzen.«

MEIN MARKT

Für Nicht-Wiener ist er so exotisch wie ein Istanbuler Bazar: der Viktor-Adler-Markt in Wien-Favoriten. Die Standln beim Bauernmarkt in der Leibnizgasse werden sechs Tage pro Woche auf- und abgebaut, hier werden die Preise noch ausgerufen: »Drei Salot um an Euro«. Hier stehen die burgenländischen und die türkischen Standler Schulter an Schulter, am Samstag drängen sich oft Menschenmassen, viele Frauen mit Kopftuch, es ist chaotisch, eng, laut – und billig. Ich liebe rote Spitzpaprika, weil sie milder im Geschmack sind – hier gibt es sie so gut wie immer. Manchmal füge ich sie einer **mediterranen Gemüsepfanne** bei: Ich schneide die Paprika (entkernt) in Streifen, brate sie gemeinsam mit Kürbisstücken, Kirschparadeisern, Thymian, Meersalz und Olivenöl im Backrohr. Kurz vor Ende der Garzeit beträufle ich das Gemüse mit etwas Balsamico. Eine super Beilage zu Fleisch – und das Safterl einfach mit einem guten Weißbrot auftunken, herrlich!

Hier kriege ich frischen österreichischen Koriander, mehlige Erdäpfel, die es im Supermarkt kaum mehr gibt (für Püree und Knödel), hier gibt es frische Blunzen, Sauerkraut aus dem Fass und Gewürze aus 1001 Nacht. Angrenzend bekommt man die (meiner Meinung nach) besten Krapfen Wiens bei der Bäckerei Groissböck – an der Seite eines durchaus schrecklichen und am Samstag weit ausgedehnten Fetzenmarktes à la Balkan. Nein, die Schickeria trifft sich hier wirklich nicht, man schlürft keinen Chablis. Aber frischen Sturm im Herbst (samt derber Witze an den Stehtischen), einen anständigen türkischen Kaffee, und auch ziemlich gutes – und günstiges – Kebap gibt es hier überall.

Mein Einkaufscredo ist: Wer (halbwegs) kochen kann und zumindest am Wochenende Zeit hat, sollte (weder hier noch im Supermarkt) mit einer fixen Liste Lebensmittel einkaufen gehen. Besser (und billiger) ist, sich vom aktuellen, frischen Angebot inspirieren zu lassen. Am Markt brechen dann auch noch manche Marketingschmähs der Lebensmittelindustrie in sich zusammen. Am Eierstandl zum Beispiel, wo ich selbstverständlich Eier aus Freilandhaltung kaufen möchte. Krieg ich auch, aber mit dem belustigten Nachsatz: »Gnä' Frau, Freilandeier im Winter gibts in Wahrheit gar net. Weils den Hendln jetzt viel zu kalt ist. Da sans vü lieber drinnen im Stall.« Nicht dumm, die Hühner.

GEFÜLLTE SPITZPAPRIKA

Ich höhle fünf bis sechs hübsche große Spitzpaprika aus und hebe die Kappe auf. Füllung: Ein Becher Ricotta, ein Packerl griechischer Schafskäse (Feta), ein Ei, zwei Esslöffel Sauerrahm, Oregano, frische Minze, Salz, Pfeffer. Alles vermischen und in die Paprika füllen, mit den Kappen verschließen und in eine Auflaufform legen. Darüber streue ich Kirschparadeiser, Meersalz, frische Thymianzweige und begieße alles mit gutem Olivenöl. Im Rohr bei 175 Grad 40 Minuten braten. Kurz vor Ende der Garzeit mit etwas Balsamico-Essig beträufeln. Passt an einem Sommertag zu gegrilltem Fleisch oder einfach solo mit einem guten Weißbrot (Sauce auftunken nicht vergessen!).

Die antiautoriäre Gesellschaft – ein Albtraum

Wir leben den Traum der einstigen Summerhill-Freunde (wer erinnert sich noch ans angehimmelte Schulmodell aller Spät-Achtundsechziger?): Die antiautoritäre Gesellschaft ist Realität. Leider entwickelt sie sich gerade zum Albtraum. Der damalige Kampf für mündige Schüler (und Bürger) war richtig. Doch die antiautoritäre Erziehung ist gescheitert, und auch sonst ist ein Vakuum entstanden, das Demokratiefeinden nutzt.

Wer ist noch glaubwürdig? Die Politik schon lange nicht mehr, ausgenommen der Bundespräsident. Wobei Wahlkämpfe immer das Potenzial haben, auch noch das künftige Staatsoberhaupt zur Witzfigur zu machen.

Selbst die staatliche Souveränität hat Risse bekommen, seit Polizisten von Flüchtlingen an der Grenze einfach zur Seite geschoben wurden. Lichtgestalten an der Spitze von Unternehmen? Gibt es.

Aber viele nehmen ihre Führungsaufgaben nicht wahr und verstecken sich hinter Beratungsunternehmen – speziell, wenn es brenzlig wird. Der Kirche wiederum wird es nicht helfen, ihre alte Bedeutung wiederzufinden, wenn die Bischofskonferenz unreflektiert gemeinsame Sache mit linken Globalisierungskritikern macht.

In der Schule hat man die Lehrer zu Sozialarbeitern gemacht, die nur mehr gut zureden dürfen. Aber Jugendliche, die in Elternhaus, Schule, Politik und Firma keine positiven Leitfiguren finden, werden anfällig für seltsame Heilslehren.

Die Rückkehr einer auf Leistung und Wissen beruhenden Autorität ist für den Zusammenhalt der Gesellschaft wichtig. Die neue Autorität kann sich aber nicht mehr wie früher auf die pure Macht des Amtes verlassen, sondern muss Widerspruch aushalten können. Niemand ist mehr sakrosankt, und das ist auch gut so.

MÄNNERKOCHKURS

Meine These, dass trotz wilden Genderns Männer und Frauen doch nicht ganz gleich sind, bestätigt sich immer wieder, wenn ich beide Geschlechter beim Kochen beobachte. Und nicht nur dort. Leider haben meine Söhne die ihnen damals selbstverständlich zur Verfügung gestellten Puppen schnöde links liegen gelassen. Genauso wie ich später bei meinem Patenkind Franziska nicht im Entferntesten mit der prunkvollen Reihe knallroter Matchbox-Ferraris punkten konnte, die meine Kinder bei ihrem Auszug hinterlassen haben. Dafür war sie über meine Jahrzehnte alte Puppe begeistert (deren Haare meine Schwester einst frevelhafterweise abgeschnitten hatte!). Was natürlich nicht heißt, dass Männer nicht großartige Köche und Väter – und Frauen nicht Top-Managerinnen sein können.

Aber auch wenn das möglicherweise politisch nicht korrekt klingt: Sie bringen unterschiedliche Herangehensweisen mit – ich halte daher nach Alter und Geschlecht gemischte Gruppen in Unternehmen für ein Erfolgsmodell (und freue mich über den ausgewogenen Mix in den KURIER-Redaktionskonferenzen). Klar ist: Einer muss der Boss sein (geschlechtsneutral formuliert) – nirgendwo gilt das mehr als in einer Küche. Dort (und am Tennisplatz) streiten Ehepaare daher vermutlich am meisten. Kuchenbacken ist meiner Erfahrung nach eher etwas für Frauen (und ganz besonders die wunderschöne Himbeer-Buttermilchtorte meiner Freundin Verena, die ich selbst gerne als krönenden Abschluss eines Abendessens für besondere Menschen backe).

Die vielen gut kochenden Männer in meinem Freundeskreis eint hingegen meist ihre Lust an eher brachialen Methoden, wozu natürlich auch das (Grill-) Feuer zählt. Die Stichflamme, die aus der Pfanne in der Küche meines älteren Sohnes loderte, hätte locker seine soeben bezogene Wohnung in Schutt und Asche legen können. Und Freund Andreas lässt sein fabelhaftes Roastbeef erst nach gutem Zureden von uns Frauen (eher unwillig) rasten. Als mein Mann mit Kompagnon Herbert eines Tages quietschvergnügt vom Männerkochkurs in der Volkshochschule (den er zur Hälfte schwänzte) heimkam, schockierten mich die beiden mit der These, dass sie dort einen Schweinsbraten zunächst als Ganzes in kochendes Wasser geworfen und erst dann im Rohr gebraten haben.

Das gehe schneller und Hitze sei Hitze. (Ich hingegen koche nur die Schwarte in einem ein Zentimeter hohen Wasserbad, bevor der Braten ins Rohr kommt.) Natürlich musste das außerordentliche Ereignis eines abgeschlossenen Männerkochkurses mit einem Festmahl gefeiert werden. Und der Schweinsbraten wurde unter meinem skeptischen Blick tatsächlich nach (Männer-)»Schule« behandelt. Ich gebe zu: Das war und blieb der beste Schweinsbraten, den wir in unserem Haushalt jemals serviert hatten. Fast so gut wie der meines bayerischen Schwagers, der die **Kruste** mit einer interessanten, süßen Mischung bestreicht: Sie besteht aus zwei zerdrückten Knoblauchzehen, drei Esslöffel braunem Zucker, drei Esslöffel Rum (!), einem Teelöffel geriebenen Ingwer, einem Viertel-Teelöffel gemahlenen Nelken, einem Teelöffel Speiseöl und Pfeffer. Die Gewürzmasse wird erst 20 Minuten vor Ende der Bratenzeit aufgetragen. Den Herd in den letzten fünf bis zehn Minuten auf Grillstellung drehen, damit die Kruste schön knusprig wird – und den Braten nicht mehr aus den Augen lassen, damit das gute Stück nicht verkohlt!

HIMBEER-BUTTERMILCHTORTE

Ich knete einen Mürbteig aus 160 Gramm Mehl, 60 Gramm Staubzucker, einem Eidotter und 80 Gramm Butter. In die größte Tortenform legen, die Sie haben (ich fabriziere meist noch eine zweites Baby--Schwestertörtchen, weil die Masse so viel ist), Hellbraun backen, abkühlen lassen und mit erwärmter Bitterschokolade bepinseln. Darauf lege ich zwei Schichten Biskotten (mindestens eine Packung), die davor kurz in 1:1 verdünnten Holunderblütensirup getaucht wurden. Darüber gieße ich eine Creme: Einen halben Liter Buttermilch mit einem Viertelliter unverdünnten Holunderblütensirup, dem Saft von zwei Zitronen und 50 Gramm Staubzucker mixen. Eine kleine Tasse davon erwärmen, zehn vorher eingeweichte Blatt Gelatine darin auflösen. Unterrühren. Einen halben Liter Schlagobers schlagen, unterheben. Im Kühlschrank fest werden lassen (einen halben Tag oder über Nacht). Danach 200 Gramm Himbeeren mit 50 Gramm Kristallzucker pürieren. Ein bisschen was davon erwärmen, zwei Blatt Gelatine auflösen und unterrühren. Die Torte damit bestreichen, mit Himbeeren verzieren und das Gelee nochmals im Kühlschrank fest werden lassen. Kann man auch ohne Teigboden fabrizieren – oder in Gläschen als Nachspeise servieren. Die Torte sollte für zehn Leute reichen und hat Star-Appeal!

Akademisierung um jeden Preis

In Österreich herrscht, unterstützt von diversen, zum Teil recht fragwürdigen OECD-Studien, seit Jahrzehnten ein Dogma: »Wir brauchen mehr Akademiker!« Warum, fragt kaum jemand. Daher gibt es hohen Druck, dass möglichst das gesamte Pflegepersonal, die Kindergartenpädagogen und am besten gleich auch jeder Installateur irgendein Hochschulstudium abschließen sollte.

Diese (Pseudo-)Akademisierung hat unerwünschte Nebenwirkungen: Weil eine handwerkliche Ausbildung als Sackgasse gilt, werden Jugendliche in höhere Schulen gedrängt, selbst wenn sie eigentlich eine praktische Begabung hätten. Handwerkliches Geschick und Kreativität werden leider immer weniger gefördert. In Wahrheit konzentriert sich alle Energie (samt der teuren Nachhilfe) auf die sogenannten Hauptfächer. Wenn aber irgendwann einmal nur noch die Schwächsten aus »bildungsfernen Schichten«, wie es »politisch korrekt« heißt, für die Lehre übrigbleiben, dann haben die heimischen Firmen (und deren Kunden) ein gewaltiges Problem.

Aber auch am anderen Ende der Bildungshierarchie sind unerwartete Kollateralschäden aufgetreten: Hohe formale Bildungsabschlüsse sind nämlich immer seltener ein Garant für einen guten Job. Es hat insgesamt eine Abwertungsspirale eingesetzt: Aufgrund der schlechter werdenden Qualität der Lehrlinge holen sich Firmen lieber gleich Maturanten, die sie dann selbst ausbilden. Und für frühere Maturantenjobs werden jetzt Akademiker eingesetzt. So arbeitet dann letztlich die Germanistin als Sekretärin. Längst haben junge Akademiker keine besseren Berufsaussichten als Handwerker. (Wobei Pflichtschüler ohne Lehrabschluss unverändert die größten Probleme am Arbeitsmarkt haben.)

Es ist Zeit für eine Trendumkehr: Höherbildung aller Gesellschaftsschichten ist ein ehrenwertes Ziel, aber Akademisierung um jeden Preis schadet mehr, als sie nützt. Auf qualifizierte Handwerker herabschauen ist dumm und hat böse Folgen.

Immerhin verfügt Österreich über ein international hoch geachtetes und viel kopiertes System der »dualen Ausbildung« in Schule und Betrieb. Wir brauchen mehr vife Praktiker, mehr Meister statt Master, auch Maturanten mit Lehre. Als Selbstständige haben sie in vielen Branchen bessere Aussichten auf einen guten Verdienst als die vielen Publizisten und Psychologen, die ein »Bakk.« oder »Mag.« im Namen tragen.

»Wenn nur noch die Schwächsten für die Lehre übrigbleiben, dann haben Firmen (und Kunden) ein Problem.«

HANDWERKERMALUS

Wenn mich Leser wegen meiner Kolumnen nicht leiden können, dann gibt es (Gott sei Dank selten) manche, die meinen: Backen Sie doch lieber nur Kuchen. Das ist gleich zweifach perfid, denn es bedeutet erstens, dass, wer eine andere Meinung hat, gefälligst den Mund halten soll. Und zweitens entwertet es das Kuchenbacken als Arbeit zweiter Klasse. Ich aber habe Hochachtung vor handwerklichen Fähigkeiten (und bin in manchem eine völlige Niete, etwa was Handarbeiten und leider auch was Tisch-Deko angeht). Ich denke, das Bildungswesen ist auf dem Holzweg, weil es das Talent, etwas Handwerkliches zu können, nicht genauso hoch bewertet wie das formale Wissen. Kommt beides zusammen, ist das eine besonders glückliche Mischung.

Mein sonniger und unglaublich praktischer Schwiegervater Franz vereinte beides: Er war nicht nur Spenglermeister, sondern auch Diplomingenieur in leitender Position bei der Bahn – und sicher einmal der älteste aktive ÖBBler, weil er erst mit fast 66 Jahren in Pension ging.

Ein Handwerk gepaart mit höherer Bildung befähigt dazu, ein innovativer Unternehmer zu werden. Leider ist auch die Selbstständigkeit im österreichischen Bewusstsein oft keine Alternative zum »sicheren« Job, ganz abgesehen von steuerlichen, sozialversicherungsrechtlichen und bürokratischen Schikanen.

Meine Freunde und ich haben immer wieder (unrealistisch) von einem gemeinsamen Lokal geträumt, in dem es auch Lesungen und Ausstellungen geben könnte (sogar den Namen haben wir längst gefunden: Salomon, Tauzimsky & friends).

Aber als Journalistin (und Kundin) sehe ich, wie schwer es die Gastronomie hat: Dank bürokratischer und praxisferner Arbeitszeitregelungen findet man kaum Personal, ehrliches Geld zu verdienen ist nicht leicht. Der burgenländische Winzer Leo Hillinger meinte gar in einem Interview: »Österreich hat sich darauf spezialisiert, Gastronomen umzubringen.« Also koche ich selbst lieber für private Runden und sammle Rezepte wie andere seinerzeit Briefmarken. Meinen griechischen Strudel habe ich – soweit ich mich erinnere – vor mindestens 30 Jahren in einer *Kronen Zeitung* als Leser-Rezept gefunden.

GRIECHISCHER STRUDEL

Dafür bereite ich denselben Teig zu wie für die Schinkenkipferl aus je einem Viertelkilo Topfen, Butter, Mehl, einem Ei und einer Prise Salz. Verkneten, kaltstellen. Inzwischen ein Packerl Tiefkühlspinat mit etwas Butter, Salz und Knoblauch dämpfen, abtropfen und abkühlen lassen. Den Spinat auf dem zu einem großen Viereck ausgerollten Teig verteilen. Mit 200 Gramm Schinkenblättern belegen. Darauf kommt ein halber bis dreiviertel Becher Sauerrahm, den ich mit 200 Gramm griechischem Schafskäse (Feta), Salz, Pfeffer und viel Oregano vermische. Einrollen, in eine Fettpfanne legen, mit Dotter bestreichen und 40 Minuten bei 175 Grad backen, bis der Teig schön knusprig ist. Reicht für vier Personen und ist eines der Lieblingsrezepte meiner Familie. Dazu passt Salat.

Wer will in einer Alten-WG leben?

Wie absurd ist eigentlich der Gedanke, irgendwann als nicht mehr ganz taufrische Menschen eine WG zu wagen? Ein Film hat früheren Diskussionen darüber im Freundeskreis neue Nahrung gegeben. Eine romantische Vorstellung – aber leider nur in der Theorie. Warum sollten sich die einstigen Reibereien der diversen Studenten-WGs nicht auch in der Golden-Girls-And-Boys-Gemeinschaft wiederholen? Möglicherweise sogar verschärft, weil wir ja alle noch egozentrischer geworden sind? Wer räumt den Mist in der Küche weg, wer hat meine Joghurts aus dem Kühlschrank geklaut, müsst ihr im Morgengrauen so laut Musik hören, warum sind fremde Haare in meiner Bürste, und deinen Alten habe ich gestern übrigens mit einer anderen schmusen gesehen!

Ehrlich gesagt begegne ich dem Chaos ja auch heute noch eher unentspannt. Mit fortschreitendem Alter verstärken sich wohl alle unsere Schrullen. Wie würden wir einander sekkieren! Die Tennis-Fraktion würde der Golf-Fraktion erklären, dass sie Gott sei Dank noch (gelegentlich) Sex habe und man auch mit einem operierten Knie am Platz stehen könne. Wir bräuchten drei Abos derselben Zeitung, weil man weder warten will, bis sie der andere fertiggelesen hat, noch akzeptieren würde, wie schlecht zusammengelegt man sie zurückkriegt.

Die stets optimistische Andrea hegt trotzdem noch eine vage Hoffnung: Vielleicht funktioniert das Zusammenleben ja in einem gemeinsamen Mietshaus, wo jeder die Wohnungstür vor dem anderen versperren kann? Doch Kari raubt uns diese letzte Illusion mit einer kühlen Wortmeldung: »Glaubt ihr echt, ich will mich irgendwann nur noch mit alten Deppen umgeben?« Ernüchternd. Aber durchaus einleuchtend.

DIE SCHÖNSTE AUSZEIT

Wie erzeugt man am Rande einer Führungskräfteklausur eine verblüffte Schrecksekunde? Indem man offenbart, dass es nichts Entspannenderes gibt, als Kochbücher und -magazine zu lesen. Schon probiert.

Die allerschönste Auszeit von Büroalltag und politischen Debatten ist eine kleine Kochorgie mit Freunden, zum Beispiel in einem alten steirischen Landhaus. Dort wird bei warmem Wetter auf der Wiese neben den Kühen getafelt. Davor streifen wir auf der Suche nach Essbarem durch die Wälder. Ergebnis: gemeinsames Schwammerlputzen und Überlegen, was man daraus fabrizieren könnte. Lauwarme Eierschwammerl mit Zwiebel, Speck und Petersilie auf Blattsalat als Vorspeise vielleicht? Den Aperitif genehmigen wir uns schon beim Kochen. Zum Beispiel einen »**Hugo**«: Etwas Holunderblütensirup mit halb Prosecco, halb Soda aufgießen, Limettenscheibe, ein paar Tropfen Limettensaft, Eiswürfel und Minzblatt hinein. Daneben lässt sich lässig der Topfenteig für die Marillenknödel rühren. Wobei mir Freund Klaus als »Bröselkönig« dabei Konkurrenz macht. Schon in meiner Studenten-WG habe ich die Knödel für große Runden gekocht – und nur ein einziges Mal hatte ich damit keinen Erfolg: Ein französischer Austauschstudent meiner Kinder kaute extrem lustlos daran herum (und war auch sonst schwierig). Meine frankophile Freundin Susanne erklärte es mir später: Für Franzosen seien Knödel einfach »das Letzte« – also doch keine große Kulturnation? Merde!

Mein Marillenknödel-Rezept stammt übrigens aus dem »Donauland«-Kochbuch: Das war die längst versunkene Vor-Internet-Zeit, wo man pro Quartal ein »Vorschlags-Buch« bekam.

Heißes Sommerwetter und eine Runde vergnügter Menschen ist für mich auch ein perfekter Anlass, um **Bowle** zu mixen. Das ist mein Rezept dafür: Ich nehme beliebige Früchte – am besten gehäutete Pfirsiche (kurz in kochendem Wasser blanchieren, danach Haut abziehen, in Würfel schneiden) und Himbeeren –, übergieße sie mit etwas Zitronensaft, Zucker nach Geschmack, Minzeblättchen, Limoncello und etwas Hollerblütensaft. Schichte Limettenscheiben dazwischen und lasse das Ganze ein paar Stunden im Kühlschrank durchziehen. Wenn die Gäste eintreffen, gieße ich mit je einer eiskalten Flasche Soda und Prosecco auf. Jeder bekommt zum Glas noch ein Löffelchen für die Früchte. Nicht zu süß und nicht zu alkoholisch.

Und das ist übrigens mein Rezept für **Holunderblütensirup** (funktioniert auch mit frischen Lavendelblüten): Ich koche fünf Liter Wasser mit 4,5 Kilo Zucker auf und lasse es auf Handtemperatur abkühlen. Dann presse ich zwei Zitronen in das Zuckerwasser, gebe einen Esslöffel Zitronensäure dazu und einen Einkaufssack Holunderblüten (nur abschütteln, nicht waschen). Limetten- oder Zitronenscheiben hinein und mit einem Tuch bedeckt im Keller einen Tag stehenlassen. Abseihen. Ich koche das Ganze dann nochmals auf, fülle es heiß in Saftflaschen. Im Kühlschrank aufbewahren.

MARILLENKNÖDEL

Mein Rezept ergibt 16 Knödel. Ich rühre mit dem Handmixer 60 Gramm küchenwarme Butter, ein Kilo Topfen (10-prozentig), drei Eier, eine Prise Salz, abgeriebene Zitronenschale, ein Viertelkilo griffiges Mehl und 60 Gramm Staubzucker zu einem Teig und lasse ihn mindestens eine Stunde im Kühlschrank ziehen. Achtung, der Teig ist sehr »batzig«. Ich forme ihn mit kalten Händen und viel (!) losem Mehl zu Knödel. Sie werden gefüllt mit Marillen, deren Kern ich mit dem Ende des Kochlöffels herausstoße. In das Loch fülle ich einen Marzipanpfropfen. In einem sehr großen Topf in Salzwasser leicht siedend rund 20 Minuten langsam kochen. (Knödel, die am Topfboden kleben, sanft lösen.) Inzwischen Semmelbrösel, Zimt und Kristallzucker (damit sie karamellisieren) in viel Butter rösten. Knödel mit Siebschöpfer rausheben und sofort in den Bröseln wälzen. Dazu gibt's **Marillenröster**. Ich koche zuerst ein paar Marillen mit Wasser, viel Zitronensaft und Zucker weich, püriere das Ganze (ein Tipp von Lisl Wagner-Bacher). Erst dann kommen die restlichen Marillen dazu (so wird es molliger). Ich verfeinere mit etwas Orangenlikör. Bleiben Knödel übrig, liebten es meine Kinder immer, sie kalt zum Frühstück zu verspeisen. Das Rezept funktioniert auch als Topfenknödel (ohne Fülle) mit Zwetschken- oder Marillenröster.

Nur fade Früchte gibt's im Übermaß

Wachsen in Ihrem Garten auch immer die »falschen« Früchte? Der nie gepflanzte Strauch, der zum Baum ausartete, lässt massenhaft gelbe, geschmacklose Früchte zu Boden regnen. Scheinen »Kriecherln« zu sein, die ich in der oberösterreichischen Form der Ringlotten schon als Kind hasste, weil sie daheim zu fadem, grüngelben Saft verarbeitet wurden. Der schmeckte noch grauenhafter als der familiäre Zwetschkensaft.

An einem anderen strauchartigen Baum ergötzen sich die Amseln an kleinen roten Beeren. Die Recherche ergab: Felsenbirnen. Als Kuchenauflage leider nur beschränkt brauchbar. Der Ehemann sammelt trotzdem unverdrossen und friert sie ein. Ich schmeiße sie in der nächsten Saison auf den Kompost. (Frostschock für die Würmer!) Dann gibt es noch massenhaft Mostbirnen, auf die sich nur die Wespen freuen. Der Baum ist »unkaputtbar« und hat selbst heimtückische Mordversuche von (der Redaktion namentlich bekannten) Familienmitgliedern überlebt. Und die weitere Obsternte? Eine angestochene Marille von zwei großen Bäumen, ein paar harte Pfirsiche, keine einzige Feige, und heuer fällt selbst die Zwetschkenernte mager aus. Nur Himbeeren und Ribiseln lassen uns nie im Stich.

Kürzlich, auf Oberösterreich-Besuch, fiel mir ein wunderschön altmodischer Baum ins Auge. Überreichlich behängt mit Früchten, die ich leider ebenfalls nie mochte: Klaräpfel, auch so eine Kindheitserinnerung! Nicht lagerbar, mehlig, von Würmern dafür überaus geschätzt. Der Garten Eden lag wohl nicht in Wien – und auch nicht in Oberösterreich. Aber, wenn es mal ein »Marillenjahr« gibt, dann schmecken die fleckigen Früchte vom eigenen Baum einfach paradiesisch.

WEGWERFGESELLSCHAFT

Rational betrachtet ändert sich an der weltweit ungleichen Verteilung von Nahrungsmitteln rein gar nichts, wenn ich darauf achte, kein Essen wegzuwerfen. Dennoch finde ich es falsch und bin daher stets darauf bedacht, alles zu verarbeiten – aus Respekt vor den Lebensmitteln, der Arbeit der Bauern und dem Leben der Tiere. Möglicherweise eine Erziehungssache. So wie ich zwänglerisch darauf achte, jeden Apfel kreisrund abzuschälen, damit die Schale nie abreißt. Ein dummer Spleen, der auf meine Kindheit zurückgeht, als mir irgendeine Tante einredete, man kriege nie einen Mann, wenn einem das nicht gelinge.

Das ist übrigens mein Rezept für oberösterreichische Apfelschlangerl (in Oberösterreich heißt das eigentlich »**Apfelschlankel**« – und Apfelrezepte habe ich wegen der vielen Äpfel in meinem Garten eine Menge): Ein Dreiviertelkilo geschälte und geschnittene säuerliche Äpfel mit wenig Wasser, etwas Butter, Vanillezucker und Zimt nicht zu weich kochen, abtropfen lassen. 250 Gramm Mehl mit einer Prise Salz, 100 Gramm Kristallzucker, 175 Gramm Butter, einem Esslöffel Vanillezucker, geriebener Zitronenschale, einem Dotter und einem Viertelkilo Topfen (10-prozentig) rasch zu einem Mürbteig kneten, im Kühlschrank rasten lassen. Den Teig ausrollen, in eine Form hineinlegen, abgekühlte Äpfel drauf, und zusammenklappen. Mit dem übrig gebliebenen Eiklar bestreichen, mit einer Gabel einstechen (damit der Dampf entweicht) und etwa eine halbe Stunde backen. Ist nicht gerade die Schönheitskönigin unter meinen Kuchen, schmeckt aber lauwarm mit gezuckertem, geschlagenen Obers wirklich gut.

Bei meinen eigenen Kindern bin ich mit einem wirklich zweckdienlichen Hinweis vorläufig gescheitert: dass das Mindesthaltbarkeitsdatum eine großzügige Empfehlung, aber keineswegs ein Hinweis ist, dass etwas ab sofort ungenießbar ist. Ich rieche lieber zuerst daran und koste. Darin hat mich die kluge Ingrid Kiefer, Ernährungswissenschafterin in der Österreichischen Agentur für Ernährungssicherheit, bestätigt: »Sinne und Verstand einschalten«, rät sie. Essensängstlichen nimmt sie prinzipiell den Wind aus den Segeln: »Lebensmittel in Österreich sind so sicher wie nie zuvor.«

Eine Greenpeace-Untersuchung hat übrigens sogar ergeben, dass Joghurt bis zu sechs Monate nach Ablauf dieses Datums genießbar bleibt. Das kann ich aus Erfahrung zwar nicht bestätigen, aber auch abgelaufenes Obers, das sich nicht mehr schlagen lässt, kann man noch lange für Spaghetti-Saucen oder als Überguss für Obstkuchen beziehungsweise Gemüse-Tartes verwenden.

Journalistin Johanna Zugmann, die in gemeinsamen *Standard*- und *Presse*-Jahren zur Freundin wurde, hat im Rahmen ihres »Gastrosophie«-Studiums (gibt's tatsächlich!) Tipps gegen Lebensmittelverschwendung gesammelt. Sie rät unter anderem: nicht hungrig und nicht ohne Plan einkaufen; öfter weniger einkaufen; lieber mit einem mitgebrachten Korb als mit dem Einkaufswagen durch die Regalreihen gehen; einmal in der Woche den Kühlschrank leeren; und Restlessen mit Freunden veranstalten.

Ich kaufe manchmal zu viel, vor allem am Markt, bin aber eine gute Restl-Köchin. Aus übriggebliebenem (eingefrorenen) Eiklar fabriziere ich zum Beispiel gerne **Pawlowa**: Fünf Eiklar mit 120 Gramm Staubzucker steif schlagen. Dazu kommt ein Esslöffel Vanillezucker, je ein Teelöffel Stärkemehl und Weißweinessig, etwas Salz. Auf Backpapier in einen Tortenring streichen. Ring entfernen und in das heiße Backrohr (175 Grad) geben. Hitze sofort auf 120 Grad reduzieren und eineinhalb Stunden backen. Im ausgeschalteten Backrohr trocknen lassen. Belag: Ein Viertel geschlagenes Obers und Himbeeren oder Erdbeeren. Sofort servieren! Freundin Martina M. (in den Sechzigerjahren gab es viele Martinas!) bäckt eine noch spannendere Variante und streicht unter das Schlagobers selbst gemachte **Lemon Curd**. Das exquisite Topping sind dann karamellisierte Zitronen. Ihre Lemon Curd geht so (für zwei kleine Gläser): Drei unbehandelte Zitronen oder Limetten abreiben und auspressen. In eine Schüssel geben und mit vier Eiern verquirlen. 150 Gramm Zucker und 100 Gramm weiche Butterflöckchen unterrühren. Im heißen Wasserbad circa 20 Minuten rühren, bis eine kompakte Masse entstanden ist. Beim Abkühlen gelegentlich durchrühren. Schmeckt auch super auf gebackenem Mürbteig.

KÄSESTANGERL

Was tun mit übriggebliebenem Hartkäse von der Käseplatte aus dem Gäste-Abendessen? Ich fabriziere daraus ein sehr partytaugliches Käsegebäck. Dafür knete ich einen Mürbteig aus 250 Gramm glattem Mehl, 150 Gramm geriebenem Käse, einem Ei, 140 Gramm Butter, einem halben Becher (also circa 125 Gramm) Topfen, (viel) Salz, Pfeffer und etwas Chili. Kaltstellen. Danach ausrollen, mit dem Teigradler oder Keksausstechern in beliebige Formen schneiden und mit einem Ei (verquirlt mit etwas Milch) bestreichen. Großzügig mit insgesamt 150 Gramm Käse bestreuen, mit gemahlenem Kümmel bepudern und 20 Minuten bei 180 Grad schön knusprig backen. Reicht für zweieinhalb Bleche.

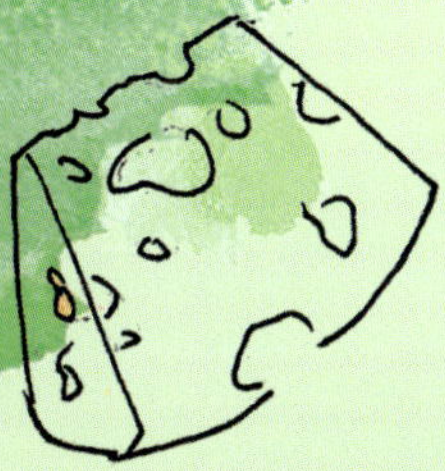

Kleinkrieg in der grünen Oase

„Liebling, ich bin dann im Garten! Klingt nach Idylle? Ganz im Gegenteil! Den gartenlosen Freunden, die in ihrer Freizeit faul in Cafés, Freibädern, auf Golfplätzen oder in einem fremden (zum Beispiel meinem) Garten rumhängen, versuche ich zwar weiszumachen, dass es nichts Schöneres gibt als das eigene Grün. Aber in Wahrheit herrscht hier nicht Friede, sondern Kleinkrieg. So haben wir intensiv, aber schlussendlich vergeblich gegen den fiesen Buchsbaumzünsler gekämpft. Die Beetumrandung ist der Raupe Nimmersatt zum Opfer gefallen. Da hilft auch keine chemische Keule. Der Zünsler hätte auch Napalm überlebt. Wir setzten resigniert Lavendel statt Buchs, riecht eh besser. Ein weiterer Feind gibt hingegen endlich wieder Ruhe: Der disharmonische Frosch- und Krötenchor aus Nachbars Biotop hält die Klappe, nachdem er sich zwei Monate lang die Seele aus dem Leib gequakt hat. Welch Aufwand für einmal Frosch-Sex im Jahr! Dann wäre da noch ein unausrottbar in der Ziegelmauer logierendes Ameisenvolk. Sie haben wie immer Mitte Juli ihren Hochzeitsflug in unser Vorzimmer gestartet. Was blieb uns übrig, als ein Massaker anzurichten? Außerdem gab's eine kleine Fruchtfliegen-Invasion, Läuse auf den Rosen, nicht so viele Schnecken wie im Vorjahr, dafür rüsten jetzt die Wespen zum Großangriff. Und die Gelsen sind natürlich auch längst da. Dazwischen wirft man routinemäßig die Spinnen aus dem Haus, die sich vor der nächsten Sintflut in Sicherheit bringen.

Und wenn dann die lieben Freunde am Gartentor stehen? Dann hechtet man, Entspannung heuchelnd, auf die nächste Gartenliege. Schließlich gilt es, die Stadtneurotiker Lügen zu strafen, die sich ihre karge Freizeit nie und nimmer mit Gartenstress vermiesen lassen würden. Gartenstress? Geh bitte, betrachtet doch unsere grüne Oase!

POTLUCK PARTY

Mein Mann und ich haben uns wechselseitig geschworen: Niemals werden wir für den anderen eine Überraschungsparty organisieren. Und das kam so: Bei der Überraschungsparty für eine Bekannte standen wir alle in freudiger Erwartung aufgebrezelt in ihrer Wohnung. Samt Sektglas in der Hand für sofortiges festliches Zuprosten. Dann ging – tata! – die Tür auf und die Hauptperson stand verdutzt da: abgehetzt, »underdressed« in Jeans, mit schwer überholungsbedürftiger Frisur und ihren beiden kleinen Kindern an der Hand, die sie gerade von der Oma abgeholt hatte. Nein, so etwas brauche ich bitte wirklich nicht, auch wenn ich ansonsten die Feste feiere, wie sie fallen. Großer Aufwand? Nicht unbedingt, wenn man zur »Potluck Party« ruft – eine lässige amerikanische Sitte, die wir im Freundeskreis seit Jahren (nein, Jahrzehnten) ausgiebig zelebrieren. Sprich: Jeder nimmt etwas mit, koordiniert von den Gastgebern, was am Ende ein so variantenreiches Essen ergibt, wie man es allein nie zustande gebracht hätte. Vor der Buffet-Eröffnung hält man am besten eine Mini-Rede, in der hervorgehoben wird, was von wem gekocht wurde.

Ich selbst nehme gerne verschiedenste Quiches zu den Festen anderer mit – simple Ziegenkäse-Törtchen zum Beispiel (ein altes *Gusto*-Rezept). Oder auch die Lachstörtchen der Köchin (und Freundin) Martina Lessing. Schon wieder eine Martina! Ihre Kochbücher kannte und liebte ich jedenfalls schon, bevor ich sie in einer netten Runde im Salzkammergut (für mich ein Muss-Ziel im Sommer) kennenlernte.

Für die **Lachstörtchen** knete ich einen Mürbteig aus 130 Gramm kalter Butter, 250 Gramm Mehl, einem halben Teelöffel Salz, einem Eigelb und drei Esslöffel kaltem Wasser. Eine große Form oder ein Muffinblech (kann auch aus Silikon sein) damit auslegen und kühlen. Zehn Minuten vorbacken. Je 150 Gramm geräucherten und frischen Lachs in Stückchen schneiden. Aus 400 Gramm Crème fraîche, drei Eiern, einem Esslöffel frischer Dille und abgeriebener Schale einer Zitrone, Salz und Pfeffer eine Creme rühren. Lachs auf dem Teig verteilen, Creme darüber löffeln, mit einem weiteren Esslöffel Dille bestreuen und backen, bis die Törtchen goldgelb und knusprig sind – perfektes »Partyfutter«, das auch aus der Hand gegessen werden kann.

Umgekehrt »bestelle« ich von Freunden exquisite Salate für meine eigenen »Potluck Partys«. Zum Beispiel den asiatisch angehauchten **Rote-Rüben-Salat** von Gabrielle: Er besteht aus roten Rüben, blättrig geschnitten, mit Ingwer, frischem Korianderkraut, Balsamico, Sojasauce, japanischem Ume Su Essig, Sesam- (oder Oliven-)Öl, Salz und Pfeffer. Oder die **Ananas-Limetten-Salsa** von Andrea: Frische Ananas, Chili, rote Zwiebel, abgeriebene Limettenschale 30 Minuten in Limettensaft marinieren. Kurz vor dem Servieren Salz, Tabasco und Koriandergrün (oder Minze) dazu. Oder den **Mango-Avocado-Salat** von Sylvia: Mangos und Avocados würfeln, ein paar halbierte Kirschparadeiser und gewürfelten Schafskäse dazu. Darüber Salatmarinade. (Achtung: Erst kurz vor dem Essen marinieren, sonst bekommt er eine unschöne Farbe.) Freund Michael brachte schon einmal überraschend frische selbst gefangene Forellen mit – simpel und herrlich auf dem Blech im Rohr gebraten – und von seiner Frau Sonja mag ich am liebsten ihren Erdäpfel-Schwammerl-Strudel.

Wenn dann noch die besonders umsichtigen Freundinnen Beatrice und Verena in der Küche helfen, Meisterkoch Hans beim Brutzeln des Fleisches und der Weinauswahl sachkundig berät, und dem Grillmeister Gerhard jemand ein Bier bringt, kann eigentlich nichts mehr schiefgehen. Dank der beruflich mit Vorarlberg verbundenen Beatrice habe ich übrigens auch den tollen Vorarlberger Käse kennen und lieben gelernt. Er schließt jedes unserer Essen ab und schmeckt auch einfach so zu einem Glas Rotwein und Oliven super.

ZIEGENKÄSETÖRTCHEN

Ich kleide ein Muffin-Blech mit einer Rolle fertig gekauftem Blätterteig aus. 200 Gramm Ziegenkäserolle plus 100 Gramm Ziegenfrischkäse (wenn es den nicht gibt, funktioniert es auch nur mit der Rolle) klein schneiden und in die Förmchen streuen. Zwei Eier mit 80 Milliliter Obers, einem Esslöffel frischen, gehackten Rosmarinnadeln, Salz, Pfeffer verrühren. Mischung über die Ziegenkäsewürfelchen gießen. Circa 25 Minuten bei 175 Grad goldbraun backen. Wenn man die Törtchen als Vorspeise serviert, passt Salat dazu und ein bisschen lauwarmes, süßes Obst: also entweder leicht karamellisierte Feigen oder halbierte Birnen, die ich mit Zitronensaft, Zucker und Safranfäden (plus im Winter einer Prise Kardamom) weich koche.

Sind Sie schon Head of irgendwas?

Neuerdings ist das mit den Titeln so eine Sache: Der »Doktor« steht ja schnell unter Plagiatsverdacht und ist im Ausland ohnehin unglaubwürdig, weil er dort meist nur ausgewählten Gruppen, etwa Ärzten, vorbehalten ist. Der »Bachelor« wiederum hat sein Image als leichtgewichtiger »Junggeselle« noch nicht in akademische Würde gekleidet.

Mit den schönen österreichischen Bürokratietiteln »Ministerialrat«, gar »Hofrat« schindet man im In-Lokal auf Ibiza schon gar keinen Eindruck. Was also tun? Werfen Sie einfach den »Jobtitel-Bandit« im Internet an. Dann kommen so tolle Bezeichnungen wie »Chief Designer of foreign Enterprises« oder »Deputy Developer of financial eCommerce« raus. »Vice President« für irgend etwas ist ja heutzutage eh schon bald jeder Ferialpraktikant. Auch wenn es solch extravagante Fantasietitel erst jetzt gibt, bemühte man sich immer schon um Bedeutungszuwachs durch Bezeichnung. Das freut den Titulierten und spart Geld: Schon unterm Kaiser wurden Österreichs Mittelschullehrer zu »Professoren«, als Entschädigung für eine Nulllohnrunde.

In der alten Wiener Zentralsparkasse »Z«, die durch Großmannssucht samt der traditionsreichen Creditanstalt jetzt nur noch Teil einer italienischen Regionalsparkasse ist, gab es einst einen »Inspektor«, einen »Oberinspektor«, einen »Zentralinspektor« sowie in der CA einen »Dirigenten«, der in Wahrheit stellvertretender Filialleiter war. Mittlerweile werken dort unter anderem neumodische »FX Agenten«, die nix mit James Bond, sondern mit Fremdwährungskrediten zu tun haben. Darunter kann man sich wenigstens etwas vorstellen. Doch was ist ein »OnChannel Manager Midmarket« (in der Österreichfiliale eines US-Computerriesen)? Schon lange ist ja niemand mehr schlichter Buchhalter, sondern »Controller«. Und dass der »Hausmasta« verschwunden ist, liegt nicht nur daran, dass er als Kostenfaktor eingespart wurde, sondern auch daran, dass er jetzt »Facility Manager« heißt. Klingt doch gleich viel besser! Liebe Hausfrauen, nennt euch doch »Head of private Human Resources«. Sonst wird euch nie jemand ernst nehmen!

LAUTE UND LEISE FREUNDE

Österreich ist nach wie vor ein titelsüchtiges Land – das nehme ich in meinen Kolumnen gelegentlich aufs Korn. Bei meinen Freunden sind Titel Schall und Rauch, obwohl sich auch ein paar äußerst originelle Uni-Professoren darunter befinden. Zum Beispiel meine unglaublich vielreisende Freundin Gabi. Ihren Einladungen verdanke ich die Bekannt- und oft spätere Freundschaft zahlreicher interessanter Menschen (mit und ohne Titel). Das Essen bei ihr muss man sich allerdings manchmal verdienen, speziell, wenn man auf Sommerfrische in ihrem Salzkammerguter Haus weilt.

Einmal stellte sie unsere Freundschaft ernstlich auf die Probe: Es hatte Rekordhitze mit weit über 30 Grad, als wir zu einer Radtour aufbrachen – viel zu spät, weil die Hausherrin nicht zu den Frühaufstehern zählt. Der Ausflug geriet zur Abenteuerfahrt: Zuerst streikte eines der Räder, dann verirrten wir uns auf Bergpfade mit explizitem Radverbot, und außerdem waren alle anvisierten Wirtshäuser geschlossen.

Als wir nach vielen Stunden heimkamen, um uns endlich erschöpft samt einem Gin Tonic in einen Liegestuhl zu werfen, meinte Gabi nach kurzer Chill-Phase unschuldig, dass jetzt noch ein bisserl was zu kochen sei, weil sie ein paar Leute zum Abendessen erwarte. Ich dachte an vier bis sechs, sie rechnete mit doppelt so vielen, und gekommen sind dann 14. Sie improvisierte (wie immer) und servierte mit Grandezza zum Aperitif einen »Gâteaux«, den sie vor der Radtour schon vorgekocht hatte. Ein Rezept französischer Freunde.

Wobei ich das Talent der Frau Professor bewundere, alle Gäste in ihre Kochaktivitäten miteinzubeziehen. Da bin ich in meinem mittelschweren Perfektionszwang leider nicht so lässig. Mein Mann – in fremden Küchen immer gerne aktiv – stieß bei ihr eines Abends auf einen Bruder im Geiste. Die beiden Herren servierten mit Hingabe und sprachen intensiv über Kunst. »Was machen Sie eigentlich beruflich«, fragte ihn der »beste aller möglichen« (Zitat Kishon) Ehemänner beiläufig beim (späten) Abschied. Um peinlich berührt festzustellen, dass er sein semiprofessionelles Wissen mit einem echten Sammler, Museumschef und Experten bildender Kunst geteilt hatte. Dessen leises und bescheidenes Auftreten unterscheidet sich radikal von den vielen Blendern und Aufschneidern dieses Landes, die uns Journalisten oft beeindrucken wollen. Wie wohltuend.

PIKANTER GÂTEAUX

Ich schlage drei Eier mit viel Salz schaumig, darunter rühre ich 150 Gramm Mehl, gemischt mit einem halben Packerl Backpulver und Pfeffer aus der Mühle. Je 100 Milliliter Olivenöl, Milch und Käse (im Originalrezept ist es Greyerzer, ich verwende halb Parmesan, halb einen kräftigeren Käse, etwa Vorarlberger Hartkäse) dazu rühren. Zum Schluss 120 Gramm möglichst weiche Dörrzwetschken und 150 Gramm Gänseleber in Stückchen (Pastete aus der Dose, so fest wie möglich, alternativ, aber nicht so elegant: gebratene Hühnerleberstückchen) vorsichtig unterheben. Bei 175 Grad in einer Kuchenform backen.

Funktioniert statt Leber/Dörrzwetschken auch sommerlich mit einer Handvoll getrockneter Tomaten, 50 Gramm schwarzen Oliven, Oregano und 150 Gramm Feta. Oder mit 200 Gramm geräuchertem Lachs und einem Bund Dille.

Wie Kuchen aufschneiden. Super geeignet als sommerlicher Imbiss im Garten, wenn Gäste schon am Nachmittag kommen – oder als unkomplizierte Vorspeise zum Sekt bei einem größeren Dinner – noch bevor man sich zu Tisch begibt.

»Liebe Hausfrauen,
nennt euch doch
›Head of private Human
Resources‹.«

Lasst uns das Land nicht armrechnen und -reden

In der Flut negativer Meldungen sollte man gelegentlich innehalten und sich daran erinnern: Ja, vieles in dem Staat und in der Stadt, in der wir leben, ist ärgerlich, manchmal sogar skandalös. Aber wer aus Distanz auf uns blickt, sieht noch immer eine »Insel der Seligen«. Kein Wunder, dass so viele versuchen, hierherzukommen.

Nehmen wir doch manche Studie besser unter die Lupe. Es könnte nämlich sein, dass man bewusst versucht, einen großen Teil der Österreicher arm zu rechnen, um den (nicht ganz unberechtigten) Ärger über den unersättlichen Staat auf die Gutverdiener umzulenken. Denen muss man nur etwas wegnehmen – und alles wird gut. Inklusive der never ending story von der Geschlechter-Einkommensschere. Wenn man genauer hinschaut, ist die Armut in Österreich aber geschrumpft. Und Frauen in Österreich verdienen statistisch auch deshalb weniger, weil viele (sehr oft freiwillig) Teilzeit arbeiten. Etliche aus dieser Gruppe trübten früher keine Einkommensstatistik, weil sie nämlich daheimblieben. Die Frauenerwerbstätigkeit ist gestiegen. Teilzeit der Eltern nutzt den Kindern, erfreulicherweise nimmt auch die Zahl aktiver Väter zu. Und dann gibt es wohl auch Frauen, die weniger arbeiten, weil der Partner ohnehin genug verdient. Das kann man skeptisch sehen, weil sie sich damit einer Ehe ausliefern, die vielleicht nicht ewig hält. Aber die Politik/die Unternehmer/die Reichen sollte man dafür nicht verantwortlich machen.

Vom oberen Einkommensdrittel darf man sich durchaus etwas abschauen. Viele sind aus eigener Leistung sowie Mut zum Risiko zu Wohlstand gekommen oder haben zumindest ihr Erbe nicht verjuxt und investieren oft genug weiter in den erworbenen Besitz. Oder sie vermehren ihr Geld, indem sie es in (Immobilien-) Eigentum oder in Aktien statt im Sparbuch anlegen. Die Armen könnten sich das doch gar nicht leisten? Stimmt, die Gott sei Dank wachsende Mittelschicht aber schon. Weil speziell in Wien jedoch die Mehrheit in billigen, geförderten Wohnungen lebt, haben viele gar keine Notwendigkeit gesehen, sich Eigentum zu schaffen. Am Ende ist »arm«, wer im Genossenschaftsbau lebt und sein Geld für Weltreisen ausgibt. Und »reich«, wer im Waldviertel urlaubt, dafür aber sein Erspartes in eine kleine Vorsorgewohnung steckt.

Natürlich stimmt es, dass mittlerweile eine Erbengeneration heranwächst, die ihr bequemes Leben ausschließlich den Eltern (Großeltern) verdankt. Das ist ungerecht, gleichzeitig aber auch ein gutes Zeichen. Die größte Umverteilungsmaschine ist nämlich der Krieg.

Ja klar, die Mittelschicht ist »grantig«. Sie profitiert wegen der viel zu hohen Staatsausgaben nicht von den steigenden Einkommen. Aber auch das enthält Positives: Das Hochsteuerland Österreich leistet sich einen Supersozialstaat. Echte Altersarmut gibt es kaum, und selbst wer sein Leben lang nicht arbeitet, muss nicht hungern. Gut so. Es gibt nur vergleichsweise wenig Menschen auf dem Planeten, denen es so gut geht. Seien wir uns dieser in der Geschichte einmaligen Gunst des Schicksals bewusst und akzeptieren sie mit einer gewissen Demut.

SIMPLE FREUDEN

Für das perfekte Essensglück braucht es im Grunde gar nicht viel. Oft sind es die ganz einfachen Dinge, die himmlisch schmecken. Wenn wir als Kinder im Frühsommer in die Berge wandern gehen »mussten« (so haben wir das gelegentlich empfunden), dann hatte mein Vater im Rucksack eine altmodische (und jetzt wieder moderne) gelochte Blechdose mit Zitronen und Zucker dabei. Wie wunderbar war es, ganz oben am Berg noch Schnee zu finden und daraus ein primitives Eis zu basteln. An Feinstaub und Schadstoffe auf Schneeresten verschwendete man damals keine Gedanken – überhaupt schien man damals viel unerschrockener zu sein: von Kindererziehung bis Essen.

Auf der Heimfahrt von solchen Wanderungen (manchmal übernachteten wir auch in Hütten-Matratzenlagern) machten wir dann oft bei einer Steckerlfisch-Hütte Halt. Müsste ich den Geschmack meiner Kindheit beschreiben, dann wäre es dieser salzige, grätige, knusprige Genuss. Und die oberösterreichischen »Mohnflesserl« mit Salz, deren Teig kompakter (fast ein wenig »sitzengeblieben«) ist als die aufgeblasenen Wiener »Mohnstriezerl«.

Intensiver Geschmack entfaltet sich oft im Einfachen: Ich liebe zum Beispiel **Steinpilzbrote**: Ein (gutes) Schwarzbrot mit ein paar Tropfen Olivenöl toasten. Darauf kommen schnell gebratene Steinpilze mit frischem Rosmarin und Meersalz. Ein steirischer Muskateller-Sekt dazu plus Freunde & Familie – perfektes Freizeitglück!

Oder ein **Erbsen-Minze-Aufstrich** (auf getoastetem, mit etwas Olivenöl beträufeltem Weißbrot) aus 300 Gramm gekochten Erbsen, die mit viel frischer Minze, Chili und zwei Esslöffel Rahm püriert werden.

Und die simplen Mühlviertler **Mostkekse** meiner Mutter: 200 Gramm Mehl, 200 Gramm Butter, ein Sechzehntel Most (oder auch übriggebliebener Sekt) zu einem Mürbteig kneten, rasten lassen. Kreise ausstechen, mit einem Klecks Ribisel- oder Johannisbeermarmelade füllen, zusammenklappen, festdrücken und backen. Danach in Staubzucker mit Vanille wälzen – und am besten original auf Gmundner Keramik servieren (ich mag den grauen Hirsch).

Oder **Schinken im Brotteig**: Dafür verwende ich einfach eine fertige Mehlmischung für Dinkelbrot und packe einen Beinschinken oder ein Geselchtes darin ein – ab in den Ofen und danach mit einem elektrischen Messer aufschneiden! Dazu gibt's viel frisch geriebenen Kren und gekochte Eier.

Zu Ostern liebe ich **Russische Eier** (sehr retro!) nach einem alten Sacher-Rezept: Acht hart gekochte Eier halbieren. Dotter zerdrücken. Mit 80 Gramm weicher Butter, Salz, Pfeffer, etwas Senf und zwei bis drei passierten Sardellenfilets (oder in Öl eingelegten Sardinen) gut vermischen. Die Fülle mit einem Spritzsack auf die halbierten Eier dressieren. Simpel und gut sind auch meine geschmolzenen Paradeiser.

Wir schätzen die scheinbar einfachen Dinge zu wenig: Sauberes Trinkwasser aus der Leitung zum Beispiel, den Duft frischen Brotes, im Kaffeehaus Zeitung lesen. Wir leben noch immer in einem sicheren Land mit sehr vielen fleißigen Menschen, erfolgreichen Unternehmen, hoher Lebensqualität und tollen Nahrungsmitteln. Um den Standard zu erhalten, bedarf es Anstrengung.

Aber dazwischen dürfen wir auch genießen. Guten Appetit!

GESCHMOLZENE PARADEISER

Ich wasche ein Dreiviertelkilo Kirschparadeiser (also möglichst kleine, funktioniert aber auch mit mittleren) und lege sie noch feucht in eine Backform. Mit einem großzügigen Schuss Olivenöl übergießen. Dazu kommen Meersalz und zwei Esslöffel brauner Zucker und Pfeffer aus der Mühle. Circa eine Stunde im Rohr bei 170 Grad braten, eventuell dazwischen etwas umrühren. Kurz vor Ende der Bratzeit mit Balsamico-Essig beträufeln. Den entstandenen Saft abschöpfen, am Herd in einem Topf cremig einkochen und wieder über die Tomaten gießen. Lauwarm servieren.

»Wir schätzen die einfachen Dinge zu wenig: sauberes Trinkwasser, den Duft frischen Brotes, im Kaffeehaus Zeitung lesen.«

Wären Sie gerne Minister(in)?

Würden Sie sich ein Ministeramt antun wollen? Überlegen Sie es sich gut! Denn dann werden Sie genauso viel arbeiten wie ein Spitzenmanager, aber deutlich weniger verdienen. (Was den Stammtisch nicht vom Vorwurf abhält, Politiker würden nur in die eigene Tasche wirtschaften.)

Während jedem mittleren Fußballer ein exorbitantes Gehalt vergönnt wird und der Teamchef der Nationalmannschaft das Fünffache des Kanzlers erhält, werden Sie ein Bescheidenheitsgelübde ablegen müssen. Sollten Sie im Urlaub weiter als bis ins Salzkammergut fahren oder öffentlich französischen Wein trinken, dann werden Sie als Parvenü gelten.

Sind Sie weder knapp am Pensionsalter noch pragmatisierter Beamter noch Kämmerer, so ist vom Wechsel in die Politik überhaupt dringend abzuraten: Egal, was Sie nach Ihrer Polit-Karriere tun, man wird Ihnen einen »Versorgungsjob« unterstellen. Sollten Sie der Verlockung eines so wichtigen Amtes trotz allem erliegen, so vergewissern Sie sich vorher, dass Ihr TV-Gerät angemeldet und die Putzfrau versichert ist und Sie sich nicht für Ihre Kinder genieren müssen. Alles könnte gegen Sie verwendet werden.

Haben Sie Ähnlichkeit mit einer Loriot-Figur oder ein nervöses Augenzwinkern? Das macht Sie zum gefragten »Mitarbeiter« – wie es *Kurier*-Karikaturist Michael Pammesberger nennt. Ohne eine übergroße Portion Sendungsbewusstsein und Selbstmotivation ist der Job nicht auszuhalten. Denn der kleinste gemeinsame Nenner, den Sie in endlosen, öden Sitzungen (gern auch am Wochenende oder abends) in Ihrer Partei erzielen, wird noch einmal vom Koalitionspartner klein gehackt. Das klägliche Endergebnis müssen Sie der Presse als Fortschritt verkaufen. Die schlimmsten Hackeln hauen Ihnen aber ohnehin die eigenen Fraktionskollegen ins Kreuz. Und Achtung! Unbedachte Äußerungen in der Öffentlichkeit werden Sie ewig verfolgen.

Nein, man muss kein Mitleid mit Politikern haben. Aber so richtig beneidenswert ist ihr Job auch nicht. Der Spruch: »If you pay peanuts, you get monkeys« ist nicht ganz falsch. Mittleres Gehalt, schlechte Work-Life-Balance, miese Reputation: Mit solchen Aussichten lassen sich die Besten nur mit Mühe in öffentliche Ämter locken. Pech nur, die Damen und Herren entscheiden über unsere Zukunft.

»Ohne eine übergroße Portion Sendungsbewusstsein und Selbstmotivation ist der Job nicht auszuhalten.«

POLITIKERBESCHIMPFUNG

Vor einem Jahrzehnt arbeitete ich mit einem Chefredakteur zusammen, der zu dieser Zeit gerade ein Buch mit dem treffenden Titel »Politikerbeschimpfung« schrieb. Da ich damals selbst Politik-Ressortleiterin war, fühlte ich mich quasi mit angegriffen, und es gab viele, viele Sitzungen, wo ich sinnloserweise glaubte, die »Objekte« meiner Arbeit verteidigen zu müssen. Auch ich war dabei nicht zimperlich, blieb aber oft genug mit Blessuren auf der »Blutwiese« der (meist rein männlich besetzten) Ressortleiterkonferenzen zurück. Das war übrigens sehr lehrreich – ich habe mir für mein späteres Arbeitsleben eine »Teflonschicht« zugelegt.

Durch die sozialen Medien hat sich der Ton gegenüber Politikern (aber auch allen anderen) leider noch weiter verschärft. Das halte ich für eine demokratiegefährdende Tendenz. Politiker sind nicht von vorneherein moralisch schlechtere Menschen. Der, der den ersten Stein wirft, sollte sich selbstkritisch fragen, ob er bereit wäre, sich für die Allgemeinheit zu engagieren – inklusive der Gefahr, von den Medien am Nasenring durch die Manege gezogen zu werden. Klar gibt es in der Politik noch immer gemütliche Jobs mit Privilegien – und auch etliche Nieten. Aber für die Spitzenpolitik muss man schon wirklich gute Nerven haben und neben hohem IQ auch genügend soziale Intelligenz. Ein Gourmet zu sein, gehört definitiv nicht zu den Eigenschaften, die sich das Volk vom Politiker wünscht.

Ex-Bundeskanzler Alfred Gusenbauer hat das schmerzhaft erfahren: Ein Gastbeitrag im »profil«, in dem er über Weine und Risotto durchaus profund philosophierte, trug ihm Spott und Hohn ein. Im Bemühen nah beim Volk zu sein, werden ja in Wahlkampfzeiten allerlei Bücher produziert. Bei dem sangeslustigen, aber kulinarisch unauffälligen Wolfgang Schüssel gab es ein Liederbuch, bei Gusenbauer (natürlich) ein Kochbuch, in dem politisch nahestehende Promis und Freunde ihre Rezepte unter dem beziehungsvollen Titel »Rot is(s)t gut« verrieten. Ich koche daraus noch heute das »Crumble aux fruits rouges«, das eine meiner Freundinnen – die vielsprachige Susanne – darin präsentiert. Einen der nettesten Politiker-Sager auf der Essensfront lieferte übrigens die frühere Bildungsministerin Elisabeth Gehrer, deren Mann bei ihrem Wechsel nach Wien in Vorarlberg geblieben war. »Ein halbwegs intelligenter Mann verhungert nicht«, meinte sie in ihrem unnachahmlich spröden Tirolerisch. Den Spruch wende ich »situationselastisch« manchmal auch bei mir daheim an.

CRUMBLE

200 Gramm glattes Mehl (ich mische gerne mit Vollkorn-Dinkelmehl), 125 Gramm Kristallzucker, 125 Gramm Butter, eine Prise Salz, etwas Zimt mit den Händen zu großen Bröseln verreiben. Kaltstellen (mindestens eine Stunde, besser mehrere, dann besteht weniger Gefahr, dass die Masse aufgrund des feuchten oder tiefgefrorenen Obstes zerfließt). Eine Auflauf- oder Tarte-Form einbuttern. Ich verteile darin 500 Gramm Beeren nach Geschmack (Brombeeren, Himbeeren, Ribisel) gemischt mit 100 bis 150 Gramm Zucker. Mit den Teigbröseln bestreuen und im Rohr 30 bis 40 Minuten bei 180 Grad backen. Schmeckt am besten lauwarm mit selbst gemachtem **Zimteis**. Dazu lasse ich ein im Supermarkt gekauftes Vanilleeis leicht antauen, verrühre es kräftig mit einem Esslöffel Zimt und friere das Ganze wieder ein. Gemeinsam eine perfekte Nachspeise für circa sechs Personen.

Die verführerische Utopie vom bedingungslosen Grundeinkommen

»Wir steigern das Bruttosozialprodukt. Ja, ja, ja, jetzt wird wieder in die Hände gespuckt«, sangen »Geier Sturzflug« anno 1983. (Und das war natürlich kritisch gemeint.) Damals gab es weder Mobiltelefon noch Internet. Work-Life-Balance war ein Fremdwort – und niemand dachte daran, dass uns eines Tages die Arbeit ausgehen könnte. Doch jetzt sind viele Fabriken menschenleer, mit schlechter Ausbildung hat man kaum noch Chancen auf dem Arbeitsmarkt. Daher liebäugeln viele Politiker und Experten mit einem arbeitslosen Grundeinkommen.

Bei der Unterstützung des Grundeinkommens treffen sich übrigens Linke mit Wirtschaftsliberalen: Die einen, weil sie finden, dass man damit Gerechtigkeit herstellen könne, indem man den Reichen nimmt und/oder den Staat höher verschuldet. Die anderen, weil sie damit den Staat abschaffen können, weil das Grundeinkommen sämtliche Leistungen ersetzen könnte (Arbeitslosengeld, Pension, Krankengeld). Doch das könnte zu einer weiteren Spaltung der Gesellschaft führen: In jene, deren Arbeitslast immer mehr steigt, und jene, die staatlich alimentiert daheimsitzen.

Tatsächlich stellen sich noch weitere Fragen, die die Unterstützer des Grundeinkommens nicht befriedigend beantworten können: Natürlich klingt es bestechend, wenn sie sagen, Menschen sollen nur die Arbeit machen, die sie »erfüllt«. Aber es gibt viele notwendige Tätigkeiten in einer Gesellschaft, die eher nicht zur intellektuellen Selbstverwirklichung taugen. Fördert ein Grundeinkommen nicht Bequemlichkeit und Schwarzarbeit? Werden Wirte ihre Gasthäuser zusperren müssen, weil sie weder Köche noch Kellner finden (ein Phänomen, das ohnehin schon zu beobachten ist)? Können wir uns ein noch höheres Anspruchsdenken an den Staat leisten? Zieht das nicht noch weitere unqualifizierte Massenzuwanderung ins Sozialparadies Europa an? Und würde das nicht bedeuten, dass die werktätige Mittelschicht mit noch höheren Abgaben belastet werden muss, damit wir uns diese vollkommene Umverteilung leisten können?

Die Wahrheit ist – wie so oft – komplizierter: Ein Grundeinkommen wird für viele Bürger dieses Landes niedriger ausfallen müssen als die Summe der Leistungen, die sie jetzt beziehen. Sonst ist es nicht finanzierbar.

Auf dem Papier klingt so ein bedingungsloses Grundeinkommen ja ähnlich bestechend wie die Idee des Kommunismus. In der Praxis hat der Mensch aber leider kein altruistisches Gemeinschaftsdenken, sondern ist oft gierig, neidig und egoistisch. Alle Versuche, ihn im Sinne schöner Ideale umerziehen zu wollen, endeten in Totalitarismus, Diktatur und Gewalt. Wir müssen daher dafür sorgen, dass es neue, sinnvolle Jobs gibt – auch für jene, die nicht Programmierer, Altenbetreuer oder Hotelangestellte werden wollen (alles Mangelberufe). Und wenn man davon nicht leben kann, bessere Kombilohnmodelle aushecken. Es gehört zur Würde des Menschen, gebraucht zu werden. Das bedingungslose Grundeinkommen ist eine schöne Utopie – wie viele Utopien kann es aber in die Irre führen.

MACHIAVELLA

Ein beliebtes Argument von Lesern und (anonymen) Postern, um manche ansatzweise liberalen Argumente meiner Kommentare zu entwerten, lautet: »Na, Sie in Ihrer privilegierten Situation als Chefredakteurin haben ja keine Ahnung.« Aber auch wenn Vieles im Leben Glück und schicksalshaft ist, kann ich mir doch zugutehalten, meinen beruflichen Aufstieg selbst erarbeitet, Chancen ergriffen und manchmal auch Gegenwind ertragen zu haben.

Es gab übrigens Bücher, die mich dabei begleitet haben: »Zum Teufel mit der Superfrau. Die Sucht nach Perfektion« von Michèle Fitoussi etwa; »Das dämliche Geschlecht« von Barbara Bierach. Und dann auch »Machiavelli für Frauen« von Harriet Rubin, die ich anlässlich des Erscheinens ihres Buches für den *Standard* interviewt habe. Titel der damaligen Geschichte: »Schluss mit der Magersucht der Macht.« Sie meinte im Gespräch mit mir, »Frauen müssen Fürstinnen werden« – etwas, das mir bis heute nicht gelingt, ehrlich gesagt. Einen simplen Ratschlag von ihr beherzige ich aber seither: weiß anziehen, wenn man in den Krieg zieht, weil die Farbe maximale Kraft verleiht. Einen anderen hingegen hätte ich nie eingesetzt: Wenn es ganz hart auf hart geht in Tränen ausbrechen, weil dieses Überraschungsmoment jedes Gegenüber entwaffnet und eine Situation umdrehen kann. Zwei Mal war mir aufgrund von gröberem Bürokrach zum Heulen zumute – einmal schloss ich mich auf der Toilette ein, ein andermal ging ich dafür um den Häuserblock, und niemand hat es bemerkt. Gott sei Dank ist das viele Jahre her, und es hat mich gelehrt, später als Boss bei Mitarbeitergesprächen niemals abwertend zu sein.

Aber meinen härtesten Job hatte ich als Studentin, als ich einen Sommer lang als Küchenhilfe unter dem Oberkommando eines weiblichen Dragoners schuftete. Am Ende meinte sie anerkennend zu mir, dass ich zumindest das Bodenaufwischen schon perfekt beherrsche. Im Studium habe ich außerdem als Putzfrau, Nachhilfelehrerin, Patienten-Model für Medizingeräte auf einer Messe sowie einige Jahre an der Hochschülerschaft gearbeitet – und viel dabei gelernt. Ich finde es toll, wenn sich zum Beispiel die Journalistin und Autorin Eva Rossmann in eine Wirtshaus-Küche stellt und regelmäßig kocht. Dank meines Studentenjobs weiß ich nur zu gut, wie oft es da heiß und rau zugeht. Dagegen ist die Zubereitung meines Hühner-Kokos-Wok glatt ein Beitrag zur Wo(r)k-Life-Balance!

HÜHNER-KOKOS-WOK

Im Wok bräune ich für sechs Personen vier mittlere, klein gehackte Schalotten in Sesamöl schnell an. Dann ein größeres Stückchen (zwei Zentimeter) sehr fein gehackten Ingwer (Wiegemesser!), drei Esslöffel Braunzucker, zwei Esslöffel Curry, und 200 Gramm grob gehackte (am besten ungesalzene) Erdnüsse mit anschwitzen. Mit einem halben Liter Gemüsesuppe (ich verwende dafür immer das serbische Suppenpulver »Vegeta«) und eineinhalb Dosen Kokosmilch aufgießen. Sechs Esslöffel Sojasauce, je einen kleinen Teelöffel Zimt und Kardamom plus etwas Salz und Chili (ich liebe das spanische Piment d'Espelette) dazugeben. Mindestens eine Viertelstunde reduzierend einkochen. Daneben in einer Eisenpfanne rund ein Kilo Hühnerfilet in Stückchen, portionsweise (also nicht zu viel auf einmal) in Öl oder Butterschmalz scharf und knusprig braun anbraten. Fett mit einer Küchenrolle abtupfen, bevor man es in die warme Sauce legt. Dann noch eine kleine in Scheiben geschnittene Zucchini, 200 Gramm tiefgekühlte Erbsen und frische Erbsenschoten kurz (!) mitkochen, bis sie knackig sind. Mit viel frischem Koriander bestreuen und Basmatireis dazu servieren. Gut vorzubereiten und ideal für unkomplizierte Runden – ich kenne in aller Unbescheidenheit niemanden, dem das nicht schmeckt. Weil aber nicht jeder Koriander mag (ich liebe ihn und ärgere mich, dass ich es nicht schaffe, ihn im Garten anzubauen!), serviere ich ihn getrennt, damit man individuell dosieren kann.

HERBST

Schlumpfhausen ist überall

Wer mit offenen Augen übers Land fährt, fragt sich unwillkürlich: Wer wird eigentlich irgendwann all die unbenützten Riesentrampoline entsorgen, die sich in den Vorgärten angesammelt haben? Oder die blauen Plastik-Pools, selbst in Gegenden, wo man elf Monate im Jahr heizen muss? Früher waren sie rund, neuerdings wachsen sie auch eckig aus dem Boden.

Vermutlich gibt es eine geheime Hausbesitzer-Absprache, die da lautet: Mut zur Farbe. Wie sonst ist erklärlich, dass es vor krachbunt angefärbelten Eigenheimen in Österreich nur so wimmelt? Grellorange ist Trend, aber auch mit Gagerlgelb, Schocklila und Blitzblau hebt man sich von der Umgebung nicht sonderlich ab. Oft inklusive »origineller« Bemalung: Ein doppeltes Fadenkreuz steht hoch im Kurs, damit lassen sich auch alte Eternitplatten behübschen.

Kaum geschmackvoller ist die Zaungestaltung: Kennen Sie »Gabionen«? Steine, in Gitter gefangen, sind gerade groß in (Eigenheim-)Mode. Abgesehen von der zweifelhaften äußeren Erscheinung will man sich lieber nicht vorstellen, welches Getier da in den Hohlräumen kreucht und fleucht. Das Steingitter verdrängt die beliebte Thujenhecke, aber man bleibt unschlüssig, was schrecklicher ist. Wer etwas auf sich hält, hat außerdem einen »Carport«, der das traute Heim buchstäblich in den Schatten stellt. Gerne ganzjährig mit Weihnachtslichterkette, die ab Dezember illuminiert wird. Und haben Sie schon die epidemische Ausbreitung der kleinen Solarleuchten in den Wiesen bemerkt? Das erzeugt in der Nacht Geisterbahn-Feeling und ersetzt die selten gewordenen Glühwürmchen in den unkrautfreien Gartenanlagen. Die »Blaue Lagune« (Fertigteil-Ausstellung nächst der Wiener SCS) ist quasi auf jedem Acker zu finden. Der Stilmix kann durchaus ins Auge gehen: französischer Landhausstil neben Tiroler Bauernhaus neben ambitionierter, moderner Architektur. Je flacher das Land, desto pittoresker die Türmchen und Säulchen: Da verwirklicht sich so mancher seinen Schlossherrentraum im rosaroten Barbiepuppenstil.

Jetzt soll man natürlich nicht herablassend mit den Wohnträumen der großen und kleinen Leute umgehen, die sich ihr Glück hart erarbeitet haben – und natürlich sind das alles »First World Problems«. Doch ein bisserl Sehnsucht, zum Beispiel nach einem einheitlichen Ortsbild (gab es früher wirklich!) mit stimmigen Farben, Formen und Proportionen darf sein. Oder der Hinweis auf die skandinavische Architektur, die viel über das Lebensgefühl aussagt: Bauten, die Qualität vor Zierrat stellen, Vieles besser aufeinander abgestimmt, in harmonischeren Farben und mit insgesamt deutlich weniger Flächenverbrauch. Es reicht schon ein Blick nach Bayern: Hier wird einigermaßen geordnete Flächenentwicklung betrieben im Gegensatz zum planlosen Wuchern der Siedlungsformen in Österreich.

Nein, eine Geschmackspolizei kann man sich nicht wünschen. Aber etwas mehr ästhetische Auflagen für Stadt und Land. Oder werden die von genau jenen verfasst, die ihre Gartenzwerge vor dem gelb-orange karierten Haus stehen haben?

KATASTROPHEN ALLER ART

Kritik an der Verschandelung der Landschaft ist eine Art »Dauerbrenner« in meinen Kolumnen. Mit meinen Architektenfreunden führe ich immer wieder wilde Diskussionen, wer im Allgemeinen an der Zersiedelung und der trostlosen Bauträgerarchitektur schuld ist, und ob es sich im Speziellen um gute oder vielleicht doch katastrophale Architektur handelt (worin wir oft unterschiedlicher Meinung sind). Apropos: Auch beim Kochen gehören ein paar kleinere Katastrophen zum Leben einer leidenschaftlichen Laien-Köchin einfach dazu. In sehr jungen Jahren wollte ich meinen späteren Ehemann mit selbst gemachten Krapfen beeindrucken. Der Germteig roch betörend, ging aber aus unerfindlichen Gründen nicht auf. Wagemutig warf ich die Mini-Krapfen dennoch ins heiße Fett. Das Ergebnis waren eher schwärzliche Dinger, die wir später scherzhaft »Brandteigkrapferl« nannten. Ich toppte die Pleite allerdings noch, indem ich einen Liter heißes Fett wutentbrannt in einen Plastiktopf leerte, worauf dieser schmolz und das Ganze am Küchenboden landete.

Dass mein Mann mit stoischer Ruhe die Küche entfettete, war sicher ein Mitgrund ihn später zu heiraten, wenngleich er beim Aufräumen solcher Schlachtfelder seither deutlich nachgelassen hat. Dennoch ist bei derartigen Kochkatastrophen auf ihn immer Verlass – wenn zum Beispiel kurz vor dem Eintreffen von zwölf Gästen der Herd »Fehler 217« anzeigt oder die Seezunge sich statt eines brav entgräteten Filets als ganzer Fisch mit unerwartet hartem Mittelknochen entpuppt, der erstens kaum herauslösbar ist und zweitens die Filetmenge schrecklich reduziert – das alles am Weihnachtsabend inklusive Schwiegereltern in fröhlicher Erwartung des Festmahls. Also quasi eine Bescherung nach der Bescherung. Seither gibt es bei uns am Heiligen Abend nur noch einfache Scholle in Backteig.

Wenn bei uns wieder einmal ein großer Klecks Paradeissauce oder anderes am Küchenboden landet, skandieren mein Mann und ich übrigens meist lachend: »Patzen Sie? Ich nicht.« Das war nämlich die erstaunlich coole Interview-Antwort der damaligen Kanzler-Gattin Christine Vranitzky, die von einer Journalisten-Kollegin auf ihren lindgrünen Küchen-Spannteppich angesprochen worden war.

Für missglückte Kuchen habe ich immerhin eine perfekte Verwendung: Sie werden zu einer Punschtorte weiterverarbeitet.

ORANGEN-PUNSCHTORTE

Wenn es einen trockenen missratenen Kuchen gibt, wird er bei mir zur Fülle dieser köstlichen Torte. Ich backe zuerst ein sehr großes Biskuit (wovon Sie natürlich auch eine dicke Scheibe für die Fülle verwenden können) aus sechs getrennten Eiern, 120 Gramm Kristallzucker, etwas Salz, geriebener Schale von zwei Bio-Orangen (zur Not Zitronen), einem Esslöffel Vanillezucker, 60 Gramm flüssiger Butter und 160 Gramm Mehl. Für die Fülle zermantsche ich den übriggebliebenen Kuchen (oder die Biskuitscheibe) mit zwei großen Stamperln Rum, einem Stamperl Orangenlikör und dem Saft einer Orange. Ist es ein heller Teig, gebe ich noch einen Esslöffel dunkles Koch-Kakaopulver dazu. Dazu mische ich noch etwa 70 Gramm Aranzini. Das Biskuit aufschneiden. Fülle hineinstreichen. Deckel drauf – und ab in den Kühlschrank zum Durchziehen. Ich lege eine Alufolie drauf und beschwere das Ganze mit Besteck, damit alles schön zusammenklebt.

Dann mit erhitzter Orangen- oder Marillenmarmelade bestreichen. Darüber kommt eine Glasur aus Orangensaft, den ich mit so viel Staubzucker verrühre, dass eine zähe Masse entsteht. Im Wasserbad erwärmen und überziehen. Wenn Sie Zeit haben, schneiden Sie vorher noch eine Bio-Orange mit der Brotmaschine in schöne, dünne Scheiben und kochen Sie sie in Zuckerwasser, bis sie weich sind und ein wenig karamellisieren (ein bisschen Orangenlikör dazu schadet auch nicht). Damit belegt wird das eine echte Star-Torte, die auch als Dessert durchgeht.

Von Trullas, Trollen und treuen Fans

Der EU-Justizkommissarin riss plötzlich der Geduldsfaden: Sie kritisierte den »digitalen Wilden Westen« und löschte ihr Facebook-Konto. Man kann es nachvollziehen: Politiker – besonders weibliche – sind im Netz Freiwild. Sind sie nicht zu hässlich, zu fett, zu reich, zu grell, zu blass, zu dumm, fehlt ihr nicht in Wahrheit ein Mann, Sie wissen schon …?

Dennoch: Klug genutzt sind die sozialen Medien eine nie da gewesene Chance der Kommunikation zwischen Politikern und Bürgern – zwischen Medienleuten und -konsumenten. Auch wenn sich jede Menge Manipulanten, Denunzianten und Trolle darauf tummeln. Leider toben sich im Schutz der Anonymität oft Gehässigkeit und Frauenverachtung aus. So schrieb ein Herr (?) mit Pseudonym »ohne Prominentenbild« kürzlich unter eine Kolumne Ihrer Autorin: »Mir hat Ihr Kleid bei ›Minna von Barnhelm‹ gefallen. Deshalb überlassen Sie bitte die größtenteils polemische Berichterstattung zum Thema Diesel Ihren Kollegen von der Motorredaktion.«

Wer das war? Keine Ahnung, im Theater hatte sich kein Leser zu erkennen gegeben.

Wer es – noch dazu als Frau! – wagt, wirtschaftsliberale Thesen zu äußern, wird im Netz gerne rein zufällig von der Chefredakteurin zur Chefsekretärin herabgestuft. Ein »Salomonisch« gegen das bedingungslose Grundeinkommen rief einen anderen Anonymus mit Nickname »Lieber reich als arm« auf den Plan: »Ihr unersättlicher

Kapitalfaschismus ist leider Realität, Frau Salomon, aber Sie werden noch selbst heilfroh sein, dass es so ein Grundeinkommen geben wird, weil Zeitungsschreiberlinge bald Museumsfiguren sein werden.«

Aber den Vogel schoss ein Leser ab, der seiner Empörung über eine Kolumne freien Lauf ließ, in der Uber zwar kritisch, die heimischen Taxis aber noch skeptischer betrachtet wurden. Unter »huha« kam folgendes Mail: »du deppate brunzkuah foah mitn fiaka, wenn das' taxi net passt! und erkundig di zeast, bevoast an schaaß schreibst: a lizenz is a lizenz und a taxla-schein is a taxla-schein! bleds muuh !« Ihre Autorin – um Contenance bemüht – schrieb nur zurück: »Puh! So unterirdisch hätte ich die Taxler ja gar nicht eingeschätzt.«

Wirklich unter die Haut ging der Kolumnistin hingegen ein Facebook-Posting, in dem ausgerechnet eine (sich sonst politisch sehr korrekt gebende) Frau unterstellte, der Autorin mangle es wohl an Streicheleinheiten, sonst würde sie nicht so bissig schreiben.

Lustig hingegen die Leserin, die am *Kurier*-Tag fragte: »Sind Sie die Uschi Fellner?« Ein anderer Leser wartete ungeduldig vor dem Festzelt, weil er unbedingt den Chefredakteur treffen wollte. Auf unsere Antwort, dass das gerade schwer möglich sei, weil soeben der Bundeskanzler eingetroffen sei, antwortete er nur: »Der interessiert mi net, i wü den Chefredakteur treffen!« Es gibt eben auch wahre Fans.

»Klug genutzt sind die sozialen Medien eine nie da gewesene Chance der Kommunikation.«

WUTBÜRGER

»If you can't stand the heat get out of the kitchen.« Dieser Spruch trifft nicht nur auf die Küche zu: Wer so wie ich regelmäßig in einem bekannten Medium kommentiert, kann (und soll) es nicht allen recht machen. Man wird daher nicht nur gelobt, sondern auch geschimpft – via Mail, Posting, Twitter, Facebook. Die Zahl der Stunden, die ich mit dem Bearbeiten der elektronischen Post verbringe, übersteigt mittlerweile locker die Zeit, die mir für das Verfassen meiner Kommentare bleibt, sprich: Es ist zu viel. Manche Leser schreiben mir fast täglich, ganz selten kommen sogar noch handgeschriebene Briefe. Ein Teil davon ist interessant oder zumindest konstruktiv, einiges wirr, manches rührend. Schlimm ist allerdings, wie sich in den (anonymen) Foren der Ton verschärft hat: Alle Medien haben mittlerweile einen Stab an Mitarbeitern, die die Postings moderieren und verletzende beziehungsweise rassistische Inhalte entfernen. Glauben Sie mir, das ist sicher nicht der erfüllendste Job meiner Profession.

Aber das zählt nicht einmal zu unseren Hauptproblemen, die da wären: unser (teils leider auch selbst verschuldeter) Glaubwürdigkeitsverlust; und die Gratismentalität der Leser, weil man dummerweise weltweit journalistische Inhalte kostenlos ins Netz stellte. Seit einigen Jahren schaffen etliche Medien mühselig und nicht immer erfolgreich neue »Paywalls«. Das Netz hat die journalistische Arbeit fundamental verändert – nicht nur für die Recherche, sondern auch für die Kommunikation auf Augenhöhe mit den Lesern. Dazu bekenne ich mich, auch wenn ich mir nicht immer ausreichend Zeit dafür nehmen kann.

Auf meiner Facebook-Seite habe ich irgendwann einmal begonnen, zwischen meine Kommentare auch Fotos meiner selbstgebackenen Kuchen zu stellen – und siehe da: Sie erhalten meist deutlich mehr »Likes« (was mein – von Chefredakteuren leider meist ignoriertes – Mantra bestätigt, dass Zeitungen mehr Kulinarik brauchen). Erwünschter Nebeneffekt: Die Kuchen entschärfen sozusagen die Kanten meiner Kommentare und beruhigen die Nerven der Wutbürger, die sich im Netz tummeln. Backen und Schreiben sind einander gar nicht so unähnlich: Beides verlangt Kreativität und Leidenschaft, ist schnell produziert und schnell konsumiert. Lasst uns also über die süßen Seiten des Lebens reden: Ich liebe Fruchtiges im Sommer und Schokoladiges im Winter.

Wenn es im Sommer massenhaft Birnen vom Baum regnet, dann gibt es zum Beispiel diesen **Birnen-Topfenkuchen**: Ich knete einen Mürbteig aus einem Viertelkilo glattem Mehl, 150 Gramm Butter, einer Prise Salz, Zitronenschale, zwei Eidottern, 100 Gramm Staubzucker. Vorbacken, abkühlen lassen. Inzwischen ein Kilo Birnen schälen, vierteln, mit Zitrone beträufeln, damit sie sich nicht verfärben. Topfencreme: 100 Gramm weiche Butter mit einem Esslöffel Vanillezucker und Zitronenschale cremig rühren, nach und nach 350 Gramm Topfen und vier Dotter dazu rühren. Drei Eiklar mit 100 Gramm Kristallzucker sehr steif schlagen. Einen Teil davon mit einem Viertelliter Rahm verrühren, darunterrühren. Zum Schluss Schnee unterheben. Hälfte der Creme auf den Mürbteig streichen, Birnen drauf, danach die restliche Creme. Mit Mandelblättchen bestreuen und backen. Übrig gebliebenes Eiklar einfrieren – und daraus später mal eine Schaumhaube für Ribiselkuchen, Reisauflauf oder Zitronen-Tarte schlagen.

Auch für Zwetschken habe ich eine Menge Rezepte: Besonders originell finde ich die Crostata aus einem alten Italien-Kochbuch, das mir meine Eltern vor Jahrzehnten schenkten. Am liebsten backe ich diese Tarte für Freund Walter – er ist Genuss- und seine Frau Claudia Style-Expertin. In ihrem Häuschen an der Rax wird die Crostata dann gerne gegen den österreichweit besten Striezel der Bäckerei Nöbauer aus Reichenau getauscht.

Dort gibt es Gott sei Dank weit und breit keine Trolle.

ZWETSCHKEN-CROSTATA

Die Italiener backen diese Tarte mit Kirschen, ich meist mit Zwetschken. Ein Kilo Früchte mit einem großen Stück Zitronenschale (unbehandelt), 150 Gramm Zucker, Zimt und Nelkenpulver sehr dick (fast powidlartig) einkochen, abkühlen lassen. Einen Mürbteig aus 300 Gramm Mehl, 150 Gramm Zucker, 100 Gramm weicher Butter, 50 Gramm Schweineschmalz, einem Ei, einem Dotter, einer Prise Salz, etwas Zitronensaft und -schale kneten und kühl rasten lassen. Eine Form mit etwas mehr als der Hälfte des Teiges auslegen, mit der Gabel einstechen. Fülle drauf und restlichen Teig als Gitter drüberlegen. Mit Eigelb bestreichen. Ab ins Rohr bei 175 Grad und circa 40 Minuten backen. Auskühlen lassen. Dazu gehört unbedingt Schlagobers oder Vanilleeis.

»Kuchenrezepte beruhigen die Nerven der Wutbürger, die sich im Netz tummeln – was auch mein (von Chefredakteuren meist ignoriertes) Mantra bestätigt, dass Zeitungen mehr Kulinarik brauchen.«

Die unheimliche Lust am Weltuntergang

„So eine Koalitionsbildung ist ein Ritt in die (Kritiker-)Hölle. Können uns die Verhandler irgendetwas recht machen? Eigentlich nicht. Wir wünschen uns neue Köpfe in der Politik, kritisieren aber, dass die Alten gehen mussten. Wir wollen alte Strukturen über Bord werfen, ängstigen uns aber vor deren Zerstörung. Wir finden, es müsse mehr gespart werden, schreien aber auf, wenn es uns selbst trifft. Wir haben die Nase voll von der großen Koalition, halten aber alles andere für problematisch. Wir wünschen weniger Streit, spotten aber über den Kuschelkurs der Neuen. Wird die Koalition schnell gebildet, werden wir Oberflächlichkeit vermuten. Dauert es lang, erwarten wir ein Scheitern. Schmeißt einer das Handtuch, werden wir seine Verweigerung anprangern. Drücken die Parteien ein Regierungsprogramm auch gegen Widerstände durch, wird ihnen Machtgeilheit vorgeworfen. Zeigen sie sich kompromissbereit, sagt man ihnen mangelndes Rückgrat nach. Wird die neue Regierung aus mehr Ministerien bestehen, werden wir ihre Verschwendungssucht kritisieren. Verringert sie die Zahl der Ministerien, wird man ihr vorwerfen, die eingesparten Ressorts nicht ernst zu nehmen.

Bei Koalitionsverhandlungen kann man eigentlich nur verlieren. Die Untergangspropheten sind stets wach.

KOALITIONS- UND EHEZERWÜRFNISSE

Only bad news are good news – leider ist dieser Satz nicht ganz falsch. Vor lauter Kritisieren vergessen wir Journalisten manchmal darauf, über positive Veränderungen zu berichten – oder sogar zu loben. Dabei wünschen sich die Leser mehr gute Nachrichten. Diese erscheinen der Redaktion aber oft zu banal, um darüber zu berichten: So wird der Hunger in der Welt weniger, die Zahl der Verkehrstoten sinkt, weil die Autos sicherer (und auch – trotz Schummelei – viel umweltfreundlicher!) geworden sind, den sauren Regen gibt es nicht mehr, die Qualität der Lebensmittel steigt. Besonders erbarmungslos sind wir bei der Politik. Sie kann uns Medien praktisch nichts recht machen. Dadurch drängen vielleicht nicht mehr die Besten in die Politik. Ein Teufelskreislauf. Das habe ich in Kommentaren oft thematisiert. Wollen die Medienkonsumenten wirklich so viel über den schiefen Haussegen in der Koalition lesen? Ich bezweifle es.

Apropos Paarprobleme: Im großartigen Theaterstück von Yasmina Reza, »Gott des Gemetzels«, wird ständig **Clafoutis** gegessen, bevor die Stimmung vollständig entgleist. Dieses Gericht kannte ich damals noch nicht, suchte das Rezept und wurde bei der deutschen Köchin Léa Linster fündig. Seither ist der Clafoutis fixer Bestandteil meines Repertoires. Ich verrühre sechs ganze Eier mit 50 Gramm Zucker, einem Esslöffel Vanillezucker, 300 Milliliter Milch, circa 200 Milliliter Obers, einem gehäuften Esslöffel Mehl und 35 Gramm geriebenen Mandeln (ohne Haut). Zum Schluss ziehe ich noch einmal den Pürierstab durch die Masse. In eine gebutterte Form Äpfel geben (ich dünste sie vorher ein bisschen mit Zitronensaft und Zucker). Eiermilch darüber gießen und bei 180 Grad backen, bis sie bräunt. Schmeckt lauwarm sehr gut und hat eine ähnliche Konsistenz wie Crème brûlée. So dramatisch wie in einem Reza-Theaterstück geht's bei uns daheim zwar Gott sei Dank nicht zu, aber meine Zwetschkenterrine hat schon einmal an einem heißen Sommertag zu einer kleinen Ehekrise geführt: Ich wollte sie zu Freunden mitnehmen, händigte sie aber unvorsichtigerweise meinem Mann aus. Der ließ sie zuerst eine halbe Stunde im heißen Auto stehen, was sie leicht verflüssigte. Danach nahm er eine Kurve recht sportlich, was einen kleinen Überschlag der Form auslöste. Die stets coolen Gastgeber Hans und Martina steckten die aus den Fugen geratene Terrine dann einfach in den Tiefkühler, bevor wir sie aufschnitten. Schmeckte auch gut. Dazu raten würde ich aber nicht. Und da mein Mann und ich glücklicherweise keine Politiker sind, dürfen wir uns auch manchmal öffentlich ankeppeln.

ZWETSCHKENTERRINE IM MARZIPANMANTEL

Ich walke 200 Gramm Rohmarzipan zwischen zwei Blättern Frischhaltefolie sehr dünn aus und kleide eine Terrinen- oder Kuchenform damit aus – die untere Frischhaltefolie bleibt in der Form, damit man die Terrine später gut stürzen kann. Ein Kilo Zwetschken mit ein wenig Wasser, knapp 100 Gramm Kristallzucker und der Schale einer Bio-Zitrone weich kochen. Zitrone entfernen, Saft auffangen und zu dickflüssiger Konsistenz einkochen. Sieben Blatt Gelatine in kaltem Wasser einweichen, im warmen Saft auflösen. Dann je zwei Esslöffel Zwetschkenschnaps und Weinbrand unterrühren, mit den Zwetschken vermischen.

Die ausgekühlte (!) Masse auf dem Marzipanboden verteilen, die Marzipanhülle zuklappen und für einige Stunden kaltstellen. Dazu ein Viertel Schlagobers mit Staubzucker halbsteif schlagen und mit etwas Weinbrand vermischen. Terrine stürzen, mit einem elektrischen Messer aufschneiden und mit dem Obers servieren. Dazu passen Cantucci.

»Gute Nachrichten! Der Hunger in der Welt wurde weniger, das Auto sicherer, die Qualität der Lebensmittel besser.«

Diktatur der Moralapostel

Haben 230 Jahre nach der Französischen Revolution die Tugendterroristen, die freudlosen »Robespierres«, gesiegt? Scheint tatsächlich so zu sein. Ganz besonders in Österreich. Dem Bürger wird zunehmend vorgeschrieben, wie er zu essen (mäßig & bio, besser vegan), reden (gegendert), denken (politisch korrekt) und sich zu bewegen hat (per Rad).

Jetzt ist es natürlich nicht so, dass die Moralapostel demnächst eine Guillotine in der Begegnungszone der Mariahilfer Straße errichten werden, aber einen virtuellen Pranger gibt es längst. Dort werden alle hingestellt, die noch immer Auto fahren (Umweltzerstörer!), Burschenschaftern ein Demonstrationsrecht einräumen (Faschisten!) und weniger Regulierung verlangen (Konzernknechte!). Eine kleine Minderheit hat die Mehrheit der Gesellschaft und damit auch die Politik in Geiselhaft genommen.

Unter dem Diktat des politisch korrekten Aktionismus werden dann auch gerne sinnlose Gesetze geschaffen: Weil Hunderte Millionen Inder (und auch andere Nationen) den Plastikmüll fatalerweise auf der Straße und damit auch in die Meere entsorgen, bevormundet man nun die europäischen Bürger. Damit werden selbst die leidenschaftlich mülltrennenden Österreicher via EU-Verordnung zur Plastiksackerl-Reduktion gezwungen. Dabei wird unser Plastik in großem Stil wiederverwertet.

Unangenehmerweise ist es in der digitalen Welt einfach geworden, das Verhalten jedes Einzelnen zu überwachen. Wir geben ja sogar eine Menge an Daten durchaus freiwillig her (siehe Facebook oder Kundenkarten). Da ist es nur logisch, dass Firmen, etwa Versicherungen, daraus Bonus-Systeme basteln. Aufregen sollten wir uns darüber (noch) nicht. Wenn dann eine Versicherung zum Beispiel eine niedrigere Krankenversicherung bei Fitness-Check via App vorschlägt, dann rücken die Moralapostel, die uns ansonsten gern unser Leben vorschreiben würden, dagegen zu Felde. Womit sich die Katze in den Schwanz beißt.

SPECK UND VEGANER KUCHEN

Nein, es ist nicht rational, zum 30. Mal an denselben Urlaubsort zu fahren, an dem der Zahn der Zeit schon etwas genagt hat. Ich tue es doch: Weil es dort die beste Kaffee-Kardinalschnitte, den besten Hirschschinken, die besten gerösteten Eierschwammerl der Welt gibt – und einen irgendwie liebenswerten Wirt dazu. Seine Ausdrucksweise und sein Leben sind weder gendergerecht noch sonst besonders progressiv. Frizzante firmiert bei ihm verächtlich unter »Puffbrause« – und manche seiner Ausdrücke würden ihm locker eine Anzeige einer Wiener Gleichbehandlungsanwältin einbringen. Aber seine Begeisterung für die regionalen Produkte des Schilcherweinlandes fand ich immer ansteckend. Und jedes Jahr wieder kann man über dieselben Witze des örtlichen Tennislehrers Christian lachen. (»Was ist die steirische Matura? Volksschule mit Tanzkurs.«)

Ich hatte nie Lust, mir den Genuss üppiger Torten oder einen steirischen weißen Speck (herrlich mit Meersalz und Rosmarin auf einem guten Schwarzbrot) madig machen zu lassen und lachte über die »Essensvögel« meiner Umgebung. Als sich aber schließlich auch mein eigener Bruder entschloss, plötzlich vegan zu leben, zerbrach ich mir den Kopf über Alternativen, weil ich ihn ja weiterhin bei Familien-Festessen bekochen wollte. Und siehe da, es gab auch da schmackhafte Rezepte.

Eines davon ist zum Beispiel meine **Currysuppe** mit Lauch und Linsen: Dafür zwei Stangen Lauch in Sesamöl anrösten, zum Schluss drei Teelöffel Curry mitrösten, mit einem guten halben Liter Gemüsesuppe aufgießen, Lauch weichkochen und pürieren. Eine bis eineinhalb Dosen Kokosmilch dazugießen (kein Light-Produkt, es schmeckt anders und fad). Nebenher 80 Gramm rote Linsen ganz kurz (maximal fünf Minuten!) in Salzwasser knackig kochen und erst zum Schluss dazugeben. Für die nicht vegane Fraktion kommen dann noch Flusskrebse in die Suppe (tiefgefroren oder in Salzlake – gibt es sie nur in Öl: abwaschen!). Vor dem Servieren mit einem Esslöffel Limettensaft verfeinern und mit viel Koriandergrün bestreuen.

Nicht vegan, aber zumindest vegetarisch ist mein **Maroni-Risotto**: Dafür eine Zwiebel in Olivenöl rösten, 200 Gramm Risottoreis unterrühren und abwechselnd mit Weißwein und Gemüsesuppe aufgießen. Zum Schluss Maroni in Stückchen (fertig aus dem Glas), etwas Honig, Butter und Parmesan zufügen.

Mit Parmesan bestreut servieren. Die Allesfresser kriegen dazu bei mir ein schönes Stückchen Wild.

Vegane Kuchen backe ich selbst nur selten. Aber die Kuchen und Torten im netten Allergikercafé auf der Wiedner Hauptstraße, in dem ich (als kleiner Gag) meine Streitschrift über die Essensneurosen präsentierte, kann ich dafür empfehlen. Sie können sich mit jeder Super-Konditorei der Stadt messen.

Meinem politisch nicht korrekten Wirt Luis widme ich hier dennoch lieber die steirische Weintorte von Lisi, vielfache Oma und hochaktives Mitglied meiner Styria- und Tennis-Neigungsgruppe. Dazu schmeckt ein Gelber Muskateller. Wir kaufen gern im Weingut Schwarzböck in Hagenbrunn hinterm Bisamberg oder beim Scheucher im steirischen Ort Labuttendorf – Stichwort weißer Speck!

STEIRISCHE APFEL-WEIN-TORTE

Ich backe ein Biskuit aus drei Eiern (Dotter und Schnee getrennt schlagen), 85 Gramm Zucker, zwei Esslöffel Wasser und 85 Gramm Mehl. Belag: Ein Kilo geschälte und geschnittene Äpfel in einem Achtel Wasser, einem Achtel Weißwein und dem Saft einer Zitrone dünsten, abseihen (Saft auffangen!) und passieren. Ein Achtel des Saftes mit 50 Gramm Zucker und etwas Zimt aufkochen. Sechs Blatt Gelatine einweichen und im warmen Saft auflösen – unter beständigem Rühren in das Apfelmus mixen. Auf den Tortenboden in der (geschlossenen!) Form streichen, am besten über Nacht im Kühlschrank fest werden lassen. Mit Schokospänen bestreuen und mit geschlagenem Obers oder Zimteis servieren. Passt auch als Dessert.

Ach, Schnucki – das Verschwinden des Österreichischen

„Wissen Sie noch, dass – zumindest in Wien – Tomaten einst Paradeiser und Kartoffeln Erdäpfel hießen? Und würden Sie nie »lecker« sagen, auch wenn die (unsynchronisierte deutsche) Werbung voll davon ist? Dann sind Sie wahrscheinlich über 50 und ohne deutsche Privatsender groß geworden. Vielleicht kennen sie sogar den »Pfrnak« (die österreichisch-böhmische Version der Nase). *Kurier*-Leser machen oft Bahöl wegen zu vieler Germanismen und Anglizismen in der Zeitung. Tatsächlich rutscht uns hin und wieder Unverzeihliches wie »an Weihnachten« durch. Oder wir verwenden gedankenlos englische Worte, wo es auch deutsche gäbe (Hauptquartier statt Headquarter). Manchmal jedoch gibt es sie nicht oder nur mit kabarettistischer Note, etwa wenn *Kurier*-Kollege Guido Tartarotti über das »Stuhl-Gewitter« (Shitstorm) schreibt.

Die Wahrer des österreichischen Sprachguts neigen ja gelegentlich zur Übertreibung. Let's face it (okay, das war jetzt eine Provokation): Sprache verändert sich und unterliegt Modeerscheinungen. In der Goethe-Zeit redete man ein anderes Deutsch als jetzt (auch wenn wir uns möglicherweise in diese Zeit zurückentwickeln, wo nur die Elite ernsthaft lesen konnte). Und am österreichischen Hofe sprach man einst vornehm Französisch – daher sickerten französische Vokabeln ein, wie Trottoir.

Mittlerweile ist Englisch Weltsprache und »BSE« (Bad Simple English) alltäglich – besonders in der Wirtschaft, aber das ist in einem globalen Business, äh, Geschäft, logisch. Und weil Jugendliche die ganze Welt auf Knopfdruck in ihrem Handy (ist nicht Englisch!) haben und gern in Kurzformeln kommunizieren, schwindet das Österreichische ebenfalls. *Die Zeit* bezeichnet übrigens die Kommunikation mit »Emojis« als raschest wachsende Sprache der Welt. Die Kinder der neuen Zuwanderungsgruppen wiederum sitzen viel zu oft vor den Fernsehsendern ihrer Muttersprache. Das erschwert das Deutsch- geschweige denn Österreichischlernen. (Und welche Inhalte da sonst noch transportiert werden, sollte man auch genauer beachten.)

Schade, dass nicht einmal das Burgtheater ein Hort österreichischer Sprachfärbung ist. Da amtierten zu lange deutsche Direktoren mit ihren Lieblingsschauspielern. Aber wenn die dann Nestroy oder Schnitzler spielen … Der spezifisch altösterreichische Ton stirbt aus, bald kann man ihn nur noch auf analogen Schallplatten von André Heller hören. Viele werden die Texte aber gar nicht verstehen. Ach, Schnucki, ach Schnucki …

»Mittlerweile ist Englisch Weltsprache und ›BSE‹ (Bad Simple English) alltäglich.«

SPRACHVERHUNZUNG

Eigentlich bin ich recht kampfeslustig, aber eines habe ich aufgegeben: meinen Feldzug gegen das (Un-)Wort »bislang«. Österreichisch heißt es natürlich »bisher«, was aber in unseren redaktionellen Texten mittlerweile eindeutig den Kürzeren gezogen hat. Mein Ehemann wiederum, in Wien geboren, besteht auf »Paradeiser«, obwohl ich in Oberösterreich mit »Tomaten« aufgewachsen bin.

Aber das ist noch harmlos gegen so manches »Piefkonische«, das ich als Newsdesk-Chefin (schon wieder Englisch) manchmal entdecke und mit Empörung entferne, bevor den Lesern die Zeitung vor Schreck aus der Hand fällt: »an Ostern« zum Beispiel. Wahrscheinlich ist es kein Zufall, denn die jetzt 30-Jährigen sind mit RTL & Co. groß geworden. Was, nebenbei bemerkt, sogar Vorteile hatte. Ist Ihnen aufgefallen, dass viele vife Junge mit Migrationshintergrund »bundesdeutsch« sprechen, obwohl sie hierzulande aufgewachsen sind? Der Vormarsch der türkischen TV-Sender führte hingegen dazu, dass die nächste Generation größere Integrations- und Sprachschwierigkeiten hat.

Was ich überhaupt nicht mag: Binnen-I verhunzt das geschriebene Wort. Unübertroffen im Gleichstellungs-Quacksprech ist die Hochschülerschaft an der Uni Wien. Dort ist man auch Meister des Unterstrichs: Student_innen! Damit werden angeblich beide Geschlechter gleichberechtigt angesprochen. Binnen-I gilt in solchen Kreisen als frauenfeindliches Phallus-Symbol – kein Scherz. Dort gibt es auch »Workshops und Fortbildungen für Frauen* und trans*identifizierte Menschen«. Die Männer sind irgendwie verloren gegangen.

Wenigstens kulinarisch ist das Wienerische wieder modern geworden, mein Beitrag dazu in diesem Buch: der Gugelhupf. Das Rezept ist von Kindergartenhelferin Sandra, aus Serbien zugewandert, an der in Wahrheit eine Wiener Konditormeisterin verloren gegangen ist.

ROTWEINGUGELHUPF

Ich trenne vier Eier und schlage das Klar mit einer Prise Salz steif. Je 250 Gramm weiche Butter und Zucker schaumig rühren, die Dotter nach und nach unterrühren (Achtung, Gerinnungsgefahr). In diese Masse rühre ich 250 Gramm mit einem Packerl Backpulver gemischtes griffiges Mehl (oder Universal) und 100 Gramm geriebene Schokolade (wenn es schnell gehen muss, schmelze ich sie im Wasserbad und rühre sie schon davor in die Buttermasse), plus einen Teelöffel Zimt. Dazu kommen ein Esslöffel dunkles Back-Kakaopulver, ein gutes Achterl Rotwein. Zum Schluss hebe ich den Eischaum unter und backe den Gugelhupf bei 180 Grad circa 50 Minuten. Perfekte Kaffeejause im Spätherbst. Er ist simpel, luftig, saftig und schmeckt nach Kindheit. Und am liebsten esse ich alle Kuchen lauwarm, da sind sie am besten.

Was wurde aus der Kombinage?

Fragen Sie mal im Wäschegeschäft nach einer »Kombinäsch«. Gibt's nicht mehr. Ich lernte das Kleidungsstück samt gewöhnungsbedürftiger Bezeichnung erst durch meine Wiener Schwiegermutter kennen: ein Einteiler – Mieder mit Unterrock, bevorzugt geblümt und aus Polyester, den ältere Frauen an heißen Sommertagen sogar als eine Art Hauskleid im engsten Familienkreis trugen. Diese Generation frönte der Rubens-Figur, fand ihre Schwiegertöchter immer zu dünn und bemühte sich, die Enkelkinder zu mästen. Mit Anglizismen hatte sie nichts am Hut, warf dafür aber gern mit französischen Vokabeln um sich. Der Gehsteig hieß daher Trottoir und das Unterkleid eben nobel »Kombinage«.

Und heute? Jetzt müssen wir auf Teufel komm raus den Body formen (oder neusprachlich »shapen«). Die Unterziehdinger sind deutlich unbequemer als das Vorgängermodell und kommen erstaunlicherweise meist in reizlos fleischfarbenem Gewand daher. Dafür machen sie aus dem vielleicht nicht immer ganz optimal weiblich gerundeten Körper eine Mogelpackung. Brust raus, Bauch rein! Das kann schweißtreibend sein, der Saum rollt – und eigentlich ist es ein Wunder, dass die Zahl der Ohnmachtsanfälle auf Sommerbällen aufgrund der Quetsch-und-Pluster-Unterwäsche nicht signifikant zugenommen hat.

Eine Freundin, von Diäten und Stretch-Wäsche ermattet, meinte kürzlich: »In der Pension kaufe ich mir eine Kleiderschürze Größe 52. Und in die fress ich mich dann rein.« Immerhin ist die modisch ebenso fragwürdige Schürze im Versandhandel für die 70-plus-Generation noch ohne Schwierigkeiten erhältlich. Und im Gegensatz zu Kombinage und Bodyshaper kann man damit auch dem Postler bedenkenlos die Tür öffnen, wenn er den eingeschriebenen Brief – selten genug – vorbeibringen sollte.

WIENERISCH FÜR ANFÄNGER

Lektion eins für eine in Wien lebende Oberösterreicherin: Das daheim ganz normale »Grüß Gott« verwenden nur Ultrakonservative und Landeier. In der SPÖ-Zentrale in der Wiener Löwelstraße zucken sie bei diesem Gruß regelrecht zusammen, bemerkte ich als Jungjournalistin. Dafür sagt – umgekehrt – im »Hoamatland« kein Mensch Grüssi, Taaaag oder Mahlzeit (zwischen 11 und 14 Uhr). Sondern eher »Pfiati« und »Griaßdi«, was ich bis heute sympathischer finde. Meine Wiener Schwiegermutter »Gusti« (Augustine) – blitzgescheit und äußerst meinungsstark – war für mich nicht immer ganz einfach und anfangs auch nicht einfach zu verstehen: Welcher Nicht-Wiener kapiert zum Beispiel, dass »Pederschdorf« Perchtoldsdorf ist oder der »Rädiätor« ein Heizkörper? Wie viele alte Wiener mixte sie unbewusst ein wenig Jiddisch ins Deutsch, sagte »grien« statt »grün«.

Seichte Unterhaltungsmagazine hießen bei ihr »Schmauswaberlzeitungen«, die sie beim Friseur energisch für sich reklamierte. Und im sommerlichen Gartenhaus liebte sie es, in der »Kombinäsch«, also im Unterkleid, herumzulaufen. Selbstverständlich stand sie damit auch am Herd und kochte zum böhmischen Knödel ihren legendären Schweinsbraten. Er ist unerreicht, damit kann ich mich leider bis heute nicht messen. Kuchenbacken hingegen überließ sie lieber mir, dafür hatte sie kein Händchen. Für vieles andere schon: Als ich ihr das erste Mal beim Zubereiten ihres »Wienerischen« grünen Salates zusah, war ich schreckensstarr: Speiseöl, Hesperiden-Essig – und eine große Handvoll Staubzucker. Hilfe! Aber ich gebe zu: Das Ergebnis schmeckte erstaunlich gut (auch wenn ich meinen Salat nie so zubereiten würde). Super war auch ihr Grießkoch für die Enkelkinder – und nirgendwo sonst hab' ich je »Kochsalat« gegessen. Mein Mann schwärmt außerdem noch heute von der Dillkräutl-Sauce mit hartem Ei (ganz viel Mehl in der Einmach) seiner Kindheit.

Zu Weihnachten gibt es bei uns traditionell Fisch – und meine Schwiegermutter brachte jedes Jahr die Curry-Knoblauch-Sauce mit. Für meine Söhne nach wie vor ein Muss zu Weihnachten. Ich hatte immer vergessen, sie nach dem Rezept zu fragen und habe es nach ihrem Tod über die Jahre rekonstruiert. Meine kritischen Söhne finden: So passt das jetzt.

CURRYSAUCE

Für vier bis sechs Personen verwende ich zwei Eidotter (Eiklar einfrieren). Dotter mit einem Esslöffel süßem Senf verrühren und 200 Milliliter Speiseöl in dünnem Strahl unter ständigem Rühren mit dem Handmixer untermischen (der Senf verhindert das Gerinnen), bis eine cremige Mayonnaise entstanden ist. Den Saft einer halben Zitrone (oder ein wenig Gurkerlwasser), einen halben Becher Sauerrahm oder Joghurt, Salz, frisch gemahlenen Pfeffer, eine durch die Presse gedrückte Knoblauchzehe und einen Esslöffel Currypulver dazu rühren, fertig. Wir essen die Sauce zu Fisch im Backteig. Passt aber genauso gut zu kaltem Roastbeef – perfekt mit Gurkerl, Radieschen, einem harten Ei (am besten lauwarm, mit noch cremigem Dotter) und Weißbrot. Und sollte von der Currysauce wider Erwarten etwas übrig bleiben: Bereiten Sie einfach am nächsten Tag mit den Scheiben hart gekochter Eier eine köstliche **Eier-Mayonnaise**!

»Während wir auf
Teufel komm raus unseren
Body formen müssen, frönte
die Generation meiner
Schwiegermutter der
Rubens-Figur.«

Die Absicherungsgesellschaft erstickt den Innovationsgeist

Was passiert, wenn sich in Österreich jemand den Knöchel verstaucht? Eh klar: Man erfindet eine neue Regelung und am besten einen neuen Sicherheitsbeauftragten. Wir sind eine Absicherungsgesellschaft geworden. Daher wird es schon als großer Entbürokratisierungserfolg gefeiert, wenn die Funktion der Sicherheitsvertrauensperson mit jener der Präventivfachkraft zusammengelegt wird. Juhu!

Leider administrieren wir uns trotzdem weiterhin zu Tode. Das betrifft Arztordinationen genauso wie Gasthäuser. Kleines Beispiel gefällig? Wirte müssen dank der Hygienekontrollverordnung »HACCP« dafür sorgen, dass ihre Schnitzel während des Garungsprozesses die Temperaturkontrollerfordernisse für Lebensmittel erfüllen. Ein Wunder, dass der Gast nicht fallweise eine Dokumentation statt einer Speise serviert bekommt. Dank der Allergenverordnung wirken manche Speisekarten ohnehin schon wie das Wortspiel »Scrabble«. (In der Brüsseler EU-Zentrale nimmt man die eigenen Verordnungen übrigens nicht so ernst. Dort fehlen auf den Tischkarten bei noblen Mittagessen die Allergen-Abkürzungen.)

Und falls Sie sich schon einmal gefragt haben, warum fast alle kleinen Fleischhauer aufgegeben haben: Es liegt nicht nur an der Billigkonkurrenz der Supermärkte. Viele hatten auch die Schnauze voll davon, irrwitzig gestiegene Auflagen zu erfüllen,

Gefahrendatenblätter auszufüllen, Arbeitszeitaufzeichnungen abzugeben.

Das bringt nicht nur Betriebe unter Druck, sondern verzögert und verteuert alles. Geschätzte zwanzig Prozent der Baukosten gehen schon für überzogene Vorschriften drauf, etwa für den »Sicherheits- und Gesundheitsplan«, den ein eigener Baukoordinator erstellen muss. Kein Wunder, dass uns die EU-Kommission für die Überregulierung kritisiert hat.

Wahrscheinlich würde der Versuch, ein österreichisches Silicon Valley zu schaffen, an fehlenden getrennten Toiletten und zu schlecht beleuchteten Ausgangsschildern scheitern. Während man aber hinter jedem Kleinunternehmer her ist, der sich bei den Sozialversicherungsabgaben um ein paar Euro verrechnet, bleiben Kontrollbehörden ungeschoren, die tatenlos zuschauten, wie ein paar Hundert Millionen beim Wiener Krankenhaus Nord und schlussendlich Milliarden bei der Hypo Alpe Adria versenkt wurden. Wo bitte waren da die »Beauftragten« und die kleinkarierten Vorschriften?

Innovationsgeist entwickelt sich dort, wo man erwarten kann, dass einem keine allzu großen bürokratischen Prügel zwischen die Beine geworfen werden. Wir brauchen weniger Gender-Mainstreaming-Beauftragte und Behörden-Schikanen, dafür mehr Freiheit und Mut.

»Unternehmer haben die Schnauze voll davon, irrwitzig gestiegene Auflagen zu erfüllen.«

RESPEKT VOR DEM UNTERNEHMERTUM

Mein Vater war ein kleiner Selbstständiger – fleißig, redlich. Die Firma lief nicht immer gut, er schuf dennoch mit eigener Hände Arbeit ein Eigenheim für die fünfköpfige Familie, unterstützt von meiner Mutter. Sie reparierte mit Sozialkompetenz, was er mit seiner manchmal schroffen Art bei Kunden anrichtete. Es gab null Luxus, dennoch waren wir die »Unternehmerkinder« in einer Gemeinde mit hohem Arbeiteranteil. Vielleicht hat mich das geprägt, obwohl ich immer das Angestelltendasein der Selbstständigkeit vorzog. Ich habe Hochachtung vor Menschen, die sich in die Selbstständigkeit wagen und ärgere mich über Klassenkämpfer, die zum Halali gegen Unternehmer und Besitzende blasen, während sie selbst den Staat für alles verantwortlich machen und über ein geschütztes Arbeitsverhältnis, eine hohe Pension plus Sozialwohnung verfügen. Auch das ist ja eine Art von Vermögen.

Die leider auch im Journalismus grassierende Wirtschafts- und Industriefeindlichkeit fordert meinen Widerspruchsgeist in Redaktionssitzungen oft heraus. Ja, wir können es uns (noch) leisten, selbstzufrieden alles »Technisierte, Industrialisierte« zu verteufeln – nicht ohne dessen Segnungen wie Mobiltelefon oder Fernreisen zu genießen. Man mokiert sich über die »Profitorientierung« von Unternehmen, vergisst aber, dass es ohne Gewinn keine Jobs, nur Pleiten gibt und ohne Kapitalmarkt keine Unternehmensfinanzierung. Natürlich soll die Sozialgemeinschaft einspringen, wenn jemand in echter Not ist. Aber viel zu oft werden Sozialleistungen mit der Gießkanne verteilt.

Wenn man die Österreicher fragt, was sie an ihrem Land schätzen, dann steht die Landschaft ganz hoch im Kurs, die Wirtschaft nicht. Dabei hat Österreich 175 »Hidden Champions«, also wenig bekannte Weltmarktführer in bestimmten Sparten. Darunter gar nicht so versteckte wie die Vorarlberger Liftbauer Doppelmayr oder die oberösterreichische KTM, aber auch weniger prominente wie die Küchenbeschläge-Firma Blum (aus dem Ländle) oder die innovative Innviertler Holzkonstruktionsfirma WIEHAG, die mit weltberühmten Architekten wie Norman Foster zusammenarbeitet und in London eine

U-Bahn-Station aus Holz gebaut hat. Bei meinen (journalistischen) Betriebsbesuchen begeistern mich solche Firmen. Natürlich gehört in der Wirtschaftswelt auch das Scheitern dazu. Leider ist gerade der Gastro-Bereich dafür besonders anfällig, weil er kurzlebig sowie personalintensiv ist und unter übertriebenen bürokratischen Auflagen leidet. Dennoch hat Österreich viele großartige und innovative Gastronomen: von den Reitbauers in Wien und der Steiermark (Steirereck, Pogusch) bis zur Vorarlberger Familie Walch in Zug (Rote Wand, Schualhus).

Manchmal wird auch die Küche bei uns daheim zur kleinen »Produktionsstätte« – vor allem, wenn es ans Marmeladeeinkochen geht. Ist die Gartenmarillen-Ernte (»Ungarische Beste«) zu reichlich und die viel beschäftigte Frau kaum daheim, schafft es der Ehemann auch alleine perfekt. Wir kochen wahrscheinlich rund hundert Gläser Marmelade pro Jahr ein. Etwas von der kostbaren Ausbeute wird verschenkt, doch den größten Teil streichen wir selbst zum Frühstück auf ein (wirklich) gutes Brot oder – seltener – auf einen selbst gemachten **Striezel.** Ich habe immer wieder am Rezept getüftelt und finde ihn so am besten: Ein halbes Kilo glattes Mehl mit einer Packung Trockengerm und einem Viertelliter lauwarmer Milch vermischen. Dazu kommen: drei Eidotter, ein ordentlicher Schuss Rum, die abgeriebene Schale einer Zitrone, eine Prise Salz, 125 Gramm Staubzucker, etwas Vanillezucker, zwei bis drei Esslöffel geschmolzene Butter. Eine Stunde bei knapp 50 Grad im Herd aufgehen lassen. Dann in vier Strängen (von außen nach innen) zum Zopf flechten. Nochmals gehen lassen. Mit verquirltem Ei bestreichen und mit Hagelzucker bestreuen. Etwas mehr als eine halbe Stunde im vorgeheizten Rohr bei 180 Grad backen (eventuell mit Alu abdecken, wenn er zu schnell bräunt). Schmeckt natürlich am selben Tag am allerbesten.

ORANGENMARMELADE

Dieses Rezept entstand durch ein längeres Versuch- und Irrtum-Verfahren. Und das ist der Weg zum Marmelade-Glück: Drei Kilo Bio-Orangen (Schale muss verwendbar sein) großzügig schälen. Ein Drittel der Schale klein schneiden und mit Wasser und etwas Zucker weichkochen. Zum Schluss einen Schuss Orangenlikör dazugeben. Parallel dazu die in Stücke geschnittenen Orangen mit zwei Kilo 2:1-Gelierzucker kōcheln. Zwei Schöpfer der halbfertigen Marmelade zu den Schalen gießen, diese fein pürieren und mit der köchelnden Marmelade vermischen. Weiter kochen. Eventuell noch weiteren Orangenlikör zugeben. Wie bei allen Marmeladen streue ich zur Konservierung zum Schluss ein wenig Ascorbinsäure hinein. Heiß in frisch abgespülte Gläser füllen, verschließen und bei 100 Grad mit Wasserschale eine Stunde im Rohr sterilisieren. Ergibt sieben bis acht Gläser und schmeckt auch im Winter ganz himmlisch nach Sommer.

»Die grassierende Wirtschafts- und Industriefeindlichkeit fordert meinen Widerspruchsgeist oft heraus.«

Anders andersrum

Angenommen, Sie hissen an Ihrem Wohnhaus die Regenbogenfahne der Schwulen- und Lesbenbewegung – oder aber die weiß-gelbe Fahne der katholischen Kirche; Sie bekennen öffentlich, dass Sie mehrmals abgetrieben haben oder dass Sie mindestens vier Kinder auf die Welt bringen wollen. Was ist der größere Tabubruch? Keine Frage, beim jeweils Letzteren haben Sie ziemlichen Erklärungsbedarf. Bestenfalls ernten Sie (im buchstäblichen Sinne) ungläubiges Staunen. »Das Bekenntnis, katholisch zu sein, geht der Spaßgesellschaft schwer auf den Keks«, sagte der frühere *Spiegel*-Redakteur Matthias Matussek in einem *Kurier*-Interview. Stimmt. Matussek zog mit seinem Buch »Das katholische Abenteuer. Eine Provokation« durch die deutschen Talkshows. Ein intelligenter, städtischer Mensch, der statt zum Life Ball zur Sonntagsmesse geht, muss aus der Sicht intelligenter, städtischer Menschen eine Schraube locker haben. Als politisch zurechnungsfähig wird nur betrachtet, wer Kreuze in Schulen bekämpft, daheim aber haufenweise Besinnlichkeitsliteratur liegen hat, Plastikflaschen in die richtige Mülltonne entsorgt, aber einen riesigen SUV fährt.

In Wahrheit gibt es natürlich eine große Sehnsucht nach Werten und Spiritualität. Aber die katholische Amtskirche, die leider oft von etwas verschrobenen Persönlichkeiten vertreten wird, kann daraus keinen Profit schlagen. Sie ist hauptsächlich mit eigener Krisenbewältigung beschäftigt. An ihre Stelle sind selbst ernannte Tugendwächter getreten (wozu oft auch die Medien zählen), die uns sagen, was wir zu tun und zu denken haben. Das Publikum dieser Botschaften, das oft ganz anders fühlt, aber es nicht auszudrücken wagt, rächt sich gegen Denkverbote und Beschwichtigungen, indem es das Establishment verachtet und/oder klammheimlich Rechtspopulisten wählt. Und es machte das Buch eines Ex-Kommunisten zum Bestseller, der sich offen zum katholischen Glauben bekennt.

ÜBER DAS KINDERKRIEGEN

Euke Frank, Freundin und Chefin des erfolgreichen Frauenmagazins *Woman,* gab im Fragebogen unseres Branchenblattes einmal eine großartige Antwort, an die ich oft denken muss. Auf die Frage: »Was soll Ihnen einmal nachgesagt werden?«, sagte sie schlicht: »Tolle Kinder.« Das berührte mich. Und ich erinnere mich an ein Interview mit dem Multitalent André Heller (in *Woman*), in dem er über seinen geliebten Sohn und dessen Mutter sprach: »Ich werde Ferdinands Mutter immer auf den Knien meines Herzens danken, dass sie sich über meine ursprüngliche Kinderablehnung hinweggesetzt hat. Sie hat gemacht, was sie will«, sagte er da.

Glücklicherweise ist sich auch in meinem Leben alles ausgegangen (wenn auch manchmal mit hängender Zunge): Kinder und Karriere. Das ist nicht selbstverständlich – auch deshalb, weil in unserer Gesellschaft, zumindest in der Mittelschicht, der Mut zu Kindern verloren gegangen ist. Nie passt die Geburt von Kindern punktgenau ins Leben: Zuerst muss die Ausbildung beendet, dann der Berufseinstieg organisiert, dann Geld verdient, dann in die Ferne gereist, dann eine größere Wohnung bezogen werden – und oft mangelt es auch einfach am richtigen Partner für die Elternschaft. Absurderweise scheint es allerorten mehr Verständnis für eine Abtreibung zu geben, als sich zu einem Baby zu bekennen, das sich zu einem unpassenden Zeitpunkt ankündigt.

Irgendwann einmal ist es allerdings zu spät für Kinder – dann wird es bedauert. Ich habe auch als Journalistin oft darüber nachgedacht, was die besten Voraussetzungen für mehr Kinder wären und bin zu keiner schlüssigen Antwort gekommen. Seltsamerweise stürzen sich ja Menschen in prekären Lebensverhältnissen oft viel unbekümmerter in die Elternschaft, als jene, die es sich leisten könnten. Es liegt auch, aber nicht nur an staatlichem Geld, an öffentlicher Kinderbetreuung (ja, es braucht viel mehr ganztägige Schulen) oder Kündigungsschutz (der ist hierzulande unglaublich stark ausgebaut – für Firmen durchaus oft problematisch). Vielleicht geht es bei der Entscheidung fürs Kind mehr darum, was in der »Peergroup« geschieht. Es geht um Zukunftsoptimismus (und -pessimismus), um prinzipielle Kinderfreundlichkeit (und -feindlichkeit) in einer narzisstischen Gesellschaft sowie um die Illusion der perfekten (Werbefernsehen-)Familie. Das Leben mit Kindern ist viel Improvisation, manchmal muss man auch lernen, das Chaos zu lieben (ich sage nur: Kindergeburtstagsparty!), und über vieles kann man erst im Nachhinein schmunzeln (das Volksschul-Mitteilungsheft meines Jüngeren! Ich schwöre, es wird einen Anlass geben, wo ich daraus zum Gaudium der Gäste vorlesen werde!). Wie schön war es, mit den Kindern Kekse zu backen, auch wenn sie die Küche in ein Schlachtfeld verwandelt und wenig (eher gar keine) Geduld für ausgeklügelte Verzierungen gehabt haben. »Hotel Mama« war ich keines, sie zogen bald nach der Matura aus, und das war auch gut so. Man muss die Kinder ziehen lassen. Aber ich versuche sie auch heute noch »anzufüttern« und freue mich wie eine Schneekönigin, wenn ich es schaffe, sie – samt Freund(inn)en – an einem Tisch zusammenzubringen.

Und das ist der Standard-Mürbteig meiner Mutter für die Kekse: Er lässt sich auch super für **Ribisel-Himbeer-Schaumschnitten** verwenden: Ich knete rasch einen Mürbteig aus 300 Gramm Mehl, 200 Gramm Butter, 100 Gramm Staubzucker, einem Dotter (Klar aufheben). Dazu etwas Salz, eine Prise Zimt, Zitronenschale. Daraus Kekse ausstechen und backen. Oder: Auf einer viereckigen Backform (40 mal 30 cm) ausrollen und kaltstellen. Teig etwa eine Viertelstunde vorbacken (er soll leicht bräunlich sein, ist aber im Moment, wo man ihn aus dem Rohr holt, noch weich). Leicht abkühlen lassen. Mit einem halben Kilo Beeren bedecken (eine Mischung aus Ribisel und Himbeeren ist perfekt). Ich schlage fünf bis sechs Eiklar (je nachdem wie viele gerade bei mir eingefroren waren) mit rund 150 Gramm Staubzucker sehr steif und bestreiche den Kuchen damit. Ab ins Rohr bei 180 Grad (circa 20 Minuten), bis die Schaumhaube schön gebräunt ist. Das säuerliche Obst harmoniert perfekt mit der zuckersüßen Haube.

Funktioniert auch gut mit Rhabarber – die (geschälten) Stückchen lege ich ebenfalls ohne Vorkochen auf den Teig, backe sie aber darauf noch 10 Minuten vor, bevor die Schaumhaube draufkommt. Mein Lieblingskuchen im Sommer. Ich mag Mürbteig – wie er auch zur Tarte Tatin gehört. Mit Kindern daheim bleibt davon niemals ein Stück übrig.

TARTE TATIN

Ich bereite aus 180 Gramm glattem Mehl, 100 Gramm Butter, zwei Esslöffel Staubzucker, geriebener Zitronenschale, einem Eidotter und vier Esslöffel kaltem Wasser einen Mürbteig zu und stelle ihn kalt. Dann schneide ich mindestens ein Kilo geschälte Äpfel in Spalten und mariniere sie in Zitronensaft, etwas Kristallzucker und Zimt. Inzwischen lasse ich circa 150 Gramm Kristallzucker bei niedriger Hitze in einer Teflonpfanne (oder einer Tarte-Tatin-Form, was beim Wenden später viel einfacher ist) schmelzen. Sobald sich ein hellbrauner Karamell gebildet hat, ziehe ich die Pfanne von der heißen Kochplatte und schütte einfach die abgetropften Äpfel drauf (wer will, schlichtet ordentlich, ist aber nicht nötig). Mit Butterflöckchen bestreuen. Die Teigplatte rund ausrollen und vom Nudelwalker vorsichtig auf die Äpfel in der Pfanne rollen. Den Rand so in die Pfanne drücken, dass alle Äpfel umschlossen sind. Im Rohr bei 180 Grad circa 40 Minuten backen, bis der Teig hellbraun ist. Herausnehmen und ein paar Minuten ruhen lassen. Dann die Pfanne mit einem großen Teller bedecken und blitzschnell umdrehen – der schwierigste Teil, wenn man keine Tarte-Tatin-Form hat, wo die Auflage perfekt auf die Form passt – da kann durchaus etwas heißer Karamellsaft fließen. Mit Vanille- oder Zimteis servieren. Schaut nie ganz perfekt aus, schmeckt aber sehr köstlich.

Wer hat hier einen Dachschaden?

Es gibt einladende Flächen, die sich nicht zum Ablagern eignen – zum Beispiel das Autodach. Dabei ist es so verlockend: Man will voll bepackt in den Wagen steigen, angelt noch nach dem Autoschlüssel – und parkt dazwischen die Computertasche auf dem Dach. Ist dann der Schlüssel endlich gefunden, ist das Ding am Dach aus dem Blickfeld und damit auch aus dem Kopf verschwunden. Es taucht nie wieder auf – samt Ausweisen und wichtigen Arbeitsunterlagen. Der Autorin wohlbekannte Männer schieben in so einem Fall die Schuld auf die Frau, die ihnen zu viele Befehle gleichzeitig gegeben habe, was zwingend zur vorübergehenden Amnesie geführt habe. Eh logisch. Den ultimativen Ehe-Belastungstest bestand aber ein Paar im Freundeskreis: Den Topf selbstgekochter Suppe, den sie zur Einladung mitnehmen wollte, parkte er bei der Ankunft kurz aufs Autodach. Sie warf die Wagentür zu, was den Topf ins Rutschen brachte und dazu veranlasste, seinen knallroten Inhalt (mediterrane Paprikasuppe!) auf Auto, Straße und Mann zu ergießen. In jeder normalen Beziehung wäre der Abend über der ausgiebigen Klärung der Schuldfrage gelaufen gewesen, oder? Die beiden aber bewahrten mehr oder minder Haltung. Der Ehemann fuhr zum Umziehen quer durch die Stadt nach Hause, die unschuldigste aller Ehefrauen kam ohne Topf zum Fest. Ich gebe zu: In dieser buddhistischen Gelassenheitsstufe bin ich noch lange nicht angekommen.

»TASTES FUNNY«

»Tastes funny«, meinten die amerikanischen Cousinen und Cousins nur und verzogen leicht das Gesicht, als meine Mutter damals irrtümlich Salz statt Zucker für einen Kuchen verwendet hatte. (Schuld, so meinte sie später, sei mein Vater gewesen, der in einer Aufräumattacke die Schütten falsch befüllt hatte.)

Die Amerikaner waren sozusagen Kummer mit der europäischen Küche gewöhnt – so richtig begeistern konnten sie sich dafür nie. »Tastes funny« wurde daher zum geflügelten Wort in meiner Familie. Als mein beim Essensgeschmack äußerst konservativer Vater viele Jahre später in Wien meine Süßkartoffel-Kürbis-Kokossuppe kostete, verwendete er – skeptisch – genau diesen Spruch. Bei mir und meiner Schwester löste das einen Heiterkeitsanfall aus. Seither heißt sie »Funny soup« – und wir lieben sie sehr.

Meine Eltern waren (und sind) immer gastfreundlich (was sich auch auf mich übertragen hat): Das Haus war oft den ganzen Sommer von der vielköpfigen amerikanischen Verwandtschaft bevölkert, und auch die Nachbarskinder wurden von den Kuchen und Torten meiner Mutter angelockt (deren Rezepte noch immer in meinem Repertoire sind). Mein Vater, dessen Geschäft gegenüber unseres Wohnhauses lag, nahm sich exakt eine Stunde Mittagspause. Und er erwartete, dass das Essen Schlag zwölf auf dem Tisch stand. Solche Familiengewohnheiten wird man leider nie wieder los: Noch heute ist mein Essen zur vereinbarten Zeit fertig, und keine Minute später. Und außerdem plagt mich um zwölf Uhr mittags schrecklicher Hunger. Während des Mittagessens hörten meine Eltern übrigens das »Ö1-Mittagsjournal« – und egal, wie groß die Kinderschar um den Tisch war: Wir mussten schweigen, während mein Vater gerne über das Gehörte dozierte. Ein Wunder eigentlich, dass ich nicht eine lebenslange Abneigung gegen Politikjournalismus entwickelt habe – ganz im Gegenteil.

Politik war dann auch in meinem Erwachsenenleben stets ein viel diskutiertes Thema. Irgendwann wurde es meinen (damals pubertierenden) Kindern zu bunt und sie forderten ultimativ einen Stopp dieser endlosen und faden Gespräche in unserem Journalistenhaushalt. Doch der Politik-Virus hat auch sie befallen, und die Diskussion riss nie mehr ab – selbst in unserer familiären WhatsApp-Gruppe wird weiterhin leidenschaftlich politisch gestritten. Dagegen hilft nur der Duft eines frisch gebackenen Kuchens – oder eine tröstlich warme Suppe.

SÜSSKARTOFFEL-KÜRBIS-SUPPE

Eine Zwiebel hacken und in Sesamöl hell anrösten, zum Schluss ein daumendickes Stückchen klein gehackten Ingwer mitrösten. Süßkartoffel und Kürbis (ich nehme insgesamt circa ein Dreiviertelkilo) schälen, klein schneiden, ebenfalls kurz mitrösten und mit circa einem Dreiviertelliter Suppe (Vegeta) und einer Dose Kokosmilch (ich nehme manchmal auch eineinhalb) aufgießen. Weichkochen, pürieren, mit Salz, Pfeffer und Chili würzen. Das Ganze funktioniert auch mit anderen Gemüse-Kombinationen, zum Beispiel Kürbis-Karotte. Eine wärmende Suppe für kalte Herbst- und Wintertage. Reicht als Vorspeise für acht Personen und lässt sich gut einfrieren.

»Die Nachbarskinder wurden von den Kuchen und Torten meiner Mutter angelockt.«

Wer glaubt noch an Schulzeugnisse?

Da ist etwas passiert: Noch nie zählte ein Schulzeugnis so wenig wie jetzt. Immer mehr Jugendliche schaffen eine höhere Bildung, doch das Vertrauen in Wert und Verlässlichkeit des Systems ist an einem Tiefpunkt angelangt. Die PISA-Studien halten uns seit Jahren einen Spiegel vor: Und was wir darin sehen, ist oft recht niederschmetternd. Theoretisch ist unser Schulwesen egalitär, bietet also Chancen für alle Kinder. In Wahrheit aber bevorzugt es jene, deren Eltern unterstützend eingreifen können.

Angeblich sind Schulabschlüsse österreichweit gleich – aber genauer betrachtet ist ein Abgangszeugnis an einer Schule in einem sozialen Brennpunkt nicht gleichwertig. Wir müssen aufpassen, dass Eltern nicht bald wie in den USA oder England viel Geld für Privatschulen ausgeben oder für »bessere« Schulen den Wohnort wechseln müssen. Der Trend geht in diese Richtung. Weiterführende Bildungsinstitutionen wie Universitäten und Unternehmen haben mit eigenen Aufnahmeverfahren (und die Firmen mit Bildungsakademien) auf die neue Unzuverlässigkeit der Schulzeugnisse reagiert. Ein »Sehr gut« an der einen Schule kann durchaus ein »Genügend« an der anderen bedeuten. Daran hat auch die Zentralmatura (noch) nichts geändert. Eine objektive externe Begutachtung gibt es ja nicht, und die regionalen Ergebnisse standardisierter Tests werden ängstlich geheim gehalten. In den vergangenen Jahrzehnten – und das war durchaus lobenswert – war Integration ein Megathema. Doch die Praxis einer »Inklusion« auf Teufel komm raus hatte oft Frust auf allen Seiten zur Folge. Mittlerweile hat man das Gefühl, dass Spaß, Motivation und Ehrgeiz aus den Schulen vertrieben wurden. Und es herrscht das alte Prinzip: Wer aus der Masse herausragt, wird nicht zu weiteren Höchstleistungen angespornt, sondern eher einen Kopf kürzer gemacht. Schließlich sollen alle auf ein einheitliches Niveau gebracht werden. Leider ist dieses am Ende oft ziemlich bescheiden. Trotz eines in Summe beträchtlichen Mittel-Einsatzes für das Schulwesen, wie uns internationale Studien bescheinigen.

Rechtschreibung, rudimentäre Geografiekenntnisse, Kopfrechnen, zusammenhängend denken: Die Vermittlung solcher Fähigkeiten ist in tausend großen und kleinen Schulreformen und in der (Nicht-)Bewältigung neuer sozialer Herausforderungen (wozu auch die Berufstätigkeit beider Eltern und Migrationsströme zählen) verloren gegangen. Und jeder neue Bildungsminister verbraucht sich in Nullkommanix. Aber wer drückt die Reset-Taste und beginnt wieder mit den »Basics«? Sprich: Was muss ein Schüler mit 10, 14 und 18 Jahren wissen, und wie bringen wir es ihm wieder verlässlich bei? Klingt einfach, ist aber ganz schön schwierig.

»Wer aus der Masse herausragt, wird einen Kopf kürzer gemacht.«

BILDUNGSNOTSTAND

Was ist echte Bildung? Mit diesem Thema beschäftige ich mich seit Jahrzehnten – im *Standard* war ich lange Zeit die für Bildungsthemen zuständige Redakteurin. Der früh verstorbene deutsche Bildungsexperte Dietrich Schwanitz hat sich der großartigen, aber eigentlich unbewältigbaren Aufgabe unterzogen, den deutschen, humanistischen Bildungskanon in ein (dickes) Buch zu gießen und »Bildung. Alles, was man wissen muss« geschrieben. Ich finde seine komprimierte Auswahl noch heute faszinierend. Doch die Welt hat sich seither rasend verändert: Schon zwei Jahre davor – 1997 – war die Suchmaschine Google erstmals online, 2004 wurde Facebook gegründet. Österreich hat sich auch durch Migration stark verändert. Die Lehrenden stehen heute vor ganz anderen Aufgaben, als noch vor der Jahrtausendwende, und die heimische Politik hat mit vielen, vielen gescheiterten Bildungsreformen reagiert.

Mittlerweile ist selbst Basiswissen für Absolventen nicht mehr selbstverständlich, vom Kanon des Dietrich Schwanitz sind wir Lichtjahre entfernt. Ich bin ehrlicherweise heilfroh, dass meine Kinder längst der Schule entwachsen sind und ich nicht mehr hinter ihnen her sein muss, damit sie endlich Vokabel lernen oder ihre Hausaufgaben erledigen. Wenn an solchen Nachmittagen überraschend auch noch ihre Freunde kamen, habe ich oft eine selbst erfundene »Blitztorte« gebastelt. Mit ein bisschen Zucker und Obst arbeitet das Hirn doch gleich viel besser.

Und ein improvisiertes kleines Abendessen, das sie geliebt haben, waren **gefüllte Salzstangerl** (passt auch zur Kindergeburtstagsparty): Die frischen Stangerl halbieren, aushöhlen und füllen. Dafür schneide ich Schinken und Gurkerl klein, vermische beides mit geriebenem Emmentaler, etwas Oregano und ein bisschen Mayonnaise aus der Tube, damit es zusammenklebt. Zehn Minuten aufs Blech und warm genießen. Das Salzstangerl-Innere verspeist die Köchin dazwischen selbst gerne mit Butter.

BLITZTORTE

Meine Mutter kochte für ihre Enkelkinder früher gerne »Omelette Stefanie« in der Pfanne. Dafür trenne ich drei Eier, schlage das Klar mit zwei Esslöffel Zucker und einer Prise Salz schaumig. Dotter ebenfalls aufschlagen, vorsichtig mit dem Schaum mischen. Mit einem Kochlöffel drei Esslöffel Mehl und drei Esslöffel ungeschlagenes Obers sowie 30 Gramm geschmolzene Butter unterheben. Weitere Butter in einer Pfanne zerlassen. Den Teig einfüllen und ins 175 Grad heiße Rohr schieben. Hellbraun gebackenes Omelette auf einen Teller gleiten lassen und mit Marillenmarmelade bestreichen. Jetzt kann man es zusammenklappen und gleich genießen. Ich verarbeite es aber meistens weiter zu meiner Blitztorte und lasse es dafür zuerst auskühlen. Auf die dünne Marmeladeschicht kommen ein Viertelliter mit etwas Staubzucker geschlagenes Schlagobers, Himbeeren und Bananen (geht auch »exotisch« mit Mangospalten und Lychees). Darauf Kokosspäne streuen. Für die Erwachsenen begieße ich die Früchte zuerst noch mit Eierlikör. Dann erst kommt Kokos drauf.

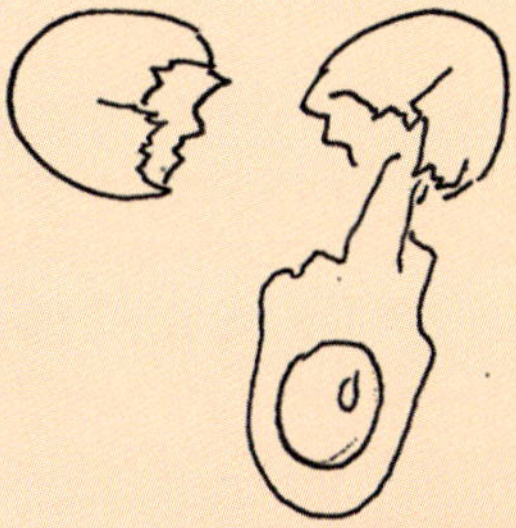

WEIHNACHTEN

Christliche Werte wären aktueller denn je

‚Hat Weihnachten, so wie wir es zelebrieren, noch etwas mit der Botschaft des – man wagt es ja kaum mehr auszusprechen – christlichen Festes zu tun? Sind solche Werte in Zeiten unbedingter individueller Selbstentfaltung überhaupt noch wichtig?

Ja, selbstverständlich – heute vielleicht sogar mehr denn je. Ohne bestimmte Grundwerte wird friedliches Zusammenleben unmöglich. Dazu zählen gegenseitige Achtung, Gleichberechtigung, Gewaltfreiheit, Mut und die Bereitschaft, Verantwortung für sich und andere zu übernehmen. Das lässt sich auch in der säkularen Gesellschaft, in der wir Gott sei Dank leben dürfen, gut praktizieren.

Niemand will die Zeiten zurück, in denen Scheidung und uneheliche Kinder als Schande galten. Wirklich niemand? Mit Unbehagen lässt sich beobachten, wie das Pendel in eine andere Richtung ausschlägt. Auch in Österreich wenden sich immer mehr Junge restriktiven Ideologien mit religiöser Verbrämung zu. Der Rapper Nazar (Österreicher mit iranischen Wurzeln) hat in einem *Kurier*-Interview gemeint: »Die Religion ist zu einer Identifikationsmarke auf der Straße geworden. Früher haben wir uns beim Kennenlernen gefragt: Woher kommst du? Mittlerweile fragen die Jugendlichen auch nach der Religion. So wird festgestellt, ob man mit dir reden darf oder nicht.«

Das stimmt ziemlich nachdenklich. Ist unsere eigene Kultur, sind unsere eigenen Werte stark genug, um sich langfristig nicht untergraben zu lassen? Historisch betrachtet gab es Irrtümer und schwere Fehler der christlichen Kirchen. Vieles ist auch heute noch lebensfremd, zu wenig lebensfroh. Aber in ihrem »Programm« haben Christen keine Verfolgung Andersgläubiger (mehr) stehen. Und seien wir ehrlich: An Wendepunkten des Lebens – Taufe, Heirat, Tod und, ja, auch Weihnachten – ist die Kirche ein Begleiter, der den Ereignissen Würde verleiht, unterstützt und tröstet. Traurig nur, dass die christlichen Kirchen die Sehnsucht der Menschen nach Sinn, Halt und Spiritualität in einer unübersichtlich gewordenen Welt zunehmend nicht stillen können.

Aber bei aller Kritik an dem (in Österreich noch immer dominierenden) christlichen Glauben (und seiner irdischen Botschafter): Er ist ein wichtiger Teil unserer Geschichte, unserer Kultur und Identität. Seine Kernbotschaft: »Liebe deinen Nächsten« ist auch in Zukunft richtig und wichtig.

»Traurig, dass die christlichen Kirchen die Sehnsucht der Menschen nach Sinn, Halt und Spiritualität nicht stillen können.«

(KEINE) SCHULDGEFÜHLE

Ich habe eine Grundsympathie für das Christentum, ohne ernsthaft religiös zu sein. Diese Sympathie haben meine und die Religionslehrer meiner Kinder verstärkt: Mein Gymnasiallehrer diskutierte mit uns in den Siebzigerjahren über die Baader-Meinhof-Gruppe und über ethische Fragen. Der AHS-Religionslehrer einer meiner Söhne unterstützte ihn in einer labilen Zeit. Der katalanische Schulpfarrer und Religionslehrer in der Volksschule meiner Kinder, Pater Pius, sprühte vor Energie und Lebensfreude. Genau das vermisse ich an Teilen der katholischen Kirche, vor allem an der Spitze. Und dieses ewige Schuldgefühl, das die katholische Lehre ihren Schäfchen vermittelt, geht mir auf die Nerven. Mein Mann erzählt, dass er als Achtjähriger bei seiner ersten Beichte einfach nicht wusste, was er im Beichtstuhl erzählen sollte. Da hat er dann – natürlich gar nicht wissend, worum es da geht – sicherheitshalber gestanden, »Unzucht getrieben zu haben«. Der Priester überging diese von mäßiger Reue getragene Beichte schweigend und gab ihm die standardmäßigen drei »Vaterunser« zur Buße auf.

Wir lachen heute noch darüber. Dennoch finde ich, dass wir uns unserer christlichen Wurzeln und Geschichte bewusst sein sollten. Die katholische Kirche hat – durchaus unfreiwillig! – einen Prozess der Aufklärung durchlaufen, den ich in anderen Religionen vermisse. Ich möchte nicht, dass unsere Gesellschaft deshalb schleichend 1.400 Jahre zurückgeworfen wird. Und ich habe Sorge, dass wir Freiheiten verlieren, die wir (auch) dem Christentum mühsam abgetrotzt haben.

Daran muss ich im Advent oft denken. Dann, wenn künstlicher Fertig-Punsch, Ramsch und Menschenmassen über die Stadt hereinbrechen. Diese Kombination löst in mir augenblicklich einen akuten Fluchtreflex aus. Daher lade ich lieber selbst Freunde zur Adventjause.

Und das ist das **Punschrezept** meines Mannes für circa 25 Gäste: Drei Liter Rotwein mit vielen Zimtstangen, einer Handvoll Nelken, Zucker nach Geschmack, einem ordentlichen Schuss Weinbrand und zwei Liter Orangensaft – mindestens ein halber Liter davon selbst gepresst mit viel Fruchtfleisch (es müssen »Flankerl« drinnen sein) – sanft vor sich hin köcheln lassen und nicht aufs Umrühren vergessen. Die perfekte Konsistenz lässt sich nur durch wiederholtes Kosten an die Idealform heranschmecken, sagt der Göttergatte. Mit zunehmender Verkostungstätigkeit wird der Punsch jedenfalls immer besser und der Mann fröhlicher. Das gehaltvolle Getränk kann man am nächsten Tag ruhig nochmals aufkochen, schmeckt genauso gut. So hat Punsch mit Gulasch durchaus etwas gemeinsam. Dazu passen Schinkenkipferl und ein riesiger Leberkäse (am besten vom Pferdefleischer am Viktor-Adler-Markt – man bäckt ihn daheim fertig). Sie werden sehen, auch wenn es vielleicht noch viel Raffinierteres am Buffet gibt: Alle stürzen sich darauf. Mayonnaisesalat ist perfekt dazu. Danach Honigkuchen (ein Rezept meiner Mutter) und Kokoswürfel – zur Abrundung der Kalorienbilanz.

HONIGKUCHEN

Ich erhitze 100 Gramm Schweineschmalz, 100 Gramm Butter, 500 Gramm Honig und lasse die Mischung abkühlen. Inzwischen einen halben Kilo Mehl mit einem Packerl Backpulver mischen. Danach schlage ich drei ganze Eier mit einer Prise Salz und 200 Gramm Zucker schaumig und rühre einen Teil des gesiebten Mehls darunter. Die Fett-Honigmischung langsam daruntermischen. Mit dem Rührhaken das restliche Mehl, 100 Gramm Zitronat, die abgeriebene Schale einer Bio-Zitrone, 200 Gramm geriebene Mandeln, drei gestrichene Teelöffel Zimt, zwei gestrichene Teelöffel Nelkenpulver einrühren. Mindestens einen Tag zugedeckt kühl, aber nicht kalt stehenlassen. Danach die (eher zähe) Masse auf ein Blech streichen, mit Eigelb bepinseln und mit halbierten Mandeln sowie halben kandierten Kirschen verzieren. Bei 175 Grad 35 bis 40 Minuten backen – er soll beim Herausholen noch weich sein! Danach in Quadrate schneiden und in einer Keksdose aufbewahren. Sehr dekorativ und nicht so hart wie »echter« Lebkuchen.

»Ich möchte nicht, dass unsere Gesellschaft 1.400 Jahre zurückgeworfen wird.«

Das Bildungswesen hat auf die Burschen vergessen

Ein Opernsänger (Ludovic Tézier) sagte in einem Interview über seinen schon verstorbenen Vater etwas Ungewöhnliches: »Ein Vater muss ein bisschen Angst machen. Heute gibt es kaum mehr Väter, die Angst machen, deshalb gibt es dieses Chaos überall.« Natürlich lehnt man diese These instinktiv ab – aber möglicherweise steckt doch etwas Wahres drin: Dass nämlich die männliche Autorität in unserer sozialpädagogischen Kuschelgesellschaft abhandengekommen ist, ja sogar als verwerflich gilt. Wenn das Wort »Angst« durch »Respekt« ersetzt wird, wird die Zustimmung schon größer.

Nein, niemand sollte sich die Rückkehr zur Rohrstaberl-Pädagogik wünschen oder die Arbeit der Frauen im Erziehungs- und Bildungswesen abwerten. Aber zum Aufwachsen braucht es im Idealfall beide Geschlechter. Auch und gerade in unserer multikulturellen Gesellschaft, in der viele Burschen daheim leider keinen Respekt gegenüber Frauen erfahren haben.

Jahrzehntelang haben wir im Bildungswesen den Blick hauptsächlich auf die Mädchen geheftet, damit sie alte Rollenklischees hinter sich lassen. Das war schon wichtig. Aber auf die Bedürfnisse der (oft ungleich unreiferen und zappeligeren) männlichen Schüler wurde immer mehr vergessen. Hahnenkämpfe, Türenknallen, Fußbälle an die Wand dreschen? Kein ungewöhnliches Bubenverhalten, das aber schnell als asozial geahndet und womöglich im »geschlechtersensiblen« Sesselkreis besprochen wird.

Auch in den modernen Wohnsilos, die jetzt wieder unter dem Druck der Zuwanderung und der Notwendigkeit Wohnraum zu schaffen in die Höhe schießen, vermisst man Freiräume, damit sich Jugendliche beiderlei Geschlechts austoben können.

Die gibt's im Sportclub, doch das geht sich wegen der ganztägigen Schule immer weniger aus. Diese wiederum bietet – vor allem in innerstädtischen Bezirken – oft viel zu wenig Fläche. Platz, wenn möglich unreguliert, ist in Bauordnungen leider nicht vorgesehen. Kein Wunder, dass Jugendliche daher bevorzugt in Shoppingmalls herumhängen.

Nicht nur angesichts der zunehmenden Zahl haltloser, zorniger junger Männer ist es hoch an der Zeit, auf die Buben zu achten. Auf die Lauten genauso wie auf die Stillen, um zu verhindern, dass sie sich problematische »Helden« suchen. Diese finden sie dann manchmal in martialischen Buben-Gangs, bei rechten Recken oder auch im Umfeld autoritärer Prediger. In diesen Gruppen sind sie dann plötzlich kein schwaches Würstel mehr, das schlechte Noten heimbringt, miese Chancen auf dem Jobmarkt hat und noch von keinem Mädel angeschaut wurde. Burschen brauchen wahrscheinlich mehr noch als Mädchen positive Identifikationsfiguren, »coole Typen«, ja, auch »wilde Hunde«, an denen sie sich messen und manchmal auch reiben können. Und wenn wir schon in der Berufswelt glauben, ohne Frauenquoten nicht mehr auszukommen, dann wäre es nur logisch, auch umgekehrt in manchen »Frauenberufen« Männerquoten einzuführen: also im gesamten Bildungs- und Erziehungswesen, bei der Pflege und im Marketing. Selbstbewusste, und dadurch partnerschaftliche Männer wären ein Bildungsziel. Lasst uns doch einmal darüber reden, statt ewig nur über Organisationsreformen zu streiten. Vielleicht würde sich auch die Entlohnung in den »Frauenberufen« rasch verbessern, wenn da mehr Männer arbeiten würden.

GLEICHGEWICHT DES SCHRECKENS

Dürfen/müssen Männer immer noch stark sein? Haben sie genug Selbstwertgefühl, um vielleicht auch einmal eine Partnerin auszuhalten, die besser verdient? Und wollen das die Frauen überhaupt? Schwierige Fragen für die es keine allgemeingültigen Antworten gibt. Und Fragen, die man sich als Mutter von zwei Söhnen natürlich stellt. Auch journalistisch habe ich das immer wieder be- und verarbeitet.

In meinem privaten Freundeskreis mit Gott sei Dank sehr stabilen Beziehungen sind etliche Frauen erfolgreicher als ihre Männer, na und? Nur starke Männer halten starke Frauen aus, meint mein Mann stets achselzuckend. Bei uns herrscht ein »Gleichgewicht des Schreckens«, wie wir beide immer scherzhaft betonen. Das haben wir sogar einmal in einem gemeinsamen Beitrag für ein eher schräges Buchprojekt zum Thema »Heute noch heiraten?« von Gertraude und Clemens Steindl beschrieben. Was ich damals über die Ehe im Allgemeinen und unsere im Speziellen gesagt habe, gilt für mich unverändert noch heute: Nüchtern betrachtet ist Heiraten natürlich völlig sinnlos, außer man sucht finanzielle Versorgung. Kinder schweißen deutlich mehr zusammen als ein Ehering. Und dennoch glaube ich, dass man im Fall des Falles für den Erhalt einer Ehe mehr kämpft. Freundin Christiane hat es in einer unserer vielen sonntäglichen Runden im Wiener Eislaufverein auf den Punkt gebracht: »Die Ehe ist eine beschwerliche Sache, aber seien wir froh, eine zu führen.«

Stimmt. Ich wage nicht zu behaupten, dass es mein/unser persönliches Verdienst ist, schon ein paar Jährchen verheiratet zu sein. Glück, Schicksal und Zufall spielen dabei wohl eine große Rolle. Ohne meinen Mann wäre ich ein hoffnungsloser Workaholic. Er holt mich von der Palme wieder runter, auf die ich manchmal wegen Nichtigkeiten klettere. Er ist mein (oft widerwilliger) Coach, Sparringpartner, Geliebter, toller Vater unserer Kinder. Ohne ihn wäre ihre Erziehung ungleich anstrengender gewesen, was nicht heißt, dass das Leben nicht auch mit ihm manchmal anstrengend war und ist. Jeder versucht den anderen in seinem Sinne zu manipulieren, aber keiner gewinnt. Eine lebenslange Aufgabe. Zitat Ende.

Mein Mann kann übrigens ausgezeichnete Spaghetti Carbonara kochen. Und bei einem gemeinsamen Kochkurs zauberte er die hübschesten Schokogitter der Gruppe. Da ist noch Entwicklungspotenzial drin. Aber weil in einer Küche immer einer der Chef sein muss und wir beide wenig Talent zur Unterordnung haben, hat er mir das (Koch-)Feld großmütig überlassen.

Bei meinen Söhnen staune ich oft, wie gut und aufwendig sie mit Freunden kochen – sogar vor selbst fabrizierten Lasagne-Nudelblättern schrecken sie nicht zurück. Offenbar haben sie mein »Koch-Gen« geerbt – allerdings unvollständig: Kuchenbacken ist nämlich ihre Sache nicht. So bereite ich für sie im Advent weiterhin gerne meine Kokoswürfel zu. Ursprünglich war das eigentlich eher ein Keks-Rezept meiner Freundin Elisabeth. Aber für Kleingebäck fehlt mir meist die Geduld. Ich habe die doppelte Zutatenmenge genommen, also quasi kleine Kuchen daraus gemacht.

KOKOSWÜRFEL

Ich rühre 200 Gramm Butter mit 200 Gramm Zucker schaumig, und trenne acht Eier. Inzwischen schmelze ich 200 Gramm Kochschokolade im Wasserbad, rühre sie unter die Buttermischung, danach die (einzelnen) Dotter. Acht Klar mit einer Prise Salz steif schlagen und abwechselnd mit 200 Gramm gesiebtem glatten Mehl unterheben. Glatt auf ein mit Backpapier belegtes Blech mit höherem Rand streichen. 25 Minuten bei 180 Grad backen, danach noch fünf Minuten im ausgeschalteten Rohr rasten lassen. Auskühlen lassen. Ein zweites Blech drauflegen, gemeinsam umdrehen und stürzen, Backpapier abziehen. Kuchenviereck teilen. Die Hälfte des Teiges mit Marillenmarmelade bestreichen, die andere Hälfte draufklappen. In Würfel schneiden. Diese in einer vorbereiteten (abgekühlten) Tunke aus 200 Gramm Kokosfett (der silberne Ceres-Würfel), 150 Gramm Zucker, einem knappen Vierterl Rum und eineinhalb Esslöffel dunklem Koch-Kakao wälzen. Jeden einzelnen Würfel sofort danach in insgesamt 300 Gramm Kokos wälzen. Sehr ergiebig, saftig, rumig, lieben alle. Und für kleinere keksartige Würfel einfach die halbe Menge nehmen oder in zwei Gängen backen.

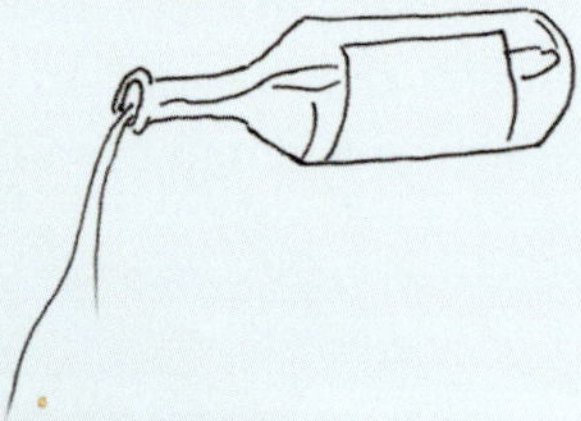

»Nur starke
Männer halten starke
Frauen aus.«

Wo ist der Fonds für die Erhaltung des kulturellen Erbes?

Stellen wir uns einmal vor, eine andere Koalition als Rot-Grün hätte Wiens Weltkulturerbe auf die »Rote Liste« der UNESCO gebracht. Hätte die intellektuelle Elite dieses Landes dann nicht noch lauter über Kulturlosigkeit und »neoliberalen Ausverkauf« der Stadt geschimpft? So aber geht man letztlich zur Tagesordnung über und hält den Weltkulturerbe-Status, der durch einen völkerrechtlichen Vertrag besiegelt ist, eigentlich eh irgendwie für überschätzt (während sich andere österreichische Regionen darum bewerben). Eines stimmt: Wien ist und bleibt – dank seiner tollen historischen Bausubstanz – ein Magnet für Touristen. Doch es gibt immer mehr Reisende, die bewusst Städte und Regionen mit Weltkulturerbe-Status aufsuchen (wenn auch meist die unbekannteren). Sie betrachten es zu Recht als Gütesiegel für einen Ort, der seine Kultur achtet und Außerordentliches zu bieten hat.

Und besteht nicht auch die Gefahr, dass man sich in Wien ohne Weltkulturerbe nichts mehr »pfeift« und der Bauwut keine Grenzen setzt? Im Grunde sind die Auflagen des UNESCO-Gremiums ohnehin nicht sehr streng. Eigentlich bräuchte man längst eine Initiative für die Schönheit der Städte – nicht nur der großen: einen Fonds für Baukultur und Erhaltung des historischen

Erbes. Er müsste gut dotiert sein, denn es gibt viel zu tun: Beschmierungen, die allerorts erste Anzeichen für Verwahrlosung der Stadt sind, entfernen, den öffentlichen Raum wieder zum Raum machen, und all die in Größe und Form ausgewucherten Buden, Kioske et cetera wegräumen, den wahnwitzigen Schilderwald entrümpeln, Plätze wieder für die Menschen gewinnen, Scheußlichkeiten rückbauen.

Für die vielen, oft brutalen Dachaufbauten ist es ohnehin zu spät. Aber schon eine Verringerung des »Grind-Faktors« wäre ein Fortschritt. Wir haben gelernt, Verschandelung zu ignorieren. Wiens Markenzeichen in der Welt ist die Ringstraßenarchitektur, die alte Pracht des Habsburgerreichs. Sie wird vom Stadttourismus erfolgreich vermarktet. Dafür sollte das Erbe auch gepflegt, belebt und erhalten werden. Natürlich muss sich eine Stadt dennoch architektonisch weiterentwickeln. Aber zumindest in der Inneren Stadt sollte das mit äußerster Behutsamkeit geschehen. Qualitätsvolles Bauen, Maßnahmen gegen Tendenzen zur Verslumung und Gettoisierung, die Erhaltung von menschlichem Maß, Respekt vor dem kulturellen Erbe: Wer kümmert sich darum?

»Wiens Markenzeichen in der Welt ist die Ringstraßenarchitektur, die alte Pracht des Habsburgerreichs.«

DAS KAFFEEHAUS ALS NEWSROOM

Stadtplanung ist mir schon seit Jahrzehnten ein Anliegen. Mit bisher nicht umwerfender Resonanz in der Politik. Auch *ORF*-Kollege Tarek Leitner hat einsam ein Buch darüber verfasst (»Mut zur Schönheit«). Immerhin hat Kurt Weinberger, umtriebiger Direktor der Hagelversicherung, den gigantischen österreichischen Flächenverbrauch erkannt und lobenswerterweise dagegen kampagnisiert.

Möglicherweise beginnt jetzt endlich ein Umdenken. Mir tut es weh, wenn ich die Stadtrandwucherungen betrachte und die so protzigen wie potthässlichen Dachausbauten in der City zum Beispiel. Ganz schlimm steht es um Industriearchitektur: Altes wird weggerissen, statt es sanft in Neues zu integrieren: von der alten Bösendorfer Fabrik in Wien-Wieden (ein 150 Jahre altes Kloster, das einst unter Denkmalschutz stand) bis zur Brauerei Liesing. Ein Skandal! Aber es gibt ein Wiener Kulturgut, das geachtet und erhalten wird: das Kaffeehaus – Arbeitsstätte für Journalisten und Autoren seit Generationen. Eine Art Newsroom, bevor Newsroom und Großraumbüro erfunden wurden. Im Kaffeehaus hatte ich auch mein skurrilstes Interviewerlebnis: Während meines Gesprächs mit einem bekannten Professor, damals Chef des Staatsschuldenausschusses, versuchte ihn ein Dieb zu bestehlen. Ich bemerkte es und versuchte den sprichwörtlich zerstreuten Gelehrten zu warnen, was ihm lediglich ein unwirsches: »Jetzt unterbrechen's mich doch nicht«, entlockte. Der elegant gekleidete Dieb fühlte sich ertappt und suchte Gott sei Dank ohne Beute das Weite.

Ein echter Newsroom wiederum ist eine Art unfreiwillige Wohngemeinschaft, in der sich niemand für Blumengießen oder Teller-in-den-Geschirrspüler-Einräumen verantwortlich fühlt. Die größten Konflikte sind Lautstärke (menschliche Brüllaffen und originelle Handy-Klingeltöne!) sowie Geruchsbelästigung (lüften, Leute!) und Temperatur. Die Frauen frieren, die Männer schwitzen, eh klar, und jeder, der am Temperaturregler vorbeigeht, dreht ein bisschen am Schalterrad. Bis sich eines Tages der Zorn der Innenpolitik-Kollegin einer Qualitätszeitung per Rundmail an die gesamte Redaktion entlud – unter anderem mit den Worten: »Der Trottel P. hat schon wieder die Temperatur heruntergedreht.« Was das Klima im Großraumbüro dann eine Zeitlang noch frostiger machte und ihren Abgang in einen neuen Job beschleunigte.

Immerhin sind die Zeiten vorbei, als ich, die Nichtraucherin, (noch im *Standard*) mit 14 Kollegen zusammensaß, wovon 13 rauchten, einer übrigens die besonders stinkenden Gauloises (starkes Statement für frankophile Intelligenzia) und ein anderer eigenimportierte kubanische Zigarren (ob er uns damit unterschwellig zeigen wollte, dass hier jemand Sympathien für den lateinamerikanischen Machismo linker Ausprägung pflegte?). Abends stank ich wie ein voller Aschenbecher und fand das nicht einmal abnormal. Als ich später für die *Presse* (damals im Hotel Marriott) arbeitete, gab es etliche Feuerwehreinsätze, weil des Chefredakteurs Zigarillos die Rauchmelder in Aufregung versetzten. Jetzt im *Kurier* hängt oft ein unerklärlich künstlicher Geruch von Karamell oder anderen Essenzen in der Newsroom-Luft: Es sind die (auch gewöhnungsbedürftigen) Aromen der E-Zigaretten. Rauchen in Redaktionsbüros ist endgültig »retro« geworden.

Was geblieben ist: Im Großraumbüro wird man regelmäßig von einer Sucht nach Süßem befallen, was dazu führt, dass selbst abgelaufene Schoko-Weihnachtsmänner zu Ostern gierig verschlungen werden. Um die Ernährungssituation zu verbessern, bringe ich daher gelegentlich frisch gebackenen Kuchen ins Büro. Gut für die Gruppendynamik! Manchmal könnte ein gemeinsamer Kochkurs zu Therapiezwecken wahrscheinlich Wunder wirken. Lasst uns doch gemeinsam Blinis backen! Das Rezept (leicht abgewandelt) ist vom leider viel zu früh verstorbenen Christoph Wagner, der amüsante kulinarische Familiengeschichten im Magazin *Gusto* schrieb. Ich war ein großer Fan von ihm.

Aber das Rezept, das ich wahrscheinlich am häufigsten von ihm nachkoche, sind seine **Topfen-Obers-Nockerl** aus dem Plachutta-Kochbuch: Für vier Personen schlage ich ein Viertelliter Schlagobers sehr steif. Danach rühre ich ein Viertelkilo Topfen (10-prozentig) mit abgeriebener Orangenschale, einem Esslöffel Vanillezucker, einem halben Becher Joghurt und 80 Gramm Staubzucker glatt. Drei Blatt Gelatine einweichen und dann in erwärmtem Orangenlikör auflösen. Zügig unter die Topfencreme rühren. Schlagobers vorsichtig unterheben. In einer eher flachen Form fest werden lassen und dann Nockerl ausstechen. Dazu gibt's bei mir Erdbeer- und Marillensauce (dafür püriere ich einfach meinen Marillenröster). Und wenn man noch großzügig Granatapfelkerne (in einer großen Schüssel unter Wasser herauslösen, sonst gibt es ein »Blutbad«) darüberstreut und Minzeblättchen an den Tellerrand setzt, dann sieht das nach ganz großer Küche aus.

Dazu passen **Cantucci**: Das geht ganz einfach. Zwei ganze Eier und zwei Dotter mit 200 Gramm Kristallzucker schaumig rühren, dazu kommen 300 Gramm glattes Mehl, etwas Salz und etwas geriebene Zitronenschale plus ein Teelöffel Backpulver, ganz zum Schluss 250 Gramm ungeschälte, ganze Mandeln unterrühren und drei Stangen formen. Im vorgeheizten Rohr 35 bis 40 Minuten 175 Grad backen. In schräge Stücke schneiden. Auf Toskana-Urlauben (natürlich in großer Freundesrunde mit gemeinsamem Kochen) haben wir das Gebäck vor Jahrzehnten kennengelernt – dort wird es in reichlich Vin Santo getunkt, so schmeckt es natürlich am besten.

BLINIS

Ich schlage drei Eidotter mit einer Prise Salz und einer Messerspitze Staubzucker cremig. Langsam einen halben Liter Buttermilch einrühren. 250 Gramm Mehl (Universal), gemischt mit einem Esslöffel Natron (oder Backpulver), und drei Esslöffel geschmolzene Butter dazu. Drei Eiklar zu Schnee schlagen, darunterheben. In einer beschichteten Pfanne kleine Blinis herausbacken (umdrehen, sobald die Oberseite Blasen wirft). Auf die fertigen Blinis kommt je ein Klacks einer kalorienreichen Creme aus einem Becher Crème fraîche (125 Gramm), einem Gervais (ich nehme Philadelphia, 175 Gramm), etwas Rahm und Salz. Mit Lachsforellenkaviar (insgesamt 100 Gramm) bestreuen. Das ist eine perfekte, edle Vorspeise für acht Personen zum Sekt, passt auch gut auf ein Silvester-Buffet. Erfreut Auge und Gaumen.

Bleibt aufmüpfig

Wer in den Sechzigerjahren geboren wurde, lebt zwischen zwei seltsam gegensätzlichen Generationen: Unsere Mütter (okay, nicht alle) haben ihre BHs verbrannt, um sich in jeder Hinsicht zu befreien, wenn es auch ganz vielen von ihnen noch nicht gelungen ist. Unseren Kindern wiederum stünde jetzt theoretisch alles offen, dennoch träumen Mädchen manchmal ein bisschen vom Prinzessinnen-Dasein, samt Schloss-Hochzeit. Und während die Feministinnen von heute noch immer zu sehr in der Opferrolle verharren, übersehen sie jene, die tatsächlich Opfer von Unterdrückung sind. Daher diskutieren wir auch aufgeregter über Bosse, die über sexistische Handlungen straucheln, als über den Ehrenmord an einem jungen Mädchen mitten in Wien.

Die Achtundsechziger-Generation – längst in Pension, von einigen unermüdlichen Rockstars abgesehen – hat den Mief der Nachkriegszeit verblasen, aber auf dem späteren Karriereweg auch viel Mist gebaut. Dennoch sollten wir ihre Errungenschaften nicht leichtfertig verspielen. Zum Beispiel die Möglichkeit zur freien Meinungsäußerung – siehe Studentenrevolution. Erzeugt ein mittlerweile völlig verschulter Universitätsbetrieb nicht plötzlich wieder stromlinienförmige Absolventen, die es während der Jagd nach »ECTS-Punkten« verabsäumen, ihren Geist in (manchmal durchaus sinnlosen) intellektuellen Auseinandersetzungen zu schärfen?

In der aktuellen Musik der letzten Jahre tönt ein leiser Widerhall des großartigen Achtundsechziger-Rock. Wenn man die Platten (!) von damals auflegt, spürt man etwas von der Kraft jener romantisch-verklärten Tage. Für uns gilt der auch schon wieder ein paar Jahre alte Spruch: Wann genau ist aus »Sex, Drugs & Rock'n'Roll« eigentlich »Laktoseintoleranz, Veganismus & Helene Fischer« geworden?

Bleibt aufmüpfig, auch wenn das manchmal unbequemer ist, als mit dem Strom mitzuschwimmen.

»STAY HUNGRY«

Apple-Gründer Steve Jobs hat 2005 an der Universität Stanford eine großartige Rede gehalten, in der er die überraschenden und entscheidenden Weichen seines Lebens schilderte. Nicht die konventionelle Ausbildung, sondern das Nebensächliche – unter anderem ein Kalligrafiekurs nach Studienabbruch – brachte ihn zum späteren Erfolg: Der Mac fiel mit seiner schönen Typographie auf, für den Erfolg war das wohl entscheidend. Zum Abschluss seiner Rede sagte Jobs etwas Wichtiges: »Stay hungry, stay foolish« (nachzulesen im Buch meines Mannes Gerhard Jelinek: »Reden, die die Welt veränderten«). Meiner Erfahrung nach schaffen es Männer besser, »närrisch« und unangepasst zu sein (und es wird ihnen wahrscheinlich auch eher verziehen). Jobs sagte in derselben Rede auch: »Vergeuden Sie nicht Ihre Zeit damit, dass Sie das Leben eines anderen leben. Lassen Sie sich nicht von Dogmen einengen. Dogmen sind das Ergebnis des Denkens anderer Menschen. Lassen Sie nicht zu, dass der Lärm fremder Meinungen Ihre eigene innere Stimme übertönt. Und vor allem haben Sie Mut, Ihrem Herzen und Ihrer Intuition zu folgen.«

Diese Worte finde ich allgemeingültig. Und daran muss ich auch manchmal denken, wenn ich meine schicken saturierten Mitbürger beobachte, wie sie sich bei einem Soja-Latte über versteckte Feinde im Essen aufregen. Oder wenn sie über gestiegene Gastronomiepreise jammern. Aber wenn das Essen im Restaurant einen ökologisch vertretbaren »Fußabdruck« haben, das Personal anständig bezahlt werden, jeder Gast eine echte Rechnung bekommen muss und auch der Wirt noch etwas verdienen soll, muss der Preis eine gewisse Höhe haben.

Worüber lohnt Aufregung, und worüber nicht? Nein, ich fürchte mich weder vor den E-Nummern auf Lebensmitteln, noch sorge ich mich übermäßig wegen Chemierückständen. Aber seit ich eine Brille brauche, um das Kleingedruckte entziffern zu können, ärgere ich mich in zunehmendem Maße über die Produktkennzeichnung: Geht's noch kleiner, noch versteckter? Ich will wissen, woher ein Lebensmittel kommt, welche Inhaltsstoffe es hat und wie das Mindesthaltbarkeitsdatum ausschaut. Das »best before« der Briten halte ich übrigens für eine bessere Bezeichnung. Wirklich knifflig wird es bei den Zutaten. Die Österreicher achten zum Beispiel penibel darauf, dass Eier nicht aus

Käfighaltung kommen. Doch Keks und Nudeln aus dem Supermarkt enthalten meist Eier von geschundenen Hühnern. Und während die Gastronomie jeden Wein genau ausschildert, wissen wir beim Backhendl nicht, ob sich unter der Panier ein steirisches oder ein billiges brasilianisches verbirgt. Wild kommt absurderweise oft von ganz weit her, etwa aus Neuseeland. Ich kaufe es nur, wenn mein Lieblings-Fleischhauer oder meine Lieblings-Marktstandlerin gerade eine frische Lieferung vom Jäger bekommen hat.

Aus Hirschleber zum Beispiel (geht aber auch mit Hühnerleber) lässt sich eine ganz ausgezeichnete **Leberpastete** zaubern (ein leicht verändertes Rezept aus der *Wienerin*): Drei Schalotten würfeln und in Butter anbraten. 400 Gramm Leber in Stückchen mit einem Teelöffel Thymianblättchen braten. Mit einem Achterl Portwein ablöschen, kurz aufkochen, salzen. Die Masse in einem hohen Gefäß pürieren und dabei 180 Gramm geschmolzene Butter in dünnem Strahl dazu gießen. In ein hübsches Töpfchen leeren, dick mit roten Pfefferbeeren bestreuen und im Kühlschrank fest werden lassen. Auf getoastetes Weißbrot oder Brioche streichen. Dazu passen Preiselbeeren oder leicht karamellisierte Apfelstückchen mit Thymianblättchen oder auch ein Süßweingelee. Regional, billig und elegant.

Und rund um Weihnachten? Da kommt bei uns daheim auf jeden Fall ein schöner österreichischer Truthahn ins Backrohr. Genüsse, auf die Steve Jobs übrigens verzichtete. Essensmäßig hatte er leider einen echten »Vogel«, lebte nicht nur vegan, sondern war zeitweise auch Frutarier. Zumindest darin ist er für mich wirklich kein Vorbild.

GEFÜLLTER TRUTHAHN

Für sechs Leute nehme ich einen Fünf-Kilo-Vogel. (Bratdauer: pro Kilo circa eine Dreiviertelstunde.) Wenn ich genügend Zeit habe, lege ich ihn schon am Vortag in eine Lake aus kalter Gemüsesuppe und je einer Tasse Salz und Zucker (im kalten Keller in einem sauberen Kübel). Dadurch wird er zarter, muss aber nicht sein. Er soll vor dem Braten Küchentemperatur haben. Trockentupfen. Fülle: vier bis fünf Semmeln, klein geschnitten, mit Eiermilch (drei Eier, ein Viertel Milch) übergießen und quellen lassen. Dazu kommen geröstete Zwiebel, geröstete Putenleber, Petersilie, Muskatnuss, gekochte Maroni, in Stückchen geschnitten. Auch eine Brezel-Dörrzwetschkenfülle ist interessant. (Bleibt Fülle übrig, drehe ich sie in Alufolie ein und brate sie eine halbe Stunde mit.)

Bauchöffnung mit Zahnstochern zustecken und mit Spagat wie bei einem Schnürschuh zubinden. Mit Rosmarinbutter einreiben, Haxerl zusammenbinden und ins 200 Grad heiße Rohr schieben, sofort auf 170 Grad herunterdrehen und abwechselnd mit Suppe und Wein-Butter-Mischung bepinseln. Mit Alu abdecken, wenn er zu dunkel wird. Dazu passt **Süßkartoffelpüree**: Süßkartoffeln schälen und sofort über Dampf weich kochen. In einen Topf leeren, stampfen und mit so viel Kokosmilch verrühren, bis die Masse cremig ist. Mit etwas Zitronensaft, Salz, Pfeffer, Chili würzen.

Zum Truthahn gehört auch unbedingt **Cranberrykompott**: Ein halbes Kilo Cranberrys mit 150 Gramm Zucker und etwas Wasser sprudelnd köcheln, bis die Masse geliert.

Gedankenexperiment: Österreich als Monarchie

Wenn Wien mit ausländischem royalen Besuch »geadelt« wird, dann kennt die Schaulust der Österreicher keine Grenzen. Was blieb bei uns von der versunkenen Monarchie? Immerhin hatten wir in der Zweiten Republik einen Sonnenkönig und mächtige Landesfürsten. Manche davon wollen sogar so lange herrschen, bis sich alle Thronfolger zerfleischt haben. Das kennt man aus der – natürlich blutigeren – Geschichte. Selbst unsere Opposition konnte vorübergehend mit einer »grünen Prinzessin« aufwarten, und wurde nicht auch ein SPÖ-Kanzler in einem internen Papier zur »Prinzessin«?

Wäre Österreich noch immer eine Monarchie, würde das den touristischen Glanz von Wien glatt verdoppeln. Die Stadt zehrt ja vor allem von ihrer imperialen Geschichte, ohne sie auch entsprechend sorgsam zu bewahren. Wir hätten uns quälende Präsidentschaftswahlkämpfe erspart, und Auslandsbesuche des Staatsoberhauptes würden interessierter beachtet. Die Habsburger waren ja immer gut vernetzt und als Paneuropäer dem multiethnischen Gedanken schon verpflichtet, als unsere Republiksgrößen davon noch nichts wissen wollten. Vor der kaiserlichen Hofburg am Heldenplatz stünden unter Garantie keine hässlichen Baracken während der Parlamentsrenovierung. Und überhaupt: Parlament? Reichsrat! Wir müssten von Deutschland die Rückgabe der alten

Haydn-Kaiserhymne erstreiten. Das würde das Töchter-Söhne-Dilemma gleich erledigen. Nur die »Brüderbande« in Strophe vier könnte vielleicht ein Problem sein.

Manches hat sich in den hundert Jahren seit dem Ende der Monarchie kaum geändert: Hofrat blieb Hofrat, und Beamte haben wir so viele, als wäre das Reich noch so groß wie zu k. & k.-Zeiten. Hofreitschule und Hofzuckerbäcker (Demel) wären sofort herzeigbar, da fehlt es an nichts. Und Hofberichterstattung gibt's heute noch, wenn auch etwas kleinformatiger. Den Society-Seiten würden gekrönte Häupter nicht schaden. Statt Geschichten über linkische Dancing Stars würden wir über die Mesalliancen diverser Comtesserln und Interessantes über den Ehestatus der Regenten erfahren. (Wo ist Francesca schon wieder, wandelt sie etwa auf Sisis Spuren?) Wir würden auch viel mehr über das Rennfahrtalent des Thronfolgers Ferdinand Zvonimir lesen.

Standesgemäße Immobilien gibt es genug. Dutzende Schlösser stehen praktisch leer, das kaiserliche Jagddomizil in Mürzsteg ist renoviert, und auch in Schönbrunn werden sich ein paar Barockzimmer finden. Die Einrichtung liefert das Hofmobiliendepot.

Ein Anfang ist aber gemacht: Zwar sitzt in der Hofburg keiner mit einem »von«, aber immerhin mit einem »Van« im Namen.

»Statt Geschichten über linkische Dancing Stars würden wir über die Mesalliancen diverser Comtesserln lesen.«

HABEN GEWÄHLT?

Meine damals blutjunge Tante Anni setzte es sich in den Sechzigerjahren in den Kopf, einmal im Leben in der noblen K. u. K Hofzuckerbäckerei Demel Kaffee zu trinken. Und siehe da: Sie fand dort den Mann ihres Lebens, einen eher spröden, britischen Germanistik-Professor und lebte fortan in Wales. Mir persönlich ist der Demel zu touristisch, aber die Qualität seiner Süßwaren und die Opulenz seiner Auslagen machen ihn zum Wiener Kulturerbe, das nie vergehen darf. »Haben gewählt«, fragen die Demelinerinnen noch heute. Und die Kunden sind die »Herrschaften«.

Aber auch das Ausgelassene und mitunter Anrüchige hinter der glitzernden Fassade ist faszinierend: Im ersten Stock traf sich der legendenumwobene »Club 45« – und der schillernde, später verurteilte Waffennarr Udo Proksch ging ein und aus. Ich selbst habe etliche schräge *profil*-Weihnachtsfeste dort erlebt: eng, heiß, jede Menge Polit-Prominenz und es wurde – wie immer bei Journalistenpartys – geraucht, als gäbe es kein Morgen (was natürlich eine der Ursachen für die kurze Lebenserwartung in meiner Branche war und ist).

Amerikaner betrachten so ein Verhalten zu Recht als jenseitig. So haben wir bei der *Kurier*-Romy den weltberühmten Donald Sutherland (er erhielt eine Ehren-Romy) in die Flucht geschlagen. Er hatte schon im Vorhinein angekündigt, keinerlei Tabakrauch zu dulden – was die Redaktion und andere Gäste aber in den Räumlichkeiten der altehrwürdigen Hofburg (mit strengem Rauchverbot) nicht vom Pofeln abhielt. Sutherland reiste empört ab.

In Wien liegen die untertänigste Unterwerfung und das schalkhafte Sich-darüber-Hinwegsetzen immer nah beieinander. Der Stolz auf die prunkvolle Vergangenheit und die Achtlosigkeit. Das Picksüße (etwa die kandierten »Sissi-Veilchen« mit denen ich gerne meine Maronitorte verziere oder die großartige rosa Punschkrapferl-Schokolade vom Gerstner) und die verkommenen Fressbuden selbst in zentralster Lage. Vielleicht macht das den schlampigen Charme dieser Stadt aus – und vielleicht geht sie mir genau deshalb auch gelegentlich auf die Nerven.

MARONITORTE

Ich rühre 200 Gramm weiche Butter mit 200 Gramm Staubzucker schaumig. Dazu kommen eine Dose festes Maronipüree (rund ein Kilo!), ein Esslöffel Vanillezucker und ein ordentlicher Schuss Cognac. Die Masse in eine Tortenform pressen, die mit Frischhaltefolie ausgelegt wurde. Eine Stunde in den Tiefkühler (oder ein paar Stunden in den Kühlschrank) stellen. Danach vorsichtig auf einen Tortenteller stürzen, Folie abziehen und mit Schokoglasur überziehen: 120 Gramm (ich nehme 70-prozentige) Bitterschokolade, 90 bis 100 Gramm Butter: Die Schoko im Wasser schmelzen, dann vorsichtig die weiche Butter unterrühren. Leicht abkühlen lassen, die Torte damit überziehen (beliebig verzieren: ich nehme gerne kandierte Veilchen) und ab in den Kühlschrank. Vor dem Essen eine halbe Stunde bei Zimmertemperatur stehen lassen. Dazu passt Weichsel- oder Kumquatkompott, jedenfalls unbedingt etwas Säuerliches. Natürlich ist das eine Kalorienbombe – aber jede Sünde wert – und mehr Dessert als Kuchen.

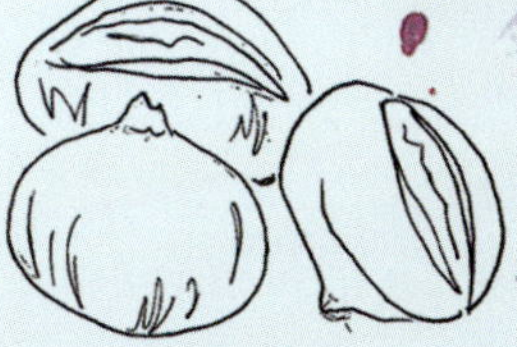

Retro ist Trend

Tupperware-Party – verbinden Sie das auch mit Siebzigerjahre-Flair? In Silberpapier verpackter Karfiolkopf mit Käsespießchen. Schinkenrolle, gefüllt mit Mayonnaisesalat. Russisches Ei. Mosaikbrot. Ich geb's ja zu, als Köchin aus Leidenschaft war auch ich jüngst bei lieben Freunden zu Heimverkaufspartys geladen – einmal Tupperware, einmal Thermomix. Und es war ein großer Spaß. Mit der Wundermaschine kochten wir unter Anleitung ein eigenes Menü – und der Thermomix-Virus befiel mich unmittelbar. Er wurde allerdings abgewehrt durch meinen Mann, dem die Vorstellung eines weiteren Geräts in unserer überaus gut sortierten Küche ein Gräuel war. Sie lag daher nicht unterm Weihnachtsbaum. Irgendwann werde ich mir das Stück dennoch kaufen. Die Siebzigerjahre sind nämlich Gott sei Dank vorbei: Frauen kaufen sich ihre Sinnlos-Spielzeuge selbst. Und Männer dürfen sie auch benutzen. Aber nur, wenn ihnen das nicht zu kompliziert ist. Für das Hightech-Gerät braucht's nämlich Erklärung – am besten auf einer Home-Party.

»Die Siebzigerjahre sind vorbei: Frauen kaufen sich ihre Sinnlos-Spielzeuge selbst.«

EIN INDER UNTERM WEIHNACHTSBAUM

Am Heiligen Abend gibt es in Oberösterreich traditionell kein großes Essen, sondern einfach Bratwürstel (keine Frage – die dünnen oberösterreichischen sind die besten). In meiner Kindheit aßen wir dazu immer den Mayonnaisesalat meiner Mutter. Mein Vater war (freundlich ausgedrückt) nie ein großer Freund des Weihnachtsfestes. Meist war er den ganzen Tag verschwunden und bemühte sich, erstens die Nerven meiner Mutter und dann auch jene meiner alleinstehenden Urgroßtante zu strapazieren. Sie verbrachte den Abend immer mit uns. Einmal schleppte mein Vater kurzerhand einen Inder mit, den er auf den weihnachtlich verlassenen Straßen in unserem Dorf (es war damals das größte Österreichs) aufgelesen hatte. Die Tante war »not amused« (ebenfalls freundlich ausgedrückt) und sprach den ganzen Abend kein einziges Wort mehr.

Der Inder entpuppte sich als überaus gebildeter, freundlicher Herr, Techniker bei der örtlichen Firma Kelomat. Herr Kulkani blieb über Jahrzehnte ein Freund der Familie und weihte uns später in die Geheimnisse der indischen Küche ein. Heute liebe ich indisches Essen, doch als Kind fand ich es grauenhaft. In Ermangelung von Kokosmilch, die es damals noch nicht in jedem Supermarkt und schon gar nicht in einem Kaff wie meinem gab, streute er nämlich Kokosflocken in eine Art Gulasch. Es zählte zur Liste kulinarischer Schrecknisse meiner Kindheit. Dazu gehörten auch: der Brennnessel-Spinat sowie die gebratenen (selbst gefangenen) Aale meines Vaters, die sich in der Hitze der Pfanne zu bewegen begannen, als wären sie noch lebendig; und die selbst gemachte Paradeissauce mit viel Zimt von Tante Resi, der Nachbarin, die stets Kopftuch und geblümte Küchenschürzen trug. Ich mochte sie sehr, nicht aber die Sauce.

Viel später, als er wieder in seine Heimat zurückgekehrt war, sorgte der indische Herr Kulkani noch einmal für Aufregung in meinem Dorf. Durch ihn hatte mein Vater die Vorzüge eines seltsamen, bräunlichen Zahnpulvers aus Indien entdeckt und hatte ihn gebeten, es ihm zu senden. Für die österreichische Post sah das allerdings nach einem verdächtigen Drogenpaket aus. Mein Vater hatte Erklärungsbedarf und musste das Packerl behördlich öffnen lassen.

Herr Kulkani war für mich jedenfalls das Tor zu einer, auch kulinarisch geheimnisvollen, entfernten Welt.

Heute gibt es eine weitaus größere Vielfalt im Supermarkt, und dennoch habe ich oft das Gefühl, dass in den Familien zu einfallslos, einseitig und ungesund gegessen wird. Ja, Kinder sind selten begeistert, neue Geschmäcker auszuprobieren – aber man sollte ihre Sinne für die Vielfalt schärfen. Auch wenn manches alte Rezept ewig in der Familie bleibt: wie unser **Mayonnaisesalat**. Er geht so: Ein Kilo speckige Erdäpfel und ein Packerl (300 Gramm) gemischtes Tiefkühlgemüse (Erbsen, Karotten) weichkochen, Erdäpfel schälen und in Würfel schneiden. Außerdem zwei kleine Schalotten sehr fein geschnitten (kann man für Zwiebelhasser auch weglassen), ein paar Essiggurkerl in Scheiben, zwei geschälte säuerlich-knackige Äpfel in Würfeln, Petersilie dazugeben. Zwei Dotter mit einem Schuss süßem Senf in einem hohen Gefäß mit dem Mixer schlagen und circa ein Achterl Speiseöl in dünnem Strahl dazu gießen (der Senf verhindert das Gerinnen), bis eine feste Mayonnaise entstanden ist. Ich verdünne sie mit einem Schuss Essiggurkerl-Wasser und einem halben Rahm (oder Joghurt), würze mit viel Salz und Pfeffer und vermische sie mit dem Gemüse. Ein unkompliziertes Essen, passt perfekt zu (weihnachtlichen) Bratwürstel, lässt sich »retro« in Schinkenrollen packen, macht sich aber auch bei einer Sommerparty auf dem Buffet sehr gut. Und die Vegetarier sind damit ebenfalls glücklich.

Apropos Retro-Party: Dazu gehört unbedingt auch das **Mosaikbrot** meiner Mutter: Zwei mittelgroße weiße Wecken halbieren und aushöhlen. Das flauschige Innere mit einem guten Viertel Butter und reichlich Sardellenbutter »abtreiben«, also gut vermischen. Dazu kommen dreimal je 150 Gramm verschiedene Wurstsorten, 100 Gramm Edamer plus Gurkerl, alles in Würfel geschnitten. Die Masse in die Wecken zurückstopfen, zusammenfügen und in ein Geschirrtuch eingewickelt im Kühlschrank durchziehen lassen.

Und am Weihnachtstisch muss bei mir neuerdings ein Teller mit Punsch- sternen stehen. Nadja, liebenswerte Schminkmeisterin, Bodypainterin und Kekse-Königin, brachte sie zu einer der *ORF III*-Diskussionsrunden mit, in denen ich den *Kurier* vertreten darf. Wir haben die hübschen Sterne backstage vernascht (und ich fürchte, sie waren gehaltvoller, als das, was wir dann vor der Kamera geredet haben). Daheim habe ich sie sofort nachgebacken. Meine treue, ewig bestehende und jedwede Psychotherapie überflüssig machende Frauen-Turnrunde kostete und fand: Die Kekse müssen unbedingt ins Buch hinein. Nadja hatte sie von einem Internet-*Gusto*-Rezept abgepaust, das von mir – wie immer – etwas abgewandelt wurde.

PUNSCHSTERNE

Ich knete einen Teig aus 300 Gramm Mehl (halb Dinkelvollkornmehl, halb glattes Weizenmehl), 200 Gramm Butter, 100 Gramm Staubzucker, einem Esslöffel Vanillezucker, abgeriebener Zitronenschale und zwei Dotter. Kühl stellen, ausrollen, Sterne ausstechen und diese circa zwölf Minuten bei 175 Grad backen (ergibt zweieinhalb bis drei Bleche). Inzwischen bereite ich die Füllung vor: Ich koche circa 100 Milliliter Milch mit 90 Gramm Zucker auf, rühre dann 200 Gramm geriebene Mandeln und ein Sechzehntel Rum darunter. Kurz durchrösten. Je zwei Sterne damit zusammenkleben und mit erhitzter Marillenmarmelade (mit einem Schuss Rum) bestreichen. Darauf kommt je ein Klecks Punschglasur (ich liebe die von Manner – nicht nur wegen der Regionalität). Trocknen lassen und mindestens einen Tag in der Keksdose mürb werden lassen. Buchstäblich ein »Star« auf dem Keksteller!

»Kinder sind selten begeistert, neue Geschmäcker auszuprobieren – aber man sollte ihre Sinne für die Vielfalt schärfen.«

Nachwort

Beim »Zusammenrühren« dieses Buches habe ich viel über Familie und Freunde nachgedacht. Sie sind nicht nur die Würze, sie sind die Essenz meines Lebens. Ihnen ist dieses Buch gewidmet. Mir wurde (wieder einmal) bewusst, wie glücklich ich mich schätzen darf, von so vielen liebenswerten, gescheiten, gelegentlich ein wenig schrulligen und natürlich auch kochwütigen Menschen umgeben zu sein. Ich danke meinem Ehemann, dem Journalisten und Autor historischer Bücher, Gerhard Jelinek, der wie immer ein kritischer »Küchenhelfer« war und mich auch in meiner beruflichen Karriere immer unterstützt hat.

Ich danke meinem Bruder und in diesem Fall auch Verleger Bernhard Salomon, dass er mich ermutigt hat, »salomonisch« zu kochen, zu schreiben und zu servieren, obwohl wir nicht nur in Essensangelegenheiten manchmal unterschiedlicher Meinung waren und sind.

Ich danke auch der Grafikerin meines Verlags, JaeHee Lee, die die Zeichnungen von Viktoria Nowicky feinfühlig aufgenommen und in ein wunderbares Layout gegossen hat.

Und außerdem danke ich all meinen Facebook-Freunden: Aus der Diskussion mit ihnen hat sich die Idee für dieses Buch entwickelt. Die »Crowd« war es auch, die mich im letzten Moment dazu bewogen hat, meinen ursprünglichen Untertitel »Essen und Leben mit Hausverstand« zu verwerfen, weil er zu sehr der Werbebotschaft eines Handelskonzerns glich. Ausgerechnet der für Kulinarik zuständigen *Kurier*-Freizeit-Kollegin Heidi Strobl verdanke ich nun meinen neuen Untertitel, sie hat ihn auf meiner Facebook-Seite vorgeschlagen: »Lebensrezepte und Lieblingsspeisen«. Weitere Nachrichten zu meinem Buch (und zu meinen Kuchen) gibt es auf meiner Facebook-Seite laufend unter #CakeNews. Dieser Hashtag geht auch auf die Idee einer Facebook-Freundin – Gedächtnismeisterin Luise Sommer – zurück.

Nachschlag: Hier kann man nachlesen

Genial kochen mit Jamie Oliver. The Naked Chef - Englands junger Spitzenkoch. Dorling Kindersley, 2003
Tom Kimes Aromaküche sweet + spicy. Dorling Kindersley, 2005
Reinhardt Hess, Sabine Sälzer: Die echte italienische Küche. Gräfe und Unzer, 1993
Ewald Plachutta, Christoph Wagner: Die gute Küche. Das österreichische Jahrhundert Kochbuch. Bertelsmann, 1993
Martina Lessing: Entspannte Küche. Braumüller, 2012
Albert Kofranek: Das große Donauland Kochbuch. Kremayr & Scheriau, 1975
Das große Sacher-Kochbuch (1975) bzw. Das neue Sacher-Kochbuch (von Alexandra Gürtler & Christoph Wagner). Styria Verlag, 2005
Magazin *Gusto* (News-Verlag) seit dem Jahre Schnee
Gerhard Jelinek: Reden, die die Welt veränderten. Ecowin Verlag, 2009
Martina Salomon: Iss oder stirb (nicht)! Leykam Streitschriften, 2014

Rezepte von A - Z

KARL SCHILLINGER
SCHWEIN OHNE SCHWEIN
Das Tierliebe Kochbuch
fleischlos deftig essen
38 Rezepte, die Leben retten
edition a

Karl Schillinger
Schwein ohne Schwein

Karl Schillinger übernahm von seiner Mutter in siebter Generation ein Landgasthaus mit deftiger Hausmannskost. Dann entdeckte er seine Liebe zu den Tieren. Inzwischen serviert er Wiener Schnitzel, Tafelspitz und Backhuhn ohne Fleisch, und es gibt Gäste, die das gar nicht merken. Erstmals gibt er seine Rezepte preis, erklärt die Zutaten und erzählt dabei aus seinem Leben, in dem ihn seine Tierliebe zuerst zum militanten Tierschützer und später zum erfolgreichen Gastronomen gemacht hat.

ISBN 978-3-99001-177-5
144 Seiten, EUR 19,95